AF547672

GRöLS
Verlage

„Bücher sind wie Fallschirme. Sie nützen uns nichts, wenn wir sie nicht öffnen."

Gröls Verlag

Redaktionelle Hinweise und Impressum

Das vorliegende Werk wurde zugunsten der Authentizität sehr zurückhaltend bearbeitet. So wurden etwa ursprüngliche Rechtschreibfehler *nicht* systematisch behoben, denn kleine Unvollkommenheiten machen das Buch – wie im Übrigen den Menschen – erst authentisch. Mitunter wurden jedoch zum Beispiel Absätze behutsam neu getrennt, um den Lesefluss zu erleichtern.

Um die Texte zu rekonstruieren, werden antiquarische Bücher von Lesegeräten gescannt und dann durch eine Software lesbar gemacht. Der so entstandene Text wird von Menschen gegengelesen und korrigiert – hierbei treten auch Fehler auf. Wenn Sie ebenfalls antiquarische Texte einreichen möchten, finden Sie weitere Informationen auf www.groels.de

Viel Freude bei der Lektüre wünscht Ihnen das Team des Gröls-Verlags.

Adressen

Verleger: Sophia Gröls, Im Borngrund 26, 61440 Oberursel

Externer Dienstleister für Distribution & Herstellung: BoD, In de Tarpen 42, 22848 Norderstedt

Unsere „Edition | Werke der Weltliteratur“ hat den Anspruch, eine der größten und vollständigsten Sammlungen klassischer Literatur in deutscher Sprache zu sein. Nach und nach versammeln wir hier nicht nur die „üblichen Verdächtigen“ von Goethe bis Schiller, sondern auch Kleinode der vergangenen Jahrhunderte, die – zu Unrecht – drohen, in Vergessenheit zu geraten. Wir kultivieren und kuratieren damit einen der wertvollsten Bereiche der abendländischen Kultur. Kleine Auswahl:

Francis Bacon • Neues Organon • **Balzac** • Glanz und Elend der Kurtisanen • **Joachim H. Campe** • Robinson der Jüngere • **Dante Alighieri** • Die Göttliche Komödie • **Daniel Defoe** • Robinson Crusoe • **Charles Dickens** • Oliver Twist • **Denis Diderot** • Jacques der Fatalist • **Fjodor Dostojewski** • Schuld und Sühne • **Arthur Conan Doyle** • Der Hund von Baskerville • **Marie von Ebner-Eschenbach** • Das Gemeindekind • **Elisabeth von Österreich** • Das Poetische Tagebuch • **Friedrich Engels** • Die Lage der arbeitenden Klasse • **Ludwig Feuerbach** • Das Wesen des Christentums • **Johann G. Fichte** • Reden an die deutsche Nation • **Fitzgerald** • Zärtlich ist die Nacht • **Flaubert** • Madame Bovary • **Gorch Fock** • Seefahrt ist not! • **Theodor Fontane** • Effi Briest • **Robert Musil** • Über die Dummheit • **Edgar Wallace** • Der Frosch mit der Maske • **Jakob Wassermann** • Der Fall Maurizius • **Oscar Wilde** • Das Bildnis des Dorian Grey • **Émile Zola** • Germinal • **Stefan Zweig** • Schachnovelle • **Hugo von Hofmannsthal** • Der Tor und der Tod • **Anton Tschechow** • Ein Heiratsantrag • **Arthur Schnitzler** • Reigen • **Friedrich Schiller** • Kabale und Liebe • **Nicolo Machiavelli** • Der Fürst • **Gotthold E. Lessing** • Nathan der Weise • **Augustinus** • Die Bekenntnisse des heiligen Augustinus • **Marcus Aurelius** • Selbstbetrachtungen • **Charles Baudelaire** • Die Blumen des Bösen • **Harriett Stowe** • Onkel Toms Hütte • **Walter Benjamin** • Deutsche Menschen • **Hugo Bettauer** • Die Stadt ohne Juden • **Lewis Caroll** • *und viele mehr….*

Karl May

Von Bagdad nach Stambul

Inhalt

Unter Dieben

Im Süden von den großen syrischen und mesopotamischen Wüsteneinöden liegt, vom rothen Meere und von dem persischen Golfe umgeben, die Halbinsel Arabien, welche ihre äußerste Kante weit in das stürmereiche arabisch-indische Meer hinein erstreckt.

An drei Seiten ist dieses Land von einem zwar schmalen, aber außerordentlich fruchtbaren Küstensaume eingefaßt, welcher nach innen zu einer weiten, wüsten Hochebene emporsteigt, deren theils trübselige, theils groteske Landschaftsbilder besonders im Osten durch hohe, unwegsame Gebirgsstöcke abgeschlossen werden, zu denen ganz hauptsächlich die öden Berge von Schammar zu zählen sind.

Dieses Land, dessen Quadratmeilenzahl man heut noch nicht genau anzugeben vermag, wurde im Alterthum eingetheilt in Arabia peträa, in Arabia deserta und in Arabia felix, zu Deutsch: in das peträische, wüste und glückliche Arabien. Wenn noch öfters jetzt gewisse Geographen der Ansicht sind, daß der Ausdruck peträa abzuleiten sei von dem griechisch-lateinischen Worte, das „Stein, Fels“ bedeutet, und deßhalb diesen Theil des Landes das „steinichte“ Arabien nennen, so beruht das auf einer irrthümlichen Auffassung; dieser Name ist vielmehr zurückzuführen auf das alte Petra, welches die Hauptstadt dieser nördlichsten Provinz des Landes war. Der Araber nennt seine Heimat Dschesirat el Arab, während sie bei den Türken und Persern Arabistan geheißen wird. Die jetzige Eintheilung wird verschieden angegeben; die nomadisirenden Einwohner lassen jedoch nur den einzigen Unterschied der Stämme gelten.

Über diesem Lande wölbt sich ein ewig heiterer Himmel, von welchem des Nachts die Sterne rein und klar herniederblicken; durch die Bergschluchten und über die zum großen Theile noch unerforschten Wüsten-Ebenen schweift der halbwilde Sohn der Steppe auf prachtvollem Pferde oder auf unermüdlichem Kameele. Sein Auge ist überall, denn er lebt mit aller Welt in Streit und Unfrieden, nur mit den Angehörigen seines Stammes nicht. Von einer Grenze bis zur anderen zieht bald der sanfte Hauch einer reinen, milden, bald der rauschende Odem einer trüben, wilden Poesie, welcher den Wanderer überall umweht, wo er nur immer weilen mag. So kommt es, daß man bereits vor langen Jahrhunderten Hunderte von arabischen Dichtern und Dichterinnen kannte, deren Lieder im Munde des Volkes lebten und die mit Hilfe des Griffels für spätere Zeiten festgehalten wurden.

Als Stammvater der echten Araber oder Joktaniden gilt Joktan, der Sohn Hud's, welcher ein Abkömmling Sem's im fünften Gliede war, und dessen Nachkommen das glückliche Arabien und die Küste Tehama bis hinab zum persischen Meerbusen bewohnten. Jetzt suchen viele Stämme eine Ehre darin, von Ismaël, dem Sohne Hagar's, abzustammen.

Dieser Ismaël soll, wie die Sage berichtet, mit seinem Vater Abraham nach Mekka gekommen sein und dort die heilige Kaaba errichtet haben. Das Wahre aber ist, daß die Kaaba von dem Stamme der Koreïschiten gestiftet oder wenigstens ausgebaut wurde.

Unter den Heiligthümern, die sie besaß, waren der Brunnen Zem-Zem und der angeblich vom Himmel gefallene schwarze Stein die berühmtesten.

Hierher pilgerten die verschiedenen Stämme der Araber, um da ihre Stamm- oder auch wohl Haus-Götzen aufzustellen und ihnen ihre Opfer und Gebete darzubringen. Daher war Mekka den Arabern das, was Delphi den Griechen und Jerusalem den Juden gewesen ist; es bildete den Mittelpunkt für die weithin zerstreuten Nomaden, die sich ohne denselben in allen Richtungen verloren hätten.

Da sich dieser hochwichtige Punkt im Besitze der Koreïschiten befand, so war dieser Stamm der mächtigste und angesehenste Arabien's und in Folge dessen auch der reichste, weil die von allen Seiten herbeikommenden Pilger nie ohne Geschenke oder werthvolle Handelswaaren anzulangen pflegten.

Ein armer Angehöriger dieses Stammes, Namens Abd Allah, starb im Jahre 570 nach Christus, und einige Monate später, am 20. April 571, der auf einen Montag fiel, gebar seine Witwe Amina einen Knaben, welcher später Mohammed genannt wurde. Es ist sehr wahrscheinlich, daß der Knabe vorher einen andern Namen getragen hat und erst dann, als seine prophetische Wirksamkeit ihn zu einem hervorragenden Manne machte, den Ehrennamen Mohammed erhielt. Dieser Name wird auch Muhammed, Mohammad und Muhammad geschrieben, und aus Ehrfurcht vor dem Propheten wagt es nie ein Gläubiger, ihn in dieser Fassung zu tragen; das Wort wird dann meist in Mehemmed verwandelt.

Dem Knaben waren von seinem Vater nur zwei Kameele, fünf Schafe und eine abyssinische Sklavin hinterlassen worden, weßhalb er sich zunächst auf den Schutz seines Großvaters Abd-al-Mokalib und nach dessen Tode auf die Unterstützung seiner beiden Oheime Zuheir und Abu Taleb angewiesen sah. Da diese Männer aber nicht viel für ihn thun konnten, so mußte er sich sein Brod als Schafhirtenjunge verdienen. Später wurde er Kameeltreiber und Bogen- und Köcherträger, wobei sich wahrscheinlich sein kriegerischer Sinn entwickelt hat.

Als er fünfundzwanzig Jahre zählte, trat er in den Dienst der reichen Kaufmannswitwe Chadidscha, der er mit solcher Treue und Aufopferung diente, daß sie ihn lieb gewann und ihn zu ihrem Gemahl machte. Das große Vermögen seiner Frau ging ihm aber später verloren. Er lebte nun bis zu seinem vierzigsten Jahre als Kaufmann und Händler. Er kam auf seinen weiten Reisen mit Juden und Christen, mit Bramahnen und Feueranbetern zusammen und gab sich Mühe, ihre Religionen kennen zu lernen. Er litt an der Epilepsie und in Folge dessen an einer Verstimmung des Nervensystems, welche ihn sehr zu Halluzinationen geneigt machte. Seine religiösen Grübeleien waren der Heilung dieser Krankheit nicht sehr förderlich. Er zog sich schließlich gar in eine Höhle zurück, welche in der Nähe von Mekka auf dem Berge Hara lag. Hier hatte er seine ersten Visionen.

Der Kreis der Gläubigen, welcher sich um ihn versammelte, bestand zunächst nur aus seiner Frau Chadidscha, aus seinem Sklaven Zaïd, aus den beiden Mekkanern Othman

und Abu Bekr und aus seinem jungen Vetter Ali, der später den Ehrennamen Areth-Allah erhielt und zu den unglücklichsten Helden des Islam gehört.
Dieser Ali, dessen Name auf Deutsch „der Hohe, der Erhabene“ bedeutet, war im Jahre 602 geboren und stand bei Muhammed in solchem Ansehen, daß er dessen Tochter Fatime zur Gemahlin erhielt. Als der Prophet im Kreise seiner Familie zum ersten Male seine neuen Glaubenssatzungen vortrug und dann fragte: „Wer unter Euch will mein Anhänger sein?“ da schwiegen Alle; nur der junge Ali, begeistert von der gewaltigen Poesie des soeben gehörten Vortrages, rief in lautem, entschlossenem Tone: „Ich will es sein und nimmer von Dir lassen!“ Das hat ihm Muhammed niemals vergessen.
Er war ein tapferer, verwegener Kämpfer und hatte großen Theil an der so ungemein schnellen Ausbreitung des Islam. Dennoch wurde er, als Muhammed ohne letztwillige Verfügung starb, übergangen, und man wählte Abu Bekr, den Schwiegervater Mohammed's, zum Khalifen. Diesem folgte im Jahre 634 ein zweiter Schwiegervater des Propheten, Namens Omar, welchem wieder Othman, ein Schwiegersohn Muhammed's, nachfolgte. Dieser wurde im Jahre 656 von einem Sohne Abu Bekr's erstochen. Man beschuldigte Ali der Anstiftung dieses Mordes, und als er von seiner Partei erwählt wurde, verweigerten ihm viele von den Statthaltern die Huldigung. Er kämpfte vier Jahre lang um das Khalifat und wurde im Jahre 660 von Abd-er-Rahmann erstochen. Er liegt in Kufa begraben, wo ihm auch ein Denkmal errichtet worden ist.
Von hier an datirt sich die Spaltung, welche die Muhammedaner in zwei gegnerische Heerlager, in die Sunniten und die Schiiten, theilt. Diese Spaltung bezieht sich weniger auf die islamitischen Glaubenssätze als vielmehr auf die Personalfrage der Nachfolgerschaft. Die Anhänger der Schia behaupten nämlich, daß nicht Abu Bekr, Omar und Othman, sondern nur allein Ali das Recht gehabt hätte, der erste Stellvertreter des Propheten zu sein. Die zwischen den beiden Parteien dann ausgebrochenen Streitigkeiten über die Attribute Gottes, das Fatum, die Ewigkeit des Kuran und die einstige Vergeltung sind nicht als so wesentlich zu betrachten.
Ali hinterließ zwei Söhne, Hassan und Hosseïn. Der Erstere wurde von den Schiiten zum Khalifen erwählt, während die Anhänger der Sunna Muawijah I., den Gründer der Ommajjaden-Dynastie, erkoren. Dieser Letztere verlegte seine Residenz nach Damaskus, machte das Khalifat erblich und erzwang bereits zu seinen Lebzeiten die Anerkennung seines Sohnes Dschezid, der sich später als ein solcher Wütherich zeigte, daß sein Andenken selbst von den Sunniten mit Fluch belegt wird. Hassan konnte sich gegen Muawijah nicht behaupten und starb im Jahre 670 in Medinah an Gift.
Sein Bruder Hosseïn widersetzte sich der Anerkennung Dschezid's. Er ist der Held einer der tragischsten Episoden aus der Geschichte des Islam.
Die Hand des Khalifen Muawijah ruhte schwer auf den Provinzen, und seine Statthalter unterstützten ihn dabei aus allen Kräften. So befahl zum Beispiel Zijad, der Statthalter zu Basra, daß nach Sonnenuntergang sich bei Todesstrafe Niemand auf der Straße sehen lassen dürfe. Am Abend nach der Bekanntmachung dieses Befehles wurden über

zweihundert Personen außerhalb ihrer Wohnungen angetroffen und unverzüglich geköpft; am nächsten Tage war die Ziffer schon weit geringer, und am dritten Abend war kein einziger Mensch zu sehen. Der grimmigste aller Ommajjaden war Hadjasch, der Statthalter von Kufa, dessen Tyrannei 120,000 Menschen das Leben kostete.

Noch schlimmer als Muawijah zeigte sich sein Sohn Dschezid. Zur Zeit dieses Scheusales hielt sich Hosseïn in Mekka auf, wo er aus Kufa Boten empfing, welche ihn aufforderten, zu ihnen zu kommen, da sie ihn als Khalifen anerkennen wollten. Er folgte dem Rufe – zu seinem Verderben.

Mit kaum hundert Getreuen langte er vor Kufa an, fand aber die Stadt bereits von seinen Feinden besetzt. Er verlegte sich auf erfolgloses Unterhandeln. Die Lebensmittel gingen ihm aus; das Wasser vertrocknete in dem Sonnenbrande; seine Thiere stürzten, und seinen Begleitern schaute der blasse Tod aus den eingesunkenen fieberfunkelnden Augen. Er rief vergebens Allah und den Propheten um Hülfe und Rettung an; sein Untergang stand „im Buche verzeichnet“. Obeïd 'Allah, ein Heerführer Dschezid's, drang bei Kerbela auf ihn ein, massakrirte seine ganze Begleitung und ließ auch ihn selbst umbringen. Man fand ihn aus Mangel an Wasser bereits dem Tode nahe; aber man hatte kein Mitleid mit ihm, und er wehrte sich vergebens mit der letzten Kraft seines schwindenden Lebens – man schnitt ihm den Kopf ab, der auf eine Lanze gesteckt und im Triumphe herumgetragen wurde.

Dies geschah am 10. Muharrem, und bis auf heute ist dieser Tag bei den Schiiten ein Tag der Trauer. In Hindostan trägt man ein Bild von Hosseïn's Kopf auf einer Lanze herum, wie es nach seinem Tode geschah, und ahmt mit einem aus edlen Metallen gefertigten Hufeisen den Lauf seines Renners nach. Am 10. Muharrem ertönt ein Weheschrei von Borneo und Celebes über Indien und Persien bis zum Mogreb Asien's, wo die Schia nur noch zerstreute Anhänger hat, und dann gibt es in Kerbela eine dramatische Vorstellung, welche an Scenen der wildesten Verzweiflung seines Gleichen sucht. Wehe dem Sunniten, wehe dem Giaur, welcher an diesem Tage sich in Kerbela unter der bis zur Tobsucht aufgeregten Rotte der Schiiten sehen lassen wollte! Er würde in Stücke zerrissen! – – –

Diese historische Einleitung mag zum besseren Verständniß des Nachfolgenden dienen. Wir hatten am Zab den Entschluß gefaßt, den Fluß entlang bis zu den Schirban- und dann den Zibar-Kurden zu reiten. Bis zu den Schirbani hatten wir Empfehlungen vom Bey zu Gumri und von dem Melek in Lizan erhalten, und von da aus hofften wir auf weitere Unterstützung. Die Schirbani nahmen uns gastfreundlich auf, von den Zibari aber wurden wir sehr feindselig empfangen; doch gelang es mir später, mich ihrer Theilnahme zu versichern. Wir kamen glücklich bis zum Akrafluß, stießen aber hier bei der wilden Bergbevölkerung auf eine so große Böswilligkeit, daß wir nach verschiedenen schlimmen Erfahrungen uns nach Südost wenden mußten. Wir überschritten den Zab östlich des Ghara Surgh, ließen Pir Hasan links liegen und sahen uns genöthigt, da wir den dortigen Kurden keineswegs trauen durften, längs des Dschebel Pir Mam nach

Südost zu halten, um dann nach rechts umzubiegen und irgendwo zwischen dem Diyaleh und kleinen Zab den Tigris zu erreichen. Wir hofften, bei den Dscherboa-Arabern gastlich aufgenommen zu werden und sichere Wegweiser zu finden, erfuhren aber zu unserem Leidwesen, daß dieselben sich mit den Obeïde und Beni-Lam verbündet hatten, um alle Stämme zwischen dem Tigris und Thathar die Spitzen ihrer Speere fühlen zu lassen. Nun waren die Schammar zwar mit dem einen Ferkah der Obeïde, dessen Scheik Eslah al Mahem war, befreundet, aber dieser Mann konnte seine Gesinnung geändert haben, und von den andern Ferkah wußte Mohammed Emin genau, daß sie den Haddedihn feindlich gesinnt seien. Unter diesen Umständen war es am gerathensten, unsere Richtung zuerst nach Sulimania zu nehmen und uns dann weiter zu entscheiden. Hatten wir Amad el Ghandur befreit und glücklich bis hierher gebracht, so wollten wir nun lieber einen Umweg einschlagen, als uns wieder in neue Gefahren begeben.
So gelangten wir nach längerer Zeit und mancherlei Anstrengungen und Entbehrungen glücklich an das nördliche Zagrosgebirge.
Es war Abend, und wir lagerten am Rande eines Tschimarwaldes. Über uns wölbte sich ein Firmament, dessen Glanz nur in diesen Gegenden in solcher Reinheit und Kraft zu beobachten ist. Wir befanden uns in der Nähe der persischen Grenze, und die Luft Persien's ist ja wegen ihrer Klarheit berühmt. Das Licht des Planeten war so stark, daß ich, trotzdem der Mond weder im Kalender noch am Himmel stand, die Zeiger meiner Taschenuhr auf drei Schritte Entfernung ganz deutlich erkennen konnte. Lesen hätte ich, selbst bei kleiner Schrift, ganz gut vermocht. Die Strahlen des Jupiter waren so stark, daß seine Trabanten selbst dann mit einem Fernrohre mit ausgeschraubten Gläsern wohl schwerlich zu entdecken gewesen wären, wenn man den Körper des Planeten mit dem Rande des Rohres zu bedecken versucht hätte. Sogar teleskopische Gestirne kamen zum Vorscheine. Der siebente Stern des Siebengestirnes war ohne bedeutende Anstrengung des Auges zu erkennen. Die Klarheit eines solchen Firmamentes macht einen tiefen Eindruck auf das Gemüth, und ich lernte einsehen, warum Persien die Heimat der Astrologie ist, dieser unfrei geborenen Mutter der edlen Tochter, welche uns die leuchtenden Welten des Himmels kennen lehrt.
Unsere Lage ließ uns vorziehen, im Freien zu übernachten. Wir hatten uns im Laufe des Tages von einem Hirten ein Lamm gekauft und brannten uns jetzt ein Feuer an, um das Lamm gleich in der Haut zu braten, nachdem wir es ausgenommen und mit dem Messer geschoren hatten.
Unsere Pferde grasten in der Nähe. Sie waren in der letzten Zeit ganz ungewöhnlich angestrengt worden, und es wäre ihnen eine mehrtägige Ruhe zu gönnen gewesen, was sich leider aber nicht ermöglichen ließ. Wir selbst befanden uns alle wohl, mit Ausnahme eines Einzigen. Dies war Sir David, welcher unter einem großen Ärger zu leiden hatte.
Er war nämlich vor einigen Tagen von einem Fieber befallen worden, welches ungefähr vierundzwanzig Stunden lang anhielt. Dann war es wieder verschwunden, aber mit

diesem Verschwinden hatte sich bei ihm jenes schaudervolle Geschenk des Orientes entwickelt, welches der Lateiner Febris Aleppensis, der Franzose aber Mal d'Aleppo oder Bouton d'Alep nennt. Diese „Aleppobeule“, welche nicht nur Menschen, sondern auch gewisse Thiere z.B. Hunde und Katzen heimsucht, wird stets von einem kurzen Fieber eingeleitet, nach welchem sich entweder im Gesicht oder auch auf der Brust, an den Armen und Beinen eine große Beule bildet, welche unter Aussickern einer Feuchtigkeit fast ein ganzes Jahr steht und beim Verschwinden eine tiefe, nie wieder verschwindende Narbe hinterläßt. Der Name dieser Beule ist übrigens nicht zutreffend, da die Krankheit nicht nur in Aleppo, sondern auch in der Gegend von Antiochia, Mossul, Diarbekr, Bagdad und in einigen Gegenden Persien's auftritt.
Ich hatte diese verunstaltende Beule schon öfters gesehen, noch niemals aber in der ungewöhnlichen Größe, wie bei unserm guten Master Lindsay. Nicht genug, daß bei ihm die außerordentliche Anschwellung im dunkelsten Roth erglänzte, war sie auch noch so impertinent gewesen, sich just die Nase zu ihrem Sitze auszuwählen – diese arme Nase, welche so schon an einer ganz abnormen Dimension zu leiden hatte. Unser Englishman trug das Übel nicht etwa mit Ergebenheit, wie es seine Pflicht als Gentleman und Vertreter der very great and excellent nation gewesen wäre, sondern er verrieth einen Ärger und eine Ungeduld, deren Ausbrüche oft das Zwergfell der Zuhörer in Mitleidenschaft zog.
Auch jetzt saß er am Feuer und befühlte fortwährend mit beiden Händen die unverschämte Pustel.
„Master!“ sagte er zu mir. „Hersehen!“
„Wohin?“
„Hm! Dumme Frage! Auf mein Gesicht natürlich! Yes! Ist wieder gewachsen?“
„Was? Wer?“
„'s death! Diese Beule hier! Viel gewachsen?“
„Sehr! Sieht grad wie eine Gurke.“
„All devils! Schauderhaft! Entsetzlich! Yes!“
„Vielleicht wird's mit der Zeit ein Fowling-bull, Sir!“
„Wollt Ihr eine Ohrfeige haben, Master? Stehe sofort zu Diensten! Wollte, Ihr selbst hättet dieses armselige Swelling auf Eurer Nase!“
„Habt Ihr Schmerzen?“
„Nein.“
„So seid froh!“
„Froh? Zounds! Wie kann ich froh sein, wenn die Leute denken, meine Nase hätte die Snuff-box gleich mit auf die Welt gebracht! Wie lange werde ich dieses Ding haben?“
„Ziemlich ein Jahr, Sir!“
Er machte ein Paar Augen, daß ich vor Schreck beinahe zurückgewichen wäre, zumal das Entsetzen ihm den Mund so weit aufriß, daß die Nase mit sammt der Snuff-box (Schnupftabaksdose) geradewegs hätte hineinspazieren können.

„Ein Jahr? Ein ganzes Jahr? Zwölf ganze Monate?“
„So ungefähr.“
„Oh! Ah! Horrible! Fürchterlich, entsetzlich! Gibt es kein Mittel? Pflaster? Salbe? Brei auflegen? Wegschneiden?“
„Nichts, gar nichts.“
„Aber jede Krankheit hat ihr Mittel!“
„Diese nicht, Sir. Diese Beule ist nicht im Mindesten gefährlich; aber wenn man sie zu zertheilen sucht oder gar ritzt und schneidet, dann kann sie sehr schlimm werden.“
„Hm! Was dann, wenn sie fort ist? Sieht man es noch?“
„Das ist verschieden. Je größer die Beule, desto größer auch das Loch, welches zurückbleibt.“
„My sky! Ein Loch?“
„Leider!“
„O weh! Schauderhaftes Land hier! Miserable Gegend! Werde machen, daß ich nach Old England komme! Well!“
„Nehmt Euch Zeit, Sir!“
„Warum?“
„Was würde man in Altengland sagen, wenn Sir David Lindsay seiner Nase erlaubt, sich eine Filiale anzulegen!“
„Hm! Habt recht, Master! Die Straßenjungen würden mir nachtrollen. Werde also hier bleiben und mich – – –“
„Sihdi!“ unterbrach ihn Halef. „Blicke nicht um!“
Ich saß mit dem Rücken gegen den Waldesrand und dachte mir natürlich sofort, daß der kleine Hadschi hinter mir etwas Verdächtiges bemerkt habe.
„Was siehst Du?“ frug ich ihn darum.
„Ein Paar Augen. Grad hinter Dir stehen zwei Tschimars, und zwischen ihnen gibt es einen wilden Birnbusch. Dort steckt der Mann, dessen Augen ich gesehen habe.“
„Siehst Du sie noch?“
„Warte!“
Er beobachtete so unauffällig wie möglich den Busch, und ich instruirte unterdessen die Anderen, sich ganz so unbefangen wie vorher zu verhalten.
„Jetzt!“ sagte Halef.
Ich erhob mich und gab mir den Anschein, als ob ich dürres Holz für das Feuer suchen wolle. Dabei entfernte ich mich so weit von dem Lager, daß ich nicht mehr gesehen werden konnte. Dann drang ich in den Waldsaum ein und schlich mich zwischen den Bäumen wieder zurück. Es waren nicht fünf Minuten vergangen, so befand ich mich hinter den beiden Tschimarbäumen und fand da allerdings Gelegenheit, das scharfe Auge Halef's zu bewundern. Zwischen den Bäumen und dem Busche kauerte eine menschliche Gestalt, welche unser Treiben am Lagerfeuer beobachtete.

Weßhalb geschah dies? Wir befanden uns hier in einer Gegend, wo in meilenweitem Umkreise kein Dorf zu finden war. Allerdings gab es rund umher verschiedene kleine kurdische Stämme, welche sich bekämpften, und es mochte wohl auch zuweilen geschehen, daß irgend ein persischer Nomadenstamm über die Grenze kam, um einen Raub auszuführen. Dabei gab es genug Umhertreiber, Überreste von vernichteten Stämmen, welche Gelegenheit suchten, sich einem andern Stamme anzuschließen.
Ich durfte nicht trauen; daher schob ich mich ganz leise an den Mann heran und faßte ihn dann rasch bei der Kehle. Er erschrak so sehr, daß er ganz steif wurde und sich auch gar nicht wehrte, als ich ihn in die Höhe nahm und an das Feuer trug.
Dort legte ich ihn nieder und zog den Dolch.
„Mann, rühre Dich nicht, sonst ersteche ich Dich!“
Es war mir gar nicht so grimmig um das Herz, aber der Fremde nahm meine Drohung ernst auf und faltete bittend die Hände.
„Herr, Gnade!“
„Das soll auf Dich ankommen. Belügst Du mich, so bist Du verloren. Wer bist Du?“
„Ich bin ein Turkomane vom Stamme der Bejat.“
Ein Turkomane? Hier? Seiner Kleidung nach konnte er allerdings die Wahrheit gesagt haben. Auch wußte ich, daß es früher Turkomanen zwischen dem Tigris und der persischen Grenze gegeben hatte, und es stimmte, daß es der Stamm Bejat gewesen war. Die lurische Wüste und die Ebene Tapespi waren der Schauplatz ihrer Umherschweifereien gewesen. Aber als Nadir-Schah in das Ejalet Bagdad einfiel, schleppte er die Bejat nach Khorassan. Er nannte diese Provinz wegen ihrer Lage und Beschaffenheit „das Schwert Persien's“ und bemühte sich, sie mit tapferen, kriegerischen Bewohnern zu bevölkern.
„Ein Bejat?“ frug ich. „Du lügst!“
„Ich sage die Wahrheit, Herr.“
„Die Bejat wohnen nicht hier, sondern im fernen Khorassan.“
„Du hast Recht; aber als sie einst diese Gegend verlassen mußten, so blieben doch Einige zurück, deren Nachkommen sich jetzt so vermehrt haben, daß sie über tausend Krieger zählen. Wir haben unsere Sommerplätze in der Gegend von den Ruinen von Kizzel-Karaba und an den Ufern des Kuru-Tschai.“
Es fiel mir ein, davon gehört zu haben.
„Jetzt befindet Ihr Euch hier in der Nähe?“
„Ja, Herr.“
„Wie viele Zelte zählt Ihr?“
„Wir haben keine Zelte.“
Das mußte mir auffallen. Wenn ein Nomadenstamm sein Lager verläßt, ohne seine Zelte mitzunehmen, so deutet dies gewöhnlich auf einen Raub- oder Kriegszug. Ich frug weiter:
„Wie viele Männer seid Ihr heute?“

„Zweihundert!“
„Und Frauen?“
„Wir haben sie nicht bei uns.“
„Wo lagert Ihr?“
„Nicht weit von hier. Wenn Du dort um die Ecke des Waldes gehest, so bist Du bei uns.“
„So habt Ihr hier unser Feuer bemerkt?“
„Wir sahen es, und der Khan schickte mich ab, um zu erfahren, was für Männer sich hier befinden.“
„Wohin gehet Ihr?“
„Wir gehen nach dem Süden.“
„Welcher Ort ist Euer Ziel?“
„Wir wollen in die Gegend von Sinna.“
„Das ist ja persisch!“
„Ja. Unsere Freunde dort geben ein großes Fest, zu welchem wir geladen sind.“
Das fiel mir auf. Diese Bejat hatten ihren Wohnsitz an den Ufern des Kuru-Tschai und bei den Ruinen von Kizzel-Karaba, also in der Nähe von Kifri; diese Stadt aber lag weit im Südwesten von unserem heutigen Lagerplatz, während Sinna zwei Drittheile derselben Entfernung im Südosten von uns lag. Warum waren die Bejat nicht direkt von Kifri nach Sinna gegangen? Warum hatten sie einen so bedeutenden Umweg gemacht?
„Was thut Ihr hier oben?“ frug ich daher. „Warum habt Ihr Euren Weg um das Doppelte verlängert?“
„Weil wir durch das Gebiet des Pascha von Sulimania hätten ziehen müssen, und er ist unser Feind.“
„Aber Ihr befindet Euch hier doch ebenso auf seinem Gebiete!“
„Hier oben sucht er uns nicht. Er weiß, daß wir ausgezogen sind, und glaubt, uns im Süden von seiner Residenz zu finden.“
Dies klang wahrscheinlich, obgleich ich noch immer kein rechtes Vertrauen zu dem Manne hatte. Ich sagte mir jedoch, daß die Anwesenheit dieser Bejat uns nur von Vortheil sein könne. Unter ihrem Schutze konnten wir unangefochten bis nach Sinna kommen, und dann war für uns keine Gefahr mehr zu befürchten. Der Turkomane kam meiner darauf bezüglichen Frage entgegen:
„Herr, Du wirst mich wieder freilassen? Ich habe Euch ja nichts gethan!“
„Du hast nur gethan, was Dir befohlen war; Du bist frei.“
Er athmete erleichtert auf.
„Ich danke Dir, Herr! Wohin sind die Köpfe Eurer Pferde gerichtet?“
„Nach Süden.“
„Ihr kommt von Mitternacht herunter?“
„Ja. Wir kommen aus dem Lande der Tijari, Berwari und Chaldani.“
„So seid Ihr sehr muthige und tapfere Männer. Welchem Stamme gehört Ihr an?“

„Dieser Mann und ich, wir sind Emire aus Frankhistan, und die Andern sind unsere Freunde."
„Aus Frankhistan! Herr, wollt Ihr mit uns ziehen?"
„Wird Dein Khan mir seine Hand öffnen?"
„Er wird es. Wir wissen, daß die Franken große Krieger sind. Soll ich gehen und ihm von Euch sagen?"
„Gehe und frage ihn, ob er uns empfangen will!"
Er stand auf und eilte davon. Die Andern zeigten sich mit dem, was ich gethan hatte, einverstanden, und besonders Mohammed Emin freute sich darüber.
„Effendi," sagte er, „ich habe von den Bejat oft gehört. Sie leben mit den Dscherboa, Obeïde und Beni-Lam in immerwährendem Unfrieden, und darum werden sie uns nützlich sein. Dennoch aber wollen wir nicht sagen, daß wir Haddedihn sind; es ist besser, sie wissen es nicht."
„Auch jetzt müssen wir vorsichtig sein, denn noch wissen wir nicht, ob der Khan uns freundlich aufnehmen wird. Holt die Pferde herbei, und legt Euch die Waffen bereit, um für alle Fälle gerüstet zu sein!"
Die Bejat schienen unsertwegen eine ungewöhnlich lange Berathung zu halten, denn ehe sie ein Lebenszeichen von sich gaben, war unser Lamm gebraten und auch verzehrt. Endlich hörten wir Schritte. Der Turkomane, welcher bei uns gewesen war, erschien mit noch drei Kameraden.
„Herr," sagte er, „der Khan sendet mich. Ihr sollt zu ihm kommen und uns willkommen sein."
„So geht voran und führt uns!"
Wir stiegen zu Pferde und folgten ihnen, die Gewehre in der Hand. Als wir die Waldecke hinter uns hatten, war von keinem Lagerplatze etwas zu bemerken; nachdem wir aber einen dichten Gebüschstreifen durchschnitten hatten, erreichten wir einen rings von Sträuchern eingefaßten Platz, auf welchem ein mächtiges Feuer brannte. Dieser Lagerort war sehr gut gewählt, da er von außen her nicht leicht bemerkt werden konnte.
Das Feuer diente nicht zum Erwärmen der Leute, sondern zur Bereitung des Nachtmahles. Zweihundert dunkle Gestalten lagen im Grase umher, und etwas abseits der flackernden Flamme saß der Khan, welcher sich bei unserm Erscheinen langsam erhob. Wir ritten hart an ihn heran und sprangen von den Pferden.
„Friede sei mit Dir!" grüßte ich ihn.
„Mi newahet kjerdem – ich mache mein Kompliment!" antwortete er, indem er sich verbeugte.
Das war persisch. Vielleicht wollte er mir damit beweisen, daß er wirklich ein Bejat sei, dessen Hauptstamm man in Khorassan suchen müsse. Der Perser ist der orientalische Franzose. Seine Sprache ist biegsam und wohlklingend, weßhalb sie auch die Hofsprache der meisten asiatischen Fürsten geworden ist. Aber das höfliche, schmeichelnde und oft

kriechende Wesen des Persers hat nie einen vortheilhaften Eindruck auf mich gemacht; die gerade, rauhe Ehrlichkeit des Arabers that mir wohler.
Auch die Andern waren aufgesprungen, und alle Hände streckten sich dienstfertig aus, um sich unserer Pferde zu bemächtigen; doch hielten wir die Zügel fest, da wir noch keineswegs wußten, ob dies gastfreundlich oder hinterlistig gemeint sei.
„Gib ihnen immerhin die Pferde! Sie sollen für dieselben sorgen,“ sagte der Khan.
Ich wollte mir gleich Gewißheit verschaffen; darum frug ich, nun auch in persischer Sprache:
„Hesti irschad engiz – gewährst Du uns Sicherheit?“
Er verneigte sich zustimmend und erhob die Hand.
„Mi saukend chordem – ich beschwöre es! Setzt Euch zu mir, und laßt uns reden!“
Die Bejat nahmen die Pferde; nur das meinige blieb in der Hand Halef's, der recht gut wußte, was mir lieb und angenehm war. Wir Andern nahmen bei dem Khan Platz. Die Flamme leuchtete hell auf uns herüber, so daß wir einander ganz genau erkennen konnten. Der Bejat war ein in den mittleren Jahren stehender Mann von sehr kriegerischem Aussehen. Seine Züge waren offen und Vertrauen erweckend, und die achtungsvolle Entfernung, in welcher sich seine Untergebenen von ihm hielten, ließ auf einen ehrliebenden und selbstbewußten Charakter schließen.
„Kennst Du bereits meinen Namen?“ erkundigte er sich.
„Nein,“ antwortete ich.
„Ich bin Heider Mirlam, der Neffe des berühmten Hassan Kerkusch-Bey. Hast Du von ihm gehört?“
„Ja. Er residirte in der Nähe des Dorfes Dschenijah, welches an der Poststraße von Bagdad nach Tauk liegt. Er war ein sehr tapferer Krieger, aber er liebte dennoch den Frieden, und jeder Verlassene fand guten Schutz bei ihm.“
Er hatte mir seinen Namen gesagt, und nun erforderte es natürlich die Höflichkeit, ihm auch den meinigen zu nennen. Darum fuhr ich fort:
„Dein Kundschafter wird Dir bereits gesagt haben, daß ich ein Franke bin. Man nennt mich Kara Ben Nemsi – – –“
Er konnte trotz der bekannten orientalischen Selbstbeherrschung einen Ausruf des Erstaunens nicht unterdrücken:
„Ajah – oh! Kara Ben Nemsi! So ist dieser andere Mann, der eine rothe Nase hat, der Emir aus Inglistan, welcher Steine und Schriften ausgraben will?“
„Hast Du von ihm gehört?“
„Ja, Herr; Du hast mir nur Deinen Namen genannt, aber ich kenne Dich und ihn. Der kleine Mann, welcher Dein Pferd hält, ist Hadschi Halef Omar, vor dem sich so viele Große fürchten?“
„Du hast es errathen.“
„Und wer sind die beiden Andern?“

„Das sind Freunde von mir, welche ihre Namen in den Kuran legten. Wer hat Dir von uns erzählt?"
„Du kennst Ibn Zedar Ben Huli, den Scheik der Abu Hammed?"
„Ja. Er ist Dein Freund?"
„Er ist nicht mein Freund und nicht mein Feind. Du brauchst Dich nicht zu sorgen; ich habe ihn nicht an Dir zu rächen."
„Ich fürchte mich nicht!"
„Das glaube ich. Ich traf mit ihm bei Eski Kifri zusammen, und da erzählte er mir, daß Du Schuld bist, daß er Tribut zu zahlen hat. Sei vorsichtig, Herr! Er wird Dich tödten, wenn Du in seine Hände fällst."
„Ich befand mich in seiner Hand, ohne daß er mich getödtet hat. Ich war Gefangener; aber er konnte mich nicht festhalten."
„Ich habe es gehört. Du hast den Löwen getödtet, ganz allein und in der Dunkelheit, und bist dann mit der Haut desselben davongeritten. Glaubst Du, daß auch ich Dich nicht halten könnte, wenn Du mein Gefangener wärest?"
Dies klang verdächtig, doch ich antwortete ruhig:
„Du könntest mich nicht halten, und ich wüßte auch nicht, wie Du es anfangen solltest, um mich gefangen zu nehmen."
„Herr, wir sind Zweihundert, Ihr aber seid nur Fünf!"
„Khan, vergiß nicht, daß zwei Emire aus Frankhistan unter diesen Fünf sind, und daß diese Zwei so viel zählen wie zweihundert Bejat!"
„Du sprichst sehr stolz!"
„Und Du fragst sehr ungastlich! Soll ich an der Wahrheit Deines Wortes zweifeln, Heider Mirlam?"
„Ihr seid meine Gäste, obgleich ich die Namen dieser beiden Männer nicht kenne, und sollt Brod und Fleisch mit mir essen."
Ein rücksichtsvolles Lächeln umspielte seine Lippen, und der Blick, welchen er auf die beiden Haddedihn warf, sagte mir genug. Mohammed Emin war infolge seines prachtvollen, schneeweißen Bartes unter Tausenden zu erkennen.
Auf einen Wink des Khan wurden einige viereckige Lederstücke herbeigebracht. Auf diesen servirte man uns Brod, Fleisch und Datteln, und als wir ein Weniges davon genossen hatten, wurde uns für unsere Pfeifen Tabak gereicht, für welchen uns der Khan eigenhändig Feuer gab.
Jetzt erst konnten wir uns als seine Gäste betrachten, und ich gab Halef einen Wink, mein Pferd zu den übrigen Rossen zu bringen. Er that dies und nahm dann auch bei uns Platz.
„Welches ist das Ziel Eurer Wanderungen?" erkundigte sich der Khan.
„Wir reiten nach Bagdad zu," antwortete ich vorsichtig.
„Wir ziehen nach Sinna," hob er wieder an. „Wollt Ihr mit uns reiten?"
„Wirst Du es erlauben?"

„Ich werde mich freuen, Euch bei mir zu sehen. Komm, reiche mir Deine Hand, Kara Ben Nemsi! Meine Brüder sollen Deine Brüder sein und meine Feinde Deine Feinde!“
Er reichte mir seine Hand entgegen, und ich schlug ein. Er that dasselbe auch mit den Andern, die sich mit mir herzlich freuten, hier so ganz unerwartet einen Freund und Beschützer gefunden zu haben. Wir sollten es später zu bereuen haben. Der Bejat meinte es nicht böse mit uns; aber er glaubte, an uns eine gute Erwerbung gemacht zu haben, die ihm großen Nutzen bringen werde.
„Welche Stämme trifft man von hier bis Sinna?“ erkundigte ich mich.
„Hier ist ein freies Land, wo bald dieser und bald jener Stamm seine Heerden weidet; wer der Stärkere ist, der bleibt.“
„Zu welchem Stamme seid Ihr geladen?“
„Zu dem der Dschiaf.“
„So freue Dich Deiner Freunde; denn der Stamm der Dschiaf ist der mächtigste des ganzen Landes! Die Scheik-Ismael, Zengeneh, Kelogawani, Kelhore und sogar die Schenki und Hollali fürchten ihn.“
„Emir, warst Du bereits einmal hier?“
„Noch niemals.“
„Aber Du kennst ja alle Stämme dieser Gegend!“
„Vergiß nicht, daß ich ein Franke bin!“
„Ja, die Franken wissen Alles, selbst das, was sie nicht gesehen haben. Hast Du auch vom Stamme der Bebbeh gehört?“
„Ja. Er ist der reichste Stamm weit und breit und hat seine Dörfer und Zelte in der Umgebung von Sulimania.“
„Du bist recht berichtet. Hast Du Freunde oder Feinde unter ihnen?“
„Nein. Ich bin noch nie mit einem Bebbeh zusammengetroffen. „
„Vielleicht werdet Ihr sie kennen lernen.“
„Werdet Ihr ihnen begegnen?“
„Vielleicht, obgleich wir gern ein Zusammentreffen vermeiden.“
„Kennst Du den Weg nach Sinna ganz genau?“
„Ganz genau.“
„Wie weit ist es von hier bis dahin?“
„Wer ein gutes Pferd hat, der reitet in drei Tagen hin.“
„Und wie weit ist es bis Sulimania?“
„Du kannst es schon in zwei Tagen erreichen.“
„Wann brecht Ihr morgen auf?“
„Sobald die Sonne erscheint. Wünschest Du, zur Ruhe zu gehen?“
„Wie es Dir angenehm ist.“
„Der Wille des Gastes ist Gesetz im Lager, und Ihr seid müde, denn Du hast die Pfeife bereits fortgelegt. Auch der Amasdar macht schon seine Augen zu. Ich gönne Euch die Ruhe.“

„Bejatend schirinkar – die Bejat haben angenehme Sitten. Erlaube, daß wir unsere Decken ausbreiten!“
„Thut es. Allah aramed schumara – Gott gebe Euch Schlaf!“
Auf einen Wink von ihm wurden ihm Teppiche gebracht, aus denen er sich ein Ruhelager bereitete. Meine Gefährten machten es sich so bequem wie möglich; ich aber verlängerte die Zügel meines Pferdes durch den Lasso, dessen Ende ich mir um das Handgelenk band, und legte mich dann außerhalb des Lagerkreises nieder. So konnte der Rappe weiden, und ich war seiner sicher, zumal der Hund an meiner Seite wachte.
So verging eine Weile.
Ich hatte die Augen noch nicht geschlossen, so näherte sich mir Jemand. Es war der Engländer, der seine beiden Decken neben mir niederlegte.
„Schöne Freundschaft das,“ brummte er. „Sitze da, verstehe kein Wort! Denke, es soll mir erklärt werden! Da aber macht sich der Kerl aus dem Staube. Hm! Danke sehr!“
„Verzeiht, Sir! Euch hatte ich wahrhaftig vergessen!“
„Mich vergessen! Seid Ihr blind, oder bin ich nicht groß genug?“
„Na, in die Augen fallt Ihr schon, besonders seit Ihr den Leuchtthurm im Gesichte habt. Also was wollt Ihr wissen?“
„Alles! Übrigens mit dem Leuchtthurme, das laßt sein, Master! Was habt Ihr denn mit diesem Scheik oder Khan besprochen?“
Ich erklärte es ihm.
„Well, das ist günstig. Nicht?“
„Ja. Drei Tage lang sicher sein oder nicht, das ist ein Unterschied.“
„Ihr habt also gesagt: nach Bagdad? Meint Ihr das wirklich, Master?“
„Es wäre mir allerdings das Liebste, aber es geht nicht.“
„Warum nicht?“
„Wir müssen zu den Haddedihn zurück, denn Ihr habt Eure Diener noch dort, und sodann fällt es mir auch sehr schwer, mich von Halef zu trennen. Wenigstens verlasse ich ihn nicht eher, als bis ich ihn gesund und sicher bei seinem jungen Weibe weiß.“
„Richtig! Yes! Braver Kerl! Zehntausend Pfund werth. Well! Möchte auch sonst gern wieder hin.“
„Warum?“
„Wegen Fowling-bulls.“
„Oh, Alterthümer sind in der Nähe von Bagdad auch zu finden; zum Beispiel in den Ruinen bei Hillah. Dort hat Babylon gestanden, und es gibt da Trümmerfelder von einem Umkreise von mehreren geographischen Meilen, obgleich Babylon nicht so groß gewesen ist, wie Niniveh.“
„Oh! Ah! Hinreiten! Nach Hillah! Nicht?“
„Darüber läßt sich noch nichts sagen. Die Hauptsache ist zunächst, daß wir den Tigris glücklich erreichen. Das Weitere wird sich dann finden.“
„Schön! Wir gehen aber hin! Yes! Well! Good night!“

„Gute Nacht!“

Der gute Lindsay dachte heute nicht, daß wir eher und unter ganz andern Umständen, als er jetzt meinte, nach jenen Gegenden kommen würden. Er wickelte sich in seine Decke und ließ bald ein lautes Schnarchen vernehmen. Auch ich schlief ein, gewahrte aber vorher, daß vier Männer von den Bejat sich zu Pferde setzten und fortritten.

Als ich erwachte, graute der Tag, und einzelne der Turkomanen waren bereits mit ihren Pferden beschäftigt. Halef, der auch schon munter war, hatte gleichfalls am Abend das Wegreiten der vier Bejat bemerkt und meldete es mir nun. Dann frug er:

„Sihdi, warum senden sie Boten fort, wenn sie es ehrlich mit uns meinen?“

„Ich glaube nicht, daß diese Vier just unsertwegen fortgeritten sind. Wir wären ja auch so schon vollständig in der Gewalt des Khan, wenn er Übles gegen uns vorhätte. Sorge Dich nicht, Halef!“

Ich dachte mir, daß die Reiter wegen der Gefährlichkeit der Gegend als Kundschafter vorausgeschickt worden seien, und hatte damit auch wirklich das Richtige getroffen, wie ich auf meine Erkundigung von Heider Mirlam selbst erfuhr.

Nach einem sehr schmalen Frühstück, welches nur aus einigen Datteln bestand, brachen wir auf. Der Khan hatte seine Leute in einzelne Trupps getheilt, welche sich in Abständen von einer Viertelstunde folgten. Er war ein kluger, vorsichtiger Mann, der für die Sicherheit der Seinen nach besten Kräften sorgte.

Wir ritten ohne Rast bis Mittag. Als die Sonne am höchsten stand, machten wir Halt, um unsern Pferden die nöthige Ruhe zu gönnen. Wir waren während unseres Rittes auf keinen einzigen Menschen gestoßen und hatten an gewissen Stellen, an Büschen, Bäumen oder am Boden Zeichen der vier vorausgesandten Reiter gefunden, welche uns dadurch die Richtung angaben, der wir folgen mußten.

Diese Richtung war mir räthselhaft. Von unserm gestrigen Ruheplatze aus hatte Sinna im Südosten gelegen, aber anstatt in Folge dessen diese Richtung einzuhalten, waren wir fast ganz genau noch Süd geritten.

„Du wolltest zu den Dschiaf?“ erinnerte ich den Khan.

„Ja.“

„Dieser wandernde Stamm befindet sich jetzt in der Gegend von Sinna?“

„Ja.“

„Aber wenn wir so fortreiten, kommen wir nie nach Sinna, sondern nach Banna oder gar Nweizgieh!“

„Willst Du sicher reisen, Herr?“

„Das versteht sich!“

„Wir auch. Und aus diesem Grunde ist es gerathen, daß wir die feindlichen Stämme umgehen. Wir werden noch bis heut Abend sehr scharf zu reiten haben und dann können wir uns ausruhen; denn wir müssen morgen erwarten, daß der Weg nach Ost frei wird.“

Diese Erklärung wollte mir nicht ganz einleuchten; aber es war mir nicht möglich, seine Gründe zu widerlegen, und so schwieg ich.
Nach einer zweistündigen Ruhe brachen wir wieder auf. Unser Ritt war ein sehr scharfer, und ich bemerkte, daß er uns oft im Zickzack führte; es hatte also viele Punkte gegeben, von denen uns die vier Kundschafter fernhalten wollten.
Gegen Abend mußten wir eine hohlwegähnliche Tiefung durchreiten. Ich befand mich an der Seite des Khans, welcher bei der vordersten Abtheilung war. Wir hatten diese Stelle fast zurückgelegt, als wir auf einen Reiter trafen, dessen bestürztes Gesicht uns verrieth, daß er nicht gedacht hatte, hier an diesem Orte Fremden zu begegnen. Er drängte sein Pferd zur Seite, senkte die lange Lanze und grüßte:
„Sallam!"
„Sallam!" antwortete der Khan. „Wohin geht Dein Weg?"
„In den Wald. Ich will mir ein Berg-Schaf erjagen."
„Zu welchem Stamme gehörst Du?"
„Ich bin ein Bebbeh."
„Wohnest Du, oder wanderst Du?"
„Wir wohnen zur Zeit des Winters; im Sommer aber führen wir unsere Heerden zur Weide."
„Wo wohnest Du im Winter?"
„In Nweizgieh. Im Südost von hier. In einer Stunde kannst Du es erreichen. Meine Gefährten werden Euch gern willkommen heißen."
„Wie viel Männer seid Ihr?"
„Vierzig, und bei andern Heerden sind noch mehr."
„Gib mir Deine Lanze!"
„Warum?" frug der Mann erstaunt.
„Und Deine Flinte!"
„Warum?"
„Und Dein Messer! Du bist mein Gefangener!"
„Maschallah!"
Dieses Wort war ein Ausruf des Schreckens. Sogleich aber blitzte es in seinen scharfen Zügen auf; er riß sein Pferd empor, warf es herum und sprengte zurück.
„Fange mich!" hörten wir noch den Ruf des schnell handelnden Mannes.
Da nahm der Khan seine Flinte zur Hand und legte auf den Fliehenden an. Ich hatte kaum Zeit, den Lauf zur Seite zu schlagen, so krachte der Schuß. Natürlich ging die Kugel an ihrem Ziele vorüber. Der Khan hob die Faust gegen mich, besann sich aber sofort eines Besseren.
„Khyjangar! Was thust Du?" rief er zornig.
„Ich bin kein Verräther," antwortete ich ruhig. „Ich will nicht haben, daß Du eine Blutschuld auf Dich ladest."
„Aber er mußte sterben! Wenn er uns entkommt, so müssen wir es büßen."

„Lässest Du ihm das Leben, wenn ich ihn Dir bringe?“
„Ja. Aber Du wirst ihn nicht fangen!“
„Warte!“
Ich ritt dem Flüchtigen nach. Er war nicht mehr zu sehen; aber als ich die Schlucht hinter mir hatte, bemerkte ich ihn. Vor mir lag eine mit weißem Crocus und wilden Nelken bewachsene Ebene, jenseits welcher die dunkle Linie eines Waldes sichtbar wurde. Wenn ich ihn den Wald erreichen ließ, so war er wohl für mich verloren.
„Rih!“ rief ich, indem ich meinem Rappen die Hand zwischen die Ohren legte. Das brave Thier war längst nicht mehr bei vollen Kräften; auf dieses Zeichen hin aber flog es über den Boden, als ob es Wochenlang ausgeruht habe. In zwei Minuten war ich dem Bebbeh um zwanzig Pferdelängen nahe gekommen.
„Halt!“ rief ich ihm zu.
Dieser Mann war sehr muthig. Statt weiter zu fliehen oder zu halten, warf er sein Pferd auf den Häcksen herum und kam mir entgegen. Im nächsten Augenblick mußten wir zusammenprallen. Ich sah ihn die Lanze heben und griff zu dem leichten Stutzen. Da nahm er sein Pferd um einige Zoll nur auf die Seite. Wir sausten an einander vorüber; die Spitze seines Speeres war auf meine Brust gerichtet; ich parirte glücklich, nahm aber sofort mein Pferd herum. Er hatte eine andere Richtung eingeschlagen und suchte zu entkommen. Warum bediente er sich nicht seiner Flinte? Auch war sein Pferd zu wenig schlecht, als daß ich es unter ihm hätte erschießen mögen. Ich nahm den Lasso von der Hüfte, befestigte das eine Ende desselben am Sattelknopfe und legte dann den langen, unzerreißbaren Riemen in die Schlingen. Er blickte sich um und sah mich näher kommen. Er hatte wohl noch nie von einem Lasso gehört und wußte also auch nicht, wie man dieser so gefährlichen Waffe entgehen kann. Zur Lanze schien er kein Vertrauen mehr zu haben, denn er nahm sein langes Gewehr, dessen Kugel ja nicht zu pariren war. Ich maß die Entfernung scharf mit dem Auge, und grad, als er den Lauf erhob, schwirrte der Riemen durch die Luft. Kaum hatte ich mein Pferd zur Seite genommen, so fühlte ich einen Ruck: ein Schrei erscholl, und ich hielt an – der Bebbeh lag mit umschlungenen Armen am Boden. Einen Augenblick später stand ich bei ihm.
„Hast Du Dir wehe gethan?“
Diese meine Frage mußte unter den gegenwärtigen Umständen allerdings wie Hohn klingen. Er suchte seine Arme zu befreien und knirschte:
„Räuber!“
„Du irrst! Ich bin kein Räuber; aber ich wünsche, daß Du mit mir reitest.“
„Wohin?“
„Zum Khan der Bejat, dem Du entflohen bist.“
„Der Bejat? Also gehören die Männer, welche ich traf, zu diesem Stamme! Und wie heißt der Khan?“
„Heider Mirlam.“

„Oh, nun weiß ich Alles. Allah möge Euch verderben, die Ihr doch nur Diebe und Schufte seid!“
„Schimpfe nicht! Ich verspreche Dir bei Allah, daß Dir nichts geschehen soll!“
„Ich bin in Deiner Gewalt und muß Dir folgen.“
Ich nahm ihm das Messer aus dem Gürtel und hob die Lanze und die Flinte vom Boden; sie waren ihm beim Sturze entfallen. Dann löste ich den Riemen und stieg schnell zu Pferde, um auf Alles gefaßt zu sein. Er schien keinen Gedanken an Flucht zu hegen, sondern pfiff seinem Pferde und schwang sich auf.
„Ich traue Deinem Worte,“ sagte er. „Komm!“
Wir galoppirten neben einander zurück und fanden die Bejat am Ausgange der Vertiefung auf uns warten. Als Heider Mirlam den Gefangenen erblickte, klärte sich sein finsteres Gesicht auf.
„Herr, Du bringst ihn wirklich!“ rief er.
„Ja, denn ich habe es Dir versprochen. Aber ich habe ihm mein Wort gegeben, daß ihm nichts geschehen soll. Hier sind seine Waffen!“
„Er soll später Alles wieder haben, jetzt aber bindet ihn, damit er nicht entfliehen kann!“
Diesem Befehle wurde sogleich Gehorsam geleistet. Unterdessen war die zweite unserer Abtheilungen herangekommen, und ihr wurde der Gefangene mit dem Bedeuten übergeben, ihn zwar gut zu behandeln, ihn aber ebenso gut zu bewachen. Dann wurde der unterbrochene Ritt fortgesetzt.
„Wie ist er in Deine Gewalt gekommen?“ frug der Khan.
„Ich habe ihn gefangen,“ antwortete ich kurz; denn ich war verstimmt über sein Verhalten.
„Herr, Du zürnst,“ meinte er; „Du wirst aber noch erkennen, daß ich so handeln mußte.“
„Ich hoffe es!“
„Dieser Mann darf nicht ausplaudern, daß die Bejat in der Nähe sind.“
„Wann wirst Du ihn entlassen?“
„Sobald es ohne Gefahr geschehen kann.“
„Bedenke, daß er eigentlich mir gehört. Ich hoffe, daß mein ihm gegebenes Wort nicht zu Schanden werde!“
„Was würdest Du thun, wenn das Gegentheil geschähe?“
„Ich würde einfach Dich –“
„Tödten?“ fiel er mir in die Rede.
„Nein. Ich bin ein Franke, das heißt, ich bin ein Christ; ich tödte nur dann einen Menschen, wenn ich mein Leben gegen ihn vertheidigen muß. Ich würde Dich also nicht tödten, aber ich würde die Hand, mit welcher Du Dein Versprechen mir bekräftigt hast, zu Schanden schießen. Der Emir der Bejat wäre dann wie ein Knabe, der kein Messer zu führen versteht, oder wie ein altes Weib, auf dessen Stimme nichts gegeben wird.“
„Herr, wenn mir das ein Anderer sagte, so würde ich lachen; Euch aber traue ich es zu, daß Ihr mich mitten unter meinen Kriegern angreifen würdet.“

„Allerdings thäten wir das! Es ist Keiner unter uns, der sich vor Deinen Bejat fürchten möchte."
„Auch Mohammed Emin nicht?" erwiederte er lächelnd.
Ich sah mein Geheimniß verrathen, aber ich antwortete gleichmüthig:
„Auch er nicht."
„Und Amad el Ghandur, sein Sohn?"
„Hast Du jemals vernommen, daß er ein Feigling sei?"
„Nie! Herr, wäret Ihr nicht Männer, so hätte ich Euch nicht bei uns aufgenommen; denn wir reiten auf Wegen, welche gefährlich sind. Ich wünsche, daß wir sie glücklich vollenden!"
Der Abend brach herein, und eben, als es so dunkel wurde, daß es die höchste Zeit zum Lagern war, gelangten wir an einen Bach, welcher aus einem Labyrinth von Felsen in das Freie sich ergoß. Dort lagerten die vier Bejat, welche uns vorausgeritten waren. Der Khan stieg ab und trat zu ihnen, um sich längere Zeit leise mit ihnen zu unterhalten.
Warum that er so heimlich? Hatte er etwas vor, was nur sie allein wissen durften? Endlich gebot er seinen Leuten, abzusteigen. Einer der Vier schritt uns voran, in das Felsengewirr hinein. Wir führten die Pferde hinter uns und gelangten nach einiger Zeit in eine große, ganz von Felsen eingeschlossene freie Rundung. Dieser Ort war das sicherste Versteck, welches jemals gefunden werden konnte, freilich viel zu klein für zweihundert Mann und deren Pferde.
„Bleiben wir hier?" frug ich.
„Ja," antwortete Heider Mirlam.
„Aber nicht Alle!"
„Nur vierzig; die Andern werden in der Nähe lagern."
Diese Antwort mußte mich zufrieden stellen; nur wunderte es mich, daß trotz der Sicherheit unserer Lage kein Feuer angebrannt wurde. Dies fiel auch den Gefährten auf.
„Schöner Platz!" sagte Lindsay. „Kleine Arena. Nicht?"
„Allerdings."
„Aber feucht und kalt hier am Wasser. Warum nicht Feuer anmachen?"
„Weiß es nicht. Vielleicht sind feindliche Kurden in der Nähe."
„Was aus ihnen machen? Niemand kann uns sehen. Hm! Gefällt mir nicht!"
Er warf einen zweifelhaften Blick auf den Khan, welcher mit dem sichtlichen Bestreben, von uns nicht gehört zu werden, zu seinen Leuten redete. Ich setzte mich zu Mohammed Emin, welcher auf diese Gelegenheit gewartet zu haben schien, denn er frug mich sofort:
„Emir, wie lange bleiben wir bei diesen Bejat?"
„So lange es Dir beliebt."
„Ist es Dir recht, so trennen wir uns morgen von ihnen."
„Warum?"
„Ein Mann, der die Wahrheit verschweigt, ist kein guter Freund."
„Hältst Du den Khan für einen Lügner?"

„Nein; aber ich halte ihn für einen Mann, der nicht Alles sagt, was er denkt.“
„Er hat Dich erkannt.“
„Ich weiß es; ich habe es an seinen Augen gesehen.“
„Nicht bloß Dich, sondern auch Amad el Ghandur.“
„Das ist leicht zu denken, da mein Sohn die Züge seines Vaters trägt.“
„Macht Dir dies vielleicht Sorgen?“
„Nein. Wir sind Gäste der Bejat geworden, und sie werden uns nicht verrathen. Aber warum haben sie diesen Bebbeh gefangen genommen?“
„Damit er unsere Anwesenheit nicht verrathen kann.“
„Warum soll sie nicht verrathen werden, Emir? Was haben zweihundert bewaffnete und gut berittene Reiter zu fürchten, wenn sie keinen Troß bei sich haben, weder Weib noch Kind, weder Kranke noch Greise, weder Zelte noch Heerden? In welcher Gegend befinden wir uns, Effendi?“
„Wir sind inmitten des Gebietes der Bebbeh.“
„Und er wollte zu den Dschiaf? Ich habe wohl bemerkt, daß wir immer gegen Mittag ritten. Warum theilt er heute die Leute in zwei Lager? Emir, dieser Heider Mirlam hat zwei Zungen, obgleich er es ehrlich mit uns meint. Wenn wir uns morgen von ihm trennen wollen, welchen Weg schlagen wir dann ein?“
„Wir haben die Berge des Zagros zu unserer Linken. Die Distriktshauptstadt Banna liegt ganz in unserer Nähe, wie ich vermuthe. Geht man an ihr vorüber, so kommt man nach Amehdabad, Bija, Surene und Bayendereh. Hinter Amehdabad öffnet sich ein Paß, welcher durch einsame Schluchten und Täler nach Kizzelzieh führt. Dort hat man die Hügel von Girzeh und Sersir zur Rechten, ebenso die kahlen Berge von Kurri-Kazhaf; man gelangt an die beiden Wasserläufe Bistan und Karadscholan, welche sich mit dem Kizzelzieh vereinigen und in den Kiuprisee fallen. Haben wir diesen erreicht, so sind wir geborgen. Dieser Weg ist freilich beschwerlich.“
„Woher weißt Du dies?“
„Ich habe in Bagdad mit einem Bulbassi-Kurden gesprochen, welcher mir diese Gegend so gut beschrieb, daß ich mir eine kleine Karte anfertigen konnte. Ich glaubte nicht, sie brauchen zu können, habe sie aber doch hier in mein Günteste gezeichnet.“
„Und Du meinst, daß es gut sei, diesen Weg einzuschlagen?“
„Ich habe mir auch andere Orte, Berge und Flüsse aufgezeichnet, halte diesen Weg aber für den besten. Wir könnten entweder nach Sulimania oder über Mik und Doweiza nach Sinna reiten, wissen aber nicht, welche Aufnahme wir dort finden.“
„So bleibt es dabei: – wir trennen uns morgen von den Bejat und ziehen über die Berge nach dem See von Kiupri. Wird Dich Deine Karte nicht täuschen?“
„Nein, wenn mich der Bulbassi nicht getäuscht hat.“
„So laß uns ruhen und schlafen! Die Bejat mögen thun, was ihnen beliebt.“
Wir tränkten unsere Pferde am Bache und sorgten für das nothwendige Futter. Dann legten sich die Andern gleich zur Ruhe, während ich den Khan aufsuchte.

„Heider Mirlam, wo sind die andern Bejat?“
„In der Nähe. Warum fragest Du?“
„Bei ihnen ist der gefangene Bebbeh, den ich sehen möchte.“
„Warum willst Du ihn sehen?“
„Es ist meine Pflicht, weil er mein Gefangener ist.“
„Er ist nicht Dein, sondern mein Gefangener; denn Du hast ihn mir übergeben.“
„Darüber wollen wir uns nicht streiten; aber ich möchte doch nachsehen, wie er sich befindet.“
„Er befindet sich gut. Wenn Heider Mirlam dies sagt, so ist es wahr. Sorge Dich nicht um ihn, Herr, sondern setze Dich zu mir und laß uns eine Pfeife Tabak rauchen!“
Ich folgte seinem Worte, um ihn nicht zu erzürnen, verließ ihn aber sehr bald wieder, um mich niederzulegen. Warum sollte ich den Bebbeh nicht sehen? Schlecht behandelt wurde er nicht; dafür bürgte mir das Wort des Khan. Dieser aber wurde jedenfalls von einem Grunde geleitet, den mein mangelhafter Scharfsinn nicht zu entdecken vermochte. Ich beschloß, morgen in aller Frühe den Bebbeh auf meine eigene Gefahr hin frei zu lassen und dann mich von den Bejat zu trennen. So schlief ich ein.
Wenn man vom Morgengrauen bis zum späten Abend auf dem Pferde hängt, so wird man selbst als Gewohnheitsreiter müde. Das war auch bei mir der Fall. Ich schlief gut und fest, und ich wäre sicher vor dem Morgen nicht aufgewacht, wenn nicht das Murren meines Hundes mich geweckt hätte. Als ich die Augen aufschlug, war es sehr dunkel; dennoch erkannte ich einen Mann, welcher aufrecht in meiner Nähe stand.
Ich griff zum Messer.
„Wer bist Du?“
Bei dieser Frage erwachten auch die Gefährten und nahmen die Waffen zur Hand.
„Kennst Du mich nicht, Herr?“ erklang die Antwort. „Ich bin einer der Bejat.“
„Was willst Du?“
„Herr, hilf uns! Der Bebbeh ist entflohen!“
Ich sprang sofort auf und die Andern mit.
„Der Bebbeh? Wann?“
„Ich weiß es nicht. Wir haben geschlafen.“
„Ah! Hundertundsechzig Mann haben ihn bewacht, und er ist entflohen?“
„Sie sind ja nicht da!“
„Diese Hundertundsechzig sind fort?“
„Sie kommen wieder, Herr.“
„Wohin sind sie?“
„Ich weiß es nicht.“
„Wo ist der Khan?“
„Auch mit fort.“
Da faßte ich den Mann bei der Brust.

„Mensch, habt Ihr vielleicht eine Schurkerei gegen uns vor? Das sollte Euch schlecht bekommen!“
„Laß mich, Herr! Wie können wir Dir Schlimmes thun! Du bist ja unser Gast!“
„Halef, untersuche, wie viele Bejat sich noch hier befinden!“
Es war so dunkel, daß man den Platz nicht zu überblicken vermochte. Der kleine Hadschi erhob sich, um meinen Befehl auszuführen.
„Es sind noch Vier hier,“ erklärte sogleich der Bejat, „und Einer steht draußen am Eingang, um ihn zu bewachen. Drüben aber im andern Lager waren wir unser Zehn, um den Gefangenen zu bewachen.“
„Wie ist er Euch entkommen? Zu Fuße?“
„Nein. Er hat sein Pferd mitgenommen, nebst einigen Waffen von uns.“
„Das ist ein Beweis, daß Ihr sehr kluge und aufmerksame Wächter seid. Aber warum kommt Ihr da zu mir?“
„Herr, fange ihn wieder!“
Beinahe hätte ich laut aufgelacht. Eine naivere Zumuthung konnte mir ja gar nicht gestellt werden. Ich ließ diese Aufforderung ganz unbeachtet und erkundigte mich nur weiter:
„Ihr wißt also nicht, wo der Khan mit den Andern ist?“
„Wir wissen es wirklich nicht.“
„Aber er muß doch einen Grund haben, fortzugehen!“
„Den hat er.“
„Welcher ist es?“
„Herr, wir sollen ihn Dir nicht sagen.“
„Gut. Wir wollen einmal sehen, wer jetzt zu befehlen hat, der Khan oder ich – – –“
Halef unterbrach mich, indem er meldete, daß wirklich nur noch vier Bejat zu bemerken seien.
„Sie stehen dort in der Ecke und hören uns zu, Sihdi!“ sagte er.
„Laß sie stehen! Aber sag, sind Deine Pistolen geladen, Hadschi Halef Omar?“
„Hast Du sie jemals ungeladen gesehen, Sihdi?“
„Nimm sie heraus, und wenn dieser Mann die Frage, welche ich ihm jetzt zum letzten Male vorlegen werde, nicht beantwortet, so jagst Du ihm eine Kugel durch den Kopf. Verstanden?“
„Habe keine Sorge, Sihdi; er soll zwei Kugeln erhalten anstatt eine!“
Er nahm die Waffen aus dem Gürtel und ließ die vier Hähne spielen. Ich frug den Bejat abermals:
„Weßhalb hat sich der Khan entfernt?“
Die Antwort ließ nicht einen Augenblick auf sich warten.
„Um die Bebbeh zu überfallen.“
„Die Bebbeh? So hat er mich also belogen! Er sagte, daß er die Dschiaf besuchen wolle.“

„Herr, Khan Heider Mirlam sagt nie eine Lüge! Er will wirklich zu den Dschiaf, wenn ihm der Überfall gelungen ist.“
Jetzt fiel mir ein, daß er mich gefragt hatte, ob ich mit den Bebbeh Freund oder Feind sei. Er hatte mir seinen Schutz angedeihen lassen und mir doch auch meine Unbefangenheit bewahren wollen.
„Lebt Ihr mit den Bebbeh in Unfrieden?“ frug ich weiter.
„Sie mit uns, Herr. Wir werden ihnen dafür heut ihre Heerden, ihre Teppiche und Waffen wegnehmen. Hundertundfünfzig Männer werden diese Beute heimschaffen, und fünfzig werden mit dem Khan zu den Dschiaf gehen.“
„Wenn die Bebbeh es erlauben,“ fügte ich hinzu.
Trotz der Dunkelheit bemerkte ich, daß er den Kopf stolz emporwarf. „Diese? Die Bebbeh sind Feiglinge! Hast Du nicht gesehen, daß dieser Mann heut vor uns geflohen ist?“
„Einer vor Zweihundert!“
„Und Du allein hast ihn gefangen!“
„Bah! Ich fange unter Umständen ebenso gut zehn Bejat. Zum Beispiele: Du und diese Vier, die Wache draußen und die Neun drüben im andern Lager, Ihr seid jetzt meine Gefangenen. Halef, bewache den Ausgang. Wer diesen Platz ohne meine Erlaubniß betreten oder verlassen will, den erschießest Du!“
Der wackere Hadschi verschwand sofort nach dem Ausgange hin; der Bejat sagte ängstlich: „Herr, Du scherzest!“
„Ich scherze nicht. Der Khan hat mir das Wichtigste verschwiegen, und auch Du hast nur darum gesprochen, weil ich Dich gezwungen habe. Darum sollt Ihr mir dafür bürgen, daß ich hier sicher bin. Kommt herbei, Ihr Viere!“
Sie folgten meinem Befehle.
„Legt Eure Waffen hier zu meinen Füßen nieder!“ – Und als sie zögerten, fügte ich hinzu: „Ihr habt von uns gehört! Meint Ihr es ehrlich mit uns, so geschieht Euch nichts und Ihr erhaltet Eure Waffen wieder; weigert Ihr Euch aber, mir zu gehorchen, so kann Euch kein Dschinn und Scheïtan helfen!“
Jetzt thaten sie, was ich von ihnen verlangt hatte. Ich übergab die Gewehre den Gefährten und instruirte Mohammed Emin, wie er sich nun weiter zu verhalten habe. Dann verließ ich den Platz, um dem Laufe des Baches in das Freie hinaus zu folgen.
Draußen fand ich zwischen Steinen die Wache, welche mich gleich erkannte.
„Wer hat Dich hergestellt?“ frug ich.
„Der Khan.“
„Wozu?“
„Damit er, wenn er kommt, gleich weiß, daß Alles in Ordnung ist.“
„Sehr gut! Gehe einmal hinein und sage meinen Gefährten, daß ich gleich wieder kommen werde.“
„Ich darf diese Stelle nicht verlassen.“

„Der Khan weiß nichts davon."
„Er wird es erfahren."
„Das ist möglich; aber ich werde ihm sagen, daß ich es Dir befohlen habe."
Jetzt ging der Mann. Ich wußte, daß er von Mohammed zurückbehalten und entwaffnet werden würde. Nun hatte ich mich zwar nicht erkundigt, wo das zweite Lager sei; aber ich hatte am Abend in der Nähe des unserigen Stimmen vernommen und glaubte daher, die Stelle leicht finden zu können. So geschah es auch; ich hörte ein Pferd stampfen, und als ich dem Laute nachging, fand ich die neun am Boden sitzenden Bejat, die mich in der Dunkelheit für ihren Kameraden hielten, denn der Eine rief:
„Was sagte er?"
„Wer?"
„Der fremde Emir!"
„Hier steht er selbst," antwortete ich.
Jetzt erkannten sie mich und standen auf.
„Oh, Emir, hilf uns!" bat der Eine. „Der Bebbeh ist uns entflohen, und wenn der Khan zurückkehrt, so wird es uns sehr schlimm ergehen."
„Wie ist er entkommen? Hattet Ihr ihn denn nicht gebunden?"
„Er war gebunden, aber er muß seine Bande nach und nach gelockert haben, und als wir schliefen, hat er sein Pferd nebst unsern Gewehren genommen und ist entwischt."
„Nehmt Eure Pferde, und folgt mir!"
Sie gehorchten sofort, und ich führte sie nach unserm Lagerplatz. Als wir denselben erreichten, hatte der Haddedihn bereits ein kleines Feuer angebrannt, um die Umgebung zu erleuchten. Die Wache saß bereits waffenlos bei den andern Bejat. Die neun Männer, welche ich jetzt brachte, waren von dem ihnen widerfahrenen Unfalle so niedergeschmettert, daß sie mir ohne Widerrede ihre Messer und Lanzen übergaben. Ich erklärte den fünfzehn Männern, daß sie nur dann von uns etwas zu fürchten hätten, wenn es ihrem Khan einfallen sollte, einen Verrath an uns zu begehen; den entflohenen Bebbeh aber könne ich ihnen unmöglich wieder bringen.
Master Lindsay hatte sich während meiner Abwesenheit, so gut es bei seinem Mangel an Sprachkenntniß möglich war, von Halef das ihm noch Unverständliche erklären lassen. Jetzt trat er zu mir.
„Sir, was thun mit diesen Kerls?"
„Das soll sich erst finden, wenn der Khan zurückkehrt."
„Wenn sie aber ausreißen?"
„Das gelingt ihnen nicht. Wir überwachen sie ja, und übrigens werde ich unsern Hadschi Halef Omar an den Ausgang stellen."
„Dorthin?" – Er deutete nach dem Gange, der in das Freie führte. Als ich nickte, fügte er bei: „Ist nicht genug! – Gibt noch einen zweiten Ausgang. Da hinten! Yes!"
Ich sah nach der Richtung, welche mir seine Hand andeutete, und gewahrte beim Scheine der Flamme ein hohes Felsenstück, vor welchem ein Busch stand.

„Ihr scherzt, Sir!“ sagte ich. „Wer kann über diesen Stein kommen! Er ist wenigstens fünf Meter hoch.“
Er lachte mit dem ganzen Gesichte, so daß sein Mund das berühmte Trapezoid bildete, innerhalb dessen Linien die großen, gelben Zähne sichtbar wurden.
„Hm! Seid ein gescheidter Kerl, Master! Aber David Lindsay ist doch noch klüger. Well!“
„Erklärt Euch, Sir!“
„Geht einmal hin und seht Euch den Stein und den Busch an!“
„Also wirklich? Aber hingehen kann ich nicht, denn ich würde die Bejat auf diesen Ausgang aufmerksam machen, wenn er wirklich vorhanden ist.“
„Er ist da, wirklich da, Master! Yes!“
„In wie fern?“
„Das ist nicht ein Stein, sondern es sind zwei Steine, und zwischen der schmalen Lücke steht der Busch. Verstanden?“
„Ah, das kann für uns von großem Vortheile sein. Wissen die Bejat etwas davon?“
„Glaube nicht; denn als ich dort war, haben sie nicht auf mich geachtet.“
„Ist die Lücke sehr schmal?“
„Man kann mit einem Pferde hindurch.“
„Und wie ist das Terrain dann hinter ihr?“
„Weiß nicht. Konnte es nicht sehen.“
Das war so wichtig, daß ich es gleich untersuchen mußte. Ich machte die Gefährten auf mein Vorhaben aufmerksam und verließ den Lagerplatz. Draußen umging ich das Felsengewirr und fand wegen der Dunkelheit nur mit vieler Mühe endlich den Ort, wo der Busch zwischen den beiden Felsen stand. Die Öffnung, welche er maskirte, war etwas über zwei Meter breit. Hinter ihr gab es zwar auch noch eine Menge bunt durch einander geworfenes Gestein, aber es war wenigstens beim Lichte des Tages nicht schwer, ein Pferd hindurch zu lenken.
Da ich nicht wußte, was uns begegnen konnte, so zog ich mein Messer, trat an den Busch heran und machte so tiefe Einschnitte in einige der Stämmchen, daß sie nach außen fallen mußten, falls man mit dem Pferde darüber hinwegstrich. Natürlich geschah dies so vorsichtig, daß die dahinter lagernden Bejat nichts davon merkten. Dann kehrte ich zu dem Lagerplatze zurück und stellte Halef am Eingange desselben auf. Er erhielt die Weisung, uns jede Annäherung sofort zu melden.
„Was hast Du gefunden, Effendi?“ frug Mohammed Emin.
„Einen prachtvollen Ausweg für den Fall, daß wir uns ohne „Sallam“ entfernen müßten.“
„Durch den Busch hinaus?“
„Ja. Ich habe ihn durchschnitten. Sobald ein Reiter hindurchbricht, wird der Strauch mit umgerissen und die Folgenden haben dann freie Bahn.“
„Gibt es dann noch Gestein?“
„Ja, große Steinbrocken mit Dorn und Pflanzenwerk dazwischen; aber wenn es hell ist, kommt man recht gut hindurch.“

„Meinst Du denn, daß wir diesen Weg gebrauchen werden?"
„Ich weiß es nicht, aber ich ahne es. Lache nicht über mich, Mohammed Emin; aber bereits seit meiner Kindheit habe ich ein gewisses Ahnungsvermögen besessen, welches mich oft auf noch entfernte Dinge aufmerksam machte."
„Ich glaube Dir. Allah ist groß!"
„Freudige Dinge ahne ich nie vorher. Aber zuweilen erfaßt mich eine Unruhe, eine Angst, als hätte ich etwas Böses begangen, dessen Folgen ich nun fürchten müsse. Dann ist sicher und regelmäßig irgend Etwas geschehen, was mir Schaden bringt. Und wenn ich später die Zeit vergleiche, so stimmt es ganz genau: die Gefahr hat in demselben Augenblick begonnen, an welchem mich die Angst überfiel."
„So wollen wir auf die Warnung achten, welche Dir Allah sendet."
Meine Besorgniß äußerte ihre Wirkung auch auf die Gefährten. Das Gespräch stockte, und wir lagen wortlos bei einander, bis der Tag anbrach. Kaum aber war es möglich, den Blick in die Ferne zu richten, so kam Halef hereingeeilt und meldete, daß er viele Reiter gesehen habe. Ihre genaue Zahl hatte er nicht unterscheiden können.
Ich trat zum Pferde, nahm das Fernrohr aus der Satteltasche und folgte Halef. Man erkannte mit dem bloßen Auge draußen auf der Ebene eine Menge dunkler Gestalten; durch das Rohr konnte ich sie deutlicher unterscheiden.
„Sihdi, wer ist es?" frug Halef.
„Die Bejat sind es."
„Aber ihrer sind nicht so Viele!"
„Sie kehren mit ihrem Raube zurück. Sie führen die Heerden der Bebbeh bei sich. Wie es scheint, reitet der Khan mit einer Schaar schnell voran. Er wird also eher da sein, als die Andern."
„Was thun wir?"
„Hm! Warte! Ich werde Dir Nachricht geben."
Ich kehrte zu den Gefährten zurück und unterrichtete sie von dem, was ich gesehen hatte. Sie waren gleich mir überzeugt, wir hätten von dem Khan nichts zu befürchten. Wir konnten ihm keinen andern Vorwurf machen, als daß er uns von seinem Vorhaben keine Mittheilung gemacht hatte. Wäre dies geschehen, so hätten wir uns ihm nicht angeschlossen; denn es lag ja sicher eine Gefahr für uns darin, in der Gesellschaft eines Heerdenräubers gesehen zu werden. Wir kamen überein, ihn zwar vorsichtig, aber doch höflich zu empfangen.
Nun kehrte ich, vollständig bewaffnet, zu Halef zurück.
Der Khan kam mit seinem Trupp im Galopp herbei, und ehe fünf Minuten vergangen waren, hielt er sein Pferd vor mir an.
„Sallam, Emir!" grüßte er. „Du hast Dich wohl gewundert, mich nicht bei Euch zu sehen, als Du erwachtest. Aber ich hatte ein dringliches Geschäft zu besorgen. Es ist gelungen. Blicke hinter Dich!"
Ich sah nur ihm in's Gesicht.

„Du hast gestohlen, Khan Heider Mirlam!“
„Gestohlen?“ frug er mit ganz erstaunter Miene. „Wer seinen Feinden nimmt, was er ihnen nehmen kann, ist der ein Dieb?“
„Die Christen sagen: ja, er ist ein Dieb, und Du weißt, daß ich ein Christ bin. Warum aber hast Du gegen uns geschwiegen?“
„Weil wir dann Feinde geworden wären. Du hättest uns verlassen?“
„Allerdings.“
„Und die Bebbeh gewarnt?“
„Ich hätte sie nicht aufgesucht, und ich wußte ja auch nicht, welches Lager oder welchen Ort Du überfallen wolltest. Aber wäre mir ein Bebbeh begegnet, so hätte ich ihn von der Gefahr benachrichtigt, die ihm drohte.“
„Siehest Du, Emir, daß ich Recht habe! Ich konnte nur Zweierlei thun: – entweder mußte ich Dir mein Vorhaben verschweigen, oder ich mußte Dich gefangen nehmen und mit Gewalt bei mir behalten, bis Alles vorüber war. Da ich Dein Freund war, so habe ich das Erstere gethan.“
„Ich aber bin in der Nacht in das Lager zu den zehn Männern gegangen, die Du dort zurückgelassen hattest,“ lautete meine ruhige Antwort.
„Was wolltest Du bei ihnen?“ frug der Khan.
„Sie gefangen nehmen.“
„Allah! Warum?“
„Weil ich erfuhr, daß Du uns verlassen hattest. Ich wußte nicht, was mir geschehen könnte; darum nahm ich alle da gebliebenen Bejat gefangen, um sie als Bürgschaft meiner Sicherheit zu gebrauchen.“
„Herr, Du bist ein sehr vorsichtiger Mann; aber Du konntest mir trauen. Was hast Du mit dem Bebbeh gethan?“
„Nichts. Ich bekam ihn gar nicht zu sehen, denn er war entflohen.“
Der Khan entfärbte sich und rief:
„Derigh! Das ist ja ganz unmöglich! Das kann mir Alles verderben. Laß mich hinein zu diesen Hunden, welche sicher geschlafen haben, als sie wachen sollten!“
Jetzt erst sprang er vom Pferde, ließ es stehen und stürmte zwischen den Felsen hindurch dem Lagerplatze zu. Wir folgten ihm beide, Halef und ich. Zwischen dem Khane und seinen Leuten gab es nun eine Scene, welche kaum zu beschreiben ist. Er tobte wie ein angeschossener Eber, theilte Fußtritte und Faustschläge aus und war nicht eher zu beruhigen, als bis er seine Kräfte erschöpft hatte. Ich hätte diesem Manne eine solche Wuth gar nicht zugetraut.
„Laß Deinen Zorn schwinden, Khan,“ bat ich schließlich. „Du hättest diesen Bebbeh doch frei lassen müssen.“
„Ich hätte es gethan,“ zürnte er; „aber heut noch nicht, denn mein Plan soll nicht verrathen werden.“
„Welches ist Dein Plan?“

„Wir haben Alles mitgenommen, was wir bei den Bebbeh gefunden haben. Jetzt nun wird das Gute von dem Schlechten getrennt. Alles Werthvolle schicke ich auf weiten, aber sicheren Umwegen zu den Unserigen; alles Schlechte aber nehmen wir Andern, die wir zu den Dschiaf gehen, mit uns. Unterwegs lassen wir es stellenweise zurück. Auf diese Art lenken wir die Verfolgung auf uns; die Bebbeh glauben, sie seien von einer Abtheilung der Dschiaf überfallen worden, und meine Leute kommen mit der Beute sicher zu den Lagerplätzen und Dörfern der Bejat.“
„Dieser Plan ist gut ausgedacht.“
„Aber nun wohl ohne Erfolg. Der gefangene Bebbeh gehörte zu der Abtheilung, die wir überfallen haben; er wußte, daß wir Bejat sind, und wird Alles verrathen. Er hat sicher geahnt, was wir beabsichtigten. Er hatte ein sehr gutes Pferd. Wie nun, wenn er, noch während wir mit dem Überfalle beschäftigt waren, die Schnelligkeit seines Thieres benutzt hat, um die befreundeten Lager in der Nähe in Alarm zu bringen?“
„Das wäre schlimm für Euch und auch für uns, denn er hat uns bei Euch gesehen,“ antwortete ich.
„Er kennt auch unsern Lagerplatz, und es steht zu erwarten, daß der Eingang zu diesen Felsen den Bebbeh bekannt ist.“
Kaum hatte er das letzte Wort gesprochen, so erscholl vom Eingang her ein lauter Ruf:
„Allah 'l Allah! Da sind sie! Nehmt sie lebendig gefangen!“
Wir drehten uns um und erkannten den entflohenen Bebbeh, welcher mit funkelnden Augen auf mich zusprang; hinter ihm quoll ein zahlreiches Gefolge durch die Enge auf den Platz, und zugleich erhob sich ein fürchterliches Geheul, mit zahlreichen Flintenschüssen untermischt. Wir hatten den Vorgang außerhalb des Lagers gar nicht beachtet und sogar vergessen, den Eingang bewachen zu lassen.
Ich hatte übrigens nicht die mindeste Zeit zum Nachdenken, denn der Bebbeh, in welchem ich jetzt einen Khan oder Scheik vermuthete, kam auf mich zu. Er trug weder Lanze noch Büchse bei sich, ganz so wie seine Gefährten; aber in seiner Hand funkelte der gewundene afghanische Dolch.
Ich empfing den kühnen Gegner mit freien Händen, ohne nach einer Waffe zu greifen. Mit der Linken umfaßte ich mit raschem Griff seine Rechte, welche den Dolch hielt, und meine Rechte legte ich ihm um den Hals.
„Stirb, Räuber!“ rief er, unter einem gewaltigen Ruck, seine bewaffnete Faust freizumachen.
„Du irrst,“ antwortete ich. „Ich bin kein Bejat; ich wußte nicht, daß Ihr überfallen werden solltet!“
„Du bist ein Dieb, ein Hund! Du hast mich gefangen genommen; jetzt aber sollst Du mein Gefangener werden. Ich bin Scheik Gasahl Gaboya, dem noch Keiner entgangen ist!“
Wie ein Blitz zuckte mir die Erinnerung durch das Hirn, daß ich diesen Namen schon als denjenigen eines der tapfersten Kurden gehört hatte. Da galt es kein Bedenken mehr.

„So nimm Du mich gefangen, wenn Du kannst!“ antwortete ich.

Bei diesen Worten ließ ich beide Hände von ihm ab und trat zurück. Er mochte dies als eine Schwäche von mir erkennen, stieß einen triumphirenden Schrei aus und erhob den Arm hoch zum Stoße. Das wollte ich haben: ich rannte ihm meine Faust mit solcher Gewalt in die entblößte Achselhöhle, daß seine Füße augenblicklich den Halt verloren. Sein Körper beschrieb einen weiten Bogen und stürzte sechs Schritte von mir entfernt zu Boden, und ehe er sich wieder aufraffen konnte, schlug ich ihm die geballte Hand auf die Schläfe, so daß er liegen blieb.

„Auf die Pferde, und mir nach!“ rief ich.

Ein Blick zeigte mir die ganze Scene. Es waren ungefähr zwanzig Bebbeh eingedrungen. Die Bejat standen mit ihnen im Kampfe. Master Lindsay hatte Zwei gegen sich und entledigte sich soeben des Einen mit einem Schlage seines Büchsenkolbens; die beiden Haddedihn hatten sich neben einander an den Felsen gelehnt und ließen keinen an sich kommen, und der kleine Halef kniete auf einem niedergeworfenen Feinde, dessen Kopf er mit dem Kolben seiner Pistole bearbeitete.

„Sihdi, nicht fliehen! Wir werden mit ihnen fertig!“ beantwortete der muthige Hadschi meinen Ruf.

„Draußen sind Mehrere; die Bejat sind überfallen. Vorwärts! Schnell!“

Ich entriß dem an der Erde liegenden Gasahl Gaboya seinen Dolch, um ein Andenken an diesen unglücklich beginnenden Tag mitzunehmen, und sprang auf mein Pferd. Um den gehörigen Anlauf zu bekommen und zugleich auch den Freunden Luft zu verschaffen, zog ich den Rappen empor, gab ihm die Sporen und trieb ihn mitten in die Bebbeh hinein. Hier ließ ich ihn nach allen Seiten ausschlagen, bis ich die vier Gefährten beritten sah, und trieb ihn dann mit einem weiten Satze in den Busch hinein, den er mit seinen Hufen niederriß. Draußen mußte ich sofort halten, da man nur im Schritte vorwärts kommen konnte; doch erhielten die vier Kameraden immerhin Raum genug, um mir augenblicklich folgen zu können.

Sobald ich die Felsen hinter mir hatte und mich mit einem Blick überzeugte, daß alle Vier entkommen waren, gab ich dem Hengste die Schenkel und galoppirte in die offene Ebene hinaus. Die Andern folgten.

Eine kurze Umschau erklärte mir den ganzen Sachverhalt. Dieser Scheik Gasahl Gaboya war wirklich ein kluger Mann; denn anstatt seine Abtheilung zu warnen, die doch zum Widerstande zu schwach gewesen wäre, war er bemüht gewesen, die ganze Umgegend in Aufruhr zu versetzen, und während die mit Beute beladenen Bejat ahnungslos ihrem Lager zuzogen, war dasselbe bereits von drei Seiten, wenn auch in sehr weiter Entfernung, so eingeschlossen, daß die Räuber froh sein mußten, mit dem nackten Leben zu entkommen. Hinter uns tobte der Kampf. Wie es den Bebbeh dort gelungen war, unbemerkt und plötzlich an die Bejat zu kommen, das zu untersuchen hatte ich keine Zeit. Links von uns sah ich eine breite Linie von Reitern im Galopp sich dem

Kampfplatze nahen. Und rechts von uns war die ganze Gegend bis hinaus zum äußersten Horizont mit beweglichen Punkten bestreut; auch das waren Reiter.
„Vorwärts, Effendi!“ rief Mohammed Emin. „Sonst schließen sie uns ein! Bist Du mit heiler Haut davongekommen?“
„Ja. Und Du?“
„Eine kleine Schramme.“
Wirklich blutete er an der Wange, aber der Riß konnte nicht gefährlich sein.
„Kommt heran!“ bat ich. „Wir bilden eine gerade Linie. Wer uns von der Seite sieht, wird uns von Weitem für einen einzigen Reiter halten.“
Diese List wurde befolgt, aber die Bebbeh, welche sich hinter uns befanden, konnten nicht getäuscht werden, und wir bemerkten gar bald, daß wir von einer ansehnlichen Schaar verfolgt wurden.
„Sihdi, werden sie uns einholen?“ fragte Halef.
„Wer weiß es! Es kommt darauf an, welche Art von Pferden sie reiten. Aber, Hadschi Halef Omar, was ist's mit Deinem Auge? Ist es schlimm?“
Sein Auge war geschwollen, trotzdem nur wenige Minuten seit dem Überfalle vergangen waren.
„Es ist nichts, Sihdi,“ antwortete er. „Dieser Bebbeh war fünfmal länger als ich und hat mir einen kleinen Hieb gegeben. Hamdulillah, er wird es nicht wieder thun!“
„Du hast ihn doch nicht getödtet?“
„Nein. Ich weiß, daß Du dies nicht willst, Effendi.“
Es gewährte mir allerdings eine nicht geringe Freude, daß keiner der Feinde von uns an seinem Leben geschädigt worden war. Dies mußte uns, selbst vom Standpunkte der reinen Berechnung aus betrachtet, lieb und beruhigend sein; denn wenn wir den Bebbeh ja in die Hände fielen, so hatten sie doch wenigstens keine Blutrache an uns zu nehmen.
Wir setzten unsern Galopp wohl über eine Viertelstunde lang fort. Der Kampfplatz war uns dabei aus den Augen geschwunden, aber die Verfolger waren hinter uns geblieben. Sie hatten sich getheilt. Diejenigen, welche gute Pferde hatten, waren uns näher gekommen, während die Anderen weit zurückblieben.
„Emir, sie werden uns einholen, wenn wir nicht schneller reiten,“ meinte Amad el Ghandur.
„Wir dürfen unsere Thiere nicht jetzt gleich zu sehr anstrengen. Übrigens haben sich die Verfolger getrennt, und es ist besser, einmal mit ihnen zu reden, als sich von ihnen abhetzen zu lassen.“
„Maschallah! Du willst mit ihnen sprechen?“ rief Mohammed Emin.
„Allerdings. Ich hoffe, sie so weit zu bringen, daß sie von der Verfolgung abstehen. Reitet weiter! Ich werde hier halten bleiben.“
Sie ritten im gleichen Tempo weiter. Ich aber stieg vom Pferde, nahm meine Waffen zu mir, setzte mich zur Erde und richtete das Gesicht gegen die Verfolger.

Als sie noch ungefähr tausend Schritte entfernt waren, nahm ich mein Turbantuch herab und wehte damit durch die Luft. Sie fielen sofort aus dem Galopp in Schritt und hielten auf der Hälfte der soeben angegebenen Entfernung an. Nach einer kurzen Besprechung kam Einer von ihnen näher herbeigeritten und frug:
„Warum sitzest Du an der Erde? Ist es List oder Wahrheit?"
„Ich will mit Euch reden."
„Mit uns Allen oder nur mit Einem?"
„Mit Einem, den Ihr Euch wählen und mir dann senden werdet."
„Du hast Deine Waffen bei Dir."
„Er kann die seinigen auch mitbringen."
„Lege sie weit von Dir; dann wird Einer von uns kommen."
„Dann muß auch er die Waffen zurücklassen!"
„Er wird sie ablegen."
Ich erhob mich, legte die beiden Dolche und die Revolver auf die Erde und hing die Büchse und den Stutzen an den Sattel. Dann setzte ich mich wieder nieder. Diese Leute konnten unmöglich wissen, wie viele und was für Waffen ich bei mir trug; es wäre mir also leicht gewesen, wenigstens die Revolver bei mir zu behalten; aber ich wollte ehrlich gegen sie sein, um von ihnen ebenso ehrlich behandelt zu werden.
Ich zählte elf Mann. Derjenige, welcher mit mir gesprochen hatte, kehrte zu ihnen zurück und sprach mit ihnen. Dann stieg er ab, legte seine Büchse, seinen Wurfspieß und sein Messer nieder und kam langsam auf mich zugeschritten. Er war ein schöner, schlank gebauter Mann von vielleicht fünfzig Jahren. Seine schwarzen Augen funkelten mich feindselig an, aber er setzte sich still und wortlos grad vor mich hin.
Da ich schwieg und er ungeduldig war, begann er doch endlich die Unterhaltung, indem er frug:
„Was willst Du von uns?"
„Ich will mit Dir sprechen."
„So sprich!"
„Ich kann nicht."
„Allah! Warum?"
Ich zeigte hinter mich.
„Siehe, ich trug mehr Waffen bei mir, als Ihr erwarten konntet, und habe sie alle von mir gethan. Auch Du hast mir versprochen, die Deinigen abzulegen. Seit wann sind die Bebbeh Lügner geworden?"
„Lüge ich etwa?"
„Was thut die Keule unter Deinem Gewande?"
Ich sah an einer Erhöhung seines Brustkleides, daß er eine Keule darunter verborgen hatte. Er erröthete sichtlich, griff unter das Gewand und warf die Waffe hinter sich.
„Ich hatte sie vergessen," entschuldigte er sich.

Der Umstand, daß er sie fortwarf, überzeugte mich, daß es nicht auf eine Treulosigkeit gegen mich abgesehen gewesen war. Er hatte mir nicht getraut und sich also heimlich vorsehen wollen. Ich begann:
„So! Nun sei Frieden zwischen uns, bis unsere Unterredung zu Ende ist. Versprichst Du mir dies?"
„Ich verspreche es."
„Reiche mir Deine Hand darauf!"
„Hier, nimm sie!"
„Warum verfolgt Ihr uns?" frug ich nun.
Er blickte mir ganz erstaunt in das Angesicht.
„Bist Du toll?" rief er. „Ihr beraubt uns; Ihr kommt als Feinde, als Räuber über unsere Grenzen, und Du fragst, warum wir Euch verfolgen!"
„Wir kamen weder als Räuber noch als Eure Feinde."
Er machte ein noch viel überraschteres Gesicht.
„Nicht? Allah 'l Allah! Und nahmt uns doch unsere Heerden und unsere Zelte nebst Allem, was darinnen war!"
„Du irrst! Nicht wir, sondern die Bejat haben dies gethan!"
„Aber Ihr seid doch Bejat!"
„Nein! Wir sind fünf friedliche Männer. Einer von ihnen und ich sind Krieger aus dem fernen Frankistan; der Dritte ist mein Diener, ein Araber, der jenseits weit hinter Mekka geboren wurde, und die beiden Letzten sind Beni Arab aus dem Westen von hier, die noch niemals Eure Feinde gewesen sind."
„Das sagst Du, um mich zu täuschen. Auf diese Weise werdet Ihr uns nicht entkommen. Ihr seid Bejat!"
Ich warf den Burnus zurück und schob den weiten Ärmel meiner Jacke empor; dann entfernte ich auch das Unterkleid.
„Hat ein Bejat, ein Kurde, oder ein Araber einen solchen Arm?" frug ich.
„Er ist weiß," antwortete er. „Ist Dein ganzer Körper so?"
„Natürlich. Kannst Du lesen?"
„Ja," antwortete er stolz.
Ich nahm mein Notizbuch heraus und hielt es ihm hin.
„Ist dies die Schrift eines Kurden oder Arabers?"
„Das ist eine fremde Schrift."
Ich steckte das Buch wieder ein und öffnete den Paß.
„Kennst Du dieses Siegel?"
„Katera Allah – bei Gott! Das ist das Siegel des Großherrn!"
„Und dieses Siegel mußt Du achten, denn Du bist ein Krieger des Pascha von Sulimania, der dem Sultan Rechenschaft geben muß. Glaubst Du nun, daß ich kein Bejat bin?"
„Ich glaube es."
„Ebenso wahr ist auch das, was ich Dir von den Andern sagte."

„Aber Ihr wart ja bei den Bejat!“
„Wir trafen sie eine Tagreise im Norden von hier. Sie nahmen uns als ihre Gäste auf und sagten, daß sie zu einem Feste der Dschiaf reiten wollten. Wir wußten nicht, daß sie Feinde der Bebbeh sind; wir ahnten also auch nicht, daß sie Euch überfallen und berauben wollten. Gestern Abend schliefen wir unter ihrem Schutze ein; sie aber schlichen sich fort, und als sie wiederkehrten, erkannten wir erst, daß wir das Brod von Räubern und Dieben gegessen hatten. Ich zankte darüber mit Khan Heider Mirlam, und unterdessen wurden wir von Euch angegriffen.“
„Oh! Allah gebe, daß Heider Mirlam uns nicht entkommt! Habt Ihr Euch gegen die Unserigen gewehrt?“
„Ja. Wir mußten es, weil sie uns angriffen.“
„Habt Ihr Einen getödtet?“
„Keinen Einzigen.“
„Beschwöre es!“
„Ich schwöre nicht; ich bin ein Christ.“
„Ein Christ!“ meinte er überrascht und mit einer mitleidigen Miene. „O, nun weiß ich, daß Du wirklich kein Kurde und kein Turkomane bist, denn ein Moslem wird niemals sagen, daß er ein Christ sei. Nun glaube ich auch, daß Ihr keinen von den Unserigen getödtet habt, sondern geflohen seid. Wie kann ein Christ einen Moslem tödten!“
Es lag so viel Verachtung in seinem Tone, daß ich ihm am liebsten eine kräftige Ohrfeige gegeben hätte; aber um unseres eigenen Vortheiles willen mußte ich seine Beleidigung ruhig ertragen. Ich befand mich in einer keineswegs sehr angenehmen Lage, denn die zurückgebliebenen Bebbeh waren mittlerweile auch herbeigekommen und hatten sich mit den Andern vereinigt, so daß nur fünfhundert Schritte von mir entfernt über dreißig Feinde hielten. Die geringste Unvorsichtigkeit konnte mein augenblickliches Verderben sein.
„Du siehst also, daß wir nicht Eure Feinde sind, und wirst uns ungehindert gehen lassen?“
„Wohin wollt Ihr gehen?“
„Gegen Bagdad hin.“
„Bleibe hier. Ich werde mit den Bebbeh reden!“
Er stand auf und ging zurück, ohne im Vorüberschreiten seine weggeworfene Keule eines Blickes zu würdigen. Es war eine lange, sehr lange Unterredung, welche nun erfolgte; man sprach für und wider, wie ich aus den Geberden ersah, und es war über eine Viertelstunde vergangen, ehe er zu mir zurückkehrte.
Er setzte sich nicht wieder; darum stand ich gleichfalls auf.
„Du könntest gehen,“ entschied er; „aber wir haben Deine Gefährten noch nicht gesehen. Rufe sie herbei! Auf meinen Wink werden auch vier Bebbeh erscheinen; dann sind wir gleich.“

Dieser Vorschlag war ganz außerordentlich gefährlich. Ich hatte mich gar noch nicht wieder nach den Gefährten umgesehen, um nichts an Respekt bei dem Abgesandten einzubüßen; aber als ich mich jetzt umdrehte, sah ich sie in einer Entfernung von wenigstens zweitausend Schritten von uns halten. Sollten sie diesen günstigen Vorsprung aufgeben, um sich vielleicht fangen zu lassen? Ich mußte vorsichtig handeln.
„Du irrst,“ antwortete ich; „dann sind wir nicht gleich.“
„Warum nicht? Ihr seid Fünf und wir auch.“
„Sieh den Vorsprung, den meine Brüder jetzt haben, und denke an den, welchen sie dann haben werden, wenn sie hier sind und Ihr ihnen nicht den Frieden bietet!“
Er machte eine Armbewegung der unendlichsten Geringschätzung.
„Fürchte nichts, Giaur! Wir sind Bebbeh und keine Bejat. Wir werden Euch ganz denselben Vorsprung wieder lassen.“
Unter andern Verhältnissen hätte ich diesem Manne für seinen „Giaur“ sicherlich ganz anders geantwortet; jetzt aber hielt ich es für das Klügste, diese Beleidigung gar nicht gehört zu haben. Darum erwiederte ich nur:
„Ich traue Dir! Werden Deine vier Männer bewaffnet kommen?“
„Wie Du es willst.“
„Sie mögen ihre Waffen behalten, und auch wir beide wollen die unserigen wieder nehmen.“
Er nickte stumm und kehrte zurück. Ich steckte Dolche und Revolver wieder in den Gürtel und stieg zu Pferde. Dann winkte ich den Gefährten. Die Atmosphäre war so rein und klar, daß sie selbst auf eine solche Entfernung hin meine Armbewegung erkennen konnten. Sie folgten dem Winke und kamen herbei. Bald hielten wir in einer Reihe neben einander und fünf Bebbeh uns gegenüber.
„Welcher ist der andere Franke?“ frug der Anführer.
Ich deutete auf Lindsay und antwortete: „Dieser!“
Über die ernsten Züge der Kurden glitt eine Art von Lächeln, und der Sprecher meinte:
„Ich glaube, daß er ein Franke und ein Christ ist, denn er hat die Nase eines Khansir, die man Rüssel nennt.“
Das war denn doch mehr, als ich ihm erlauben durfte.
„Diese Art von Nasen habe ich in Alep und Diarbekr bei vielen Gläubigen gesehen,“ antwortete ich.
Er fuhr empor: „Schweige, Giaur!“
Ich ließ mein Pferd einen Schritt vortreten.
„Höre, Mann, Du sagtest vorhin, daß Du lesen könnest. Hast Du vielleicht auch den Kuran gelesen?“
„Was geht es Dich an!“
„Ich frage allerdings nicht viel nach dem Buche des Propheten, denn ich bin ein Christ; Du aber bist ein Moslem und solltest thun, was Muhammed befiehlt! Hat er nicht gesagt: „Wer einen Feind ehrt, den lieben die Tapferen; wer aber einen Feind schändet, den

lieben die Feiglinge!“ Du hast Deine Lehre von dem Propheten erhalten und denkst, Du hättest die richtige; wir haben die unserige von Isa Ben Marryam erhalten und glauben, daß sie die richtige sei; wir haben also beide das Recht, uns Giaurs zu nennen. Du hast es gethan, ich aber nicht; denn es ist nicht fein und schön, einen Menschen ärgern zu wollen. Wer seinen Mitmenschen in den Staub tritt, der beschmutzt sich selbst. Merke Dir das, Bebbeh!“

Er blieb vor Erstaunen über meine vermeintliche Kühnheit eine ganze Weile wortlos; dann aber riß er zornig den Dolch aus dem Gürtel.

„Mensch, willst Du, Du, Du mir Lehren geben? Du, ein Christ, den Allah und der Prophet verdammen mögen! Soll ich Dich zerreißen, wie man einen Lappen zerreißt? Ich war bereit, Euch ziehen zu lassen; nun aber gebiete ich Euch: Macht Euch von hinnen, Ihr Unreinen! Euren Abstand sollt Ihr wieder erhalten; dann aber möge Euch der Scheïtan in die Dschehenna führen!“

Ich sah, daß dies seinen vier Männern aus dem Herzen gesprochen war; aber ich sah auch, daß die Blicke der beiden Haddedihn und Halef's mit zorniger Erwartung auf mir hafteten. Auch der Engländer beobachtete mich scharf, um sein Thun ganz nach dem meinigen zu richten. Da er von der Unterhaltung nichts verstand, so mußte ich ihn aufmerksam machen:

„Sir, wenn ich schieße, so schießt auch, aber nur auf die Pferde!“

„Yes! Schön! Prachtvoll!“ antwortete er.

Nun erklärte ich dem Bebbeh in ruhigem Tone:

„Gut, wir werden reiten; vorher aber muß ich Dir Eins erst sagen: Glaube nicht, daß wir um Frieden gebeten haben, weil wir uns vor Euch fürchten! Wir lieben nur deßhalb den Frieden, weil wir nicht das Blut von Menschen vergießen wollen. Du hast es anders gewollt; so siehe nun, was die Folgen sind!“

„Ihr? Euch nicht fürchten?“ höhnte er. „Hast Du nicht hier Dich vor uns in den Staub gesetzt und um Barmherzigkeit gebeten, Giaur?“

„Sage dieses Wort nicht noch einmal, Bebbeh, sonst kommt es über Dich wie der Blitz über den Baum! Ich wollte den Frieden haben, um Euretwillen, und ich will Euch beweisen, daß wir Euch verachten. Wir wollen nicht einen Vorsprung von Euch geschenkt haben, sondern der Kampf mag sofort beginnen. Kommt heran!“

„So sei es!“ rief er und griff nach seinem Dolch. In demselben Augenblick aber schoß mein Pferd mit einem langen Satze an dem seinigen vorüber; ich ergriff ihn beim Arm und riß ihn vom Pferde. Vier Schüsse krachten – noch zwei, und als ich den Rappen rasch wandte, sah ich die Pferde der Bebbeh sich mit ihren Reitern am Boden wälzen.

„Fort! Schnell!“

Wir jagten vorwärts. Ich riß den Bebbeh zu mir empor und gab ihm einige saftige Ohrfeigen mit den Worten: „Das ist für den „Giaur“!“ Dann ließ ich ihn fallen. Er kam hart neben den Hufen des Pferdes, doch ohne von ihnen verletzt zu werden, zur Erde

nieder. Das alles war so schnell geschehen, daß erst jetzt die Bebbeh unter einem lauten Wuthgeheul ihre Pferde in Bewegung setzten.
„Habe ich recht oder unrecht gehandelt?“ frug ich die Haddedihn während des Reitens.
„Emir,“ antwortete Muhammed Emin, „Du hast recht gehandelt; der Mann hat nicht nur Dich, sondern auch uns beleidigt. Er darf kein Krieger mehr sein, denn er ist von einem Christen in das Gesicht geschlagen worden. Das ist schlimmer als der Tod und wird fürchterlich gerächt. Hüte Dich, jemals in die Hände der Bebbeh zu fallen; Du müßtest unter entsetzlichen Martern sterben!“
In zehn Minuten hatten die Bebbeh wieder zwei Abtheilungen gebildet; nur war die vordere jetzt weniger zahlreich, da fünf ihrer Pferde erschossen waren. Ich wartete noch eine Weile, bis der Abstand zwischen ihnen sich noch mehr vergrößert hatte, und gebot dann Halt. Die sechs vordersten Reiter hätten uns den ganzen Tag nicht aus den Augen verloren, denn ihre Pferde waren ausgezeichnet. Darum mußten wir diese Thiere erschießen. Dies erklärte ich den Haddedihn, stieg vom Pferde und ergriff die Büchse.
„Schießen?“ frug Lindsay, der diese Anstalt beobachtete.
„Ja. Die Pferde weg.“
„Yes! Interessant! Viel Geld werth!“
Ich bat noch, nicht eher loszudrücken, als bis Jeder sicher sei, nicht den Mann, sondern das Pferd zu treffen.
Die Verfolger kamen herbeigesaust und befanden sich bereits in Schußweite, als sie unsere Absicht zu ahnen begannen. Anstatt zerstreut abzuschwenken, hielten sie an.
„Fire!“ kommandirte Master Lindsay.
Obgleich die Araber das englische Wort nicht verstanden, wußten sie doch, was es zu bedeuten habe. Wir drückten ab, ich und Lindsay noch einmal, und bemerkten sofort, daß kein Fehlschuß gefallen war: – die sechs Pferde bildeten mit ihren Reitern auf dem Boden einen Knäuel, dessen Entwirrung abzuwarten, es uns leider an der nöthigen Zeit gebrach.
Nun stiegen wir wieder zu Pferde. Bald blieben die Verfolger weit zurück, und nach einer Weile befanden wir uns allein auf der Ebene.
Diese erreichte jedoch sehr bald ihr Ende. Es erhoben sich Berge vor uns, und auch von den Seiten traten Höhen zu uns heran. Wir hielten unwillkürlich die Pferde an, ohne uns irgend ein Zeichen dazu gegeben zu haben.
„Wohin?“ frug Mohammed.
„Hm!“ brummte ich.
Ich war noch nie im Leben so unsicher über die einzuhaltende Richtung gewesen, wie jetzt.
„Überlege, Emir!“ sagte Amad. „Wir haben jetzt Zeit. Unsere Pferde mögen sich verschnaufen.“
„Ebenso leicht könnte ich sagen: Ihr sollt überlegen,“ antwortete ich. „Ich weiß nicht genau, in welcher Gegend wir uns befinden, aber ich denke, daß im Süden von uns

Nweizgieh, Merwa, Beytosch und Deira liegen. Diese Richtung würde uns nach Sulimania bringen – –“

„Dahin gehen wir nicht!“ unterbrach mich Mohammed Emin.

„So haben wir uns für den Paß zu entschließen, von welchem wir gestern Abend sprachen. Wir können unsere gegenwärtige Richtung beibehalten, bis wir den Fluß Berozieh erreichen, welchen wir eine Tagreise lang aufwärts verfolgen müssen, um hinter Banna in die Berge zu kommen.“

„Ich stimme bei,“ sagte Mohammed.

„Dieser Fluß hat für uns auch den Vortheil, daß er Persien von dem Ejalet scheidet, und wir können also die Ufer wechseln, je nachdem es unsere Sicherheit erfordert.“

Wir ritten nun weiter gegen Süden. Die Gegend stieg aus der Ebene immer mehr zur Höhe; Berge und Thäler wechselten in immer größerem Gegensatze. Am späten Nachmittag befanden wir uns mitten im Gebirge und kamen, kurz vor Sonnenuntergang, auf einer einsamen, dicht bewaldeten Höhe zu einer kleinen Hütte, aus deren Dachöffnung Rauch emporstieg.

„Hier wohnt Jemand, Sihdi,“ meinte Halef.

„Jedenfalls ein Mensch, der uns nichts schaden kann. Ich werde mir ihn ansehen; bleibt bis dahin hier halten!“

Ich stieg ab und schritt auf das Häuschen zu. Es war aus Steinen erbaut, deren Ritzen man mit Moos verstopft hatte. Das Dach wurde von einer mehrfachen Lage dichter Zweige gebildet, und die Thüröffnung war so niedrig, daß kaum ein Kind aufrecht eintreten konnte.

Als meine Schritte im Innern des primitiven Bauwerkes zu hören waren, erschien an der Thür der Kopf eines Thieres, welches ich für einen Bären hielt; bald aber überzeugte mich die Stimme dieses zottigen Geschöpfes, daß ich es mit einem Hunde zu thun habe. Dann erklang von innen ein scharfer Pfiff, und an Stelle dieses Kopfes erschien ein zweiter, den ich beim ersten Anblick ebensowenig zu klassifiziren vermochte. Ich sah nämlich weiter nichts als Haare, die verworrener gar nicht gedacht werden konnten, und eine tiefschwarze, breite Nase und zwei funkelnde Äuglein, die denen eines zornigen Schakals glichen.

„Ivari 'l ker – guten Abend,“ grüßte ich.

Ein tiefes Brummen antwortete.

„Wohnst Du allein hier?“

Das Brummen stieg noch um einige Töne tiefer.

„Gibt es noch andere Häuser hier in der Nähe?“

Jetzt wurde das Brummen wahrhaft fürchterlich; ich glaube, die Stimme dieses Geschöpfes reichte wenigstens bis zum großen C herab. Dann kam die Spitze eines Spießes zum Vorschein – sie ward immer weiter hervorgeschoben, bis sie sich grad vor meiner Brust befand.

„Komm heraus!“ bat ich im höflichsten Tone.

Wahrhaftig, das Brummen stieg noch eine kleine Terz tiefer, also Contra-A, und die Spitze der Waffe zielte grad auf meine Kehle. Das war mir denn doch zu ordnungswidrig. Ich faßte also den Spieß und zog. Der räthselhafte Bewohner der Hütte hielt seine Waffe fest, und da er mir nicht gewachsen war, so zog ich ihn aus der Thüre: erst das Haargestrüpp mit der schwarz glänzenden Nase, dann zwei Hände von ganz derselben Farbe und mit breiten Krallen; hierauf folgte ein zerlöcherter Sack, ähnlich denen, in welchen unsere Kohlenhändler ihre Waare aufzubewahren pflegen, dann zwei schmierige Lederfutterale, parallel mit einander, und endlich zwei Gegenstände, über welche sich ein Anderer sicher im Unklaren geblieben wäre, die ich als Scharfsinnigster der Scharfsinnigen in Folge ihrer Umrisse sofort als die Stiefel erkannte, welche der Koloß von Rhodus einmal getragen haben muß.
Sobald diese Stiefel die Thür passirt hatten, richtete sich das Wesen vor mir empor, und nun hatte auch der Hund Platz genug, sich in ganzer Figur zu zeigen. Auch bei ihm sah man nur einen jedem Gleichniß spottenden Haarfilz, eine schwarze Nase und zwei Augen, und beide Creaturen schienen sich mehr vor mir zu fürchten, als ich mich vor ihnen.
„Wer bist Du?“ frug ich jetzt im barschesten Tone.
„Allo!“ brummte es, aber es waren doch menschliche Laute.
„Was bist Du?“
„Kümürdar.“
Ah, das war also die einfache Erklärung der schwarzen Nase und der ditto Hände; aber diese Nägel brauchte er sich doch nicht wachsen zu lassen. Ich merkte, daß ihm meine Barschheit imponirte. Er war ganz zusammengeknickt, und auch sein Hund zog den Schwanz ein.
„Gibt es hier noch Leute?“ erkundigte ich mich weiter.
„Nein.“
„Wie lange muß man gehen, um zu Menschen zu kommen?“
„Mehr als einen Tag.“
„Für wen brennst Du die Kohlen?“
„Für den Herrn, der Eisen macht.“
„Wo wohnt er?“
„In Banna.“
„Du bist ein Kurde?“
„Ja.“
„Bist Du ein Dschiaf?“
„Nein.“
„Ein Bebbeh?“
„Nein.“

Aber bei diesem Worte spuckte er mit einem sehr feindseligen Räuspern aus. Diese ästhetische Anstrengung erregte, wie ich leider gestehen muß, unter den gegenwärtigen Umständen meine innerste Sympathie.
„Zu welchem Stamme gehörst Du denn?"
„Ich bin ein Bannah."
„Blick einmal da hinüber, Allo! Siehst Du die vier Reiter?"
Er kratzte sich die langen Haarzotteln aus dem Gesicht, um seinen Augen einen größeren Spielraum zu geben, und richtete den Blick nach der von mir angedeuteten Richtung. Trotz des Kohlenüberzuges, hinter dem sich seine eigentliche kurdische Oberhaut verbarg, sah ich doch, daß ein tiefer Schreck über seine Physiognomie zuckte.
„Sind es Kurden?" frug er besorgt.
Ah, jetzt hatte ich ihn doch so weit, daß er freiwillig redete. Als ich seine Frage verneinte, fuhr er fort: „Was sind sie denn?"
„Wir sind drei Araber und zwei Christen."
Er blickte mich groß an.
„Christen! Was ist das?"
„Das werde ich Dir später erklären, denn wir werden diese Nacht bei Dir bleiben."
Jetzt erschrak er noch viel mehr als vorher.
„Herr, thut dies nicht!"
„Warum nicht?"
„Es wohnen böse Geister im Gebirge!"
„Das ist uns lieb, denn wir wollen gerne einmal Geister sehen."
„Es regnet auch zuweilen!"
„Das Wasser wird Dir gar nichts schaden."
„Dabei donnert es manchmal!"
„Das gehört dazu."
„Es sind Bären hier."
„Wir essen gerne den Schinken derselben."
„Es kommen oft Räuber in die Berge!"
„Die schießen wir todt."
Endlich, als er bemerkte, daß keine Ausrede verfing, kam er mit der Wahrheit zum Vorschein; er sagte in bittendem Tone:
„Herr, ich fürchte mich vor Euch!"
„Das hast Du nicht nöthig. Wir sind keine Räuber und keine Mörder. Wir wollen hier an Deinem Hause schlafen und werden morgen weiter ziehen. Dafür, daß Du es erlaubst, sollst Du einen silbernen Piaster erhalten."
„Einen silbernen? Einen ganzen?" frug er erstaunt.
„Ja, oder auch zwei, wenn Du freundlich bist."
„Herr, ich bin sehr freundlich!"

Bei dieser Versicherung lachte Alles an dem Kerl: die Augen, der Mund, den ich erst jetzt bemerkte, die Nase und die Hände, welche ganz vergnügt zusammenklappten. Es war wirklich außerordentlich, was dieser edle Bannahkurde für einen Bartwuchs besaß. Ich hatte so Etwas fast noch gar nicht gesehen. Er hätte getrost mit der Pastrana reisen können. Seine Freude schien auch seinen Hund anzustecken, denn dieser zog den Schwanz behutsam hervor und versuchte ein verschämtes Wedeln, wobei er mit der Pfote spielend nach meinem Dojan langte, der ihn aber so wenig zu bemerken schien, wie der Großmogul einen Kaminkehrerjungen.
„Bist Du in den Bergen gut bekannt?" setzte ich meine Erkundigung fort.
„Ja, überall!"
„Kennst Du den Berozieh-Fluß?"
„Ja, er ist die Grenze."
„Wie weit läufst Du bis zu ihm?"
„Einen halben Tag."
„Kennst Du Banna?"
„Ich bin des Jahres zweimal dort."
Er kannte auch Amehdabad und Bayendereh.
„Aber wo Bistan liegt, das weißt Du nicht?" hob ich wieder an.
„Ich weiß es sehr genau, denn mein Bruder ist dort."
„Mußt Du alle Tage arbeiten?"
„Ich arbeite, wie es mir gefällt!" antwortete er stolz.
„So kannst Du nach Belieben von hier weg?"
„Herr, ich weiß nicht, warum Du so fragst!"
Dieser Pfahlbautenmann war vorsichtig; das gefiel mir von ihm.
„Ich will Dir sagen, warum ich frage," antwortete ich ihm. „Wir sind hier fremd und kennen die Wege durch die Berge nicht; darum brauchen wir einen ehrlichen Mann, der uns führt. Wir geben ihm dafür alle Tage zwei Piaster."
„O Herr, ist dies wahr? Ich bekomme alle Jahre zehn Piaster und Mehl und Salz. Soll ich Euch führen?"
„Wir wollen Dich heut erst kennen lernen. Wenn wir mit Dir zufrieden sind, so wirst Du Dir mehr Geld verdienen, als Du sonst in einem Jahre hast."
„Rufe diese Männer herbei! Ich will ihnen Mehl geben und Salz und einen Topf zum Backen; auch Wild habe ich, so viel Ihr wollt, und Gras sollen Eure Pferde haben, so viel sie fressen können. Da oben ist eine Quelle, und Euer Lager werde ich so weich machen, wie den Diwan einer Sultana Valide!"
Dieser brave Allo war auf einmal ganz und gar umgewandelt – „und das hat mit seinem Klingen nur der Piaster gethan!"
Ich winkte die Gefährten herbei, welche durch unsere lange Unterredung hart auf die Probe gestellt worden waren. Sie beeilten sich darum und waren über den Anblick des Köhlers nicht weniger erstaunt, als ich vorher. Besonders der Engländer schien vor

Verwunderung sprachlos; doch auch der Bannah bewunderte die Nase Master Lindsay's mit einer Miene, welche an Wahrheit des Ausdruckes nichts zu wünschen übrig ließ. Endlich kam dem Englishman die Sprache wieder:
„Pfui Teufel!" rief er. „Wer ist das? Ein Gorilla?"
„Nein, sondern ein Kurde vom Stamme der Bannah."
„O weh! Wasch Dich!" brüllte er den armen Kerl an; da aber dieser sein Englisch nicht verstand, so blieb es mit der Kohle einstweilen noch beim Alten. Mittlerweile waren die Pferde angepflockt und die Decken auf dem Moose ausgebreitet. Wir setzten uns nieder, und ich gab Mohammed die nöthige Auskunft über den Köhler, der unser Führer sein wolle. Wir beschlossen, denselben scharf zu beobachten.
Dieser schleppte jetzt aus der Hütte einen Sack groben Mehles und brachte dann ein Tongefäß voll Salz. Hierauf folgte ein Topf, welcher Jahre hindurch mysteriösen Zwecken gedient zu haben schien. Sodann öffnete er eine kleine Grube hinter dem Hause. Sie war mit Steinen ausgekleidet und enthielt seinen Fleischvorrath, welcher in zwei Hasen und einem bereits „angespeisten" Rehe bestand. Nun konnten wir wählen. Wir entschieden uns für das Reh. Es wurde an dem Wasser gehörig ab- und ausgespült; dann machten wir ein Feuer nebst Bratspießvorrichtung, und während Halef die Pferde tränkte und der Kurde mit seinem langen Messer Futter für sie schnitt, gab ich mich der so viel Aufmerksamkeit erheischenden, aber auch lohnenden Beschäftigung des Bratspießdrehens hin.
„Schmutziger Kerl!" brummte der Engländer; „aber auch fleißig. Schade!"
„Warum Schade?"
„Miserabler Topf! Yes! Wäre so schön gewesen, wenn Topf reinlicher wäre. Könnte so schön darin braten!"
„Aber was denn, zum Kuckuck?"
„Pudding."
„Pudding? Ah! Wie kommt Ihr auf einmal auf Pudding, Sir?"
„Hm! Bin ich nicht Englishman?"
„Allerdings. Aber sagt mir doch um aller Welt willen, was für einen Pudding Ihr hier backen wolltet?"
„Irgend einen. Yes!"
„Ich kenne über zwanzig Puddingarten, aber keine einzige, welche wir hier bereiten könnten."
„Ah! Oh! Warum?"
„Weil Alles fehlt."
„Alles? O, no! Haben Reh, Mehl, Salz – Alles!"
„Reh, Mehl, Salz – Alles! Schön, Sir, ich werde mir dieses köstliche Recept merken! Was man sonst zum Fleischpudding zu brauchen pflegt: Speck, Eier, Zwiebel, Pfeffer, Zitrone, Petersilie, Senf-Sauce, verdirbt nur das Gericht."
„So ist es! Well!"

Er erhielt statt seines Pudding ein tüchtiges Stück Rehkeule, von dem er auch nichts übrig ließ. Als ich den Braten zu zerlegen begann, stand der Kurde an der Ecke seines Häuschens und leckte sehnsüchtig den Ruß von seinen Fingern.
„Komm her, Allo, und iß mit!“ lud ich ihn ein.
Im Nu hatte ich ihn an meiner Seite, und ich sah es ihm an, daß wir von diesem Augenblick an dicke Freunde seien.
„Was kostet Dein Reh?“ frug ich ihn.
„Herr, ich schenke es Euch. Ich fange mir ein anderes.“
„Ich werde es Dir dennoch bezahlen. Hier, nimm!“
Ich langte in das verborgene Fach meines Gürtels und holte zwei Piaster hervor, die ich ihm gab.
„O, Herr, Deine Seele ist voller Barmherzigkeit! Willst Du nicht auch die Hasen braten?“
„Wir nehmen sie morgen mit.“
In der Nähe des Häuschens lag ein großer Haufen Laub. Dieses schleppte der Kurde nun herbei, um uns ein fünffaches Lager zu bereiten. Mit Hülfe unserer Decken brachte er es wirklich ganz prachtvoll zu Stande, so daß wir uns am andern Morgen gestanden, lange nicht so gut geschlafen zu haben.
Vor dem Aufbruche aß ein Jeder von uns ein Stück von dem übrig gebliebenen Rehbraten.
„Habt es bezahlt, Master,“ sagte Lindsay; „werde es Euch wiedergeben.“
„Kleinigkeit!“
„Wird dieser Gorilla uns führen, und wieviel erhält er?“
„Zwei Piaster pro Tag.“
„Werd ich ihm geben. Verstanden?“
„Gut, Sir!“
Da auch die Haddedihn einverstanden waren, den Kurden als Führer mitzunehmen, so nahm ich diesen in's Examen.
„Hast Du einmal vom Kiupri-See gehört?“
„Ich war dort.“
„Wie weit ist es bis dorthin?“
„Wollt Ihr viele Dörfer sehen oder wenige?“
„Wir wollen wenig Menschen treffen.“
„So werdet Ihr sechs Tage brauchen.“
„Welches ist der Weg?“
„Man geht von hier bis an den Berozieh und am Wasser empor bis nach Amehdabad; dann geht ein Paß nach rechts ab, welcher nach Kizzelzieh führt, und dort sieht man das Wasser, welches in den Kiupri-See läuft.“
Das war zu meiner Verwunderung und Genugthuung ganz genau derselbe Weg, den ich vorgezeichnet hatte. Der Bulbassi-Kurde, welcher mir diese Gegenden beschrieben hatte, war also doch ein guter Berichterstatter gewesen.

„Willst Du uns führen?“ frug ich neuerdings.
„Herr, ich kann Euch führen, bis man nach Bagdad zu die Ebene erreicht!“ antwortete er.
„Wie hast Du diese Pfade kennen gelernt?“
„Ich habe die Händler geführt, die beladen in die Berge kommen und dann leer wieder gehen. Damals war ich noch nicht Kümürdar.“
Dieser Mann war trotz seines Schmutzes eine wahre Perle für uns. Er schien ein wenig beschränkt zu sein, aber ein ehrliches, anhängliches Gemüth zu haben. Darum beeilte ich mich, ihn zu dingen.
„Du sollst uns bis zur Ebene führen und alle Tage Deine zwei Piaster erhalten. Wenn Du uns treu dienst, so darfst Du Dir auch ein Pferd kaufen, welches wir Dir dann schenken. Bist Du zufrieden?“
Ein Pferd! Das war ein unendlicher Reichthum für ihn. Er ergriff meine Hand und drückte sie mit großer Inbrunst an diejenige Stelle seines Bartes, unter welcher man aus anatomischen Gründen seinen Mund vermuthen mußte.
„O Herr! Deine Freundlichkeit ist größer als diese Berge! Darf ich auch meinen Hund mitnehmen, und werdet Ihr ihm Futter geben?“
„Ja. Wir können Wild genug für ihn schießen.“
„Ich danke Dir; ich habe keine Flinte und muß das Wild in der Schlinge fangen. Wann wirst Du mir das Pferd kaufen?“
„So bald wie möglich.“
Er hatte Salz, und ich trug ihm auf, einen Vorrath davon mitzunehmen.
Welch ein kostbarer Artikel das Salz ist, lernt man erst dann erkennen, wenn man es Monate lang entbehren muß. Die meisten Beduinen und auch viele Kurden sind nicht an den Genuß desselben gewöhnt.
Allo war schnell mit seinen Vorbereitungen zu Ende. Er versteckte sein Mehl und Salz in das erwähnte Loch, ergriff sein Messer nebst dem fürchterlichen Spieß und that seinen Hund an die Leine, die er sich um die Hüften schlang. Eine Kopfbedeckung gab es bei ihm nicht.
Wir begannen diesen Tagmarsch mit erneutem Vertrauen auf unser gutes Geschick. Unser Führer leitete uns scharf nach Süd, bis wir am Mittag den Berozieh erreichten. Hier machten wir Rast und badeten in den Wellen des Flusses. Glücklicher Weise ließ Allo sich von mir bereden, ein Gleiches zu thun. Er gebrauchte den reichlich vorhandenen feinen Sand als Seife und verließ als ein anderer Mensch die wohlthätigen Wellen.
Wir schlugen jetzt eine östliche Richtung ein, mußten aber manche Umwege machen, da am Flusse viele Ansiedlungen und Nomadenlager waren, die wir zu umgehen für nothwendig hielten. Am Abend übernachteten wir am Ufer eines Baches, welcher rechts vom Gebirge herab dem Berozieh entgegeneilte.

Wir hatten am nächsten Morgen kaum eine Stunde zurückgelegt, als der Kurde stehen blieb und mich an mein Versprechen erinnerte, ihm ein Pferd zu kaufen. In der Nähe habe er einen Bekannten, dessen Pferd feil sei.
„Wohnt er in einem großen Dorfe?“ frug ich.
„Es sind nur vier Häuser da.“
Das war mir lieb, denn ich wollte so viel wie möglich alles Aufsehen vermeiden und ich konnte den Kurden doch auch nicht allein fortlassen, da ich mich noch nicht überzeugt hatte, ob er verschwiegen sei.
„Wie alt ist das Pferd?“
„Es ist noch jung, fünfzehn Jahre.“
„Schön. Wir werden mit einander gehen, um es zu besehen, während die Andern auf uns warten. Suche einen Ort, wo sie unentdeckt bleiben können!“
Nach einer Viertelstunde sahen wir unten am Wasser einige Häuser liegen.
„Das ist es,“ sagte Allo. „Warte hier; ich werde Deine Freunde verstecken.“
Er führte sie weiter, kehrte aber schon nach einigen Minuten zurück.
„Wo sind sie?“
„In einem Dickicht, wohin Niemand kommt.“
„Du wirst den Leuten da unten nicht sagen, wer ich bin, auch nicht, wohin wir gehen, und daß Vier auf uns warten!“
„Herr, ich sage kein Wort. Du bist so gut mit mir, und ich liebe Dich. Habe keine Sorge!“
Ich ritt die nicht sehr steile Anhöhe hinab und befand mich bald vor einem Hause, unter dessen vorspringendem Dache verschiedene Pack- und Reitsättel hingen. Hinter dem Hause war eine Art Corral, in welchem einige Pferde herumsprangen. Ein alter, hagerer Kurde trat uns entgegen.
„Allo, Du?“ frug er erstaunt. „Der Prophet segne Dein Kommen und alle Deine Wege!“ Und leise setzte er hinzu: „Wer ist dieser große Herr?“
Der Gefragte war so politisch, laut zu antworten:
„Dieser Herr ist ein Effendi aus Kerkuk, der nach Kelekowa will, um dort mit dem Pascha von Sinna zusammen zu treffen. Da ich die Wege kenne, so soll ich ihn führen. Hast Du das Pferd noch, welches Dir übrig ist?“
„Ja,“ antwortete der Mann, dessen Blick voll Bewunderung an meinem Pferde hing. „Es befindet sich hinter dem Hause. Komm!“
Ich wollte die Beiden nicht allein lassen und stieg daher schleunigst ab, um ihnen zu folgen, nachdem ich mein Pferd angehängt hatte.
Das betreffende Thier gehörte nicht zu den schlechtesten; ich hielt es nicht für so alt, wie mir Allo angegeben hatte, und da Pferde da waren, welche mir weniger werth zu sein schienen, so wunderte ich mich, daß grad dieses dem Besitzer feil sei.
„Was soll es kosten?“ erkundigte ich mich.
„Zweihundert Piaster,“ lautete die Antwort.
„Führe es vor!“

Er zog es aus der Umzäunung, ließ es gehen, traben und auch galoppiren und machte dadurch meinen Verdacht rege; denn es war wirklich mehr werth als den geforderten Preis.

„Lege den Packsattel an und eine Last darauf!"

Es geschah, und das Thier folgte gehorsam jedem Fingerzeig.

„Hat dieses Thier einen Fehler?"

„Keinen einzigen, Chodih!" betheuerte er.

„Es hat einen, und es ist besser, wenn Du ihn mir sagst. Das Pferd ist für Deinen Freund Allo, den Du nicht betrügen wirst."

„Ich betrüge ihn nicht."

„Nun wohl, so will ich versuchen, den Fehler zu entdecken. Nimm das Gepäck herab und leg einen Reitsattel auf!"

„Warum, Herr?"

Diese Frage verrieth mir, daß ich auf der richtigen Fährte sei.

„Weil ich es so haben will!" antwortete ich kurz.

Er gehorchte, und dann hieß ich ihn aufsteigen.

„Herr, ich kann nicht," entschuldigte er sich.

„Warum nicht?"

„Ich habe das Gewitter im Beine. Ich kann nicht reiten."

„So werde ich es selbst thun!"

Ich sah es ihm an, daß ich der Entdeckung jetzt nahe sei. Das Pferd ließ mich herantreten, doch sobald ich den Fuß erhob, um in den Bügelschuh zu treten, wich es zur Seite. Es wollte mir nicht gelingen, in den Sattel zu kommen, bis ich es hart an die Mauer des Gebäudes stellte. Jetzt saß ich auf, sofort aber ging es hinten in die Höhe, daß es sich fast nach vorn überschlug; dann stieg es vorn empor, beinahe mehr als kerzengrade; es bockte zur Seite und machte so gewaltige Luftsprünge, daß ich die erste Gelegenheit ergriff, mich aus dem Sattel zu werfen. Ich that dies mit Vorbedacht so, daß ich zur Erde fiel und es den Anschein hatte, als ob ich abgeworfen worden sei.

„Mann, dieses Pferd ist keinen Para, viel weniger zweihundert Piaster werth! Kein Mensch kann es reiten. Es ist verdorben worden."

„Herr, es ist gut. Vielleicht will es nur Dich nicht dulden."

„Ich kenne das! Es hat lange Zeit unter einem schlechten Sattel und unter einem noch schlimmeren Reiter gelitten; das merkt sich so ein Thier. Wer soll es nun besteigen? Es ist höchstens noch als Packpferd zu verwenden."

„Brauchst Du kein Packpferd, Herr?"

„Nein. Jetzt nicht, sondern erst später."

„So kaufe es, denn Du wirst nicht gleich ein Pferd finden, wenn Du es brauchst."

„Soll ich mich mit einem Thiere schleppen, welches mir jetzt zur Last ist?"

„Du sollst es um hundertfünfzig Piaster haben!"

„Ich gebe Dir hundert, und keinen Para mehr."

„Herr, Du scherzest!"
„Behalte es! Ich finde in Banna ein anderes. Komm, Allo!"
Ich bestieg meinen Rappen, und der Köhler folgte mir mit betrübter Miene. Wir hatten aber kaum fünfzig Schritte zurückgelegt, so hörten wir rufen:
„Gib hundertdreißig, Herr!"
Ich antwortete nicht.
„Hundertzwanzig!"
Ich ritt weiter, ohne mich umzublicken.
„Komm zurück, Herr; Du sollst es für hundert haben!"
Jetzt blieb ich halten und frug, ob er auch einen Reitsattel und eine Decke zu verkaufen habe. Als er bejahte, kehrte ich zurück und kaufte einen ganz passablen Sattel nebst Decke für vierzig Piaster. Und was das Vortheilhafteste war: der Händler nahm den Preis ganz willig in altem Beschlik an, der sich nach und nach in meiner Tasche angesammelt hatte. Ich legte, nachdem ich bezahlt hatte, dem Pferd den Sattel und das Zaumzeug an und nahm dann von dem Kurden Abschied.
„Lebe wohl! Du wolltest Deinen Freund betrügen, aber Du wirst gleich sehen, daß er das Pferd für den dritten Theil seines Werthes hat."
Der Mann antwortete mir nur mit einem schlauen, überlegenen Lächeln. Auch Allo verabschiedete sich von ihm und wollte dann sein Pferd besteigen. Sein behaartes Gesicht, oder vielmehr nur die Theile desselben, welche man sehen konnte, erglänzte vor Freude und Entzücken darüber, daß er nun hoch zu Roß in die Welt hineinreiten konnte. Aber der Kurde ergriff ihn beim Arme.
„Um des Propheten willen, steige nicht auf! Das Pferd wird Dich abwerfen, und Du brichst den Hals."
„Dieser Mann hat Recht," stimmte ich bei. „Steige Du jetzt auf mein Pferd. Es wird Dich sicher tragen, und ich will mich hier auf dieses setzen, um ihm zu zeigen, daß es zu gehorchen hat."
Allo kletterte wirklich mit größtem Vergnügen auf den Rücken meines Hengstes, welcher sich dieses ehrenrührige Attentat ganz ruhig gefallen ließ, weil er mich in der Nähe wußte. Ich aber drängte den Klepper an die Mauer und kam glücklich in den Sattel. Wieder stieg er empor; ich ließ ihm einige Augenblicke lang den Willen, dann aber nahm ich ihn kurz und faßte ihn zwischen die Schenkel. Er wollte steigen – es ging nicht mehr; er brachte es bloß zu einem krampfhaften Spielen der Hufe, und endlich ging ihm der Athem aus, der Schweiß stand ihm auf allen Poren, und von seinem Maul tropfte der Schaum in großen Flocken – er stand, trotzdem ich ihm die Schenkel wieder nahm.
„Er ist bezwungen, Mann," lachte ich vergnügt. „Paß auf, wie er sich reiten läßt, und versuche nicht wieder, einen Freund zu übervortheilen! Allah sei mit Dir!"
Ich ritt voran, und mein Rih folgte mit edler Bescheidenheit dem Klepper.
„Chodih," frug der Köhler, „nun ist wohl dieser Schwarze mein?"
Hm! Auch eine Frage!

„Nein," antwortete ich.
„Warum nicht?"
„Dieser Schwarze würde Dich abwerfen, sobald ich nicht mehr in seiner Nähe bin. Du sollst ihn nur heute reiten, denn morgen wird dieses Pferd hier gehorsam geworden sein."
„Und wird es mir auch dann gehören, wenn ich von Euch scheide?"
„Ja, wenn wir nämlich mit Dir zufrieden sind."
„O ich werde Alles thun, was Du von mir forderst!"
Wir gelangten an das Dickicht, wo sich die Gefährten verborgen hielten. Sie schlossen sich uns wieder an und zeigten sich sehr zufrieden über den guten Handel, den ich gemacht hatte. Nur Halef war ungehalten.
„Sihdi," sagte er, „das wird Dir Allah nie vergeben, daß Du Deinen Rih eine solche Kröte tragen lässest. Er mag sich auf mein Pferd setzen, während ich den Rappen nehme."
„Laß ihn, Halef! Es würde ihn beleidigen."
„Maschallah, wie kann ein Kurde beleidigt werden, der Kohlen brennt und den Schmutz mit Fingern ißt!"
Es blieb trotzdem bei meiner Anordnung.
Am Nachmittag gelangten wir in die Höhe von Banna und nach einem scharfen Ritte öffnete sich vor uns der Paß, welcher nach Süden führt. Wir hatten unsere Pferde auf den unwegsamen Höhen sehr in Anspruch nehmen müssen; darum wollten wir ihnen heute eher Ruhe gönnen und zogen uns seitwärts des Passes in ein kleines, aber tiefes Thälchen zurück, dessen Seiten sehr dicht mit Zwergeichen bewachsen waren. Wir hatten Wild genug geschossen, um nicht hungern zu müssen, und losten nach dem Mahle um die Reihenfolge der Nachtwache. Hier in der Nähe des Passes hielten wir die Vorsicht ganz besonders für nothwendig, denn die Kunde von dem Heerdenraube war ganz sicher bereits bis Banna gedrungen, und es ließ sich vermuthen, daß dabei die Rede auch von uns gewesen sei.
Die Nacht verging ohne die geringste Störung, und mit dem Grauen des Tages ritten wir bereits in den Mund des Passes ein. Wir hatten diese Zeit gewählt, um völlig unbeachtet zu sein.
Der Weg führte über nackte Höhen und kahle Steinflächen, durch dunkle Schluchten und melancholische Thäler, in denen kaum ein Wässerlein zu finden war. Man sah und fühlte hier so recht deutlich, daß man sich auf einem Boden befand, den vielleicht noch kein Europäer betreten hatte.
Es war nahe am Mittag, als wir ein Querthal zu durchschneiden hatten. Gerade als wir bei der gegenüberliegenden Ecke anlangten, blieb Dojan stehen und sah mich bittend an. Ich kannte seine Manieren; er hatte etwas Verdächtiges bemerkt und wollte nun die Erlaubniß haben, mich verlassen zu dürfen. Ich ließ halten und sah mich um, fand aber nicht die geringste Spur eines lebenden Wesens.

„Jürü, Dojan!“ sagte ich, und sofort sprang der Hund in das Gebüsch hinein. Einige Augenblicke später hörten wir einen Schrei, und dann erscholl jener kurze Laut, welcher mir sagte, daß Dojan einen Menschen unter sich liegen habe.
„Halef, komm!“
Wir sprangen von den Pferden, warfen den Andern die Zügel zu und folgten dem Hunde. Wahrhaftig, neben einem stacheligen, heckenrosenartigen Busche lag ein Mann, und der Hund stand über ihm und hatte seine Zähne an dessen Gurgel.
„Dojan, geri!“
Der Hund ließ ab, und der Mann erhob sich.
„Was thust Du hier?“
Er blickte mich an, als ob er sich die Antwort erst überlegen wolle, gab sie aber nicht, sondern that einen plötzlichen Seitensprung und verschwand.
Auf meinen Wink setzte der Hund dem Fremden nach. Keine Minute später hörten wir wieder den Angstschrei des Mannes und den bezeichnenden Laut des Hundes. Neben der Stelle, wo der Mann gelegen hatte, hing seine Flinte an einem abgebrochenen Zweige. Ich winkte Halef, sie zu nehmen, und dann drangen wir weiter vor. Wir fanden Mensch und Hund genau wieder in der vorherigen Lage. Der Erstere wagte gar nicht, sich zu rühren und von dem Messer Gebrauch zu machen, welches er im Gürtel hatte.
„Ich werde Dir noch einmal erlauben, Dich zu erheben, aber ich sage Dir: wenn Du abermals zu entfliehen suchst, so wird der Hund Dich zerreißen,“ warnte ich ihn.
Dann rief ich Dojan abermals zurück. Der Fremde stand auf und blieb in demüthiger Haltung vor mir stehen.
„Wer bist Du?“
„Ich bin ein Bewohner von Soota,“ antwortete er.
„Ein Bebbeh?“
„Nein, Herr. Wir sind Feinde der Bebbeh, denn ich bin ein Dschiaf.“
„Woher kommst Du?“
„Aus Achmed Kulwan.“
„Das ist weit. Was hast Du dort gethan?“
„Ich sorge für die Heerden des dortigen Kiaja.“
„Wohin willst Du?“
„Nach Soota zu meinen Freunden. Die Dschiaf feiern ein großes Fest, welches wir mitmachen wollen.“
Das stimmte.
„Haben die Dschiaf auch Gäste bei diesem Feste?“
„Ich habe gehört,“ antwortete er, „daß Khan Heider Mirlam mit seinen Bejat kommen will.“
Auch das stimmte. Dieser Mann schien kein Lügner zu sein.
„Warum versteckst Du Dich vor uns?“

„Herr, muß ein einzelner Mann sich nicht verstecken, wenn er sechs Reiter kommen sieht? Er weiß hier in den Bergen doch niemals, ob es Freunde oder Feinde sind."
„Aber warum versuchtest Du, mir zu entfliehen?"
„Weil ich dachte, Du seist ein Feind, denn Du hetztest Deinen Hund auf mich."
„Bist Du wirklich ganz allein hier?"
„Ganz allein; das kannst Du mir beim Barte des Propheten glauben!"
„Ich will es Dir glauben. Gehe voran!"
Wir kehrten mit ihm zu den Gefährten zurück, wo er seine Aussage wiederholen mußte. Sie stimmten mit mir darin überein, daß der Mann ungefährlich sei. Er erhielt seine Flinte wieder und durfte gehen. Nachdem er sich bedankt und den Segen Allah's auf unsere Häupter herabgewünscht hatte, setzten wir den unterbrochenen Ritt weiter fort. Ich hatte bemerkt, daß Allo den Fremden recht nachdenklich betrachtet hatte; auch jetzt saß er sinnend auf dem Rappen, und eben wollte ich ihn nach dem Gegenstande seines Grübelns fragen, als er, wie sich endlich besinnend, aufblickte und schnell an meine Seite kam.
„Chodih, dieser Mann hat Euch belogen! Ich kannte ihn, aber ich wußte nicht mehr, wer er war. Jetzt nun habe ich mich besonnen. Er ist kein Dschiaf, sondern ein Bebbeh. Er muß ein Bruder oder Verwandter des Scheik Gasahl Gaboya sein. Ich habe sie Beide in Nweizgieh gesehen."
„Wenn dies wahr wäre! Irrst Du Dich nicht?"
„Es ist möglich, aber ich meine recht gesehen zu haben."
Ich theilte den Andern die Vermuthung des Köhlers mit und fügte hinzu:
„Fast möchte ich diesem Manne nachreiten!"
Mohammed Emin schüttelte den Kopf.
„Warum willst Du die Zeit verschwenden und wieder umkehren? Wenn dieser Mann wirklich ein Bebbeh wäre, wie wollte er wissen, daß Heider Mirlam von den Dschiaf eingeladen ist? Solche Dinge werden vor dem Feinde stets geheim gehalten."
„Und," fügte Amad el Ghandur hinzu, „wie könnte uns dieser Mann Schaden bringen? Er geht nach Norden, und wir reiten nach Süden. Man würde uns nicht einholen können, selbst wenn er in Banna von uns erzählte."
Diese Gründe waren allerdings sehr triftig, und daher gab ich es auf, wieder umzukehren. Nur der Engländer schien nicht befriedigt zu sein.
„Warum den Kerl laufen lassen?" zürnte Sir David, als ich ihm Alles erklärt hatte. „Hätte den Kerl erschossen. Ist nicht Schade darum. Jeder Kurde ist ein Spitzbube! Yes!"
„War der Bey von Gumri auch einer?"
„Hm! Ja!"
„Sir, Ihr seid sehr undankbar!"
„Geht Euch nichts an! Dieser gute Bey hätte uns nicht so gut empfangen, wenn er nicht durch Marah Durimeh von uns gehört hätte. Gutes Weib, einziges Weib, diese alte Grand-mother!"

Durch den Namen Marah Durimeh wurden Erinnerungen in mir erweckt, welche mich für den Augenblick die Gegenwart vergessen ließen. Ich gab mich denselben schweigend hin, bis der Engländer daran mahnte, daß es Zeit sei, die Mittagsrast zu halten.
Er hatte Recht. Es war heute trotz des schlechten Weges eine tüchtige Strecke zurückgelegt worden, und so konnten wir uns und den Pferden die verdiente Ruhe gönnen. Wir fanden einen Platz, welcher ganz dazu geeignet war; da stiegen wir ab und legten uns, die Wache abgerechnet, zu einem kurzen Schlummer hin.

Ein Überfall

Als wir geweckt wurden, hatten sich die Thiere wieder erholt. Ich beschloß, einen Versuch zu machen, ob das neu erworbene Pferd den Köhler nun aufsitzen lasse. Er gelang. Das Thier mochte gemerkt haben, daß es bei uns nicht gequält werde. So konnte ich meinen Rih wieder besteigen, und dies war ein Glück, wie ich bald einsehen sollte.
Die vorher so kahlen Höhen bewaldeten sich immer mehr, je weiter wir nach Süden kamen; es gab mehr Wasser hier. In Folge dessen wurde unser Ritt beschwerlicher. Von einem gebahnten Wege war keine Rede. Bald mußten wir eine schroffe Steilung erklettern, bald drüben wieder hinuntersteigen; bald ging es zwischen Felsen hindurch, bald durch sumpfiges Land oder über halb verfaulte Bäume hinweg. So gelangten wir am Nachmittag in ein schmales Thal, welchess nur längs seiner Mitte einen wiesenähnlichen Streifen zeigte, hüben und drüben aber mit üppigem Baumwuchse bestanden war. In der Ferne erhob sich in bläulicher Färbung ein großer Berg, der uns mit seinen Vorhügeln den Weg zu verlegen schien.
„Kommen wir dort vorüber?“ frug ich Allo.
„Ja, Herr. Links gehen wir an seinem Fuße hin.“
„Was sagt der Mann?“ frug Lindsay.
„Daß unser Weg dort am linken Fuße des Berges vorüber gehe.“
„Brauchen wir nicht zu wissen!“ brummte er mürrisch.
Er sollte sehr bald einsehen, daß diese Bemerkung des Führers für ihn von der größten Wichtigkeit gewesen war; denn kaum öffnete ich die Lippen, um eine Entgegnung auszusprechen, so krachten von beiden Seiten viele Schüsse, und zu gleicher Zeit sprengten mehr als fünfzig Reiter rechts und links unter den Bäumen hervor, um uns zu umzingeln.
Das war eine fürchterliche Überraschung! Die sämmtlichen Pferde meiner Gefährten waren getroffen und nur das meinige nicht. Ich hatte dies, wie ich später erfuhr, nicht dem Zufalle zu verdanken. Die Reiter suchten sich von den Bügeln zu befreien und zu ihren Waffen zu kommen. Wir waren im Nu von allen Seiten umgeben, und grad auf mich zu kamen zwei Reiter, welche ich augenblicklich wieder erkannte: Scheik Gasahl

Gaboya und der Bebbeh, mit dem ich während unserer Verfolgung die Friedensunterhandlung geführt hatte.
Man hatte nur auf unsere Pferde geschossen; man wollte uns also lebendig gefangen nehmen. In Folge dessen ließ ich den Stutzen hangen und griff zur schweren Büchse.
„Wurm, jetzt hab ich Dich!“ rief der Scheik. „Du entkommst mir nicht wieder!“
Er holte mit der Keule aus, aber in demselben Augenblick sprang Dojan an ihm empor und faßte mit seinen Zähnen den Oberschenkel des Feindes. Dieser stieß einen Laut des Schmerzes aus, und der Hieb, welcher mir gegolten hatte, traf den Kopf meines Pferdes. Es wieherte laut auf, schnellte sich mit allen Vieren in die Luft und ließ mir also Zeit, dem Bebbeh einen Kolbenschlag auf die Schulter zu versetzen – dann stürmte es davon, vor Schmerz keiner Führung mehr gehorchend.
„Dojan!“ rief ich noch laut hinter mich, denn den braven Hund wollte ich nicht verlieren; dann streckten sich mir viele Lanzenspitzen entgegen; ich schlug sie mit der Büchse von mir ab, mehr wußte ich nicht; aber den Ritt, welcher nun kam, will ich mein Lebenlang nicht vergessen. Kein Graben war zu tief, kein Stein zu hoch, kein Riß zu breit, kein Felsen zu glatt und kein Sumpf zu trügerisch – Alles, Alles, Bäume, Büsche, Felsen, Berg und Thal flogen an mir vorüber, bis ich nur nach und nach wieder die Herrschaft über das rasende Thier gewann. Dann befand ich mich allein in einer wilden, unbekannten Gegend; aber die Richtung hatte ich mir gemerkt, aus welcher ich gekommen war, und grad vor mir lag jener hohe Berg, von welchem wir kurz vorher gesprochen hatten.
Was war zu thun? Den Gefährten beispringen? Das war nicht mehr möglich, sondern es stand vielmehr zu erwarten, daß die Bebbeh auch mich verfolgen würden. Aber wie kamen diese Kurden so tief zwischen die Berge herein? Wie hatten sie erfahren, daß wir diesen Weg einschlagen würden? Das war mir ein Räthsel.
Augenblicklich konnte ich für meine Kameraden nicht das Mindeste thun. Sie waren entweder todt oder gefangen. Vor Allem mußte ich mich versteckt halten und erst morgen sehen, was auf dem Kampfplatze zu entdecken sei. Dann erst konnte ich etwas für sie thun.
Zunächst untersuchte ich den Kopf meines Pferdes. Es war eine tüchtige Beule aufgelaufen. Ich führte den Hengst an ein nahes Wasser, wo er sich niederlegen mußte. Hier machte ich ihm Umschläge mit derselben Sorgfalt, mit welcher eine Mutter für ihr Kind bedacht wäre. Darüber war wohl eine Viertelstunde vergangen, als ich von ferne her ein Geräusch vernahm. Es war ein Ächzen und Schnauben, als wenn Jemand den Athem verlieren will – im nächsten Augenblick kam es dahergesaust, stieß ein lautes Freudengeheul aus und sprang mit solcher Gewalt auf mich ein, daß ich in das Gras stürzte.
„Dojan!“
Der Hund heulte und winselte – seine Freude war nicht zu bändigen. Er sprang einmal auf mich und das andere Mal wieder auf das Pferd ein; ich mußte ihn gewähren lassen,

bis er sich allmälig von selbst beruhigte. Auch er war ohne alle Verletzung davongekommen.
Das kluge Thier schien sehr bald zu merken, weßhalb ich mich um das Pferd bemühte; denn nachdem Dojan mir eine Weile zugesehen hatte, richtete er sich empor und begann die betroffene Stelle an dem Kopfe seines Freundes sehr sorgsam zu belecken. Rih litt es ruhig und stieß sogar von Zeit zu Zeit ein freundliches Schnauben aus.
So lagen wir noch eine lange Zeit, bis ich es für gerathen hielt, diesen Ort zu verlassen. Es war jedenfalls das Beste, den Fuß jenes Berges aufzusuchen, von welchem der Köhler gesprochen hatte. Ich setzte mich also wieder auf und ritt diesem nahen Ziele entgegen.
Die Seiten dieses Berges waren mit dichtem Walde bedeckt, und nur tief unten im Thale, durch welches uns jedenfalls unser Weg geführt hätte, war Raum zur freien Bewegung vorhanden. Dort erblickte ich eine weit vorstehende Waldesecke, von welcher aus man jeden Ankommenden bemerken konnte; ich hielt auf sie zu. Als ich sie erreichte, stieg ich ab, zunächst besorgt, für das Pferd ein sicheres Versteck zu suchen. Kaum aber war ich einige Schritte in den Forst eingedrungen, so gab mir Dojan das bekannte Zeichen, daß er etwas Auffälliges wittere. Die Sache war mir zu bedenklich, als daß ich ihn sich selbst überlassen mochte. Ich nahm ihn also an die Leine, band das Pferd an einen Baum und folgte ihm, mit dem schußfertigen Stutzen in der Hand.
Ich schritt dem Hunde zu langsam vorwärts. Er zog so stark an der Schnur, daß sie zu zerreißen drohte; dann gab er zwischen zwei hohen Pinien Laut. Dort standen mehrere Farrn bei einander, und als ich die Wedel derselben mit dem Stutzen aus einander stieß, gewahrte ich, daß ein Loch, welches zwei Fuß im Durchmesser haben mochte, hier schräg in die Erde führte.
War ein Thier darin? Wohl nicht. Aber als ich mit dem Stutzen hineinstieß, fühlte ich doch, daß irgend ein Körper darin vorhanden sei, und dieser konnte nichts Feindliches sein, wie ich an dem Gebahren des Hundes bemerkte. Ich bedeutete ihm, hineinzugehen; aber er that es nicht, sondern wedelte mit dem Schwanze und warf einen freundlichen, erwartungsvollen Blick in das Loch.
Da entschloß ich mich, hineinzugreifen. Ich that es und erfaßte – einen stark behaarten, zottigen Kopf. Ah, nun war das Räthsel gelöst! Es war der Hund des Köhlers, welcher da drinnen stack. Das Thier war entflohen, als es die Schüsse hörte, und von seiner Angst zufällig hierher geführt worden.
„Eisa!“ rief ich.
Ich hatte nämlich beobachtet, daß der Köhler seinen Hund bei diesem Namen rief. Es blieb still in dem Loch; aber als ich den Ruf wiederholte, begann es sich zu regen. Ich schob die Farrnwedel bei Seite, und was erblickte ich? Zunächst vernahm ich ein sehr vergnügtes Brummen im großen C oder Contra-A; dann erschien ein wirres Haargestrüpp, zwischen dem nur eine breite Nase und zwei Äuglein zu erkennen waren; hierauf kamen zwei Hände, die mit breiten Krallen versehen waren, und sodann ein zerlöcherter Sack, zwei schmierige Lederfutterale, parallel mit einander, und endlich an

jedem der Futterale einer der bekannten Koloß-von-Rhodus-Stiefel – Allo stand vor mir, wie er leibte und lebte.
Es war ein freudiger Schreck, welcher mich bei seinem Anblick ergriff; denn wenn dieser Mann sich gerettet hatte, so konnte es auch den Andern gelungen sein, zu entkommen.
„Allo, Du hier?" rief ich.
„Ja," antwortete er ebenso einfach wie richtig.
„Wo ist Dein Hund?"
„Zertreten, Chodih!" sagte er mit einem starken Anflug von Trauer in seinem Tone.
„Wie bist Du entkommen?"
„Als Alle hinter Dir herritten, sah Niemand auf uns, und ich sprang in die Büsche. Ich kam dann hierher, weil ich Dir gesagt hatte, daß wir hier vorüber müßten. Ich dachte, daß Du kommen würdest, wenn die Bebbeh Dich nicht fänden."
„Wer ist noch entkommen?"
„Ich weiß es nicht."
„Wir müssen hier warten, ob sich noch Einer zu uns finden wird. Suche mir ein Versteck für mein Pferd."
„Ich weiß ein sehr gutes, Chodih."
„Ah! Du bist hier bereits bekannt?"
„Ich habe auch hier schon Kohlen gebrannt. Folge mir mit dem Pferde!"
Er führte mich eine Strecke von vielleicht einer Viertelstunde aufwärts. Dort fand sich eine Felsenwand, die dicht und vollständig mit langen Brombeerranken bewachsen war. Er schob an einer Stelle die Ranken auseinander, und es war eine sehr beträchtliche, spaltenähnliche Vertiefung zu sehen, in welcher ein Pferd ganz gut Platz haben konnte.
„Hier wohnte ich," erklärte er mir. „Binde das Pferd da drinnen an; ich werde ihm Futter schneiden."
Es waren in der Spalte mehrere Hölzer eingeschlagen, welche früher wohl als Tischbeine gedient haben mochten, obgleich dieser Tisch nach orientalischer Weise gewiß sehr niedrig gewesen war. An diese Tischbeine band ich das Pferd fest, so daß es das Versteck nicht ohne mein Wissen verlassen konnte. Draußen fand ich den Kurden beschäftigt, mit seinem Messer fettes Luftgras zu schneiden.
„Gehe hinab, Chodih," bat er. „Es könnte unterdes Jemand kommen. Ich folge nach, sobald ich fertig bin."
Ich gehorchte seinem Rathe und nahm in der Waldecke einen solchen Platz, daß ich Alles sehen konnte, ohne selbst bemerkt zu werden. Nach einer Viertelstunde kam der Köhler.
„Ist das Pferd sicher?" frug ich und setzte, als er bejahte, hinzu: „Hast Du Hunger?"
Ein zweifelhaftes Brummen war die Antwort.
„Ich habe leider nichts. Wir müssen uns gedulden bis morgen."
Er brummte abermals und sagte dann vernehmlich:
„Chodih, werde ich auch für heute zwei Piaster erhalten?"

„Du sollst vier bekommen.“

Jetzt hörte man dem Brummen ein gelindes Entzücken an; dann blieb es lange zwischen uns still.

Es wurde Nacht, und als eben das letzte Licht des scheidenden Tages im Verlöschen war, dünkte mir, als ob jenseits der schmalen Lichtung, welche uns zur Linken lag, eine Gestalt zwischen den Bäumen hindurchgehuscht wäre. Das war trotz der hereinbrechenden Dunkelheit so täuschend, daß ich mich erhob, um mich zu überzeugen. Der Kurde erhielt die Weisung, bei meinen Gewehren, welche mich gehindert hätten, zurück zu bleiben. Ich nahm den Hund wieder an die Leine und schlich mich vorwärts.

Ich hatte eine tiefe Einbuchtung der Lichtung zu umgehen, war aber noch nicht bis zur Hälfte dieses Weges gekommen, als ich die betreffende Gestalt über die Lichtung herüberhuschen sah. Einige rasche Sprünge brachten mich nahe an die Stelle, an welcher die Gestalt vorüber mußte. Jetzt, jetzt langte sie in meiner unmittelbaren Nähe an. Ich wollte bereits zugreifen, als Dojan mich daran verhinderte. Er stieß ein freudiges Winseln aus. Die Gestalt hörte es und blieb erschrocken stehen.

„Zounds! Wer ist hier?“

Dabei streckten sich zwei lange Arme nach mir aus.

„Lindsay! Sir David! Seid Ihr es wirklich?“ rief ich.

„Oh! Ah! Master! Yes! Well! Ich bin es! Und Ihr? Ah! Ah! Well! Ihr seid es auch! Yes!“

Er war ganz bestürzt vor Freude, und mich machte er vor Überraschung bestürzt, denn er umfaßte mich, drückte mich an sich und versuchte, mir einen Kuß zu geben, wobei ihm seine kranke Nase keineswegs sehr förderlich und dienlich war.

„Das hätte ich nicht gedacht, Sir David, Euch hier zu finden!“

„Nicht? Der Gorilla – o no! Der Köhler hatte doch gesagt, daß wir hier vorüber müssen.“

„Sehet Ihr, wie gut das war! Aber sagt, wie Ihr Euch gerettet habt!“

„Hm! Das ging schnell. Pferd unter mir erschossen; würgte mich hervor; sah, daß Alle hinter Euch her waren, und sprang auf die Seite.“

„Ganz so wie Allo!“

„Allo? Auch so gemacht? Auch hier?“

„Dort drüben sitzt er. Kommt!“

Ich führte ihn zu unserem Observatorium. Die Freude des Kurden war groß, als er einen zweiten Gefährten gerettet sah. Er drückte sie durch Töne aus, die sich nur mit dem Brummen eines invaliden Spulrades vergleichen lassen.

„Wie ist es Euch ergangen?“ fragte mich Lindsay.

Ich erzählte es ihm.

„Also Euer Pferd unbeschädigt?“

„Außer der Beule, ja.“

„Das meinige todt! Braves Thier! Werde diese Bebbeh erschießen! Alle! Yes!“

„Habt Ihr denn Euer Gewehr noch?“

„Gewehr? Werde ihnen meine Büchse lassen! Hier liegt sie."
Ich hatte während der Dunkelheit diesen glücklichen Umstand gar nicht bemerkt.
„So seid froh, Sir! Diese Büchse wäre unersetzlich gewesen."
„Habe auch Messer, Revolver und Patronen noch hier im Beutel."
„Welch ein Glück, daß Ihr sie nicht in der Satteltasche hattet! Aber habt Ihr keine Ahnung, ob noch Einer von uns entkommen ist?"
„Keine. Halef lag noch unter seinem Pferde, und die Haddedihn stacken mitten zwischen den Bebbeh."
„O wehe, dann sind alle Drei verloren!"
„Abwarten, Master! Allah akbar – Gott ist groß, sagen die Türken."
„Ihr habt Recht, Sir. Wir wollen hoffen, dann aber, wenn wir uns täuschen sollten, auch Alles thun, um die Gefährten zu befreien, im Falle sie noch leben und gefangen sein sollten."
„Richtig! Jetzt aber schlafen. Bin müde; habe weit laufen müssen! Schlafen ohne Decke! Armselige Bebbeh! Miserable Gegend! Yes!"
Er schlief ein, und der Kurde mit ihm. Ich hingegen wachte noch lange und stieg später abermals mühsam empor, um nach dem Pferde zu sehen. Dann versuchte auch ich, zu schlafen, dem treuen Hunde das Wachen überlassend. Mein Schlaf wurde durch eine sehr energische Berührung gestört, welche ich an meinem Arme fühlte. Ich erwachte. Der Tag war erst im Grauen.
„Was ist's?" frug ich.
Statt der Antwort deutete der Kurde zwischen die Bäume hindurch nach dem gegenüberliegenden Rande des Gebüsches – ein Rehbock war hervorgetreten und stand im Begriff, zur nahen Tränke zu gehen. Wir brauchten Fleisch, und obgleich ein Schuß uns verrathen konnte, griff ich doch zur Büchse. Ich legte an und drückte ab. Bei dem Schalle fuhr Lindsay kerzengrad aus dem Schlafe empor.
„Was ist's? Wo ist Feind? Wie? Wo? Yes!"
„Da drüben liegt er, Sir."
Er sah in der angegebenen Richtung hin.
„Ah! Roe-buck – Rehbock! Prächtig! Können sehr gut gebrauchen! Nichts gegessen seit gestern Mittag. Well!"
Allo eilte fort, um das erlegte Wild herbeizuholen. Schon einige Minuten später brannte an einer geschützten Stelle ein Feuer, über welchem ein saftiger Braten schmorte. Nun war dem Hunger mit einem Male abgeholfen, und auch Dojan konnte befriedigt werden. Während des Essens kamen wir zu dem Entschluß, bis Mittag noch zu warten, dann aber nachzuforschen, wie es mit den Bebbeh stehe. Unter dem Gespräche erhob sich Dojan plötzlich und sah in die Tiefe des Waldes. Einige Zeitlang schien es, als sei er mit sich selbst im Unklaren; dann sprang er mit einem Satz fort, ohne mich nur vorher angesehen zu haben. Ich erhob mich schnell, um nach dem Gewehr zu greifen und ihm nachzueilen,

blieb aber sofort wieder stehen, als ich anstatt des erwarteten Angstrufes das laute, freudige Gewinsel des Thieres vernahm.
Gleich darauf trat zu uns – mein kleiner Hadschi Halef Omar, zwar ohne sein Pferd, aber in voller Ausrüstung mit Büchse, Pistolen und mit dem Messer im Gürtel.
„Hamdulillah, Sihdi, daß ich Dich finde und daß Du lebst!" begrüßte er mich. „Mein Herz war voll von Sorge um Dich; aber es tröstete mich die Überzeugung, daß kein Feind Deinen Rih einholen kann."
„Der Hadschi!" rief Lindsay. „Oh! Ah! Nicht massakrirt! Herrlich! Unvergleichlich! Gleich mit Braten essen! Well!"
Der gute Lindsay faßte die Sache sofort von ihrer praktischen Seite an. Halef war nicht wenig erfreut, ihn und den Führer wohl erhalten zu sehen; doch verschmähte er auch die leibliche Erquickung nicht, sondern langte gleich nach dem Bratenstücke, welches der Engländer ihm entgegenstreckte.
„Wie bist Du entkommen, Halef?" fragte ich ihn.
„Die Bebbeh schossen auf unsere Pferde," antwortete er. „Auch das meinige stürzte, und ich blieb im Bügel hangen. Sie bekümmerten sich nicht um uns, sondern sie wollten nur Dich und Deinen Rih haben; darum schlug Allah sie mit Blindheit, daß sie nicht sahen, wie dieser Kurde und der Master entkamen. Auch ich machte mich endlich frei, nahm meine Waffen und entfloh."
Welch eine Unachtsamkeit von den Bebbeh! Sie hatten nur auf die Pferde geschossen, um die Reiter lebendig zu fangen, und ließen diese doch entkommen!
„Hast Du nichts von den Haddedihn bemerkt, Halef?"
„Ich sah noch während des Fliehens, daß man sie gefangen nahm."
„Oh, dann dürfen wir keine Zeit verlieren, sondern wir müssen aufbrechen!"
„Warte, Sihdi, und laß Dir erzählen! Als ich glücklich entronnen war, dachte ich, daß es wohl klüger sei, zu bleiben und die Feinde zu beobachten, als zu fliehen. Ich stieg also auf einen Baum, dessen Laub mich ganz verdeckte. Da blieb ich bis gegen den Abend; erst als es ziemlich dunkel war, konnte ich den Baum wieder verlassen."
„Was hast Du gesehen?"
„Die Bebbeh wollen nicht fort. Sie haben ein Lager geschlagen. Ich habe an achtzig Krieger gezählt."
„Woraus besteht das Lager?"
„Sie haben sich Hütten aus Zweigen gebaut. In einer solchen Hütte liegen die Haddedihn gefangen, an den Händen und Füßen gebunden."
„Weißt Du das genau?"
„Ja, Sihdi. Ich habe gar nicht geschlafen, sondern das Lager während der ganzen Nacht umschlichen, weil ich glaubte, vielleicht bis zu den Gefangenen kommen zu können. Es ging nicht. Nur Dir könnte es vielleicht gelingen, Sihdi; denn Du hast mich dieses Anschleichen ja erst gelehrt."

„Konntest Du nicht aus irgend einem Umstande auf den Grund ihres Verbleibens schließen? Ich kann nicht begreifen, warum sie den Ort nicht gleich verlassen haben."
„Ich auch nicht, Sihdi; aber ich habe nichts erfahren können."
„Ich muß Dich übrigens loben, Hadschi Halef Omar, daß es Dir gelungen ist, uns so nahe zu kommen, ohne daß wir Dich bemerkten. Woraus schlossest Du, daß ich mich grad hier befinden werde?"
„Weil ich Deine Art und Weise kenne, Sihdi, Dir immer einen Ort zu suchen, wo Du nicht gesehen wirst und dennoch Alles sehen kannst."
„Ruhe Dich jetzt aus. Ich will mir überlegen, was zu thun ist. Allo, führe mein Pferd zur Tränke und gib ihm neues Futter!"
Der Köhler hatte sich noch gar nicht erhoben, um diesem Befehle Folge zu leisten, als der Hund leise anschlug. Am obersten Punkte unsers engen Gesichtskreises erschien ein Reiter, der sich schnell näherte und im Trabe an uns vorüberritt.
„Hallo! Soll ich ihn wegputzen, Master?" fragte Lindsay.
„Um keinen Preis!"
„Ist aber ein Bebbeh!"
„Laßt ihn! Wir sind keine Meuchelmörder!"
„Hätten aber ein Pferd!"
„Werden schon Pferde bekommen."
„Hm!" lächelte er. „Keine Meuchelmörder, aber doch Spitzbuben! Will Pferde stehlen! Yes!"
Jetzt gab mir dieser eine Bebbeh von Neuem zu denken. Weßhalb hatte er die Seinigen verlassen, und wohin wollte er?
Nach vielleicht einer Stunde wurde mir das Räthsel gelöst, denn er kehrte wieder zurück und ritt vorüber, ohne Ahnung, daß wir ihm so nahe seien.
„Was hat er da unten gesucht, dieser Kerl?" sagte Lindsay.
„Er ist ein Bote."
„Bote? Von wem?"
„Von dem Scheik Gasahl Gaboya."
„An wen?"
„An die Abtheilung der Bebbeh, welche ungefähr eine halbe Stunde weiter unten den Weg besetzt hält."
„Woher wißt Ihr dies?"
„Ich vermuthe es. Dieser Scheik hat auf irgend eine Weise erfahren, daß wir kommen werden, und den Weg an zwei Stellen verlegt, damit die zweite Truppe diejenigen gefangen nehme, welche der ersten Truppe entgehen."
„Schön ausgedacht, Sir, wenn es wahr ist!"
Dies mußte ich erforschen. Es ward nun verabredet, der Engländer solle nebst Allo bei meinem Pferde in unserem bisherigen Versteck bleiben, während ich mit Halef auf Kundschaft ausginge. Wenn ich aber bis zum Mittag des andern Tages nicht wieder

zurückgekehrt sei, so möge Sir David unter Führung des Köhlers auf meinem Rappen nach Bistan reiten und dort bei Allo's Bruder vierzehn Tage auf mich warten. „Komme ich mit Halef auch dann noch nicht," – fügte ich bei – „so sind wir todt, und Ihr, Sir David, könnt mein Erbe antreten."

„Hm! Testament! Schauderhaft! Könnte ganz Kurdistan erschlagen! Erbe? Was denn?" frug der wackere Sohn Albion's.

„Mein Pferd," antwortete ich.

„Mag es nicht! Wenn Ihr todt seid, soll dieses Land zu Grunde gehen! Alle Pferde mit! Auch Ochsen, Schafe, Bebbeh, Alles! Well!"

„Nun wißt Ihr Alles. Jetzt habe ich nur noch den Bannah-Kurden zu instruiren."

„Macht es ihm nur richtig klar, Sir! Kann kein einziges Wort mit ihm reden. Schöne Unterhaltung! Famoses Vergnügen! Prächtig! Konnte daheim in Alt-England bleiben! Brauche keine Fowling-bulls! Yes!"

Ich war gezwungen, ihn seiner gelinden Verzweiflung zu überlassen. Nachdem ich Allo unterrichtet hatte, warf ich die beiden Gewehre über, um mich der Führung Halef's anzuvertrauen.

Dieser leitete mich ganz genau auf demselben Wege zurück, den er am Morgen eingeschlagen hatte, und lieferte mir dabei den Beweis, daß er mir ein sehr gelehriger Schüler gewesen sei. Er hatte jede, auch die kleinste Deckung benutzt, das Terrain scharfsichtig beurtheilt und die Füße immer so vorsichtig gehalten, daß es selbst einem Indianer nur mit Anstrengung gelungen wäre, die Fährte ohne Stocken zu verfolgen.

Wir gingen beständig unter Bäumen, aber immer so, daß wir zwischen den Stämmen hindurch die offene Gegend vor Augen behielten. Ich hatte den Hund bei mir, und da wir gegen Wind gingen, so brauchten wir vor einer Überraschung keine Angst zu haben. Endlich waren wir der Gegend nahe gekommen, wo wir überfallen worden waren. Halef wollte mich noch weiter begleiten, ich aber gestattete es nicht.

„Sollte ich gefangen werden," sagte ich zu ihm, „so weißt Du, wo Du den Engländer zu finden hast. Für jetzt ist es das Beste, Du kletterst auf eine jener Pinien, welche so eng beisammen stehen, daß ihre Äste ein dichtes Versteck bilden. Du kannst ja sehr gut den Knall meiner Büchse oder die raschen Laute meines Stutzens von der Stimme eines andern Gewehres unterscheiden. Ich bin nur dann in Gefahr, wenn Du mich schießen hörst."

„Was soll ich dann thun?"

„Sitzen bleiben, außer wenn ich laut nach Dir rufe. Jetzt steige hinauf!"

Ich nahm den Hund ganz hart an mich heran und schlich mich weiter. Es war allerdings eine gefährliche Sache, am hellen, lichten Tage sich so nahe an ein feindliches Lager zu wagen, daß man es genau übersehen und beobachten konnte.

Nach einiger Zeit sah ich die erste Hütte durch die Bäume blicken. Sie war in Pyramidenform sehr urwüchsig aus Zweigen errichtet. Jetzt zog ich mich wieder zurück, um zunächst einen weiteren Halbkreis um den Ort zu ziehen; denn ich mußte sehen, ob

sich etwa Bebbeh in der Tiefe des Waldes befänden. In diesem Falle hätte ich sie in meinem Rücken gehabt und wäre jedenfalls von ihnen entdeckt worden.
Ich schlich von Baum zu Baum, immer die stärksten Stämme aussuchend und mit aller Aufmerksamkeit in die Einsamkeit des Forstes hineinhorchend. Bald bemerkte ich, daß meine Vorsicht gar nicht überflüssig gewesen sei; denn ich glaubte Menschenstimmen zu vernehmen, und zu gleicher Zeit stieß Dojan mich mit der Schnauze an. Das edle Thier wußte durch seinen Instinkt, daß es jetzt keinen Laut von sich geben dürfe, und sah mich mit seinen großen, klugen Augen unverwandt an.
Als ich mich in der Richtung hielt, aus welcher die Laute gekommen waren, sah ich bald drei Männer unter einem Baume sitzen, welchen von drei Seiten ein junges, ungefähr fünf Fuß hohes Kirschlorbeergehölz umgab. Dieser Ort war wie geschaffen zum Belauschen. Und da ich annahm, daß das gestrige Ereigniß auf alle Fälle der Gegenstand des Gespräches sei, so huschte ich von Weitem um sie herum, legte mich sodann zu Boden und kroch bis zu den Kirschlorbeerbüschen heran, wo ich ihre Worte ganz deutlich vernehmen konnte.
Wie erstaunte ich, als ich in Einem von ihnen den Kurden erkannte, welcher zweimal unter Dojan gelegen hatte und den ich frei ließ, weil er sich für einen Dschiaf ausgab! Auch Dojan erkannte ihn wieder, denn seine Augen funkelten feindselig zu ihm hinüber, obgleich er keinen Laut von sich gab. Allo hatte also recht gesehen. Dieser Kurde war ein Bebbeh und hatte jedenfalls auf Wache gestanden, um unsere Ankunft zu melden. Ganz gewiß hatte er seitwärts im Verborgenen ein Pferd stehen gehabt und war uns vorausgeritten, während wir glaubten, daß er nordwärts gehe.
„Sie waren dumm, Alle!“ hörte ich ihn sagen. „Am dümmsten aber war der Mann, welcher den schönen Rappen reitet.“
War da vielleicht ich selbst gemeint? Sehr schmeichelhaft.
„Wenn er die zurückgebliebenen Bejat nicht gefangen genommen und beleidigt hätte,“ fuhr der Sprecher fort, „so hätten sie uns dann auch nicht sein Gespräch erzählt, welches sie belauscht hatten, und in welchem er den Weg angab, den sie einschlagen wollten.“
Jetzt war auch dieses Räthsel gelöst. Als wir uns besprachen, uns von den Bejat zu trennen, war unser Plan belauscht worden. Die Bejat hatten ihn dann als Gefangene den Bebbeh verrathen, jedenfalls um sich die Milde ihrer Besieger zu erwerben.
„Dumm war er ferner,“ meinte der Nachbar des Vorigen, „daß er sich von Dir betrügen ließ.“
„Ja. Aber dumm war auch Gasahl Gaboya, daß er uns befahl, die Reiter und den Rappen zu schonen. Um die Männer war es nicht Schade, sondern nur um das Pferd. Nun sind uns Vier entflohen, der Anführer mit ihnen, und weil sie keine Pferde mehr haben, ist es ihnen möglich, über die wildesten Berge zu fliehen. Mit den Pferden aber mußten sie den Weg einhalten, den wir ihnen unten verlegt haben.“

Die drei Bebbeh hatten Pilze gesammelt, welche sie hier ausschnitten und reinigten, ehe sie dieselben in das Lager bringen wollten. Dies gab Zeit und Gelegenheit zu einem vertraulichen Austausche der Meinungen.
„Was hat der Scheik nun beschlossen?“ frug der Dritte.
„Er hat einen Boten hinab gesandt. Die andere Abtheilung soll warten, bis die Sonne am höchsten steht. Hat sich dann von den Entflohenen noch keiner gefunden, so sollen die Andern aufbrechen und zu uns stoßen, denn dann sind die Flüchtlinge sicher entkommen. Wir aber kehren heute noch zurück.“
„Was geschieht mit den beiden Gefangenen?“
„Das sind vornehme Männer, denn sie haben noch kein Wort gesprochen. Sie werden uns aber noch sagen, wer sie sind, und ein schweres Lösegeld bezahlen müssen, wenn sie nicht sterben wollen.“
Ich hatte nun genug gehört und zog mich vorsichtig wieder zurück. Diese Drei waren mit ihrer Arbeit fast zu Ende, und wenn sie sich erhoben, so konnte ich sehr leicht von ihnen bemerkt werden.
Also ich war dumm, der Dümmste von uns Allen! Ich mußte dieses erfreuliche Kompliment leider hinnehmen, ohne es jetzt erwiedern zu können. Am meisten machte mir der Umstand zu schaffen, daß bereits um Mittag aufgebrochen werden solle. Bis dahin also mußten die Haddedihn frei sein. Aber auf welche Weise?
Jetzt erhoben sich die drei Männer; ich hatte mich also gar nicht zu früh entfernt. Derjenige, welcher sich für einen Dschiaf ausgegeben hatte, sagte: „Geht! Ich werde erst nach den Pferden sehen.“
Ihm folgte ich von Weitem. Er führte mich, freilich ohne sein Wissen, nach einer Bodensenkung, auf deren Sohle ein Wässerchen floß. Hier waren über achtzig Pferde an die Stämme der Bäume und Sträucher gebunden, und zwar in je einer solchen Entfernung, daß sie genug Grünes fanden, ohne sich nahe kommen zu können. Der Platz war hell und sonnig, und vom ersten bis zum letzten Pferde hatte man vielleicht achthundert Schritte zu gehen.
Ich konnte von oben Alles genau betrachten. Es waren ganz prachtvolle Pferde da, und im Geiste las ich mir schon die sechs besten aus. Am meisten befriedigte es mich, daß nur ein einziger Kurde die Aufsicht über die Thiere hatte. Es war gar nicht schwer, ihn zu überwältigen.
Mein unfreiwilliger Führer machte sich mit einem Braunblässen zu schaffen, der vielleicht das beste Pferd des ganzen Trupps war. Jedenfalls war er der Herr desselben, und ich beschloß, ihm um seines liebenswürdigen Complimentes willen Gelegenheit zu geben, auf seinen eigenen Beinen nach Hause zu reiten.
Er sprach einige Worte mit der Wache und ging dann dem Lager zu. Ich folgte ihm auch jetzt und hatte nun die Überzeugung, daß mir in der weiteren Umgebung des Lagers kein Mensch mehr begegnen würde. Ich konnte mich also in die unmittelbare Nähe desselben wagen.

Nach einer sorgfältigen und sehr langsamen Rekognoscirung hatte ich sechzehn Hütten gezählt, welche unter den Bäumen eine Art von Halbkreis bildeten. In der größten Hütte wohnte jedenfalls Scheik Gasahl Gaboya, denn sie war an ihrer Spitze mit einem alten Turbantuche geschmückt. Sie stand auf dem innersten Punkte des Halbkreises, so daß ich ihr leicht nahe kommen konnte, und neben ihr erhob sich diejenige, in welcher sich die Gefangenen befanden; denn vor derselben saßen zwei Kurden, mit den Gewehren im Arme.

Jetzt konnte ich zu Halef zurückkehren. Er saß noch auf dem Baume, von dem er nun herabstieg. Ich setzte ihm meinen freilich sehr kühnen und gefährlichen Befreiungsplan auseinander, dann versteckten wir uns an einem Platz, wo wir den Weg überblicken konnten. Und mit Ungeduld warteten wir auf die Zeit des Handelns. Ein solches Warten hat stets etwas Aufregendes, Verzehrendes, während der Augenblick der That die Nerven kalt und ruhig macht.

Gegen zwei Stunden waren vergangen, da sahen wir ganz unten einen einzelnen Reiter erscheinen.

„Dieser wird die Ankunft verkünden sollen," meinte Halef.

„Möglich. Hast Du die hohe Eiche gesehen oberhalb der Einsenkung, in welcher sich die Pferde befinden?"

„Ja, Sihdi."

„Schleiche Dich jetzt hin, und erwarte mich dort. Ich muß hören, was dieser Reiter zu sagen hat. Hier, nimm Dojan mit. Ich kann ihn jetzt nicht brauchen. Auch die Gewehre nimm zu Dir!"

Er nahm den Hund und entfernte sich; ich aber beeilte mich, dem Zelte des Scheik so nahe zu kommen, daß ich hören konnte, was gesprochen wurde. Es gelang mir, so weit dies möglich war. Kaum hatte ich hinter einem Baumstamme Posto gefaßt, so kam der Reiter herangaloppirt. Er sprang vom Pferde.

„Wo ist der Scheik?" hörte ich ihn fragen.

„Dort in seinem Zelte!"

Gasahl Gaboya trat heraus und ihm entgegen.

„Was bringst Du?"

„Die Krieger werden gleich erscheinen."

„So habt Ihr keinen der Entronnenen gesehen?"

„Keinen."

„Ihr habt die Augen geschlossen gehalten."

„Wir haben gewacht die ganze Nacht und bis jetzt. Wir haben alle Seitenthäler besetzt, aber Niemand gesehen."

„Jetzt kommen sie!" rief es draußen vor dem Lager.

Auf diesen Ruf eilte Alles hinaus auf die Lichtung; sogar die beiden Wächter schlossen sich an. Sie wußten ihre Gefangenen ja gefesselt!

Die Gelegenheit war günstiger, als ich gehofft hatte. Mit einem Sprunge stand ich hinter dem Zelte der Gefangenen – zwei Messerschnitte, und ich befand mich in dem Innern desselben. Da lagen sie neben einander, an Händen und Füßen gebunden.
„Mohammed Emin, Amad el Ghandur, auf! Schnell!"
Zwei Sekunden genügten, die Stricke zu durchschneiden.
„Kommt, schnell!"
„Ohne Waffen?" fragte Mohammed Emin.
„Wer hat sie Euch abgenommen?"
„Der Scheik hat sie."
Ich trat wieder hinten aus dem Zelte heraus und spähte in die Runde. Kein Mensch hatte Acht auf das Lager.
„Heraus und mir nach!" – Ich sprang hinüber zum Zelte des Scheiks und huschte hinein, die Haddedihn mir nach. Sie befanden sich in einer fieberhaften Aufregung. Hier hingen ihre Waffen, auch zwei ausgelegte Pistolen und eine lange, persische Flinte, dem Scheik gehörig. Ich nahm Pistolen und Flinte an mich und blickte wieder hinaus; noch immer waren wir unbeachtet. Wir schlichen uns wieder hinaus und rannten dann dem Thale zu. Dies war wohl fünf Minuten entfernt, aber in zwei Minuten waren wir bei Halef.
„Maschalla! Wunder Gottes!" rief er.
„Jetzt zu den Pferden!" sagte ich.
Der Wächter saß unten, mit dem Rücken gegen uns gekehrt. Auf einen Wink sprang der Hund hinab, und sofort lag der Mann am Boden. Er hatte einen Schrei ausgestoßen, zu einem zweiten hatte er wohl den Muth nicht. Ich bezeichnete die sechs besten Pferde und rief Amad el Ghandur zu: „Halte sie einstweilen! Halef, Mohammed, schnell die andern in den Wald!"
Die beiden verstanden mich sofort. Eben erhob sich hinter uns ein lautes Bewillkommnungsgeschrei, als wir von Pferd zu Pferd sprangen, um die Leinen durchzuschneiden. Fünfundzwanzig Leinen pro Mann, das war sehr schnell abgethan, dann jagten wir die freien Thiere mit Schlägen und Steinwürfen in den Wald. Amad el Ghandur hatte Mühe, seine sechs Thiere fest zu halten. Ich hatte drei Gewehre umzuhängen und zwei Pistolen einzustecken. Dann bestieg ich den Blässen und nahm noch ein zweites Pferd an die Leine.
„Auf und vorwärts! Es ist die höchste Zeit!"
Ohne mich umzusehen, trieb ich meine Pferde die steile Böschung empor; dann nahm der schützende Wald uns auf. Hier ging es wegen des bösen Bodens nur langsam vorwärts, zumal wir einen Umweg machen mußten. Doch gelangten wir bald auf den besseren Pfad, wo wir unsere Thiere ausgreifen lassen konnten.
Da hörten wir hinter uns ein lautes Geschrei, aber uns blieb keine Zeit, über dessen wahre Ursachen Vermuthungen anzustellen. Vorwärts!

Wir hatten einen weiten Bogen zu reiten gehabt, und ganz dahinten, wo dieser Bogen begann, zeigten sich jetzt zwei Reiter. Sobald sie uns bemerkten, kehrte der Eine wieder um, während der Andere uns folgte.
„Galopp, den schärfsten Galopp, sonst komm' ich um meinen Hengst!" rief ich. „Wir werden die Bebbeh gleich auf den Hacken haben!"
Unsere Wahl war eine gute gewesen, denn die Pferde zeigten sich als vorzügliche Renner. Bald kam unsere Waldecke in Sicht. Wir erreichten sie und hielten hinter den Bäumen an. Ich sah nur Allo.
„Wo ist der Emir?" frug ich ihn.
„Droben beim Pferde."
„Hier hast Du eine Flinte. Steige auf diesen Fuchs; er ist Dein!"
Ich gab ihm die Flinte des Scheiks und rannte dann bergauf, der Höhle zu. Sie war eine Viertelstunde entfernt, aber ich glaube, ich war nicht später als in fünf Minuten oben. Da saß Lindsay.
„Schon da, Master? Oh! Ah! wie gegangen, heh?"
„Gut, gut! Aber wir haben jetzt keine Zeit, denn wir werden verfolgt. Rennt aus allen Leibeskräften hinab, Sir; unten steht ein Pferd für Euch!"
„Verfolgt? Ah! Schön! Prächtig! Pferd für mich? Gut! Well!"
Er stürzte mehr, als er ging, den Berg hinab. Ich band meinen Rappen ab und führte ihn den Berg hinunter. Das ging leider nicht so schnell, als ich es wünschte, und als ich unten anlangte, saßen die andern schon längst auf ihren Thieren, und Halef hielt das sechste Pferd an der Hand.
„Das dauerte lang, Effendi," sagte Mohammed Emin. „Sieh, es ist bereits zu spät!"
Er deutete hinaus, wo eben der erste Reiter, welcher uns gefolgt war, sichtbar wurde. Ich blickte ihn scharf an und erkannte meinen Mann.
„Erkennt Ihr diesen Menschen?" frug ich.
„Ja, Sihdi," antwortete Halef. „Es ist der Dschiaf von gestern."
„Er ist ein Bebbeh und hat uns verrathen. Laßt ihn vorüber, und dann wird er unser."
„Aber wenn mittlerweile die Andern kommen?"
„So schnell geht das nicht. – Sir David! Wir reiten voran und nehmen diesen Reiter zwischen uns. Will er sich wehren, so schlagen wir ihm die Waffen aus der Hand."
„Schön, Master! Prächtig! Yes!"
Jetzt verschwand der Bebbeh hinter der nächsten Krümmung des Weges, und wir verließen unser Versteck. Als ich mit Lindsay diese Krümmung erreichte, waren wir ihm auf fünfzig Schritte nahe. Er hörte uns kommen und drehte sich um. Er erkannte uns und war über unsern Anblick so erschrocken, daß er unwillkürlich sein Pferd anhielt. Er hatte uns vor sich geglaubt und erblickte uns nun hinter sich. Ehe er die Fassung wieder erlangte, hatten wir ihn gepackt.
Da griff er nach dem Messer. Ich faßte seine Faust und drückte sie ihm so, daß er es fallen ließ. Und während Lindsay ihm die Lanze entwand, zerschnitt ich den Riemen, an

welchem seine Flinte ihm über den Rücken hing; sie fiel herab. Er war entwaffnet, und sein Pferd jagte mit den unserigen in vollem Lauf dahin. Da ergab er sich in sein Schicksal.
So ging es immer dem Süden zu, und als wir einen tüchtigen Vorsprung gewonnen zu haben glaubten, mäßigten wir unser Tempo, und Allo ritt als Wegweiser voran.
„Was thun mit diesem Kerl, Master?“ frug nun Lindsay.
„Bestrafen!“
„Yes! Falscher Dschiaf! Welche Strafe?“
„Weiß es nicht. Wir werden darüber berathen.“
„Schön! Session! Oberhaus! Unterhaus! Well! Wie habt Ihr die Haddedihn losgemacht?“
Ich erzählte es ihm in kurzen Umrissen. Als ich an das Unschädlichmachen der Pferdewache kam, hielt ich plötzlich in meinem Berichte inne.
„O wehe! Was habe ich gethan!“
„Was, Master? War ja Alles gut!“
„Ich habe in der Eile vergessen, meinen Hund von dem Manne wegzurufen!“
„Oh! Ah! Unangenehm! Wird nachkommen!“
„Nie! Er ist bereits todt, und die Wache auch.“
„Warum gleich todt?“
„Sobald er angerührt oder sonst bedroht wird, zerreißt er dem unter ihm liegenden Mann die Gurgel. Dann werden ihn die Bebbeh natürlich erschossen haben. Ich könnte wahrhaftig nur dieses Hundes wegen umkehren und mich in die größte Gefahr begeben. Aber leider wäre es erfolglos!“
Über den Verlust des treuen, klugen Hundes gerieth auch Halef in Bestürzung, und ich verbrachte die noch übrigen Stunden des Nachmittages in tiefer Verstimmung. Am Abend machten wir Halt, und nun erst wurde der Bebbeh gefesselt. Trotz unserer Eile hatte Halef Zeit gehabt, dem ledigen Pferde den erst angeschnittenen Rehbock aufzuladen, und so war für einen hinreichenden Imbiß gesorgt.
Nach dem Mahle wurde der Gefangene in's Verhör genommen. Er hatte bisher noch kein Wörtchen gesprochen. Jedenfalls ließ er nur deßhalb Alles so geduldig über sich ergehen, weil er hoffte, daß die Seinen sehr bald erscheinen und ihn befreien würden.
„Höre, Mann,“ begann ich die Verhandlung, „was bist Du? Ein Dschiaf oder ein Bebbeh?“
Er antwortete nicht.
„Beantworte meine Frage!“
Er zuckte nicht mit der Wimper.
„Halef, nimm ihm den Turban ab und schneide ihm die Haarlocke herunter!“
Das ist die größte Entehrung, die einem Kurden und überhaupt einem Muselmann widerfahren kann. Als Halef, das Messer in der Rechten haltend, mit der Linken nach der Locke griff, bat der Mann:
„Herr, laß mir mein Haar! Ich will antworten.“
„Gut! Welchen Stammes bist Du?“

„Ich bin ein Bebbeh."
„Du hast uns gestern belogen!"
„Einem Feinde braucht man nicht die Wahrheit zu sagen."
„Deine Grundsätze sind diejenigen eines Schurken. Du hast ferner das, was Du behauptetest, bei dem Barte des Propheten beschworen!"
„Einen Schwur, den man einem Ungläubigen gibt, braucht man nicht zu halten."
„Du hast ihn auch Gläubigen gegeben; es sind deren vier unter uns!"
„Das geht mich nichts an."
„Ferner hast Du mich einen Dummkopf genannt!"
„Das ist eine Lüge, Herr!"
„Du sagtest, wir Alle seien dumm, ich aber sei der Allerdümmste! Es ist wahr, denn diese meine eigenen Ohren haben es gehört – hinter dem Lager, als Ihr dort die Pilze schnittet. Ich lag hinter dem Busche und hörte Euch zu; dann nahm ich Euch Eure Gefangenen und Eure Pferde. Du magst also sehen, ob ich wirklich ein so großer Dummkopf bin!"
„Verzeihe, Herr!"
„Ich habe Dir nichts zu verzeihen, denn das Wort aus Deinem Munde kann einen Emir aus Frankistan nie beleidigen. Gestern ließ ich Dich frei, weil Du mir leid thatest; heut befindest Du Dich wieder in meiner Hand. Wer ist da wohl der Kluge von uns? – Bist Du der Bruder des Scheik Gasahl Gaboya?"
„Ich bin es nicht."
„Hadschi Halef, schneide ihm die Locke ab!"
Das half auf der Stelle.
„Wer hat Dir gesagt, daß ich es bin?" frug er.
„Einer, der Dich kennt."
„So sage, welches Lösegeld verlangst Du?"
„Ihr wolltet für diese beiden Männer" – ich deutete auf die Haddedihn – „Lösegeld verlangen; Ihr seid Kurden. Ich nehme nie ein Lösegeld, denn ich bin ein Christ. Ich nahm Dich nur deßhalb gefangen, um Dir zu zeigen, daß wir mehr Klugheit, Muth und Geschick besitzen, als Ihr denkt. Wer hat heute zuerst bemerkt, daß die Gefangenen fort waren?"
„Der Scheik."
„Wie bemerkte er es?"
„Er trat in sein Zelt, da fehlten die Waffen der Gefangenen und auch die seinigen."
„Ich habe sie genommen."
„Ich denke, ein Christ nimmt nie Etwas!"
„Das ist richtig. Ein Christ nimmt nie unrechtes Gut, aber er läßt sich auch von keinem Kurden berauben. Ihr habt uns unsere Pferde erschossen, die uns lieb waren, und ich habe dafür sechs andere genommen, die uns nicht lieb sind. Wir hatten in unsern Satteltaschen viele Dinge, welche wir nothwendig brauchen; Ihr habt sie genommen, und dafür habe ich mir die Flinte und die Pistolen des Scheik angeeignet. Wir haben

getauscht; Ihr habt diesen Tausch mit Gewalt begonnen, und ich habe ihn mit Gewalt beendet."
„Unsere Pferde sind besser, als die Eurigen waren!"
„Das geht mich nichts an, denn ehe Ihr die unserigen getödtet habt, fragtet Ihr auch nicht danach, ob sie schlechter waren, als diejenigen, welche ich Euch dafür nehmen würde. Warum wurde mein Pferd nicht erschossen?"
„Der Scheik wollte es haben."
„Glaubte er wirklich, daß er es bekommen werde? Und wenn dies der Fall gewesen wäre, so hätte ich es mir sicher wieder geholt. Wer entdeckte heute die Abwesenheit der Pferde?"
„Auch der Scheik. Er lief in das Zelt der Gefangenen, und als dieses leer war, rannte er zu den Pferden; sie waren fort."
„Fand er gar nichts?"
„Den Wächter, der unter einem Hunde lag."
„Was geschah mit ihm?"
„Er wurde unter dem Hunde liegen gelassen zur Strafe dafür, daß er nicht aufgepaßt hatte."
„Fürchterlich! Seid Ihr Menschen?"
„Der Scheik hat es so geboten."
„Was wird da mit Dir geschehen, der Du auch nicht aufgepaßt hast? Ich habe hinter dem Kirschlorbeer gelegen, einen einzigen Schritt von Dir entfernt; ich bin dann hinter Dir zu den Pferden gegangen, von denen ich nicht wußte, wo sie waren, und dann bin ich Dir nach dem Lager gefolgt."
„Herr, laß das den Scheik nicht wissen!"
„Sei ohne Sorge! Ich habe es nur allein mit Dir zu thun. Ich werde jetzt meinen Gefährten Deine Antworten sagen, und dann mögen sie Dein Urtheil sprechen. Du sollst nicht von uns zwei Christen, sondern von diesen vier Muselmännern gerichtet werden!"
Ich verdolmetschte meine Unterredung mit dem Bebbeh in das Arabische.
„Was willst Du mit ihm thun?" fragte mich Mohammed.
„Nichts," erwiderte ich ruhig.
„Emir, er hat uns belogen, betrogen und dem Feinde in die Hand geliefert. Er hat den Tod verdient."
„Und was noch mehr ist," fügte Amad el Ghandur hinzu, „er hat bei dem Barte des Propheten falsch geschworen. Er hat den dreifachen Tod verdient."
„Was sagst Du dazu, Sihdi?" fragte Halef.
„Jetzt nichts. Bestimmt Ihr, was mit ihm werden soll!"
Während die vier Mohammedaner berathschlagten, erkundigte sich auch der Engländer bei mir:
„Nun? Was wird mit ihm?"
„Ich weiß es nicht. Was würdet Ihr mit ihm thun?"

„Hm! Niederschießen!“
„Haben wir das Recht dazu?“
„Yes! Sehr!“
„Der Weg des Rechtes ist folgender: Wir beschweren uns bei unsern Consulaten; von da geht die Beschwerde nach Konstantinopel, und dann erhält der Pascha von Sulimania den Befehl, den Übelthäter zu bestrafen – wenn er ihn nicht belohnen soll.“
„Schöner Weg des Rechtes!“
„Aber der allein erlaubte für uns als Bürger unserer Staaten. Und ferner: Was werdet Ihr als Christ mit diesem Feinde thun?“
„Geht mir mit Euren Fragen, Master! Ich bin Englishman. Macht, was Ihr wollt!“
„Und wenn ich ihn nun laufen lasse?“
„So mag er laufen! Ich fürchte mich nicht vor ihm; er braucht also meinetwegen nicht ganz todtgeschlagen zu werden. Macht es lieber möglich, daß ich ihm meine Nase aufhängen kann; das wäre die beste Strafe für diesen Menschen, der uns gestern eine Nase gedreht hat, welche zwanzigmal imposanter war, als die meinige! Yes!“
Der Bebbeh schien mittlerweile die Geduld zu verlieren. Er wandte sich in der jetzt eintretenden Pause wieder an mich:
„Herr, was wird mit mir geschehen?“
„Das wird ganz auf Dich ankommen. Von wem willst Du gerichtet sein? Von den vier Männern, die Ihr Gläubige nennt, oder von den zwei Männern, denen Ihr den Schimpfnamen „Giaur“ zu geben pflegt?“
„Chodih, ich bete zu Allah und dem Propheten; es mögen nur solche Männer über mich bestimmen, welche wahre Gläubige sind!“
„Du sollst Deinen Willen haben! Wir Beide hätten Dir verziehen und Dich morgen früh zu den Deinigen zurückkehren lassen. Ich sage mich los. Mag Dir werden, was Du gewünscht hast, und mögest Du nicht bereuen, das Wort eines Christen bezweifelt und seine Nachsicht von Dir gewiesen zu haben!“
Endlich waren die Andern zu einem Entschlusse gekommen.
„Emir, wir erschießen ihn!“ sagte Mohammed.
„Das leide ich auf keinen Fall!“ antwortete ich.
„Er hat den Propheten geschändet!“
„Seid Ihr die Richter darüber? Er mag dies mit dem Imam, mit dem Propheten oder mit seinem Gewissen abmachen!“
„Er hat den Spion gemacht und uns verrathen!“
„Hat Einer von uns sein Leben dadurch verloren?“
„Nein; aber wir haben Anderes verloren.“
„Wir haben Besseres dafür genommen. Hadschi Halef Omar, Du kennst meine Meinung; es betrübt mich, Dich so blutgierig zu sehen.“
„Sihdi, ich wollte es nicht!“ entschuldigte er sich eifrig. „Nur die Haddedihn und der Bannah wollten es.“

„So ist meine Meinung, daß der Bannah hierbei nichts zu sagen hat. Er ist unser Führer und wird dafür bezahlt. Ändert Euer Urtheil!"
Sie flüsterten von Neuem zusammen; dann theilte mir Mohammed Emin das Resultat mit:
„Emir, wir wollen sein Leben nicht, aber er soll entehrt werden. Wir nehmen ihm die Locke und schlagen ihn mit Ruthen in das Gesicht. Wer solche Schwielen trägt, hat keine Ehre mehr."
„Das ist noch fürchterlicher als der Tod und hat doch keinen Erfolg. Ich habe einem Bebbeh Ohrfeigen gegeben, weil er meinen Glauben beleidigte, und gestern kämpfte er doch an der Seite des Scheiks gegen mich. Haben ihn also diese Schläge geschändet?"
„Die abgeschnittene Locke wird ihn sicher schänden!"
„Er wird den Turban aufbehalten, so daß man es nicht sieht."
„Du selbst wolltest sie ihm doch vorhin abschneiden lassen!"
„Nein; ich hätte es nicht gethan. Es war nur eine Drohung, um ihn zum Sprechen zu zwingen. Überhaupt – warum wollt Ihr diese Bebbeh noch mehr gegen uns erbittern? Sie fühlen sich im Rechte gegen uns, weil sie glauben, daß wir Verbündete der Bejat gewesen sind. Sie können es nicht wissen, daß wir einen solchen Raubzug nie gebilligt hätten; sie können es nicht wissen, daß ich dem Khan Heider Mirlam offen in das Gesicht gesagt habe, ich hätte die Bebbeh gewarnt, wenn es mir möglich gewesen wäre; sie haben uns bei Räubern getroffen und behandeln uns als Räuber. Jetzt sind wir ihnen glücklich entkommen, und vielleicht lassen sie von uns ab; wollt Ihr sie durch Euere Grausamkeit zwingen, uns weiter zu verfolgen?"
„Emir, wir waren ihre Gefangenen; wir müssen uns rächen!"
„Auch ich war Gefangener, öfters als Ihr; aber ich habe mich nicht gerächt. Der Raïs von Schohrd, Nedschir-Bey, nahm mich gefangen. Ich befreite mich selbst und verzieh ihm; dann wurde er mein Freund. War das nicht besser, als wenn ich eine Blutschuld zwischen uns gelegt hätte?"
„Emir, Du bist ein Christ, und die Christen sind entweder Verräther oder Weiber!"
„Mohammed Emin, sage dies noch einmal, so geht Dein Weg von dieser Minute an nach rechts und der meinige nach links. Ich habe nie Deinen Glauben geschmäht; warum thust Du es mit dem meinen? Hast Du jemals mich oder diesen David Lindsay-Bey als einen Verräther oder ein Weib gesehen? Ich könnte jetzt recht gut den Islam beleidigen; ich könnte sagen: die Moslemin sind undankbar, denn was ein Christ für sie thut, das vergessen sie. Aber ich sage es nicht, denn ich weiß, wenn Einer sich einmal von seinem Fleische hinreißen läßt, so gibt es doch Viele, die sich beherrschen können!"
Da sprang er auf und streckte mir beide Hände entgegen.
„Emir, verzeihe mir! Mein Bart ist weiß und der Deinige noch dunkel, aber obgleich Dein Herz jung und warm ist, so hat doch Dein Verstand die Reife des Alters. Wir geben Dir diesen Mann. Thue mit ihm nach Deinem Wohlgefallen!"
„Mohammed, ich danke Dir! Ist auch Dein Sohn einverstanden?"

„Ich bin es, Effendi,“ antwortete Amad el Ghandur.
Nun wandte ich mich erfreut zu dem Gefangenen:
„Du hast uns einmal Lügen gesagt. Willst Du mir versprechen, heute mit mir die Wahrheit zu reden?“
„Ich verspreche es!“
„Wenn ich Dir jetzt Deine Fesseln nehme und Du mir versprichst, dennoch nicht zu entfliehen, würdest Du Dein Wort halten?“
„Herr, ich verspreche es!“
„Nun wohl; diese vier Moslemim haben Dir Deine Freiheit wieder gegeben. Heute bleibst Du noch bei uns, und morgen kannst Du gehen, wohin es Dir beliebt.“
Ich band seine Hände und Füße los.
„Herr,“ sagte er, „ich soll Dich nicht belügen, und nun sagst Du selbst mir die Unwahrheit.“
„In wiefern?“
„Du sagst, diese Männer hätten mir die Freiheit gegeben, und das ist nicht wahr. Nur Du allein hast sie mir gegeben. Sie wollten mich erst erschießen; dann wollten sie mich peitschen und mir den Schmuck des Gläubigen nehmen; Du aber hast Dich meiner erbarmt. Ich habe jedes Wort verstanden, denn ich spreche das Arabische ebenso gut wie das Kurdische. Und nun weiß ich auch aus Deinen Worten, daß Ihr den Bejat nicht geholfen habt, sondern Freunde der Bebbeh gewesen seid. Emir, Du bist ein Christ; ich habe die Christen gehaßt: heute lerne ich sie besser kennen. Willst Du mein Freund und Bruder sein?“
„Ich will!“
„Willst Du mir vertrauen und hier bleiben, obgleich morgen Euere Verfolger hier eintreffen werden?“
„Ich vertraue Dir!“
„Reiche mir Deine Hand!“
„Hier ist sie! Aber werden auch meine Gefährten sicher sein?“
„Ein Jeder, der zu Dir gehört. Du hast kein Lösegeld von mir gefordert; Du hast mir erst das Leben und dann die Ehre gerettet; Dir und den Deinen soll Niemand ein Haar krümmen!“
So waren wir denn auf einmal aller Sorgen ledig! Ich hatte keine Ahnung gehabt, daß dieser Mann auch Arabisch verstand; doch war ich ganz glücklich, diesem Umstande einen solchen Sieg zu verdanken. Zur Feier desselben holte ich den letzten Rest von Tabak hervor, den meine Satteltasche barg; es war nicht viel, aber der duftende Rauch bewirkte dennoch eine Stimmung, welche ganz anders war als die, mit welcher wir unsere „Jury“ begonnen hatten.
Mit frohem Muthe legten wir uns schlafen und hatten dabei sogar die Kühnheit, keine Wachen auszustellen.

Des andern Morgens sah die Sache etwas weniger romantisch aus als gestern Abend bei der poetischen Beleuchtung des flackernden Lagerfeuers; aber ich beschloß dennoch, dem Bebbeh ein offenes Vertrauen zu zeigen.
„Du bist nun frei," sagte ich zu ihm. „Dort steht Dein Pferd, und Deine Waffen wirst Du auf dem Rückwege finden."
„Die Meinigen werden sie finden; ich bleibe hier," antwortete er.
„Wenn sie nun nicht kommen?"
„Sie kommen!" antwortete er in sehr bestimmtem Tone, „und ich werde dafür sorgen, daß sie nicht vorüber reiten."
Wir hatten nämlich die Nacht in einem kleinen Seitenthale zugebracht, welches eine solche Krümmung besaß und dessen Eingang so schmal war, daß wir selbst am Tage vom Hauptthale aus nicht bemerkt werden konnten. Der Bebbeh schritt diesem Ausgange zu und nahm hier eine solche Stellung, daß er weit nach rückwärts blicken konnte. Wir Anderen warteten mit Neugierde der Dinge, welche kommen sollten.
„Und wenn er uns abermals betrügt?" fragte Mohammed.
„Ich vertraue ihm. Er wußte ja, daß er seine Freiheit wiederbekommen solle, und brauchte mir also gar nicht zu gestehen, daß er jedes Wort unserer Unterredung verstanden habe. Ich glaube sicher, daß er es redlich meint."
„Aber wenn er uns doch hintergeht, Emir, so schwöre ich bei Allah, daß er der Erste ist, den meine Kugel trifft!"
„Dann verdient er es nicht anders."
Auch David Lindsay schien nicht mit sich einig zu sein.
„Master, dort sitzt er am Eingange," sagte er; „und wenn er uns abermals belügen wird, so befinden wir uns in dem schauderhaftesten Loche, das es nur geben kann. Nehmt es nicht übel, wenn ich nach meinen Waffen und nach meinem neuen Pferde sehe!"
Ich hatte allerdings eine außerordentliche Verantwortlichkeit auf mich geladen, und ich gestehe gern, daß mir selbst dabei nicht ganz wohl zu Muthe war; doch sollte zum Glück die Entscheidung nicht lange auf sich warten lassen.
Wir bemerkten, daß der Bebbeh sich erhob und, das Auge mit der Hand beschattend, aufmerksam in die Ferne blickte; dann suchte er sein Pferd auf, um dasselbe schleunigst zu besteigen.
„Wohin?" fragte ich.
„Den Bebbeh entgegen," antwortete er; „sie kommen. Erlaube, daß ich sie vorbereite, Herr!"
„Thue es!"
Er ritt ab. Mohammed Emin aber meinte:
„Emir, wirst Du nicht einen Fehler begangen haben?"
„Ich hoffe, daß mein Verhalten das richtige ist. Wir haben Frieden geschlossen, und wenn ich ihm Mißtrauen zeigte, so wäre dies grad das rechte Mittel, ihn wieder zu unserem Feinde zu machen."

„Aber er war in unserer Hand und sollte uns als Geisel dienen!“
„Er wird auf alle Fälle wiederkehren. Unsere Pferde stehen so, daß wir mit einem Sprunge im Sattel sein können. Haltet die Waffen bereit, aber so, daß es nicht auffällig ist.“
„Was soll das nützen, Emir? Es werden ihrer Viele sein, und Du willst ja, daß wir nur auf die Pferde und nicht auf die Reiter schießen.“
„Mohammed Emin, ich sage Dir: Wenn dieser Bebbeh einen Verrath beabsichtigt, so können wir uns durch den Tod der Pferde nicht retten, und ich bin der Erste, welcher sein Gewehr auf die Reiter richtet. Bleibt Ihr ruhig sitzen; ich aber werde mich an dem Eingang postiren. Ihr könnt Euch dann nach dem richten, was ich thue.“
Ich schritt mit meinem Pferde der Enge zu, durch welche man in das Thal gelangte, stieg dann auf und nahm den Stutzen zur Hand. Mich nur wenig vorbeugend, konnte ich das Blachfeld übersehen und erblickte in nicht gar zu bedeutender Entfernung einen dichten Reitertrupp, welcher still hielt, um auf die Rede eines Einzigen zu hören. Dieser war der Bruder des Scheik. Nach einer Weile lösten sich zwei Reiter von dem Trupp ab und ritten auf das Thal zu, während die Andern auf der Stelle, welche sie inne hatten, halten blieben. Ich erkannte Scheik Gasahl Gaboya mit seinem Bruder und wußte nun, daß wir nichts mehr zu fürchten hatten.
Als er herangekommen war und mich erblickte, parirte er sein Pferd. Der Ausdruck seines sonnverbrannten Angesichts war noch immer kein freundlicher, und seine Stimme klang fast drohend, als er fragte:
„Was willst Du hier?“
„Dich empfangen,“ antwortete ich kurz.
„Aber Dein Empfang ist nicht sehr höflich, Fremder!“
„Verlangst Du von einem Emir aus dem Abendlande etwa, Dich freundlicher zu behandeln, als Du ihm entgegen kommst?“
„Mann, Du bist sehr stolz! Warum sitzest Du zu Pferde?“
„Weil auch Du beritten bist.“
„Komm mit zu Deinen Gefährten! Dieser Mann, welcher der Sohn meines Vaters ist, wünscht, daß ich sehe, ob wir Euch verzeihen können.“
„So komm; denn auch meine Männer wollen sich berathen, ob Ihr bestraft oder begnadigt werden sollt!“
Das war ihm denn doch zu viel.
„Mensch,“ rief er mir zu, „bedenke, wer Ihr seid, und wer wir sind!“
„Ich bedenke es,“ antwortete ich ruhig.
„Ihr seid nur sechs Männer!“
Ich nickte lächelnd.
„Und wir sind ein ganzes Heer!“
Ich nickte noch einmal.
„So gehorche und laß uns ein!“

Ich nickte zum dritten Male und drängte mein Pferd zur Seite, so daß der Scheik und sein Bruder den schmalen Eingang passiren konnten. Jetzt hatten wir gewonnen; denn wenn der Scheik gegen den Willen seines Bruders die Feindseligkeit fortsetzen wollte, so war er gänzlich in unsere Hand gegeben.
Beide ritten auf die Gruppe meiner Gefährten zu, stiegen ab und setzten sich nieder. Ich that dasselbe.
„Ist's freundlich oder feindlich, Master?" frug mich Lindsay.
„Weiß noch nicht. Wollt Ihr etwas dabei thun?"
„Versteht sich! Yes!"
„Nach einer Minute erhebt Ihr Euch mit der gleichgültigsten Miene –"
„Well! Fürchterlich gleichgültig!"
„Ihr geht zum Eingange, um Wache zu halten –"
„Watch-man? Sehr schön! Prächtig!"
„Wenn Ihr seht, daß die Bebbeh da draußen sich in Bewegung setzen, um hierher zu kommen, so ruft Ihr –"
„Yes! Werde sehr laut schreien!"
„Und wenn Einer von diesen Beiden hinaus will, ohne daß ich es ihm erlaubt habe, so schießt Ihr ihn nieder."
„Well! Werde meinen alten shoot-stick mitnehmen. All right! Bin David Lindsay! Mache keinen Spaß! Yes!"
Die beiden Bebbeh hatten diese Unterhaltung natürlich auch gehört.
„Warum redet Ihr in einer fremden Sprache?" frug mißtrauisch der Scheik.
„Weil dieser tapfere Emir aus dem Abendlande nur die Sprache seines Volkes redet," antwortete ich, indem ich auf Lindsay deutete.
„Tapfer? Meinst Du wirklich, daß Einer von Euch tapfer sei?" Und mit einer sehr geringschätzenden Handbewegung fügte er hinzu: „Ihr seid vor uns geflohen!"
„Du redest die Wahrheit, o Scheik," erwiderte ich lachend. „Wir sind Euch zweimal entkommen, weil wir kühner und tapferer sind, als Ihr. Kein Bebbeh ist im Stande, es mit einem Abendländer aufzunehmen."
„Mann, willst Du mich beleidigen?"
„Gasahl Gaboya, laß Deine Seele ruhig bleiben, damit Du Dein Auge klar erhältst! Du kommst zu uns, um über den Frieden zu verhandeln. Willst Du ihn wirklich haben, so bitte ich Dich, höflicher als bisher zu sein. Wir sind nur wenige Männer und Du selbst sagst, daß Ihr ein ganzes Heer seid; aber dieses Heer hat nicht vermocht, uns festzuhalten. Ist dies eine Schande oder eine Ehre für uns? Nicht aus Feigheit vermieden wir den Kampf mit Euch, sondern weil wir Euer Leben schonen wollten."
„Fremdling, Du redest irre!" fiel er ein.
„Meinest Du? Ich habe einen Mann von Euch vor mir auf meinem Pferde gehabt; Dein Bruder hier ist unser Gefangener gewesen, und als wir mitten in Eurem Lager waren, um unsere beiden Gefährten zu befreien, da war sogar auch Dein eigenes Leben in unsere

Hand gegeben. Wir haben Euch geschont und wollen Euch jetzt noch schonen; aber wir verlangen nun auch, daß Du klug genug sein sollst, die Lage zu erkennen, in der Du Dich befindest."

„Ich erkenne sie. Es ist die Lage des Siegers. Ich erwarte, daß Ihr mich um Verzeihung bittet und Alles herausgebt, was Ihr uns gestohlen habt!"

„Scheik, Du irrst, denn Du befindest Dich in der Lage des Besiegten. Nicht wir sind es, sondern Du selbst bist es, der um Verzeihung zu bitten hat, und ich erwarte, daß Du es augenblicklich thust!"

Der Bebbeh starrte mich vor Erstaunen wortlos an; dann aber brach er in ein lautes Gelächter aus.

„Fremdling, hältst Du die Bebbeh für Hunde und mich, ihren Scheik, für den Bastard einer Hündin? Ich habe den Bitten dieses meines Bruders nachgegeben und bin zu Euch gekommen, um die Größe Eurer Schuld mit den Augen der Gnade zu untersuchen. Eure Strafe sollte milde sein. Da Ihr jedoch nicht erkennen wollt, was zu Eurem Heile dient, so mag der Ruf der Feindschaft zwischen uns weiter klingen, und Ihr sollt erkennen, daß es nur meines Befehles bedarf, um Euch zu zermalmen."

„Gib diesen Befehl, Scheik Gasahl Gaboya!" antwortete ich kalt.

Da aber nahm sein Bruder zum ersten Male das Wort:

„Dieser Fremdling aus dem Abendland ist mein Freund; er hat mich von der Schande und von dem Tode errettet; ich habe ihm mein Wort gegeben, daß Frieden sein soll zwischen uns und ihm, und ich werde mein Wort halten!"

„Halte es, wenn Du es ohne mich vermagst!" antwortete der Scheik.

„Ein Bebbeh bricht niemals sein Versprechen. Ich werde an der Seite meines Beschützers bleiben, solange er sich in Gefahr befindet, und ich will doch sehen, ob die Krieger unseres Stammes es wagen, Männer anzugreifen, welche sich unter meinen Schutz begeben haben."

„Dein Schutz ist nicht der Schutz des Stammes. Deine Thorheit wird Dein Unglück sein, denn Du wirst mit diesen Leuten fallen."

Der Scheik erhob sich und trat zu seinem Pferde.

„Ist dies Dein Beschluß?" frug sein Bruder.

„Ja. Bleibst Du hier, so kann ich nichts weiter für Dich thun, als daß ich den Befehl gebe, nicht auf Dich zu schießen."

„Dieser Befehl wird nutzlos sein. Ich werde Jeden tödten, der meinen Freund bedroht, selbst wenn Du es wärest, und dann wird man auch mich nicht schonen."

„Thue, was Du willst! Allah hat zugegeben, daß Du den Verstand verlierst; er mag seine Hand über Dich halten, wenn ich Dich nicht mehr zu schützen vermag. Ich gehe!"

Während sein Bruder bei uns sitzen blieb, stieg er zu Pferde, um das Thal zu verlassen. Da aber erhob Lindsay seine Büchse und hielt die Mündung auf die Brust des Scheik gerichtet.

„Stop, old boy – halt, alter Junge!“ gebot er. „Steige ab, sonst schieße ich Dich ein wenig todt! Well!“

Der Scheik wandte den Kopf zu mir zurück und frug:

„Was will dieser Mann?“

„Dich erschießen,“ antwortete ich sehr ruhig, „weil ich Dir noch nicht erlaubt habe, diesen Ort zu verlassen.“

Er sah aus meiner kalten, unbeweglichen Miene, daß es mir Ernst war; er sah auch, daß der Engländer den Finger bereits am Drücker hatte – er drehte sein Pferd wieder zurück und rief zornig:

„Fremdling, Du bist ein Schurke!“

„Scheik, sage dieses Wort noch einmal, so gebe ich unserm Wächter ein Zeichen, und Du bist eine Leiche!“

„Aber Dein Verhalten ist Verrath! Ich kam als der Abgesandte meines Stammes und habe freie Rückkehr zu fordern!“

„Du bist nicht der Abgesandte, sondern der Anführer Deines Stammes; das Recht der Unterhändler gilt nicht für Dich.“

„Weißt Du, was das Recht der Völker ist?“

„Ich weiß es, aber Dir ist es nicht bekannt. Du hast vielleicht einmal davon sprechen hören, aber Dein Geist ist nicht reif genug gewesen, es zu verstehen. Das Recht, von dem Du redest, befiehlt Ehrlichkeit im Kampfe; es befiehlt, den Feind zu benachrichtigen, daß man ihn anzugreifen beabsichtigt. Hast Du dies gethan? Nein. Du bist über uns hergefallen wie ein Räuber, wie ein Geier, welcher die Taube zerreißt. Nun willst Du Dich wundern, daß Du als Räuber behandelt wirst. Du bist zu uns gekommen, weil Du uns für Memmen hältst, die sich vor Deiner Begleitung fürchten; Du sollst jedoch das Gegentheil erfahren. Du wirst diesen Ort nur dann verlassen, wenn es mir gefällig ist. Willst Du den Ausgang erzwingen, so kostet es Dich das Leben. Steige also ab und setze Dich wieder zu uns. Aber vergiß nicht, daß ich Höflichkeit von Dir erwarte, und daß Dein Tod ganz unvermeidlich ist, wenn Deine Bebbeh es wagen sollten, uns hier anzugreifen!“

Er folgte zögernd meinem Befehle, konnte es aber nicht unterlassen, drohend zu bemerken:

„Meine Leute würden mich furchtbar rächen!“

„Wir fürchten ihre Rache nicht, das hast Du bereits gesehen und wirst es auch noch weiter erfahren! Nun aber laß uns mit Besonnenheit reden über die Angelegenheit, welche Dich zu uns geführt hat. Sprich, Scheik Gasahl Gaboya; aber vermeide jede Beleidigung!“

„Ihr seid unsere Feinde, denn Ihr habt Euch den Bejat angeschlossen, um uns zu berauben – – –“

„Das ist ein Irrthum. Die Bejat trafen uns während eines Nachtlagers, und Ihr Scheik Heider Mirlam lud uns ein, seine Gäste zu sein. Er sagte uns, daß er zu einem Feste der Dschiaf wolle, und wir glaubten es. Hätten wir gewußt, daß es seine Absicht sei, Euch zu überfallen, so hätten wir uns ihm nicht angeschlossen. Er nahm Eure Heerden, während wir schliefen, und als ich die Wahrheit bemerkte, habe ich ihm meinen Zorn zu erkennen gegeben. Du überfielst uns und ließest uns verfolgen; wir fürchteten uns nicht; wir schonten Euch und entkamen, nachdem ich Euch bewiesen hatte, daß wir unschuldig seien. Du ließest uns dennoch nicht ruhig ziehen. Du legtest uns einen Hinterhalt. Wir nahmen Deinen Spion gefangen und ließen Gnade walten. Du griffst uns an, und wir schonten Euer Leben. Ich kam in Euer Lager; ich holte meine gefangenen Gefährten; Ihr waret in meine Hand gegeben, ich aber ließ nicht einen Tropfen Blutes fließen. Ihr jagtet uns nach; wir fingen Deinen Bruder, doch wurde ihm kein Haar gekrümmt. Strenge Deine Gedanken an, o Scheik, und begreife, daß wir nicht als Feinde, sondern als Freunde an Euch gehandelt haben! Zum Dank dafür kommst Du mit bösen Worten und Beleidigungen, und statt uns um Verzeihung zu bitten, verlangst Du, daß wir dies thun sollen. Allah sei Richter zwischen uns und Euch! Wir fürchten Euch nicht; suche ja nicht zu erfahren, daß Ihr uns zu fürchten habt!"

Er hatte mir nur mit halber Aufmerksamkeit zugehört und entgegnete jetzt ziemlich höhnisch:

„Deine Rede ist sehr lang, Fremdling, aber Alles, was Du sagst, ist unrichtig und falsch."

„Beweise dies!"

„Dieser Beweis fällt mir leicht. Die Bejat sind unsere Feinde; Ihr wart bei ihnen, folglich seid Ihr unsere Feinde. Als meine Leute Euch verfolgten, schosset Ihr ihnen die Pferde todt. Ist dies Freundschaft?"

„War es etwa Freundschaft, daß Ihr uns verfolgt habt?"

„Du hast mich an den Kopf geschlagen, daß ich die Besinnung verlor. Du schlugst dann den tapfersten meiner Krieger mit der Hand in das Gesicht und schleudertest ihn vom Pferde wie einen verächtlichen Wurm. Ist dies etwa Freundschaft?"

„Du griffst mich an, folglich schlug ich Dich nieder; Dein tapferster Krieger verhöhnte mich, darum zeigte ich ihm, daß er ein Wurm gegen mich sei."

„Deine Schläge waren die größte Beleidigung, die es gibt; der Beleidigte fordert Dein Blut!"

„Meine Schläge müssen keine Beleidigung, sondern eine Ehre für ihn gewesen sein, da Du ihm dann doch noch erlaubt hast, an Deiner Seite zu kämpfen. Wenn er mein Blut verlangt, so mag er kommen, um es sich zu nehmen!"

„Endlich hast Du uns gestern die besten unserer Pferde gestohlen. Ist dies Freundschaft?"

„Ich nahm Euch diese Pferde, weil Ihr die unserigen erschossen habt. Alle Deine Vorwürfe sind falsch und grundlos. Wir haben weder Zeit noch Lust, unsere Geduld noch länger mißbrauchen zu lassen. Sage uns kurz, was Du verlangst, und dann werde ich Dir eine eben solche Antwort geben!"

Nun rückte der Scheik mit seinen Bedingungen heraus, indem er begann:

„Ich verlange, daß Ihr zu uns kommt – – –"

„Weiter!" sagte ich.

„Ihr übergebt uns Eure Pferde, Eure Waffen und Alles, was Ihr bei Euch tragt."
„Weiter!"
„Du gibst dem Manne, den Du geschlagen hast, Rechenschaft!"
„Weiter!"
„Dann könnt Ihr ziehen, wohin Ihr wollt."
„Ist dies Alles?"
„Ja. Du siehst, daß ich sehr gnädig bin!"
„Worin soll die Rechenschaft bestehen, welche ich zu geben habe?"
„In einer Entschädigung, deren Höhe wir bestimmen werden. Ich hoffe, daß Du zu meinem Verlangen Ja sagen wirst!"
„Ich sage nicht Ja, sondern Nein. Nicht Ihr seid es, sondern wir sind es, die zu fordern haben. Und übrigens ist Dein Verlangen unsinnig. Wie könnte ich eine Entschädigung zahlen, wenn Ihr uns bereits Alles genommen hättet! Wir rathen Euch, uns unangefochten ziehen zu lassen; das ist das Beste für Euch! Bedenke, daß Du Dich in meiner Hand befindest!"
„Willst Du mich ermorden lassen?"
„Nicht ermorden, sondern tödten, sobald die Bebbeh die geringste Feindseligkeit gegen uns begehen."
„Sie würden mich rächen; das habe ich Dir bereits gesagt!"
„Sie würden Dich nicht rächen, sondern nur sich verderben. Blicke her, Scheik Gasahl Gaboya! In diesem Gewehr habe ich fünfundzwanzig Kugeln und in dieser Büchse zwei; jeder dieser zwei Revolver hat sechs Kugeln, und jede Deiner Pistolen, die Du hier in meinem Gürtel siehst, zwei; ich kann also dreiundvierzigmal schießen, ohne zu laden. Meine Gefährten sind nicht weniger gut bewaffnet, und wir befinden uns hier an einem Orte, dessen Eingang nur je ein einzelner Feind passiren könnte. Deine Leute würden daher fallen, ohne Gelegenheit zu finden, auch nur einen Einzigen von uns zu verwunden oder gar zu tödten. Folge mir und der Stimme Deines Bruders: laß uns in Frieden ziehen!"
„Soll ich mich von den Meinigen verlachen und verhöhnen lassen? Wie kannst Du so viele Kugeln in Deinem Gewehre haben! Deine Worte klingen nicht, als ob Du die Wahrheit redest."
„Ich lüge nicht. Die Silahdar des Abendlandes sind geschickter als die Eurigen. Blicke genau her; ich will Dir diese Gewehre erklären!"
Ich zeigte ihm die Einrichtung des Repetirstutzens und der Revolver, und seine besorgter werdende Miene bewies mir, daß meine Taktik die richtige sei.
„Allah ist allmächtig!" murmelte er. „Warum gibt er nicht seinen Gläubigen die Weisheit, solche Gewehre zu verfertigen?"
„Weil sie solche Gewehre mißbrauchen würden. Allah ist allgütig und allweise; er schenkt diese Gewehre nur dem Christen, welcher sich ihrer erst dann bedient, wenn seine Langmuth nichts mehr fruchten will. Sage, was Du beschlossen hast!"

„Herr, ich habe Eure Waffen gesehen; sie sind vorzüglich, aber wir fürchten sie dennoch nicht. Trotzdem will ich Gnade über Euch ergehen lassen, wenn Ihr mir gebt, was ich jetzt fordern werde."
„Was forderst Du?"
„Die sechs Pferde, die Ihr uns genommen habt, und den Rappen, den Du reitest. Außerdem gibst Du mir dieses Gewehr mit fünfundzwanzig Kugeln und die beiden Pistolen mit sechs Kugeln nebst den Waffen, welche Du aus meinem Zelte genommen hast. Sonst nichts!"
„Du wirst keines Deiner Pferde erhalten, da Ihr die unserigen erschossen habt; Du wirst auch den Hengst nicht bekommen, denn er ist mehr werth, als tausend Pferde der Bebbeh. Auch meine Waffen brauche ich selbst. Um Dir jedoch zu zeigen, daß ich gütig bin, sollst Du Deine Flinte und Deine Pistolen wieder erhalten, sobald ich die Überzeugung besitze, daß Ihr uns in Frieden ziehen laßt."
„Bedenke wohl, Fremdling, was Du – – –"
Er hielt inne, denn draußen fiel ein Schuß, noch einer und noch mehrere. Ich wandte mich zu dem Engländer:
„Was gibt's, Sir?"
„Dojan!" antwortete er.
Dieses Wort elektrisirte mich so, daß ich in der nächsten Sekunde am Eingange stand. Wirklich, es war der Windhund. Die Kurden machten Jagd auf ihn; er aber war so klug, einen Bogen zu schlagen, um sie zu umgehen; doch schien diese List keinen Erfolg zu haben. Er war so angegriffen und ermüdet, daß die kleinen, struppigen Pferde der Bebbeh eine größere Schnelligkeit entwickelten, als er. Ich bemerkte, daß er sich in der größten Gefahr befand, erschossen zu werden. Ich sprang zu meinem Pferde.
„Scheik Gasahl Gaboya, jetzt kannst Du sehen, was ein Emir aus dem Abendlande für Waffen hat. Aber hüte Dich, den Eingang zu überschreiten. Du bist mein Gefangener, bis ich wiederkehre!"
Ich bestieg das Pferd.
„Wohin, Sihdi?" frug Halef.
„Den Hund beschützen."
„Ich reite mit!"
„Du bleibst. Sorge dafür, daß die beiden Bebbeh nicht entkommen!"
Ich ritt hinaus auf das Blachfeld und gab mit dem ausgestreckten Arme den Kurden ein Zeichen, von dem Hunde abzulassen. Sie sahen es wohl, befolgten es aber nicht. Auch der Hund erblickte mich und kam, anstatt den eingeschlagenen Bogen weiter zu verfolgen, auf mich zugerannt. Diese Richtung führte ihn ganz nahe an seinen Verfolgern vorüber. Es kam mir gar nicht in den Sinn, mir das brave Thier, welches ich bereits verloren geglaubt hatte, erschießen zu lassen. Darum hielt ich, in Schußweite angekommen, mein Pferd an und zeigte ihm den Lauf meiner Büchse. Auf dieses Zeichen stand es vollständig bewegungslos. Ich legte an und warf mit zwei Schüssen die Pferde

der beiden Kurden, welche dem Hunde am nächsten waren, in das Gras. Dojan kam unbeschädigt vorüber, aber die Bebbeh erhoben ein Geschrei des Zornes und kamen auf mich losgesprengt.
Vor Freuden, mich wiedergefunden zu haben, war der Hund mit einem einzigen Satze bei mir auf dem Pferde; ich aber stieß ihn sofort hinab, da er verderblich werden konnte.
„Buraja, buraja – herbei, hierher!“ hörte ich es am Eingange des Thales rufen. Es war der Scheik, welcher diese Gelegenheit benutzen wollte, aus seiner nichts weniger als angenehmen Lage zu entkommen. Die Kurden vernahmen diesen Ruf, spornten ihre Pferde an und schwangen die Waffen. Ich kam ihnen natürlich zuvor und sah, als ich den Eingang erreichte, den Scheik am Boden liegen, während Halef und der Engländer beschäftigt waren, ihn zu binden. Sein Bruder stand frei daneben, und seine ganze Haltung zeigte, daß er neutral bleiben wolle.
„Emir, schone meine Brüder!“ bat er.
„Wenn Du den Scheik bewachest!“ antwortete ich.
„Ich werde es thun, Herr!“
Ich sprang vom Pferde und gebot den Gefährten, sich hinter die Felsen des Einganges zu legen.
„Schießt nur auf die Pferde!“ bat ich.
„Hältst Du so Dein Wort, Emir?“ zürnte Mohammed Emin.
„Der Bruder des Scheik meint es ehrlich. Die erste Salve also nur auf die Pferde; dann werden wir weiter sehen!“
Dies Alles war so schnell gegangen, daß die Bebbeh sich nun grad in Schußweite befanden. Ich hatte die beiden Läufe der Büchse abgeschossen und nahm den Stutzen zur Hand. Unsere Schüsse krachten – einmal und noch einmal.
„Bounce – bardauz, da stürzen sie!“ rief der Engländer. „Fünf, acht, neun Pferde! Yes!“
Er erhob sich aus seiner knieenden Stellung, um, wie die Andern, während ich fort schoß, sein Gewehr wieder zu laden. Auch Allo, der Köhler, hatte mit der Flinte des Scheiks einen Schuß abgegeben. Er war Schuld, daß einer der Bebbeh verwundet wurde; die Andern waren ihrer Kugel sicher.
Die erste Salve hielt den Anprall der Kurden so lange auf, bis wieder geladen war; die zweite aber brachte ihn vollends zum Stehen.
„Come on – vorwärts!“ schrie Lindsay. „Hinaus! Todtschlagen diese Houndcatchers, diese Hundejäger!“
Er nahm die Büchse bei dem Laufe und wollte sich wirklich auf die Kurden werfen. Ich faßte ihn aber und hielt ihn zurück.
„Seid Ihr des Teufels, Sir?“ rief ich. „Wollt Ihr um Eure schöne Patent-Nase kommen? Bleibt doch, wo Ihr seid!“
„Warum? Der Augenblick ist gut. Drauf, Master, drauf!“
„Unsinn! Hier sind wir sicher, draußen aber nicht.“

„Sicher? Hm! So legt Euch auf das Kanapee und haltet Mittagsruhe, Master! Dummheit, die Kerle laufen zu lassen! Well!“
„Nur ruhiges Blut! Seht Ihr, daß sie sich zurückziehen? Sie haben eine gute Lehre erhalten, an welche sie denken werden.“
„Schöne Lehre! Kostet sie nur ein paar Pferde!“
Da legte mir der Bruder des Scheiks die Hand auf den Arm.
„Emir,“ sagte er, „ich danke Dir! Du konntest so viele und noch mehr von ihnen tödten, als Pferde draußen liegen, und Du hast es nicht gethan. Du bist ein Christ, aber Allah wird Dich schützen!“
„Siehst Du ein, daß unsere Waffen den Euren überlegen sind?“
„Ich sehe es.“
„So geh hinaus zu den Bebbeh und erzähle es ihnen!“
„Ich werde es thun. Was wird aber mit dem Scheik?“
„Er bleibt hier. Ich gebe Dir eine ganze Viertelstunde Zeit. Bist Du dann noch nicht mit der Botschaft des Friedens zurückgekehrt, so wird der Scheik an dieser Wurzel da oben aufgehängt. Zweifle nicht daran! Ich bin es müde, mit einem unverständigen Feinde zu kämpfen.“
„Und wenn ich Frieden bringe?“
„So gebe ich den Scheik frei.“
„Und was er von Dir verlangte?“
„Gebe ich nicht.“
„Auch nicht seine Flinte und seine Pistolen?“
„Nein. Er trägt die Schuld des Angriffes, den wir soeben abgeschlagen haben; er hat nicht die geringste Nachsicht mehr zu erwarten. Wir sind die Sieger. Thue, was Du willst!“
Er ging, und ich hatte nur zunächst darauf Bedacht, meine Gewehre wieder zu laden. Dabei lag mir der Hund zu Füßen und winselte vor Freude, obgleich ihm vor Erschöpfung die Zunge aus dem Maule hing.
„Was denkst Du, Emir,“ frug Amad el Ghandur; „hat er den Wächter der Pferde erbissen, bei dem er zurückgeblieben ist?“
„Ich hoffe es nicht. Ich will annehmen, daß er den Mann verlassen hat, weil ihm die Zeit zu lang geworden ist. Er hat den ganzen Nachmittag und die ganze Nacht bei ihm gewacht; das arme Thier ist fürchterlich ermattet. Halef, gib ihm zu fressen! Erst später wird er Wasser lecken dürfen.“
Der Scheik lag gebunden am Boden und sprach kein Wort; aber seine Augen folgten jeder unserer Bewegungen. Man sah es ihm an, daß er niemals unser Freund sein könne. Wir harrten mit Spannung auf den Bescheid, den wir von den Bejat erhalten würden. Sie hielten eng bei einander, und wir sahen aus der Lebhaftigkeit ihrer Gestikulationen, daß ihre Berathung eine stürmische sei. Endlich kehrte unser Bote zurück.
„Ich bringe den Frieden, Herr,“ sagte er.
„Unter welcher Bedingung?“

„Unter keiner.“
„Das hatte ich nicht erwartet. Du scheinst sehr eifrig für uns gesprochen zu haben. Ich danke Dir!“
„Verstehe mich wohl, ehe Du mir dankest, Herr! Ich bringe Dir zwar den Frieden, aber auch die Bebbeh gehen auf keine Bedingung ein.“
„Ah! Und das nennen sie einen Frieden? Gut, so werde ich mich sicher stellen. Sage ihnen, daß ich den Scheik, Deinen Bruder, als Geisel mit mir nehmen werde.“
„Wie lange wirst Du ihn behalten?“
„So lange, als es mir gefällt; so lange, bis ich sicher bin, daß ich nicht verfolgt werde. Dann wird er unbeschädigt entlassen.“
„Ich glaube Dir. Erlaube, daß ich es meinen Brüdern sage!“
„Gehe hin und gebiete Ihnen, sich bis an die Berge zurückzuziehen, welche die Ebene dort begrenzen. Sobald ich merke, daß sie uns folgen, stirbt der Scheik.“
Er ging, und bald sahen wir, daß alle Bebbeh, beritten und unberitten, langsam nach Norden zogen. Er selbst aber kam wieder, um sein Pferd zu holen.
„Emir,“ sagte er, „ich war Dein Gefangener; gibst Du mich frei?“
„Ja. Du bist mein Freund. Hier nimm die Pistolen Deines Bruders. Nicht ihm, sondern Dir gebe ich sie zurück. Die Flinte aber bleibt das Eigenthum des Mannes, dem ich sie geschenkt habe.“
Er blieb bei uns, bis man den Scheik auf sein Pferd gebunden hatte und wir vollständig marschbereit waren. Dann reichte er mir die Hand.
„Lebe wohl, Herr! Allah segne Deine Hände und Deine Füße! Du nimmst einen Mann mit Dir, der Dein Feind und nun auch der meinige ist, und dennoch empfehle ich ihn Deiner Güte; denn er ist der Sohn meines Vaters.“
Er sah uns lange nach, bis wir verschwunden waren; der Scheik aber hatte keinen Blick für ihn gehabt; es war sicher, daß sie Feinde geworden waren.
Wir behielten die südliche Richtung bei. Halef und Allo hatten den Scheik zwischen sich genommen, und außer einigen kurzen Bemerkungen, welche zuweilen nöthig waren, wurde der Weg mit Schweigsamkeit verfolgt. Ich merkte es den Gefährten an, daß mein Verhalten während der letzten Tage nicht ihren Beifall hatte. Es fiel zwar keine Bemerkung darüber, aber es war aus ihren Blicken, aus ihren Mienen und aus ihrem ganzen mürrischen Wesen zu erkennen. Ein offenes Aussprechen wäre mir lieber als diese Verschlossenheit gewesen. Auch die uns umgebende Natur war keine freundliche. Wir ritten über öde Bergkuppen, nackte Hänge, finstere Schluchten; es wurde am Abend so kalt und zugig, wie im Winter, und die Nacht, welche wir zwischen zwei gegen einander geneigten Felsen zubrachten, vermochte es nicht, eine andere Stimmung in uns zu erwecken.
Kurz vor Tagesgrauen nahm ich meine Büchse, um irgend ein Wild zu beschleichen. Nach langem Suchen gelang es mir, einen armen Dachs zu schießen, den ich als einzige Beute zum Lager brachte. Die Gefährten waren bereits alle munter. Ein Blick, welchen

Halef mir unbeobachtet zuwarf, sagte mir, daß während meiner Abwesenheit irgend etwas vorgegangen sei. Um zu erfahren, was es sei, brauchte ich gar nicht lange zu warten; denn ich hatte mich kaum niedergelassen, so frug Mohammed Emin:
„Emir, wie lange sollen wir diesen Bebbeh noch mit uns schleppen?"
„Wenn Du ein längeres Gespräch beabsichtigst," antwortete ich, „so entfernt vorher den Gefangenen, der jedenfalls ebenso gut das Arabische versteht, wie sein Bruder."
„Allo mag ihn in seine Obhut nehmen."
Ich folgte diesem Vorschlage, führte den Scheik an eine entferntere Stelle und ließ ihn da in der Obhut des Köhlers, dem ich bedeutete, daß er die größte Achtsamkeit auf den Gefangenen zu verwenden habe. Dann kehrte ich zu den Andern zurück.
„Jetzt sind wir unbelauscht," meinte Mohammed Emin, „und ich wiederhole meine Frage, wie lange wir den Bebbeh mit uns herum chleppen sollen."
„Warum thust Du diese Frage?"
„Bin ich nicht berechtigt, sie zu thun, Effendi?"
„Du hast ein Recht dazu, welches ich Dir nicht bestreite. Ich wollte ihn bei mir behalten, bis ich sicher sein kann, daß wir nicht verfolgt werden."
„Wie willst Du diese Sicherheit erhalten?"
„Dadurch, daß ich mich überzeuge. Wir setzen unsern Weg bis Mittag fort; dann nehmt Ihr an einer geeigneten Stelle gleich Nachtlager, ich aber reite zurück und bin überzeugt, daß ich die Bebbeh sicher entdecken werde, falls sie uns folgen. Morgen am Vormittag bin ich wieder bei Euch."
„Ist ein solcher Feind so vielerMühe werth?"
„Nicht er ist es werth, aber unsere Sicherheit erfordert es."
„Warum willst Du es Dir und uns nicht leichter machen?"
„Auf welche Weise könnte dies geschehen?"
„Du weißt, daß er unser Feind ist?"
„Sogar ein sehr schlimmer Feind."
„Der uns wiederholt nach dem Leben trachtete?"
„Allerdings."
„Der uns sogar verrieth, als er sich in unsern Händen befand; denn er rief die Seinigen herbei, als Du das Thal verlassen hattest, um den Hund zu vertheidigen."
„Auch dies ist richtig."
„Nach den Gesetzen der Schammar hat er mehrfach den Tod verdient."
„Gelten diese Gesetze auch hier?"
„Überall, wo ein Schammar zu richten hat."
„Ah, Ihr wollt den Gefangenen richten? – Ich denke, Ihr habt ihm bereits das Urtheil gesprochen! Wie lautet es?"
„Der Tod."
„Warum habt Ihr dies Urtheil nicht bereits vollstreckt?"
„Konnten wir dies thun ohne Dich, Emir?"

„Ihr habt nicht den Muth, das Urtheil ohne mich zu vollstrecken; aber Ihr habt das Herz, den Gefangenen ohne mich zu richten? O, Mohammed Emin, Du gehst auf falschem Wege, denn der Tod des Gefangenen wäre auch der Deinige gewesen."
„Wie willst Du mir das erklären?"
„Sehr leicht. Hier sitzt mein Freund David Lindsay-Bey, und hier mein tapferer Hadschi Halef Omar. Glaubst Du, daß sie Dir erlaubt hätten, in meiner Abwesenheit den Bebbeh zu tödten?"
„Sie hätten uns nicht gehindert. Sie wissen, daß wir stärker sind, als sie."
„Es ist wahr, Ihr seid die tapfersten Helden der Haddedihn, aber diese beiden Männer haben noch niemals Furcht und Angst gefühlt. Was denkst Du wohl, was ich gethan hätte, wenn ich nach meiner Rückkehr Zeuge Eures Thuns geworden wäre?"
„Du hättest es nicht mehr zu ändern vermocht."
„Das ist richtig, aber es wäre Euer Tod gewesen. Ich hätte das Messer vor Euch in die Erde gesteckt und mit Euch gekämpft als Rächer dessen, der ermordet wurde, obgleich er sich unter meinem Schutze befand. Allah allein weiß, ob es Euch gelungen wäre, mich zu überwinden."
„Emir, laß uns darüber schweigen. Du siehst ja, daß wir Dich fragen, bevor wir handeln. Der Scheik hat den Tod verdient; laß uns über ihn berathen!"
„Berathen? Wißt Ihr nicht, daß ich seinem Bruder versprochen habe, ihn unverletzt ziehen zu lassen, sobald ich überzeugt bin, daß wir nicht verfolgt werden?"
„Dies war ein voreiliges Versprechen. Du gabst es, ohne uns vorher zu fragen. Bist Du etwa unser Gebieter, daß Du Dir jetzt angewöhnt hast, ganz aus eigener Macht zu handeln?"
Das war ein Vorwurf, den ich nicht erwartet hatte. Ich schwieg einige Zeit, um mein Gewissen zu prüfen; dann antwortete ich:
„Ihr habt Recht, wenn Ihr sagt, daß ich zuweilen gehandelt habe, ohne Euch zu fragen. Dies geschah aber nicht, weil ich mich für den Höchsten von Euch halte, sondern aus anderen Gründen. Ihr versteht nicht Kurdisch, und ich war also stets der Einzige, der mit den Kurden zu sprechen hatte. Konnte ich Euch da vor jeder Frage, welche ich erhielt, und bei jeder Antwort, welche ich ertheilte, die Worte übersetzen? Hat man bei einem Entschluß, der schnell gefaßt werden muß, bei einer That, die nicht den mindesten Aufschub erleiden darf, Zeit und Gelegenheit, sich mit Gefährten zu berathen, die nicht einmal eine und dieselbe Sprache reden? Ist es nicht immer zu unserm Nutzen gewesen, wenn Ihr das thatet, was ich Euch rieth?"
„Seit wir mit den Bejat zusammengekommen sind, ist Dein Rath niemals ein guter gewesen."
„Ich bin mir dessen nicht bewußt, obgleich ich nicht mit Euch streiten will. Ich bin nicht Allah, sondern ich bin ein Mensch, der sich irren kann. Ihr habt mir bisher die Leitung freiwillig überlassen, weil Ihr Vertrauen zu mir hattet; da ich nun aber sehe, daß dieses

Vertrauen verschwunden ist, so trete ich ebenso freiwillig zurück. Mohammed Emin, Du bist der Älteste von uns; es sei Dir gern die Ehre gegönnt, unser Anführer zu sein."
Das hatten sie nicht erwartet; aber der letzte Satz schmeichelte dem alten Haddedihn zu sehr, als daß er mein Anerbieten unerörtert zurückgewiesen hätte.
„Ist dies Dein fester Wille, Emir? Und Du glaubst wirklich, daß ich Euer Anführer sein kann?"
„Ja, denn Du bist ebenso weise, wie stark und tapfer."
„Ich danke Dir! Aber ich kenne das Kurdische nicht."
„Ich werde Dein Dolmetscher sein."
Der gute Mann begriff nicht, daß es infolge der eigenthümlichen Zusammensetzung unserer kleinen Gesellschaft gar nicht möglich war, die absolute Führung in eine bestimmte Hand zu legen.
„Übrigens," fügte ich hinzu, „kommen wir ja sehr bald in Gegenden, wo nur Arabisch gesprochen wird."
„Sind die Anderen mit Deinem Vorschlage einverstanden?" frug Mohammed.
„Hadschi Halef Omar wird thun, was ich will, und den Engländer werde ich jetzt einmal fragen."
Nachdem ich dem Engländer die Sachlage erklärt hatte, entgegnete er trocken:
„Macht keinen Fehler, Master! Habe längst bemerkt, daß die Haddedihn irgend Etwas auf dem Herzen haben. Wir sind Christen, wir sind ihnen viel zu human. Well!"
„Ihr werdet das Rechte getroffen haben. Nun soll ich Euch fragen, ob Ihr Scheik Mohammed als Führer anerkennt?"
„Yes, wenn er die Wege weiß. Im Übrigen aber kümmere ich mich den Kuckuck um einen Führer. Ich bin Englishman und thue, was mir beliebt!"
„Soll ich ihm dies sagen?"
„Sagt es ihm, und sagt ihm meinetwegen noch Verschiedenes, was Euch beliebt. Ich bin es zufrieden, selbst wenn dieser Köhler Allo den Meister spielen will."
Ich machte diese Meinung dem Haddedihn bekannt mit den Worten:
„David Lindsay-Bey ist einverstanden. Ihm ist es gleich, wer Anführer ist, Du oder Allo, der Kohlenbrenner. Er ist ein Emir aus Inglistan und thut nur das, was ihm gefällt."
Mohammed Emin zog die Brauen ein wenig zusammen; seine Herrschaft gerieth gleich im Anfange in's Wanken.
„Wer Vertrauen zu mir hat, der wird mit mir zufrieden sein," meinte er. „Doch jetzt wollen wir über den Bebbeh sprechen. Er hat den Tod verdient. Soll er die Kugel oder den Strick erhalten?"
„Keines von Beidem. Ich habe Dir bereits gesagt, daß ich mich mit meinem Worte für sein Leben verbürgt habe."
„Emir, das gilt nichts mehr, denn ich bin Anführer geworden. Was der Anführer sagt, das muß geschehen!"

„Was der Anführer sagt, das wird geschehen, wenn die Anderen damit einverstanden sind. Ich werde nicht zugeben, daß mein Wort gebrochen wird."
„Effendi!"
„Scheik Mohammed Emin!"
Da zog der kleine Halef eine seiner Pistolen hervor und frug mich:
„Sihdi, wünschest Du, daß ich irgend Jemandem eine Kugel durch den Kopf jage? Bei Allah, ich thue es sofort!"
„Hadschi Halef Omar, laß Deine Waffe stecken, denn wir sind Freunde, obgleich die Haddedihn dies zu vergessen scheinen," antwortete ich ruhig.
„Herr, wir vergessen es nicht," vertheidigte sich Amad el Ghandur; „Du aber darfst auch nicht vergessen, daß Du ein Christ bist, der sich in Gesellschaft wahrer Gläubigen befindet. Hier gelten die Gesetze des Kuran, und ein Christ soll uns nicht hindern, sie auszuüben. Du hast schon den Bruder dieses Scheiks vertheidigt; ihn selbst lassen wir uns nicht entreißen. Warum gebietest Du uns, nur auf die Pferde zu schießen? Sind wir Knaben, welche ihre Waffen nur zum Spielen erhielten? Warum sollen wir Verräther schonen? Die Lehre, welcher Du folgest, wird Dir noch das Leben kosten!"
„Schweig, Amad el Ghandur, denn Du bist allerdings noch ein Knabe, obgleich Du einen Namen trägst, der „Held" bedeutet! Lerne erst Männer kennen, ehe Du redest!"
„Herr," rief er zornig, „ich bin ein Mann!"
„Nein, denn wärest Du ein Mann, so wüßtest Du, daß ein solcher nie sich zwingen läßt, sein Wort zu brechen!"
„Du sollst es nicht brechen, denn nur wir sind es ja, die den Bebbeh bestrafen."
„Ich verbiete es!"
„Und ich befehle es!" rief Mohammed Emin, indem er sich zornig erhob.
„Hast Du hier zu befehlen?" frug ich ihn.
„Hast Du hier zu verbieten?" antwortete er mir.
„Ja. Mein verpfändetes Wort gibt mir das Recht dazu."
„Dein Wort gilt nichts bei uns. Wir sind es müde, uns von einem Manne regieren zu lassen, der unsere Feinde liebt. Du hast vergessen, was ich an Dir that. Ich nahm Dich auf als Gast bei mir; ich beschützte Dich; ich gab Dir sogar das Pferd, welches mir die Hälfte meines Lebens werth war. Du bist ein Undankbarer!"
Ich fühlte, wie mir das Blut aus den Wangen wich und daß die Hand nach dem Dolche zuckte; aber es gelang mir, mich zu bezwingen.
„Nimm das Wort wieder zurück," antwortete ich kalt, indem ich mich erhob.
Ich gab Halef einen Wink und schritt dann der Stelle zu, wo der gefangene Scheik mit dem Kohlenbrenner lag. Dort setzte ich mich nieder. Keine Minute später saß auch der Engländer bei mir.
„Was gibt es, Master?" frug er. „Zounds, Ihr habt ja Wasser im Auge! Mensch, sagt mir, wen ich erschießen oder erwürgen soll!"
„Den, der diesen Gefangenen anzutasten wagt."

„Wer ist es?“
„Die Haddedihn. Scheik Mohammed warf mir vor, daß ich undankbar sei. Ich habe ihm den Rappen wiedergegeben.“
„Den Rappen? Seid Ihr verrückt, Master, ein solches Thier zurückzugeben, nachdem es Euer festes Eigenthum geworden war. Aber ich hoffe, daß es sich noch ändern läßt!“
Da kam Halef herbei, zwei Pferde führend; das eine war das seinige, und das andere war das überzählige, welches ich den Bebbeh genommen hatte. Es trug mein Sattelzeug, welches Halef dem Rappen abgenommen hatte. Auch meinem kleinen Hadschi stand ein Tropfen im Auge, und seine Stimme zitterte, als er sagte:
„Du hast recht gehandelt, Herr. Der Scheïtan ist in die Haddedihn gefahren. Soll ich die Peitsche nehmen, um ihn wieder auszutreiben?“
„Ich verzeihe ihnen. Laßt uns aufbrechen!“
„Sihdi, was thun wir, wenn sie den Bebbeh tödten wollen?“
„Wir schießen sie augenblicklich nieder.“
„Das ist mir recht und lieb! Allah steinige diese Schurken!“
Der Gefangene wurde wieder auf sein Pferd gebunden, und wir stiegen auf: ich natürlich nicht auf den Rappen, sondern auf den Bläßfuchs, welcher in Deutschland vielleicht ein Vierhundertthalerpferd gewesen wäre. Der kleine Zug setzte sich in Bewegung und kam an den Haddedihn vorüber, welche noch im Grase saßen. Sie mochten gemeint haben, daß wir nachgeben würden. Jetzt aber, da sie sahen, daß ich Ernst machte, sprangen sie empor.
„Emir, wohin willst Du?“ frug Mohammed Emin.
„Fort,“ antwortete ich kurz.
„Ohne uns?“
„Wie es Euch beliebt!“
„Wo ist der Rappe?“
„Drüben, wo er angehobbelt war.“
„Maschallah, er ist ja Dein!“
„Er ist wieder Dein. Salama – Allah gebe Dir Friede!“
Ich gab meinem Pferde die Sporen, und wir sausten im Trabe davon. Kaum aber hatten wir eine kleine englische Meile zurückgelegt, so kamen uns die Beiden nach. Amad el Ghandur hatte den Rappen bestiegen und führte sein Pferd an der Hand. Jetzt war es ganz unmöglich geworden, den Hengst zurückzunehmen.
Mohammed Emin kam an meine Seite, während sein Sohn zurückblieb.
„Ich denke, ich soll der Führer sein, Emir!“ begann er.
„Wir brauchen einen Führer, aber keinen Tyrannen!“
„Ich will den Bebbeh bestrafen, der mich und meinen Sohn gefangen nahm. Was aber habe ich Dir gethan?“

„Mohammed Emin, Du hast die Liebe und Achtung von drei Männern geraubt, welche für Dich und Deinen Sohn ihr Leben wagten und bis heute für Euch ohne Zaudern in den Tod gegangen wären."
„Effendi, verzeihe!"
„Ich zürne Dir nicht."
„Nimm den Hengst zurück!"
„Niemals!"
„Willst Du mein Alter züchtigen und meinen grauen Bart beschämen?"
„Grad Dein Alter und der Schnee Deines Bartes sollten Dir gesagt haben, daß der Zorn nie Gutes thut."
„Soll unter den Kindern der Beni Arab allüberall erzählt werden, daß der Scheik der Haddedihn ein Geschenk zurückerhielt, weil er nicht würdig war, es zu geben?"
„Man wird es erzählen!"
„Emir, Du bist grausam, denn Du wirfst Schande auf mein Haupt."
„Du selbst hast es gethan. Ich war Dein Freund und ich liebte Dich; auch heute verzeihe ich Dir. Ich weiß, welche Schande es sein wird, wenn Du zurückkehrst zu den Deinen und den Hengst wieder bringst; ich möchte Dir helfen, aber ich vermag es nicht."
„Du vermagst es. Du brauchst ja nur den Hengst wieder anzunehmen."
„Ich würde es thun, Dir zur Liebe und Ehre, aber es ist unmöglich geworden. Blicke zurück!"
Er sah sich um, schüttelte aber den Kopf.
„Ich sehe nichts. Was meinst Du, Emir?"
„Siehst Du nicht, daß der Rappe bereits einen Besitzer hat?"
„Jetzt verstehe ich Dich, Effendi. Amad el Ghandur wird absteigen."
„Aber ich werde das Pferd nicht nehmen. Er hat seinen Sattel aufgelegt und das Thier bestiegen; dies ist ein Zeichen, daß Ihr es von mir zurückgenommen habt. Brächtest Du es mir so herbei, wie ich es Dir zurückgelassen habe, ungesattelt und unberührt, so würde ich denken, daß wir Freunde waren, und ich könnte die Schmach von Dir nehmen. Amad el Ghandur hat mir vorgeworfen, daß ich ein Christ bin und als solcher handle; nun wohl, er ist ein Moslem, ohne als solcher zu handeln; denn er besteigt ein Pferd, dessen Rücken einen Christen trug. Erzähle dies den Gläubigen, mit denen Du zusammenkommst!"
„Allah il Allah! Was haben wir für Fehler begangen!"
Der alte Scheik dauerte mich, aber ich konnte ihm nicht helfen. Sollte ich eine Schande auf mich laden, um ihm die seine zu ersparen? Nein! Ich konnte gar nicht begreifen, was den beiden so verständigen Männern auf einmal in den Kopf gefahren war. Persönliche Rücksichten waren sicher nicht der Grund. Vielleicht war der Keim zu ihrem Verhalten schon lange Zeit in ihnen versteckt gewesen und von mir gepflegt worden durch die Nachsicht, mit welcher ich unsere Gegner behandelt wissen wollte. Die Schonung aber, welche ich gegen die beiden Bebbeh gezeigt hatte, war dann der Tropfen gewesen,

welcher das Gefäß überlaufen läßt. Aber trotzdem mir der Verlust des Hengstes mehr als genug zu Herzen ging, fiel es mir gar nicht ein, meine milden Anschauungen den rachsüchtigen Gewohnheiten dieser Nomaden zu opfern.
Der Haddedihn ritt lange schweigend neben mir her. Endlich frug er zagend:
„Warum zürnest Du so anhaltend?"
„Ich zürne Dir nicht, Mohammed Emin; aber es betrübt mich, daß Dein Herz sich nach dem Blute derjenigen sehnt, denen Dein Freund verziehen hatte."
„Wohlan, so werde ich diesen Fehler wieder gutmachen!"
Er wandte sich um. Hinter mir ritt der Engländer mit Halef; dann kam Allo mit dem Gefangenen, zuletzt Amad el Ghandur. Ich wandte mich nicht zurück, weil ich glaubte, Mohammed Emin wolle mit seinem Sohne sprechen; auch Halef und Lindsay drehten sich aus demselben Grunde nicht um. Wir thaten es erst, als wir die laute Stimme des Haddedihn vernahmen:
„Reite zurück, und sei frei!"
Der erste Blick überzeugte mich, daß er die Fessel des Gefangenen zerschnitten hatte, der seinem Pferd sofort in die Zügel griff, um im Galopp davon zu sprengen.
„Scheik Mohammed, was hast Du gethan!" rief Halef.
„Thunder-storm, was fällt dem Menschen ein!" schrie der Engländer.
„Habe ich recht gehandelt, Emir?" frug Mohammed.
„Wie ein Knabe hast Du gehandelt!" zürnte ich.
„Ich wollte Deinen Willen thun," entschuldigte er sich.
„Wer hat Dir gesagt, daß ich wünsche, ihn so schnell frei zu sehen? Die Geisel ist verloren, nun sind wir wieder in Gefahr!"
„Allah istafer – Gott verzeihe ihm!" rief Halef. „Laßt uns dem Bebbeh nachjagen!"
„Wir werden ihn nicht einholen," wandte ich ein. „Unsere Pferde sind ihm nicht überlegen; nur der Rapphengst ist schneller."
„Amad, ihm nach!" gebot Mohammed Emin seinem Sohne. „Bringe ihn zurück oder tödte ihn!"
Der Angerufene wandte den Rappen und sprengte davon. Er hatte kaum fünfhundert Schritte zurückgelegt, so weigerte sich sein Pferd, ihn weiter zu tragen, doch war er nicht der Mann, sich so leicht abwerfen zu lassen; er zwang das Thier vorwärts. Natürlich ritten wir ihm nach. Er war hinter einer Krümmung verschwunden. Als auch wir dieselbe hinter uns hatten, sahen wir ihn in ziemlicher Ferne abermals mit dem edlen Thiere kämpfen. Er brachte alle seine Kraft und alle seine Geschicklichkeit zur Geltung, doch vergeblich; denn er flog endlich doch aus dem Sattel. Das Pferd aber wandte sich zurück, kam herbei gerannt und hielt an meiner Seite an, den schönen Kopf unter zärtlichem Schnauben an meinem Schenkel reibend.
„Allah akbar – Gott ist groß!" meinte Halef; „er gibt einem Pferde ein besseres Herz, als viele Menschen es haben. Wie Schade, Sihdi, daß Deine Ehre nicht erlaubt, es wieder zurückzunehmen!"

Der Haddedihn hatte einen nicht leichten Fall gethan, er konnte sich nur schwer erheben; doch als ich ihn untersuchte, zeigte es sich, daß er ohne wirkliche Verletzung davongekommen war.
„Dieser Hengst ist ein Teufel!“ meinte er. „Er hat mich doch früher gern getragen!“
„Du vergissest, daß er später mich getragen hat,“ erklärte ich, „und ich habe es bisher immer verstanden, ein Pferd so zu gewöhnen, daß es nur denjenigen trägt, dem ich erlaube, es zu reiten.“
„Ich besteige diesen Scheïtan niemals wieder!“
„Du hättest klug gethan, ihn bereits vorher nicht zu besteigen. Hätte ich in diesem Sattel gesessen, so würde uns Gasahl Gaboya nicht entkommen.“
„Steige auf, Emir, und reite ihm nach!“ bat Mohammed Emin.
„Beleidige mich nicht!“
„So soll der Bebbeh entkommen?“
„Er wird es; doch nur durch Deine Schuld!“
„Schauderhaft!“ klagte der Engländer. „Dumme Geschichte! Ärgerlich! Höchst unangenehm! Yes!“
„Was ist zu thun, Sihdi?“ frug Halef.
„Um den Bebbeh wieder zu erlangen? Nichts. Ich hätte ihm den Hund nachgeschickt, wenn dieser mir nicht so werthvoll wäre. Nun aber gilt es, einen Entschluß zu fassen.“ Mich an die Haddedihn wendend, erkundigte ich mich: „Habt Ihr heute früh, als ich fern war, um den Dachs zu schießen, in Gegenwart des Bebbeh von dem Weg gesprochen, den wir einschlagen wollen?“
Sie zögerten mit der Antwort, Halef aber sagte:
„Ja, Sihdi, sie sprachen davon.“
„Aber nur arabisch,“ entschuldigte sich Mohammed.
Wäre seine Erscheinung nicht so ehrwürdig gewesen, so wäre er einer geharnischten Zurechtweisung wohl nicht entronnen; so aber zwang ich mich zu einem ruhigen Tone:
„Ihr habt nicht klug gehandelt. Was habt Ihr gesagt?“
„Daß wir nach Bistan gehen.“
„Weiter nichts? Denke nach! Es kommt hier darauf an, jedes Wort zu wissen, welches gesprochen worden ist. Eine Kleinigkeit, die Ihr verschweigt, kann großen Schaden bringen.“
„Ich sagte, daß wir von Bistan vielleicht nach Achmed Kulwan, jedenfalls aber nach Kizzeldschi reiten würden, um an den Kiupri-See zu kommen.“
„Du warst ein Thor, Scheik Mohammed! Ich zweifle gar nicht, daß Scheik Gasahl Gaboya uns verfolgen wird. Glaubst Du noch immer, unser Anführer sein zu können?“
„Emir, verzeihe mir! Aber ich bin überzeugt, daß der Bebbeh uns nicht ereilen wird. Er hat zu weit zurück zu reiten, um die Seinigen zu treffen.“
„Meinst Du? Ich bin bei vielen Völkern gewesen, deren Charakter ich kennen gelernt habe, und darum ist es nicht so leicht, mich zu täuschen. Der Bruder des Scheik ist ein

ehrlicher Mann, aber er ist nicht der Anführer der Bebbeh. Er hat bei ihnen nur freien Abzug für uns erreichen können, und ich gebe meinen Kopf zum Pfande, daß sie uns gefolgt sind, ohne sich sehen zu lassen. Solange der Scheik sich in unseren Händen befand, waren wir sicher; nun aber müssen wir Besorgniß hegen. Sie werden sich rächen wollen für Alles, auch für die Pferde, welche wir ihnen tödteten."

„Wir brauchen sie nicht zu fürchten," tröstete Amad el Ghandur; „denn eben dieser Pferde wegen können uns nicht Alle folgen. Und wenn sie kommen, werden wir sie mit unseren guten Gewehren empfangen."

„Das klingt gut, ist aber nicht so. Sie haben gesehen, daß wir ihnen im offenen Kampfe überlegen sind; sie werden uns abermals einen Hinterhalt legen oder uns gar des Nachts überfallen."

„Wir stellen Wachen aus!"

„Wir sind nur sechs Mann, und wenigstens so viele Wachen brauchen wir, um uns leidlich sicher fühlen zu können. Wir müssen an etwas Anderes denken."

Unser Führer, der Kohlenbrenner, hielt ein wenig seitwärts von unserer Gruppe. Er befand sich in Verlegenheit, denn er erwartete Vorwürfe darüber, daß er den Haddedihn nicht gehindert hatte, den Gefangenen zu befreien.

„Wie weit nach Süden reiten die Bebbeh?" frug ich ihn.

„Bis zum See hinab," antwortete er.

„Kennen sie die Gegend genau?"

„Ganz genau. Sie kennen," sagte er, „so gut wie ich jeden Berg und jedes Thal zwischen Derghezin und Miek, zwischen Nweizgieh und Dschenawera."

„Wir müssen," fuhr ich fort, „einen andern Weg einschlagen, als wir vorher wollten. Nach West dürfen wir nicht. Wie weit ist es von hier nach Ost bis an die Hauptkette des Zagrosgebirges?"

„Acht Stunden, wenn wir durch die Luft reiten könnten."

„Da wir aber auf der Erde reiten müssen?"

„Das ist verschieden. Ich kenne weiter unten einen Paß. Wenn wir gegen Sonnenaufgang reiten, so übernachten wir in einem sichern Walde und erreichen morgen, wenn die Sonne am höchsten steht, das Zagrosgebirge."

„Dort muß aber wohl die persische Grenze sein, wenn ich nicht irre?"

„Ja, denn dort grenzt das kurdische Land Teratul an den persischen Distrikt von Sakiz, der nach Sinna gehört."

„Gibt es dort Kurden von Dschiaf?"

„Ja; aber sie sind sehr kriegerisch."

„Vielleicht nehmen sie uns dennoch gut auf, denn wir haben ihnen nichts gethan. Auch ist es möglich, daß der Name des Khan Heider Mirlam uns bei ihnen als eine Empfehlung dienen kann. Führe uns zu dem Passe, von welchem Du sprachst. Wir reiten nach Osten!"

Dieses Gespräch war in kurdischer Sprache geführt worden; ich verdolmetschte es den Gefährten, und sie waren mit meiner Anordnung vollkommen einverstanden. Nachdem Amad el Ghandur wieder umgesattelt und sein voriges Pferd bestiegen hatte, setzten wir den Ritt fort. Mohammed Emin nahm den Hengst an die Seite.

Im Laufe dieser unangenehmen Verhandlungen und Begebenheiten war eine geraume Zeit vergangen, und es war ziemlich Mittag, als wir den erwähnten Paß erreichten. Wir befanden uns mitten in den Bergen und wandten uns nun nach Ost, nachdem wir dafür gesorgt hatten, daß keine Spur diese Veränderung unserer Reiserichtung verrathen könne.

Bereits nach einer Stunde bemerkten wir, daß sich das Terrain wieder zu senken begann, und auf meine Erkundigung erfuhr ich von Allo, daß zwischen hier und der Zagroskette ein bedeutendes Längenthal quer zu durchreiten sei.

Der am Morgen vorgefallene Zwist hatte in unserm sonst so brüderlichen Kreise eine tiefe Verstimmung zurückgelassen, die auf meinem Gesichte wohl am deutlichsten zu lesen war. Ich durfte mein Auge gar nicht auf den Hengst richten. Der Bläßfuchs war zwar auch kein übles Pferd, aber die Kurden verstehen ein Pferd nur zu Schanden zu reiten, und ich fühlte mich im Sattel wie ein Anfänger der edlen Turnkunst auf dem dürren Klepper, dessen verborgene Eigenschaften man erst zu studiren hat. Dem Hengst gönnte ich es freilich von ganzem Herzen, daß er jetzt so frei und leicht nebenher traben durfte.

Gegen Abend erreichten wir den Wald, in welchem wir unser Lager aufschlagen sollten. Wir hatten bisher keinen einzigen Menschen getroffen, waren aber auf einiges Wild gestoßen, welches uns das Material zum Abendessen lieferte. Dieses wurde unter außerordentlicher Schweigsamkeit verzehrt, und dann legten wir uns zur Ruhe.

Ich hatte die erste Wache und saß abseits der Andern, an einen Baum gelehnt. Da kam Halef herbei, bückte sich über mich und frug mit leiser Stimme:

„Sihdi, Dein Herz ist betrübt; aber ist das Pferd Dir lieber als Dein treuer Hadschi Halef Omar?“

„Nein, Halef. Für Dich würde ich zehn und noch mehr solche Pferde hingeben.“

„So tröste Dich, mein guter Sihdi, denn ich bin bei Dir und bleibe bei Dir, und kein Haddedihn soll mich von Dir wegbringen!“

Er legte seine Hand an seine Brust und streckte sich dann neben mir aus.

Da saß ich nun in stiller Nacht, und das Herz wurde mir groß und weit unter der Gewißheit, die Liebe eines Menschenkindes zu besitzen, eines Menschenkindes, dem auch meine Zuneigung gehörte. Wie glücklich muß ein Mann sein, der eine stille Heimat hat, die unerreicht ist von der Brandung der Schicksalswogen, ein Weib, dem er vertrauen darf, und ein Kind, in welchem er sein veredeltes Ebenbild heranwachsen sieht! Auch das rauhe Herz eines Weltläufers fühlt zuweilen, daß es im Innern des Menschen hinter öden, einsamen Flächen auch Höhen gibt, welche die Sonne mit ihrem Strahle vergolden und erwärmen darf.

Am andern Morgen setzten wir unsern Weg weiter fort, und es zeigte sich, daß Allo sich nicht getäuscht hatte; denn bereits noch vor Mittag lagen die Höhen des Zagros vor uns, und wir durften unsern ermüdeten Pferden eine kurze Ruhe gönnen. Wir lagerten in einem langen Thale, dessen steile Wände vollständig unzugänglich schienen. Wir ließen die Pferde frei weiden und lagerten uns in das hohe Gras, welches so frisch und saftig war, weil das Thal von einem kleinen Bache bewässert wurde.
Lindsay lag neben mir. Er knabberte an einem Knochen herum und brummte unverständliches Zeug dazu. Er war in übler Laune.
Jetzt richtete er sich halb empor und deutete mit der Hand in die Richtung, welcher ich den Rücken zukehrte. Ich drehte mich um und erblickte drei Männer, welche sich uns langsam näherten. Sie waren in dünnes, gestreiftes Zeug gekleidet, hatten keine Schuhe und keine Kopfbedeckung und waren nur mit einem Messer bewaffnet. Solchen armseligen Figuren gegenüber war es wohl nicht nöthig, nach den Waffen zu greifen. Sie blieben vor unserer kleinen Gruppe stehen und grüßten ehrerbietig.
„Wer seid Ihr?“ fragte ich.
„Wir sind Kurden vom Stamme Mer Mamalli.“
„Was thut Ihr hier?“
„Wir haben eine Blutrache und sind entflohen, um einen andern Stamm zu suchen, der uns Schutz gewährt. Wer seid Ihr, Herr?“
„Wir sind fremde Wanderer.“
„Was thut Ihr hier?“
„Wir ruhen aus.“
Der Sprecher schien diese kurzen Antworten gar nicht übel zu nehmen, sondern sagte:
„In diesem Wasser sind Fische. Erlaubst Du, daß wir uns einige fangen?“
„Ihr habt ja weder Netz noch Angel!“
„Wir sind geübt, sie mit den Händen zu fangen.“
Auch ich hatte bemerkt, daß hier Forellen standen, und da ich neugierig war, zu sehen, wie man sie mit den Händen fangen könne, so sagte ich:
„Ihr habt gehört, daß wir fremd hier sind; wir können Euch das Fischen nicht verwehren.“
Sofort begannen sie, mit ihren Messern Gras zu schneiden. Als sie die nöthige Menge davon hatten, trugen sie Steine herbei, um eine bedeutende Krümmung des Baches abzudämmen. Zunächst wurde der untere und dann der obere Damm errichtet. Das Wasser lief ab, und nun konnte man allerdings leicht die trocken gelegten Fische ergreifen. Da die Sache trotz ihrer Einfachheit Interesse hatte, so griffen wir selbst mit zu. Der Fang war reichlich, und da die schlüpfrigen Thiere uns immer wieder entkamen, so richteten wir unsere Aufmerksamkeit mehr auf sie als auf die drei Kurden, bis plötzlich ein lauter Ruf unseres Führers erscholl:
„Herr, paß auf, Sie stehlen!“

Ich blickte empor und sah die drei Kerls bereits auf unsern Pferden sitzen: der Eine auf dem Hengste, der Andere auf meinem Bläß und der Dritte auf Lindsay's Pferd. Sie sprengten, ehe die Gefährten sich von ihrem Schreck erholen konnten, davon.
„All devils, mein Pferd!“ rief Lindsay.
„Allah kerihm – Gott sei uns gnädig, der Hengst!“ schrie Mohammed Emin.
„Ihnen nach!“ brüllte Amad el Ghandur.
Ich war der Einzige, welcher ruhig blieb. Wir hatten es hier weder mit Pferdedieben noch sonst gewandten Männern zu thun, sonst hätten sie uns nicht die andern Pferde zurückgelassen.
„Halt! Wartet!“ rief ich. „Mohammed Emin, bekennst Du, daß der Rapphengst wieder Dein Eigenthum ist?“
„Ja, Emir.“
„Gut! Wiederschenken durfte ich ihn mir nicht lassen, aber leihen kann ich ihn einmal. Willst Du ihn mir auf einige Minuten borgen?“
„Er ist ja fort!“
„Sag schnell, ob Du ihn mir borgst?“
„Ja, Emir.“
„So kommt mir langsam nach!“
Ich sprang auf das nächst beste Pferd und galoppirte den Spitzbuben nach. Was ich erwartet hatte, war bereits geschehen: eine Strecke weiter unten hing der eine Kurde mit Armen und Beinen auf dem Hengste, welcher die tollsten Sprünge machte, um den Dieb abzuwerfen. Ich war noch nicht ganz herangekommen, als der Kerl zu Boden flog. Der Rappe kam zurück und blieb auf meinen Zuruf bei mir halten. Schnell war ich im Sattel, ließ das andere Pferd stehen und trieb den Hengst vorwärts.
Der Kurde hatte sich wieder aufgerafft und suchte zu entkommen. Ich zog ein Pistol hervor, faßte es am Laufe und erhob die Hand. Hart an ihm vorbeisausend, bog ich mich nieder und schlug ihm den Kolben auf den bloßen Kopf, daß er niederstürzte. Nun steckte ich das Pistol wieder ein und wand den Lasso von der Hüfte. Weit unten sah ich die beiden Andern reiten. Ich legte dem Rappen die Hand zwischen die Ohren:
„Rih!“
Er flog dahin, schneller als ein Vogel in der Luft. In kaum einer Minute hatte ich den Hintersten erreicht.
„Halte an! Herab vom Pferde!“ gebot ich ihm.
Er blickte sich um; ich sah ihn erschrecken; aber er gehorchte nicht, sondern trieb sein Pferd zu größerer Eile an. Jetzt war ich bereits in gleicher Breite mit ihm und warf, an ihm vorüberschießend, den unfehlbaren Riemen. Ein Ruck erfolgte. Ich riß ihn eine Strecke mit vorwärts und hielt dann an, um abzuspringen. Der Mann lag regungslos am Boden. Trotz der außerordentlich kurzen Zeit war er infolge der Schnelligkeit meines Pferdes eine bedeutende Strecke mit fortgerissen worden, so daß er die Besinnung verloren hatte.

Ich wand den Lasso ab, machte eine neue Schlinge, ließ den Kurden liegen, stieg wieder auf und ritt dem Dritten und Letzten nach. Auch ihn hatte ich bald erreicht. Das Terrain war sehr günstig, da weder rechts noch links ein Ausweg blieb. Ich gebot auch ihm, anzuhalten, fand aber kein Gehör. Da schwirrte der Lasso, und die Schlinge legte sich fest um seine Arme, welche an den Leib gezogen wurden. Noch ein paar Sprünge meines Pferdes, dann hielt ich es an; denn der Kurde lag ebenso wie der Andere am Boden, nur daß er bei Besinnung war, da ich ihn nicht weit mit fortgerissen hatte.
Ich sprang ab und schlang ihm den Riemen vollends um den Leib; dann richtete ich ihn empor. Sein Pferd war zitternd stehen geblieben.
„Das also waren die Fische, welche Ihr fangen wolltet! Wie ist Dein Name?"
Er antwortete nicht.
„Du warst ja vorhin nicht stumm. Erwarte keine Gnade, wenn Du nicht antwortest! Wie heißest Du?"
Er schwieg auch jetzt.
„So bleibe liegen, bis man die beiden Andern bringt!"
Ich gab ihm einen Stoß, daß er, weil er sich nicht zu rühren vermochte, steif zur Erde niederfiel. Auch ich setzte mich nieder, da ich die Gefährten von oben kommen sah. In kurzer Zeit waren wir wieder beisammen, hatten unsere Pferde wieder, die Diebe dazu, und – was uns das Willkommenste war – der wackere Allo war so weise gewesen, seine Decke abzuschnallen und, während wir Jagd auf die Kurden machten, die gefangenen Fische einzuwickeln. Er hatte sie mitgebracht, und nun wurde ein Loch in die Erde gemacht und ein Feuer darüber, um sie, wenn auch ohne Wasser und Fischgewürz, genießbar zu machen.
Der gute David Lindsay hatte darob seine gute Laune wieder gefunden. In einer desto schlechteren Stimmung aber schienen sich die drei armen Teufel zu befinden, welche sich das Vergnügen einer so kurzen Reitpartie gemacht hatten. Sie wagten kein Auge zu erheben.
„Warum wolltet Ihr uns die Pferde nehmen?" frug ich die Gefangenen.
„Weil wir sie so nothwendig brauchen, da wir Flüchtlinge sind."
Das war allerdings eine Entschuldigung, welche ich desto mehr geneigt war, zu berücksichtigen, als der Pferdediebstahl bei den Kurden ganz und gar nicht als ein ehrloses Gewerbe gilt.
„Du bist noch jung. Hast Du Eltern zurückgelassen?"
„Ja, und die Andern auch; dieser hier sogar sein Weib und ein Kind."
„Warum sprechen sie nicht?"
„Herr, sie schämen sich!"
„Du aber nicht?"
„Muß nicht Einer sein, welcher Dir antwortet?"
„Du scheinst kein übler Bursche zu sein, und da Ihr mich dauert, so will ich sehen, ob ich bei meinen Gefährten für Euch bitten kann."

Das war nun allerdings ein erfolgloses Bemühen, denn Alle, auch Halef und der Engländer, bestanden darauf, daß eine Strafe unbedingt nöthig sei. Lindsay wollte sie durchgeprügelt sehen, ließ aber diesen Antrag fallen, als ich ihm sagte, daß dies eine entehrende Handlung sei, während der Pferderaub als eine ritterliche That betrachtet werde.

„Also nicht prügeln," meinte er. „Well! Dann Schnurrbärte wegsengen! Ausgezeichnet! Pittoresk! Yes!"

Ich mußte lachen und trug den Andern den Plan Lindsay's vor. Sie stimmten sofort ein. Die drei Männer wurden festgehalten und hatten nach Verlauf von zwei Minuten nur noch die Brandstummel ihrer Bärte im Gesicht. Dann durften sie gehen. Keiner von ihnen hatte sich gewehrt oder ein Wort gesprochen; aber als sie uns verließen, erschrack ich über die Blicke, mit denen sie Abschied von uns nahmen.

Nach längerer Zeit machten auch wir uns zum Aufbruch bereit. Da trat Mohammed Emin zu mir heran:

„Emir, willst Du mir einen Gefallen thun?"

„Welchen?"

„Ich will Dir für heute meinen Rappen borgen."

Der schlaue Mann! Er glaubte das Mittel gefunden zu haben, mich wieder mit sich auszusöhnen und mich nach und nach wieder in den Besitz des Pferdes zu bringen.

„Ich brauche ihn nicht," antwortete ich.

„Aber es kann in jedem Augenblick die Gelegenheit kommen, ihn wieder zu brauchen, wie vorhin."

„Dann werde ich Dich bitten."

„Es kann leicht sein, daß Dir keine Zeit zu dieser Bitte bleibt. Reite ihn, Effendi, da ihn kein Anderer reiten darf!"

„Unter der Bedingung, daß er Dein Eigenthum verbleibt!"

„Er soll es bleiben!"

Ich war versöhnlich gestimmt und erfüllte ihm seinen Wunsch, freilich nur mit dem festen Vorsatz, das Pferd niemals wieder anzunehmen. Ich ahnte nicht, daß es anders kommen würde.

Im Kampfe gefallen

Es konnte nicht unsere Absicht sein, den Zagros zu übersteigen; vielmehr verfolgten wir das Thal, in dem wir uns befanden und das ziemlich genau nach Süden führte. Dann ritten wir über einige grüne Höhen und gelangten endlich, als die Sonne dem Untergange nahe war, an einen hohen, isolirten Felsen, hinter dessen Schutzseite wir unser Nachtlager aufzuschlagen beschlossen. Wir umritten ihn. Ich befand mich an der Spitze, bog um eine Felsenkante und – – hätte beinahe ein junges Kurdenweib überritten, das einen kleinen Knaben auf den Armen trug und heftig erschrocken war. Ganz in der Nähe stand am Saume eines Gebüsches ein steinernes Gebäude, das nicht die Wohnung eines gewöhnlichen Mannes zu sein schien.

„Erschrick nicht," bat ich die Frau und reichte ihr die Hand zum Gruße vom Pferde herab. „Allah segne Dich und diesen schönen Knaben! Wem gehört dieses Haus?"

„Es gehört dem Scheik Mahmud Khansur."

„Welchen Stammes ist der Scheik?"

„Des Stammes der Dschiaf."

„Ist er daheim?"

„Nein. Er ist selten hier, denn dieses Haus ist nur seine Sommerwohnung. Jetzt ist er weit im Norden, wo ein Fest gefeiert wird."

„Ich habe davon gehört. Wer wohnt in seiner Abwesenheit hier?"

„Mein Mann."

„Wer ist Dein Mann?"

„Er heißt Gibrail Mamrahsch und ist der Hausmeister des Scheiks."

„Wird er uns erlauben, diese Nacht in seinem Hause zu schlafen?"

„Seid Ihr Freunde der Dschiaf?"

„Wir sind Fremdlinge, die von weither kommen und Freunde aller Menschen sind."

„So wartet! Ich will mit Mamrahsch sprechen."

Sie entfernte sich, und wir stiegen ab. Nach einiger Zeit kam ein Mann zu uns, der im Anfange der vierziger Jahre stehen mochte. Er hatte ein offenes, ehrliches Gesicht und machte den besten Eindruck auf uns.

„Allah segne Euern Eingang!" grüßte er. „Ihr sollt willkommen sein, wenn es Euch beliebt, einzutreten."

Er machte Jedem eine Verbeugung und gab Jedem dann die Hand. Wir merkten aus dieser Höflichkeit, daß wir uns bereits auf persischem Grund und Boden befanden.

„Hast Du auch Platz für unsere Pferde?" erkundigte ich mich.

„Platz und Futter genug. Sie können im Hofe stehen und Gerste essen."

Die Besitzung bestand aus einer hohen Mauer, welche ein Rechteck bildete, innerhalb dessen Haus, Hof und Garten lagen. Bei unserm Eintritte sahen wir, daß das Haus in zwei Abtheilungen geschieden sei, welche sogar auch in Beziehung auf die Eingänge von einander getrennt waren: die Thür zur Männerabtheilung öffnete sich nach vorn, während man die Frauenabtheilung nur von der hinteren Seite aus betreten konnte.

Wir wurden von dem Manne natürlich in die erstere Abtheilung geführt, die zwanzig Schritte lang und zehn Schritte breit war und also Raum genug bot. Fenster gab es nicht, und an ihrer Stelle waren unter dem Dache die Zwischenräume der Balken frei gelassen. Ein Geflecht von Binsen bedeckte den ganzen Boden, und längs der Wände lagen schmale Kissen, welche zwar nicht hoch waren, aber für Leute, die Wochen lang im Sattel gesessen hatten, doch immerhin eine Annehmlichkeit bildeten.

Wir mußten auf diesen Kissen Platz nehmen, dann öffnete der Wirth eine in der Ecke stehende Truhe und frug:
„Habt Ihr Eure eigenen Pfeifen bei Euch?"
Wer vermag den Eindruck zu beschreiben, den diese Frage auf uns machte! Allo war draußen bei den Pferden geblieben; wir waren also unser Fünf in der Stube; bei der Frage dieses unvergleichlichen Mannes aber langten alle zehn Arme und alle fünfzig Finger nach den Pfeifen, und im vollsten Chore erscholl ein lautes „Ja!" durch den Raum.
„So erlaubt, daß ich Euch den Tabak reiche!"
Er brachte das lang entbehrte Kraut herbei. Allah il Allah, allüberall Allah! Es waren jene mir so wohl bekannten rothen, viereckigen Packetchen, in welchen jener feine Tabak des Feuers harrt, der in Basiran an der Nordgrenze der persischen Wüste Lut gebaut wird. Im Nu waren die Pfeifen gestopft, und kaum stiegen die duftenden Ringel zur Decke empor, so erschien auch bereits die Frau mit dem Tranke von Mokka, der in den meisten Fällen gar nichts vom Mokka weiß, den wir aber auch bereits seit Wochen entbehrt hatten, so daß gar kein Zweifel darüber sein konnte, daß er uns munden werde. Mir war so wohl und weich zu Muthe, daß ich nicht nur einen, sondern zehn und auch zwanzig Rappen angenommen hätte, wenn Mohammed Emin sie mir hätte schenken wollen, und daß ich mich ärgerte, heute so viel Zeit unnütz auf den Fang der Forellen verwendet zu haben. So aber ist der Mensch – immer und immer ein Sklave des Augenblickes!
Ich trank drei oder vier Täßchen Kaffee und trat dann mit brennender Pfeife hinaus in den Hof, um nach den Pferden zu sehen. Der Köhler erblickte die Pfeife, und aus der Stelle seines Bartwaldes, hinter welcher man es wagen konnte, den Mund zu vermuthen, erscholl ein so unaussprechliches, sehnsüchtiges Grunzen, daß ich sofort zurückeilte, um auch für ihn ein wenig Basiran zu erbitten. Als ich ihm denselben brachte, steckte er ihn – in den Mund statt in die Pfeife. Er hatte einen andern Geschmack als wir.
Die Umfassungsmauer hatte mehr als Mannshöhe; unsere Pferde standen also vollständig sicher, sobald das große, starke Thor, welches den einzigen Eingang bildete, geschlossen war. Das befriedigte mich, und ich kehrte in die Stube zurück, wo der Wirth sich bei den Gästen niedergelassen hatte, mit denen er sich auf Arabisch unterhielt.
Bald trug die Wirthin einige Papierlaternen herein, die ein angenehmes Halblicht verbreiteten, und dann brachte sie das Essen, welches in lauter kaltem Geflügel bestand, zu welchem wir flache Gerstenkuchen aßen.
„Diese Gegend scheint reich an Vögeln zu sein," bemerkte Mohammed.
„Sehr," antwortete Mamrahsch. „Der See ist nicht weit von hier."
„Welcher See?" frug ich.
„Der Zeribar."
„Ah, der Zeribar, auf dessen Grunde die untergegangene Stadt der Sünde liegt, welche aus lauter Gold gebaut war?"
„Ja, Herr. Hast Du von ihr gehört?"

„Ihre Bewohner waren so gottlos, daß sie Allah und den Propheten verhöhnten; da sandte der Allkönnende ein Erdbeben, welches die ganze Stadt verschlang."

„Du hast die Wahrheit gehört. An gewissen Tagen sieht man, wenn man den See befährt, beim Untergange der Sonne die goldenen Paläste und Minareh tief auf dem Grunde des Wassers leuchten, und wer ein Gottbegnadeter ist, der hört wohl auch die Stimme des Muezzin herauftönen: „Hai aal el sallah – ja, rüste Dich zum Gebete!" Dann sieht man die Versunkenen zur Moschiah strömen, wo sie beten und Buße thun, bis ihre Sünde getilget ist."

„Hast auch Du es gesehen und gehört?"

„Nein, aber der Vater meines Weibes hat es mir erzählt. Er fischte auf dem See und war Zeuge dessen, was er dann erzählte. Doch erlaubt, daß ich gehe, um das Thor zu schließen. Ihr werdet müde sein und Euch nach Ruhe sehnen."

Er ging, und bald hörten wir das Thor in seinen Angeln knarren.

„Master, ein braver Kerl!" meinte Lindsay.

„Sicher. Er hat weder nach unsern Namen gefragt noch danach, woher wir kommen und wohin wir gehen. Das ist die ächte, orientalische Gastfreundschaft."

„Werde ihm ein gutes Trinkgeld geben. Well!"

Nun kehrte der Wirth zurück und brachte uns Kissen und Decken zum Schlafen.

„Wohnen unter den Dschiaf in dieser Gegend auch Bebbeh?" frug ich ihn.

„Nur Wenige. Die Dschiaf und Bebbeh lieben einander nicht. Ihr aber werdet nicht viele Dschiaf finden, denn es hat sich ein Stamm der Bilba aus Persien herauf gezogen. Das sind die wildesten Räuber, welche es gibt, und man vermuthet, daß sie einen Überfall beabsichtigen. Darum sind die Dschiaf mit ihren Heerden fortgegangen."

„Und Du bleibst hier zurück?"

„Mein Herr hat es so befohlen."

„Aber die Räuber werden Dir Alles nehmen."

„Sie werden nur die Mauern finden, aber nichts darinnen."

„Dann wirst Du ihrer Rache verfallen."

„Sie werden auch mich nicht finden. Der See ist von Schilf und Sumpf umgeben. Dort gibt es Verstecke, die kein Fremder aufzuspüren vermag. Jetzt aber erlaubt mir, mich zu entfernen, damit ich Euch nicht Eure Ruhe raube!"

„Bleibt die Thür hier offen?" frug ich.

„Ja. Warum?"

„Wir sind gewohnt abwechselnd bei unseren Pferden zu wachen; daher wünschen wir, aus- und eingehen zu können."

„Ihr braucht nicht zu wachen; ich selbst werde Euer Wächter sein."

„Deine Güte ist größer, als wir begehren; aber ich bitte Dich, uns nicht die Zeit Deines Schlafes zu opfern!"

„Ihr seid meine Gäste, und Allah gebietet mir, über Euch zu wachen. Er schenke Euch Ruhe und glückliche Träume!"

Ungestört genossen wir die Gastfreundschaft des freundlichen Dschiafkurden. Als wir am anderen Tage wieder aufbrachen, rieth uns unser Wirth, ja nicht weiter nach Osten zu reiten, da wir dort auf die räuberischen Bilba stoßen könnten; er hielt es für das Beste, den Djalah aufzusuchen und an dessen Ufer entlang die südliche Ebene zu gewinnen. Ich hatte eigentlich nicht recht Lust, diesem Rathe zu folgen; denn ich dachte an die Bebbeh, auf welche wir da stoßen konnten, wenn sie uns verfolgten. Aber dieser Plan erhielt das Wohlgefallen der beiden Haddedihn in dem Grade, daß ich mich endlich ihrer Meinung anschloß.
Nachdem wir Mamrahsch und seine Frau nach ihren Begriffen sehr reichlich beschenkt hatten, brachen wir auf. Eine Anzahl berittener Dschiaf gab uns auf Mamrahsch's Anordnung das Geleite. Nach einigen Stunden erreichten wir das Thal, welches zwischen den Höhen des Zagros und des Aroman liegt. Durch dieses Thal führt der berühmte Schamianweg, welcher die grade Verbindung zwischen Sulimania und Kirmanschah bildet. An einem kleinen Flüßchen hielten wir an.
„Dies ist der Garranfluß," sagte der Anführer der Dschiaf. „Ihr habt nun den rechten Weg, denn Ihr braucht nur diesem Wasser zu folgen, welches in den Djalah fällt. Jetzt lebt wohl. Allah geleite Euch!"
Er kehrte mit den Seinigen um, und wir waren nun wieder auf uns selbst angewiesen.
Am folgenden Tage erreichten wir den Djalah, der hinunter nach Bagdad führt. Wir ließen uns an seinem Ufer nieder, um Mittagsrast zu halten. Es war ein heller, sonniger Tag, den ich niemals vergessen werde. Rechts von uns rauschten die Fluthen des Flusses; links stieg eine sanfte Höhe empor, bewachsen mit Ahornbäumen, Platanen, Kastanien und Kornelbäumen, und vor uns erhob sich allmählig ein schmaler Höhenrücken, dessen zerklüftete Felsenkrone wie die Ruine einer alten Ritterburg herniederglänzte.
Wir hatten uns von Mamrahsch einen kleinen Speisevorrath mitgenommen; dieser war jetzt zu Ende, und so ergriff ich die Büchse, um zu sehen, ob ich irgend etwas Eßbares erlegen könne. Ich folgte dem erwähnten Höhenrücken wohl eine halbe Stunde lang, ohne ein Wild zu treffen, und wandte mich aus diesem Grunde wieder dem Thale zu. Ich hatte es noch nicht erreicht, als ich rechts von mir einen Schuß fallen hörte, dem sofort ein zweiter folgte. Wer konnte hier geschossen haben? Ich beschleunigte meine Schritte, um die Gefährten zu erreichen. Als ich anlangte, fand ich nur den Engländer, Halef und Allo.
„Wo sind die Haddedihn?" frug ich.
„Fleisch suchen," antwortete Lindsay. Auch er hatte die Schüsse gehört, meinte aber, daß die Haddedihn geschossen hätten. Wieder knallten zwei, drei Schüsse, und in kurzer Zeit darauf abermals einige.
„Um Gottes willen, schnell auf die Pferde!" rief ich. „Es gibt ein Unglück!"
Wir saßen auf und galoppirten vorwärts. Allo folgte etwas langsamer mit den Pferden der Haddedihn. Wieder krachten zwei Schüsse; dann hörten wir auch kurzen, scharfen Pistolenknall.

„Ein Kampf, wahrhaftig ein Kampf!" rief Lindsay.
Wir stürmten auf dem Wiesenrande, welcher den Fluß besäumte, dahin, bogen um eine Krümmung des Höhenzuges und sahen den Kampfplatz so nahe vor uns, daß wir sofort Theil nehmen konnten.
Am Flusse lagen einige Kameele im Grase, und in ihrer Nähe weideten mehrere Pferde. Zu zählen, wie viele Thiere es seien, hatte ich keine Zeit. Ich sah nur neben den Kameelen einen verhangenen Tachterwahn, rechts am Felsen sechs bis acht fremde Gestalten, welche sich gegen eine Überzahl von Kurden vertheidigten, und grad vor uns Amad el Ghandur, der mit dem Kolben sich gegen einen Haufen Feinde wehrte, die ihn umzingelt hatten. Hart daneben lag Mohammed Emin wie todt am Boden. Hier galt kein Fragen und kein Zagen. Ich sprengte mitten unter die Kurden hinein, nachdem ich die Büchse abgeschossen hatte.
„Da ist er, da ist er! Schont sein Pferd!" hörte ich eine Stimme rufen. Ich schaute mich um und erkannte – den Scheik Gasahl Gaboya. Er hatte sein letztes Wort gesprochen: – Halef ritt auf ihn ein und schoß ihn nieder. Nun gab es einen Kampf, dessen Einzelheiten ich nicht zu beschreiben vermag, da ich mich derselben selbst nicht einmal sofort nach Beendigung des Handgemenges zu erinnern vermochte. Der Anblick des todten Haddedihn hatte eine fürchterliche Wirkung auf uns ausgeübt. Wir wären vor Wuth gegen tausend Lanzen angestürmt, wenn man sie uns entgegengestreckt hätte. Ich weiß nur, daß ich blutete, daß mein Pferd blutete, daß Schüsse knallten und die Blitze derselben an meinem Auge vorüberzuckten; daß ich Hiebe und Stöße parirte, und daß eine Gestalt an meiner Seite immer beschäftigt war, Streiche, die ich nicht bemerken konnte, von mir abzuwehren – der treue Halef. Dann bäumte sich mein Pferd gegen einen Stich, den es in den Hals erhielt – er hatte mir gegolten – es stieg hoch empor und überschlug sich; weiter sah, hörte und fühlte ich nichts.
Als ich erwachte, sah ich in das Auge meines kleinen Hadschi; es war voll Thränen.
„Hamdullillah – Allah sei Dank, er lebt! Er öffnet die Augen!" rief Halef ganz außer sich vor Entzücken. „Sihdi, hast Du Schmerzen?"
Ich wollte antworten, konnte aber nicht. Ich war so matt, daß mir die Lider schwer wieder zufielen.
„ïa Allah, ïa jazik, ïa waï – o wehe, er stirbt!" hörte ich ihn noch jammern, dann wußte ich abermals nichts von mir.
Später war es mir wie im Traume. Ich hatte mit Drachen und Lindwürmern, gegen Riesen und Giganten zu kämpfen; aber plötzlich waren diese wilden, unheimlichen Gestalten verschwunden; ein süßer Duft wehte um mich her; leise Töne drangen wie Engelsstimmen an mein Ohr, und vier weiche, warme Hände waren um mich bemüht. War dies immer noch Traum, oder war es Wirklichkeit? Ich öffnete abermals die Augen. Die jenseitigen Höhen der Berge erglühten im letzten Strahle der untergehenden Sonne und über das Thal breitete sich bereits ein Halbdunkel aus; noch aber war es hell genug,

die Schönheit der zwei Frauenköpfe zu erkennen, welche sich von beiden Seiten her über mich beugten.
„Dirigha, bija – o wehe, fort!“ rief es in persischer Sprache; die Schleier fielen über die Angesichter, und die beiden Frauen flohen davon.
Ich versuchte, mich in sitzende Stellung zu bringen, und es gelang; dabei aber bemerkte ich, daß ich unterhalb des Schlüsselbeines verwundet war. Wie ich später erfuhr, hatte mich eine Lanze getroffen. Auch der ganze übrige Körper schmerzte mich. Es war mir, als ob ich gerädert worden sei. Die Wunde war sehr sorgfältig verbunden, und der Duft, welchen ich vorhin empfunden hatte, umwehte mich auch noch jetzt.
Da kam Halef herbei und sagte:
„Allah kerihm – Gott ist gnädig; er hat Dir das Leben zurückgegeben; er sei gelobt in Ewigkeit!“
„Wie bist Du davongekommen, Halef?“ frug ich matt.
„Sehr glücklich, Sihdi. Ich habe einen Schuß im Oberschenkel; die Kugel hat ein Loch gemacht und ist durchgegangen.“
„Der Engländer?“
„Er hat einen Streifschuß am Kopfe, und es sind ihm zwei Finger der linken Hand abgeschnitten worden.“
„Der arme Lindsay! Weiter!“
„Allo hat tüchtige Schläge erhalten, aber kein Blut verloren.“
„Amad el Ghandur?“
„Er ist unverletzt, aber er redet nicht.“
„Und sein Vater?“
„Ist todt. Allah gebe ihm das Paradies!“
Er schwieg und ich ebenso. Die Bestätigung des Todes meines alten Freundes erschütterte mich. Nach einer langen Pause erst frug ich Halef:
„Wie steht es mit meinem Rappenhengste?“
„Seine Wunden sind schmerzhaft, aber nicht gefährlich. Du weißt noch nicht, wie Alles gekommen ist. Soll ich es Dir erzählen?“
„Jetzt nicht. Ich will versuchen, zu den Andern zu gehen. Warum lag ich entfernt von ihnen?“
„Weil die Frauen des Persers Dich verbinden wollten. Er muß ein sehr vornehmer und reicher Herr sein. Wir haben bereits ein Feuer angemacht, Du wirst ihn bei demselben finden.“
Das Aufstehen verursachte mir zwar einige Schmerzen, aber mit Halef's Hilfe gelang es, und auch das Gehen brachte ich fertig. Unweit des Ortes, wo ich gelegen hatte, brannte ein Feuer, zu welchem mich Halef führte. Die lange Gestalt des Engländers kam mir entgegen.
„Behold, da seid Ihr ja, Master! Habt einen famosen Sturz gethan, habt aber ganz verteufelt feste Rippen, wie es scheint. Wir hielten Eure Betäubung für Tod.“

„Wie steht es mit Euch? Ihr habt den Kopf und die Hand verbunden?“
„Habe eine Schramme grad an der Stelle, wo die Phrenologen den Verstand vermuthen. Es sind etliche Haare und ein Stück Knochen weg; hat aber nichts zu sagen. Yes! Freilich sind auch zwei Finger fort; war grad nicht nothwendig!“
Mit dem Engländer hatte sich eine zweite Gestalt vom Feuer erhoben. Es war ein Mann von stolzer Haltung und schönem ebenmäßigen Wuchs. Er trug lange und sehr weite, aus rother Seide gefertigte Sirdschame, ein weißseidenes Pirahan und ein bis unter das Knie reichendes, enges Alkalik. Darüber hatte er noch ein dunkelblauseidenes Kaba an und ein fein wollenes Balapusch von derselben Farbe. An einem feinen Kaschmir, welcher um die Hüften geschlungen war, hing ein kostbarer Säbel, neben welchem die vergoldeten Griffe zweier Pistolen, eines Dolches und eines Kinschals funkelten. Seine Füße stacken in Saffian-Reitstiefeletten, und auf dem Kopfe trug er die bekannte persische Lammfellmütze, um welche ein kostbarer, weiß und blau gestreifter Shawl gewunden war.
Er trat auf mich zu, verbeugte sich und sprach:
„Mi newahet kjerdem tura – ich mache Dir mein Compliment!“
„Mi scheker kjerdem tura – ich danke Dir!“ antwortete ich unter einer ebenso höflichen Verbeugung.
„Emir, neberd azmaï – Emir, Du bist schlachtenkundig!“
„Mir, pahawani – Herr, Du bist ein Held!“
„Puradarem tu – ich bin Dein Bruder!“
„Wafaldarem tu – ich bin Dein Freund!“
Wir reichten einander die Hände; dann hatte er die Höflichkeit, zu sagen:
„Deinen Namen habe ich bereits gehört. Nenne mich Hassan Ardschir-Mirza und betrachte mich als Deinen Diener!“
Er hatte den Titel „Mirza“, den in Persien ein Prinz zu führen pflegt; er war also jedenfalls eine bedeutende Persönlichkeit.
„Nimm Du auch mich unter Deinen Befehl!“ antwortete ich ihm.
„Diese acht Männer sind mir untergeben; Du wirst sie kennen lernen.“
Er deutete dabei auf acht Gestalten, welche respektvoll in der Nähe standen, und fuhr dann fort:
„Du bist der Herr des Lagers. Setze Dich.“
„Ich gehorche Deinem Wunsche; erlaube mir aber vorher, meinen Freund zu trösten!“
Nicht weit vom Feuer lag die Leiche des Mohammed Emin. Bei ihr saß, uns den Rücken zukehrend, bewegungslos sein Sohn Amad. Ich trat zu ihm. Der alte Haddedihn war durch die Stirn geschossen, und sein langer, weißer Bart war roth gefärbt von dem Blute einer weit klaffenden Halswunde. Ich kniete bei ihm nieder, sprachlos vor Herzensweh. Dann nach längerer Zeit, als es mir gelungen war, meiner Bewegung Herr zu werden, legte ich Amad die Hand an den Arm.
„Amad el Ghandur, ich klage mit Dir!“

Er antwortete nicht und regte sich nicht. Ich gab mir alle Mühe, ihn zu einer Äußerung zu bringen, aber vergebens. Es war als habe ihn der Schmerz in eine Statue verwandelt. Ich kehrte also zum Feuer zurück, um an der Seite des Persers Platz zu nehmen. Dabei wäre ich fast über den Kohlenbrenner gestolpert, welcher auf dem Bauche lag und leise klagte.
Ich untersuchte ihn: – er hatte nicht eine einzige Verletzung, aber es waren ihm einige Hiebe oder Stöße zu Theil geworden, die ihm noch Schmerzen verursachen mochten. Es gelang mir leicht, ihn zu trösten.
Auch Hassan Ardschir-Mirza war unverwundet, aber seine Leute fand ich übel zugerichtet; doch ließ keiner von ihnen im Geringsten merken, daß er Schmerzen leide.
„Emir," sagte er, als ich neben ihm Platz genommen hatte, „Du kamst zur rechten Zeit; Du bist unser Aller Retter!"
„Es freut mich, Dir gedient zu haben!"
„Ich werde Dir berichten, wie es geschehen ist."
„Erlaube mir vorher, mich nach dem Nöthigsten zu erkundigen! Die Kurden sind geflohen?"
„Ja; ich habe ihnen zwei meiner Diener nachgesendet, welche sie beobachten sollen. Es waren über Vierzig. Sie haben sehr viele Leute verloren, während wir nur einen Einzigen beklagen, Deinen Freund. Wohin geht Euer Weg, Emir?"
„Nach den Weidegründen der Haddedihn jenseits des Tigris. Wir waren zu einem Umweg gezwungen."
„Der meinige führt nach Süden. Ich hörte, daß Du in Bagdad gewesen bist?"
„Nur kurze Zeit."
„Kennst Du den Weg dorthin?"
„Nein, doch er ist leicht zu finden."
„Auch der von Bagdad nach Kerbela?"
„Auch dieser. Willst Du nach Kerbela?"
„Ja. Ich will das Grab Hosseïn's besuchen."
Diese Nachricht erweckte meine Theilnahme im höchsten Grade. Er war ein Schiit; ich wünschte im Stillen, die interessante Reise mit ihm machen zu können.
„Wie kommt es, daß Du Deinen Weg durch diese Berge nimmst?" frug ich.
„Um den räuberischen Arabern zu entgehen, welche an dem gewöhnlichen Pilgerpfade auf Beute lauern."
„So bist Du dafür den Kurden in die Hände gefallen. Kommst Du von Kirmanschah?"
„Von noch weiter her. Wir lagerten hier bereits seit gestern. Einer meiner Diener war in den Wald gegangen und sah von fern die Kurden kommen. Auch sie bemerkten ihn; sie eilten ihm nach und kamen so zu unserm Lager, das sie überfielen. Während des Kampfes, in welchem wir unterliegen zu müssen glaubten, erschien der tapfere Greis, welcher dort an der Erde liegt. Er schoß sofort zwei Kurden nieder und stürzte sich in den Kampf. Dann kam sein Sohn, der gleich ihm tapfer ist; aber dennoch hätten wir

unterliegen müssen, wenn nicht Ihr noch erschienen wäret. Emir, Dir gehört mein Leben und Alles, was ich habe! Laß Deinen Weg so weit wie möglich mit dem meinigen gehen!"
„Ich wollte, daß es geschehen könnte. Aber wir haben einen Todten und sind verwundet. Er muß begraben werden, und wir müssen bleiben, weil sich das Wundfieber einstellen wird."
„Auch ich werde bleiben, denn meine Diener sind verwundet."
Da, mitten im Gespräche, fiel mir endlich ein, daß Dojan nicht zu sehen war. Ich frug den Engländer nach dem Hunde, aber er konnte keine Auskunft geben. Halef hatte Dojan mitkämpfen sehen, doch wußte auch er nichts Näheres.
Die Diener des Persers brachten jetzt reichliche Speisevorräthe herbei, mit denen am Feuer ein Mahl bereitet wurde. Nach dem Essen stand ich auf, um die Umgebung des Lagers zu recognosciren und nach Dojan zu suchen. Halef begleitete mich. Zunächst begaben wir uns zu den Pferden. Der arme Hengst lag an der Erde. Er hatte den bereits erwähnten Lanzenstich und einen ziemlich tiefen Streifschuß erhalten, war jedoch von Halef nach Kräften verbunden worden. In der Nähe lagerten die Kameele. Es waren ihrer fünf; sie wiederkäuten, und es war bereits zu dunkel, als daß ich sie hätte taxiren können. Neben ihnen lagen ihre Lasten, und in einiger Entfernung stand der Tachterwahn, die Wohnung der beiden Frauen, die entflohen waren, als ich die Augen geöffnet hatte.
„Du sahst mich stürzen, Halef. Wie ist es dann gegangen?"
„Ich dachte, Du seiest todt, Sihdi, und das gab mir die Kräfte des Grimmes. Auch der Engländer wollte Dich rächen, und so konnten sie nicht widerstehen. Der Perser ist ein sehr tapferer Mann, und seine Diener gleichen ihm."
„Habt Ihr keine Beute gemacht?"
„Waffen und einige Pferde, die Du in der Dunkelheit gar nicht bemerkt hast. Die Todten ließ der Perser in das Wasser werfen."
„Waren vielleicht auch Verwundete dabei?"
„Ich weiß es nicht. Nach dem Kampfe untersuchte ich Dich und fühlte, daß Dein Herz noch schlug. Ich wollte Dich verbinden, aber der Perser erlaubte es nicht. Er ließ Dich an den Ort tragen, an welchem Du erwachtest, und da verbanden Dich die beiden Frauen."
„Was erfuhrst Du über diese Frauen?"
„Die Eine ist das Weib und die Andere die Schwester des Persers. Sie haben eine alte Dienerin, die dort beim Tachterwahn kauert und immer Datteln kaut."
„Und der Perser selbst? Was ist er?"
„Ich weiß es nicht; der Diener sagt es nicht; es muß ihm verboten sein, den Stand seines Herrn zu verrathen, und ich denke – – –"
„Halt!" unterbrach ich ihn. „Horche einmal!"
Wir hatten uns so weit vom Lager entfernt, daß das Geräusch desselben nicht mehr zu hören war; darum herrschte die tiefste Stille ringsumher. Während der letzten Worte Halef's nun war es mir, als ob ich einen mir sehr wohl bekannten Laut gehört hätte. Wir

blieben lauschend stehen. Ja, wirklich, jetzt war der zornige Anschlag deutlich zu hören, mit welchem der Windhund zu melden pflegte, daß er einen Feind gefaßt habe. Aber die Richtung, aus welcher dieser Ton kam, blieb ungewiß.
„Dojan!“ rief ich laut. Auf diesen Ruf erhielt ich eine sehr deutliche Antwort; sie kam aus den Büschen, welche den Abhang bedeckten. Wir klimmten langsam empor. Zur sicheren Orientirung rief ich zuweilen den Hund, welcher dann stets antwortete. Zuletzt vernahmen wir das kurze, pfeifende Winseln, mit dem er seine Freude zu erkennen zu geben pflegte; das führte uns vollends zu ihm. Ein Kurde lag am Boden, und über ihm stand der wackere Hund, zum tödlichen Bisse bereit. Ich beugte mich nieder, um den Mann zu betrachten. Ich konnte seine Züge nicht erkennen, aber die Wärme seines Körpers bewies mir, daß er lebte, obgleich er es nicht wagte, sich zu rühren.
„Dojan, zurück!“
Der Hund gehorchte, und ich gebot dem Kurden, sich zu erheben. Er that es unter einem schweren, tiefen Athemzuge, der mir bewies, daß er eine nicht gewöhnliche Angst auszustehen gehabt hatte. Ich stellte nun ein Verhör mit ihm an, und er nannte sich einen Kurden vom Stamme der Soran. Da ich wußte, daß die Soran Todfeinde der Bebbeh sind, so argwöhnte ich, er sei ein Bebbeh und gebe sich für einen Soran aus, um sich zu retten.
Darum frug ich: „Wie kommst Du hierher und in diese Lage, wenn Du ein Soran bist?“
„Du scheinst ein Fremdling in diesem Lande zu sein,“ erwiederte er, „da Du so fragen kannst. Die Soran waren groß und mächtig. Sie wohnten im Süden der Bulba, welche aus den vier Stämmen der Rummok, Manzar, Piran und Namash bestehen, und hatten ihren Hauptort in Harir, der besten Residenz von Kurdistan. Aber Allah nahm die Hand von ihnen, so daß ihre Macht von ihnen ging, um sich ihren Feinden zuzuwenden. Ihr letztes Banner hatten sie in der Gegend von Keuy Sandschiak aufgeschlagen; da kamen die Bebbeh und rissen es zu Boden. Ihre Heerden wurden geraubt, ihre Frauen und Mädchen fortgeführt und ihre Männer, Jünglinge und Knaben getödtet. Nur wenige retteten sich, um sich in alle Welt zu zerstreuen oder in der Einsamkeit zu verbergen. Zu diesen Letzteren gehöre ich. Ich wohne da oben zwischen den Felsen; mein Weib ist todt, meine Brüder und Kinder sind ermordet; ich habe nicht einmal ein Pferd, ich habe nur mein Messer und meine Flinte. Heute hörte ich Schüsse fallen und stieg hernieder, um dem Kampfe zuzuschauen. Ich sah meine Feinde, die Bebbeh, und griff zu meiner Flinte. Hinter den Bäumen versteckt, habe ich mehr als Einen niedergeschossen; Du kannst meine Kugeln noch in ihren Leibern finden. Ich tödtete sie aus Haß und weil ich mir ein Pferd erkämpfen wollte. Da bemerkte dieser Hund die Blitze meines Gewehres und hielt mich für einen Feind. Er griff mich an. Das Messer war mir entfallen, und das Gewehr war noch nicht wieder geladen. Ich versuchte, ihn mit dem Laufe der Flinte von mir abzuhalten, und wich zurück; er aber warf mich endlich doch zu Boden. Ich sah, daß er mich zerreißen würde, wenn ich es wagte, eine Bewegung zu machen, und so blieb ich bis jetzt ruhig liegen. Es waren fürchterliche Stunden!“

Dieser Mann sprach die Wahrheit; das hörte ich; aber ich mußte dennoch vorsichtig sein.
„Willst Du uns Deine Wohnung zeigen?“ frug ich.
„Ja. Es ist eine Hütte aus Moos und Zweigen, mit einem Lager aus Gras und Blättern; weiter seht Ihr nichts.“
„Wo ist Dein Gewehr?“
„Es muß hier in der Nähe liegen.“
„Suche es!“
Er entfernte sich suchend, während wir Beide stehen blieben.
„Sihdi,“ flüsterte Halef, „er wird entfliehen.“
„Ja, wenn er ein Bebbeh ist. Ist er jedoch wirklich ein Soran, so wird er wiederkommen, und dann dürfen wir ihm vertrauen.“
Wir brauchten nicht lange zu warten, so rief es von unten:
„Kommt herab, Herr! Ich habe Beides gefunden, das Messer und auch die Flinte.“
Wir stiegen zu ihm hinab. Er schien also doch ein ehrlicher Mann zu sein.
„Du wirst uns zum Lager begleiten,“ sagte ich.
„Gern, Herr!“ antwortete er. „Aber mit dem Perser werde ich nicht reden können, denn ich spreche nur Kurdisch und die Sprache der Hagari.“
„Redest Du das Arabische vollständig?“
„Ja, ich bin bis an das Meer hinuntergekommen und bis weit zum Phrat hinüber und kenne diese Gegenden und ihre Wege.“
Ich freute mich dessen, denn es war sehr vortheilhaft für uns, diesen Mann gefunden zu haben. Sein Erscheinen erregte am Lagerfeuer Aufsehen; den meisten Eindruck aber machte es auf Amad el Ghandur, der sich bei dem Anblick des Kurden sofort aus seiner geistigen Erstarrung emporraffte.
Der junge Haddedihn-Scheik hielt den Soran-Kurden für einen Bebbeh und fuhr mit der Hand nach dem Dolch. Ich legte meine Hand auf seinen Arm und sagte ihm, der Fremde sei ein Feind der Bebbeh und stehe unter meinem Schutz.
„Ein Feind der Bebbeh! Kennst Du sie und ihre Wege?“ frug er nun hastig den Soran-Kurden.
„Ich kenne sie,“ antwortete der Mann.
„So werde ich weiter mit Dir reden.“
Nach diesen Worten drehte sich Amad el Ghandur um und nahm wieder bei der Leiche Platz. Ich aber erklärte dem Perser das Zusammentreffen mit dem Soran-Kurden, und er war damit einverstanden, daß dieser Mann in unserm Lager bleiben dürfe.
Einige Zeit später kehrten die Nuker zurück und meldeten, daß die Bebbeh eine ziemliche Strecke gegen Süden geritten seien und sich dann auf einem Umweg rechts nach den Hügeln von Merivan zurückgewendet hätten. Wir durften nun wohl nichts mehr von ihnen befürchten, und die Perser begaben sich zur Ruhe, nachdem die nöthigen Vorsichtsmaßregeln von ihnen und von uns gemeinschaftlich getroffen worden waren.

Ich suchte Amad el Ghandur auf und bat ihn, auch sich Ruhe zu gönnen.
„Ruhe?“ antwortete er. „Emir, Ruhe hat nur Einer: dieser Todte hier. Leider wird er nicht ruhen in den Grabstätten der Haddedihn, in die Erde gebettet von den Kindern seines Stammes, die ihn beweinen; er wird liegen in dieser fremden Erde, über welcher der Fluch Amad el Ghandur's schwebt. Er war ausgezogen, mich zur Heimat zu bringen. Glaubst Du, daß ich diese Heimat wiedersehen werde, ohne seinen Tod zu rächen? Ich habe Beide gesehen: den, der ihn stach, und auch den, der ihm die Kugel in die hohe Stirne trieb. Sie sind beide entkommen, aber ich kenne sie und werde sie zum Scheïtan senden!“
„Ich begreife Deinen Zorn und verstehe Deinen Schmerz; aber ich bitte Dich, die Klarheit Deines Auges zu bewahren. Du willst den Bebbeh nachreiten, um den Tod Deines Vaters zu rächen. Hast Du überlegt, was das heißt?“
„Die Thar, die Blutrache, gebietet es, und ich habe zu gehorchen. Du bist ein Christ, Du begreifst uns nicht, Emir.“
Er schwieg eine Weile, dann frug er:
„Wirst Du mich begleiten, Emir, zur Verfolgung der Bebbeh?“
Ich verneinte, und er senkte das Haupt mit den Worten: „Ich wußte, daß Allah eine Erde erschaffen hat, auf welcher es keine wahre Freundschaft und Dankbarkeit gibt.“
„Du hast wohl nur eine falsche Ansicht von Freundschaft und Dankbarkeit,“ erwiederte ich. „Denke zurück, so wirst Du mir zugestehen, daß ich ein wahrer Freund Deines Vaters gewesen bin, und dafür solltest Du mir dankbar sein. Ich bin bereit, Dich mit Gefahr meines eigenen Lebens nach den Weideplätzen der Schammar zu begleiten; aber eben als Dein Freund muß ich Dich abhalten, Dich in eine Gefahr zu begeben, in welcher Du nothwendiger Weise umkommen wirst.“
„Ich sage noch einmal: Du bist ein Christ und Du redest und handelst, wie ein solcher. Selbst Allah will, daß ich den Vater räche, denn er hat mir heut Abend durch Dich die Gelegenheit dazu gesendet. Jetzt bitte ich Dich, mich allein zu lassen!“
„Ich erfülle Dir diesen Wunsch, fordere aber von Dir, daß Du nichts unternimmst, ohne es vorher mit mir besprochen zu haben.“
Er wandte sich ab und antwortete nicht. Ich ahnte, daß er einen Entschluß gefaßt habe, an dessen Ausführung er von mir gehindert zu werden fürchtete, und ich beschloß, ihn sorgfältig zu beobachten.
Als ich am andern Morgen erwachte, saß er noch immer an derselben Stelle; aber der Soran-Kurde befand sich bei ihm, und sie sprachen sehr angelegentlich mit einander. Auch die Anderen waren bereits munter. Der Perser saß neben dem Tachterwahn und sprach mit den tief verschleierten Frauen.
„Emir, ich will den Vater begraben. Werdet Ihr mir helfen?“ fragte mich Amad el Ghandur.
„Ja. Wo soll er begraben werden?“

„Dieser Mann sagt, droben zwischen den Felsen sei ein Ort, welchen die Sonne begrüßt früh, wann sie kommt, und Abends, wann sie geht. Ich will mir diesen Ort ansehen."
„Ich werde Dich begleiten," erwiederte ich.
Kaum bemerkte der Perser, daß ich mich erhoben hatte, so kam er herbei, um mir den Morgengruß zu bringen, und als er von unserm Vorhaben hörte, bot er sich zur Begleitung an. Wir fanden hoch droben auf dem Scheitel der Höhe einen mächtigen Felsblock und beschlossen, auf der Platte desselben das Grab zu errichten. In der Nähe lag die dürftige Hütte des Sorankurden, und etwas weiter fort befand sich ein ringsum abgeschlossener freier Platz, welcher sich ganz ausgezeichnet zu einem Lager eignete, zumal er einen Quell besaß. Wir beriethen uns und wurden einig, hier zu bleiben und unsere Thiere und Habseligkeiten herbeizuschaffen.
Dieses Letztere verursachte einige Schwierigkeiten, aber es gelang. Während die Unverletzten und weniger Verwundeten die schwerere Arbeit an dem Grabmale übernahmen, errichteten die Andern für die Frauen eine bedeckte Hütte, welche von dem Aufenthalte der Männer durch eine undurchsichtige Wand aus Zweigen abgesondert wurde. Da die Pferde die Ausdünstung der Kameele nicht ertragen können, so wurden sie von denselben getrennt.
Am Mittag war im Lager bereits Alles in schönster Ordnung. Der Perser besaß einen guten Vorrath von Mehl, Kaffee, Tabak und anderen nothwendigen Dingen. Fleisch konnten wir uns unschwer mit der Büchse verschaffen, und so brauchten wir nicht zu fürchten, Noth zu leiden.
Das Grabmal wurde erst später fertig. Es bildete einen über acht Fuß hohen Steinkegel, in welchem eine Höhlung gelassen war, um die Leiche aufzunehmen, welche zur Zeit des Mogreb beerdigt werden sollte. Amad el Ghandur selbst bereitete sie zum Begräbnisse vor, obgleich er sich dadurch, nach den Regeln seines Glaubens, verunreinigte.
Die Sonne stand nahe am Horizonte, als sich der kleine Trauerzug in Bewegung setzte. Voran schritten Allo und der Soran-Kurde, welche auf einer aus Ästen gefertigten Bahre den Todten trugen; wir Andern folgten paarweise, und Amad el Ghandur erwartete uns am Grabe. Die Öffnung desselben wies nach Westsüdwest, genau die Kibbla von Mekka, und als man den Todten hineinsetzte, war sein Angesicht nach jenen Gegenden gerichtet, in denen der Prophet der Moslemim die Besuche und Offenbarungen der Engel empfing.
Amad el Ghandur trat bleichen Angesichtes zu mir und frug:
„Emir, Du bist zwar ein Christ, aber Du warst in der heiligen Stadt und kennst das heilige Buch. Willst Du Deinem todten Freunde die letzte Ehre erweisen und über ihn die Sure des Todes sprechen?"
„Gern, und auch die Sure des Verschließens."
„So laß uns beginnen!"

Jetzt hatte die Sonne ihren westlichen Horizont erreicht, und Alle sanken nieder, um in der Stille das Mogreb zu beten. Dann erhoben wir uns wieder, einen Halbkreis um die Öffnung des Grabmales bildend.
Es war ein weihevoller Augenblick. Der Todte saß aufrecht in seiner letzten Wohnung. Die Abendröthe warf purpurne Strahlen über sein marmorbleiches Angesicht, und der hier oben kräftigere Hauch des Windes ließ seinen langen weißen Bart erzittern.
Da wandte sich Amad el Ghandur nach der Richtung von Mekka, erhob seine in einander verschlungenen Hände und sprach:
„Im Namen des allbarmherzigen Gottes! Lob und Preis sei Gott, dem Weltenherrn, der da herrschet am Tage des Gerichtes. Dir wollen wir dienen, und zu Dir wollen wir flehen, auf daß Du uns führest den rechten Weg, den Weg derer, die Deiner Gnade sich erfreuen, und nicht den Weg derer, über welche Du zürnest, und nicht den Weg der Irrenden!"
Jetzt erhob ich ebenso wie er die Hände und sprach aus der fünfundsiebzigsten Sure, die „die Auferstehung" betitelt ist, die Worte:
„Im Namen des allbarmherzigen Gottes! Ich schwöre bei dem Tage der Auferstehung, und ich schwöre bei der Seele, welche sich selbst anklagt: will der Mensch wohl glauben, daß wir seine Gebeine einst nicht zusammenbringen werden? Wahrlich, wir vermögen es, selbst die kleinsten Gebeine seiner Finger zusammenzufügen; doch der Mensch will selbst das, was vor ihm liegt, gern leugnen. Er fragt: Wann kommt denn der Tag der Auferstehung? Wenn das Auge sich verdunkelt und der Mond sich verfinstert und Sonne und Mond sich verbinden, dann wird der Mensch an diesem Tage fragen: Wo findet man einen Zufluchtsort? Aber vergebens, denn es gibt keinen Ort der Rettung. Ihr liebt das dahineilende Leben und achtet nicht auf das zukünftige. Einige Angesichte werden an diesem Tage leuchten und ihren Herrn anblicken, andere aber werden traurig aussehen, denn schwere Trübsal kommt über sie. Sicherlich! Einem solchen Menschen steigt in der Todesstunde die Seele bis an die Kehle, und die Umstehenden sagen: Wer bringt zu seiner Rettung einen Zaubertrank? Dann ist die Zeit der Abreise gekommen; er legt Bein an Bein und wird an diesem Tage hingetragen zu seinem Richter, da er nicht glaubte und nicht betete. Darum wehe Dir, wehe! Und abermals wehe Dir, wehe! Glaubt denn der Mensch, daß ihm volle Freiheit gelassen sei? Ist er nicht ein ausgeworfenes Samenkorn? Darauf bildete ihn Gott und machte einen Menschen aus ihm. Sollte Der, der dies gethan, nicht auch zu einem neuen Leben auferwecken können?"
Nun wandte ich mich wieder dem Todten zu und sprach:
„Allah il Allah! Es ist nur ein Gott und wir Alle sind seine Kinder. Er leitet uns mit seiner Hand und hält uns Alle an seiner Rechten. Er machte uns zu Brüdern und sandte uns auf die Erde, ihm zu dienen und uns in Eintracht seiner Gnade und Barmherzigkeit zu erfreuen. Er läßt den Körper sich entwickeln und die Seele wachsen, bis sie sich nach dem Himmel sehnt. Dann sendet er den Engel des Todes, sie abzulösen und emporzutragen zum Brunnen, aus dem sie ewiges Leben trinkt. Sie ist dann frei von Schmerz und Leid und achtet nicht die Klagen derer, welche um die todte Hülle trauern.

Hier liegt Hadschi Mohammed Emin Ben Abdul Mutaher es Seim Ibn Abu Merwem Baschar esch Schohanah, der tapfere Scheik der Haddedihn vom Stamme esch Schammar. Er war ein Liebling Allah's; auf seiner Zunge wuchs niemals die Lüge, und aus seiner Hand floß Wohlthat weithin über die Hütten, in denen Armuth wohnte. Er war der weiseste im Rathe; er war ein Held im Kampfe; er war ein Freund dem Freunde; er wurde gefürchtet von seinen Feinden, aber geachtet von Allen, die ihn kannten. Darum wollte Allah nicht, daß er abscheide im Dunkel des Zeltes, sondern er sandte Abu Dschajah, ihn abzurufen mitten im Kampfe von der Seite der Krieger, die hier um ihn stehen. Nun geht der Staub zur Erde. Sein Angesicht wendet sich nach Mekka, der Goldenen, seine Seele aber steht vor dem Allerbarmer und schaut die Herrlichkeit, in welche kein sterbliches Auge zu dringen vermag. Sein ist das Leben, unser aber der Trost, daß auch wir einst an seiner Seite stehen werden, wenn Isa Ben Marryam einst kommen wird, zu richten die Lebendigen und die Todten!“

Jetzt traten Allo und der Soran-Kurde herzu, um das Grab zu verschließen. Schon wollte ich wieder das Wort ergreifen, als der Perser mir winkte. Er trat vor und sprach einige Sätze der zweiundachtzigsten Sure:

„Im Namen des allbarmherzigen Gottes! Wenn die Himmel sich spalten und die Sterne sich zerstreuen, die Meere sich vermischen und die Gräber sich umkehren, dann wird eine jede Seele wissen, was sie gethan und was sie unterlassen hat. So ist es, und doch leugnen sie den Tag des Gerichtes. Aber es sind Wächter über Euch gesetzt, die da Alles niederschreiben und Alles sehen, was Ihr thut. Die Gerechten werden erlangen die Wonne des Paradieses, die Missethäter aber die Qualen der Hölle. An diesem Tage vermag keine Seele etwas für die andere, denn an diesem Tage gehört die Herrschaft nur Gott allein!“

Jetzt war die Öffnung zugesetzt, und es bedurfte noch des Schlußgebetes. Ich hatte auch das übernommen, aber Halef trat vor. In dem Auge des wackern kleinen Hadschi glänzten Thränen, und seine Stimme zitterte, als er sagte:

„Ich will beten!“ – Er kniete nieder, faltete die Hände und sprach: „Ihr habt gehört, daß wir Alle Brüder sind, und daß Allah uns Alle versammeln wird am Tage des Gerichtes. Da drüben ist die Sonne gesunken, und morgen wird sie von Neuem emporgestiegen sein; so werden auch wir da oben auferwachen, wenn wir hier gestorben sind. O Allah, laß uns da zu denen gehören, die Deiner Gnade würdig sind, und scheide uns nicht von denen, die wir hier lieb gehabt haben. Du bist der Allmächtige und kannst auch dieses Gebet erfüllen!“ –

Das war ein seltenes Begräbniß. Ein Christ, zwei Sunniten und ein Schiite hatten über dem Grabe des Todten gesprochen, ohne daß Muhammed einen Blitz herniederfallen ließ. Was mich betrifft, so glaubte ich, keine Sünde zu thun, wenn ich von dem todten Freunde Abschied nahm in der Sprache, die er im Leben gesprochen hatte; die Betheiligung des Persers aber war ein Beweis, daß er an Bildung des Geistes und Herzens den moslemitischen Troß weit überragte. Halef hätte ich zum Dank für seine einfachen,

kurzen Sätze gleich umarmen können. Ich wußte es längst: er war, ohne es selbst zu ahnen, nur noch äußerlich ein Moslem, innerlich aber bereits ein Christ.
Wir schickten uns an, den Felsblock zu verlassen. Da zog Amad el Ghandur seinen Dolch und schlug mit demselben von einem Steine des Grabmales ein Stück herab, welches er einsteckte. Ich wußte, was das zu bedeuten hatte, und war nun überzeugt, daß ihn kein menschliches Wesen zu überreden vermochte, seine Rache aufzugeben. Er aß und trank im Verlaufe des Abends nichts, nahm mit keinem Worte an unserer Unterhaltung Theil und zeigte auch mir gegenüber keine Lust, sich in ein noch so kurzes Gespräch einzulassen. Nur auf eine einzige Bemerkung antwortete er.
„Du weißt," sagte ich nämlich zu ihm, „daß Mohammed Emin den Rappen zurückgenommen hat. Jetzt gehört er Dir."
„So habe ich das Recht, ihn wieder zu verschenken?"
„Ohne Zweifel."
„Ich schenke ihn Dir."
„Ich nehme ihn nicht an."
„So werde ich Dich zwingen, ihn zu behalten!"
„Wie willst Du dies anfangen?"
„Du wirst es sehen. Leïlkum saaïde – gute Nacht!"
Er wandte sich ab und ließ mich stehen. Ich merkte, daß es jetzt an der Zeit sei, in Beziehung auf ihn meine Aufmerksamkeit zu verdoppeln. Es sollte aber anders kommen. Es war heute überhaupt ein trüber, ja trauriger Abend. Der Perser hatte sich hinter die Zweigwand zurückgezogen; seine Leute hockten bei einander, und ich saß mit Halef und dem Engländer schweigsam an der Quelle, wo wir bemüht waren, unsere brennenden Wunden zu kühlen. Der Tod Mohammed's hatte einen Jeden von uns mehr angegriffen, als er es den Andern eingestehen wollte. Durch die Hitze, mit welcher mein Blut in den Adern fluthete, zuckte zuweilen ein kalter, schüttelnder Schauer – es war das Nahen des Wundfiebers. Auch Halef fieberte bereits.
Ich hatte eine schlechte Nacht, aber meine kräftige Natur ließ es doch zu keinem ordentlichen Anfalle kommen. Es war, als fühlte ich jeden einzelnen Tropfen meines Blutes durch die Adern rinnen; halb wach, halb träumend oder phantasirend, schob ich mich hin und her; ich sprach mit allen möglichen Personen, die mir die Einbildungskraft vorführte, und wußte doch, daß es Täuschung sei, und erst am Morgen fiel ich in einen festern Schlaf, aus dem ich erst – – gegen Abend erwachte. Der bereits erwähnte Duft umfluthete mich, aber anstatt der beiden schönen Augenpaare sah ich die mächtige Aleppobeule auf der Nase des Engländers mir entgegenleuchten.
„Wieder munter?" frug er.
„Ich glaube. Was! Dort steht die Sonne? Es ist ja fast Abend!"
„Seid froh, Master! Die Ladies haben Euch in die Kur genommen. Sie schickten Tropfen für die Wunde. Halef hat sie aufgeträufelt. Dann kam die Eine selbst und goß Euch irgend etwas zwischen die Zähne. Ist wohl kein Porter gewesen, denke ich!"

„Welche war es?“
„Die Eine. Die Andere blieb dort. Es kann aber auch die Andere gewesen sein, und die Eine blieb dort. Weiß nicht!“
„Ich meine, die mit den blauen oder die mit den schwarzen Augen?“
„Habe keine Augen gesehen. Das wickelt sich ja ein wie Postpacket. Es wird aber wohl die Blaue gewesen sein.“
„Warum vermuthet Ihr dies?“
„Weil Ihr mit einem blauen Auge davongekommen seid. Ihr scheint Euch ja ganz wohl zu befinden!“
„Allerdings. Ich fühle mich wirklich ganz frisch und munter.“
„Geht mir auch so. Habe die Tropfen auch an meine Wunden gethan und fühle keinen Schmerz mehr. Ausgezeichnete Mixtur! Wollt Ihr essen?“
„Habt Ihr etwas? Ich hungere wie ein Wolf.“
„Hier! Die Blaue hat es geschickt. Oder vielleicht war es die Schwarze.“
Neben mir war eine silberne Taba, welche kaltes Fleisch, gesäuertes Brod und allerlei Mazih enthielt. Daneben stand ein Tschidan, der aber anstatt mit Thee mit einer kräftigen Fleischbrühe gefüllt war, die noch Wärme besaß.
„Die Ladies scheinen gewußt zu haben, daß ich erwache, bevor die Bouillon erkaltet.“
„Dieser Topf wartet bereits seit Mittag auf Euch. Sobald er kalt geworden ist, lassen sie ihn durch die Alte holen und machen ihn wieder warm. Ihr scheint bei ihnen einen Stein im Brette zu haben.“
Erst jetzt sah ich mich genauer um. In der Nähe lag Halef und schlief. Außerdem war kein Mensch zu sehen.
„Wo ist der Perser?“ fragte ich.
„Bei den Weibern. Er war heut Morgen fort und hat eine Bergziege geschossen. Ihr trinkt also Ziegenbrühe.“
„Aus solchen Händen schmeckt sie delikat!“
„Denke nur immer, die Alte wird sie gesotten haben! Yes!“
„Wo ist Amad el Ghandur?“
„Er ist heute sehr früh spazieren geritten.“
Ich sprang auf und rief:
„So ist er fort, der Unbesonnene!“
„Mit dem Kohlenbrenner und dem Soran-Kurden. Yes!“
Ah, jetzt wußte ich, was er gemeint hatte, als er sagte, daß Allah selbst ihm ein Mittel gesendet habe, sich zu rächen. Der Soran-Kurde, selbst ein Todfeind der Bebbeh, konnte seinen Dolmetscher machen. Aber trotzdem war der unglückliche Haddedihn zu beklagen. Es war Zehn gegen Eins zu wetten, daß er seinen Stamm nie wieder erreichen werde. Ihm nachzureiten, davon konnte gar keine Rede sein. Erstens war sein Vorsprung zu groß; zweitens war ich ja Patient, und drittens konnte es nicht unsere Absicht sein, der Blutrache eines Andern wegen geradezu nun selbst zu Mördern zu werden.

„Er reitet doch den Hengst?“ frug ich.
„Den Rappen? Der ist da,“ antwortete Lindsay.
Auch das noch! Auf diese Weise also zwang mich Amad el Ghandur, das Pferd von ihm als Geschenk anzunehmen! Ich wußte für den Augenblick wirklich nicht, ob ich mich darüber freuen oder ärgern sollte. Überhaupt war das Verschwinden des Haddedihn ein Ereigniß, welches mich nicht gleichgültig lassen konnte; es mußte innerlich verarbeitet werden, um mich darüber beruhigen zu können.
„Also ist auch Allo mit fort?“ frug ich. „Wie steht es denn mit seinem Lohne?“
„Hat ihn zurückgelassen. Ärgert mich! Mag von einem Kohlenbrenner nichts geschenkt haben.“
„Tröstet Euch, Sir! Er hat ein Pferd und eine Flinte. Damit ist er reichlich bezahlt. Und überdies – wer weiß, was ihm der Haddedihn versprochen hat. Wie lange schläft Halef?“
„So lange wie Ihr.“
„Das ist allerdings eine außerordentliche Medizin! Doch vor allen Dingen will ich essen.“
Ich hatte kaum damit begonnen, so wurde ich gestört: Hassan Ardschir-Mirza kam. Ich wollte mich erheben, er aber drückte mich freundschaftlich wieder nieder.
„Bleib sitzen, Emir, und iß! Das ist das Nothwendigste, was geschehen muß. Wie fühlst Du Dich?“
„Ich danke Dir; sehr wohl.“
„Ich wußte es. Dein Fieber wird nicht wiederkehren. Nun aber will ich Dir eine Botschaft ausrichten. Amad el Ghandur kam zu mir. Er erzählte mir Vieles von Euch und von ihm, so daß ich Euch so gut kennen gelernt habe, wie er Euch selber kennt. Er ist den Bebbeh nach und läßt Dich bitten, daß Du ihm verzeihen mögest, und er wünscht, daß Ihr ihm nicht nachfolgt. Er hofft, daß Ihr zu den Haddedihn zurückkehren und ihn dort finden werdet. Das ist die Botschaft, welche ich Euch bringen soll.“
„Ich danke Dir, Hassan Ardschir-Mirza! Sein Gehen hat meine Seele tief betrübt; aber ich muß ihn seinem Schicksale überlassen.“
„Wohin werdet Ihr Euch nun wenden?“
„Das müssen wir erst besprechen. Dieser mein Freund und Diener Hadschi Halef Omar muß allerdings zu den Haddedihn, denn bei ihnen befindet sich sein Weib. Und dieser Emir aus Inglistan hat zwei seiner Diener bei ihnen. Es ist aber dennoch möglich, daß wir zuvor nach Bagdad reiten. Dort hat der Inglis ein Schiff, mit welchem wir auf dem Tigris bis zu den Weidegründen der Haddedihn gelangen können.“
„So besprecht Euch, Emir! Geht Ihr nach Bagdad, so bitte ich Euch, mich nicht zu verlassen. Ihr seid tapfere Krieger; ich habe Euch bereits unser Leben zu verdanken und ich möchte Dir gern zeigen, daß ich Dich lieb gewonnen habe. Wir bleiben hier an diesem Orte, bis wir ohne Gefahr für Euere Gesundheit aufbrechen können. Jetzt iß und trink! Ich werde Euch noch mehr senden, denn Ihr seid meine Gäste. Gott mit Euch!“
Er ging, und es dauerte kaum zwei Minuten, so kam die alte Dienerin und brachte eine zweite Taba voller Speisen.

„Nehmt! Der Herr sendet es Euch!“ sagte sie.
„Habt Ihr Feuer in der Hütte?“ frug ich sie.
„Ja. Wir haben ein kleines Feuer und einen Djagadar, auf welchem wir die Speisen schnell bereiten können.“
„Maderka, wir machen Euch sehr viele Sorgen!“
„O nein, Emir. Das Haus freut sich, Gäste zu haben. Der Herr hat dem Hause von Euch erzählt, und Ihr sollt sein, als ob Ihr der Herr selber wäret. Aber sage nicht Maderka! Ich bin Duschireh und werde stets nur Alwah oder auch zuweilen Halwa genannt.“
Damit trippelte sie von dannen. Alle Wetter! War es mir auf dieser Reise denn wirklich beschieden, nur anthropobotanische Studien zu machen? Erst kürzlich in Schohrd eine „Petersilie“, und jetzt wieder eine Alwah, die zuweilen auch Halwa genannt wurde! Diese beiden Wörter bestehen aus ganz denselben Buchstaben, und doch wie verschieden ist ihre Bedeutung! Alwah heißt nämlich im Persischen so viel als Aloë, und Halwa ist unser liebes Tausendschönchen.
Diese gealterte Jungfrau hatte nun freilich mehr Ähnlichkeit mit der stacheligen Aloë als mit dem hübschen Tausendschönchen. Sie trug weite, am Knöchel zusammengebundene Beinkleider, deren niederhängende Falten zwei graue Filzpantoffeln fast bedeckten, darüber eine rothtuchene Weste und dann ein kaftanartiges, dunkelblaues Obergewand, auf dem Kopfe einen gelben Turban und daran zwei salope Schleierflügel, welche hinten einen haarlosen Nacken und vorn das eigenthümlich gezeichnete Gesicht einer Schleiereule sehen ließen. Doch schien diese „tausendschöne Aloë“ ein recht freundliches Gemüth zu besitzen, und ich beschloß, mich zu ihr auf einen möglichst freundschaftlichen Fuß zu stellen.
Sie hatte die Taba zur rechten Zeit gebracht, denn just als sie sich zum Gehen wandte, begann Halef zu gähnen und schlug dann die Augen auf. Er blickte erstaunt im Kreise umher, richtete sich zum Sitzen empor und frug dann ganz verwirrt:
„Maschallah! Dort steht die Sonne! Habe ich mich umgewandt oder hat sie sich umgedreht?“
Es ging ihm wie mir: er konnte es sich nicht denken, so lange geschlafen zu haben, und sein Erstaunen wuchs, als er erfuhr, daß Amad el Ghandur sich nicht mehr bei uns befinde.
„Fort? Wirklich fort?“ frug er. „Ohne Abschied? Bei Allah, das ist nicht recht von ihm! Aber was thun nun wir? Jetzt hast Du keine Verpflichtungen mehr, welche Dich nöthigen, zu den Weideplätzen der Haddedihn zurückzukehren.“
„Ich denke im Gegentheile, daß ich sie noch habe. Glaubst Du, ich werde Dich verlassen, ohne überzeugt zu sein, daß Du sicher zu Scheik Malek und zu Hanneh, Deinem Weibe, gelangst?“
„Sihdi, diese Beiden befinden sich sehr wohl und werden warten müssen, bis ich komme. Ich liebe Hanneh, aber ich werde nicht eher von Deiner Seite weichen, als bis Du zurückkehrst in das Land Deiner Väter.“

„Ich kann ein solches Opfer nicht von Dir fordern, Halef."

„Nicht von mir, sondern von Dir ist es ein Opfer, mich bei Dir zu behalten, Sihdi. Beschließe, was Du willst; ich folge Dir, wenn Du nicht die Grausamkeit hast, mich von Dir zu weisen!"

Jetzt brachten die Perser aus dem Flusse reichliche Beute von Fischen herbei, aus welchen das Nachtmahl bereitet wurde. Ich schloß mich von demselben aus, da ich bereits gegessen hatte, und erstieg den Felsblock, um am Grabe des Haddedihn dem Untergange der Sonne zuzusehen.

Dieses einsame, hoch gelegene Grabmal erinnerte mich an das Felsenmonument, welches wir dem Pir Kamek im Thale Idiz errichtet hatten. Wer hätte damals beim Begräbnisse des dschesidischen Heiligen ahnen können, daß Mohammed Emin auf so ferner, kurdischer Höhe seine letzte Ruhestätte finden würde! Es war mir so trüb und traurig zu Muthe, und ich fühlte eine solche Leere in mir, als sei mit dem Freunde ein Theil meines eigenen Wesens von mir gewichen. Und doch sollte man am Grabe eines guten Menschen nie trauern; der Tod ist ja der Bote Gottes, welcher uns nur naht, um uns empor zu führen zu jenen lichten Höhen, von denen der Erlöser seinen Jüngern sagte: „In dem Hause meines Vaters sind viele Wohnungen, und ich gehe hin, Euch die Stätte zu bereiten." Das Leben ist ein Kampf; man lebt, um zu kämpfen, und man stirbt, um zu siegen. Darum die Mahnung des Apostels: „Kämpfe den guten Kampf des Glaubens, und ergreife das Leben, dazu auch Du berufen bist!"

Die Sonne küßte den Horizont, und ihre scheidenden Strahlen färbten denselben mit flammenden Lichtern, die sich, dem Osten entgegen, in immer milderen Tinten verloren. Die bewaldeten Höhen unter mir glichen einem grünen Meere, über dessen erstarrte Wogen die Dämmerung ihre langsam vorrückenden Schatten breitet. Nur über die nahe liegenden Kämme merkte man den Abendwind streichen, vor dessen Hauche sich die Wipfel leise neigten. Die Schatten wurden dunkler; die Ferne verschwand; das Abendroth war verglüht, und nun legte auch die Nähe das Alles verhüllende Gewand des Abends an. Wer doch mit der Sonne ziehen könnte! Wer ihr doch folgen könnte weit, weit fort zum Westen, wo ihre Strahlen noch voll und warm die Heimat beleuchteten! Hier auf der einsamen Höhe streckte das Heimweh seine Hand nach mir aus, das Heimweh, welchem in der Fremde kein Mensch entrinnen kann, in dessen Brust ein fühlendes Herz schlägt. „Ubi bene ibi patria" ist ein Spruch, dessen kalte Gleichgültigkeit im Leben nicht allzu oft ihre Bestätigung findet. Die Eindrücke der Jugend sind niemals gänzlich zu verwischen, und die Erinnerung kann wohl schlafen, aber nicht sterben. Sie erwacht, wenn wir es am allerwenigsten denken, und bringt jene Sehnsucht über uns, an deren Weh das Gemüth so schwer erkranken kann. Ich dachte an die tief innigen Strophen des deutsch-amerikanischen Dichters Konrad Kretz, deren letzte also lautet:

„Land meiner Väter, länger nicht das meine,
So heilig ist kein Boden, wie der deine.
Nie wird dein Bild aus meiner Seele schwinden;

Und knüpfte mich an dich kein lebend Band,
Es würden mich die Todten an dich binden,
Die deine Erde deckt, mein Vaterland!“

Auf einem Umwege kehrte ich in's Lager zurück, wo Alle schon schliefen. Trotz der späten Stunde lag ich noch lange schlaflos auf meiner Decke. Es wurden schon einige Vogelstimmen hörbar, als ich endlich einschlief. Ich erwachte gegen Mittag und erfuhr von Halef, daß der Engländer mit dem Perser auf die Auerhühnerjagd gegangen sei. Sie hatten Dojan mitgenommen. Die Wunde des wackeren Hadschi Halef war schmerzhafter als die meinige, doch hatte ihm die alte Dienerin Alwah bereits am Morgen neue Arzneitropfen gebracht, welche nicht ohne Wirkung geblieben waren.

„Wie lange bleiben wir hier liegen, Sihdi?“ frug er.

„Doch wohl so lange, bis wir ohne Gefahr für unsere Wunden aufzubrechen vermögen. Was hast Du gefrühstückt?“

„Verschiedenes, das ich gar nicht kenne. Diese Perserinen verstehen vortrefflich zu backen und zu braten. Allah erhalte sie uns, so lange wir sie brauchen! Der Mirza sagte, wenn Du erwachtest, so solle ich nur an die Scheidewand treten und in die Hände klatschen.“

„Thue es, Halef!“

Er folgte dem Gebote, und gleich darauf erschien das „Tausendschönchen“ mit einem Znabilik und einem Kawehdan. In dem Ersteren befand sich frisches, ungesäuertes Brod nebst kalten Bratenschnitten, und in dem Letzteren dampfte der wohlriechende Trank, dessen Cichorie-Imitation in Sachsen den poetischen Namen „Bliemchenkaffee“ führt.

„Wie ist Dir, Emir?“ frug die Alte. „Du hast auch heut wieder sehr lange geruht; Allah sei Dank!“

„Ich bin sehr munter und hungrig, meine liebe Alwah.“

„Hier hast Du Labung; iß und trink, damit Deine Tage nie alle werden.“

„Ich danke Dir; grüße das „Haus“ von mir!“

„Es ist eigentlich nicht Sitte, aber ich werde es dennoch thun, denn Du bist der Freund und Bruder des Herrn.“

Sie trippelte von dannen, und ich machte mich an das Frühstück. Auf dem Boden des Körbchens fand ich als Nachtisch vortreffliche getrocknete Weinbeeren und mit Helwa überzogene Gridgan, welche die Theilnahme meines guten Halef erregten. Ich sah es ihm an, daß er eine Bemerkung machen wollte, aber schon kehrte Halwa mit einem zweiten Topfe zurück.

„Emir,“ sagte sie, „hier sendet Dir unser „Haus“ noch eine Speise, die sehr gut zur Kühlung des Fiebers ist. Erlaube, daß ich das Geschirr nachher wieder hole!“

Als sie sich entfernt hatte, untersuchte ich den Inhalt des Gefäßes und fand zu meinem Erstaunen gekochte Amrudha in ihrer eigenen, süßen Sauce. Jetzt konnte sich Halef nicht mehr halten.

„Allah 'l Allah!“ rief er. „Gott sei gelobt, der köstliche Dinge wachsen läßt und dazu liebliche Frauen, welche Alles zu bereiten verstehen! Sihdi, diese Perserinen sind Dir hold, sonst würden sie Dir nicht so herrliche Speisen senden. Heirathe sie, damit sie für Dich kochen müssen jetzt und in alle Ewigkeit!“
„Hadschi Halef Omar, hebe Dich von dannen, sonst vergesse ich vor Entzücken über Deinen Vorschlag, diese Leckerbissen mit Dir zu theilen.“
Er streckte alle zehn Finger abwehrend von sich, während ihm doch das Wasser im Munde zusammenlief.
„Allah behüte mich vor der Sünde, Dir den Genuß zu rauben, welchen Dir diese Speisen bereiten werden, Sihdi! Ich bin ein armer Ben el Arab, und Du bist ein großer Emir aus Nemsistan. Ich kann warten, bis mir einst im Paradiese die Houris solche Brühe kochen!“
„Das dauert zu lange, Halef. Wir theilen!“
„Sihdi, Du versuchst mich beinahe über meine Kräfte. Ich habe noch nichts aus Farsistan gegessen.“
„So setze Dich! Ich nehme den Koffer, das Brod und das Fleisch, und Du issest die Birnen und die Früchte des Helwa-kurusch.“
„Ja grad diese sind für Dich, Effendi!“
„Ich denke, Du bist mein Diener, Halef?“
„Der treueste Diener, den es geben kann.“
„So gehorche, wenn ich nicht zornig werden soll!“
„Wenn Du so streng gebietest, so darf ich nicht ungehorsam sein!“
Sein Gehorsam war ein so eifriger, daß die Extrasendung sehr bald unter seinem Schnurrbarte verschwunden war. Ich wußte es, mein kleiner Halef war einigermaßen ein Leckermaul, dem ich mit diesen Kleinigkeiten einen Hochgenuß bereitete.
Nach einiger Zeit kamen die beiden Jäger zurück und brachten reichliche Beute mit. Der Perser begrüßte mich mit aufrichtiger Freundlichkeit und begab sich dann zu den Frauen, indem er das Auerwild mit sich nahm. Der Engländer nahm neben mir Platz.
„Wie? Jetzt erst aufgestanden? Sehe es am Kaffee,“ begann er.
„Ich habe allerdings wieder sehr lange geschlafen.“
„Well! Leben hier wie im Schlaraffenlande. Wie lange wird es dauern, Master?“
„Jedenfalls so lange, bis wir hier fortgehen.“
„Witty, ingenious, geistreich im höchsten Grade! Und wohin werden wir dann gehen, Master?“
„Geht Ihr mit nach Bagdad?“
„Ist mir auch recht. Möchte einmal heraus aus diesen Bergen. Und dann von Bagdad aus?“
„Das wird sich finden. Es ist überhaupt noch nicht ganz gewiß, ob mein Ziel grad Bagdad ist. Ich habe bis jetzt nur die Richtung von Bagdad gemeint.“
„Ganz gleich. Nur fort von hier!“

Jetzt erschien die holde „Aloe“, um den Dienern des Mirza die Auerhühner zum Rupfen zu übergeben. Hinter ihr kam ihr Herr, der mir winkte und dann mit langsamen Schritten das Lager verließ. Ich folgte ihm. An einer Stelle, die von zwei Bäumen beschattet war, setzte er sich in das Moos nieder und forderte mich durch eine Handbewegung auf, an seiner Seite Platz zu nehmen. Ich that es, und dann begann er die Unterhaltung mit der Frage:

„Emir, ich habe Vertrauen zu Dir; darum höre. Ich bin ein Verfolgter. Frage mich nicht, wer mein Vater war. Dieser starb plötzlich eines gewaltsamen Todes, und seine Freunde flüsterten heimlich, er sei getödtet worden, weil er einem Anderen im Wege gestanden habe. Ich, sein Sohn, aber habe ihn gerächt und mußte fliehen mit den Meinigen. Vorher jedoch lud ich Alles, was ich an Werthsachen retten konnte, auf eine Anzahl von Kameelen und sandte sie unter der Obhut eines treuen Untergebenen voraus über die Grenze des persischen Reiches. Dann folgten wir auf einem anderen Wege nach. Ich wußte, daß man uns verfolgen würde, und darum leitete ich die Dzadgir irre, indem wir den Weg durch das wilde Kurdistan nahmen. Und nun, Emir, sage mir, ob Du mich begleiten willst, so weit als unser Weg derselbe ist; doch überlege wohl, daß ich ein Flüchtling bin.“ Er schwieg, und ich antwortete sofort:

„Hassan Ardschir-Mirza, ich werde mit Dir ziehen, solange als ich Dir und den Deinigen nützlich sein kann.“

Er reichte mir die Hand und sagte:

„Ich danke Dir, Emir! Und Deine Gefährten?“

„Sie gehen dahin, wohin ich gehe. Darf ich fragen, welches Dein Ziel ist?“

„Hadramaut.“

Hadramaut! Dieses Wort elektrisirte mich. Das unerforschte, gefährliche Hadramaut! Da war plötzlich alle Abspannung und aller Mißmuth verschwunden, und ich erkundigte mich im lebhaftesten Tone: „Wirst Du dort erwartet?“

„Ja; ich habe einen Freund daselbst, den ich durch einen Boten von meiner Ankunft unterrichten ließ.“

„Darf ich Dich nach Hadramaut begleiten?“ frug ich nun.

„So weit, Emir? Ein solches Opfer könnte ich vom besten Freunde nicht fordern.“

„Es ist kein Opfer, das ich bringe; ich begleite Dich gerne, wenn es Dir genehm ist.“

„So sei willkommen, Herr! Du sollst bei uns bleiben, so lange es Dir gefällt. Jetzt aber muß ich Dir noch mittheilen, daß ich vor der Reise nach Hadramaut erst Kerbela besuche.“

„Kerbela? Ah, wir sind ja am Ende des Monates Dsu 'l hedsche, und der Moharrem bricht an. Am zehnten dieses Monates ist das große Pilgerfest in Kerbela.“

„Ja; die Hadsch el manijat ist längst schon unterwegs, und auch ich ziehe nach Kerbela, um an der Leidensstätte Hosseïn's meinen Vater zu begraben. Du siehst, daß es Dir fast unmöglich sein wird, uns zu begleiten!“

„Warum unmöglich? Weil ich ein Christ bin, der nicht nach Kerbela gehen darf? Ich war bereits in Mekka, trotzdem nur der Moslem dort Zutritt hat.“
„Man würde Dich zerreißen, wenn Du in Kerbela erkannt würdest!“
„Man hat mich in Mekka auch erkannt und dennoch nicht zerrissen!“
„Emir, Du bist ein kühner Mann! Ich weiß, daß mein Vater in Allah's Händen ruht, ob seine Leiche nun in Teheran oder in Kerbela begraben liegt. Ich würde nie nach Kerbela, Nedschef oder Mekka pilgern, denn Muhammed, Ali, Hassan und Hosseïn waren Menschen, wie wir es sind; aber ich habe den letzten Willen meines Vaters, der in Kerbela ruhen wollte, getreu zu erfüllen und werde mich aus diesem Grunde der Todtenkaravane anschließen. Willst Du an meiner Seite bleiben, so bin ich es nicht, der Dich verrathen würde; auch mein Haus wird schweigen; aber meine Diener theilen nicht meine Meinung über die Lehre des Propheten; sie würden die ersten sein, welche Dich tödteten.“
„Laß dies nur meine Sorge sein. Wo wirst Du Deine Kameele treffen?“
„Kennst Du Ghadhim bei Bagdad?“
„Die Perserstadt? Ja; sie liegt am rechten Ufer des Tigris, Madhim gegenüber, und ist mit Bagdad durch eine Pferdebahn verbunden.“
„Dort erwarten mich meine Kameeltreiber, welche auch die Leiche meines Vaters bei sich haben.“
„So begleite ich Dich zunächst bis dorthin, und das Übrige wird sich finden. Aber, bist Du in Ghadhim sicher?“
„Ich hoffe es. Zwar werde ich verfolgt, aber der Pascha von Bagdad würde mich nicht ausliefern.“
„Traue keinem Türken, traue auch keinem Perser! Du bist so vorsichtig gewesen, durch Kurdistan zu gehen; warum willst Du diese weise Vorsicht jetzt aufgeben? Du kannst Kerbela erreichen, auch ohne daß Du Dich der Leichenkaravane anschließest.“
„Ich kenne keinen Weg.“
„Ich werde Dich führen.“
„Kennst Du die Pfade?“
„Nein, aber ich werde sie finden. Allah hat mir die Gabe verliehen, ohne Führer Orte zu finden, die ich noch nie betreten habe.“
„Es geht dennoch nicht, Emir. Ich muß nach Ghadhim zu meinen Leuten.“
„So gehe heimlich hin und vermeide dann Bagdad und die Todtenkaravane!“
„Herr, ich bin kein Feigling. Sollen meine Leute glauben, daß ich mich fürchte?“
„Gut, auch Du bist kühn! Das freut mich, denn wir passen zusammen und reisen zusammen.“
„Ich stimme bei, Emir, doch mache ich eine Bedingung. Ich bin reich, sehr reich; ich fordere, daß Du Alles, was Du brauchst, nur allein von mir nimmst!“
„Dann bin ich Dein Diener, welcher Lohn empfängt.“

„Nein; Du bist mein Gast, mein Bruder, dessen Liebe mir erlaubt, für ihn zu sorgen. Ich schwöre bei Allah, daß ich nicht mit Dir reite, wenn Du diese Bedingung nicht annimmst!"
„Du zwingst mich durch diesen Schwur, Deinen Wunsch zu erfüllen. Du bist voll Güte und Vertrauen zu mir, obgleich Du mich nicht kennst!"
„Du meinst, ich kenne Dich nicht? Hast Du uns nicht aus der Hand der Bebbeh errettet? Hat nicht Amad el Ghandur von Dir erzählt? Wir werden bei einander bleiben, und ich werde für das wenige, das ich Dir bieten kann, von Dir Schätze erhalten, nach denen ich bisher vergebens gerungen habe, weil ich Keinen fand, der sie besaß – Schätze des Geistes. Emir, ich bin kein gewöhnlicher Perser, aber ich kann mich nicht mit Dir vergleichen. Ich weiß, daß in Deinem Lande ein Knabe kenntnißreicher ist, als bei uns ein Mann; daß Ihr in Gütern schwelgt, deren Namen wir nicht einmal kennen. Ich weiß, daß unser Land eine Einöde ist gegen das Eurige, und daß der ärmste eurer Leute mehr Rechte besitzt, als der Wessir von Farsistan. Ich weiß noch vieles Andere, und ich erkenne auch den Grund: Ihr habt Mütter; Ihr habt Frauen; wir aber haben keins von Beiden. Gib uns gute Mütter, so werden unsere Kinder sich auch bald mit den Euren messen können. Das Herz der Mutter ist der Boden, in dem der Geist des Kindes Wurzel schlägt. O Mohammed, ich hasse dich, denn du hast unseren Frauen die Seele genommen und sie zu Sklavinen der Sinnenlust gemacht; du hast dadurch unsere Kraft gebrochen, unser Herz versteinert, unsere Länder verödet und alle Jene, welche Dir folgen, um das wahre Glück betrogen!"
Er hatte sich erhoben und rief seine Anklage gegen den Propheten mit lauter Stimme aus. Ein Glück, daß keiner seiner Leute ihn zu hören vermochte! Erst nach einer beträchtlichen Pause wandte er sich wieder zu mir:
„Kennst Du den Weg von hier nach Bagdad?"
„Ich bin ihn noch nie geritten, aber ich werde mich dessen ungeachtet nicht verirren. Wir können zwei Richtungen einschlagen: die eine führt nach den Hamrin-Bergen im Südwest, und die andere bringt uns längs des Djalah bis hinab nach Ghadhim."
„Wie weit, denkst Du, daß es von hier bis Ghadhim ist?"
„Auf dem ersteren Wege können wir in fünf, auf dem andern aber bereits in vier Tagen dort anlangen."
„Führen diese Wege durch bewohnte Gegenden?"
„Ja, und eben deßhalb scheinen sie mir die besten zu sein."
„So gibt es also noch andere Wege?"
„Allerdings; aber wir müßten durch Strecken reiten, in denen nur die räuberischen Beduinen umherschweifen."
„Von welchem Stamme sind sie?"
„Es sind meist Dscherboa, über deren Grenzen zuweilen wohl auch einmal ein Trupp der Beni Lam herüberirrt."
„Fürchtest Du sie?"

„Fürchten? Nein! Aber der Vorsichtige wählt unter zwei Wegen stets den ungefährlichen. Ich habe einen Paß des Großherrn bei mir, und dieser wird am Djalah und im Westen dieses Flusses respektirt, bei den Dscherboa aber nicht."
„Und dennoch möchte ich mich für den einsamen Weg entscheiden, da ich ein Flüchtling bin. So nahe der persischen Grenze, möchte ich mich von den Verfolgern doch nicht erreichen lassen."
„Vielleicht ist Deine Ansicht die richtige; aber bedenke, daß der Weg durch die Steppe, deren Vegetation jetzt unter der Sonnenglut erstorben ist, für die Frauen sehr beschwerlich sein wird."
„Sie fürchten weder Hunger noch Durst, weder Hitze noch Frost; sie fürchten nur das Eine, daß ich ergriffen werde. Ich habe Wasserschläuche bei mir und Speisevorräthe auf wenigstens acht Tage für uns Alle."
„Und kannst Du Dich wirklich auf Deine Leute verlassen?"
„Vollständig, Emir."
„Gut, so wollen wir durch das Gebiet der Dscherboa reiten; Allah wird uns schützen. Übrigens werden wir, sobald wir die Ebene erreichen, sehr schnell vorwärts kommen, während Deine Kameele das jetzige bergige Terrain nur mühevoll überwinden. So sind wir also einig und brauchen nur zu warten, bis unsere Wunden den Aufbruch erlauben."
„Nun erfülle mir eine Bitte," sagte er zaghaft. „Ich habe mich bei meinem Aufbruche mit allem Nöthigen sehr reichlich versehen. Auf weiten Reisen verschwinden die Kleider vom Körper, und da ich wußte, daß ich bis Hadramaut keinen guten Bazar finden würde, so habe ich auch einen Vorrath an Gewändern mitgenommen. Eure Kleider sind nicht mehr Eurer würdig, und ich bitte Dich, von mir zu nehmen, was Ihr braucht!"
Dieser Vorschlag war mir ebenso willkommen als bedenklich. Hassan Ardschir-Mirza hatte Recht: wir Drei hätten uns in keinem civilisirten Orte sehen lassen können, ohne für ächte Vagabunden gehalten zu werden; aber ich wußte auch, daß der Engländer sich nichts schenken lassen würde, und sodann war es ja auch für mich ein Ehrenpunkt, die Freundschaft des Persers nicht gleich am ersten Tage in Anspruch zu nehmen. Übrigens war es mir auch sehr gleichgültig, in meinem nichts weniger als hoffähigen Gewande von einem Araber gesehen zu werden. Ein ächter Beduine taxirt den Mann nach seinem Pferde und nicht nach seinem Mantel, und in dieser Beziehung hatte ich die Überzeugung, den Neid eines Jeden zu erregen. Höchstens konnte es einem Wüstensohne beikommen, mich für einen Pferdedieb zu halten, und dies war nach seiner Anschauung ja mehr eine Ehre als eine Schande für mich. Ich antwortete also dem Mirza:
„Ich danke Dir! Ich weiß, wie gut Du es mit uns meinst, aber ich bitte Dich, uns erst in Ghadhim wieder über dieses Anerbieten sprechen zu lassen. Für die Dscherboa sind unsere Kleider noch gut genug, und für die wenigen Tage bis in die Nähe von Bagdad werden wir sie schon noch tragen können. Ich denke, daß wir – –"

Ich hielt inne, denn es war mir, als hätte ich in dem Maulbeergesträuch, welches hinter den beiden Eichen stand, ein Geräusch gehört.
„Laß Dich nicht stören, Emir; es war ein Thier, vielleicht ein Vogel, eine Tschelpiseh oder Maïr-mar,“ sagte der Mirza.
„Ich habe jede Art von Waldgeräusch studirt,“ antwortete ich; „dies war kein Thier, sondern ein Mensch.“
Mit einigen langen Sprüngen umkreiste ich das Gesträuch und faßte einen Mann, der eben im Begriffe stand, zu entschlüpfen. Es war einer der persischen Diener.
„Was thust Du hier?“ frug ich ihn.
Er antwortete nicht.
„Rede, sonst löse ich Dir die Zunge!“
Jetzt öffnete er die Lippen, ließ aber nur ein unartikulirtes Stammeln vernehmen. Da trat der Mirza hinzu und sagte, als er den Mann erblickte:
„Saduk ist's? Er kann Dir nicht antworten, er ist stumm.“
„Aber was sucht er hier in dem Maulbeergesträuche?“
„Er wird es mir sagen; ich verstehe ihn.“ Und zu dem Diener gewendet, frug er denselben: „Saduk, was hast Du hier zu schaffen?“
Der Gefragte öffnete die Hand, in welcher er einige Kräuter und Wacholderbeeren hatte, und versuchte, sich durch Geberden verständlich zu machen.
„Woher kamst Du?“
Saduk zeigte nach rückwärts, dem Lager entgegengesetzt.
„Wußtest Du, daß wir uns hier befanden?“
Der Diener schüttelte mit dem Kopfe.
„Hast Du gehört, was wir gesprochen haben?“
Dasselbe Zeichen erfolgte.
„So gehe, aber störe mich nie wieder!“
Saduk entfernte sich, und sein Herr erklärte mir: „Saduk ist von Alwah beauftragt worden, Wacholderbeeren, wilden Lauch und andere Kräuter zu suchen, welche bei der Zubereitung der Auerhühner gebraucht werden. Er ist nur ganz zufällig in unsere Nähe gekommen.“
„Und hat uns belauscht,“ warf ich ein.
„Du hast ja gesehen, daß er dies verneinte.“
„Ich glaube ihm nicht.“
„O, er ist treu!“
„Sein Angesicht gefällt mir nicht. Ein Mensch mit winkeliger, gebrochener Kinnlade ist falsch; dies mag ein Vorurtheil sein, aber ich habe es bisher immer bestätigt gefunden. Ist er stumm geboren?“
„Nein.“
„Wodurch hat er denn die Sprache verloren?“
Der Mirza zögerte mit der Antwort, sagte aber dann doch:

„Er hat keine Zunge mehr."
„Ah! Und erst konnte er sprechen? So ist sie ihm herausgeschnitten worden?"
„Leider!" antwortete der Mirza zurückhaltend.
Ich dachte mit Schaudern an die glücklicherweise jetzt seltene Grausamkeit, ein durch die Zunge geschehenes Vergehen durch Herausschneiden oder gar Herausreißen dieses Gliedes zu bestrafen. Diese Unmenschlichkeit kam besonders im Orient und in den Sklavenstaaten Amerika's vor.
„Hassan Ardschir-Mirza," begann ich wieder, „ich sehe, daß Du über diese Sache nicht gern sprechen möchtest; aber dieser Saduk gefällt mir nicht; ich könnte ihm niemals mein Vertrauen schenken, und seine Gegenwart während unseres Gespräches kommt mir verdächtig vor. Ich bin kein neugieriger Mann, aber ich habe die Gewohnheit, in gefährlichen Lagen auch dem gleichgültigsten Gegenstande meine Aufmerksamkeit zu schenken. Ich bitte Dich, mir zu erzählen, wie er um seine Zunge gekommen ist."
„Ich habe ihn erprobt, Emir; er ist treu und ehrlich. Dennoch aber sollst Du erfahren, was meinen Vater bewogen hat, ihn auf diese Weise zu bestrafen."
„Deinen Vater? Ah, das ist wichtig!"
„Du irrst, Emir! Dieser Saduk war in seiner Jugend Kmankasch meines Vaters und hatte als solcher das Amt, der Überbringer seiner Befehle, Botschaften und sonstigen Sendungen zu sein. Als solcher verkehrte er viel in dem Hause des Muschtahed und sah die Tochter desselben. Sie gefiel ihm, und er war ein schöner Mann. Er sprang über die Mauer des Gartens, als sie bei den Blumen stand, und wagte es, zu ihr von seiner Neigung zu sprechen. Der Muschtahed befand sich unbemerkt in der Nähe und ließ ihn festnehmen. Aus Rücksicht für meinen Vater wurde er nicht dem Urfgerichte übergeben, welches ihn zum Tode verurtheilt hätte; aber er hatte mit der Zunge gesündigt, und der Muschtahed drang darauf, daß mein Vater ihm die Zunge nehmen solle. Mein Vater hatte den Muschtahed sehr zu berücksichtigen, und so ließ er einen Maitschunigar kommen, welcher zugleich ein berühmter Arzt war, und dem Bogenschützen die Zunge herausschneiden."
„Das war fast schlimmer als der Tod. Saduk ist seit jener Zeit stets bei Deinem Vater gewesen?"
„Ja. Und seine Schmerzen hat er mit geduldiger Ergebung getragen, denn er ist sanft und freundlich von Charakter. Aber es lag ein Fluch auf der That."
„Wie so?"
„Der Muschtahed starb an Gift; der Arzt lag eines Morgens ermordet vor der Thür seiner Apotheke, und das Mädchen ertrank bei einer Wasserfahrt, als der Kahn eines verhüllten Mannes den ihrigen umstieß."
„Das ist sehr eigenthümlich. Sind die drei Mörder nicht entdeckt worden?"
„Niemals. Ich weiß, was Du jetzt denken wirst, Emir; aber Deine Vermuthung ist eine ungerechte, denn Saduk war sehr oft krank, und er lag grad an den Tagen, an denen die Drei den Tod fanden, als Patient in seiner Kammer."

„Auch Dein Vater starb eines nicht natürlichen Todes?"
„Er wurde auf einem Ritte überfallen. Saduk und ein Kajem Makam begleiteten ihn. Saduk allein hatte sich gerettet – er blutete aus einer Wunde; mein Vater aber und der Kajem Makam waren todt."
„Hm! Hat Saduk die Mörder nicht erkannt?"
„Es war dunkel; den Einen der Angreifenden erkannte er an der Stimme – den größten Widersacher meines Vaters."
„An dem Du Dich gerächt hast?"
„Die Richter sprachen ihn frei, aber er – – ist todt!"
Die Miene des Mirza sagte mir sehr deutlich, welch eines Todes jener Widersacher gestorben sei. Er warf die Hand verächtlich empor und meinte: „Das ist vorbei; laß uns nach dem Lager zurückkehren!"
Er ging. Ich blieb noch eine Weile, denn was ich jetzt erfahren hatte, gab mir sehr zu denken. Dieser Saduk war entweder ein ganz und gar selbstloser Mensch, wie es nur wenige gibt, oder ein ganz und gar raffinirter Bösewicht. Er durfte nicht aus den Augen gelassen werden. Als ich später in das Lager kam, war man eben beschäftigt, das Mittagsmahl zu bereiten. Ich sagte dem Engländer, daß ich mit dem Perser nach Bagdad und dann nach Kerbela zu reiten Lust hätte, und er erklärte sich sofort bereit, die gefährliche Reise mitzumachen.
Meine Wunde belästigte mich heute nicht im Geringsten; ich fühlte mich ganz wohl, und darum griff ich am Nachmittag zum Stutzen, um mich in Begleitung meines Hundes ein wenig in der Gegend umzusehen. Sir David Lindsay wollte mich begleiten, ich aber zog es vor, allein zu sein. Aus alter langjähriger Gewohnheit wollte ich mich zunächst von der Sicherheit des Lagers überzeugen. Die Hauptsache ist dabei, die eigenen Spuren zu verbergen und dann nachzuforschen, ob sich Spuren feindseliger Wesen bemerkbar machen. Ich umschritt also das Lager in mehreren Kreisen, bis ich unten am Flusse anlangte. Da sah ich denn, daß das Gras an dem Ufer desselben in höchst auffälliger Weise niedergetreten war. Eben wollte ich mich der Stelle nähern, als ich hinter mir die Zweige rauschen hörte.
Schnell trat ich hinter einen dichten Busch und duckte mich zur Erde. Ich hörte Schritte unweit meines Versteckes – der stumme Perser trat aus dem Buschrande hervor, sah sich um und ging, als er keinen Beobachter bemerkte, nach dem Flusse zu derselben Stelle, die mir soeben aufgefallen war. Dort stampfte er im Grase herum und kehrte dann ohne Verzug zurück. Ehe er den Rand des Gesträuches wieder erreichte, warf er einen scharfen, mir auffallenden Blick auf zwei Stellen des Gesträuches und wollte dann vorüberhuschen.
Da aber hatte ich ihn mit der Linken bereits bei der Brust und gab ihm mit der Rechten eine Ohrfeige, die ihm jede Widerstandsfähigkeit benahm.

„Chaïntkar – Verräther! Was thust Du hier?“ fuhr ich ihn an. Er konnte allerdings nicht sprechen, und die unverständlichen Töne, welche er hervorstieß, waren jedenfalls mehr eine Folge seines Schreckens, als der Absicht, mir sein Thun zu erklären.
„Siehst Du dieses Gewehr?“ sagte ich. „Wenn Du nicht sofort thust, was ich Dir befehle, so schieße ich Dich nieder! Nimm Deine Kelah, schöpfe mit ihr Wasser und gieße es auf das niedergetretene Gras, damit es sich rasch wieder aufrichtet. Du wirst mit der Hand nachhelfen!“
Er machte einige widerstrebende oder vielleicht auch entschuldigende Handbewegungen; aber als ich den Stutzen von der Schulter nahm, gehorchte er, ein Auge auf seine Arbeit und das andere auf die Mündung des Gewehres richtend.
„Nun komm,“ sagte ich, als er fertig war; „wir wollen einmal nachsehen, was Du hier so auffällig zu beäugeln hattest!“
Ich forschte nach den beiden Punkten, auf welche sein Blick gefallen war, und bemerkte an zwei, vielleicht zwanzig Fuß aus einander stehenden Büschen je ein kleines Grasbüschel hangen.
„Ah, ein Zeichen! Das wird interessant! Mache dieses Gras herunter und wirf es in den Fluß!“
Er gehorchte.
„So, nun gehen wir zum Lager. Vorwärts! Wenn Du zu entfliehen suchst, so trifft Dich meine Kugel, oder es zerreißt Dich mein Hund!“
Meine Ahnung hatte mich also nicht getäuscht: dieser Mensch war ein Verräther, obgleich die Thatsache erst noch genauer erwiesen werden mußte. Als wir bei den Andern ankamen, ließ ich den Perser durch einen Diener holen.
„Was ist's?“ frug er. „Warum hältst Du Saduk beim Gewande?“
„Weil er mein Gefangener ist. Er will Dich verderben. Du wirst verfolgt, und er verräth Deinen Verfolgern unsern Aufenthalt durch Zeichen, die er ihnen gibt. Ich traf ihn, als er das Gras am Ufer des Flusses niedertrat, und an den Büschen hingen Grasbündel als Zeichen, an welcher Stelle man in das Gesträuch dringen müsse, um zu unserm Lager zu gelangen.“
„Das ist unmöglich!“
„Ich sage es! Verhöre ihn, wenn Du ihn verstehen kannst!“
Er legte dem Arrestanten eine Menge Fragen vor, konnte aber aus den darauf folgenden Zeichen und Gebärden weiter nichts entnehmen, als daß Saduk gar nicht begreife, was ich von ihm wolle.
„Siehst Du, Emir, daß er unschuldig ist!“ meinte der Mirza.
„Nun gut, so werde ich an Deiner Stelle handeln,“ sagte ich. „Ich hoffe, daß es mir gelingt, Dich zu überzeugen, daß dieser Mann ein Verräther ist. Hole nun Dein Gewehr und folge mir dann. Sage aber vorher Deinen Leuten, daß meine Begleiter einen Jeden niederschießen werden, welcher Miene macht, Saduk zu befreien. Sie sind nicht gewohnt, mit sich scherzen zu lassen. Unten am Rande des Busches mag Einer bis zu

unserer Rückkehr Wache halten, um es den Andern zu melden, falls er das Nahen einer Gefahr bemerkt."
„Reiten oder gehen wir?" frug er.
„Wie weit liegt der Ort von hier, wo Ihr Euer letztes Nachtlager hieltet?"
„Wir sind mehr als sechs Stunden geritten."
„So können wir ihn heute nicht erreichen. Wir werden gehen."
Er holte sein Gewehr. Ich gab Halef und dem Engländer die nöthigen Instructionen. Sie banden den Gefangenen und nahmen ihn zwischen sich. Er befand sich in so sicheren Händen, daß ich mich ohne Sorge entfernen konnte.
Wir gingen zunächst thalabwärts, dem Flusse zu. Auf der Hälfte dieses kurzen Weges blieb ich überrascht stehen, denn an einer kleinen Blutbuche hing ein ganz eben solches Grasbüschel wie die beiden, welche Saduk in den Fluß hatte werfen müssen.
„Halt, Mirza! Was ist das?" sagte ich.
„Gras," erwiederte er.
„Wächst dies auf den Bäumen?"
„Allah hu! Wer hat es hierher gehängt?"
„Saduk. Komm zwanzig Fuß nach rechts hinüber, wo ich ein zweites Zeichen vermuthe!"
Er folgte mir, und meine Vermuthung bestätigte sich.
„Ist das aber nicht schon vor uns hier gewesen?" frug der Perser.
„O Hassan Ardschir-Mirza, wie gut ist es, daß nur ich allein Deine Worte höre! Siehst Du nicht, daß dieses Gras noch grün und frisch ist? Komm vollends herab zum Flusse, wo ich in ganz entsprechender Distanz die ersten Zeichen fand. Dieser Mensch hat ja förmlich einen zwanzig Fuß breiten Weg abgesteckt, welcher vom Flusse zum Lager führt. Dort wären wir überfallen und getödtet worden, ganz wie Dein Vater, der Apotheker, der Muschtahed und seine Tochter sterben mußten."
„Herr, wenn Du Recht hättest!"
„Ich habe Recht. Bist Du ein guter Fußgeher und getraust Du Dir, den Weg wiederzufinden, auf welchem Ihr von Eurem letzten Lagerplatze bis hierher gekommen seid?"
Er bejahte Beides, und nun schritten wir am Flusse aufwärts und erreichten recht bald die Stelle, an welcher ich mit den Haddedihn und den andern Gefährten gelagert hatte, ehe wir den Persern zu Hülfe eilten. Wir waren damals aus Nord gekommen; hier aber bog das Flußthal bald nach Osten um, und wir folgten dieser Richtung. Wir hatten die Krümmung bereits hinter uns, als ich rechter Hand eine starke Weide bemerkte, von deren Stamm zwei Rindenstreifen abgeschlitzt waren.
„In welcher Ordnung seid Ihr gewöhnlich geritten?" frug ich.
„Die Frauensänfte in der Mitte, und die Leute, in zwei Hälften getheilt, vor und hinter derselben."
„Bei welcher Abtheilung war Saduk?"

„Stets bei der hinteren. Er blieb oft zurück, denn er liebt die Blumen und Kräuter, welche er gern betrachtet."
„Er blieb zurück, um unbemerkt für Deine Verfolger Zeichen zu hinterlassen. Er ist ein großer Schlaukopf!"
„Wo sind Zeichen?"
„Hier an dieser Weide; komm weiter!"
Nach einer Viertelstunde zeigte der Fluß eine fast dreifache Breite gegen früher, und sein in Folge dessen seichteres Wasser bildete eine Furt, welche sehr leicht zu passiren war. Hier blieb der Mirza stehen und deutete auf eine junge Birke, welche kurz unterhalb ihrer Krone abgeknickt war.
„Vielleicht hältst Du auch das für ein Zeichen?" sagte er lächelnd.
Ich untersuchte das Bäumchen.
„Allerdings ist es ein Zeichen. Sieh das Stämmchen an, meinetwegen auch die Stämme der anderen Bäume, welche in der Nähe stehen; betrachte ferner die Richtung der Höhen hier, und Du wirst finden, daß allein der Westen die Windseite dieses Platzes sein kann. Kein Nord-, Süd- oder Ostwind kann hier so stark sein, daß er die Krone dieses schwanken Bäumchens bricht. Und doch ist sie gebrochen, und zwar so, daß sie nach West zeigt. Fällt Dir das nicht auf?"
„Allerdings, Emir!"
„Und nun sieh die Bruchfläche an! Sie ist noch hell, sie kann nur aus der Zeit stammen, in welcher Ihr hier vorüberkamt. Auch hatte es in den letzten Tagen keinen Sturm gegeben, der mächtig genug gewesen wäre, diese Knickung hervorzubringen. Die Krone zeigt nach West, die Richtung, welche Ihr eingeschlagen habt. Komm weiter!"
„Sollen wir schwimmen?"
„Schwimmen? Warum?"
„Wir sind hier über die Furt herübergekommen."
„Vielleicht ist das Schwimmen gar nicht nöthig, denn der Fluß ist seicht. Laß uns hinüber waten, und Du wirst sehen, daß wir genau an der Stelle, an welcher Ihr in das Wasser rittet, wieder Zeichen finden werden."
Wir banden unsere Kleider in ein Bündel, das wir auf dem Kopfe trugen. Das Wasser ging uns bald nur über die Knie, bald etwas höher; nur einmal erreichte es meine Achseln. Drüben angekommen, mußte sich der Mirza sogleich von der Richtigkeit meiner Vermuthung überzeugen, denn es waren mehrere wilde Traubenranken so zusammengebogen und verbunden, daß sie eine Thoröffnung versinnbildlichten.
„Hatte hier Saduk Zeit, das zu thun?" frug ich.
„Ja. Ich besinne mich, daß die Kameele nicht in das Wasser wollten; wir hatten viele Mühe mit ihnen. Saduk ließ sein Pferd zurück, um eines der Kameele hinüberzubringen, und kehrte dann allein und zuletzt zurück, um sein Pferd nachzuholen."
„Wie schlau! Glaubst Du mir noch immer nicht?"

„Emir, ich beginne allerdings, Dir beizustimmen. Aber was wird er in der Ebene, wo es nur Gras gab, für Zeichen gemacht haben?“
„Auch das werden wir erfahren. Aus welcher Richtung seid Ihr an diese Stelle gekommen?“
„Vom Aufgang der Sonne. Da drüben ist – – o, Emir, was ist das?“
Er deutete nach Ost – ich folgte der Richtung seines Armes und gewahrte eine dunkle Linie, welche sich uns in grader Richtung zu nähern schien.
„Sind das Reiter?“ frug der Perser.
„Allerdings. Schnell, wieder über das Wasser hinüber, denn auf dieser Seite gibt es kein Versteck für uns; drüben aber haben wir Felsen und ein dichtes Gebüsch!“
Der Rückmarsch ward rasch ausgeführt, und nun suchten wir uns ein sicheres Versteck, wo wir die Nahenden leicht beobachten konnten. Erst hier fanden wir Zeit, die Kleider wieder anzulegen.
„Wer mögen diese Leute sein?“ frug der Mirza.
„Hm! Jedenfalls ist hier kein Handelsweg; aber die Furt könnte doch auch Anderen bekannt sein. Wir müssen eben warten.“
Die Reiter kamen im Schritte näher und erreichten das jenseitige Ufer. Sie waren jetzt so nahe, daß wir die Gesichter zu unterscheiden vermochten.
„Derigh!“ flüsterte der Perser. „Es sind persische Truppen!“
„Auf türkischem Boden?“ frug ich zweifelnd.
„Du siehst ja, daß sie die Kleidung der Beduinen tragen!“
„Sind es Ihlats oder Milizen?“
„Ihlats. Ich kenne den Anführer; er war mein Untergebener.“
„Was ist er?“
„Es ist der Susbaschi Maktub Agha, der verwegene Sohn von Ejub Khan.“
Wir sahen sehr genau, daß der Anführer die Weinranke scharf betrachtete; dann sprach er zu seinen Leuten, deutete auf die Ranke und führte sein Pferd in das Wasser. Die Anderen folgten.
„Herr,“ flüsterte der Perser in tiefer Erregung, „Du hattest in Allem Recht. Diese Leute sind abgeschickt, um mich zu ergreifen. Dort ist auch der Pendschahbaschi Omram, welcher der Bruderssohn von Saduk ist. Allah, wenn sie uns hier träfen! Dein Hund wird uns doch nicht verrathen?“
„Nein; er schweigt.“
Die Verfolger zählten dreißig Mann. Ihr Anführer war sichtbar ein wilder, verwegener Gesell. Er hielt an der Birke und lachte.
„Dusad diwwan – tausend Teufel!“ rief er. „Komme her, Pendschahbaschi, und sieh, wie gut wir uns auf den Bruder Deines Vaters verlassen können. Hier ist ein neues Zeichen. Jetzt geht es am Flusse hinunter. Vorwärts!“
Sie ritten an uns vorüber, ohne uns zu bemerken.
„Nun, Mirza, bist Du überzeugt?“

„Vollständig!“ antwortete er. „Aber hier ist keine Zeit zum Reden; wir müssen handeln!“
„Handeln? Was? Wir können nichts thun, als ihnen vorsichtig nachfolgen.“
Wir verließen unser Versteck und folgten den Ihlats in der Weise, daß wir für sie unsichtbar blieben. Es war sehr vortheilhaft für uns, daß sie langsam ritten. Nach einer Viertelstunde kamen sie an den Lagerplatz, von welchem aus Mohammed Emin in den Tod geritten war. Sie blieben halten, um die Spuren des Lagers zu betrachten.
Wir aber bogen nun rechts in die Gebüsche ein, wo wir so schnell als möglich vorwärts drangen. Die zu durchlaufende Strecke betrug zehn Minuten, aber schon nach fünf Minuten erreichten wir unser Lager: ich schwitzend, und der Mirza heftig keuchend. Ein einziger Blick überzeugte mich, daß Alles in Ordnung sei.
„Haltet Euch still, es nahen Feinde!“ befahl der Perser; dann sprangen wir zwischen die Büsche hindurch den Berg hinab, wo wir den ausgestellten Posten trafen. Wir brauchten hier kaum eine Minute zu warten, so erschienen die Verfolger. Uns gegenüber blieben sie halten.
„Das wäre ein schöner Platz zum Lagern,“ meinte der Susbaschi. „Was denkst Du, Omram?“
„Der Tag neigt sich zu Ende, Herr,“ antwortete der Pendschahbaschi.
„Gut, bleiben wir hier! Wasser und Gras ist da!“
Das hatte ich nun allerdings nicht erwartet. Das war ja im höchsten Grade gefährlich für uns. Wir hatten zwar sonst alle Spuren vertilgt, aber an dem Platze, wo wir während der ersten Nacht gelagert hatten, war vom Feuer das Gras verzehrt und die Erde geschwärzt worden, und das hatten wir nicht ganz zu verbergen vermocht. Übrigens bemerkte ich, daß dort, wo Saduk das Gras niedergestampft hatte, sich dasselbe zwar bereits so ziemlich, aber doch nicht ganz erhoben hatte.
„Allah 'l Allah! Was thun wir?“ frug Ardschir-Mirza.
„Zu Dreien sind wir zu viel; wir können leicht entdeckt werden. Einer ist genug, und das will ich sein. Nehmt den Hund mit, geht zum Lager, und macht Euch kampfbereit. Wenn Ihr diesen Revolver knallen hört, so könnt Ihr bleiben; hört Ihr aber die Stimme dieses Stutzen, so bin ich in Gefahr, und Ihr müßt mir zu Hülfe eilen. Dann mag Hadschi Halef Omar mir meine schwere Büchse mitbringen.“
„Emir, ich kann Dich in dieser Gefahr nicht verlassen!“
„Ich bin hier sicherer, als es die Deinigen dort oben sind. Gehe! Du hinderst mich!“
Er stieg mit seinem Diener und dem Hunde die Steilung empor, und ich blieb allein zurück. Das war mir lieb und viel bequemer, als wenn ich von einem Unerfahrenen belästigt worden wäre. Ich kam ja nur dann in Gefahr, wenn es dem Susbaschi einfiel, das Gebüsch durchsuchen zu lassen; aber dieser persische Rittmeister war kein Indianerhäuptling: das sah ich an der ganzen nachlässigen Art, wie er die Lagerung vor sich gehen ließ.
Die Pferde wurden abgesattelt und freigelassen. Sie rannten sofort zum Wasser und zerstreuten sich nach Belieben. Jedenfalls kannte ein jedes Pferd den Ruf seines Besitzers.

Die Reiter warfen ihre Lanzen von sich, legten ihre Sachen ordnungslos auf den Boden und streckten sich dann da und dort im Grase aus. Nur der Pendschahbaschi ging das Terrain ab und kam auch an die Feuerstelle. Er bückte sich, um dieselbe zu untersuchen, und rief dann:

„Purtu we diwbad – Blitz und Sturm, was finde ich da!“

„Was?“ frug sein Vorgesetzter, indem er emporsprang.

„Hier war ein Feuer. Hier haben sie übernachtet.“

„Hallujah! Wo?“

„Jadscha – hier!“

Der Susbaschi eilte hin, untersuchte den Ort und bestätigte die Richtigkeit der Wahrnehmung. Dann frug er: „Ist ein Zeichen gemacht?“

„Ich sehe keines,“ antwortete der Lieutenant. „Es wird Saduk nicht möglich gewesen sein. Morgen werden wir es finden. Hier können auch wir ein Feuer machen. Nehmt Mehl und macht Brod!“ –

Als ich diese Soldaten so sorglos wirthschaften sah, erkannte ich, daß uns vor ihnen nicht im Mindesten bange zu sein brauchte. Sie machten sich ein riesiges Feuer an, mengten Mehl und Flußwasser zu einem dicken Brei, der in den Händen gequetscht, gedrückt und gerollt und dann auf den Lanzenspitzen über das Feuer gehalten wurde. Das war das Brod, welches sie in noch halb rohem und in halb verbranntem Zustande zerrissen und heißhungrig verschlangen. Wie hätte diesen Vaterlandsvertheidigern eine Portion deutscher Erbswurst gemundet!

Dies war ihre ganze Abendmahlzeit.

Als die Dämmerung hereinbrach, leierten sie ihr Gebet ab und rückten dann dem Feuer näher, um sich ihre Märchen aus „Tausend und eine Nacht“ zum tausend und ersten Male zu erzählen. Ich sah ein, daß ich hier so ziemlich überflüssig sei, und schlich geräuschlos zum Lager hinauf. Dort brannte kein Feuer, ein Jeder saß vollständig kampfbereit an seinem Platze. Saduk lag noch zwischen Halef und dem Engländer. Man hatte seine Fesseln verdoppelt und ihm auch einen Knebel gegeben.

„Wie steht es, Emir?“ frug der Mirza.

„Gut,“ antwortete ich.

„Sind sie fort?“

„Nein.“

„Wie kann es dann gut stehen?“

„Weil diese Ihlats sammt ihrem fürchterlichen Maktub Agha die größten Nadanan sind, welche ich gesehen habe. Wenn wir uns während der Nacht ruhig verhalten, so werden sie in der Frühe abziehen, ohne uns im Geringsten zu belästigen. Halef, kannst Du mit Deinem Beine hinunter?“

„Ja, Sihdi.“

„So übergebe ich sie Dir, denn auf Dich kann ich mich am besten verlassen. Du bleibst unten, bis ich Dich ablöse.“

„Wo wirst Du mich suchen?“
„Sie haben ein Feuer, und grad oberhalb desselben steht eine alte, verkrüppelte Pinie. An ihrem Stamme werde ich Dich treffen.“
„Ich gehe schon, Sihdi. Die Flinte lasse ich hier; sie ist mir im Wege. Mein Messer ist scharf und spitz, und wenn einer dieser Dummköpfe es wagen wollte, heraufzusteigen, so soll er unten in der Dschehennah an Hadschi Halef Omar denken! Allahi, wallahi, tallahi, ich habe es gesagt!“
Er huschte leise fort. Sein Nachbar, der Engländer, faßte mich am Arme.
„Master, wo bleibt denn Euer Verstand? Ich sitze hier und verstehe kein Wort. Ich weiß, daß da unten ein Haufe Perser sitzt, aber weiter nichts. So rückt doch heraus mit der Sprache!“
Ich erklärte ihm in Kürze den ganzen Vorgang, und dennoch dauerte dem Mirza diese Auseinandersetzung zu lange. Er unterbrach mich mit der Frage:
„Emir, darf ich die Ihlats nicht einmal sehen?“
„Kannst Du Dich geräuschlos über Wurzeln und Laub, durch Äste und Zweige bewegen?“ lautete meine Gegenfrage.
„Ich glaube es und werde vorsichtig sein.“
„Hast Du gelernt, Husten und Nießen unbedingt zu unterdrücken?“
„Das ist unmöglich!“
„Es ist nicht unmöglich; es ist nicht einmal schwer, wenn man sich darin gehörig geübt hat. Aber wir wollen es wagen; vielleicht können wir sie belauschen und etwas Wichtiges hören. Wenn Dir ein Reiz in die Kehle oder Nase kommt, so lege den Mund fest auf die Erde und bedecke den Kopf. Wer einen Andern beschleichen will, darf nie durch die Nase Athem holen; dann ist das Nießen ausgeschlossen. Wer in der Nähe eines Feindes husten muß, der huste mit eingehülltem Kopfe in die Erde hinein und ahme dabei, wenn es Nacht ist, den Ruf des Uhu nach. Ein echter, erfahrener Schekarji aber wird nie husten oder nießen. Komm!“
Ich schlich voran, und er folgte mir. Ich suchte ihm Alles aus dem Wege zu räumen, was ihm hinderlich sein konnte, und so kamen wir seitwärts von Halef's Standpunkte glücklich unten am Saume des Gebüsches an, wo wir uns leicht im tiefen Schatten der Sträucher verbergen konnten. Nur zwölf Schritte von uns entfernt, loderte das Feuer. Die beiden Offiziere saßen ganz in der Nähe desselben, und die Anderen bildeten einen Dreiviertelkreis um die Flamme. Hier und da fiel der flackernde Schein derselben auf die Gestalt eines der Pferde, welche zerstreut in der Umgegend weideten oder bereits am Boden lagen.
Hassan Ardschir-Mirza sagte nicht das leiseste Wort; aber ich hörte es seinen Athemzügen an, daß er sich in Aufregung befand. Er war gewiß muthig und in der Führung der Waffen erfahren, aber seine jetzige Lage war eine solche, in der er sich noch nie befunden hatte. Auch mir hatte ja das Herz geklopft, als ich zum erstenmal einen

Trupp Sioux belauschte, welcher ausgezogen war, um mich zu fangen. Jetzt freilich hatte mich die Erfahrung kühler gemacht.
Die Ihlats schienen überzeugt zu sein, sich ganz allein in dieser Gegend zu befinden; denn ihre Unterhaltung war eine so laute, daß man sie sicher jenseits des Flusses noch hören konnte. Eben, als wir unser Versteck erreicht hatten, frug der Pendschahbaschi:
„Wirst Du ihn lebendig ergreifen?"
„Wenn er sich lebendig fangen läßt, ja."
„Und ihn lebendig zurückbringen?"
„Ich bin kein Thor. Sagt einmal, Ihr Männer, wollt Ihr ihn todt oder lebendig haben?"
„Todt!" rief es im Kreise.
„Natürlich! Wir haben den Befehl, ihn zu verfolgen, und, wenn wir ihn nicht lebendig fangen, doch seinen Kopf zu bringen. Führen wir ihn lebendig zurück, so müssen wir auch Alles, was er bei sich hat, übergeben. Bringen wir aber seinen Kopf, so werden wir nach allem Andern nicht gefragt."
„Er soll all sein Geld und seine Kostbarkeiten aufgeladen haben," bemerkte der Lieutenant.
„Ja, dieser Sohn eines verfluchten Serdar war sehr reich; er hat acht oder zehn Kameele mit seinen Schätzen bepackt; wir werden eine kostbare Beute machen und viel zu theilen haben."
„Doch sage, Susbaschi, was wirst Du thun, wenn sich der Mirza unter den Schutz eines Scheiks oder eines türkischen Beamten begibt?"
„Ich werde nach diesem Schutz gar nicht fragen; aber dann dürfen wir nicht verrathen, daß wir Perser sind; versteht Ihr wohl? Übrigens wird er gar nicht Zeit haben, sich unter einen solchen Schutz zu stellen, denn schon morgen oder übermorgen werden wir ihn ergreifen. Wir brechen mit der Morgenröthe auf und werden, wie bisher, Zeichen finden, welche uns ganz sicher und untrüglich leiten. Dieser Dummkopf Hassan Ardschir-Mirza glaubt, weil Saduk nicht reden kann, so könne er auch nicht schreiben. Die Zeichen, die er uns gemacht hat, sind gleichfalls eine deutliche Schrift. Jetzt legt Euch um, Ihr Hunde, denn wir haben nicht viel Zeit mehr zur Ruhe."
Sie folgten augenblicklich diesem Befehle, und Mancher mochte bald träumen von dem Glanz der Schätze, von denen er erwartete, daß sie sich bald in seiner Hand befinden würden. Unser Lauschen hatte mir außer dem taktischen Nutzen auch noch einen andern gebracht: ich wußte nun, daß der Vater des Mirza ein Serdar gewesen war, und hielt es also für gewiß, daß Hassan Ardschir den Rang eines Generals begleitet hatte. Es mußten bedeutende Personen sein, vor deren Rache er sich zur Flucht gewendet hatte.
Als die Ihlats sich in ihre Decken gehüllt hatten, machten wir uns leise davon.
„Emir," begann der Mirza, als wir aus der Hörweite waren, „ich habe diesen Susbaschi und diesen Pendschahbaschi mit vielen Wohlthaten überhäuft. Diese Beiden müssen sterben!"

„Sie sind Deiner Beachtung gar nicht werth; sie sind Hunde, welche man hinter Dir hergehetzt hat; zürne nicht ihnen, sondern zürne ihren Herren!“
„Sie wollen mich ermorden, um meine Schätze zu erhalten.“
„Sie wollen es, aber sie werden es nicht thun. Wir wollen in unserm Lager darüber sprechen. Schleiche Dich nun allein zurück; ich werde bald nachkommen.“
Er entfernte sich nur widerwillig. Als ich von seinen leisen Bewegungen nichts mehr vernahm, schlich ich mich hinüber zu Halef und gab ihm flüsternd die nöthigen Verhaltungsmaßregeln. Dann machte ich einen Bogen um den Ruheplatz der Ihlats, so daß ich zur rechten Seite desselben den Saum der Sträucher und den Fluß erreichte, und schritt hierauf in südlicher Richtung weiter. Nach ungefähr zwei Minuten brach ich eine kleine Erle um, so daß ihr Gipfel nach Süden zeigte, und nach weiteren fünf und zehn Minuten that ich zweimal ganz dasselbe. Bei dem letzten Zeichen machte der Fluß eine scharfe Biegung, welche mir für meine Absichten sehr zu Statten kam. Alsdann kehrte ich in unser Lager zurück.
Ich hatte zu meiner kleinen Excursion doch eine halbe Stunde gebraucht und fand den Mirza bereits in Sorge um mich. Auch der Engländer frug:
„Wo lauft Ihr herum, Sir? Sitze da wie ein Waisenknabe, um den sich Niemand kümmert; habe diese Sache satt! Well!“
„Beruhigt Euch! Ihr werdet bald Beschäftigung erhalten.“
„Schön! Gut! Schlagen wir die Kerls todt?“
„Nein; aber wir werden sie ein wenig an der Nase herum führen.“
„Freut mich! Sollten dabei nur solche Nasen haben wie ich. Yes! Wer wird dabei sein?“
„Nur Ihr und ich, Sir.“
„Desto besser. Wer allein arbeitet, hat auch die Ehre allein. Wann geht die Geschichte los?“
„Kurz vor Anbruch des Tages.“
„Erst? Dann lege ich mich noch ein wenig auf das Ohr.“
Er wickelte sich ein und war bald in Schlaf gesunken.
Hassan Ardschir-Mirza war begierig, sich mit mir berathen zu können, und dort an der Scheidewand sah ich drei weibliche Gestalten stehen, welche die Sorge getrieben hatte, unsere Unterhaltung lieber direkt anzuhören, als sich später über dieselbe berichten zu lassen.
„Wo warst Du jetzt, Emir?“ frug er.
„Ich wollte Dir Zeit lassen, nachzudenken und Dich zu beruhigen. Ein kluger Mann fragt nicht seinen Zorn, sondern seinen Verstand um Rath. Dein Zorn wird sich gelegt haben; nun sage, was Du zu thun gedenkst.“
„Ich werde diese Menschen mit meinen Leuten überfallen und tödten!“
„Diese dreißig starken und gesunden Männer mit Deinen Verwundeten?“
„Du und Deine Begleiter, Ihr werdet uns beistehen.“

„Nein, das werden wir nicht thun. Ich bin kein Barbar, sondern ein Christ. Mein Glaube gestattet mir, mein Leben zu vertheidigen, wenn es angegriffen wird; sonst aber gebietet es mir, das Leben meines Bruders zu achten. Das heilige Buch der Christen befiehlt: „Du sollst Gott lieben von ganzem Herzen, von ganzer Seele und aus allen Deinen Kräften, und Deinen Nächsten, wie Dich selbst!“ Also muß mir das Leben meines Nächsten ebenso heilig sein, wie das meinige.“

„Aber diese Männer sind ja nicht unsere Brüder, sondern unsere Feinde!“

„Sie sind dennoch unsere Brüder. Der Kuran der Christen sagt: „Liebet Eure Feinde; segnet, die Euch fluchen; thuet wohl denen, die Euch beleidigen und verfolgen; dann seid Ihr Kinder Eures Vaters im Himmel!“ Ich muß diesem Befehle Gehorsam leisten, denn ich bin ein Christ.“

„Aber dieser Befehl ist nicht klug, ist nicht vortheilhaft. Wenn Du ihn befolgst, so mußt Du ja in jeder Gefahr umkommen und in einem jeden Kampfe den Kürzeren ziehen!“

„Im Gegentheile! In diesem Befehle liegt der Inbegriff der göttlichen Weisheit verborgen. Ich habe mich in mehr und größeren Gefahren befunden und bin viel öfters in der Lage gewesen, mich zu vertheidigen, als tausend Andere; aber ich lebe noch, ich habe stets gesiegt, denn Gott beschützt denjenigen, der ihm gehorsam ist.“

„So willst Du mir nicht helfen, Emir, trotzdem Du mein Freund bist?“

„Ich bin Dein Freund und werde es Dir auch beweisen; aber ich frage Dich: willst Du, Hassan Ardschir-Mirza, ein feiger Meuchelmörder sein?“

„Niemals, Emir!“

„Und dennoch willst Du die Ihlats im Schlafe überfallen! Oder gedenkst Du, sie vorher zu wecken, damit der Kampf ein ehrlicher sei? Dann wärest Du ja verloren.“

„Herr, ich fürchte sie nicht!“

„Ich weiß es. Ich sage Dir, daß ich allein gegen diese dreißig Männer kämpfen würde, wenn es sich um eine gerechte Sache handelte; meine Waffen sind mehr werth, als alle die ihrigen. Aber wer sagt mir, daß nicht schon ihr erster Schuß, ihr erster Hieb oder Stich mir das Leben nehmen wird? Eine wilde, ungezügelte Tapferkeit gleicht der Wuth des Büffels, welcher blind in den Tod rennt. Ich setze den Fall: Ihr tödtet zehn oder fünfzehn dieser Ihlats, so bleiben immer noch fünfzehn übrig, welche gegen Euch stehen. Ihr habt Euch ihnen selbst verrathen, und sie werden sich an Eure Fersen heften, bis Ihr aufgerieben seid.“

„Deine Rede klingt weise, Herr; aber wenn ich meine Verfolger schone, so gebe ich mich ja in ihre Hände! Sie werden mich heut oder morgen ergreifen, und was dann geschieht, das hast Du ja selbst gehört.“

„Wer sagt, daß Du Dich in ihre Hände geben sollst?“

„Was sonst? Oder kannst Du sie vielleicht bewegen, mich ruhig ziehen zu lassen?“

„Ja, das werde ich allerdings thun.“

„W'Allah! Das ist – das ist – – Emir, ich weiß nicht, wie ich das nennen soll!“

„Nenne es deli, verrückt. Das ist der richtige Ausdruck. Nicht?“

„Ich darf nicht „ja" sagen, denn ich achte Dich. Glaubst Du wirklich, daß Du diese Menschen, welche sich nach meiner Habe und nach meinem Leben sehnen, überreden kannst, mich entkommen zu lassen?"
„Ich bin davon überzeugt; doch höre. Ich war soeben unten am Flusse und habe einige Bäumchen umgebrochen. Wenn die Ihlats dies bemerken, werden sie meinen, Saduk habe es getan. Bei Anbruch der Morgenröthe werden sie ihren Weg fortsetzen. Ich reite vor ihnen her, um ihnen Zeichen zu machen, durch welche sie irre geführt werden. Aber sollten sie vor ihrem Abzug unser Lager dennoch entdecken, so vertheidigt Ihr es. Ich werde Euere Schüsse hören und sofort herbeikommen."
„Was wird es nützen, sie von unserer Spur zu bringen, wenn sie dieselbe später wiederfinden!"
„Laß mich nur machen! Ich werde sie so führen, daß sie gewiß nicht wieder auf unsere Fährte kommen. Hast Du Pergament bei Dir?"
„Ja. Auch bei Saduk haben wir Pergament gefunden; es fehlten viele Blätter bei ihm."
„Er wird sie benutzt haben, den Ihlats heimlich Nachricht zu geben. Hast Du ihn darnach gefragt?"
„Ja, doch er gesteht nichts."
„Wir brauchen sein Geständniß nicht. Gib mir sein Pergament und lege Dich schlafen. Ich werde wachen und Euch wecken, wenn es Zeit ist!"
Die Frauen verschwanden, und die Männer legten sich zur Ruhe. Saduk hatte jedes Wort dieser Unterredung hören können; er mußte wie auf Nadeln liegen. Ich untersuchte seine Fesseln und auch den Knebel; die ersteren waren stark genug, und der letztere erlaubte trotz seiner Festigkeit das Athmen.
Ich hüllte mich nun in meine Decke, ohne zu schlafen.
Bei Tagesgrauen weckte ich den Engländer. Auch die Perser wachten auf, und ihr Anführer kam herbei.
„Du willst aufbrechen, Herr?" frug er. „Wann kommst Du zurück?"
„Sobald ich überzeugt bin, daß es mir gelungen ist, die Feinde zu täuschen."
„Das könnte ja auch erst morgen sein!"
„Allerdings."
„So nimm Mehl, Fleisch und Datteln mit. Was aber sollen wir thun, bis Du wiederkommst?"
„Verhaltet Euch ruhig, und verlaßt diesen Platz so wenig wie möglich. Sollte doch etwas Ungewöhnliches oder Bedenkliches eintreten, so ziehe meinen Hadschi Halef Omar zu Rathe, den ich Dir zurücklassen werde. Er ist ein treuer, kluger und erfahrener Mann, auf den man hören darf."
Ich huschte noch einmal zu Halef hinab, um ihn von meinem Vorhaben zu unterrichten. Als ich zurückkehrte, stand Lindsay bereit, und ich sah, daß man unsere Satteltaschen mit reichlichen Vorräthen versehen hatte. Nach kurzem Abschiede brachen wir auf.

Es war sehr schwierig und kostete uns eine geraume Zeit, die Pferde in der Finsterniß zwischen den Büschen und Bäumen hindurch zum Flusse hinab zu leiten. Wir mußten dabei einen Umweg machen, um von den Ihlats ja nicht bemerkt zu werden. Endlich erreichten wir das Thal, setzten uns zu Pferde und trabten davon. Man konnte nicht weit sehen, denn der Nebel lagerte über dem Wasser; da lichtete sich im Osten bereits der Himmel, und ein leichter Morgenwind zeigte das Nahen des Tages an. Nach kaum fünf Minuten erreichten wir den Ort, wo sich der Fluß krümmte, und wo ich das letzte Zeichen angebracht hatte. Hier stieg ich vom Pferde.
„Stop?“ frug der Engländer. „Warum?“
„Hier müssen wir abwarten, ob die Perser ihren Marsch unverzüglich weiter fortsetzen, oder erst das Terrain untersuchen und mit unseren Freunden in Kampf gerathen.“
„Ah! Klug! Well! So sind wir auf alle Fälle da! Yes! Haben wir Tabak mit?“
„Werde nachsehen.“
Hassan Ardschir-Mirza – oder war es vielleicht seine schöne Schwester? – war sehr aufmerksam gewesen, denn bei den Speisen fand sich auch ein kleiner Vorrath persischen Tabaks.
„Schön! Gut! Anbrennen! Prächtiger Junge, dieser Mirza!“ meinte Master Lindsay.
„Seht, dort heben sich die Nebel, und in zwei Minuten werden wir bis hinauf zu den Ihlats sehen können. Wir müssen uns hinter die Krümmung zurückziehen, sonst bemerken sie uns, und dann könnte unser ganzes Spiel verrathen sein.“
Wir verbargen uns hinter die scharfe Biegung des Flusses und warteten. Endlich sah ich durch mein Fernrohr, daß alle dreißig Ihlats im Schritte herabgeritten kamen. Nun stiegen wir zu Pferde und ritten mit der Schnelligkeit des Windes davon. Erst eine englische Meile weiter hielten wir an, und dort schlitzte ich die Rinde einer Weide los.
„Hm, müssen sehr dumm sein, diese Leute,“ brummte Lindsay, „wenn sie nicht sehen, daß dieses Zeichen erst jetzt gemacht worden ist.“
„Ja, dieser Susbaschi ist eben kein Sir David Lindsay-Bey! Seht, von hier aus scheint der Fluß einen sehr weiten Bogen zu bilden; jedenfalls kommt er an den Hinterbergen dort im Süden wieder zurück. Das gibt einen Bogen, dessen Sehne wenigstens acht englische Meilen lang ist. Wollen wir diese Perser ein wenig in das Wasser führen?“
„Bin dabei, Master. Werden sie uns folgen?“
„Sicher, nehmt die Taschen mit den Vorräthen hoch!“
„Aber hier ist es tief!“
„Desto besser. Fürchtet Ihr, zu ertrinken?“
„Pshaw, Ihr kennt mich ja! Aber werden diese Männer glauben, daß der Mirza mit seinen Kameelen über den Fluß gegangen ist?“
„Das soll ja eben die Probe sein. Wenn er das glaubt, so wird er auch allen unseren andern Finten folgen.“
Ich verband die Ranken eines Pfeifenstrauches zu einem recht auffälligen Thorbogen, trieb meinen Rappen zu einigen Lançaden, um den Boden mit Spuren zu versehen, und

ließ ihn dann in das Wasser gehen. Der Engländer folgte. Da wir stromaufwärts hielten, erreichten wir trotz der heftigen Strömung die grad gegenüber liegende Stelle des anderen Ufers, wo ich einige Strauchspitzen umbrach, um die Richtung scharf nach Süden anzudeuten. Es gab hier grasigen Boden, was mir lieb war, da die Nässe, die von uns tropfte, dadurch weniger bemerkbar blieb.
Jetzt ging es im Galopp weiter. Die Perser mußten nach einer halben Stunde dieselbe Stelle erreichen, und dann erkannten sie, wenn sie nicht ganz und gar unerfahren oder leichtsinnig waren, ganz sicher, daß die Spuren unserer Pferde im Grase nicht älter als vom heutigen Morgen sein konnten. Dennoch ritten wir zwei Stunden lang in gleicher Richtung fort über kurze Ebenen, über niedrige Hügel und durch seichte Thäler, die von kleinen Wasserläufen durchflossen waren. Dann erreichten wir, wie ich vorher vermuthet hatte, den Djalah wieder und setzten auf das andere Ufer über. Natürlich hatten wir an passenden Stellen unsere Zeichen angebracht. Jetzt zog ich ein Stück Pergament hervor.
„Ihr wollt schreiben, Master?“ sagte Lindsay.
„Ja. Die Zeichen müssen nun bald aufhören, und so will ich versuchen, ob ein Pergament die gleiche Wirkung hervorbringt.“
„Zeigt her, was Ihr schreibt!“
„Hier, seht es Euch an!“
Ich gab ihm das Pergament, auf welchem etliche persische Worte standen. Er sah sie an und dann mich; dabei zogen seine Lippen ein höchst verlegenes Trapezoïd, und seine Nase legte sich verschämt zur Seite.
„Heigh ho! Wer soll dieses Geschreibsel lesen! Wie heißt es?“
„Es ist persisch und wird von hinten, also von links nach rechts gelesen. Es lautet: „Halijah hemwer ziru bala – jetzt beständig abwärts!“ Wir wollen sehen, ob sie dieser Weisung Folge leisten.“
Ich bog zwei Äste eines Strauches zusammen und befestigte das Pergament in der Weise daran, daß es sofort gesehen werden mußte. Hierauf ritten wir dem Laufe des Flusses nach, bis wir eine passende Stelle fanden, um unsern letzten Übergangspunkt zu beobachten, ohne selbst gesehen zu werden. Hier stiegen wir vom Pferde, um ein Frühmahl zu halten und die Thiere trinken und grasen zu lassen. Natürlich waren wir sehr gespannt darauf, zu sehen, ob unsere List Erfolg haben würde.
Wir mußten weit über eine Stunde warten, bis wir endlich da oben am Flusse eine Bewegung wahrnahmen. Das Fernrohr zeigte mir, daß Alles gelungen sei, und so ritten wir höchst befriedigt weiter. Erst kurz nach Mittag machte ich ein Zeichen, und dann gegen Abend wieder eines an der Ecke eines Seitenthales, welches sich vom Flusse ab nach West erstreckte. Dies war die erste Gelegenheit, den zweiten Theil unseres Unternehmens auszuführen, nämlich die Perser nach rechts abzulenken; bis jetzt hatte das Terrain sich noch nicht dazu geeignet.
Am Eingange dieses Thales hielten wir unsere wohl verdiente Nachtruhe.

Am andern Morgen befestigte ich ein zweites Pergamentstück, welches angab, daß der Weg nun lange Zeit nach Sonnenuntergang führen werde. Im Laufe des Vormittags ließ ich ein Drittes zurück, des Inhaltes, daß Hassan Ardschir-Mirza mißtrauisch geworden sei, weil er mich (das heißt Saduk) bei einem Zeichen ertappt habe. Dann zu Mittag brachte ich das vierte und letzte Pergamentstück an. Es enthielt die Nachricht, daß der Mirza über die Hügel des Bozian entweder nach Dschumeila oder Kifri gehen wolle, und daß sein Mißtrauen so gewachsen sei, daß er mich in die Vorhut versetzt habe, um mich stets vor Augen zu haben; das Zeichengeben sei mir also jetzt beinahe unmöglich geworden.
Hiermit war unsere Aufgabe gelöst. Ich hielt es gar nicht für nöthig, uns zu überzeugen, ob der Susbaschi uns auch wirklich bis hieher folgen werde; denn nach Allem, was bisher geschehen war, stand sicher zu erwarten, daß er unsere List für Wahrheit nehmen werde. Wir kehrten, mit unserer bisherigen Richtung einen Winkel bildend, um und kamen durch Gegenden, welche wohl selten ein Fuß betrat. Es mußten viele Windungen und Umwege gemacht werden, aber dennoch erreichten wir den Djalahfluß noch lange vor Abend. Wir ritten noch eine Strecke aufwärts, bis der Abend uns zwang, Halt zu machen. Am Morgen brachen wir früh auf und langten bereits am Mittag bei unserm Lager an. Noch ehe wir es erreichten, kam mir Halef von der Höhe herab entgegengesprungen.
„Allah sei Lob und Dank, Sihdi, daß Du glücklich zurückkehrest! Wir haben große Sorge ausgestanden, denn Du bist zwei und einen halben Tag weggeblieben, anstatt nur einen. Ist Euch vielleicht ein Unglück begegnet, Effendi?“
„Nein; es ist im Gegentheile Alles sehr glatt abgelaufen. Wir sind nicht früher gekommen, weil wir nicht eher Gewißheit fanden, die Perser wirklich irregeführt zu haben. Wie steht es im Lager?“
„Gut, obgleich Etwas vorgekommen ist, was nicht sein sollte.“
„Was?“
„Saduk ist entflohen.“
„Saduk! Wie konnte er entkommen?“
„Er muß unter den Andern einen Freund haben, der ihm die Fesseln zerschnitten hat.“
„Wann ist er fort?“
„Gestern früh, am hellen Morgen.“
„Wie ist dies möglich gewesen?“
„Du warst mit dem Inglis fort, und ich saß Wache hier unten. Die Perser aber verließen das Lager, Einer nach dem Andern, um zu sehen, was die Ihlats thun würden. Diese zogen ruhig ab, aber als die Perser wieder in das Lager zurückkehrten, war der Gefangene verschwunden.“
„Das ist schlimm, sehr schlimm! Wäre es einen Tag später geschehen, so könnte man ruhig sein. Komm, führe das Pferd.“

Droben auf der Höhe kamen mir Alle mit Freuden entgegen. Ich sah so recht, in welcher Sorge man um uns gewesen war; dann aber nahm mich der Mirza bei Seite und berichtete mir Saduk's Flucht.

„Es gibt Zweierlei in Betracht zu ziehen," sagte ich. „Erstens: wenn Saduk die Ihlats erreicht, so wird er sie schleunigst hierher zurückbringen. Zweitens: er kann sich auch in der Nähe des Lagers aufhalten, um sich zu rächen. Wir sind hier in keinem Falle mehr sicher und müssen diesen Platz sofort verlassen."

„Wohin gehen wir?" frug Hassan Ardschir-Mirza.

„Vor allen Dingen auf das andere Ufer des Flusses. Nach unten zu gibt es keine Furt, folglich kehren wir um bis zu der Stelle, an welcher Du herübergekommen bist. Dies erhöht zugleich unsere Sicherheit, denn man wird nicht glauben, daß Du aufwärts gegangen bist. Sollte Saduk zurückgeblieben sein, um sich des Nachts zu rächen, so wird er sich am Tage doch nicht in unsere Nähe wagen. Ich könnte zwar versuchen, mit dem Hunde seine Spur zu finden, aber das ist unsicher und zeitraubend. Gib Befehl, aufzubrechen, und zeige mir die durchschnittenen Fesseln Saduk's. Von jetzt an aber laß Deine Diener niemals wissen, was Du zu thun beabsichtigst."

Er ging in die Hütte der Frauen und kam mit den Fesseln zu mir zurück. Sie bestanden aus einem Tuche, welches als Knebel gedient hatte, aus zwei Stricken und einem Riemen; alle vier Gegenstände waren zerschnitten. Das Tuch machte mir die meiste Mühe, da die Falten, in denen es gelegen hatte, nicht leicht wieder so genau herzustellen waren. Endlich gelang es mir, und ich untersuchte nun die Schnittflächen höchst genau.

„Laß Deine Leute herantreten!" sagte ich zu dem Mirza.

Sie kamen auf seinen Ruf herbei, ohne zu wissen, um was es sich handelte; jetzt aber sahen sie die Fesseln vor mir liegen.

„Gebt mir einmal Eure Messer und Dolche!" befahl ich.

Während ein Jeder mir das Verlangte entgegenstreckte, beobachtete ich die Gesichtszüge eines jeden Einzelnen, ohne etwas Auffälliges zu entdecken. Ich untersuchte nun die Schneiden der Instrumente sorgfältig und bemerkte dabei so obenhin: „Diese Sachen sind nämlich mit einem dreikantigen Dolche durchschnitten worden; ich werde den Thäter bald entdecken."

Es waren überhaupt nur zwei dreikantige Dolche vorhanden, und ich bemerkte, daß der Besitzer des einen jäh erblaßte. Zugleich sah ich, daß er die eine Ferse leicht erhob, wie Einer, der sich zum Sprunge richtet. Daher sagte ich leichthin:

„Der Thäter will entfliehen: er mag dies nicht wagen, denn das würde seine Sache verschlimmern, anstatt sie zu verbessern. Es kann ihn nur ein offenes Geständniß retten."

Der Mirza sah mich mit erstaunten Augen an, und auch die drei Frauenköpfe, welche über der Scheidewand erschienen waren, flüsterten sich leise Bemerkungen der Verwunderung durch die Schleier zu.

Jetzt war ich mit meiner Prüfung zu Ende und hatte Gewißheit erlangt. Ich deutete mit dem Finger auf den Betreffenden und sagte:
„Dieser ist es; haltet und bindet ihn!"
Kaum hatte ich diese Worte gesprochen, so schnellte er mit einem weiten Satze fort und eilte nach den Büschen. Die Andern wollten ihn verfolgen.
„Bleibt!" gebot ich.
„Emir, er wird entkommen!" rief der Mirza.
„Er entkommt nicht," antwortete ich. „Siehst Du nicht meinen Hund bei mir? Dojan, tut onu – ergreife ihn!"
Der Hund sauste davon und zwischen die Büsche hinein – ein lauter Schrei erscholl und zugleich der meldende Laut des Thieres.
„Halef, hole den Kerl!" sagte ich.
Der kleine Hadschi gehorchte mit sehr befriedigter Miene.
„Aber Emir," fragte Hassan, „wie kannst Du an den Messern sehen, wer der Thäter war?"
„Sehr leicht! Eine flache Klinge wird einen ganz anderen Schnitt machen, als eine dreikantige, welche sich mehr zum Stoße eignet. Die Schnittflächen wurden weit aus einander gedrängt, darum war der Schnitt nicht mit einem dünnen Instrumente geschehen. Und nun blicke her: diese Schnittflächen sind da, wo sie beginnen, nicht glatt, sondern zerrissen und gestülpt; die Klinge, mit welcher die That geschah, hatte also eine sehr bemerkbare Scharte gehabt. Und nun sieh Dir diesen Dolch an: er ist der einzige von allen, der eine solche Scharte hat."
„Herr, Deine Weisheit ist zu bewundern!"
„Dieses Lob verdiene ich nicht. Die Erfahrung hat mich gelehrt, in allen Lagen auch das Kleinste zu beobachten; es ist also nicht Weisheit, sondern einfache Gewohnheit von mir."
„Aber wie wußtest Du, daß er entfliehen wollte?"
„Weil ich sah, daß er erst erbleichte und dann das Sprunggelenk erhob. Wer soll ihn verhören, Du oder ich?"
„Thue Du es, Emir! Bei Dir wird er nicht leugnen."
„So mögen sich Deine Leute entfernen, damit ihm das Geständniß leichter wird. Hier, gib ihnen die Messer zurück! Aber ich mache die eine Bedingung, daß Du mir erlaubst, das Urtheil zu fällen, und mir versprichst, der Ausführung desselben nicht hinderlich zu sein."
Er willfahrte gerne.
Jetzt brachte Halef den Inculpaten herbei, welcher ganz verstört aussah. Auf meinen Wink führte ihn der kleine Hadschi vor die Stelle, an der ich mich mit Hassan Ardschir-Mirza niedergelassen hatte. Ich sah ihm einige Augenblicke lang scharf in das Gesicht und sagte dann:

„Es steht bei Dir, welches Schicksal Du heut finden wirst. Gestehst Du Deinen Fehler aufrichtig, so hast Du Gnade zu erwarten; leugnest Du aber, so mache Dich bereit, in die Dschehennah zu gehen!“
„Herr, ich werde Alles sagen,“ antwortete er; „aber thue den Hund weg!“
„Er bleibt vor Dir stehen, bis wir fertig sind. Er ist bereit, Dich auf einen Wink von mir zu zerreißen. Jetzt sage aufrichtig: warst Du es, der Saduk befreit hat?“
„Ja, ich bin es gewesen.“
„Warum hast Du es gethan?“
„Weil ich es ihm geschworen hatte.“
„Wann?“
„Ehe wir zu dieser Reise aufbrachen.“
„Wie kannst Du ihm etwas schwören, da er doch stumm ist und gar nicht mit Dir zu sprechen vermag?“
„Herr, ich kann lesen!“ antwortete er stolz.
„So erzähle!“
„Ich saß mit Saduk ganz allein im Hofe; da schrieb er mir auf ein kleines Pergament die Frage, ob ich ihn lieb habe. Ich antwortete mit „ja“, denn er dauerte mich, weil man ihm die Zunge genommen hatte. Er schrieb weiter, daß auch er mich lieb habe, und daß wir Freunde des Blutes sein sollten. Ich stimmte bei, und dann schwuren wir bei Allah und dem Kuran, daß wir einander nie verlassen und uns beistehen wollten in jeder Noth und Gefahr.“
„Redest Du die Wahrheit?“
„Ich kann es Dir beweisen, Emir, denn ich habe das Pergament noch, auf dem es geschrieben steht.“
„Wo ist es?“
„Ich habe es hier in meinem Gürtel.“
„Zeige es her!“
Er gab mir das Blatt in die Hand; es war sehr beschmutzt, aber man konnte die Schrift noch gut erkennen. Ich gab dem Mirza das Pergament; er las es und nickte beistimmend.
„Du bist sehr unvorsichtig gewesen,“ sagte ich zu dem Manne. „Du hast Dich diesem Menschen angeschworen, ohne zu prüfen, ob es auch vielleicht zu Deinem Schaden sein könne.“
„Emir, es hat ihn jeder Andere für einen ehrlichen Mann gehalten!“
„Erzähle weiter!“
„Ich habe nie geglaubt, daß er ein Bösewicht sei, und darum hatte ich Mitleid mit ihm, als er in Fesseln lag. Ich erinnerte mich meines Schwures, ihm in jeder Noth beizustehen, und ich dachte, daß Allah mich strafen würde, wenn ich diesen Schwur nicht hielte. Daher wartete ich den Augenblick ab, als Alle fort waren, und machte Saduk frei.“
„Sprach er mit Dir?“
„Er kann ja nicht reden.“

„Ich meine durch Zeichen und Geberden."
„Nein. Er erhob sich, streckte sich, gab mir die Hand und sprang in das Gebüsch."
„In welcher Richtung?"
„Da hinein."
Er deutete nach der Richtung, welche dem Flusse abgewendet war.
„Du hast die Treue gegen Deinen Herrn gebrochen und bist ein Verräther an uns geworden, um einen leichtsinnig gegebenen Schwur zu halten. Rathe einmal, welche Strafe Du erleiden wirst?"
„Emir, Du wirst mich tödten lassen."
„Ja, Du hast den Tod verdient, denn Du hast einen Mörder befreit und dadurch uns Alle in Todesgefahr gebracht. Doch Du bist Deines Fehlers geständig, und so erlaube ich Dir, Deinen Herrn um eine mildere Strafe zu bitten. Ich glaube nicht, daß Du zu jenen Leuten gehörst, die Böses thun, weil sie das Gute hassen."
Dem armen Kerl traten dicke Thränen in die Augen, und er warf sich vor Hassan Ardschir auf die Kniee nieder. Er war voller Angst, daß zwar seine Lippen zuckten, er selbst aber kein Wort hervorbringen konnte. Das strenge Angesicht seines Herrn wurde milder und milder.
„Sprich nicht," sagte er; „ich weiß, daß Du mich bitten willst, und kann Dir doch nicht helfen. Ich bin stets mit Dir zufrieden gewesen, aber Dein Schicksal ist nicht mehr in meine Hand gegeben, denn nur allein der Emir hat über Dich zu bestimmen. Wende Dich an ihn!"
„Herr, Du hast es gehört!" stammelte der Bittende, zu mir gewendet.
„Du glaubst also, daß ein guter Moslem seinen Schwur halten müsse?" frug ich ihn.
„Ja, Emir."
„Könntest Du Deinen Eid brechen?"
„Nein, selbst wenn es mich das Leben kostete!"
„Wenn also Saduk jetzt wieder heimlich zu Dir käme, würdest Du ihm Beistand leisten?"
„Nein. Ich habe ihn befreit; ich habe ihm meinen Schwur gehalten; nun aber ist es gut."
Das war allerdings eine eigenthümliche Ansicht über die Gültigkeitsdauer eines Eides, doch mir kam sie gelegen.
„Möchtest Du Deinen Fehler durch Treue und Liebe zu Deinem Herrn wieder vergessen machen?"
„Ja. O Herr, wenn dies möglich wäre!"
„Hier, gib mir Deine Hand und schwöre es!"
„Ich schwöre es bei Allah und dem Kuran, bei den Khalifen und allen Heiligen, die es gegeben hat."
„So ist es gut; Du bist frei und wirst Hassan Ardschir-Mirza weiter dienen. Aber gedenke Deines Schwures!"

Der Mann war vor Freude und Glück ganz außer sich, und auch dem Mirza sah ich es an, daß er mit mir einverstanden sei. Doch gab es zwischen ihm und mir hierüber jetzt keine Auseinandersetzung, da wir durch den Aufbruch vollständig beschäftigt waren.

In Bagdad

Beim Verlassen des Ortes machten uns die Kameele am meisten zu schaffen. Diese dummen Thiere waren die weite, baumlose Ebene gewohnt und konnten sich hier zwischen Felsen, Bäumen und Sträuchern nicht zurecht finden. Wir waren gezwungen, ihre Lasten auf den Händen bis zum Flusse zu tragen und sie dann förmlich hindurch- und hinabzuschieben. Ebenso brachten wir sie nur mit Mühe über den Fluß.

Ich hatte mit Halef stets hinter den Anderen gehalten, um mit möglichster Sorgfalt alle Spuren zu verwischen.

Wir beabsichtigten durchaus nicht, den Ritt nach Bagdad sofort anzutreten, sondern wir wollten nur einen Ort verlassen, an dem wir uns nicht mehr sicher fühlten, und einen andern suchen, wo wir nicht zu befürchten brauchten, von den Ihlats und Saduk entdeckt zu werden. Gegen Abend, nachdem wir uns längst nach Süden gewendet hatten, fanden wir endlich eine verlassene Hütte, welche wohl einem einsamen Kurden als Aufenthaltsort gedient hatte. Sie stand mit dem Rücken an einer Felsenwand, und an den drei anderen Seiten umgab sie ein Kranz von Büschen und Sträuchern. Jenseits dieses Kranzes hatte man eine weite Fernsicht. Innerhalb desselben erhielten die Thiere ihren Aufenthalt, und auch wir schlugen da unsere Lagerstätten auf, was allerdings gar nicht viel Zeit und Arbeit erforderte, da es sich nur darum handelte, unsere Satteldecken auf dem Boden auszubreiten.

Wir waren eben fertig geworden, als der Abend hereinbrach, und sofort begannen die drei Frauen, welche das Häuschen ausschließlich bewohnten, ihre kulinarische Thätigkeit. Es gab ein gutes Abendessen. Ich war in Folge der fast dreitägigen Anstrengung sehr ermüdet und legte mich bald zur Ruhe. Bereits mochte ich einige Stunden geschlafen haben, als ich eine Berührung fühlte und in Folge dessen die Augen öffnete. Die alte Halwa stand vor mir und winkte. Ich erhob mich, um ihr zu folgen. Alle Andern schliefen, außer einem der Perser, welcher die Wache hatte und draußen vor dem Buschwerke saß, so daß er uns gar nicht bemerken konnte. Die Alte führte mich zur Seite des Hauses, wo ein dichter Hollunder seine reichen Dolden ausbreitete. Hier fand ich Hassan Ardschir-Mirza.

„Hast Du etwas Wichtiges zu besprechen?“ frug ich ihn.

„Für uns ist es wichtig, denn es betrifft unsere Reise. Ich habe mir überlegt, was ich thun soll, und es würde mir lieb sein, wenn meine Gedanken Deinen Beifall fänden. Verzeihe, daß ich Dich im Schlafe stören ließ.“

„Laß mich hören, was Du beschlossen hast!“

„Du bist bereits in Bagdad gewesen. Hast Du auch Freunde oder Bekannte dort?"
„Einige flüchtige Bekanntschaften, doch zweifle ich nicht, daß diese Männer mir freundlich gesinnt sind."
„So kannst Du also dort sicher wohnen?"
„Ich wüßte nicht, was ich dort zu befürchten hätte. Auch stehe ich unter dem Schutze des Großherrn und kann mich sogar unter denjenigen einer europäischen Macht stellen."
„So werde ich eine Bitte aussprechen. Ich habe Dir bereits gesagt, daß meine Leute mich in Ghadhim erwarten. Mir ahnt, daß ich dort nicht sicher wäre, und daher sollst Du hingehen und meine Angelegenheit besorgen."
„Gerne. Welche Aufträge willst Du mir anvertrauen?"
„Die Kameele, welche Du dort finden wirst, haben mein Besitzthum getragen, das ich zu retten vermochte. Dies ist mir auf meiner Weiterreise hinderlich und beschwerlich; ich werde Alles verkaufen. Willst Du mir erlauben, diesen Verkauf in Deine Hand zu legen?"
„Ja, wenn Du mir dieses große Vertrauen schenken willst."
„Ich schenke es Dir. Ich werde Dir einen unserer jetzigen Begleiter mitgeben, der Dich mit einem Briefe bei Mirza Selim Agha legitimiren soll. Du verkaufst Alles; die Last sammt den Thieren, und kannst dann die Leute bezahlen und entlassen."
„Wird Mirza Selim Agha nicht zornig werden, daß Du dieses Geschäft nicht ihm anvertraust? Er hat Dir treu gedient; er hat Deine Güter bis nach Bagdad geleitet; er hat sich also ein Recht auf Dein Vertrauen erworben."
„Widersprich mir nicht, Emir, denn ich weiß, was ich thue. Er ist der einzige, den ich nicht entlasse; damit soll er zufrieden sein. Ich glaube, daß Du meinen Auftrag besser ausführen kannst als er, und ich ertheile ihn Dir auch noch um eines andern Grundes willen. Wirst Du in Bagdad sogleich eine Wohnung finden können?"
„Ich werde sofort die Wahl unter vielen haben."
„Ich werde Dir nicht nur die Güter, sondern auch mein „Haus" anvertrauen, Emir. Willst Du?"
„Hassan Ardschir-Mirza, Du versetzest mich in Erstaunen und Verlegenheit! Bedenke, daß ich ein Mann und daß ich ein Christ bin!"
„Ich frage nicht danach, ob Du ein Christ oder ein Moslem bist; denn als Du mich aus der Hand der Bebbeh errettetest, hast Du diese Frage auch nicht gethan. Ich muß darnach trachten, meinen Verfolgern zu entgehen. Sie dürfen nicht wissen, wo Hassan Ardschir-Mirza sich befindet; darum vertraue ich Dir meine Habe an, und darum übergebe ich Dir auch mein „Haus", um es während meiner Abwesenheit unter Deinen Schutz zu nehmen. Ich weiß, daß Du die Ehre meines Weibes und meiner Schwester Benda achten wirst."
„Ich werde diese Beiden weder zu sehen noch zu sprechen verlangen. Aber von welcher Abwesenheit redest Du, Mirza?"

„Während Ihr in Bagdad seid, werde ich mit Mirza Selim Agha nach Kerbela gehen, um die Gebeine meines Vaters zu begraben.“
„Du vergissest, daß auch ich nach Kerbela will!“
„Emir, gib diesen Entschluß auf; er ist zu gefährlich! Ja, Du warst in Mekka, ohne das Leben zu verlieren; aber bedenke, welcher Unterschied zwischen Mekka und Kerbela ist. Dort sind fromme, ruhige Moslemim, in Kerbela aber findest Du Fanatiker, welche durch die Aufführung von Hosseïn's Trauerspiel bis zum Wahnsinne erregt und in eine tolle Wuth gebracht werden, welcher regelmäßig selbst ächte Gläubige zum Opfer fallen. Ahnte nur ein Einziger, daß Du kein Schiit, ja daß Du nicht einmal ein Moslem wärst, so würdest Du den grausamsten Tod erleiden. Folge mir und laß ab von Deinem Vorsatze!“
„Wohlan! Ich werde mich erst in Bagdad entschließen, was ich thue. Aber ob ich gehe oder ob ich bleibe, so kannst Du doch überzeugt sein, Hassan Ardschir-Mirza, daß Dein „Haus“ sich in vollständiger Sicherheit befinden wird.“
So endete unsere Unterhaltung.
Wir blieben noch volle fünf Tage an dieser Stelle und brachen erst auf, nachdem wir die feste Überzeugung erlangt hatten, daß die Kräfte sämmtlicher Begleiter wieder hergestellt seien. Der Ritt durch die Berge ging ganz glücklich von Statten, und auch, was ich vorher nicht gedacht hätte, die Ebene wurde zurückgelegt, ohne daß wir eine feindselige Begegnung mit Arabern hatten, was allerdings mehr unserer Vorsicht als dem guten Willen der Beduinen zuzuschreiben war.
Hinter Beni Seyd, vier Wegstunden nordöstlich von Bagdad, machten wir an einem Kanale Halt. Von hier aus sollte ich nach Ghadim reiten, um mit Mirza Selim Agha, welchem Hassan Ardschir seine Habe anvertraut hatte, zu sprechen. Unser kleiner Trupp machte an einem Platze Halt, an dem nicht so leicht eine Störung zu befürchten war. Ich half vorerst das Lager fertig stellen und erhielt sodann den Brief Hassan's, welcher mir als Beglaubigung dienen sollte.
„Werde ich Selim Agha wirklich bereitwillig finden?“ frug ich ihn.
„Er hat Dir zu gehorchen, als ob ich selbst an Deiner Stelle wäre. Du übernimmst Alles, was er hat, und sendest ihn, sobald Du seiner nicht mehr bedarfst, mit dem Manne, den ich Dir mitgebe, heraus zu mir. Ich aber werde hier warten, bis Du selbst zurückkehrst. Du wirst alle meine Sachen verkaufen, und was Du thust, ist mir recht.“
Der Engländer sah diese Vorbereitungen zum Weiterritte und meinte:
„Nach Bagdad, Master? – Ich gehe mit!“
Ich hatte nichts dagegen einzuwenden. Aber noch Einer wollte mit, nämlich Halef. Dies ging jedoch nicht an, da er zum Schutze des Lagers nöthig war.
Wir ritten ab und erreichten nach zwei Stunden die dritte Krümmung des Tigris oberhalb Bagdad, in deren Innerm Ghadhim jenseits des Flusses liegt. Wir schwenkten von dem Postwege, welcher nach Kerkuk, Erbil, Mossul und Diarbekir führt, rechts ab, ritten an der dort liegenden großen Ziegelei vorüber und ließen uns übersetzen. Durch

freundliche Palmengärten erreichten wir nun Ghadhim, welches ausschließlich von schiitischen Persern bewohnt wird.
Dieser Ort steht auf „heiligem“ Boden, denn dort befindet sich die Grabstätte des Imam Musa Ibn Dschafer. Dieser berühmte Mann hatte die Pilgerreise nach Mekka und Medina an der Seite des Khalifen Harun al Raschid gemacht. In letzterer Stadt begrüßte er die Grabstätte des Propheten mit den Worten: „Heil Dir, Vater!“ während der Khalif es nur mit den Worten: „Heil Dir, Vetter!“ gethan hatte. „Wie, Du willst mit dem Propheten näher verwandt sein als ich, der Nachfolger desselben!“ rief Harun zornig, und von dieser Zeit an haßte ihn Al Raschid ebenso, wie er ihn früher geachtet und bevorzugt hatte. Musa Ibn Dschafer ward in den Kerker geworfen, in welchem er sein Leben beschloß. Aber nach seinem Tode erhob sich über seinem Grabe ein prächtiger Tempel, dessen Kuppel ächt vergoldet ist, mit vier schönen Minareh's.
Ghadhim ist ferner merkwürdig durch eine so spezifisch abendländische Institution, daß ihr Anblick in dieser Umgebung gradezu befremdend wirkt: es besitzt nämlich eine Pferdebahn, welche ihren Ausgangspunkt am Arsenal zu Bagdad hat. Sie wurde von dem reformfreundlichen Gouverneur Midhat Pascha erbaut, welcher später in Stambul eine so hervorragende Rolle spielte. Wäre dieser Mann von seinem Posten als Generalstatthalter von Irak nicht abberufen worden, so besäße Mesopotamien eine Eisenbahn, deren Zweck wäre, die Euphrat- und Tigrisländer über die Hauptorte Syrien's hinweg mit Konstantinopel zu verbinden. Leider ist dieses hochwichtige Unternehmen bis auf den heutigen Tag Projekt geblieben. Mußte Midhat Pascha doch sogar die Interessenten seiner Pferdebahn mit Peitschenhieben zusammentreiben lassen: eine sehr deutliche Illustration der Stabilität des Muhammedanismus.
Die Perser, welche Ghadhim bevölkern, sind meist Händler und Kaufleute, die täglich in Geschäften nach Bagdad kommen. Um unter dieser Bevölkerung den Agha zu finden, mußte ich mich nach einem Karavanenhof begeben, deren es in Bagdad viele und auch in Ghadhim einige gibt.
Es war um die Mittagszeit und im Juli, und wir hatten ganz sicher fünfunddreißig Grad Hitze nach Reaumur. Eine fast undurchsichtige Luft lag über der Stadt, und wer uns begegnete, hatte das Gesicht verhüllt. In einer der Gassen begegnete uns ein Mann in reicher, persischer Kleidung; er ritt einen Schimmel, welcher ein Reschma trug, eines jener kostbaren persischen Geschirre, mit denen nur die Reichsten prunken können. Wir waren gegen den Mann allerdings die reinen Strauchdiebe.
„Ez andscha, tschepu rast – packt Euch fort, weicht rechts aus!“ rief er uns an, indem er eine Gebärde des Abscheues machte.
Ich ritt zwar neben dem Engländer, aber die Gasse war so breit, daß der Perser recht gut an uns vorüber konnte. Trotzdem hätte ich ihm den Willen gethan, wenn er seine Geberde unterlassen hätte.
„Du hast Platz,“ antwortete ich daher. „Vorwärts!“
Anstatt vorüberzureiten, nahm er seinen Schimmel quer und sagte:

„Schwein von einem Sunniten, weißt Du nicht, wo Du bist! Weiche aus, sonst zeigt Dir meine Peitsche den Weg!“
„Versuche es!“
Er zog die Kameelpeitsche aus dem Riemen und holte aus. Er traf aber nicht, denn mein Rappe schnellte mit einem weiten Satze an ihm vorüber, wobei ich ihm die Faust so in das Gesicht stieß, daß er trotz seines orientalischen Sattels vom Pferde flog. Ich wollte nun ruhig weiter reiten, ohne mich um den Mann zu bekümmern; da aber hörte ich außer seinem Fluche den Ausruf des Dieners, den uns Hassan Ardschir-Mirza mitgegeben hatte:
„Az baray chodeh – um Gottes willen, das ist ja Mirza Selim Agha!“
Sofort drehte ich mich um. Der Herabgestürzte saß bereits wieder auf seinem Pferde und hatte den krummen Säbel gezogen. Er erkannte erst jetzt den Sprecher.
„Arab, Du bist es!“ rief er. „Wie kommst Du in die Nähe dieser Naschijestan, die Allah verdammen wird?“
Ich ließ dem Diener keine Zeit zum Sprechen, sondern antwortete selbst:
„Halte Deinen Mund! Ist Dein Name Mirza Selim Agha?“
„Ja,“ antwortete er, für den Augenblick von dem Tone meiner Frage verblüfft.
Ich trieb mein Pferd hart an das seinige und sagte halblaut:
„Ich bin ein Abgesandter von Hassan Ardschir-Mirza. Führe mich in Deine Wohnung!“
„Du?“ – frug er erstaunt, indem er mein Äußeres musterte. Dann wandte er sich an den Diener mit der Frage: „Ist es wahr?“
„Ja,“ antwortete derselbe. „Dieser Effendi ist Emir Kara Ben Nemsi, welcher Dir einen Brief unsers Herrn zu übergeben hat.“
Noch einmal überflog uns das Auge des Agha mit einem spöttischen, niederträchtig hochmüthigen Blick, und nun meinte er:
„Ich werde den Brief lesen und dann mit Dir über den Schlag reden, den Du mir gegeben hast. Folgt mir, aber haltet Euch fern, denn Ihr beleidigt meine Augen!“
Dieser Mann war also der Schah-Swar, der Getreue, welcher seinen Offiziersposten in der persischen Armee aufgegeben, dem Hassan seine Werthsachen anvertraut und der sogar Benda's Herz gewonnen hatte. Denn auch dies hatte mir der Mirza in vertrauter Stunde mitgetheilt. Armes Mädchen! War dieser Agha wirklich ein Schah-Swar, d. h. ein außerordentlicher Reiter, so mußte er auch gelernt haben, den Mann nach seinem Pferde zu beurtheilen, und in dieser Beziehung war weder ich noch Lindsay ein Lump zu nennen. Außerdem war es nicht übermäßig klug von ihm, als ein Flüchtling in so glanzvoller Weise aufzutreten und dabei eine Anmaßung zu zeigen, die selbst einem viel Höheren nicht wohl gestanden hätte. Es fiel mir natürlich gar nicht ein, ihn in seinem Hochmuth zu bestärken; vielmehr gab ich Lindsay einen Wink, worauf wir ihn in die Mitte nahmen.
„Hund,“ drohte er, „weiche zurück, sonst lasse ich Dich peitschen!“

„Schweig, Biwakuf," antwortete ich ruhig, „sonst setze ich Dir noch einmal die Faust an die Nase. Wer seines Herrn Geschirr spazieren reitet, kann gut vornehm thun. Du wirst mir erlauben müssen, Dich Höflichkeit zu lehren."
Er entgegnete nichts, sondern zog wieder den Schleier über das Gesicht, welcher sich während des Sturzes verschoben hatte. Dieses Schleiers wegen war er von dem Diener nicht sofort erkannt worden.
Der Weg ging nun durch mehrere engere Gassen, bis Selim Agha vor einer niedrigen Mauer hielt, in welche eine Thoröffnung gebrochen war, die nur mit einigen Latten verschlossen wurde. Ein Mensch öffnete uns. Als wir uns im Hofe befanden, sah ich eine Anzahl von Kameelen, welche am Boden lagen und an Straußenei großen Klößen aus Gerste und Baumwollsamen kauten, mit denen in Bagdad diese Thiere gefüttert werden. Daneben lagen oder lungerten träge Menschengestalten herum, die sich jedoch beim Anblick des Agha in eine achtungsvolle Stellung streckten. Wie es schien, hatte dieser kleine Befehlshaber es verstanden, sich in Respekt zu setzen.
Er übergab sein Pferd einem dieser Leute; wir vertrauten unsere Thiere dem Diener an, welcher mit uns gekommen war; dann schritt der Agha mit uns in das Haus, dessen Fronte den hinteren Theil des Hofes bildete. Es ging eine Treppe abwärts nach einem jener Sardaubs, welche bei der hier herrschenden Hitze eine Nothwendigkeit sind. Dieser viereckige Raum war an den Wänden mit weichen, dicken Polstern belegt; ein herrlicher Teppich bedeckte fast den ganzen Boden; auf einem der Polster lag ein massiv silbernes Kaffeezeug; daneben erblickte ich eine höchst kostbare Hukah, und an den Wänden hing neben kostbaren Waffen eine Anzahl Tschibuks für etwaige Gäste. In einem alterthümlichen Geschirr aus chinesischem Porzellan, welches einen Drachen vorstellte, befand sich Tabak, und von der Mitte der Decke hing an silberner Kette eine Ampel herab, welche mit Sesamöl gefüllt war.
Das war nach hiesigen Begriffen eine wahrhaft fürstliche Einrichtung, und es fiel mir gar nicht ein, zu glauben, daß alle diese Gegenstände das Eigenthum des Agha seien.
„Sallam aaleikum!" grüßte ich bei meinem Eintritt.
Lindsay that dasselbe, doch Selim antwortete nicht. Er nahm auf dem Polster Platz und klatschte in die Hände. Sofort erschien einer von den Männern, welche ich im Hofe gesehen hatte, und erhielt den Wink, die Hukah in Brand zu stecken. Dies geschah mit ächt orientalischer Langsamkeit und Gewissenhaftigkeit, und wir standen während des ganzen feierlichen Vorgangs wie dumme Jungen an der Thür. Endlich war das glorreiche Werk vollbracht, und der Diener entfernte sich, jedenfalls um gleich hinter der Thür stehen zu bleiben und zu hören, was gesprochen würde. Jetzt endlich sah der Agha die Zeit gekommen, uns wieder seiner hohen Beachtung zu würdigen. Er blies einige bedeutungsvolle Rauchwolken empor und frug:
„Woher kommt Ihr?"

Diese Frage war vollständig überflüssig, da er durch den Diener bereits erfahren hatte, was zu ihrer Beantwortung diente; doch beschloß ich, um Benda's, der Schwester des Mirza, willen jede weitere Reibung möglichst zu vermeiden, und antwortete daher:
„Wir sind Boten Hassan Ardschir-Mirza's."
„Wo befindet er sich?"
„In der Nähe der Stadt."
„Warum kommt er nicht selbst?"
„Aus Vorsicht."
„Wer seid Ihr?"
„Wir sind zwei Franken."
„Giaurs? Ah! Was thut Ihr in diesem Lande?"
„Wir reisen, um uns die Städte, Dörfer und Menschen anzusehen."
„Ihr seid sehr neugierig. So eine Ungezogenheit kann nur bei den Kaffirs vorkommen. Wie kamt Ihr mit dem Mirza zusammen?"
„Wir trafen ihn."
„Das weiß ich selbst! Wo traft Ihr ihn?"
„Droben in den kurdischen Bergen. Wir blieben in seiner Gesellschaft bis hierher. Ich habe einen Brief für Dich."
„Es ist sehr leichtsinnig von Hassan Ardschir-Mirza, Euch seinen Namen wissen zu lassen und solchen Leuten, wie Ihr seid, einen Brief anzuvertrauen. Ich bin ein Gläubiger; ich darf ihn nicht aus Euren Händen nehmen; gebt ihn dem Diener, den ich jetzt rufen werde!"
Das war mehr als unverschämt; dennoch sagte ich mit ruhiger Stimme:
„Ich halte den Mirza nicht für leichtsinnig und bitte Dich, ihm dieses Wort selbst zu sagen. Übrigens hat er nie einer dritten Person bedurft, um irgend Etwas aus unserer Hand zu nehmen."
„Schweig, Kaffir! Ich bin Mirza Selim Agha und thue, was mir beliebt! Kennt Ihr alle Personen, welche bei dem Mirza sind?"
Ich bejahte, und er examinirte weiter, ob Frauen dabei wären und wie viele.
„Zwei Herrinen und eine Dienerin," antwortete ich.
„Habt Ihr ihre Gestalten gesehen?"
„Mehr als einmal!"
„Das war sehr unvorsichtig von dem Mirza. Das Auge eines Ungläubigen darf niemals auch nur auf dem Gewande eines Weibes ruhen!"
„Sag dies dem Mirza selbst!"
„Schweig, Unverschämter! Ich brauche Deinen guten Rath nicht! Habt Ihr auch die Stimmen der Frauen gehört?"
Dieser Flegel stellte meine Geduld auf eine zu harte Probe.
„In unserem Lande fragt man nicht so auffällig nach den Frauen Anderer. Ist dies hier nicht ebenso?" erwiderte ich ihm.

„Was wagst Du?“ fuhr er mich an. „Nimm Dich in Acht! Ich habe ja überdies noch wegen des Schlages mit Dir zu rechten. Das werde ich nachher thun. Jetzt aber gebt den Brief ab!“
Er klatschte abermals in die Hände. Der Diener erschien, doch beachtete ich ihn nicht. Ich nahm den Brief aus dem Gürtel und hielt ihn dem Agha entgegen.
„Dorthin gibst Du ihn!“ befahl er, auf die dienstbare Seele deutend. „Hast Du mich verstanden?“
„Gut, so gehe ich wieder! Lebe wohl, Mirza Selim Agha!“
Ich wandte mich um, und der Engländer ebenso.
„Halt, Ihr bleibt!“ rief der Agha, und seinem Diener befahl er: „Laß sie nicht hinaus!“
Ich hatte die Thür bereits erreicht, und der Mann faßte mich am Arme, um mich zurückzuhalten. Das war mir zu viel. Sir David Lindsay konnte zwar den Wortlaut unseres Gespräches nicht verstehen, aber er hörte an dem Tone desselben und sah an dem Mienenspiele unserer Gesichter, daß wir uns keine allzu großen Liebenswürdigkeiten sagten. Er faßte also den schmächtigen Perser bei den Hüften, hob ihn empor und warf ihn über den ganzen Raum hinweg, so daß er auf den Agha stürzte und diesen zu Boden riß.
„Recht gemacht, Master?“ frug er dann.
„Yes! Well!“
Der Agha sprang vom Boden auf und griff zum Säbel.
„Hunde! Ich schlage Euch die Köpfe ab!“
Jetzt war es doch wohl an der Zeit, den Mann in die Kur zu nehmen. Ich trat auf ihn zu, gab ihm einen Schlag auf den Arm, daß er den Säbel fallen ließ, und faßte ihn rechts und links bei den Achseln.
„Selim Agha, unsere Köpfe sind nicht für Dich gewachsen; setze Dich und sei von jetzt an folgsam. Hier ist der Brief, und ich befehle Dir, ihn sofort zu lesen!“
Ich drückte den Mann auf das Kissen nieder und steckte ihm dann den Brief zwischen die Finger. Er ließ sich das ganz verdutzt gefallen; er blickte mir ganz perplex in das Gesicht und wagte gar nicht, mir zu widerstreben. Als ich mich umdrehte, sah ich, daß der tapfere Diener es vorgezogen hatte, sich sehr muthig nach rückwärts zu concentriren. Er war verschwunden, und als ich jetzt klatschte, wagte er nur den Kopf durch die Thüröffnung zu stecken.
„Komm herein!“ gebot ich ihm.
Er gehorchte, blieb aber in sprungfertiger Stellung an der Thür stehen.
„Schaffe Pfeifen und Kaffee herbei! Sofort!“
Er sah erst mich erstaunt und dann den Agha fragend an, ich aber faßte ihn beim Arme und schlingerte ihn zu der Stelle, wo die Pfeifen an der Wand hingen. Das schien ihm zu imponiren, denn er ergriff sofort zwei der gestopften Tschibuks, steckte sie uns in den Mund und gab uns Feuer.
„Nun Kaffee! Aber schnell und gut!“

Er verschwand schleunigst wieder.
Wir setzten uns auf das Kissen, rauchten und warteten, bis der Agha den Brief gelesen hatte. Es ging langsam genug; daran trug aber wohl nicht sein Mangel an Lesefertigkeit die Schuld, sondern der Inhalt der Zuschrift schien ihm so unbegreiflich zu sein, daß er sich die Sache gar nicht zurecht zu legen vermochte.
Er war ein schöner, ein sehr schöner Mann; das sah ich, als ich jetzt Zeit genug hatte, ihn zu betrachten. Aber um seine Augen lagen bereits jene tiefen Schatten, welche auf vergeudete Zeit und Kraft schließen lassen, und in seinen Zügen gab es ein undefinierbares Etwas, welches nach einer genaueren Prüfung abstoßend wirkte. Dieser Selim Agha war nicht der Mann, Benda glücklich zu machen.
Da erschien der Diener mit den kleinen Kaffeetäßchen, welche in goldenen Filigranuntersetzern von der Gestalt unserer Eierbecher ruhten. Er hatte – anstatt zwei – gleich ein halbes Dutzend gebracht, um sich ja sogleich wieder zurückziehen zu können. Und nun schien auch der Agha mit sich im Reinen zu sein. Er richtete sein finsteres Auge auf mich und frug:
„Wie war Dein Name?“
„Man nennt mich Kara Ben Nemsi.“
„Und wie heißt dieser Andere?“
„David Lindsay-Bey.“
„Ich soll Dir Alles übergeben?“
„So hat mir der Mirza gesagt.“
„Ich werde es nicht thun.“
„Thue, was Dir beliebt; ich habe Dir nichts zu befehlen.“
„Du wirst sofort wieder zu dem Mirza reiten und ihm meine Antwort bringen.“
„Das werde ich nicht thun.“
„Warum nicht?“
„Weil Du mir auch nichts zu befehlen hast; weil auch ich thun kann, was mir beliebt.“
„Gut! So werde ich zwar einen Boten zu ihm senden, aber dieses Haus nicht eher verlassen, als bis ich wieder Antwort habe.“
„Dein Bote wird den Mirza nicht treffen.“
„Arab, der mit Euch gekommen ist, muß doch den Ort kennen, an welchem sich sein Herr befindet!“
„Er kennt ihn.“
„Ihn werde ich senden.“
„Er wird nicht gehen.“
„Warum nicht?“
„Weil es mir so beliebt. Hassan Ardschir-Mirza hat mich gebeten, sein Eigenthum aus Deiner Hand zu nehmen und Dich mit Arab zu ihm zu senden. Das werde ich thun, aber nichts Anderes. Arab wird nur an Deiner Seite zu seinem Herrn zurückkehren.“
„Wagst Du, mich zwingen zu wollen?“

„Pah, wagen! Was wäre bei Dir zu wagen! Wärst Du mir gleich, so würde ich ganz anders mit Dir sprechen; aber ich bin ein Emir aus Tschermanistan, und Du bist nur ein kleiner Agha aus Fars. Übrigens hast Du nicht einmal gelernt, mit Männern zu verkehren. Auf der Straße verlangtest Du Platz wie für einen Deftertar, hier in Deiner Wohnung vergaßest Du, unsern Gruß zu beantworten; Du hießest uns nicht, niederzusitzen; Du botest uns weder Pfeifen noch Tabak an; Du nanntest uns Kaffirs, Schweine und Hunde. Und doch, was bist Du für ein Wurm gegen uns und Deinen Herrn, den Mirza! Mit einem Löwen kämpfe ich; einen Wurm aber störe ich nicht, wenn es ihm gefällt, im Kot herumzukriechen. Hassan Ardschir-Mirza hat mir sein Eigenthum übergeben; ich bleibe also hier. Nun thue Du, was Du nicht lassen kannst!"

„Ich werde mich über Dich beschweren," sagte er giftig.

„Ich habe nichts dagegen."

„Ich werde Dir nichts übergeben!"

„Das ist auch gar nicht nöthig, denn ich sitze ja bereits hier und habe Alles übernommen."

„Du wirst nichts von Allem, was mir anvertraut ward, anrühren!"

„Ich werde Alles anrühren, was mir von jetzt an anvertraut ist. Solltest Du mich dabei belästigen, so werde ich einfach den Mirza benachrichtigen. Jetzt aber gib Befehl, daß wir ein gutes Mahl erhalten, denn ich bin nicht nur ein Gast, sondern nun der Herr dieses Hauses."

„Es gehört weder Dir noch mir!"

„Aber Du hast es jedenfalls gemietet. Mache keine Umstände. Ich will Dich schonen, indem ich Dir erlaube, den Befehl zu ertheilen; thust Du es nicht, so sorge ich selbst für uns."

Er sah sich in die Enge getrieben und stand auf.

„Wohin?" frug ich.

„Hinaus, um Euch Speise zu bestellen."

„Das kannst Du hier auch thun. Rufe den Diener!"

„Mann, bin ich etwa Dein Gefangener?"

„So ziemlich! Du verweigerst mir meine Rechte; ich muß Dich also verhindern, diesen Ort zu verlassen, um vielleicht etwas zu unternehmen, was ich nicht billigen darf."

„Herr, Du weißt nicht, wer ich bin!"

Jetzt nannte er mich zum erstenmal Herr; er hatte seine Sicherheit verloren.

„Ich weiß es sehr genau," antwortete ich. „Du bist Mirza Selim Agha, weiter nichts!"

„Ich bin der Vertraute und Freund des Mirza. Ich habe Alles geopfert, um ihm zu folgen und sein Vermögen zu retten."

„Das ist schön und lobenswerth von Dir; ein Diener soll seinem Herrn in Treue ergeben sein. Du wirst mich jetzt zu dem Mirza begleiten."

„Ja, das werde ich thun, sogleich!"

„Dieser mein Begleiter bleibt hier zurück, und Du sorgst dafür, daß es ihm an nichts fehle. Das Übrige wird Hassan Ardschir selbst bestimmen."

Ich ertheilte dem Engländer seine Instruction, die ihm sehr willkommen war, da er sich hier behaglich pflegen konnte, während ich mich wieder hinaus in die Sonnengluth begeben mußte. Nachdem der Agha die darauf bezüglichen Befehle ertheilt hatte, traten wir in den Hof, wo er seinen kostbaren Schimmel, den er sich erst in Ghadhim vom Gelde des Mirza gekauft hatte, wieder besteigen wollte.

„Nimm ein anderes Thier," sagte ich.

Er sah mich erstaunt an und frug: „Warum?"

„Damit Du kein Aufsehen erregst. Nimm also das Pferd eines Dieners!"

Er mußte mir wohl oder übel zu Willen sein. Der Diener Arab folgte uns. Um ein etwaiges Nachspüren irre zu leiten, ließ ich uns nach Madhim übersetzen, welches Ghadhim gegenüber liegt, und schlug dann auf einem Umwege die Richtung nach Norden ein.

Madhim ist ein ansehnlicher Flecken auf dem linken Ufer des Tigris, eine Stunde nördlich von Bagdad. Dort liegt der Imam Abu Hanife begraben, einer der Gründer der vier orthodoxen Schulen des Islam; nach ihm richtet sich das ganze Gesetzbuch und Ritual der Osmanen. Ursprünglich stand über seinem Grabe eine Moschee, welche ihm der Seldschukide Malek Schah errichtet hatte; als aber der erste Osmanide, Suleiman der Erste, das widerspenstige Bagdad bemeistert hatte, baute er ein festes Schloß um die Ruhestätte. Abu Hanife wurde von dem Khalifen Manssur aus Haß vergiftet; jetzt strömen Tausende von Schiiten zu seinem Grabe.

Es vergingen zwei Stunden, bis wir den Ort erreichten, an welchem sich der Mirza gelagert hatte. Er war sichtlich verwundert, mich wiederzusehen, empfing aber den Agha mit großer Freundlichkeit.

„Warum kommst Du selbst zurück?" frug er mich dann.

„Frage diesen Mann!" antwortete ich, auf Selim deutend.

„So rede Du!" gebot er demselben.

Der Agha zog den Brief hervor und fragte:

„Herr, hast Du dies geschrieben?"

„Ja; Du kennst doch meine Schrift! Warum fragst Du also?"

„Weil Du mir etwas befiehlst, was ich weder erwartet noch verdient habe."

Die Frauen standen hinter den Zweigen, um Selim zu sehen und unser Gespräch mit anzuhören.

„Was hast Du nicht erwartet?" frug Hassan Ardschir.

„Daß ich Alles, was wir gerettet haben, diesem Fremdling übergeben soll."

„Dieser Emir ist kein Fremdling, sondern mein Freund und Bruder!"

„Herr, bin ich nicht auch Dein Freund?"

Der Mirza stutzte; dann antwortete er kurz:

„Du warst mein Diener, dem ich vertraute; wann aber habe ich Dir das Recht ertheilt, Dich meinen Freund zu nennen?"

„Herr, ich habe die Heimat verlassen; ich habe meine Zukunft geopfert; ich bin ein Flüchtling geworden; ich habe Dir Deine Reichthümer bewacht und beschützt: – habe ich als Freund gehandelt oder nicht?“

„Du hast so gehandelt, wie ich es von jedem treuen Diener erwarte, und wie auch diese andern Männer alle gehandelt haben. Deine Worte thun mir weh; denn ich habe nicht geglaubt, daß Du mir Deine Pflichten als Verdienste vorzählen würdest. Habe ich Dir nicht geschrieben, diesem Emir so zu gehorchen, als ob ich es sei?“

Die Stimme des Mirza klang sehr ernst; der Agha befand sich in Verlegenheit, besonders als er die Frauen bemerkte, und suchte nun nach einem Entschuldigungsgrunde:

„Herr, dieser Mann schlug mich, als er mich traf!“ sagte er.

Der Mirza sah mich an und lächelte.

„Selim Agha,“ meinte er, „warum hast Du ihn nicht sofort getödtet? Wie konntest Du Dich so beleidigen lassen! Warum schlug er Dich?“

„Wir trafen uns auf der Straße, und ich gebot ihm, mir auszuweichen. Er that es nicht, und er schlug mich so in's Gesicht, daß ich vom Pferde stürzte.“

„Ist dies wahr, Emir?“ frug mich der Mirza.

„So ziemlich. Ich kannte ihn noch nicht, und Dein Diener konnte ihn auch nicht erkennen, da er den Gesichtsschleier trug. Er kam auf einem prächtigen Schimmel geritten, welchem er Dein Reschma angelegt hatte; darum hielt ich ihn für einen großen Herrn. Er befahl uns, ihm auszuweichen, trotzdem genügender Platz vorhanden war, und seine Stimme war dabei diejenige eines Padischah. Du kennst mich, Mirza; ich bin sehr gern höflich, aber ich will auch haben, daß Andere höflich sind; darum machte ich ihn darauf aufmerksam, daß Raum da sei; er aber griff zur Peitsche, nannte mich ein Schwein und wollte mich schlagen. Da lag er freilich im nächsten Augenblick auf dem Boden, und dann erfuhr ich leider zu spät, daß er der Mann sei, an den Du mich gesandt hattest. Das ist Alles, was ich zu sagen habe. Sprich mit ihm selbst, und wenn Du mich brauchst, so rufe mich.“

Ich ging hinaus zu den Pferden, um dort mit Halef zu plaudern.

Nach einer halben Stunde suchte mich Hassan Ardschir-Mirza auf. Sein Angesicht zeigte tiefe Falten des Unmuthes.

„Emir,“ sagte er, „diese Stunde hat mich sehr betrübt. Willst Du diesem unvorsichtigen Selim verzeihen?“

„Gern, wenn Du es wünschest! Was hast Du beschlossen?“

„Er kehrt nicht wieder mit Dir zurück.“

„Das erwartete ich.“

„Hier ist ein Verzeichniß aller Dinge, die ich ihm übergeben habe; er trug es bei sich. Du wirst die Sachen schätzen und verkaufen; ich bin mit Allem einverstanden, was Du thust, denn ich weiß, daß es schwer ist, in so kurzer Zeit Käufer zu finden. Sodann wirst Du meine Diener entlassen und ihnen so viel geben, als ich Dir hier aufgezeichnet habe. Das

Geld habe ich Dir bereits in die Tasche Deines Pferdes gesteckt. Wann muß ich nach Kerbela aufbrechen?"
„Heute ist der erste Moharrem, und am zehnten ist das Fest. Vier Tage muß man haben, um von Bagdad bis Kerbela zu gelangen, und einen Tag vorher möchte man dort sein, also ist der fünfte dieses Monats der geeignete Tag."
„So soll ich noch vier Tage hier verborgen bleiben!"
„Nein. Es wird sich in der Stadt ein Ort finden lassen, an welchem Du mit den Deinen sicher bist. Laß mich sorgen! Wirst Du Alles behalten, was Du jetzt bei Dir hast?"
„Nein, es soll auch verkauft werden!"
„So gib mir lieber gleich jetzt Alles mit, was Du entbehren kannst, und sage mir den Preis. Es gibt sehr reiche Leute in Bagdad; vielleicht finde ich einen Parsi oder Armenier, welcher Alles auf einmal kauft."
„Emir, der Preis wird ein Vermögen sein!"
„Laß mich nur sorgen! Ich werde so auf Deinen Vortheil sehen, als ob es der meinige sei."
„Ich vertraue Dir. Komm, wir wollen die Ladung untersuchen!"
Die Packete wurden geöffnet, und da zeigten sich meinem erstaunten Blick allerdings Schätze und Kostbarkeiten, welche ich noch nie in dieser Auswahl und Fülle gesehen hatte. Es wurde ein Verzeichniß angefertigt, und dann bestimmte der Mirza den Preis. Dieser war ein sehr niedriger, wenn man den eigentlichen Werth der Sachen berücksichtigte, ergab aber doch eine Summe, die allerdings ein Vermögen repräsentirte.
„Und was wirst Du nun mit Deinen Begleitern machen, Mirza?" frug ich.
„Ich werde sie beschenken und entlassen, sobald es Dir gelungen ist, eine Wohnung für mich zu finden."
„Für wie viele Personen?"
„Für mich und den Agha, für die Frauen und ihre Dienerin. Dann werde ich mir noch einen Diener miethen, welcher mich nicht kennt."
„Ich hoffe, Dir dies Alles verschaffen zu können. Laß die Sachen aufladen!"
„Wie viele Kameeltreiber nimmst Du mit?" frug er nun.
„Keinen. Ich und Halef genügen!"
„Emir, das geht nicht! Du selbst kannst doch nicht diesen Dienst verrichten!"
„Warum nicht? Soll ich Leute mitnehmen, welche mir dann in Ghadhim oder Bagdad beschwerlich fallen?"
„Thue, was Du denkst; ich muß Dir Deinen Willen lassen."
Die Kameele wurden bepackt und so an einander gebunden, daß eines hinter dem andern schreiten mußte. Dann waren wir zum Aufbruche fertig.
„Nun gib mir noch eine Bescheinigung, welche mich bei Deinen Leuten beglaubigt," bat ich den Mirza.
„Hier, nimm meinen Siegelring!"
Es war meinem Finger auch noch nicht passirt, den kostbaren Ring eines persischen Großen zu tragen; er fand sich aber sehr gut darein, und nun setzte sich die kleine

Karavane in Bewegung. Der Agha ließ sich nicht sehen, und ich hatte auch nicht die mindeste Lust, mich von ihm zu verabschieden.
Wir brauchten diesmal mehr Zeit, um den Tigris zu erreichen und zu passiren; doch ging alles recht glücklich von Statten.
Die Perser staunten, als wir mit unserer Ladung im Hofe anlangten. Ich rief sie sofort zusammen, zeigte ihnen den Ring ihres Herrn und sagte ihnen, daß sie nun mir an Stelle des Agha zu gehorchen hätten. Dieser Wechsel schien sie nicht sehr zu betrüben.
Ich erfuhr von ihnen, daß der Besitzer dieses Hauses ein reicher Großhändler sei, der jenseits Bagdad in der westlichen Vorstadt und zwar in der Nähe der Medresse Mostansir's wohne. In einem ebenerdigen Raume des Gebäudes lagen die Ladungen, welche der Agha beaufsichtigt hatte; ich ließ dahin auch die neu hinzugekommenen Sachen bringen und beschloß, erst morgen Alles einer genauen Besichtigung zu unterwerfen, da ich schon zu sehr ermüdet war.
Als ich nun meine Satteltaschen untersuchte, fand ich die Summe, welche der Mirza mir hineingesteckt hatte. Sie bestand in lauter wohlgeprägten Tomans und war wenigstens viermal größer als das, was ich auszuzahlen hatte. Ich übergab Halef die Aufsicht über die Dienerschaft und ging nun, um den Engländer aufzusuchen.
Er lag im Sardaub lang ausgestreckt auf den weichen Polstern. Seine Nase bewegte sich taktmäßig nach den Athemzügen, und aus dem weit geöffneten Munde erscholl lang gezogenes Schnarchen.
„Sir David!“
Er hörte mich sofort, sprang empor und zog das Messer.
„Wer da? Oh! Ah! All right! Ihr seid es, Master?“
„Yes! Wie geht es Euch?“
„Gut, vortrefflich! Sehr schön hier in Ghadhim!“
„Seht mich an, wie ich schwitze! Diese Sonnengluth ist höllisch.“
„Well! Legt Euch her, und schlaft mit!“
„Wir haben Anderes zu thun. Zunächst will ich aber endlich essen.“
„Klatscht einmal in die Hände, so wird der Kerl gleich kommen.“
„Habt Ihr's probirt?“
„Yes! Konnte ihn aber leider nicht verstehen. Verlangte Porter, da brachte er Mehlbrei; verlangte Sherry, da brachte er Datteln. Schauderhaft!“
„So will ich sehen, ob es mir besser gelingt.“
Ich klatschte, und sogleich erschien jener dienstbare Geist, welcher vorher den Agha bedient hatte. Ich sagte ihm zunächst, daß ich an die Stelle des Mirza Selim Agha getreten sei.
„Herr, befiehl, wie ich Dich nennen soll!“ erwiederte er.
„Mich nennst Du Emir, und dieser Mirza hier ist ein Bey. Sorge sofort für eine Mahlzeit.“
„Was willst Du essen, Emir?“
„Was Du hast. Vergiß das frische Wasser nicht! Du bist also der Küchenmeister?“

„Ja, Emir. Ich hoffe, Du wirst mit mir zufrieden sein."
„Wie wurdest Du von dem Agha bezahlt?"
„Ich legte aus, was ich brauchte, und alle zwei Tage bezahlte er mich."
„Gut, so werden wir es dann auch halten. Jetzt gehe!"
In kurzer Zeit hatte ich eine Auswahl der hauptsächlichsten Nahrungs- und Genußmittel, welche Bagdad zu bieten vermag, und mein guter Lindsay-Bey langte noch einmal zu.
„Seid Ihr diesen Kerl los, Master, den Agha?" erkundigte er sich.
„Ja; er bleibt einstweilen bei seinem Herrn. Ich fürchte, er sinnt auf Rache."
„Pshaw! Feigling! Aber wißt Ihr, was wir nach dem Essen thun? Fahren mit der Pferdebahn nach Bagdad und kaufen uns Kleider."
„Ich thue mit, denn das ist sehr nothwendig. Dabei kann ich gleich gewisse Erkundigungen einziehen, welche noch nothwendiger sind. Ich suche nämlich nach einem Käufer für die Effekten des Mirza, von denen ich jetzt wieder einige Kameelladungen mitgebracht habe."
„Ah! Oh! Was ist's?"
„Herrliche Sachen, die um einen Spottpreis fortgehen sollen. Wäre ich ein reicher Mann, so kaufte ich Alles."
„Nennt mir Einiges!"
Ich nahm das persisch geschriebene Verzeichniß heraus und las es ihm vor.
„Oh! Ah!" rief er. „Was soll es kosten?"
Ich nannte ihm die Summe.
„Ist's so viel werth?"
„Unter Brüdern das Doppelte."
„Well! Gut! Schön! Braucht nicht zu suchen! Weiß selbst einen Mann, der es kauft!"
„Ihr? Wer ist es denn?"
„David Lindsay ist's! Yes!"
„Ist's möglich, Sir! Oh, da nehmt Ihr mir eine schwere Sorge ab! Aber wie steht es mit dem Gelde, Sir? Der Mirza will natürlich sogleich Bezahlung haben."
„Geld? Pshaw! Geld ist da! So viel hat David Lindsay-Bey!"
„Wie glücklich! Das also wäre abgemacht; nun aber kommt noch die andere Hälfte; ich meine nämlich diejenigen Gegenstände, welche bisher dem Agha anvertraut gewesen sind."
„Ist's viel?"
„Das muß sich erst finden. Ich habe ein Verzeichniß hier und werde morgen die Ballen öffnen, um ihren Werth zu taxiren oder taxiren zu lassen; dann erst kann ich wissen, welche Summe ich aus ihnen lösen will."
„Schöne Sachen, he?"
„Versteht sich! Seht, da sind zum Beispiel saracenische Kettenpanzer, drei Stück, eine kostbare Rarität für eine jede Sammlung; Schwerter aus Lahore-Stahl geschmiedet, noch

kostbarer als die ächten Damascener; viele Flaschen ächtes Rosenöl, goldene und silberne Brokate, ächte Teppiche, persische Shawls aus Kermanwolle, ganze Ballen des seltensten Seidenzeuges und so weiter. Da gibt es Alterthümer von fast unschätzbarem Werthe. Wer diese Sachen kaufen und sie auf dem abendländischen Markte einzeln wieder losschlagen wollte, der würde ein sehr bedeutendes Geschäft machen."

„Geschäft! Oh! Ah! Fällt mir nicht ein! Kaufe Alles für mich!"

„Alles, Sir? Auch die hier verzeichneten Gegenstände?"

„Yes!"

„Aber, Sir, bedenkt die ungeheure Summe!"

„Ungeheuer? Für Euch, aber für David Lindsay nicht. Wißt Ihr, wie viel ich habe?"

„Nein. Ich habe Euch noch nie nach Euren Verhältnissen gefragt."

„So seid auch still! Meine Verhältnisse sind gut, sehr gut! Yes!"

„Ich kann mir natürlich denken, daß Ihr Millionär seid, aber es gehört auch für einen Millionär Überlegung dazu, eine solche Summe auf einmal und für eine Liebhaberei auszugeben."

„Thut nichts! Der Werth ist da! Habe zwar nicht so viel Geld bei mir, um Alles zu bezahlen, kenne aber Leute hier. Werde Papiere schreiben, David Lindsay darunter, und viel Geld bekommen. Well! Wollen morgen die Sachen ansehen."

„Gut. Ich werde sehr unparteiisch verfahren, denn Ihr seid ebenso mein Freund, wie der Mirza es ist. Ich werde Sachverständige kommen und von ihnen die Gegenstände schätzen lassen; dann können wir handeln."

„Well! Jetzt aber in die Stadt, damit wir neue Menschen werden!"

„Nehmt einen Tschibuk mit, Sir. Wir wollen ganz à la Muselmann den Markt besuchen."

Nachdem ich meinem Halef gesagt hatte, daß wir wohl noch vor Abend zurückkehren würden, suchten wir die Pferdebahn auf. Sie befand sich schon in sehr defektem Zustande. Die Fenster waren zerbrochen, die Kissen von den Sitzen verschwunden, und vor dem Wagen rasselten die Knochen zweier Klepper, welche man getrost als „wandelnde Skelette" hätte sehen lassen können. Doch wurde Bagdad ohne Unfall von uns erreicht.

Unser Weg war natürlich sofort nach dem Kleiderbazar, welchen wir als vollständig neue Menschen verließen. Ich hatte Lindsay nicht abhalten können, für mich zu bezahlen. Auch für Halef hatte er einen vollständigen Anzug gekauft und ihn einem jungen Araber zum Tragen anvertraut, der sich uns angeboten hatte, als er uns mit dem Packet aus dem Laden treten sah.

„Wohin nun, Master?" fragte Lindsay.

„Wein, Raki, Kaffeehaus!" antwortete ich.

Lindsay bestätigte seine Zustimmung mit einem freundlichen Schmunzeln, und nach einigem Suchen fanden wir das Gewünschte. Da es zu schwer war, den Araber damit zu bepacken, so gaben wir unsere Wohnung an und baten den Händler, Alles dorthin zu

schicken; dann suchten wir ein abgelegenes Kaffeehaus auf, um uns beim Dufte von Mokka und persischem Tabak rasiren und überhaupt verschönern zu lassen.
Unser Träger hatte gleich vorn an der Thür Platz genommen. Er trug nichts als einen Schurz um die Lenden, aber seine Haltung war die eines Königs. Er war ganz sicher ein frei geborener Beduine. Wie kam dieser Wüstensohn dazu, den Hammal (Packträger) zu machen? Seine Physiognomie interessirte mich so lebhaft, daß ich ihm winkte, an meiner Seite Platz zu nehmen.
Er that es mit dem Anstande eines Mannes, der sich seines Werthes bewußt ist, und nahm die zweite Pfeife, die ich ihm reichen ließ.
Nach einer Weile begann ich:
„Du bist kein Türke, Du bist ein freier Ibn Arab. Darf ich Dich fragen, wie Du nach Damaskus gekommen bist?“
„Gelaufen und geritten,“ antwortete er.
„Warum trägst Du die Lasten Anderer?“
„Weil ich leben muß.“
„Warum bliebst Du nicht bei Deinen Brüdern?“
„Die Thar hat mich fortgetrieben.“
„So wirst Du von einem Rächer verfolgt?“
„Nein, sondern ich bin der Rächer.“
„Und Dein Feind ist nach Bagdad geflohen?“
„Ja. Ich suche und erwarte ihn hier bereits seit zwei Jahren.“
Also einer Blutrache wegen erniedrigte sich dieser stolze Araber zum Knechtesdienste!
„Aus welchem Lande bist Du gekommen?“
„Herr, warum fragst Du so viel?“
„Weil ich alle Länder des Islam besuche und gern wissen will, ob ich auch Deine Heimat kenne.“
„Ich bin aus Kara, da wo der Wadi Montisch mit dem Wadi Qirbe zusammenfließt.“
„Aus der Gegend der Ssayban im Belad Beni Yssa? Dort bin ich noch nicht gewesen; ich will jenes Land erst besuchen.“
„Du wirst willkommen sein, wenn Du ein treuer Sohn des Propheten bist.“
„Gibt es noch Andere aus Deinem Lande hier?“
„Einen Einzigen, und dieser will wieder heim.“
„Wann wird er Bagdad verlassen?“
„Sobald er Gelegenheit findet. Auch ihn hatte eine Thar nach Dar es Sallam geführt.“
„Würde er sich wohl bereit finden lassen, uns in seinem Lande als Führer zu dienen?“
„Nicht nur als Führer, sondern als Dachyl, der Euch für Alles verantwortlich ist.“
„Kann ich mit ihm reden?“
„Heut nicht und morgen nicht, denn er ist nach Dokhala, von wo er erst den nächsten Tag zurückkehrt. Komm übermorgen des Abends in dieses Kaffeehaus, so werde ich ihn Dir bringen.“

„Ich werde Euch erwarten. Da Du bereits zwei Jahre lang in Bagdad bist, so wirst Du die Stadt gut kennen?“
„Jedes Haus, Herr.“
„Kennst Du nicht ein Haus, in welchem man kühl und angenehm wohnen, in dem man bleiben oder gehen kann, ohne gestört und belästigt zu werden?“
„Ich kenne ein solches Haus.“
„Wo liegt es?“
„Nicht weit von demjenigen, in welchem ich wohne, in den Palmengärten im Süden der Stadt.“
„Wer ist der Herr desselben?“
„Es ist ein frommer Taleb, der einsam dort lebt und keinen Miether stören würde.“
„Ist es weit bis dahin?“
„Wenn Du einen Esel nimmst, so geht es schnell.“
„So gehe, und bestelle drei Esel, Du wirst uns führen.“
„Herr, Du brauchst nur zwei, denn ich werde laufen.“
Es dauerte gar nicht lange, so standen zwei Esel nebst ihren Treibern vor der Thür. Es waren Schimmel, wie man sie in Bagdad so häufig trifft.
Ich und der Engländer hatten uns bisher den Rücken zugewendet, da das Verschönerungsgeschäft, welches wir auszustehen hatten, es nicht anders erlaubte. Jetzt endlich war mein Barbier fertig, und auch derjenige des Engländers klatschte in die Hände, zum Zeichen, daß das große Werk beendet sei. Wir drehten uns zu gleicher Zeit einander zu, und wohl selten hat es zwei Gesichter gegeben, welche in solcher Disharmonie zu einander standen, als in diesem Augenblick die unsrigen. Während nämlich Lindsay einen Ruf der Überraschung ausstieß, konnte ich nicht anders, als ich mußte in ein lautes Lachen ausbrechen.
„Was gibt's denn zu lachen, Master?“ erkundigte er sich.
„Laßt Euch den Spiegel geben!“
„Wie heißt denn Spiegel hier?“
„Ajna.“
„Well!“ und er wandte sich an den Barbier. „Pray, the Ajna!“
Der Mann hielt ihm den Spiegel vor das Gesicht, und nun war es ganz und gar unmöglich, ohne lautes Lachen das Mienenspiel des Gentleman zu sehen. Man denke sich ein langes, schmales, von der Sonne zusammengebratenes Gesicht, von dessen unterer Hälfte ein röthlicher Semmelbart herniedertropfte; den breiten Mund, der jetzt eine Öffnung so groß wie diejenige des Gotthardtunnels besaß; die lange Nase, dreifach vergrößert durch die Aleppobeule, und darüber einen vollständig kahl geschorenen, weiß glänzenden Kopf, auf dessen Scheitelpunkte nur ein einziges Zöpfchen stehen geblieben war. Und dazu das so sehr beredte Mienenspiel! Selbst der Beduine konnte ein Lächeln nicht und ein Lachen kaum bezwingen.

„Thunder-storm! Abscheulich, teuflisch!“ rief Sir David. „Wo ist mein Revolver? Ich erschieße den Kerl! Ich ersteche ihn, durch und durch!“
„Ereifert Euch nicht, Sir!“ bat ich. „Dieser gute Mann hatte doch gar keine Ahnung davon, daß Ihr ein Englishman seid. Er hat Euch für einen Moslem gehalten und Euch also nur das Zöpfchen gelassen!“
„Well! Richtig! Aber diese Physiognomie! Schauderhaft!“
„Tröstet Euch, Sir. Der Turban wird Alles verdecken, und ehe Ihr nach Old England zurückkehrt, ist Euch das Fell wieder gewachsen.“
„Fell? Oho, Master! Aber warum seht denn Ihr so wohl aus, trotzdem man Euch auch nur den Zopf gelassen hat?“
„Das liegt in der Rasse, Sir. Dem Deutschen ist es überall zu wohl!“
„Yes! Richtig! Merke es grad jetzt an Euch. Was kostet die Geschichte?“
„Ich gebe zehn Piaster.“
„Zehn Piaster? Seid Ihr toll? Einen Schluck schlechten Kaffees, zwei Züge stinkenden Tabaksrauchs und den Kopf verderben – zehn Piaster!“
„Bedenkt, daß wir wie Wilde aussahen, und – jetzt!“
„Yes! Wenn Euch jetzt die alte Alwah erblickt, tanzt sie vor Wonne Menuett! Nun fort von hier! Aber wohin?“
„Eine Wohnung miethen – in irgend einer Villa draußen vor der Stadt; dieser Beduine wird uns führen. Wir reiten die beiden weißen Esel da draußen.“
„Well! Schön! Vorwärts!“
Wir verließen das Kaffeehaus und bestiegen die kleinen, aber sehr kräftigen und ausdauernden Thiere. Meine Beine schleiften beinahe am Boden, und der Engländer hatte seine spitzen Kniee grad unter die Achseln einquartirt. Voran rannte der Beduine, mit seinem Knüttel rechts und links schonungslos zuschlagend, wenn Jemand in den Weg zu kommen drohte. Dann kamen wir beide Reiter, auf den Eseln hockend, wie der Affe auf dem Kameele, und hinterher die beiden Besitzer der Thiere, unter heiserem Geschrei immer den hinteren Theil der Esel mit dem Stocke bearbeitend. So sausten wir durch die Gassen und Gäßchen, bis die Straßen aufhörten und die Häuser seltener wurden. Vor einer hohen Mauer hielt der Beduine still, und wir stiegen ab. Wir standen vor einem schmalen Pförtchen, an das unser Führer mit einem Steine aus allen Kräften klopfte. Es dauerte sehr lange, bis geöffnet wurde; dann sahen wir zunächst eine lange, spitze Nase und darauf ein altes, fahles Gesicht erscheinen.
„Was wollt Ihr?“ fragte der Mann.
„Effendi, dieser Fremdling will mit Dir reden,“ erklärte der Führer.
Ein Paar kleine, graue Augen hefteten sich auf mich, dann that sich der zahnlose Mund auf, und eine zitternde Stimme sagte:
„Tritt herein, aber nur Du allein!“
„Dieser Emir wird mitkommen,“ entgegnete ich, auf den Engländer deutend.
„Ja, aber nur er, weil er ein Emir ist.“

Wir traten ein, und die Pforte schloß sich hinter uns. Die dürren Füße des Alten steckten in einem Paar riesiger Pantoffel; so schlurfte er uns voran durch prachtvolle Gartenanlagen, über denen die Fächer der Palmen wankten. Vor einem hübschen Häuschen hielt er still.
„Was wollt Ihr?“ fragte er.
„Bist Du der Besitzer dieses herrlichen Gartens und hast Du eine Wohnung zu vermiethen?“
„Ja. Wollt Ihr sie miethen?“
„Vielleicht. Wir müssen sie aber erst sehen!“
„So kommt! Burza z piorunami! Wo ist mein Schlüssel!“
Während er nun in allen Taschen seines Kaftan nach dem Schlüssel suchte, hatte ich Zeit, mich von dem Erstaunen zu erholen, welches ich darüber empfinden mußte, einen alten Türken polnisch fluchen zu hören. Endlich fand er den Vermißten in einer Masche des Fenstergitters stecken und öffnete die Thür.
„Tretet ein!“
Wir kamen in einen hübschen Flur, in dessen Hintergrunde eine Treppe aufwärts führte. Rechts und links gab es Thüren. Der Alte öffnete rechts und schob uns in ein großes Zimmer. Im ersten Augenblick glaubte ich, dasselbe sei grün tapezirt, dann aber bemerkte ich, daß von hohen Gestellen ringsum grüne Vorhänge herabhingen, und was diese Vorhänge verbargen, das konnte ich errathen, wenn ich den Blick auf die lange Tafel warf, welche die Mitte des Raumes einnahm: sie war mit Büchern ganz bedeckt, und grad mir gegenüber lag, aufgeschlagen und gar nicht zu verkennen – – eine alte Nürnberger Bilderbibel. Mit einem raschen Schritte stand ich dort und legte meine Hand darauf.
„Die Bibel!“ rief ich deutsch. „Shakespeare, Montesquieu, Rousseau, Schiller, Lord Byron! Wie kommen die hierher!“
Das waren die Titel nur einiger unter den vielen Werken, welche ich hier liegen sah. Der Alte trat zurück, schlug die Hände zusammen und frug:
„Was! Sie reden deutsch?“
„Wie Sie hören!“
„Sie sind ein Deutscher?“
„Allerdings. Und Sie?“
„Ich bin ein Pole. Und der andere Herr?“
„Ein Engländer. Mein Name ist – – –“
„Bitte, jetzt keine Namen,“ unterbrach er mich. „Ehe wir uns nennen, wollen wir uns zuvor selbst kennen lernen.“
Er klatschte nach orientalischer Sitte in die Hände, was er einige Male wiederholen mußte; dann öffnete sich endlich die Thür, und es erschien eine Gestalt, so dick und fettglänzend, wie ich noch selten eine gesehen hatte.

„Allah akbar, schon wieder!“ stöhnte es zwischen den Wurstlippen hervor. „Was willst Du, Effendi?“
„Kaffee und Tabak!“
„Für Dich allein?“
„Für Alle.“
„Viel Bohnen?“
„Packe Dich!“
„Wallahi, billahi, tallahi, ist das ein Effendi!“
Mit diesem Stoßseufzer watschelte das unbegreifliche Wesen wieder ab.
„Wer war dieses Ungethüm?“ frug ich, vielleicht etwas zudringlich.
„Mein Diener und Koch.“
„O wehe!“
„Ja, er ißt und trinkt das Meiste selbst; erst das Übrige bekomme ich.“
„Das ist fast mehr als fatal!“
„Ich bin es gewohnt. Er war schon mein Diener, als ich noch Offizier war. Sie sehen ihm sein Alter gar nicht an. Er ist nur um ein Jahr jünger als ich.“
„Sie waren Offizier?“
„Im Dienste der Türkei.“
„Und wohnen jetzt in diesem Hause allein?“
„Allein!“
Es war über dem alten Mann eine tiefe Schwermuth ausgebreitet; er interessirte mich.
„Sprechen Sie vielleicht auch englisch?“
„Ich lernte es in meiner Jugend.“
„So lassen Sie uns die Unterhaltung in dieser Sprache führen, damit sich mein Begleiter nicht langweilt!“
„Gern! Also Sie kommen wirklich, um sich mein Logis anzusehen? Wer hat zu Ihnen von mir gesprochen?“
„Nicht von Ihnen, sondern von Ihrem Hause – der Araber, welcher uns bis zu Ihrer Pforte brachte. Er ist Ihr Nachbar.“
„Ich kenne ihn nicht; ich bekümmere mich um keinen Menschen. Suchen Sie ein Logis für sich allein?“
„Nein. Wir gehören zu einer Reisegesellschaft, die aus vier Männern, zwei Damen und einer Dienerin besteht.“
„Vier Männer – zwei Damen – – hm! Das klingt ein klein wenig romantisch!“
„Ist es auch. Sie werden die Erklärung erhalten, sobald wir uns die Wohnung besehen haben.“
„Sie hat kaum Platz für so Viele – da kommt der Kaffee!“
Der Dicke erschien wieder, kirschroth im Gesichte. Er balancirte auf den beiden fetten Händen einen großen Präsentirteller, auf welchem drei Tassen dampften; daneben lag bei einem alten Tschibuk ein Häufchen Tabak, kaum genug, einmal zu stopfen.

„Hier," krächzte er, „hier ist Kaffee für Alle!"
Wir hatten uns auf den Divan niedergelassen und nahmen ihm das Brett ab, da es ihm unmöglich war, sich zu uns niederzubeugen. Sein Herr hielt die Tasse zuerst an den Mund.
„Schmeckt's?" fragte der Dicke.
„Ja."
Der Engländer that dasselbe.
„Schmeckt's?" fragte der Dicke.
„Fi!"
Lindsay sprudelte das Spülichtwasser wieder von sich, und was mich betraf, so setzte ich mein Täßchen ganz einfach wieder weg.
„Schmeckt's nicht?" fragte mich der Dicke.
„Koste ihn selbst!" antwortete ich.
„Maschallah, ich trinke keinen solchen!"
Nun griff unser Wirth zur Pfeife.
„Es ist ja noch Asche drin!" tadelte er.
„Ja, ich habe vorhin daraus geraucht!" antwortete der Dicke.
„So hast Du sie wieder rein zu machen!"
„Gib her!"
Er riß seinem Herrn die Pfeife aus der Hand, klopfte die Asche vor der Thür aus und kam dann wieder zurück.
„Hier! Nun kannst Du stopfen, Effendi!"
Der Alte gehorchte seinem Diener, mochte aber während des Stopfens sich doch erinnern, daß wir noch gar nichts genossen hatten. Aus diesem Grunde entschloß er sich, uns das Beste und Seltenste zu bieten, was er besaß, und befahl daher:
„Hier ist der Kellerschlüssel. Gehe hinunter!"
„Gut, Effendi. Was soll ich holen?"
„Den Wein."
„Den Wein? Allah kerihm! Herr, willst Du Deine Seele dem Teufel verkaufen? Willst Du verdammt sein in den tiefsten Abgrund der Hölle hinunter? Trinke Kaffee oder Wasser! Beides erhält das Auge klar und die Seele fromm; wer aber Scharab trinkt, der geräth in das tiefste Elend und Verderben!"
„Gehe!"
„Effendi, thue es doch wenigstens mir nicht an, Dich in den Krallen des Scheïtan zu wissen!"
„Sei still und gehorche! Es sind noch drei Flaschen unten; diese bringst Du alle!"
„So muß ich gehorchen; aber Allah wird mir verzeihen; ich bin unschuldig an Deiner Verdammung."
Er schob sich zur Thüre hinaus.
„Ein origineller Geist!" bemerkte ich.

„Aber treu, obgleich er die Vorräthe nicht schont. Nur über den Wein hat er keine Macht; er erhält den Schlüssel nur dann, wenn ich Wein trinken will, und sobald er die Flasche bringt, muß er den Schlüssel wieder abgeben."
„Das ist eine sehr weise Einrichtung, aber – – –"
Ich durfte nicht weiter sprechen, denn der Dicke erschien bereits wieder, wie eine Lokomotive pustend. Er hatte je eine der Flaschen unter dem Arme und die dritte in der Rechten. Er bückte sich, so viel es ihm möglich war, und stellte die Flaschen vor die Füße seines Herrn. Ich mußte mich auf die Lippen beißen, um nicht in ein unartiges Gelächter auszubrechen: zwei Flaschen waren vollständig leer, und die dritte war nur kaum noch halb voll. Sein Herr starrte ihm ganz verdutzt in das Gesicht.
„Ist denn das der Wein?" frug er.
„Die drei letzten Flaschen!"
„Sie sind ja leer?"
„Bom bosch – völlig leer!"
„Wer hat den Wein getrunken?"
„Ich, Effendi."
„Bist Du verrückt! Mir und meinen werthen Gästen jetzt auf einem Zuge zwei und eine halbe Flasche Wein auszutrinken!"
„Jetzt? Auf einem Zuge? O Effendi, das ist nicht wahr, da bin ich unschuldig. Ich habe den Wein gestern, vorgestern, ehegestern und auch schon vor ehegestern getrunken, denn ich wollte alle Tage ein Glas voll haben."
„Dieb, Spitzbube, Halunke! Wie bist Du denn alle diese Tage in den Keller gekommen? Ich habe ja den Schlüssel Tag und Nacht in der Tasche! Oder hast Du mir ihn des Nachts gestohlen, während ich schlief?"
„Allah 'l Allah! O dieser Effendi! Ich aber sage Dir, daß ich auch hieran ganz unschuldig bin!"
„Aber wie kamst Du in den verschlossenen Keller, während ich den Schlüssel doch stets in meiner Tasche hatte?"
„Effendi, gestehe, ob ich jemals ein Einbrecher gewesen bin! Der Keller war ja gar nicht zu. Ich habe ihn nie verschlossen, wenn Du Wein darinnen hattest!"
„Trzaskawica! Gut, daß ich das erfahre!"
„Herr, das Fluchen in einer fremden Sprache macht es nicht besser. Du hast ja für Dich und Deine Gäste hier noch Wein genug!"
Der Alte nahm die Flasche und hielt sie gegen das Licht.
„Wie sieht denn dieser Wein aus, he?"
„Effendi, er wird Dir nicht gefährlich sein! Es war nur noch ein halbes Gläschen darin, und weil dies für drei Männer nicht reicht, so habe ich Wasser dazu geschüttet!"
„Wasser? Oh! Da – da hast Du Dein Wasser!"
Er holte aus und warf die Flasche nach dem Kopfe des Dicken; dieser aber bückte sich schneller, als man es ihm hätte zutrauen mögen, und die Flasche flog über ihn hinweg

und an die Thür, so daß sie in Scherben zersplitterte und ihren Inhalt auf den Boden ergoß. Da schlug der Diener bedauernd die fetten Hände zusammen und rief:
„Um Allah's willen, was thust Du, Effendi! Nun ist das schöne Wasser fort, welches man recht gut als Wein trinken konnte! Und diese Scherben! Die mußt Du selbst auflesen, denn ich kann mich unmöglich so weit bücken!“
Damit trampelte er zur Thür hinaus.
Das war eine Szene, welche ich für unmöglich gehalten hätte, wenn ich nicht selbst Augenzeuge derselben gewesen wäre. Und was mich am meisten wunderte, das war, daß der Effendi bereits gleich nach dem verunglückten Wurfe seinen Gleichmuth wiedergewonnen hatte. Diese so ganz ungewöhnliche und außerordentliche Nachsicht eines Herrn gegen einen dumm-dreisten, anmaßenden Diener mußte unbedingt eine tief liegende Ursache haben. Der Effendi war mir ein Räthsel, welches zu lösen ich mir bereits vorzunehmen begann.
„Verzeiht, Ihr Herren,“ bat der Pole; „es soll so etwas nie wieder vorkommen. Vielleicht erzähle ich noch, warum ich mit diesem Manne so nachsichtig bin. Er hat mir große Dienste geleistet. Stopft Euch Eure Pfeifen!“
Ich zog meinen eigenen Tabak heraus und schüttete ihn auf das Brett, und als dann die Pfeifen dampften, sagte er:
„Nun kommt; ich werde Euch die Wohnung zeigen!“
Er führte uns zum ersten Stock empor. Dieser bestand aus vier verschließbaren Stuben, welche alle einen Teppich in der Mitte und schmale Kissen an den Wänden hatten. Unter dem Dache gab es noch zwei kleine Räume, die auch verriegelt werden konnten. Das Logis gefiel mir, und ich fragte nach dem Preise.
„Hier gibt es keinen Preis,“ antwortete der Alte. „Wir müssen uns als Landsleute betrachten, und so ersuche ich Sie, in Beziehung auf die Wohnung mit den Ihrigen mein Gast zu sein.“
„Ich weise Ihr freundliches Anerbieten um so weniger zurück, weil es mir ja zu jeder Stunde frei steht, den Vertrag zu brechen. Die Hauptsache für mich ist, von der Welt da draußen unbeachtet und ungestört zu sein.“
„Das sind Sie hier in vollständigem Maße. Wie lange gedenken Sie, in meinem Hause zu verweilen?“
„Nicht lange, leider; wenigstens vier Tage und höchstens zwei Wochen. Um mich Ihnen zu erklären, erlauben Sie mir vielleicht, Ihnen ein kleines Abenteuer zu erzählen?“
„Gewiß, nehmen wir Platz. Es sitzt sich hier oben ebenso gut wie unten, und unsere Pfeifen brennen ja noch.“
Wir setzten uns, und ich erzählte ihm dann von unseren Verhältnissen und von der Begegnung mit Hassan Ardschir-Mirza so viel, als mir nöthig dünkte. Er hörte mit der größten Aufmerksamkeit zu, und als ich geendet hatte, sprang er empor und rief:
„Herr, Sie können getrost zu mir ziehen, denn hier wird Niemand sein, der Sie belästigt oder gar verräth. Wann werden Sie kommen?“

„Morgen in der Dämmerung. Aber einen Umstand hatte ich vergessen: wir haben mehrere Pferde und auch zwei Kameele; haben Sie Platz für diese Thiere?"

„Genug; Sie haben den Hof noch nicht gesehen, welcher hinter dem Hause liegt. Sein überdachter Theil reicht hin für Ihre Bedürfnisse. Nur Eins erwarte ich, daß Sie nämlich für Ihre Bedienung selbst Sorge tragen."

„Das versteht sich ganz von selbst!"

„So sind wir also einig. Ich werde Ihre Aufrichtigkeit baldigst erwidern, indem ich Sie auch mit meinen Verhältnissen bekannt mache; doch nicht heut, denn Sie haben sich bereits erhoben, und ich sehe, daß Sie noch andere Geschäfte zu besorgen haben. Wenn Sie morgen kommen, so wenden Sie sich um die Gartenmauer herum; Sie werden auf der Seite, welche dem Pförtchen gegenüberliegt, ein breites Thor finden, an dem ich Sie erwarten will."

Wir verließen den Alten, zufrieden mit unserm Erfolge, und kehrten mit unsern vorigen Begleitern nach der Stadt zurück. – –

Am andern Abend zogen wir ein: Hassan Ardschir-Mirza in Frauenkleidern, um etwaige Beobachter irre zu führen. Seine früheren Diener waren abgelohnt worden, und nur Mirza Selim Agha blieb in seiner Nähe. An Stelle der Diener trat der Araber, welcher uns gestern geführt hatte.

Der Aufenthalt in unserer neuen Wohnung brachte uns ein Ereigniß, welches ich trotz seiner interessanten Natur übergehe, da mir vielleicht später Gelegenheit wird, es zu erzählen. Nur muß ich bemerken, daß ich während meiner kurzen Streifereien durch Bagdad zweimal einer Gestalt begegnete, in welcher ich Saduk wiederzuerkennen glaubte.

Als ich mit dem Perser wieder auf seinen Zug nach Kerbela zu sprechen kam, mußte ich leider bemerken, daß er sich gegen meine Begleitung abweisend verhielt. Ich konnte ihm dies unmöglich verübeln; er war ein Schiit, und sein Glaube verbot ihm bei Todesstrafe, die heiligen Stätten an der Seite eines Ungläubigen zu besuchen. Das einzige Zugeständniß, welches er mir machte, bestand in der Erlaubniß, mit ihm bis nach Hilla reiten zu dürfen, wo wir uns bis auf Weiteres trennen mußten, um uns dann in Bagdad wieder zusammen zu finden. Eigentlich war er gewillt, hier die beiden Frauen zurück zu lassen; doch diese erklärten sich damit nicht einverstanden und wußten ihren Bitten eine solche Dringlichkeit zu geben, daß er sich endlich doch genöthigt sah, ihren Bitten nachzugeben.

Somit war ich der Verpflichtung überhoben, die Rolle eines Beschützers der Frauen übernehmen zu müssen.

Schon jetzt passirten viele Pilger die Stadt Bagdad, um sich ohne Aufenthalt nach Westen zu wenden; aber erst am fünften Muharrem vernahmen wir die Kunde, daß sich die eigentliche Todeskaravane der Stadt nähere. Sofort stieg ich mit dem Engländer und meinem kleinen Halef zu Pferde, um den Anblick dieses Schauspieles zu genießen.

Genießen? – Nun, dieser Genuß war freilich ein höchst zweifelhafter! Der Schiit glaubt, daß ein jeder Moslem, dessen Leiche in Kerbela oder Nedschef Ali begraben wird, ohne alle weiteren Hindernisse sofort in das Paradies komme. Darum ist es der heißeste Wunsch eines Jeden, an einem dieser beiden Orte begraben zu sein. Da der Transport der Leichen per Karavane ein sehr kostspieliger ist, so kann er nur von den Reichen ermöglicht werden; der Arme aber, wenn er an so heiliger Stelle begraben sein will, nimmt Abschied von den Seinen und bettelt sich durch weite Länderstrecken bis zu der Grabstelle Ali's oder Hosseïn's, um dort seinen Tod zu erwarten.
Jahr für Jahr schlagen Hunderttausende von Pilgern den Weg nach jenen Stätten ein, aber diese Zuzüge sind am stärksten, wenn der zehnte Muharrem, der Todestag Hosseïns, naht. Dann steigen die Leichenkaravanen der schiitischen Perser, Afghanen, Beludschen, Indier etc. vom iranischen Tafellande herab; von allen Seiten werden Todte hergeschleppt, und sogar auf Schiffen führt man sie auf dem Euphrat herbei. Die Leichen liegen oft schon monatelang vor dem Aufbruche bereit; der Weg der Karavane ist ein weiter und höchst langsamer; die Hitze des Südens brütet mit fürchterlicher Glut auf die Strecke hernieder, welche durchzogen werden muß, und so gehört keine übermäßige Anstrengung der Phantasie dazu, sich den entsetzlichen Geruch zu denken, den eine solche Karavane verbreitet. Die Todten liegen in leichten Särgen, welche in der Hitze zerspringen, oder sie sind in Filzdecken gehüllt, die von den Produkten der Verwesung zerstört oder doch durchdrungen werden; und so ist es denn kein Wunder, daß das hohläugige Gespenst der Pest auf hagerem Klepper jenen Todeszügen auf dem Fuße folgt. Wer ihnen begegnet, weicht weit zur Seite aus, und nur der Schakal und der Beduine schleichen herbei: der Eine, angezogen von dem Geruche der Verwesung, und der Andere, herbeigelockt von den Schätzen, welche die Karavane mit sich führt, um sie am Ende der Wallfahrt den Händen der Grabeshüter zu übergeben. Diamantenbesetzte Gefäße, perlenbesäte Stoffe, kostbare Waffen und Geräthe, gewaltige Mengen vollwichtiger Goldstücke, unschätzbare Amulette etc. werden nach Kerbela und Nedschef Ali gebracht, wo sie in den unterirdischen Schatzkellern verschwinden. Diese Schätze werden, um die beduinischen Räuber zu täuschen, in sargähnlicher Verpackung verborgen, aber die Erfahrung hat die unternehmenden arabischen Stämme gelehrt, diese Vorsicht unnütz zu machen. Sie öffnen bei einem Überfalle sämtliche Särge und kommen so ganz sicher zu den Schätzen, welche sie suchen. Der Kampfplatz bietet danach ein wüstes Bild von gefällten Thieren, getödteten Menschen, zerstreuten Leichenresten und zerschmetterten Sargtrümmern, und der einsame Wanderer lenkt sein Pferd von ihnen ab, um dem Hauche der Pest und Ansteckung zu entgehen.
Es versteht sich ganz von selbst, daß die Todeskaravane während ihrer Reise keine eng bewohnte Stadt berühren darf. Früher durfte sie ihren Weg mitten durch Bagdad nehmen. Sie zog durch Schedt Omer, das östliche Thor, ein; kaum jedoch hatte sie im Westen die Stadt verlassen, so verbreitete sich der Pesthauch über die Khalifenstadt; die Seuche begann zu wüthen, und Tausende fielen der muhammedanischen

Gleichgültigkeit zum Opfer, welche sich mit dem schlechten Troste behilft, daß „Alles im Buche verzeichnet stehe“. In neuerer Zeit ist das anders geworden, und besonders hat der so viel bewunderte und ebenso viel angefochtene Midhat Pascha unter den alten Vorurtheilen und Herkömmlichkeiten aufgeräumt. Die Leichenkaravane darf jetzt nur die nördliche Grenze des Stadtbezirks berühren, um dann auf der oberen Schiffbrücke über den Tigris zu gehen. Und dort war es, wo wir sie trafen.
Ein unerträglicher Pesthauch wehte uns entgegen, als wir uns der Stelle näherten. Der Kopf des langen Zuges war bereits angekommen und traf Anstalt, sich zu lagern. Eine hohe Fahne mit dem persischen Wappen (ein Löwe mit der hinter ihm aufsteigenden Sonne) war in die Erde gesteckt; sie sollte den Mittelpunkt des Lagers bilden. Die Fußgänger saßen auf der Erde; die Reiter hatten ihre Pferde und Kameele verlassen; aber die mit den Särgen beladenen Maulthiere blieben bepackt, zum Zeichen, daß der Aufenthalt nur ein vorübergehender sein werde. Nach ihnen zog sich der lange, unabsehbare Zug wie eine Schnecke herbei, welche in gerader Richtung über den Boden kriecht. Es waren braune, von der Sonnengluth eingedörrte Gestalten, die in müder Haltung auf ihren Thieren hingen oder mit abgematteten Füßen sich über den Boden schoben; aber in ihren dunkeln Augen glühte der Fanatismus, und unbeirrt durch die zahlreich anwesenden Zuschauer sangen sie ihren monotonen Pilgergesang:
„Allah, hesti dschihandar,
Allah, hestem asman pejwend,
Hosseïn, hesti chun alud,
Hosseïn, hestem eschk riz!“
Allah, Du bist weltbesitzend,
Allah, ich bin den Himmel erreichend.
Hosseïn, Du bist blutbespritzt,
Hosseïn, ich bin Thränen vergießend.
Wir hatten uns so nahe an die Pilger heran gemacht, daß wir unmittelbar bei ihnen hielten; aber je mehr ihrer herbei kamen, desto infernalischer wurde der Gestank, so daß Halef einen Zipfel seines Turbantuches löste, um damit die Nase zu verschließen. Einer der Perser bemerkte dies und trat herzu.
„Sak – Hund,“ rief er, „warum verhüllst Du Dir die Nase?“
Da Halef das Persische nicht verstand, so übernahm ich die Antwort:
„Glaubst Du, die Ausdünstung dieser Leichen sei ein Geruch des Paradieses?“
Er sah mich verächtlich von der Seite an und meinte:
„Weißt Du nicht, wie der Kuran sagt? Er sagt, daß die Gebeine der Gläubigen duften nach Amber, Gul, Semen, Musch, Naschew, und Nardjin.“
„Diese Worte stehen nicht im Kuran, sondern in Ferid Eddin Attars Pendnameh; merke Dir das! Warum übrigens habt Ihr Euch denn selbst die Nase und den Mund verhüllt?“
„Das sind die Andern, aber nicht ich!“

„So beklage Dich zunächst über die Deinen, und dann erst magst Du zu uns kommen! Jetzt haben wir nichts mit Dir zu schaffen!“
„Mann, Deine Rede ist stolz! Du bist ein Sunnit. Ihr habt Herzeleid gebracht über den ächten Khalifen und seine Söhne. Allah verdamme Euch bis in die finsterste Tiefe der Hölle hinein!“
Er wendete sich mit einer drohenden Handbewegung von uns ab, und ich hatte nun gleich ein Beispiel des unversöhnlichen Hasses, welcher – je länger, desto heller – zwischen Sunna und Schia lodert. Dieser Mann wagte es, uns in der unmittelbaren Nähe einer Bevölkerung von Tausenden von Sunniten zu beschimpfen; wie mußte es einem Manne ergehen, den man in Kerbela oder Nedschef Ali als Nichtschiit entdeckte! –
Ich hätte gern gewartet, bis das Ende des endlos scheinenden Zuges herangekommen wäre, doch die Vorsicht trieb mich von dannen. Ich hatte mir vorgenommen, falls die Hindernisse nicht ganz unüberwindlich seien, bis nach Kerbela zu gehen, und da war es nicht gerathen, mich hier unter Sunniten zur Schau zu stellen. Meine Person konnte sehr leicht irgend Einem auffällig werden, der mich später wieder erkannt hätte. Daher ritten wir bald zurück. Der Engländer war gern einverstanden; er behauptete, den Geruch nicht länger aushalten zu können, und auch der sonst so tapfere Hadschi Halef Omar ergriff die Flucht vor den mephitischen Dünsten, welche den Lagerplatz der Perser unausstehlich machten.
Zu Hause angekommen, erfuhr ich von Hassan Ardschir-Mirza, daß er sich der Karavane nicht anschließen, sondern ihr erst morgen folgen werde. Er hatte diesen Entschluß bereits Mirza Selim Agha mitgetheilt, und dieser war dann ausgegangen, um gleichfalls die persische Karavane ankommen zu sehen.
Ich weiß nicht, warum dieser Gang des Agha mir verdächtig erscheinen wollte. Daß er die Absicht hegte, die Karavane in Augenschein zu nehmen, konnte ja doch gar nichts Beunruhigendes an sich haben; aber dennoch war es, als ob sich eine Art dunkler Besorgniß in mir rege. Sogar als wir uns zur Ruhe begaben, war der Mann noch nicht zurück. Auch Halef fehlte; er war nach dem Abendbrode in den Garten gegangen und noch nicht heimgekehrt. Erst gegen Mitternacht vernahm ich leise Schritte, welche an unserer Thür vorüberschlichen, und ungefähr zehn Minuten später wurde dieselbe fast unhörbar geöffnet, und es nahte sich Jemand der Stelle, an der ich lag.
„Wer ist da?“ fragte ich halblaut.
„Ich, Sihdi,“ hörte ich Halefs Stimme. „Steh' auf, und komm mit mir!“
„Wohin denn?“
„Still jetzt! Es könnte uns Jemand belauschen.“
„Soll ich Waffen mitnehmen?“
„Nur die kleinen.“
Ich steckte das Messer und die Revolver zu mir und folgte ihm mit nackten Füßen. Er schritt voran zum hinteren Thore, und erst dort zog ich die Schuhe an.
„Was gibt es, Halef?“

„Komm nur, Effendi! Wir müssen eilen, und ich kann Dir Alles ja recht gut im Gehen sagen."
Er öffnete, und wir verließen den Garten, indem wir das Thor nur leicht anlehnten. Ich wunderte mich, als Halef sich nicht nach der Stadt zu, sondern nach südlicher Richtung wandte; doch folgte ich schweigend, bis er selbst begann:
„Herr, verzeihe, daß ich Dich in Deiner Ruhe störte! Aber ich traue diesem Selim Agha nichts Gutes zu."
„Was ist's mit ihm? Ich hörte ihn vorhin nach Hause kommen."
„Laß Dir erzählen! Als wir vom Lager heimkehrten und ich die Pferde in den Stall brachte, traf ich dort den dicken Diener unsers Wirthes. Er war sehr ärgerlich und schimpfte wie ein Femek, dem eine Eidechse entschlüpft ist."
„Worüber?"
„Über Mirza Selim Agha. Dieser hatte die Weisung hinterlassen, ihm das Thor offen zu lassen; er werde vielleicht spät nach Hause kommen. Ich liebe diesen Mirza nicht, denn er ist Dir nicht gewogen, Sihdi. Der Diener hatte ihm nachgeblickt und gesehen, daß er nicht nach der Stadt ging, sondern sich nach Mittag wandte. Was wollte der Perser außerhalb der Stadt? Effendi, Du verzeihst, daß ich neugierig wurde. Ich kehrte in das Haus zurück, sprach mein Gebet und aß mein Abendbrod; aber ich konnte den Agha nicht vergessen. Der Abend war so schön, und die Sterne leuchteten am Himmel; ich konnte auch thun, was der Agha that: ich ging spazieren, und zwar in der gleichen Richtung wie er. Ich war ganz allein; ich dachte an Dich, an Scheik Malek, den Großvater meines Weibes, an Hanneh, die Blume der Frauen, und merkte dabei gar nicht, daß ich mich schon sehr weit von unserer Wohnung entfernt hatte. Da aber stand ich an einer Mauer; sie war eingefallen, und ich stieg über das Geröll hinaus in das Freie. Dort ging ich langsam weiter, bis ich einen Ort erreichte, an dem ich Bäume und Kreuze bemerkte. Es war ein Mezaristan der Ungläubigen. Die Kreuze glänzten im Schimmer der Sterne, und ich schritt sehr leise hinzu, denn man darf die Seelen der Ungläubigen nicht durch laute Schritte erwecken; sie werden zornig und heften sich an die Fersen des Ruhestörers. Da sah ich Gestalten auf den Gräbern sitzen. Es waren keine Geister, denn sie rauchten ihre Tschibuks, und ich hörte sie sprechen und lachen. Es waren auch keine Männer aus der Stadt, denn sie trugen die Kleidung der Perser; nur einige Araber waren darunter, und weiterhin, wo sich keine Gräber befanden, hörte ich das Hufstampfen ungebundener Pferde."
„Hast Du gehört, wovon die Männer redeten?"
„Sie saßen sehr entfernt von mir, und ich vernahm nur, daß sie von einer großen Beute sprachen, welche sie machen wollten, und daß nur zwei Personen leben bleiben sollten. Ferner hörte ich eine gebieterische Stimme sagen, daß sie bis zum Morgengrauen hier in dem Friedhofe bleiben würden, und dann erhob sich ein Anderer, um Abschied von ihnen zu nehmen. Er kam nahe an mir vorüber, und ich erkannte den Agha."

„Ja, Sihdi, er war es; ich habe mich nicht geirrt. Ich folgte ihm bis an unser Haus; dann dachte ich, daß es wohl gut sein würde, zu wissen, wer die Männer sind, mit denen er gesprochen hat, und darum weckte ich Dich."
„So glaubst Du, daß sich die Männer noch auf dem Friedhofe befinden?"
„Ja, ich glaube es."
„Es wird der Friedhof der Engländer sein, den Du meinst. Ich kenne ihn von meinem ersten Aufenthalte in Bagdad her; er liegt nicht weit vom blinden Thore, und es wird gar nicht schwer sein, unbemerkt an ihn heranzukommen."
Wir erreichten die Bresche, welche der Zahn der Zeit in die Umfassungsmauer genagt hatte. Hier ließ ich Halef zurück, damit er mir nöthigenfalls den Rückzug decken könne, und ich ging vorsichtig dem Ziele entgegen. Der Friedhof der Engländer lag nun ganz nahe vor mir; kein Lüftchen regte sich, und kein Laut unterbrach die Stille der Nacht. Ich gelangte unbemerkt bis an den nach Norden gerichteten Eingang: er war geöffnet. Ich trat leise ein und hörte sofort seitwärts das Schnauben eines Pferdes. Das Thier gehörte sicher einem Beduinen, denn nur die im Freien lebenden Rosse haben jenen eigenthümlichen, ängstlich zitternden Stoß durch die Nüstern, welcher als Warnung gelten soll. Dieses Schnauben konnte meine Anwesenheit verrathen und mir also gefährlich werden; ich wandte mich darum schnell nach der andern Seite und kroch auf der Erde vorwärts.
Nach einer sehr kurzen Weile sah ich es hell durch die Büsche schimmern. Ich kannte dieses Weiß; es war die Farbe arabischer Burnusse. Ich schlich mich hinzu und zählte sechs Männer, welche schlafend am Boden lagen. Es waren Araber; ein Perser war nicht zu sehen. Halef konnte sich unmöglich geirrt haben. Entweder lagen die Perser weiter abwärts oder sie hatten den Friedhof ganz verlassen. Um mir Gewißheit zu holen, schlich ich weiter, kam aber ganz in die Nähe der Pferde, ohne weiter einen Menschen bemerkt zu haben. Obgleich ich jetzt von der andern Seite kam, wurden die Thiere bei meiner Annäherung abermals unruhig, doch konnte mich dies nicht mehr beirren; ich mußte wissen, wie viele Pferde es waren. Ich zählte sieben. Dort lagen sechs Araber, wo war der siebente? Eben wollte ich diese Frage stellen, als ich, auf den Händen und Knieen liegend, von einem Manne, der sich auf mich warf, vollends zu Boden gedrückt wurde. Das war der Siebente; er hatte bei den Pferden Wache gestanden. Und dieser Mann war kein Schwächling; er lag zentnerschwer auf mir und brüllte mit einer wahren Löwenstimme die Andern herbei.
Sollte ich es auf einen Kampf ankommen lassen? Sollte ich mich ruhig ergeben, um vielleicht zu erfahren, was diese Leute herbeigeführt hatte? Nein, keines von Beidem! Ich schnellte mich empor und nach hinten wieder zur Erde nieder; dadurch kam der Angreifende unter meinen Rücken zu liegen. Diese Bewegung mußte ihm unerwartet gekommen, oder mochte er mit dem Kopfe zu kräftig aufgeschlagen sein – ich fühlte, daß seine Arme sich von mir lösten, sprang auf und eilte dem Ausgange zu. Aber unmittelbar hinter mir hörte ich die Schritte der Verfolger. Glücklicher Weise trug ich

nur leichte Kleidung und leichte Waffen; es gelang ihnen nicht, mich zu erreichen. An der Bresche des Walls angekommen, zog ich den Revolver und gab zwei Schüsse ab, natürlich nur in die Luft; und als auch Halef sein Pistol abschoß, verschwanden die weißen Gestalten schnell hinter mir. Einige Augenblicke später hörten wir sie davonreiten; der Friedhof war ihnen, wenn auch nicht in Hinsicht der dort ruhenden Todten, unheimlich geworden.
„Hast Du Dich erwischen lassen, Sihdi?"
„Allerdings. Ich bin unvorsichtig gewesen. Diese Araber waren klüger, als ich glaubte; sie hatten eine Wache ausgestellt, welche mich faßte."
„Allah kerihm! Es konnte Dir schlimm ergehen, denn diese Männer haben sicher aus keinem ehrlichen Grunde den Friedhof aufgesucht. Aber es waren doch nur Araber, welche Dich verfolgten?"
„Die Perser, welche Du gesehen hast, befanden sich nicht mehr bei ihnen. Kam Dir die Gestalt des Befehlshabers, welchen Du sprechen hörtest, nicht bekannt vor?"
„Ich konnte sie nicht genau erkennen; es war nicht hell genug dazu, und er saß mitten unter den Übrigen."
„So haben wir diesen Gang umsonst gethan, obgleich ich beinahe den Verdacht hegen möchte, daß es die Verfolger Hassan Ardschir-Mirza's gewesen sind."
„Könnten diese sich hier befinden, Sihdi?"
„Ja. Sie haben sich nach dem Überfalle zwar westwärts gewendet, aber sie konnten sehr leicht annehmen, daß Hassan nach Bagdad gehen werde, und so läßt sich glauben, daß sie über Dschumeila, Kifri und Zengabad nach Süden geritten sind. Wir konnten der Frauen wegen nicht so schnell vorwärts kommen, wie sie." –
Wir gingen in unsere Wohnung zurück, und ich theilte Hassan Ardschir das Erlebniß und meine Befürchtungen mit, welche er sehr leichthin entgegennahm. Er konnte nicht denken, daß seine Verfolger nach Bagdad gekommen seien, und ebenso unwahrscheinlich war es ihm, daß die Worte, welche Halef belauscht hatte, auf ihn Bezug haben sollten. Ich bat ihn, vorsichtig zu sein und sich vom Pascha eine Bedeckung geben zu lassen; doch auch diesen Vorschlag wies er zurück.
„Ich fürchte mich nicht," meinte er. „Vor Schiiten brauche ich nicht bange zu sein, denn während des Festes ist jede Feindschaft aufgehoben, und ebenso sicher ist es, daß ich von den Arabern nicht angefallen werde. Bis Hilla bist Du ja mit Deinen Freunden bei mir, und dann ist es bis Kerbela nur noch eine Tagreise, und der Weg ist von Pilgern so besucht, daß sich wohl kein Räuber sehen lassen wird."
„Ich kann Dich nicht zwingen, meinem Rathe zu folgen. Du nimmst doch nur das mit, was Du in Kerbela nöthig hast, und lässest das Übrige hier zurück?"
„Ich lasse nichts zurück. Soll ich das, was ich habe, fremden Händen anvertrauen?"
„Unser Wirth scheint mir ein ehrlicher und sicherer Mann zu sein."
„Aber er wohnt in einem einsamen Hause. Schlafe wohl, Emir!"

Es blieb mir nichts Anderes übrig, als zu schweigen. Ich legte mich wieder zur Ruhe und wachte erst spät am Morgen auf. Der Engländer war nicht anwesend; er war nach der Stadt gegangen, und als er zurückkehrte, brachte er vier Männer mit, von denen drei mit Hacke, Spaten und anderem Geräthe versehen waren.
„Was sollen diese Leute?“ frug ich ihn.
„Hm, arbeiten!“ antwortete er. „Drei sind abgelohnte Matrosen aus Old England, und der Vierte ist ein Schotte, der ein wenig Arabisch versteht; er wird mein Dolmetscher sein. Ich brauche ihn ja, weil Ihr doch heimlich nach Kerbela wollt. Well.“
„Wer hat Euch diese Leute besorgt, Sir?“
„Habe auf dem Consulate angefragt.“
„Ihr wart beim Residenten? Ohne mir etwas davon zu sagen?“
„Yes, Sir! Habe Briefe erhalten und abgegeben, mir auch Gelder verschafft. Habe Euch nichts davon gesagt, weil ich Euer Freund nunmehr gewesen bin!“
„Warum?“
„Wer nach Kerbela geht, ohne mich mitzunehmen, braucht sich auch um meine anderen Angelegenheiten nicht zu kümmern. Well!“
„Aber, Sir, was ist Euch denn so plötzlich in den Kopf gefahren? Eure Begleitung könnte doch mir und Euch nur Schaden bringen.“
„Habe Euch soweit begleitet, ohne Schaden zu nehmen. Zwei Finger weg – zählt nichts; habe dafür die Nase doppelt.“
Er wandte sich ab und machte sich mit seinen vier Leuten zu schaffen. Der gute David Lindsay war trotz seiner Leidenschaft für Fowling-bulls begierig, sich das Fest des zehnten Muharrem mit anzusehen; aber es war durchaus unmöglich, ihn mitzunehmen.

Die Todeskarawane

Nachmittags, als die größte Tageshitze vorüber war, brachen wir auf, um Burdsch ul Ewlia zu verlassen. Voran ritt der Führer, welchen Hassan Ardschir nebst einigen Maulthiertreibern gemiethet hatte, deren Thiere sein Eigenthum trugen. Letzteres war eine Unvorsichtigkeit, welche ich nicht begreifen konnte. Hinter diesen folgte Hassan mit Mirza Selim Agha bei dem Kameele, welches die beiden Frauen zu tragen hatte. Ich hielt mich zu Halef, und den Schluß bildete der Engländer, welcher mit stolzer, unternehmender Miene die Männer beaufsichtigte, mit deren Hülfe er die Trümmer Babylon's zwingen wollte, ihm ihre verborgenen Schätze auszuliefern. Alwah saß auf einem Maulthiere, und der arabische Diener war zurückgeblieben.
Ich hatte mir den jetzigen Ritt ganz anders gedacht. Das ganze Arrangement war ein verkehrtes. Vielleicht war ich selbst mit Schuld daran, aber es war mir jetzt schwer geworden, eine Ansicht gehörig durchzusprechen. Meine Verwundung, die ich erst doch

ganz gut überwunden zu haben schien, war nicht ohne Nachtheil für mich geblieben, und zudem hatte ich mehr Sorge, Aufregung und Anstrengung gehabt, als einer meiner Begleiter. Ich fühlte mich körperlich sehr müde und geistig niedergeschlagen, ohne daß ich für dieses Accablement eine Ursache hätte angeben können. Ich war ärgerlich über Hassan Ardschir und den Engländer, ohne zu bedenken, daß ich ihnen mit meiner eigenen Verdrießlichkeit vielleicht Ursache gegeben hatte, mich mit ihren Angelegenheiten weniger zu beschäftigen, als sie es vorher gethan hatten. Dieser Zustand hatte, wie ich später erkennen mußte, seinen Grund in einer Incubation, deren Ausbruch mir beinahe tödtlich geworden wäre.

Wir zogen am Flusse hinauf, um über die obere Schiffbrücke zu reiten. Dort hielt ich an, um einen Blick auf die einstige Residenz Harun al Raschid's zu werfen. Sie lag vor mir im Sonnenglanze, in all ihrer Pracht und Herrlichkeit, und doch auch wieder mit all den nicht zu verwischenden Spuren des Verfalles. Links vorn der Volksgarten, hinter welchem die Pferdebahn nach Norden geht, und weiter zurück die Quarantaineanstalt. Dann das hoch emporragende Kastell und das Gouvernementgebäude, welches seinen Fuß in die Fluthen des Tigris taucht. Rechts die meist von Agil-Arabern bewohnte Vorstadt mit der Medresse Mostansir, dem einzigen Bauwerke, welches dieser älteste, vom Khalifen Manssur gegründete Stadttheil in die Gegenwart mit herübergenommen hat. Und hinter diesen Gebäuden dehnte sich eine unabsehbare Häusermasse, überragt von stilvollen Minarehs und den glasirten Kuppeln von wohl hundert Moscheen. Über diesem Häusermeere wallte hier und da die schön gezeichnete Krone einer Palme, deren Grün wohlthuend den Staub- und Dunstschleier durchbricht, welcher stets über der Stadt der Khalifen lagert.

Hier an diesem Orte begrüßte Manssur jene Gesandtschaft des Frankenkönigs Pipin des Kleinen, welche kam, um mit ihm zu verhandeln gegen die in Spanien so gefürchteten Ommejaden. Hier lebte der berühmte Harun al Raschid an der Seite der schönen Zobeïde, welche mit ihm die gleiche Frömmigkeit und die gleiche verschwenderische Prachtliebe theilte. Sie pilgerten wiederholt nach Mekka und ließen den ganzen Weg dorthin mit den kostbarsten Teppichen belegen. Wo aber ist heute der kostbare, goldene Baum mit seinen Diamant-, Smaragd-, Rubinen-, Saphir- und Perlenfrüchten, welcher den Thron Harun's beschattete? – Dieser Khalif wurde Al Raschid genannt, und doch war er ein hinterlistiger Tyrann, welcher den abscheulichsten Meuchelmord an seinem treuen Vezier Djafer beging, seine Schwester nebst deren Kind lebendig einmauern ließ und die edle Familie der Barmekiden abschlachtete. Der Schimmer, welchen die Märchen von „Tausend und eine Nacht“ um ihn verbreiteten, ist Trug, denn die Geschichte hat längst nachgewiesen, daß der wirkliche Harun ein Anderer als der Harun der Sage ist. Von seinem Volke vertrieben, flüchtete er sich nach Rakka und starb in Rhages in Persien. Begraben liegt er unter goldenem Kuppeldache in Meschhed in Khorassan; Zobeïde aber, die Verschwenderin von Millionen, ruht am Wüstensaume in einem verwahrlosten Gottesacker unter einem Grabmale, welches die Jahrhunderte

zerrissen und zerbröckelt haben. – Hier lebte auch der Khalif Maamun, welcher die Göttlichkeit des Kuran leugnete und die „ewige Vernunft“ anbetete. Unter ihm floß der Wein in Strömen, und unter seinem Nachfolger Motassim wurde es noch ärger. Er baute in öder, nackter Gegend die Residenz Samarra, allerdings ein Paradies, aber an diesem Paradiese wurde der Staatsschatz ganzer Herrschergeschlechter vergeudet. Hier wurde die gemeinste Sinnlichkeit zur Ekstase getrieben, und während man den freundlichen Blick einer Sirene mit einem ganzen Vermögen bezahlte, mußten die Unterthanen am Nöthigsten darben. Dem Statthalter des Propheten Mutawakkil genügte auch dieses nicht. Er baute sich eine neue Residenz, und um etwas noch nie Dagewesenes zu leisten, sollte das Balkenwerk aus dem alten, weitberühmten „Baum des Zoroaster“ geschnitten werden. Dieser Baum, eine riesige Cypresse, stand bei Tus in Khorassan. Vergebens war das Flehen der Magier und Priester der Sonnenlehre. Sie boten die unglaublichsten Summen, um das ihnen heilige Wahrzeichen ihres Glaubens zu retten; aber vergebens. Der Baum wurde umgehauen. Man schleifte seine Theile den ungeheuren Weg zum Tigris hinab und gelangte daselbst grad in dem Augenblick an, als Mutawakkil von seiner türkischen Leibwache ermordet wurde.
Mit ihm war der Glanz der Khalifen erblichen, und der Ruhm der „Stadt des Heiles“ erlosch immer mehr. Bagdad soll damals 100,000 Moscheen, 80,000 Bazarhallen, 60,000 Bäder, 12,000 Mühlen, ebensoviele Karawanserais und zwei Millionen Einwohner besessen haben. Welch ein Unterschied gegen das heutige Bagdad! Schmutz, Staub, Trümmer und Lumpen überall. Sogar die Brücke, auf welcher ich hielt, war defekt, und ihr elendes Flechtwerkgeländer hing in Fetzen herab. Statt „Dar ul Khalifet“ oder „Dar us Sallam“ wäre die Stadt jetzt viel treffender „Dar et Taun“ zu nennen. Trotz des heute noch prächtigen Anblickes, den sie bietet, besteht der dritte Theil des innerhalb der Stadtumwallung liegenden Terrain aus Friedhöfen, Pestfeldern, Sumpflachen und modrigem Häuserschutt, wo der Aasgeier mit anderem Gelichter sein Wesen treibt. Die Pest stellt sich alle fünf oder sechs Jahre ein und fordert ihre Opfer stets nach Tausenden. Der Moslem zeigt auch solchen Fällen gegenüber seine unheilbringende Indolenz. „Allah sendet es; wir dürfen nichts dagegen thun,“ sagt er. Bei der so entsetzlichen Epidemie des Jahres 1831 gab sich der Vertreter England's alle Mühe, zur Steuerung der Seuche umfassende Vorkehrungen zu treffen; da aber erhoben sich die Mullahs gegen ihn, und er wurde durch das Argument, daß sein Beginnen gegen den Kuran sei, in die Flucht geschlagen. Die Folge davon war, daß jeder einzelne Tag bis an dreitausend Pestleichen forderte. Dazu kam der Verfall der Kanäle, in Folge dessen in einer einzigen Nacht mehrere Tausend Häuser über ihren Bewohnern zusammenbrachen.
Bei diesen Gedanken war es mir, als ob auch mich das Contagium ergriffen habe. Trotz der Hitze überlief es mich kalt. Ich schüttelte mich und ritt den Andern schnell nach, um aus der Stadt und meinen Gedanken fortzukommen.
Zwischen der Straße nach Basra links und derjenigen nach Deïr rechts, kamen wir an Ziegeleien und an dem Grabmale der Zobeïde vorüber, passirten den Oschach-Kanal und

befanden uns nun im freien Felde. Um Hilla zu erreichen, hatten wir den schmalen Isthmus zu durchschneiden, welcher den Euphrat von dem Tigris trennt. Hier stand noch zu Ende des Mittelalters Garten an Garten; da wehten die Palmen, da dufteten die Blumen, da glänzten die herrlichsten der Früchte am blätterreichen Geäst. Jetzt gilt hier Uhland's Wort: „Kein Baum verstreuet Schatten, kein Quell durchdringt den Sand." Die lebenspendenden Kanäle sind vertrocknet und scheinen nur vorhanden zu sein, um räuberischen Beduinen zum Schlupfwinkel zu dienen.

Die Sonne brannte noch immer heiß hernieder, und die Luft schien die Spuren der Todeskaravane zu tragen, welche gestern hier vorübergeschlichen war. Ich hatte die Empfindung, als befinde ich mich in einem ungelüfteten Krankensaale, welcher von Pockenbehafteten angefüllt ist. Und das war nicht etwa Einbildung, sondern auch Halef machte diese Bemerkung, und der Engländer schnüffelte mit seiner Beulennase höchst übelwollend in der stagnirenden Atmosphäre umher.

Hier oder da überholten wir einen alten Pilger, welcher sich in Kerbela begraben lassen wollte und ermüdet zurückgeblieben war, oder eine Gruppe von Aliisten, welche einem armen Maulthiere mehrere Todte aufgebürdet hatten; das Thier keuchte schwitzend vorwärts, die Männer schritten mit zugehaltenen Nasen zur Seite, und hinter ihnen strömte der Todeshauch der Verwesung auf uns ein.

Am Wege saß ein Bettler; er war vollständig nackt – bis auf einen schmalen Schurz, welcher um seine Lenden gegürtet war. Er hatte seinem Leide um den ermordeten Hosseïn in höchst widerlicher Weise Ausdruck gegeben: die Schenkel und Oberarme waren mit spitzigen Messern durchstochen, und in die Unterarme, Waden, in den Hals, durch Nase, Kinn und Lippen hatte er von Zoll zu Zoll lange Nägel getrieben; an den Hüften und im Unterleibe bis herauf zu den Hüften hingen, in das Fleisch eingebohrt, eiserne Haken, an denen schwere Gewichte befestigt waren; alle andern Theile seines Körpers waren mit Nadeln bespickt, und in die nackt rasirte Kopfhaut hatte er lange Streifen geschnitten; durch jede Zehe und jedes Fingerglied war ein Holzpflock getrieben, und es gab an seinem ganzen Körper keine pfenniggroße Stelle, welche nicht eine dieser schmerzhaften Verwundungen aufzuweisen hatte. Bei unserm Nahen erhob er sich und mit ihm ein ganzer Schwarm von Fliegen und Mücken, welche den über und über blutrünstigen Menschen bedeckten. Der Kerl war entsetzlich anzusehen.

„Dirigha Allah, waj Muhammed! Dirigha Hassan, Hosseïn!" kreischte er mit widerlicher Stimme und streckte bettelnd uns beide Hände entgegen.

Ich hatte in Indien Büßer gesehen, welche sich auf die fabelhaftesten Weisen Schmerzen verursachten, und mit ihnen immer Mitleid gefühlt; diesem fanatisch dummen Menschen aber hätte ich wahrhaftig lieber eine Ohrfeige als ein Almosen gegeben, denn neben dem Grauen, welches sein ekelhafter Anblick erweckte, konnte ich auch den Unverstand nicht ertragen, welcher so scheußliche Martern ersinnt, um den Todestag eines doch nur sündhaften Menschen zu begehen. Und dabei hält sich ein solcher Mensch für einen Heiligen, dem nach dem Tode der oberste Rang des Paradieses sicher

ist, und der auch bereits hier auf der Erde neben reichlichen Almosen die demüthigste Verehrung zu beanspruchen hat.
Hassan Ardschir-Mirza warf ihm einen goldenen Doman zu.
„Hasgadag Allah – Gott segne Dich!" rief der Kerl, die Arme wie ein Priester erhebend.
Lindsay griff in die Tasche und gab ihm einen Gersch zu zehn Piaster.
„Subhalan Allah – gnädiger Gott!" sagte der Unhold schon weniger höflich, denn er stellte Allah und nicht Lindsay als Geber hin.
Ich zog einen Piaster hervor und warf ihm denselben vor die Füße. Der schiitische „Heilige" machte zuerst ein erstauntes Gesicht, dann aber ein sehr zorniges.
„Azdar – Geizhals!" rief er, und dann fügte er mit der Geberde des Abscheues und mit außerordentlicher Schnelligkeit hinzu: „Azdari, pendsch Azdarani, deh Azdarani, hezar Azdarani, lek Azdarani – Du bist ein Geizhals, Du bist fünf Geizhälse, Du bist zehn Geizhälse, Du bist hundert Geizhälse, Du bist tausend Geizhälse, Du bist hunderttausend Geizhälse!"
Er trat meinen Piaster mit Füßen, spie darauf und zeigte eine Wuth, vor welcher man sich unter andern Umständen hätte fürchten müssen.
„Sihdi, was heißt Azdar?" fragte mich Halef.
„Geizhals."
„Allah 'l Allah! Und wie heißt ein recht dummer, alberner Mensch?"
„Bisaman."
„Und ein recht grober Flegel?"
„Dschaf."
Da drehte sich der kleine Hadschi zu dem Perser hin, hielt ihm die flache Hand emporgerichtet entgegen, wischte sie am Beine ab, eine Geberde, welche für die größte Beleidigung gilt, und rief: „Bisaman, Dschaf, Dschaf!"
Auf diese Worte öffneten sich die rhetorischen Schleusen des Schiiten auf eine Art und Weise, daß wir Alle Reißaus nahmen. Der „heilige Märtyrer" befand sich im Besitze von Schimpfwörtern und Drastika, welche man unmöglich wiedergeben kann. Wir beugten uns vor seiner Überlegenheit und ritten weiter.
Die Luft, in welcher wir uns bewegten, wurde nicht besser. Wir konnten ganz genau die Spuren der Todeskaravane erkennen, und weithin zur Seite zeigten zahlreiche Fuß- und Hufeindrücke, daß die militärische Escorte, welche ihr von Bagdad aus zur Schutzwehr gegen Räuber mitgegeben wird, sich der Ausdünstung der Särge wegen in vorsichtiger Entfernung gehalten hatte.
Ich schlug Hassan Ardschir vor, den Karavanenweg zu verlassen und in genügender Entfernung parallel mit ihm zu reiten; aber er ging nicht darauf ein, da es ein großes Verdienst der Pilger sei, in dem „Odem der Abgeschiedenen" zu reisen. Zum Glück erreichte ich wenigstens so viel, daß wir, als wir abends an einen Khan gelangten, in welchem der Pilgerzug gerastet hatte, dort nicht übernachteten, sondern entfernt davon in einem breiten Kanale unser Lager aufschlugen.

Wir befanden uns in einer gefährlichen Gegend und durften uns vom Lager nicht entfernen. Bevor wir Alle uns schlafen legten, wurde beschlossen, morgen in einem Eilritte die Karavane zu überholen, Hilla zu erreichen und am „Thurm zu Babel“ das Nachtlager aufzuschlagen. Dann wollte Hassan Ardschir die Leichenkaravane vorüberlassen, um sie später wieder zu erreichen, während wir Andern seine Rückkehr erwarten sollten.

Ich war sehr müde und fühlte einen dumpfen, bohrenden Schmerz im Kopfe, obgleich ich Kopfschmerzen sonst niemals ausgesetzt gewesen bin. Es war, als ob ein Fieber im Anzuge sei, und daher nahm ich eine Dose Chinoidin, welches ich mir nebst einigen andern auf der Reise nothwendigen Medicamenten in Bagdad gekauft hatte. Ich konnte trotz der Müdigkeit lange keine Ruhe finden, und als ich endlich einschlief, wurde ich von häßlichen Traumbildern beunruhigt, welche mich immer wieder weckten. Einmal war es mir, als hörte ich den gedämpften Schritt eines Pferdes, aber ich lag noch halb im Schlummer und glaubte, es sei noch im Traume.

Endlich trieb mich die Unruhe vom Lager empor, und ich trat vor das Zelt. Der Tag begann zu grauen; im Osten lichtete sich bereits der Horizont, und in jenen Gegenden dauert es dann nur kurze Zeit bis zur vollen Helle. Ich musterte den Gesichtskreis und bemerkte nach Morgen hin einen Punkt, welcher sich schnell vergrößerte. Schon in zwei Minuten konnte ich einen Reiter erkennen, welcher sich uns schnell näherte. Es war – Mirza Selim Agha. Sein Pferd dampfte, als er absprang; er selbst aber schien sehr verlegen, als er mich bemerkte. Er grüßte kurz, hing sein Pferd an und wollte dann an mir vorüber.

„Wo warst Du?“ frug ich ihn kurz, aber nicht unfreundlich.

„Was geht es Dich an!“ antwortete er.

„Sehr viel. Männer, welche in einer so schlimmen Gegend mit einander reisen, sind sich Auskunft schuldig.“

„Ich habe mein Pferd geholt.“

„Wo war es?“

„Es hatte sich losgerissen und war entflohen.“

Ich trat hinzu und untersuchte den Strick.

„Diese Fessel hat keinen Riß erlitten!“

„Der Knoten hatte sich gelöst.“

„Danke Allah, wenn der Knoten, den man einmal um Deinen Hals legen wird, auch nicht besser hält!“

Ich wollte mich von ihm wenden, aber er trat hart an mich heran und fragte:

„Was sagst Du? Wie meinst Du das? Ich verstehe Dich nicht.“

„So denke darüber nach!“

„Halt, Du darfst so nicht fortgehen; Du mußt mir sagen, was Du mit Deinen Worten gewollt hast!“

„Ich wollte Dich an den Kirchhof der Engländer in Bagdad erinnern.“

Er verfärbte sich ein wenig, hatte sich aber so in der Gewalt, daß er in ruhigem Tone sagen konnte:
„Der Kirchhof der Engländer? Was geht er mich an? Ich bin kein Inglis. Du aber sprachst von einem Strick um meinen Hals. Ich habe mit Dir nichts zu schaffen und werde es Hassan Ardschir-Mirza sagen. Dieser mag Dich unterweisen, wie Du mich zu behandeln hast."
„Sage es ihm oder sage es ihm nicht, das ist mir gleichgültig, denn ich werde Dich auf alle Fälle so behandeln, wie Du es verdienst."
Unsere laute Unterredung hatte die Schläfer geweckt. Die Vorbereitungen zum Aufbruche waren getroffen, und dann setzten wir im Kurierschritte unsere Reise fort. Ich sah während des Rittes Selim Agha sehr eifrig auf Hassan Ardschir einsprechen, und bald darauf blieb dieser bei mir zurück.
„Emir, erlaubst Du mir, mit Dir über Selim zu reden?" frug er.
„Ja."
„Du liebst ihn nicht?"
„Nein."
„Aber Du möchtest ihn doch nicht beleidigen!"
„Er hat die Beleidigung hingenommen, ohne sich zu vertheidigen; ich habe ihm also kein Unrecht gethan."
„Ist es ein Grund, aufgehangen zu werden, wenn Einem sein Pferd fortläuft?"
„Nein. Aber ein Grund zum Gehängtwerden ist es, wenn Einer fortreitet, um mit Leuten zu verkehren, welche seine Gefährten überfallen sollen."
„Emir, ich habe schon bemerkt, daß Deine Seele krank und Dein Leib müde ist; darum sieht Dein Auge Alles schwarz, und Deine Rede ist bitter wie die Medizin der Aloë. Du wirst wieder gesund werden und Deinen Irrthum erkennen, denn Dein Urtheil ist gerecht gewesen, so lange ich Dich kenne. Selim ist mir treu gewesen seit vielen Jahren; er wird es bleiben, bis Allah ihn von der Erde beordert."
„Und sein Schleichen nach dem Kirchhofe der Engländer?"
„War ein Zufall; er hat es mir vorhin erzählt. Der Abend war so schön, und er ging spazieren; er kam zum Friedhofe, ohne zu wissen, daß sich Leute dort befanden. Es waren friedliche Wanderer, welche von Räubern erzählten und dabei allerdings auch von Beute sprachen. Ich habe Dir bereits gesagt, daß mich dies nicht irre machen kann."
„Glaubst Du wirklich, daß ihm heut sein Pferd entflohen ist?"
„Ich zweifle nicht daran."
„Und glaubst Du, daß Selim Agha der Mann ist, ein entflohenes Pferd im Dunkeln zu finden?"
„Warum nicht?"
„Auch wenn es sehr weit entwichen ist? Das Thier war ganz mit Schaum und Schweiß bedeckt."

„Er hat es zur Strafe sehr scharf angestrengt. Ich bitte Dich, ihn besser zu beurtheilen, als bisher!"
„Das soll gern geschehen, wenn er sich bestrebt, weniger heimlich zu thun, als bisher."
„Ich werde es ihm befehlen. Du aber bedenke, daß der Mensch sich irrt; nur Allah allein ist allwissend!"
Mit dieser Ermahnung schloß er unsere Unterhaltung.
Was sollte ich thun, oder vielmehr, was konnte ich thun? Ich war vollständig überzeugt, daß dieser Selim irgend eine Spitzbüberei im Schilde führte; ich war überzeugt, daß er heut Nacht mit den Männern zusammengekommen war, mit denen er im Friedhof der Engländer gesprochen hatte. Wie aber wollte ich das beweisen? Ich war matt; ich hatte das Gefühl, als ob meine Knochen marklos und hohl geworden seien, und als ob mein Kopf eine große Trommel sei, auf welcher dumpf gewirbelt würde; ich merkte, daß meine Willenskraft langsam schwand und ich gleichgültig gegen Dinge ward, die sonst meine ganze Thatkraft herausgefordert hätten. Daher nahm ich auch die Bitte Hassan Ardschir's, welche einer Zurechtweisung ähnlicher war als einer Anerkennung, gleichmüthig hin und nahm mir nur vor, im Stillen so viel wie möglich auf der Hut zu sein.
Unsere Thiere trugen uns schnell über den ebenen Boden dahin. Die Pilger, an denen wir vorüber kamen, mehrten sich; die Odeurs sans parfum wurden immer unerträglicher, und noch am Vormittage sahen wir die lange Linie der Karavane am westlichen Horizonte auftauchen.
„Umreiten wir sie?" frug ich.
„Ja," antwortete Hassan, und auf einen Wink von ihm bog der Führer zur Seite, um uns aus der Spur des Zuges zu bringen.
Bald befanden wir uns allein im freien Felde, und die Luft war reiner geworden, und wir athmeten sie mit Wonne ein. Der schnelle Ritt hätte mir gefallen können, wenn uns nicht so sehr viele Gräben und Kanäle den Weg versperrt hätten. Bei meinem Kopfschmerze verursachte mir das Passiren dieser Hindernisse nicht geringe Pein, und ich war froh, als wir gegen Mittag absaßen, um die größte Tageshitze vorübergehen zu lassen.
„Sihdi," sagte Halef, der mich immer beobachtet hatte, „Dein Angesicht ist grau, und Deine Augen haben einen Ring; ist Dir sehr unwohl?"
„Nur Kopfschmerz. Gib mir Wasser aus dem Schlauche und die Essigflasche!"
„Ich wollte, ich könnte diesen Schmerz in meinen Kopf nehmen!"
Der gute Halef! Er ahnte nicht, was ihm selbst auch bevorstand. Wäre mein Rih nicht ein so ausgezeichnetes Pferd gewesen, so hätte ich den Ritt nicht aushalten können und mich vor der alten „Aloe" schämen müssen, die wie ein ungarischer Tzikos ritt, was ich dieser persischen Huldgöttin gar nie zugetraut hätte.
Endlich, am späten Nachmittag, sahen wir zu unserer rechten Hand die Ruine El Himaar vor uns auftauchen; sie liegt nur wenig über eine Meile von Hilla entfernt. Bald erschien der vor El Mudschellibeh stehende Höhenzug und südlicher die Amran-Ibn-Aly-Stätte;

wir gelangten durch die am linken Euphratufer liegenden Gärten von Hilla und ritten über eine höchst unzuverlässige Schiffbrücke in das Städtchen. Dasselbe ist berüchtigt durch sein Ungeziefer, seine selbst für den Orient grenzenlose Unreinlichkeit und seine bis zur Tollheit fanatische Bevölkerung. Wir hielten uns nur so lange auf, als nöthig war, um anderthalb Schock am Wege sitzender Bettler summarisch zu befriedigen, und eilten dann weiter, dem Birs Nimrud, dem babylonischen Thurm zu, der dritthalb Wegstunden im Südwesten von Hilla liegt. Da diese Stadt ungefähr die Mitte des noch vorhandenen Ruinenfeldes einnimmt, so kann man sich eine Vorstellung von der ungeheuren Ausdehnung des alten Babel machen.

Die Sonne neigte sich dem Horizonte zu, als wir neben der Ruine Ibrahim Cholil den Birs Nimrud aufsteigen sahen, umgeben von Sumpf- und Wüstenland. Die Ruine des Thurmes mag heut eine Höhe von höchstens fünfzig Meter haben, und auf ihr sieht man einen vereinzelten Pfeilerschaft, welcher etwas über zehn Meter hoch die Umgebung beherrscht. Er ist der einzige noch aufrechtstehende Rest der „Mutter der Städte“, wie Babel genannt wurde, doch auch bereits durch einen tiefen Riß in der Mitte gespalten, und wieder mußte ich an Uhland denken:

„Nur eine hohe Säule
Zeugt von verschwundner Pracht;
Auch diese, schon geborsten,
Kann stürzen über Nacht.“

Wir machten am Fuße der Ruine halt, und während die Andern ihre Vorbereitung zum Abendimbiß trafen, stieg ich empor zur Plattform, um einen Blick auf die Umgebung zu werfen. Einsam stand ich hier oben; die Sonne hatte den Horizont erreicht, und ihre Strahlen nahmen Abschied von den Trümmern einer versunkenen Riesenstadt.

Was war dieses Babel gewesen?

Am Euphrat gelegen und von demselben in zwei Theile geschieden, hatte die Stadt nach Herodot einen Umfang von 480 Stadien, also von sechzehn Meilen. Sie wurde eingefaßt von einer 50 Ellen dicken und 200 Ellen hohen Mauer, welche zur Vertheidigung in gewissen Zwischenräumen mit Thürmen versehen war und außerdem noch von einem breiten, tiefen Wassergraben beschützt wurde. Hundert Thore von Erz führten durch diese Mauer in die Stadt, und von jedem dieser Thore ging eine gerade Straße nach dem gegenüberliegenden, so daß Babel also in ganz regelmäßige Vierecke eingetheilt war. Die drei bis vier Stock hohen Häuser waren von Backsteinen erbaut, die unter einander mit Erdharz verkittet wurden. Die Gebäude hatten prachtvolle Façaden und wurden durch freie Räume von einander getrennt. Das Häusermeer wurde von freien Plätzen und prachtvollen Gärten angenehm unterbrochen, in denen sich die zwei Millionen Einwohner lustwandelnd ergehen konnten.

Auch die beiden Seiten des Stromes waren von hohen, starken Mauern eingefaßt, durch deren eherne Wasserthore, welche des Nachts geschlossen wurden, man gehen mußte, wenn man per Schiff von dem einen Ufer zu dem andern kommen wollte. Über den Fluß führte außerdem eine herrliche Brücke, welche eine Breite von 30 Fuß besaß und nach Strabo eine Stadie, nach Diodor aber eine Viertelstunde lang war. Ihr Dach konnte abgenommen werden. Um bei der Erbauung derselben den Strom abzuleiten, war im Westen der Stadt ein See von 12 Meilen Umfang und von 75 Fuß Tiefe ausgegraben worden, in welchen man den Euphrat leitete. Dieser See wurde auch später beibehalten; er hatte die Wasser der Überschwemmungen aufzunehmen und bildete ein ungeheures Reservoir, aus welchem man bei großer Dürre mittels Schleußen die Felder bewässerte. An jedem Ende der Brücke stand ein großer Palast; beide waren durch einen unterirdischen Gang verbunden, welcher unter dem Euphrat hinlief, wie z.B. der Tunnel unter der Themse. Die hervorragendsten Gebäude der Stadt waren: das alte Königsschloß, über eine Meile im Umfange, der neue Palast, mit dreifachen Mauern umgeben und zahllosen Bildhauerarbeiten geschmückt, und die hängenden Gärten der Semiramis. Diese bildeten ein Quadrat von 160,000 Quadratfuß Flächenraum und wurden von einer 22 Fuß dicken Mauer umgeben. Auf großen, gewölbten Bogen erhoben sich amphitheatralisch angelegte Terrassen, zu denen man auf 10 Fuß breiten Stufen gelangte. Die Plattformen dieser Terrassen waren mit 16 Fuß langen und 4 Fuß breiten Steinen belegt, um kein Wasser hindurch zu lassen; auf den Steinen war eine dicke Lage verkittetes Rohr, dann zwei Reihen gebrannter Ziegel, welche mit Harz gut verbunden waren, und dann hatte man das Ganze noch mit Blei bedeckt, auf dem man die beste Pflanzenerde so hoch aufgeschüttet hatte, daß die stärksten Bäume bequem Wurzel schlagen konnten. Auf der obersten Terrasse befand sich ein Brunnen, welcher das nöthige Wasser in Fülle aus dem Euphrat sog und über die Gärten ergoß. In den Hallen einer jeden Terrasse hatte man prächtige, zur Nachtzeit illuminirte Gartensäle angebracht, in denen man den Duft der köstlichsten Blumen und die herrlichste Aussicht über die Stadt und deren Umgebung genießen konnte.

Das hervorragendste Gebäude Babel's aber war der Baalsthurm, von welchem uns die Bibel 1. Mos. 11 berichtet. Die heilige Schrift gibt keine genaue Höhe an; sie sagt nur: „dessen Spitze bis an den Himmel reicht". Die Talmudisten behaupten, der Thurm sei 70 Meilen hoch gewesen; nach orientalischen Traditionen war er 10,000 Klafter, nach anderen Überlieferungen 25,000 Fuß hoch, und es soll eine Million Menschen zwölf Jahre lang daran gearbeitet haben. Das ist natürlich übertrieben. Die Wahrheit ist, daß sich allerdings mitten aus dem großen Tempel des Baal ein Thurm erhoben hat, dessen Basis ungefähr tausend Schritte im Umfange hatte, während seine Höhe 6-800 Fuß betrug. Er bestand aus acht über einander stehenden Abtheilungen, von denen immer die höhere eine kleinere Grundfläche hatte, als diejenige, von welcher sie getragen wurde. Durch einen achtmal um den Thurm führenden Stiegengang gelangte man auf die Höhe des Bauwerkes. Jede einzelne Abtheilung enthielt große, gewölbte Hallen, Säle und Gemächer, deren Bildsäulen, Tische, Sessel, Gefäße und andere Geräthschaften von massivem Golde waren. Im untersten Stockwerke stand die Bildsäule des Baal, welche tausend babylonische Talente wog, also einen Werth von mehreren Millionen Thaler

besaß. Das oberste Stockwerk trug ein Observatorium, auf welchem die Astronomen und Sterndeuter ihre Beobachtungen machten. Xerxes beraubte den Thurm aller Schätze, welche nach Diodorus 6300 Talente in Gold betragen haben sollen.
Hierzu sagt die morgenländische Mythe noch, daß sich in dem Bauwerke ein Brunnen befunden habe, der grad so tief gewesen sei, wie der Thurm hoch war. In diesem Brunnen sind die gefallenen Engel Warud und Marud mit Ketten an den Füßen aufgehangen, und in seiner Tiefe liegt die Lösung aller Zauberei verborgen.
Das war Babel. Und jetzt – – –!
Hier am Birs Nimrud dachte ich mich in die Heimat, in die stille Stube zurück, mit der aufgeschlagenen Bibel vor mir. Wie oft hatte ich die Weissagung Jeremia's gelesen, welche wie Posaunenschall über das von Gott gerichtete Sinear erklang! An den Wassern Babylon's, am Ufer des Euphrat und an den Rändern der See'n und Kanäle saßen die heimatlosen Söhne Abraham's; ihre Psalter und Saitenspiele hingen stumm an den Weiden, und ihre Thränen flossen zum Zeichen der Buße ob ihrer Sünden. Und wenn eine der Harfen erklang, so ertönte sie vor Sehnsucht nach der Stadt, die das Heiligthum Jehovah's barg, und der Schluß des Klageliedes war: „Ich hebe meine Augen auf zu den Bergen, von denen mir Hülfe kommt.“ Und der Herr erhörte das Gebet. Es erklang die gewaltige Stimme Jeromijahu's aus Anathot, den wir Jeremias nennen, und das weinende Volk lauschte seinen Worten:
„Dies ist das Wort des Herrn wider Babel und das Land der Chaldäer: Es ziehet von Mitternacht ein Volk herauf, welches ihr Land zur Wüste machen wird; es hat Bogen und Schild und ist grausam und unbarmherzig; sein Geschrei ist wie das Brausen des Meeres. Fliehet aus Babel, damit ein Jeder seine Seele errette, denn es ist ein Kriegsgeschrei im Lande und großer Jammer. Es spricht der Herr Zebaoth: Siehe, ich will den König zu Babel heimsuchen; rüstet Euch wider Babel; jauchzet über sie um und um; ihre Grundfesten sind gefallen, und ihre Mauern abgebrochen. Kommt her gegen sie; öffnet ihre Kornhäuser, erwürget alle ihre Rinder, belagert sie, und lasset Keinen entfliehen. Sie hat wider den Herrn gehandelt, darum sollen ihre Männer fallen und ihre Krieger untergehen zu derselben Zeit. Schwert soll kommen über Babel und seine Fürsten, über die Weissager und Starken, über Rosse und Wagen und über den Pöbel, der darinnen ist. Gleichwie Gott Sodom und Gomorrha umgekehrt hat, so soll auch Babel zum Steinhaufen werden, und ihre Städte zur Wüste!“
Und nun ich hier oben auf der Ruine stand, konnte ich sehen, in wie schrecklicher Weise sich das Wort des Herrn erfüllt hatte. Mit 600,000 Streitern zu Fuß, 120,000 Reitern und mit 1000 Sichelwagen, ungezählt noch Tausende von Kameelreitern, kam Cyrus und eroberte die Stadt trotz ihrer festen Lage und trotzdem sie auf 20 Jahre mit Lebensmitteln versehen war. Später ließ Darius Hystaspes die Mauern niederreißen, und Xerxes entblößte sie von allen ihren Schätzen. Als der große Alexander nach Babylon kam, wollte er den Thurm wieder herstellen; er stellte allein zur Wegräumung der Trümmer und des Schuttes 10,000 Arbeiter an, doch mußte seines plötzlichen Todes

wegen der Plan aufgegeben werden. Seit dieser Zeit verfiel die Riesenstadt immer mehr und mehr, so daß heut von ihr nichts mehr zu sehen ist, als ein verwittertes Backsteinchaos, in welchem sich selbst das scharfe Auge des Forschers nicht zurecht finden kann.

Rechts vom Thurme sah ich die Straße, welche nach Kerbela, und links von ihm diejenige, welche nach Meschhed Ali führt. Grad im Norden lag Tahmasia und hinter den westlichen Wallruinen der Dschebel Menawiëh. Ich wäre gern noch länger hier oben geblieben, aber die Sonne war jetzt verschwunden, und die Kürze der Dämmerung trieb mich hinab zu den Gefährten.

Das Frauenzelt war aufgeschlagen worden, und außer Lindsay und Halef hatten sich Alle zur Ruhe gelegt. Der Letztere hatte mich noch bedienen wollen, und der Erstere hegte die Absicht, sich über die Disposition für die nächsten Tage mit mir zu verständigen. Ich vertröstete ihn auf den folgenden Morgen, wickelte mich in meine Decke und versuchte, einzuschlafen. Es ging nicht, denn eine fieberhafte Aufgeregtheit ließ mich höchstens zu einem durch öftere Pausen unterbrochenen Halbschlummer kommen, der mich nicht stärkte, sondern nur noch mehr ermüdete.

Gegen Morgen schüttelte mich ein starker Frost, der mit fliegender Hitze wechselte; ein eigenthümlicher Schmerz zuckte mir durch die Glieder, und trotz der Dunkelheit war es mir, als wenn meine Umgebung sich wie ein Carroussell rings um mich drehe. Noch dachte ich nur an ein Fieber, welches sich bald legen werde, und nahm eine weitere Dose Chinoidin, worauf ich in einen dumpfen Zustand verfiel, welcher eher Betäubung als Schlaf zu nennen war.

Als ich aus demselben erwachte, herrschte bereits reges Leben um mich her. Es war zu meinem Erstaunen neun Uhr vormittags, und eben sah man die Leichenkaravane von Hilla her getheilt an uns vorüber ziehen, ein Theil davon nach Kerbela und der andere nach Meschhed Ali. Halef bot mir Wasser und Datteln an. Ich konnte einige Schlücke trinken, aber keinen Bissen essen. Ich befand mich in einem Zustande, welcher einem recht starken Katzenjammer glich, was ich sehr wohl zu beurtheilen verstand, da ich während meiner Schülerzeit leider auch einige Male mich in jener hochelegischen Morgenstimmung befunden hatte, welche Victor Scheffel, der Dichter des Gaudeamus, mit den Worten beschreibt:

„Ein mildes Kopfweh, erst der letzten Nacht entstammt,
Durchsäuselte die Luft mit mattem Flügelschlag,
Und ein Gefühl von Armuth lag auf Berg und Thal."

Ich wandte alle Kraft auf, diesen Zustand zu bemeistern, was mir, wenigstens einstweilen, auch leidlich gelang, und ich konnte mich sogar mit Hassan Ardschir-Mirza besprechen, welcher aufbrechen wollte, sobald der größte Theil der Nachzügler vorüber sei. Ich bat ihn dringend, sehr vorsichtig zu sein und seine Waffen stets bereit zu halten. Er stimmte bei mit einem leisen Lächeln und versprach, am 15. oder 16. Muharrem wieder hier an derselben Stelle einzutreffen. Gegen Mittag brach er auf. Beim Abschiede winkte Benda, welche bereits auf dem Kameele saß, mich näher zu sich heran.

„Emir, ich weiß, daß wir uns wiedersehen," sagte sie, „obgleich Du so große Besorgniß hegest. Aber um Dich zu beruhigen, magst Du mir eine Bitte erfüllen: – leihe mir Deinen Dolch, bis ich wieder zurückkehre!"

„Du sollst ihn haben. Hier!"

Es war der Schambijah, welchen mir Eslah el Mahem gegen meinen Dolch geschenkt hatte, und auf dessen Klinge die Worte standen: „Nur nach dem Siege in die Scheide." Ich wußte, daß das tapfere Mädchen keineswegs anstehen werde, sich nöthigenfalls mit demselben zu vertheidigen.

Nachdem auch Mirza Selim mir einige kurze, fast feindselig klingende Worte des Abschiedes zugerufen hatte, ritt die kleine Cavalcade davon, und wir blickten ihr nach, so lange sie zu sehen war. Dann aber war es auch mit meiner Kraft zu Ende. Halef schien dies eher als ich zu bemerken.

„Sihdi, Du wankst ja!" rief er. „Dein Angesicht ist wie Scharlach. Zeige mir Deine Zunge!"

Ich that es.

„Sie ist ganz blau, Sihdi, Du hast ein böses Isitma. Nimm Medizin und lege Dich!"

Ich mußte mich allerdings setzen, denn es wurde mir abermals so schwindelig, daß ich mich nicht aufrecht erhalten konnte. Jetzt begann ich, ernstlich Sorge zu bekommen, trank Essigwasser und machte auch einen Essigumschlag um den Kopf.

„Master," meinte Lindsay, „Ihr könnt wohl nicht mit mir, um nach einem Platze zu suchen, wo ich graben kann."

„Nein; ich kann nicht."

„So werde ich hier bleiben."

„Das ist nicht nöthig. Ich habe ein Fieber, wie es auf Reisen oft vorkommt; Halef ist bei mir; Ihr könnt immer gehen, doch entfernt Euch nicht gar weit von hier, denn wenn Ihr auf Schiiten stoßt, stehe ich für nichts."

Er ging mit seinen Leuten ab, und ich schloß die Augen. Halef saß besorgt bei mir, um immer neuen Essig auf den Umschlag zu tröpfeln. Ich weiß nicht, wie lange ich gelegen hatte, als ich Schritte vernahm und gleich darauf in unserer unmittelbaren Nähe die barsche Frage hörte:

„Wer seid Ihr?"

Ich öffnete die Augen. Vor uns standen drei wohl bewaffete Araber zu Fuß, von deren Pferden nichts zu sehen war. Es waren wilde Gestalten und trotzige Gesichter, von denen man nichts Gutes zu erwarten hatte.

„Fremde," antwortete Halef.

„Ihr seid keine Männer der Schia; zu welchem Stamme gehört Ihr?"

„Wir kommen von weit jenseits Egypt herüber und gehören zu den Stämmen der Mugharibeh. Warum fragst Du?"

„Du magst zu den Mugharibeh gehören; dieser Andere aber ist ein Franke. Warum steht er nicht auf?“
„Er ist krank; er hat das Fieber.“
„Wo sind die Andern, die bei Euch waren?“
„Nach Kerbela.“
„Auch der andere Franke, der bei Euch war?“
„Der ist mit seinen Leuten in der Nähe.“
„Wem gehört dieser Rappe?“
„Diesem Effendi.“
„Gebt ihn her und auch Eure Waffen!“
Er trat zu dem Pferde und faßte es am Zügel, aber das schien ein sehr gutes Mittel gegen das Fieber zu sein, denn im Nu war es verschwunden und ich stand auf den Füßen.
„Halt, sprecht zuvor erst auch ein Wort mit mir! Wer das Pferd anrührt, der bekommt eine Kugel!“
Der Mann trat hastig zurück und blickte ängstlich auf den Revolver, welchen ich ihm entgegenhielt. Hier, in der Nähe einer Stadt wie Bagdad, hatte er diese Art von Waffe wohl bereits kennen gelernt und fürchtete sie.
„Ich scherze nur,“ sagte er.
„Scherze, mit wem Du willst, nur nicht mit uns! Was willst Du hier?“
„Ich sah Euch und glaubte, Euch dienen zu können.“
„Wo habt Ihr Eure Pferde?“
„Wir haben keine.“
„Du lügst! Ich sehe an den Falten Deines Gewandes, daß Du reitest. Woher weißt Du, daß sich hier zwei Franken befinden?“
„Ich hörte es von den Pilgern, die Euch getroffen haben.“
„Du lügst abermals. Wir haben keinem der Pilger gesagt, wer wir sind.“
„Wenn Du uns nicht glaubst, so werden wir gehen.“
Sie zogen sich, allerdings mit lüsternen Blicken auf unsere Pferde und Waffen, zurück und verschwanden hinter dem Trümmerhaufen.
„Halef, Du hast sehr unklug geantwortet,“ sagte ich. „Komm, wir wollen uns überzeugen, daß sie sich auch wirklich entfernen.“
Wir folgten den Fremden, aber nur langsam, denn nun kehrte, nachdem sich mein Zorn gelegt hatte, auch die Schwäche zurück, und mir wurde so wirr vor den Augen, daß ich kaum die nächsten Gegenstände scharf zu unterscheiden vermochte.
„Siehst Du sie?“ fragte ich, als wir hinter die Trümmer gekommen waren.
„Ja; dort draußen laufen sie nach ihren Pferden.“
„Wie viele Thiere sind es?“
„Drei. Aber siehst Du sie denn nicht auch, Sihdi?“
„Nein; ich habe Schwindel.“

„Jetzt sitzen sie auf und reiten fort, im Galopp. Halt! Allah 'l Allah, da draußen hält ein ganzer Trupp, der auf sie zu warten scheint.“
„Araber?“
„Ich kann es nicht erkennen; es ist zu weit.“
„So laufe und hole Dir mein Fernrohr!“
Während er zum Pferde rannte, gab ich mir Mühe, zu erforschen, wo ich die Stimme des Arabers, der uns angeredet hatte, schon einmal gehört hatte. Dieser rauhe, heisere Ton war mir bekannt. Da kehrte Halef zurück und wollte mir das Rohr geben, aber ein blutrother, wirbelnder Nebel lag mir vor den Augen und so mußte er die Beobachtung übernehmen. Es dauerte einige Zeit, bis er sich zurecht gefunden hatte, dann aber rief er:
„Perser sind es!“
„Ah! Kannst Du ein Gesicht erkennen?“
„Nein. Jetzt sind sie von den Andern erreicht, und nun reiten sie fort.“
„Sehr schnell und nach Westen. Nicht wahr?“
Halef bejahte, und ich nahm jetzt das Rohr. Der Schwindelanfall war vorüber.
„Halef,“ sagte ich, „diese Perser sind die Verfolger Hassan Ardschir-Mirza's. Selim Agha ist mit ihnen im Bunde. Gestern in der Nacht, als er fort war, hat er sie aufgesucht, um ihnen zu verrathen, daß wir uns hier am Birs Nimrud trennen werden. Sie haben die Drei abgesandt, um zu erfahren, ob Hassan Ardschir aufgebrochen ist, und nun werden sie eilen, um ihn zu überfallen, ehe er in die Nähe von Kerbela kommt.“
„O, Sihdi, das ist schrecklich! Wir müssen ihnen nach!“
„Das versteht sich. Mache rasch die Pferde bereit!“
„Soll ich nicht den Engländer holen? Ich sah ihn die Richtung nach dem Orte einschlagen, den Du Ibrahim Chalil nanntest.“
„So müssen wir auf ihn verzichten; wir würden zu viel Zeit verlieren. Mache schnell!“
Ich nahm das Rohr empor und sah sehr deutlich die Truppe nach Westen jagen. Dann riß ich ein Blatt aus meinem Merkbuche und schrieb einige Zeilen, um den Engländer von dem Geschehenen und meiner Absicht zu unterrichten. Ich rieth ihm, den Birs Nimrud zu verlassen und unsere Rückkehr am Kanale Anana zu erwarten, da er hier am Thurm einen Überfall zu erwarten gehabt hätte, wenn es mir nicht gelungen wäre, die Räuber davon abzubringen. Diesen Zettel steckte ich so in den Ziegelschutt, daß ihn Lindsay bei seiner Rückkehr sofort sehen mußte; dann saßen wir auf und jagten davon.
Es ist fast unglaublich, welche Macht der Geist über den Körper besitzt. Mein Unwohlsein war jetzt völlig verschwunden, mein Kopf war kalt und mein Blick ungetrübt. Wir erreichten den Pilgerweg; wir kamen an Nachzüglern vorüber, welche uns scheltend auswichen; wir flogen an Bettlern vorbei, deren flehende Geberden wir gar nicht beachteten; wir kamen – ah, da lag ein gestürztes Maulthier, welches verendet war, und dabei bemühten sich zwei Kerle, eine halb verfaulte Menschenleiche wieder in die aufgeplatzte Filzdecke zu wickeln. Das gab einen entsetzlichen Geruch; mich erfaßte ein

unüberwindlicher Ekel, der mein Inneres wie eine Schraube packte und gegen den keine Beherrschung aufkommen konnte.

„Sihdi, wie siehst Du aus!“ schrie Halef und faßte nach dem Zügel meines Pferdes. „Halte an, Du stürzest sonst herab!“

„Vorwärts!“

„Nein! Halt! Deine Augen sind stier, wie wahnsinnig; Du wankst ja!“

„Nur vorwärts – –“ ja, ich wollte diese beiden Worte rufen, aber ich hörte sie nicht, ich brachte sie nicht heraus, ich stammelte nur unverständliche Laute, trieb aber trotzdem mein Pferd zu größerer Eile an. Dies dauerte jedoch nicht lange, denn plötzlich wurde mir, als ob ich eines der drastischsten Brechmittel genommen; ich mußte diesem unwiderstehlichen Reize nachgeben und anhalten. Als ich die schleimig gallige Beschaffenheit der Ausscheidung bemerkte und dazu den Umstand in Erwägung zog, daß der Vorgang mir nicht den geringsten Schmerz im Epigastrium bereitet hatte, packte mich Todesangst.

„Halef, reite fort! Verlasse mich!“

„Verlassen? Warum?“ frug er erschrocken.

„Ich habe die – Pest!“

„Die Pest! Allah kerihm! Ist es wahr, Sihdi?“

„Ja. Ich dachte, es sei ein Fieber; jetzt aber sehe ich, daß es die Pest ist.“

„El Taun, el Jumurdschak – die Pestilenz! Allah w' Allah, das ist fürchterlich, das ist entsetzlich!“

„Ja. Gehe fort; suche den Engländer auf! Er wird für Dich sorgen; er ist entweder am Birs Nimrud oder am Kanale Anana zu finden.“

Ich brachte diese Worte nur stammelnd hervor. Anstatt sich aber fortweisen zu lassen, faßte Halef meine glühende Hand.

„Sihdi,“ sagte er, „glaubst Du, daß ich Dich verlassen werde?“

„Gehe fort!“

„Nein! Der Fluch Allahs soll mich verzehren, wenn ich Dich verlasse. Auf Deinen Zähnen liegt dunkler Rost, und Deine Zunge stammelt. Ja, es ist die Pest; aber ich fürchte sie nicht. Wer soll bei meinem Sihdi sein, wenn er leidet! Wer soll ihn segnen, wenn er stirbt! Effendi, o mein Effendi, meine Seele schluchzt, und mein Auge weint! Komm, halte Dich im Sattel fest; wir wollen einen Ort suchen, wo ich Dich pflegen kann.“

„Willst Du das wirklich thun, Du treuer Halef?“

„Bei Allah, Herr! Ich weiche nicht von Dir!“

„Ah, das vergesse ich Dir nicht. Vielleicht halte ich mich noch. Komm, den Persern nach!“

„Sihdi, das geht nun nicht – – –“

„Vorwärts!“

Ich gab dem Rappen die Fersen, und Halef mußte mir wohl oder übel folgen. Bald aber mußte ich die Eile des Pferdes mäßigen; es wurde mir wieder dunkel vor den Augen, und ich mußte mich auf Halef verlassen, welcher, ohne ein Wort weiter zu verlieren, die

Führung übernahm. Jeder Huftritt meines Pferdes wirkte wie ein Faustschlag auf meinen Kopf; ich sah nicht, wem wir begegneten, aber ich ließ dem Pferde die Zügel und hielt mich mit beiden Händen im Sattel fest.
Da, nach langer, langer Zeit endlich erreichten wir die Karavane, und ich strengte mich an, die einzelnen Gruppen derselben zu unterscheiden. Lautlos flogen wir an ihnen vorüber, durch höllische Dünste und Miasmen hindurch, aber ich bemerkte die Gesuchten nicht.
„Hast Du sie nicht gesehen, Halef?“ fragte ich, als wir die Spitze des Zuges erreicht hatten.
„Nein.“
„Dann links hinüber, und in gleicher Richtung wieder zurück. Sie können nicht rechts abgewichen sein. Siehst Du Vögel über der Todeskaravane?“
„Ja, Geier, Herr.“
„Sie suchen Aas und riechen die Leichen. Passe auf, ob sich einer nach links in unsere Richtung zieht! Ich bin hilflos; ich muß mich auf Dich verlassen.“
„Aber wenn es zum Kampfe kommt, Herr?“
„In diesem Falle wird meine Seele kräftiger sein, als meine Krankheit. Vorwärts also!“
Der Leichenzug verschwand zu unserer Linken; wir ritten so schnell, als es Halef's Pferd vermochte, obgleich ich mich nur mit äußerster Anstrengung in den Bügeln erhielt. Da zeigte der treue Hadschi empor.
„El Büdsch, der Bartgeier, hier oben!“
„Zieht oder kreist er?“
„Er kreist.“
„Reite so, daß wir grad unter ihn kommen. Er erblickt entweder einen Kampf oder eine Beute.“
Zehn Minuten vergingen in lautloser Stille; es ahnte mir, daß wir uns vor der Entscheidung befanden, und da ich heut nicht aus größerer Entfernung mit Sicherheit zu treffen vermochte, so schob ich die Büchse zurück und nahm den Stutzen zur Hand. Dabei merkte ich, wie schwach ich geworden war: die schwere Doppelrifle, die ich sonst leicht mit einer Hand dirigirt hatte, schien mir heut das Gewicht von Zentnern zu haben.
„Sihdi, da liegen Leichen!“ rief Halef, den Arm ausstreckend.
„Lebendige dabei?“
„Nein.“
„Schnell hin!“
Wir gelangten an die Stelle, deren Anblick sich in unauslöschlichen Zügen meinem Gedächtnisse eingeprägt hat. Weit auseinander zerstreut, waren fünf Gestalten zu erkennen, welche bewegungslos am Boden lagen. In der größten Aufregung sprang ich ab und kniete bei der ersten nieder. Meine Pulse hämmerten, und meine Hand zitterte heftig, als ich den übergeworfenen Mantelzipfel vom Gesichte des Mannes nahm. Es war – – Saduk, der Stumme, welcher uns in den kurdischen Bergen entflohen war.

Ich eilte weiter. Da lag Alwah, die alte, treue Wärterin, von einer Kugel durch die Schläfe getroffen, und soeben schrie Halef entsetzt:
„Wai – o wehe, das ist des Persers Weib!“
Ich sprang hinzu. Ja, sie war es; Dschanah, Hassan Ardschir's Stolz und Glück! Auch sie war erschossen, und neben ihr lag mit ausgestrecktem Arme, als ob er sie noch im Tode halten und beschirmen wolle, Hassan selbst, mit Staub und Sand bedeckt. Seine Wunden ließen auf ein fürchterliches Ringen schließen; sogar seine Hände hatten Schnitte.
Von Schmerz übermannt rief ich:
„Mein Gott, warum hat er mir nicht geglaubt!“
„Ja,“ meinte Halef mit finsterer Miene, „er trägt an Allem die Schuld. Er traute dem Verräther mehr als Dir. Aber dort liegt noch Eine. Komm!“
Weitab von den Andern lag noch eine weibliche Gestalt in dem von Hufschlägen aufgewühlten Sande. Es war Benda.
„Allah inhal el Agha; katelahum – Allah verdamme den Agha; er hat sie getödtet!“
„Nein, Halef. Kennst Du den Dolch, der in ihrem Herzen steckt? Ich habe ihn ihr leihen müssen. Ihre Hand hält noch den Griff umschlungen. Er hat sie von den Andern fortgerissen; hier sind die Spuren ihrer Füße, welche durch den Sand geschleift wurden. Vielleicht hat sie ihn verwundet; dann aber gab sie sich selbst den Tod, als sie sich nicht mehr zu wehren vermochte. Hadschi Halef Omar, ich bleibe auch hier liegen!“
„Sihdi, es ist kein Leben mehr in ihnen; sie sind todt; wir können sie nicht erwecken, aber wir können sie rächen!“
Ich antwortete nicht. Da lag sie, die „Siegerin“, todesbleich, mit geschlossenen Augen und halb geöffneten Lippen, als ob sie im Traume flüstern wolle. Diese prächtigen Augensterne waren für immer erloschen; diesen Lippen konnte kein warmer Ton mehr entströmen, und der kalte Stahl hatte den Puls dieses reinen Herzens zerschneiden müssen. Sie lag vor mir, eine herrliche Menschenblume, die im ersten Augenblick ihres Blühens verwelken mußte. Mir brannte der Kopf; die blutgetränkte Ebene flog im Kreise um mich herum; ich selbst schien um meine eigene Axe zu wirbeln; meine Hände, auf welche ich mich im Knieen gestützt hatte, verloren den Halt, und ich sank langsam, langsam nieder. Es war mir, als ob ich allmählich tiefer und immer tiefer sinke, in einen nebligen und dann immer schwärzer werdenden Schlund hinab. Da gab es keinen Halt, kein Ende, keinen Boden; die Tiefe war unendlich, und aus der Entfernung von Millionen von Meilen hörte ich Halef's Stimme herabdringen:
„Sihdi, o Sihdi, erwache, damit wir sie rächen können!“
Da endlich, nach langer, langer Zeit, gewahrte ich, daß ich nicht weiter sank; ich hatte einen Ort erreicht, an welchem ich fest und sicher liegen blieb, einen Ort, an dem ich von zwei starken Armen festgehalten wurde. Ich betastete diese Arme und blickte den Mann an, dem sie gehörten; dabei sah ich viele große, schwere Tropfen aus seinem Auge auf mich niederfallen. Ich wollte reden, brachte es aber nur mit großer Anstrengung fertig:

„Halef, weine nicht!“
„O Herr, ich hielt auch Dich für todt, gestorben an der Krankheit und am Schmerze. Hamdulillah; Du lebst! Raffe Dich auf! Dort sind ihre Spuren. Wir werden den Mördern folgen und sie umbringen! Ja, umbringen, bei Allah, ich schwöre es!“
Ich schüttelte den Kopf.
„Ich bin müde. Gib mir die Decke unter den Kopf!“
„Kannst Du nicht mehr reiten, Herr?“
„Nein.“
„Ich bitte Dich, versuche es!“
Der treue Mensch glaubte, durch den Gedanken der Rache meine Thatkraft gewaltsam aufrütteln zu müssen; es gelang ihm nicht. Und nun warf er sich selbst auf die Erde nieder und schlug sich mit den Fäusten vor die Stirn.
„Allah verderbe diesen Elenden, den ich nicht fangen darf! Allah verderbe auch die Pest, welche dem Sihdi die Kraft des Mannes nimmt! Allah verderbe – – ia Allah il Allah, ich bin ein Wurm, ein Elender, der nicht helfen kann! Es ist am besten, ich lege mich auch her, um zu sterben!“
Da raffte ich mich auf.
„Halef, soll der Bartgeier diese Todten fressen?“
„Willst Du sie begraben?“ entgegnete er.
„Ja.“
„Wo und wie?“
„Können wir anders als hier im Sande?“
„Das ist eine schwere Arbeit, Herr. Ich werde sie thun; aber diesen Saduk, der sich stumm stellte, um seinen Herrn zu verderben, den sollen doch die Geier fressen. Zuvor aber will ich sehen, ob die Todten noch irgend Etwas bei sich tragen.“
Dieses Nachsuchen war vergebens. Man hatte ihnen Alles abgenommen. Welche Reichthümer waren dabei in die Hände dieser Teufel gekommen! Zu verwundern war es, daß man Benda's Leiche den Dolch gelassen hatte. Die Mörder hatten sich doch gescheut, die erstarrte Hand des Mädchens aufzubrechen. Auch ich bat Halef, den scharfen Stahl im Herzen der Todten stecken zu lassen. Ich hätte die Waffe nie wieder anzurühren vermocht.
Und nun begannen wir, den Boden aufzuwühlen. Wir hatten dazu nichts anderes als unsere Hände und die Messer. Das förderte höchst langsam, und in der Tiefe eines Fußes wurde das sandige Gefüge so hart, daß wir mit diesen Werkzeugen eine ganze Woche gebraucht hätten, um eine Grube von der nöthigen Dimension fertig zu bringen.
„Es geht nicht, Herr,“ sagte Halef. „Was beschließest Du?“
„Wir kehren nach dem Thurme zurück; er liegt kaum mehr als zwei Reitstunden von hier.“
„Wallahi, daran habe ich nicht gedacht! Wir holen den Engländer mit seinen Werkzeugen herbei.“

„Und bis dahin halten die Geier ihre Mahlzeit!“
„So reite ich allein, und Du bleibst zurück.“
„Du wirst dann den Räubern in die Hände fallen. Sie haben ihren nächsten Zweck erreicht, und ich vermuthe, daß sie nach dem Birs Nimrud gegangen sind, um sich unsere Pferde und Waffen zu holen, nach denen sie lüstern sein werden.“
„Ich erwürge sie!“
„Du allein – so Viele?“
„Du hast recht, Sihdi. Und ich darf Dich ja auch nicht verlassen, weil Du krank bist.“
„Wir gehen alle Beide.“
„Und die Todten?“
„Wir legen sie auf die Pferde und gehen neben her.“
„Dazu bist Du zu schwach, Herr. Sieh, wie Dich das Aufgraben des leichten Sandes angestrengt hat! Deine Beine zittern.“
„Sie werden zittern und dennoch aushalten. Komm!“
Es war eine traurige und zugleich eine schwierige Arbeit, den beiden Pferden ihre Last zu geben. Da wir nicht genug Riemen und Schnüre hatten, mußte ich meinen Lasso zerschneiden, welcher mich so lange Zeit auf allen Reisen begleitet hatte. Aber ich that es ohne Zaudern, denn es war ja ziemlich gewiß, daß die Hand, welche ihn bisher geschwungen hatte, in wenigen Stunden erstarren werde. Wir befestigten die Todten so, daß je zwei an den Seiten eines Pferdes zu hängen kamen; dann ergriffen wir die Zügel und schritten dem uns gesteckten Ziele zu.
Nie werde ich diesen Weg vergessen. Hätte ich den treuen Halef nicht bei mir gehabt, so wäre ich zehnmal liegen geblieben. Trotz aller Anstrengung knickte ich bei jedem Schritt in die Kniee; in kurzen Abständen mußte ich halten, um nicht neue Kräfte – denn das war unmöglich – sondern neue Energie zu sammeln. Aus den zwei Reitstunden wurden mehrere. Die Sonne sank. Statt das Pferd zu führen, hing ich ihm am Zügel, und so wurde ich endlich, von Halef unterstützt, halb von dem Rappen fortgezogen und halb von dem Hadschi weitergeschoben.
Wir waren auch aus dem Grunde aufgehalten worden, weil wir vorsichtig jede Begegnung vermeiden mußten, und langten endlich – endlich spät Abends – an dem Thurme an. Hätte ich jemals ahnen können, daß ich an diesem Orte meinen vielbewegten Lauf beschließen werde!
Wir hielten an derselben Stelle, an welcher wir am vorigen Abend gelagert hatten. Von dem Engländer war keine Spur zu finden. Der Zettel fehlte; jedenfalls hatte er ihn gelesen und war auf meine Weisung sofort nach dem Kanale aufgebrochen. Wir luden die Todten ab, hobbelten die Pferde lang und legten uns nieder, denn heute war nichts Anderes mehr möglich.
„Ich weiß, daß wir uns wiedersehen,“ hatte Benda gesagt. Ja, ich war es allerdings, der sie wiedersah! Trotzdem ich sterbensmüde war und nur mit Anstrengung einen klaren Gedanken zu fassen vermochte, begann ich, mir selbst die bittersten Vorwürfe zu

machen. Ich hätte meine Meinung kräftiger vertheidigen und mich der Unvorsichtigkeit Hassan Ardschir-Mirza's nöthigenfalls mit Gewalt entgegenstellen sollen. Hatte mir der Krankheitsanfall Kraft gelassen zu dem stürmischen Ritt und zu dem traurigen Heimwege, so wäre es mir auch möglich gewesen, diesen Mirza Selim Agha unschädlich zu machen. Ich kann mich diesem Vorwurfe noch heute nicht ganz entziehen, obgleich seitdem eine geraume Zeit vergangen ist.

Ich verbrachte eine schlimme Nacht. Bei fast normaler Hautwärme hatte ich einen schnellen, zusammengezogenen und ungleichen Puls; das Athmen ging kurz und hastig; die Zunge wurde heiß und trocken, und meine Phantasie wurde von ängstlichen Bildern und Vorstellungen eingenommen, die mich so quälten, daß ich öfters Halef rief, um mich zu überzeugen, was Einbildung und was Wirklichkeit sei. Oft auch weckte mich aus diesen Phantastereien ein Schmerz, den ich in den Achselhöhlen, am Halse und im Nacken fühlte. In Folge dieses Zustandes, den ich nur deßhalb so ausführlich beschreibe, weil ein Pestfall bei uns eine so große Seltenheit ist, war ich bei Anbruch des Tages eher wach als Halef und bemerkte nun, daß sich bei mir Beulen unter den Achseln und am Halse, ein Karfunkel im Nacken und rothe Petechien-Gruppen auf der Brust und an den innern Armflächen entwickelten. Jetzt hielt ich mein Schicksal für besiegelt und weckte den Hadschi.

Dieser erschrak über mein Aussehen. Ich bat ihn um Wasser und schickte ihn dann nach dem Kanale, um den Engländer aufzusuchen und herbeizuholen. Es vergingen drei Stunden, für mich drei Ewigkeiten, und als er dann zurückkehrte, kam er allein. Er hatte lange gesucht und nichts gefunden als eine Hacke, in deren Nähe viele Hufspuren in der Weise zu sehen gewesen waren, daß er auf einen dort stattgefundenen Kampf schließen mußte. Er brachte die Hacke mit; sie gehörte zu den Werkzeugen, welche Lindsay mitgebracht hatte. War dieser überfallen worden? Aber es war keine Spur einer Verwundung oder Tödtung zu sehen gewesen! Ich konnte in dieser Angelegenheit nicht das Mindeste unternehmen, denn ich war unfähig zu einer mehr als nur sehr geringen Anstrengung.

Mein Aussehen mußte sich während der Abwesenheit Halef's verschlechtert haben, denn dieser verrieth eine gesteigerte Angst um mich und bat mich dringend, Medizin zu nehmen. Ja, Medizin, aber welche! Chinin, Chloroform, Salmiakgeist, Arsen, Arnica, Opium und Anderes, was ich mir in Bagdad angeschafft hatte, konnte nichts helfen. Was verstand ich als Laie von der Behandlung der Pest! Ich hielt frische Luft, gute Reinigung der Haut durch fleißiges Baden und einen Schnitt in den Karfunkel für das Beste, und da die Vorsicht gebot, nicht an diesem Ort zu bleiben, so begann ich, mit dem Hadschi zu überlegen, soweit bei meinem Zustande von Überlegen die Rede sein konnte.

Es mußte doch irgendwo eine Quelle, einen noch so kleinen Wasserlauf geben, und wenn ich den Blick grad nach Osten richtete, so schien mir dort jenseits der südlichen Ruinengrenze am ehesten ein Wässerchen zu finden zu sein. Ich bat daher Halef, nach dieser Richtung zu reiten, um zu sehen, ob ich nicht falsch vermuthe.

Der dienstwillige Mann war sogleich bereit, ließ mich aber dennoch nicht ohne Besorgniß allein zurück. Diese sollte sich als ganz begründet erweisen. Er hatte mich ungefähr seit einer halben Stunde verlassen, als ich den nahenden Schritt mehrerer Pferde hörte. Ich wandte mich um und erblickte sieben Araber, von denen zwei verwundet zu sein schienen. Es befanden sich bei ihnen die Drei, welche gestern hier mit mir gesprochen hatten. Beim Anblick der Leichen stutzten sie und hielten an, um sich leise zu berathen. Dann kamen sie näher und umringten mich.
„Nun, wirst Du uns heut Dein Pferd und Deine Waffen geben?" redete mich der gestrige Sprecher an.
„Ja; nehmt sie Euch!" antwortete ich gleichmüthig, indem ich liegen blieb.
„Wo ist der Andere, der noch fehlt?"
„Wo sind die Vier, welche Ihr gestern am Kanale Anana überfallen habt?" entgegnete ich.
„Das wirst Du erfahren, wenn wir Dein Thier und Deine Waffen besitzen. Gib her! Aber sieh diese sechs Flinten auf Dich gerichtet! Sobald Du schießest, bist Du verloren."
„Es fällt mir gar nicht ein, zu schießen. Was Ihr verlangt, gebe ich Euch gern, denn anstatt ich nur Einen von Euch tödten könnte, werdet Ihr Alle verloren sein, sobald Ihr mein Pferd oder mein anderes Eigenthum anzurühren wagt."
Der Mann lachte.
„Diese Gewehre werden nicht lebendig werden gegen uns!"
„Versuche es! Hier, nimm!"
Ich richtete mich mühsam empor, streckte ihm mit der Rechten zunächst eine der Pistolen entgegen, öffnete aber dabei vorn mit der Linken das Gewand, daß sie den Hals und die entblößte Brust sehen konnten. Sofort zog der Araber seinen Arm an sich und sprang mit der Geberde des größten Schreckens zurück zu seinem Pferde.
„Liwahihalla – um Gottes willen!" rief er entsetzt, indem er mit einem wahren Panthersprunge in den Sattel voltigirte. „Er hat die Pest, den Tod, den Tod! Flieht, Ihr Gläubigen; flieht schnell von dieser verfluchten Stätte, sonst ereilt Euch das Verderben!"
Er sprengte in höchster Eile davon, und die Anderen folgten ihm mit gleicher Schnelligkeit.
Diese lieben Söhne des Propheten dachten in ihrem Entsetzen gar nicht an die Lehre des Kuran, daß Alles im Buche verzeichnet sei und daß sie also durch ihre Flucht dem ihnen eventuell bestimmten Schicksale gar nicht entgehen könnten. Sie vergaßen sogar, mir vor ihrer so beschleunigten Abreise erst eine Kugel in den Kopf zu jagen dafür, daß sie nun mein Eigenthum nicht nehmen durften.
Nach Verlauf von abermals einer halben Stunde kehrte Halef mit freudestrahlender Miene zurück. Meine Vermuthung war richtig gewesen; er hatte einen kleinen Nahr, ein Flüßchen gefunden, welches sein helles Wasser in den Euphrat sandte und dessen Ufer mit einigem Gebüsch bestanden waren. Ich erzählte ihm die Episode mit den Arabern, und er ärgerte sich, nicht dagewesen zu sein. Er schwur, daß er sie Alle erschossen haben würde.

Bevor wir nun den Thurm verließen, mußte den Todten eine Ruhestätte bereitet werden. Hierzu war die gefundene Hacke gut zu verwenden. Ich schleppte mich an die westliche Seite der Ruine. Halef trug die Leichen herbei und arbeitete dann eine tiefe, breite Höhlung in die Trümmerwand, was ihm bei der Lockerheit des Materials nicht schwer fiel; dann setzte er die Todten mit empor gerichtetem Oberkörper hinein und begann, die Öffnung zu schließen, ohne daß der Perser nebst den drei Frauen von der Erde berührt wurde.

Ich saß während dieser Arbeit der Höhle gegenüber und prägte mir die Züge dieser theuren Personen ein. Da lehnte Benda an den Backsteinen Babylon's; ihr reiches, aufgelöstes Haar hing auf den Boden nieder, und ihre Rechte hielt noch den Griff des Dolches umspannt, der ihr im erkalteten Herzen stack. Grad so war Mohammed Emin begraben worden, in der Höhle sitzend und das Gesicht nach West wendend, wo die Sonne über der Kaaba aufgeht, wie dereinst das Angesicht Gottes über dem Heiligthum des Paradieses leuchten wird. Sie waren dabei gewesen, und auch Hassan Ardschir-Mirza hatte eine Sure gebetet. Wer hätte ihnen damals weissagen können, daß sie alle Vier das gleiche Schicksal haben sollten!

Als der Rand des Verschlusses die Angesichter der Abgeschiedenen erreichte, nahm Halef Abschied von ihnen. Auch ich wankte hin und kniete nieder.

„Allah il Allah, we Muhammed Rahsul Allah!“ sprach der kleine Hadschi. „Sihdi, laß Du mich heut das Gebet des Todes sprechen!“

Er that es. Brauchte ich mich der Thränen zu schämen, welche mir über die Wangen rannen?

Dann gab ich allen ein christliches Gebet mit auf die letzte Reise. Sie hatten Kerbela, die Stadt der Trauer, nicht erreicht, sondern eine höhere Pilgerschaft angetreten, empor zur Stadt der Klarheit und Wahrheit, wo keine Irrthümer walten und Glück und Freude ist von Ewigkeit zu Ewigkeit.

Nun wurde das Grab vollends geschlossen, und wir konnten aufbrechen. Ich drängte mein Leid mit Gewalt zurück zum Herzen und kroch in den Sattel. Doch im Abreiten wandte ich mich noch einmal zurück zu der Stelle, von welcher mir das Scheiden so schwer ward. O Mensch, Du schönstes und auch stolzestes der irdischen Geschöpfe, wie bist Du doch so gering und ohnmächtig, wenn die Brandung der Ewigkeit ihre Fluthen über Dich zusammenschlägt!

Wir ritten im langsamsten Schritte an der Ruine Ibrahim Chalil vorüber und überschritten die südliche Grenze des Ruinenfeldes, welches uns zur Linken liegen blieb. Ich mußte mir alle Mühe geben, um nicht aus dem Sattel zu fallen, und so verging über eine Stunde, ehe wir den Ort erreichten, welchen Halef vorher in kaum der Hälfte dieser Zeit gefunden hatte. Ich erblickte einen ziemlich starken Bach, welcher vom Westen kam und dessen Wasser die Klarheit und Frische einer Quelle hatte. Er schlängelte sich in zahlreichen Windungen dem Flusse zu und war zu beiden Seiten dicht mit Weidenarten und anderem Buschwerk eingesäumt. Ich fühlte mich nicht zur Beantwortung der Frage gestimmt, wie das Vorkommen eines solchen Wasserlaufes in einer so tristen Gegend zu erklären sei, lernte aber später noch andere Zuflüsse kennen, den Nahr Chawand, Nahr Hadrisch etc. und ließ mir auch erzählen, daß die Gegend westlich von hier keineswegs arm an Feuchtigkeit sei. Es gibt da ausgedehnte Sümpfe, in denen das Fieber brütet, und an den steilen Grenzhöhen sind wässerige Niederschläge keine große Seltenheit.

Zunächst richtete Halef für mich ein Lager her, über welches er zur Abhaltung der Sonnenstrahlen ein leichtes Dach baute; dann nahm ich ein Bad und streckte mich nachher auf das Blätterpolster nieder, welches mir als Krankenbett dienen sollte. Meine Zunge war dunkelroth und in der Mitte schwarz und rissig geworden; das Fieber schüttelte mich bald heiß und bald kalt; ich sah die Bewegungen des kleinen Hadschi wie durch einen dichten Nebel und hörte seine Stimme wie im Traume und mit der Klangfarbe, welche die Stimme eines Bauchredners hat. Dabei entwickelten sich die Petechien und die Geschwülste immer mehr, so daß ich gegen Abend in einem fieberfreien Augenblick Halef bat, einen kräftigen Einschnitt in den Karfunkel zu machen. Das war nicht ohne Gefahr, aber es gelang. Um nun über Nacht nicht in eine noch viel gefährlichere Schlafsucht zu fallen, gab ich die Weisung, mich munter zu rütteln und mit Wasser zu begießen, falls sich die gefürchtete Starrheit meiner bemächtigen sollte. So verging die Nacht, und der Morgen brach an. Ich fühlte mich etwas leichter, und Halef ging, um ein Wild zu schießen.

Er brachte schon nach kurzer Zeit einiges Geflügel, welches er am Spieße briet. Mir war es unmöglich, nur einen Bissen zu genießen, und auch er saß still und trüb dabei, ohne zu essen. Der Hund allein hielt seine Mahlzeit. Wie traurig war diese Lage am Phrat, dem „Flusse des Paradieses“! Todkrank, ohne andere Hilfe, als die wir uns selbst zu leisten vermochten, umweht vom Hauche der Pest, inmitten uncivilisirter, fanatischer Thoren, gegen die wir keine andere wirklich hinlängliche Waffe hatten, als eben diese – Pest. Nach Hilla oder einem anderen Orte durften wir nicht; man hätte uns sofort umgebracht. Was wäre ich hier gewesen ohne den Beistand des wackeren Halef, der Alles wagte, um mir seine Liebe und Treue zu beweisen!

Es war heut der vierte Tag der Krankheit, und ich hatte gehört, daß dieser Tag der entscheidende sei. Ich blieb dabei, Rettung nur vom Wasser und von der freien Luft zu erwarten, und obgleich mein Körper unter den Anstrengungen der letzten Zeit sehr gelitten hatte, glaubte ich, daß ich dem Reste meiner Kräfte mehr Vertrauen schenken dürfe, als irgend einer Arznei, über deren Anwendung und Wirkung ich nicht einmal im Klaren war.

Gegen Abend ließ das Fieber nach, und auch in dem Absceß verminderte sich die Heftigkeit des Schmerzes. Ich schlief des Nachts einige Zeit recht erquicklich, und als ich am nächsten Morgen Halef die Zunge zeigte, welche wieder feucht zu werden begann, erklärte er, daß die schwarze Färbung derselben fast verschwunden sei. Jetzt begann ich auf Genesung zu hoffen, erschrack aber am Nachmittag nicht wenig, als der treue Diener nun selbst über Kopfweh, Schwindel und Frost zu klagen begann. Schon während der

Nacht hatte ich die Gewißheit, daß ihn die Ansteckung ergriffen hatte. Ich sah ihn nach dem Wasser gehen, um mir einen Trunk zu holen; er taumelte.
„Halef, Du fällst!“ rief ich erschrocken.
„O, Sihdi, es dreht sich Alles mit mir herum!“
„Du bist krank! Es ist die Pest!“
„Ich weiß es.“
„Ach, ich habe Dich angesteckt!“
„Allah hat es gewollt; es stand im Buche verzeichnet. Ich werde sterben; Du aber wirst zu Hanneh gehen und sie trösten.“
„Nein, Du wirst nicht sterben; ich werde Dich pflegen.“
„Du?“ frug er kopfschüttelnd. „Du ringst ja selbst noch mit dem Tode, der Dich nicht frei geben will!“
„Ich bin bereits auf dem Wege der Besserung; ich werde nicht weniger an Dir thun, als was Du an mir gethan hast.“
„O, Sihdi, was bin ich gegen Dich! Laß mich hier liegen und sterben!“
Also so sehr hatte ihn die der Pest charakteristische Niedergeschlagenheit bereits ergriffen! Er hatte sich gewiß genug gewehrt, um mich so lange wie möglich über seinen Zustand in Unkenntniß zu erhalten. Jetzt gelang ihm dies nicht mehr, und einige Stunden später sprach er irre. Vielleicht hatte er schon mit mir den Stoff der Krankheit eingesogen, als wir in Bagdad das Nahen der Todeskaravane beobachteten, und nun entwickelte sich bei ihm die schwerste, die biliöse Form der Pest, in welcher alle Zufälle mit vermehrter Heftigkeit auftreten.
Ich konnte mich selbst nur mit äußerster Anstrengung auf kurze Zeit emporraffen, um ihm die Pflege zu Theil werden zu lassen, deren ich selbst noch so sehr bedurfte. Es war eine Zeit, an welche ich mit Schauder zurückdenke, obgleich ich sie hier am besten übergehe.
Auch Halef wurde gerettet, doch befand er sich noch am zehnten Tage seiner Krankheit so schwach, daß ich ihn von Stelle zu Stelle heben mußte, und ich selbst konnte mit der schweren Büchse noch keinen sichern Schuß aus freier Hand thun. Es war bei all'dem ein Glück, daß unser Schmerzenslager unentdeckt blieb. Als ich mich zum ersten Male im Wasser spiegelte, erschrack ich über den dicht bebarteten Todtenkopf, welcher mir da entgegengrinste. Es war kein Wunder, daß Geier über uns ihre Kreise zogen und die Hyänen und Schakale, welche aus den Ruinen zur Tränke kamen, durch das Schilf schauten, um zu sehen, ob wir nicht bald zu verspeisen seien. Sie mußten stets in höchster Eile abziehen, denn Dojan, der Windhund, war nicht sehr gastfreundlich gegen sie gesinnt.
Meinen ersten Ausgang unternahm ich zum Grabe der Perser, welches sich noch im unversehrten Zustande befand. Ich war zu Fuße herbei gekommen und saß wohl eine Stunde lang am Thurme, und die lebensvollen Bilder der Abgeschiedenen standen vor meinem geistigen Auge. Da gab der Hund, welchen ich bei mir hatte, Laut. Ich wandte

mich um und erblickte einen Trupp von acht Reitern mit einigen Falken und einer Koppel Hunde. Sie hatten mich schon bemerkt, und kamen nahe zu mir heran.
„Wer bist Du?“ fragte der Mann, welcher der Anführer zu sein schien.
„Ein Fremder.“
„Was thust Du hier?“
„Ich trauere um die Todten, welche ich hier begraben habe.“
Dabei deutete ich nach dem Grabe.
„Welcher Krankheit sind sie erlegen?“
„Sie wurden ermordet.“
„Von wem?“
„Von persischen Männern.“
„Ah! Von Persern und Zobeïde-Arabern! Wir haben davon gehört. Sie haben auch mehrere Männer getödtet, welche sich am Kanale befanden.“
Ich erschrack, denn hier konnte nur Lindsay mit seinen Leuten gemeint sein.
„Weißt Du dies gewiß?“
„Ja. Wir gehören zum Stamme der Schat und geleiteten Pilger nach Kerbela. Da haben wir es gehört.“
Das war jedenfalls eine Lüge. Die Schat wohnen weit im Süden und dürfen sich hier nur mit Gefahr erblicken lassen. Übrigens sagte mir der Umstand, daß sie sich auf der Falkenjagd befanden, sehr deutlich, daß ihre Heimat in der Nähe sein müsse. Ich faßte also Mißtrauen und gab mir nur Mühe, dies nicht merken zu lassen.
Da trieb der Mann sein Pferd ganz zu mir heran und sagte:
„Was hast Du hier für ein sonderbares Gewehr? Zeige es einmal her!“
Er streckte die Hand nach dem Stutzen aus, ich aber trat zurück und antwortete:
„Dieses Gewehr ist gefährlich für Den, der es nicht anzufassen versteht!“
„So wirst Du mir zeigen, wie es anzufassen ist!“
„Gern, wenn Du absteigst und eine Strecke weiter mit mir gehst. Kein Mann gibt seine Flinte aus der Hand, wenn er nicht sicher ist, daß es ohne Gefahr geschehen kann.“
„Her damit! Sie ist mein!“
Er streckte seine Hand abermals aus und nahm zu gleicher Zeit sein Pferd empor, um mich niederzureiten. Da aber that Dojan einen Satz, faßte den Mann am Arme und riß ihn aus den Bügeln auf die Erde herab. Der Araber, welcher die Koppel hielt, stieß einen Schrei aus und ließ seine Hunde los, welche sich sofort auf Dojan stürzten.
„Ruft die Hunde zurück,“ gebot ich, das Gewehr erhebend.
Man folgte meinem Rufe nicht, und so drückte ich ab, drei, vier Male hinter einander. Jeder Schuß tödtete einen Hund; dabei aber gab ich zu wenig acht auf den Anführer, dieser erhob sich, faßte mich und riß mich von hinten zu Boden. Ich war viel zu schwach zu einer nachhaltigen Gegenwehr; er übermannte mich trotz seines zerbissenen Armes und hielt mich fest, bis die Andern ihm beistanden, mich vollends unschädlich zu

machen. Das Gewehr wurde mir entrissen, das Messer auch; dann band man mich und lehnte mich gegen einen Backsteinhaufen.
Unterdessen biß sich Dojan mit den drei unverletzt gebliebenen Hunden herum. Sein Fell war zerbissen; er blutete aus mehreren Wunden, aber er hielt wacker Stand, seinen Gegnern nie die Kehle bietend. Da nahm einer der Araber seine alte Flinte empor, zielte und drückte los; die Kugel traf den wackeren Hund zwischen die Rippen; er brach todt zusammen und wurde von seinen halb wilden Feinden wörtlich in Stücke gerissen.
Ich hatte das Gefühl, als ob der theuerste Freund mir an der Seite erschossen worden sei. O, diese Schwäche! Wäre ich bei meiner früheren Kraft gewesen, was hätte ich mir aus diesem alten Strick gemacht, der meine Arme zusammenhielt!
„Bist Du allein hier?" frug jetzt der Anführer.
„Nein. Ich habe noch einen Gefährten," antwortete ich.
„Wo?"
„In der Nähe."
„Was thut Ihr da?"
„Wir wurden unterwegs von der Pest überfallen und sind da liegen geblieben."
In dieser aufrichtigen Antwort bot sich mir die einzige Möglichkeit, diesen Leuten zu entkommen. Kaum hatte ich das letzte Wort gesprochen, so wichen sie mit lauten Schreckensrufen von mir zurück. Nur der Anführer blieb und meinte mit zornigem Lachen:
„Du bist ein schlauer Mann, mich aber betrügst Du nicht! Wer mitten im Wege an der Pest liegen bleibt, der wird nie wieder gesund."
„Blicke mich an!" sagte ich einfach.
„Dein Anblick ist wie das Angesicht des Todes, aber Du hast nicht die Pest, sondern das Fieber. Wo befindet sich Dein Gefährte?"
„Er liegt am – – – – horch, da kommt er!"
Ich hörte nämlich von Weitem eine Stimme, welche stark sein wollte, aber nur in schrillen, sich überschnappenden Fisteltönen immer nur das Wort „Rih, Rih, Rih!" vernehmen ließ. Darauf ertönte der rasende Galopp eines Pferdes, und einen Augenblick später sah ich meinen Hengst über Schutt, Geröll und Trümmern heranstürmen. Auf ihm aber lag Halef, den linken Arm um den Hals des Pferdes geschlungen, und die rechte Hand zwischen den Ohren des Pferdes, wobei sie eine seiner Doppelpistolen hielt, während die Flinte ihm an der Schulter hing.
Die Araber alle wandten sich dem Schauspiele zu. Wie war der todesmatte Hadschi auf das Pferd gekommen! Er hatte nicht die Kraft, es zum Stehen zu bringen, und sauste vorüber.
„Dur kawi, Rih – halt, Rih!" rief ich, so laut ich vermochte.
Sofort lenkte das kluge Pferd zurück.
„Die Hand weg von den Ohren, Halef!"

Er that es, und nun blieb das Thier grad vor mir halten. Halef fiel zu Boden. Er konnte sich kaum zum Sitzen aufrichten, frug aber doch mit zorniger Stimme:
„Ich hörte schießen. Sihdi, wen soll ich tödten?"
Der Anblick dieses Kranken mußte den Arabern sofort beweisen, daß ich vorhin die Wahrheit gesagt hatte.
„Es ist die Pest! Allah schütze uns!" riefen sie.
„Ja, es ist die Pest!" rief auch der Anführer, indem er den Stutzen und das Messer von sich warf und auf sein Pferd sprang. „Flieht, Ihr Männer! Ihr aber, Ihr Hunde, die Ihr uns angesteckt habt, fahrt zur Hölle!"
Er zielte auf mich, und ein Anderer auf Halef. Beide drückten ab; aber die Hand des Ersten lähmte der Biß des Hundes, und die des Andern bebte aus Furcht vor der Pest; die Kugeln trafen nicht. Auch Halef schoß sein Pistol ab, aber seine Hand zitterte wie ein Zweig im Winde; auch er traf nicht, und als er die Flinte erheben wollte, war er zu schwach dazu, und die Araber ritten bereits in sicherer Entfernung von dannen.
„Dort entkommen sie! Der Scheïtan hole sie ein!" rief er; aber es war kein Ruf, sondern mehr ein hastiges Murmeln, was er hervorbrachte. „Was thaten sie Dir, Sihdi?"
Ich erzählte es ihm und bat ihn dann, den Strick zu durchschneiden. Der Arme hatte kaum die Kraft, es zu thun.
„Aber, Halef, wie bist Du auf das Pferd gekommen?" fragte ich.
„Sehr leicht, Sihdi," antwortete er. „Es lag am Boden, und ich legte mich auf seinen Rücken, nachdem ich den Riemen gelöst hatte. Ich wußte, wo Du warst, und als ich Schüsse hörte, mußte ich Dir zu Hilfe kommen. Der Knall Deines Stutzens dringt sehr weit. Du hast mir das Geheimniß Deines Pferdes offenbart, und darum hat es mich so rasch zu Dir getragen."
„Dein bloßes Erscheinen genügte, mich zu befreien. Die Furcht vor der Pest ist stärker als alle Waffen. Diese Männer werden von dem Zusammentreffen erzählen, und darum glaube ich, daß wir nun vor weiteren Begegnungen sicher sind, so lange wir uns noch hier befinden."
„Und Dojan? Das dort sind die Stücke seines Körpers?"
„Ja."
„O jazik – o wehe! Herr, das ist genau so, als ob mir die Hälfte von Dir selbst entrissen wäre! Ist er tapfer gefallen?"
„Ja. Er wäre Sieger geblieben, wenn man ihn nicht erschossen hätte. Aber wir haben einen noch viel schmerzlicheren Verlust zu beklagen. Der Engländer ist mit seinen Leuten ermordet worden."
„Der Engländer? Allah 'l Allah! Wer sagte es?"
„Der Anführer dieser Araber. Er behauptete, davon gehört zu haben; aber vielleicht ist er selbst mit dabei gewesen."
„So müssen wir ihre Leichen finden. Wir werden suchen, sobald ich wieder gehen kann, um sie zu begraben. Dieser Engländer war ein Ungläubiger; aber er hatte Dich lieb, und

ich darum auch ihn. Herr, mache eine Grube für den Hund! Er soll hier in der Nähe der Perser ruhen; er hat ja auch zu ihrem Schutze gelebt. Es darf ihn kein Geier und kein Schakal fressen. Dann aber führe mich fort. Ich bin so matt, als ob auch mich eine Kugel getroffen hätte!“
Ich that nach seinem Willen. Der treue Dojan kam vor das Grab zu liegen, als ob er selbst noch im Tode die Sicherheit der Abgeschiedenen vertheidigen solle. Dann lud ich Halef auf das Pferd und kehrte mit ihm, nachdem ich auch die Waffen an mich genommen, langsam an den Bach zurück, nicht ahnend, daß die Erzählung von dem Tode des Engländers glücklicher Weise nur die Folge eines Irrthums sei. Es drängte mich, so bald wie möglich die Gegend zu verlassen, wo im Angesichte dieses Trümmerreiches auch so Vieles von uns und in uns zu den Todten gebettet worden war. An die einst beabsichtigte Reise nach dem Hadhramaut war nun nicht mehr zu denken. – –

In Damaskus

Diese Kuppe Es Salehiëh bietet unbestreitbar einen der herrlichsten Aussichtspunkte der Erde. Im Rücken liegen die malerischen Berge des Antilibanon, deren Mauern sich hoch gen Himmel erheben, und vor dem Blicke breitet sich die von der Natur zum Paradies geschaffene und von dem Moslem hochgepriesene Ebene von Damaskus aus. Zunächst dem Gebirge liegt El Ghuta, die meilenweite, mit Fruchtbäumen und den herrlichsten Blumen dicht besetzte Ebene, bewässert und erquickt durch acht Flüßchen und Bäche, von denen sieben Zweige des Flusses Barrada sind. Und hinter diesem Gartenringe erglänzt die Stadt, von den Arabern „Schamm“ genannt, wie eine Wahrheit gewordene Fata Morgana des sich nach Labung und Erquickung sehnenden Wüstenpilgers.
Hier steht der Wanderer auf einem geschichtlich hochwichtigen Boden, auf welchem auch die Sage ihre silberschimmernden Blüthen getrieben hat. Gegen Norden liegt der Dschebel Kassium, auf welchem nach der morgenländischen Erzählung einst Kaïn seinen Bruder Abel erschlug. In El Ghuta stand nach der arabischen Legende der Baum des Erkenntnisses, unter welchem die erste Sünde geschah, und in Damask selbst erhebt sich die berühmte Moschee der Ommijaden, auf deren Minareh sich Christus am Tage des Gerichtes niederlassen wird, um zu richten die Lebendigen und die Todten. So also wird die Geschichte von Damaskus wie die keiner andern Stadt vom Anfange der Erde bis zu dem Ende derselben reichen, wie der stolze und fanatische Bewohner der „Stadt am Barrada“ behauptet.
Allerdings ist Damaskus eine der ältesten Städte der Erde, aber die Zeit ihrer Gründung ist nicht genau zu bestimmen, da die moslemitische Geschichtsschreibung die Fäden der Tradition eher verwirrt als entwickelt hat. Die heilige Schrift erwähnt Damask zum Öfteren. Zu jener Zeit wurde es auch Aram Damasek genannt. David eroberte es und zählte es zu den glänzendsten Perlen seiner Krone. Nachher herrschten hier Assyrer,

Babylonier, Perser, die Seleuciden, Römer und Araber. Als Saulus zum Paulus wurde, stand sie unter dem Zepter der Araber. „Stehe auf, und gehe in die Gasse, welche die gerade heißt, und frage in dem Hause des Judas nach einem mit Namen Saulus aus Tarsus; denn siehe, er betet!" So sprach der Herr im Gesichte zu Ananias. Und noch heut stehet jene Gasse. Sie geht vom Bab esch Scherki im Osten nach dem Bab el Yahya im Westen, bildet die große Verkehrsader der Stadt und wird noch immer Suk ed Dschamak, die gerade Straße, genannt.

Eine Viertelstunde von der Stadt entfernt sieht man in der Nähe des christlichen Friedhofes eine Felsenplatte an der Stelle, wo Saul von der Klarheit des Himmels umleuchtet wurde und eine Stimme ihm zurief: „Ich bin Jesus, den du verfolgest; hart wird es dir, wider den Stachel zu lecken!"

An der Porta orientalis, einem schönen, altrömischen Thore mit drei Eingängen, steht das Haus des Ananias, durch den Paulus wieder sehend ward. Auch zeigt man neben einem vermauerten Thore das Fenster, aus welchem der Apostel in einem Korbe hinunter gelassen wurde.

Oft, sehr oft wurde Damaskus erobert und in Trümmer gelegt, aber immer erhob es sich wieder mit neuer Lebensfähigkeit. Am meisten litt es unter Tamarlan, welcher im Jahre 1400 seine wilden Schaaren zehn Tage lang in den Straßen morden ließ; als darauf die Stille des Todes herrschte, hielt der Brand die Nachlese. Unter osmanischer Herrschaft hat die Stadt nach und nach immer mehr ihre Bedeutung verloren. Aus der ehemaligen Weltstadt wurde eine Provinzialstadt, der Sitz eines Gouverneur-Pascha, und Jedermann weiß ja, daß diese Art von Administratoren nur geeignet ist, das reichste Land der Erde arm und durch endlosen Steuerdruck den ergiebigsten Volkswohlstand bankerott zu machen.

Heute spricht man von 200,000 Einwohnern, welche Damaskus besitzen soll; die Zahl 150,000 wird aber der Wahrheit näher liegen. Darunter sind etwas über 30,000 Christen und 3000 bis 5000 Juden. Kein Moslem, selbst der Mekkaner nicht, ist so fanatisch wie der Damaskese. Die Zeit ist noch nicht lange vorüber, in welcher ein Christ kein Kameel und kein Pferd besteigen durfte; er mußte zu Fuß gehen, wenn er nicht auf einem Esel reiten wollte. Dieser Fanatismus, welcher so leicht zu blutigen Ausschreitungen führt, ist selbst heut noch ganz derselbe wie im Jahre 1860, in welchem Tausende von Christen niedergemetzelt wurden.

Die fürchterlichen Vorspiele dazu begannen zu Hasbeya, am Westabhange des Hermon, zu Deïr el Kamr, südlich von Beirut, und in der Küstenstadt Saïda. In Damaskus hatte am 9. Juli des genannten Jahres der Mueddin um die Mittagsstunde eben zum Gebete gerufen, als sich der bewaffnete Pöbel, von Baschi-Bozuks angeführt, auf das Christenviertel stürzte. Jeder Mann und Knabe wurde erschlagen; mit den Frauen und Mädchen geschah theils Schlimmeres, theils wurden sie nach dem Sklavenmarkte geführt. Der Gouverneur Achmet Pascha sah ruhig zu; aber ein Anderer nahm sich der Christen an, Einer, welcher sein Leben lang gegen dieselben gekämpft hatte. Es war Abd

el Kader, der algierische Beduinenheld, welcher sein Vaterland verlassen hatte, um in Damaskus Vergessenheit zu suchen. Er öffnete den Christen, welche bei ihm Schutz suchten, sein Haus und streifte mit seinen Algierern durch die Stadt, um die Flüchtenden in der alten Citadelle unterzubringen. Als er ungefähr zehntausend Christen dorthin gerettet hatte, wollten die Mordbanden mit Gewalt eindringen; er aber sprengte in Helm und Küraß mitten unter sie hinein und gebot den Seinen, beim geringsten Zeichen eines Angriffes auf die Citadelle ganz Damaskus an allen Ecken anzubrennen. Das half. Diesen Edelmuth zeigte ein Mann, welcher nach dem Frieden von Kerbens volle fünf Jahre lang von den Franzosen widerrechtlicher Weise gefangen gehalten worden war.
Von Damaskus aus geht die große Karavanenstraße nach Mekka, welches man in 45 Tagen erreicht. Nach Bagdad gelangen Karavanen in 30 bis 40 Tagen, der Postkurier aber reitet per Dromedar nur 12 Tage. Doch ist die Benützung dieser Verbindung etwas theuer, denn man hat von Bagdad per Kurier nach Stambul für einen Brief 28 Mark, für ein recommandirtes Schreiben aber sogar 50 Mark bezahlen müssen.
Auch ich war von Bagdad nach Damaskus gekommen, hatte aber nicht die Straße eingeschlagen, auf welcher der Kurier reitet. Und das hatte seine guten Gründe.
Nach den zuletzt erzählten Ereignissen hatten wir noch sechs Tage an dem Bache liegen müssen, bis Halef so weit gekräftigt war, daß wir nach Bagdad zurückkehren konnten. Vorher aber hatten wir nochmals mit allem Fleiße und der größten Sorgfalt am Kanale Anana nach Lindsay oder Spuren von ihm gesucht, ohne das Mindeste gefunden zu haben. Nach Bagdad gekommen, erfuhren wir von unserm Wirthe, daß er weder den Engländer gesehen noch etwas von ihm gehört habe, und so sah ich mich veranlaßt, bei der Vertretung England's Anzeige zu erstatten. Es wurden mir die schleunigsten Recherchen versprochen, welche aber ohne alles Resultat zu bleiben schienen, so daß ich endlich aufzubrechen beschloß.
Pekuniäre Schwierigkeiten stellten sich diesem Entschlusse nicht entgegen, denn ich hatte in den Ruinen des Belusthurmes – – ein sehr reichliches Reisegeld gefunden, allerdings nicht etwa durch Nachgrabungen in dem Trümmerschutte, sondern auf eine andere Weise und an einem Orte, wo ich mir nichts weniger als den bösen und doch so nothwendigen Mammon anwesend gedacht hatte.
Als nämlich eines Tages mein Halef am Bache im tiefen Schlafe der Entkräftung lag und ich mir die Schwierigkeit unserer Lage recht eingehend überdachte, fielen mir die Worte Marah Durimeh's ein, welche sie gesprochen hatte, als sie mir beim Abschiede das Amulet übergab: „Es hilft nichts, so lange es geschlossen ist; aber wenn du einmal eines Retters bedarfst, so öffne es; der Ruh 'i Kulyan wird dir dann beistehen, auch wenn er nicht an deiner Seite ist." Ich dachte natürlich gar nicht daran, von dem Amulete etwas Hülfespendendes zu erwarten; es hatte so lange Zeit an meinem Halse gehangen, ohne daß es weiter von mir beachtet worden war; jetzt aber verspürte ich aus Langeweile einige Neugierde, seinen Inhalt kennen zu lernen. Ich knüpfte es ab, zerschnitt seine äußere Hülle und kam nun an ein zusammengelegtes Pergament, welches – – zwei Noten

der englischen Bank enthielt. Ich gestehe gern, daß mein Gesicht in diesem Augenblick einigermaßen einen fremdartigen, keineswegs aber unangenehmen Ausdruck angenommen haben mag. Bei einem solchen Inhalte hatte die alte Marah Durimeh allerdings Recht gehabt: „Es hilft nicht, so lange es geschlossen ist." Wie aber war sie, die reiche Königstochter, zu englischem Gelde gekommen? Na, darüber wollte ich mir den Kopf nicht unnöthig anstrengen; Pfundnoten jeder Höhe sind an allen Orten der Erde zu haben. Aber entweder war die Spenderin wirklich sehr reich, oder sie hatte eine ganz ungewöhnliche Theilnahme für mich empfunden. Ich hätte nach Lizan zurückreiten mögen, um ihr zu danken. Mit dem Verluste des Engländers hatte ich auch einen in Kassenbeziehungen hoch anständigen Gefährten eingebüßt; sein öfteres: „Zahle gut, well!" hatte viel für mich armen Teufel zu bedeuten gehabt; jetzt nun war dieser Ausfall für einige Zeit gedeckt, ein Umstand, welcher mich von einer nicht ganz geringen Sorge befreite.

Auch Halef war sehr erfreut, als ich ihn von der Bedeutung meines Fundes benachrichtigte, und ich beschloß, diese Freude durch die Mittheilung zu erhöhen, daß ich mit ihm zu den Haddedihn reiten werde, einmal um seiner selbst willen und dann auch wegen der beiden Diener des Engländers, die sich vielleicht noch immer dort befanden. Ich fühlte mich moralisch verpflichtet, dieses Erbtheil des Engländers anzutreten.

Nachdem wir uns in Bagdad gehörig erholt und mit dem Nöthigen versehen hatten, reisten wir ab und ließen nur für etwaige Anfragen die Nachricht zurück, wo wir zu finden seien. Wir ritten über Samara nach Tekrit und bogen dann nach West zum Thathar ab, um den Stämmen zu entgehen, mit denen wir früher im Thale der Stufen feindlich zusammengekommen waren, und trafen eine Tagreise vor den berühmten Ruinen von El Hather zwei Männer, welche uns sagten, daß die Schammar sich von ihren gewöhnlichen Weideplätzen nach Südwest gegen El Deïr am Euphrat gezogen hätten, um den fortgesetzten Feindseligkeiten des Gouverneur von Mossul auszuweichen. Dort langten wir, ohne irgend eine Unterbrechung unserer Reise erlitten zu haben, glücklich an.

Unsere Ankunft erregte Trauer und Freude zugleich. Amad el Ghandur war nicht angekommen. Der ganze Stamm hatte sich in außerordentlicher Sorge um unser Schicksal befunden, aber noch stets hatte man gehofft, uns wohl behalten zurückkehren zu sehen. Jetzt nun wurde diese Hoffnung zu Schanden. Der Tod Mohammed Emin's versetzte den ganzen Stamm in die tiefste Trauer, und es wurde eine große Feier veranstaltet, um sein Gedächtniß zu ehren.

Ganz anders aber war es bei Hanneh, welche sich bei unserm Erscheinen jubelnd in die Arme ihres Halef warf. Er war ganz entzückt von ihrem Anblick, und sein Entzücken verdoppelte sich, als sie ihn und mich in das Zelt führte, um ihm einen kleinen Hadschi zu zeigen, welcher während unserer Abwesenheit sich zur irdischen Pilgerreise eingefunden hatte.

„Und weißt Du, Sihdi, welchen Namen ich ihm gegeben habe?“ frug sie mich.
„Nun?“
„Er heißt – nach Dir und seinem Vater – Kara Ben Halef.“
„Du hast wohl daran gethan, Du Krone der Weiber und Du Blume der Frauen. Mein Sohn wird ein Held werden, wie sein Vater ist, denn sein Name ist länger als der Speer eines Feindes. Alle Männer werden ihn ehren, alle Mädchen ihn lieben, und alle Feinde werden fliehen, wenn in dem Kampfe ertönt der Name Kara Ben Hadschi Halef Omar Ben Hadschi Abul Abbas Ibn Hadschi Dawuhd al Gossarah!“
Natürlich war auch Scheik Malek erfreut, uns wieder zu sehen. Er hatte einen bedeutenden Einfluß auf die Haddedihn gewonnen, und es war voraus zu sehen, daß er, wie die Verhältnisse jetzt lagen, recht bald den Rang eines Anführers einnehmen werde. In diesem Falle konnte mein kleiner, treuer Hadschi darauf rechnen, einst zu den Scheiks der Schammar zu gehören.
Wir besuchten in zahlreicher Begleitung alle die Orte, welche wir bei unserem ersten Aufenthalte gesehen hatten, und des Abends saßen wir im Zelte oder vor demselben, um den neugierigen Arabern unsere Erlebnisse zu erzählen, wobei Halef niemals vergaß, ganz besonders seinen Schutz zu betonen, unter welchem ich mich während der langen Fahrt befunden hatte.
Die beiden Irländer waren noch vorhanden. Sie waren während unserer Abwesenheit halb wild geworden und hatten sich vom Arabischen so viel angeeignet, als nöthig war, sich mit ihren Gastfreunden zu verständigen. Dennoch aber sehnten sie sich fort von hier, und als sie hörten, daß sie auf ihren verschollenen Herrn nicht rechnen könnten, baten sie mich, von jetzt an mich ihrer anzunehmen. Ich sagte zu, denn in dieser Absicht war ich ja hergekommen.
Mein Entschluß war, nach Palästina zu gehen, und von da zur See nach Constantinopel. Doch wollte ich vorher erst Damaskus sehen, die Stadt der Ommijaden, und um allen für mich vielleicht unliebsamen Begegnungen von Mossul her aus dem Wege zu gehen, entschloß ich mich, südlich von El Deïr über den Euphrat zu setzen und eine so weit nach Mittag gelegene Richtung einzuschlagen, daß ich über das Haurangebirge nach Damaskus kam.
Aber die Haddedihn wollten mich sobald nicht von sich lassen. Halef bestand mit allem Nachdrucke darauf, mich nach Damaskus zu begleiten; ich durfte ihm diesen Wunsch nicht abschlagen, und da ich ihm doch Zeit geben mußte, seinen glücklichen Familienverhältnissen gerecht zu werden, so dauerte mein Aufenthalt weit, weit länger, als ich vorher beabsichtigt hatte. Woche um Woche verging; die kurze rauhe Jahreszeit war hereingebrochen und neigte sich bereits wieder zu Ende; nun aber ließ ich mich nicht länger halten. Wir reisten ab.
Ein großer Theil der Stammesangehörigen begleitete uns bis an den Euphrat, an dessen linkem Ufer wir Abschied nahmen: Halef auf kurze Zeit, ich aber für lebenslang. Mit allem Nöthigen reichlich versehen, setzten wir über den Fluß und hatten ihn dann bald

aus den Augen verloren. Eine Woche später erblickten wir die Höhen des Hauran vor uns, hatten aber zwei Tage vorher eine Begegnung, welche von einigem Einflusse für spätere Begebenheiten war.

Wir sahen nämlich des Morgens vier Kameelreiter weit vor uns, welche die gleiche Richtung mit uns einzuhalten schienen. Da den Beduinen des Hauran nicht recht zu trauen ist, so wäre es uns lieb gewesen, Begleiter zu bekommen, und darum ritten wir schneller, um jene Reiter einzuholen. Als sie uns bemerkten, trieben auch sie ihre Thiere zu einem rascheren Gang an, doch kamen wir ihnen trotzdem immer näher. Als sie dies erkannten, hielten sie an und wichen seitwärts, um uns vorüber zu lassen. Es war ein älterer Mann mit drei jüngeren, rüstigen Begleitern; sie sahen nicht sehr kriegerisch aus, hatten aber die Hände an den Waffen, um uns Respekt einzuflößen.

„Sallam!" grüßte ich, mein Pferd anhaltend. „Laßt die Waffen in Ruhe; wir sind keine Räuber."

„Wer seid Ihr?" frug der Ältere.

„Wir sind drei Franken aus dem Abendlande, und dieser mein Diener ist ein friedlicher Araber."

Da erheiterte sich das Gesicht des Mannes, und er frug in gebrochenem Französisch, jedenfalls um sich von der Wahrheit meiner Behauptung zu überzeugen:

„Aus welchem Lande sind Sie, mein Herr?"

„Aus Deutschland."

„Ah," meinte er naiv, „das ist ein sehr friedliches Land, in welchem die Bewohner nichts thun, als Bücher lesen und viel Kaffee trinken. Woher kommen Sie? Sind Sie vielleicht auch ein Kaufmann wie ich?"

„Nein. Ich reise, um über die Länder, welche ich sehe, Bücher zu schreiben, welche dann zum Kaffee gelesen werden. Ich komme von Bagdad und will nach Damaskus."

„Aber Sie tragen ja anstatt des Schreibzeuges so viele Waffen bei sich!"

„Weil ich mich mit dem Schreibzeuge wohl schwerlich gegen die Beduinen vertheidigen könnte, welche den von mir eingeschlagenen Weg unsicher machen."

„Das ist wahr," nickte der Mann, der sich einen Schriftsteller nicht anders vorgestellt zu haben schien, als mit einer gigantischen Feder hinter dem Ohre, ein Sattelpult vor sich und zu jeder Seite des Pferdes ein riesiges Tintenfaß. „Jetzt haben sich die Anazeh nach dem Hauran gezogen, und gegen diese muß man vorsichtig sein. Wollen wir zusammenhalten?"

„Gern. Sie gehen auch nach Damaskus?"

„Ja. Ich wohne dort; ich bin Kaufmann und mache jährlich mit einer kleinen Karavane eine Handelsreise zu den Arabern des Südens. Von einer solchen kehre ich jetzt zurück."

„Gehen wir über den östlichen Hauran, oder halten wir uns links nach der Mekkastraße hinüber?"

„Welches wird das Beste sein?"

„Das Letztere jedenfalls."

„Ich stimme bei. Waren Sie schon einmal hier?“
„Nein.“
„Dann werde ich Sie führen. Vorwärts!“
Das vorherige Mißtrauen des Kaufmanns war vollständig verschwunden. Er zeigte sich als ein offener, redseliger Charakter, und bald erfuhr ich, daß er eine nicht unbedeutende Summe bei sich trage, die er aus seinen Waaren gelöst habe. Zwar war er von den Arabern meist mit Naturalien bezahlt worden, hatte diese aber vortheilhaft verkaufen können.
„Auch mit Stambul stehe ich in lebhafter Verbindung,“ meinte er. „Gehen Sie auch dorthin?“
„Ja.“
„O, dann können Sie mir einen Brief an meinen dortigen Bruder besorgen, wofür ich Ihnen sehr dankbar sein würde!“
„Mit Vergnügen. Erlauben Sie also, daß ich Sie in Damaskus besuche, um den Brief abzuholen?“
„Kommen Sie! Mein Bruder Maflei ist gleichfalls Kaufmann und hat weitreichende Verbindungen. Vielleicht kann er Ihnen nützlich sein.“
„Maflei? Hm! Diesen Namen habe ich bereits irgendwo gehört!“
„Wo?“
„Hm, lassen Sie mich nachsinnen – – – ja, jetzt habe ich es! Ich traf in Ägypten den Sohn eines Stambuler Kaufmannes; er hieß Isla Ben Maflei.“
„Wirklich? O, das ist außerordentlich! Isla ist nämlich mein Neffe, der Sohn meines Bruders.“
„Wenn es wirklich derselbe Isla gewesen ist!“
„Beschreiben Sie ihn mir!“
„Besser als eine jede Beschreibung wird wohl die Bemerkung sein, daß er dort am Nile ein Mädchen wiederfand, welches seinen Eltern geraubt worden war.“
„Das stimmt; das stimmt! Wie hieß das Mädchen?“
„Senitza.“
„Es ist Alles richtig. Wo haben Sie ihn getroffen? Wo hat er es Ihnen erzählt? In Kairo vielleicht?“
„Nein, sondern an Ort und Stelle selbst. Kennen Sie diese interessante Begebenheit?“
„Ja. Er kam später in geschäftlicher Angelegenheit zu mir nach Damaskus und erzählte es mir. Er hätte seine Braut nie wieder gefunden, wenn er nicht mit einem gewissen Kara Ben Nemsi zusammengetroffen wäre, einem Effendi aus – – ah, Allah il Allah, dieser Effendi schrieb auch Sachen, welche gelesen werden! Wie ist Ihr Name, Herr?“
„In Ägypten und dann auch weiter nannte man mich allerdings Kara Ben Nemsi.“
„Hamdulillah, quel miracle! Sie sind es, Sie selbst?“
„Fragen Sie hier meinen Diener Hadschi Halef, welcher geholfen hat, Senitza zu befreien!“

„Dann, Herr, haben Sie noch einmal meine Hand! Ich muß sie Ihnen drücken. Es geht nicht anders, Sie müssen in Damaskus bei mir wohnen, Sie und Ihre Leute. Mein Haus gehört Ihnen, nebst Allem, was ich besitze!"
Vor herzlicher Freude schüttelte er auch Halef und den beiden Irländern die Hände. Die beiden Letzteren wurden ganz verdutzt über die lebhafte Freundschaftsäußerung, deren Grund sie nicht begreifen konnten; meinem Halef aber mußte ich unsere französische Unterhaltung deutlich machen.
„Kannst Du Dich noch auf Isla Ben Maflei besinnen, Hadschi Halef Omar?"
„Ja," antwortete er. „Es war der Jüngling, dessen Braut wir aus dem Hause des Abrahim-Mamur holten."
„Dieser Mann hier ist der Oheim Isla's."
„Allah sei Dank! Jetzt habe ich Jemand, dem ich Alles erzählen kann, was damals geschehen ist. Eine gute That darf nicht sterben; sie muß erzählt werden, um lebendig zu bleiben."
„Ja, erzähle es!" bat der Damaskese.
Jetzt legte sich der kleine Hadschi in's Zeug, indem er die Begebenheit in den duftendsten Redeblumen des Orientes berichtete. Natürlich war ich damals der berühmteste Hekim-Baschi der Erde, Halef selbst der tapferste Held der ganzen Welt, Isla der beste Jüngling Stambul's und Senitza die herrlichste Houri des Paradieses gewesen. Abrahim-Mamur aber wurde als ein wahrer Teufel geschildert, und in Summa hatten wir eine That verrichtet, welche bereits jetzt in dem Munde des ganzen Orientes lebte. Und als ich es versuchte, seine Überschwänglichkeiten auf das richtige Maß zurückzuführen, da meinte er sehr entschieden:
„Sihdi, das verstehst Du nicht! Ich muß es besser wissen, denn ich war ja damals Dein Agha mit der Nilpeitsche und habe Alles für Dich zu besorgen gehabt."
Der Morgenländer ist in solchen Dingen unverbesserlich, und so mußte ich mich in das Unvermeidliche fügen. Dem Damaskesen aber schien grad diese Erzählungsweise recht sehr zu gefallen; Halef stieg in seiner Achtung außerordentlich, und die Folge zeigte, daß er ihn in sein Herz geschlossen hatte.
Wir erreichten unbelästigt die Karavanenstraße und zogen durch das „Himmelsthor" in die Meidan-Vorstadt ein, in welcher sich zur Zeit der Hadsch die große, nach Mekka bestimmte Pilgerkaravane versammelt. Damaskus gewährt im Innern keineswegs den Anblick, welchen man von außen erwartet. Zwar fehlt es der Stadt nicht an ehrwürdigen Bauten, aber die Straßen selbst sind entsetzlich gepflastert, krumm und eng, und die meist fensterlosen, äußeren Lehmwände der Häuser sehen häßlich aus. Auch hier wird die Straßen- und Wohlfahrtspolizei, wie in den meisten orientalischen Städten, von Aasgeiern und räudigen, verkommenen Hunden besorgt. Die Wasserfülle der Stadtumgebung begünstigt die Entstehung schädlicher Miasmen, welche die Stadt der Ommijaden in einen bösen Ruf gebracht haben.

Das Quartier der Christen liegt im Osten der Stadt und beginnt beim Thomasthore am Ausgangspunkte des Palmyraner Karavanenweges. Es ist ebenso wenig schön wie die übrigen Stadttheile und enthält eine Menge von Ruinen, welche aufzuräumen der Moslem gar nicht für nöthig hält. Hier steht in der Nähe des Lazaristenklosters das Gebäude, in welchem später im Jahre 1869 der Kronprinz von Preußen sein Quartier aufschlug.
Südlich davon, jenseits der „geraden Straße“ befindet sich das Quartier der Juden, während die Westhälfte der Stadt den Moslemin gehört. Hier sieht man die schönsten Bauwerke der Stadt: die Citadelle, die prächtigen Bazarhallen, den großen Han Assad Pascha und vor allen Dingen die Moschee der Ommijaden, in welche leider kein Christ den Fuß setzen darf.
Sie ist 550 Fuß lang und 150 Fuß breit und steht an der Stelle eines heidnischen Tempels, welchen Kaiser Theodosius zerstörte. Arkadius erbaute an demselben Orte eine christliche, dem heiligen Johannes geweihte Kirche. In ihr befand sich der Schrein, in welchem das abgeschlagene Haupt Johannes des Täufers aufbewahrt wurde und das von Chalid, dem Eroberer von Damaskus, noch vorgefunden worden sein soll.
Dieser Chalid, welchen die Moslemin „das Schwert Gottes“ nennen, machte die Hälfte der Johanneskirche zur Moschee, eine Seltsamkeit, welche ihren besonderen Grund hatte. Die Belagerungsarmee bildete nämlich zwei Heerhaufen; der eine lag unter Chalid selbst vor dem Ostthore und der andere unter dem milden Abu Obeïda vor dem Westthore. Über die Länge der Belagerung von Zorn entbrannt, schwur Chalid, keinen einzigen Einwohner zu schonen. Er drang endlich siegreich durch das Ostthor ein und ließ das Würgen beginnen. Da beeilte sich der westliche Stadttheil, einen Vertrag mit Abu Obeïda abzuschließen und ihm das Thor unter der Bedingung freiwillig zu öffnen, daß er die Menschen schonen werde. Er ging darauf ein. Beide Heerhaufen bewegten sich nun auf der „geraden Straße“ von entgegengesetzten Richtungen auf einander zu und stießen bei und in der Johanneskirche zusammen. Auf Abu Obeïda's Vorstellung hielt Chalid mit Morden ein und bewilligte, daß den Christen die eine Hälfte der Kirche verbleiben solle.
So beteten ungefähr 150 Jahre lang Christen und Muhammedaner in demselben Tempel, bis es Welid dem Ersten einfiel, das Bauwerk ganz für seine Glaubensgenossen in Anspruch zu nehmen. Er bot zwar anderweitigen Ersatz für den Verlust, welchen die Christen dadurch erlitten, aber diese trauten seinem Versprechen nicht und traten seinem Vorschlage entgegen. Es gab eine Weissagung, daß derjenige, welcher an diesen Tempel Gottes die Hand legen werde, unrettbar dem Wahnsinne verfallen sei, und man glaubte, daß der Khalif sich durch diese Prophezeiung abschrecken lassen würde. Dies geschah aber nicht; vielmehr war er der Erste, welcher den Hammer ergriff, um das herrliche Altarbild zu zertrümmern. Dann wurde der Eingang der Christen vermauert. Die Kirche – nun völlig Moschee – erhielt geschlossene Hallen aus korinthischen Säulen und ward mit Mosaik und sechshundert massiv goldenen Ampeln ausgeschmückt. Zu

ihrer Neugestaltung wurden gegen zwölfhundert griechische Baumeister und Künstler herbeigerufen; man schleppte die schönsten Säulen Syrien's nach Damaskus, und die Überlieferung berichtet, daß achtzehn Lastthiere an den Rechnungen zu tragen hatten, als der Khalif dieselben berichtigen wollte. Welid bezahlte und ließ dann die Rechnungen verbrennen, um den Betrag der riesigen Kosten zu einem ewigen Geheimnisse zu machen.

Mokaddy, ein arabischer Schriftsteller, erzählt, daß die Wände der Moschee bis zu einer Höhe von zwölf Fuß mit Marmor bekleidet und dann bis zur Decke mit Mosaiken von Glas in Gold und Farben geschmückt seien. Auch die Deckengewölbe der Seitenhallen, welche von schwarzen Säulen mit goldenen Kapitälen getragen wurden, und die Zinnen nach außen und über dem Hofe, die auf weißen Marmorsäulen ruhten, waren mit reicher Mosaik ausgestattet. Auf dem Kubbet en Nisr ruhte eine goldene Citrone und auf ihr eine eben solche Granate. Die drei Minarehs der Moschee stammen aus verschiedenen Zeiten. Das „Brautminareh“ im Norden wurde als einfacher Thurm mit kegelartigem Aufsatze von Welid erbaut; El Gharbije aber zeigt egyptisch-arabischen Styl, nämlich ein zierliches Achteck, welches von Galerie zu Galerie sich verjüngt und in einem Kugelknopfe endet. Das dritte oder Isa-Minareh hat neben seinem viereckigen Thurme noch einen schlanken Thurm im türkischen Style mit Spitzdach und zwei Rundbalkonen für den Mueddin. Auf dem höheren dieser Balkone wird Christus stehen, wenn er am Ende der Tage die Guten und die Bösen von einander scheidet.

Ganz in der Nähe dieser Moschee, auf der „geraden Straße“, lag die Wohnung meines Reisegefährten. Der Eingang zu derselben befand sich in einem engen Seitengäßchen, in welches ich mit ihm einbog, da es mir unmöglich war, seine Gastfreundlichkeit zurückzuweisen. Wir hielten vor einer hohen Backsteinmauer, in welcher sich außer dem nicht sehr hohen und breiten Thore keine einzige Öffnung befand. Der Kaufmann stieg ab, hob einen Stein vom Boden auf und klopfte damit kräftig an die Thür. In kurzer Zeit wurde dieselbe von innen geöffnet, und ein wie Ebenholz glänzendes Mohrengesicht erschien in der Öffnung.

„Allaha, der Herr!“ rief der Neger und riß das Thor so weit wie möglich auf.

Der Kaufmann antwortete ihm gar nicht und winkte uns nur, ihm zu folgen. Ich that es mit Halef, nachdem ich den Irländern bedeutet hatte, die Thiere hereinzuziehen und bei ihnen zu bleiben.

Wir befanden uns in einem langen, schmalen Hofraume und vor einer zweiten Mauer, deren Thür bereits offen stand. Als wir dieselbe hinter uns hatten, sah ich vor mir einen großen, quadratischen Platz, welcher durchgehends mit Marmor gepflastert war. Von drei Seiten öffneten sich auf ihn laubenartige Arkaden, deren Öffnungen von den in Kübeln gezogenen Citronen, Orangen, Granaten und Feigen maskirt wurden. Die vierte Seite, von der Mauer gebildet, durch welche wir soeben getreten waren, war ganz von Jasmin, Damascenerrosen und roth-weiß geflammten syrischen Hibisch überzogen. Die Mitte des Platzes nahm ein granitenes Bassin ein, in dessen Wasser sich gold- und

silberglänzende Fische tummelten, und an jeder Ecke befand sich ein fließender Brunnen, um dieses Bassin zu speisen. Über den Arkaden zog sich ein bunt bemaltes Stockwerk hin, zu welchem eine breite, mit duftenden Blumen reich geschmückte Treppe emporführte; es enthielt viele Gemächer und andere Räume, deren Fensteröffnungen theils mit seidenen Vorhängen, theils durch ein kunstvolles, hölzernes Gitterwerk verschlossen waren.
Eine Gruppe von Frauen ruhte auf weichen Polstern am Bassin. Bei unserm Anblick erhoben sie ein angstvolles Gekreisch und eilten schleunigst der Treppe zu, um in den Gemächern zu verschwinden. Nur eine einzige Gestalt war nicht entflohen. Auch sie hatte sich erhoben, kam aber auf den Kaufmann zu und küßte ihm mit Ehrerbietung die Hand.
„Allah altunlama senin gelme, baba – Allah vergolde Dein Kommen, mein Vater!“ grüßte sie.
Er drückte sie herzlich an sich und sagte:
„Geh zur Mutter und sage ihr, daß Gott mein Haus mit theuren Gästen segnet. Ich werde sie in das Selamlik führen und dann zu Euch kommen.“
Auch er sprach, wie seine Tochter, türkisch. Vielleicht war Stambul sein früherer Aufenthalt gewesen.
Die Tochter entfernte sich, und wir folgten ihr langsam die Treppe empor, wo wir in einen Gang kamen, welcher eine lange Reihe von Thüren zeigte. Der Hausherr öffnete eine derselben, und wir traten in ein großes Zimmer, welches durch ein durchbrochenes Kuppeldach, dessen Öffnungen mit vielfarbigem Glase bedeckt waren, ein köstliches Licht empfing. Hohe, breite Sammetpolster zogen sich an den Wänden hin; in einer Nische tickte eine französische Pendule ihre monotonen Schläge; von der Kuppel hing ein vielarmiger, vergoldeter Leuchter herab, und zwischen den seidenen Draperien, welche die Wände verdeckten, blickten aus kostbaren Rahmen zahlreiche Bilder auf uns nieder. Es waren – man denke sich mein Erstaunen – die rohesten Farbenklexereien, mit denen leider noch heute eine schmutzige Kolportage-Spekulation die Welt beglückt: Napoleon im Kaiserornate, aber mit dicken, zinnoberroth gemalten Posaunenengelbacken; Friedrich der Große mit einem dünnen Henri-quatre; Washington in einer ungeheuren Allongeperücke; Lady Stanhope mit Schönpflästerchen; die Seeschlacht bei Tschesme mit holländischen Torfkähnen; ein Riesenbouquet mit rothen Helianthus, gelben Kornblumen und blauen Schneeglöckchen; ein Herkules Korynephoros, mit dem Lindwurm des heiligen Georg zwischen den Beinen, und endlich gar die Erstürmung von Sagunt, aus dessen Schießscharten Kanonenläufe schauten und über dessen eingeschossenen Mauern sich ein dichter, violetter Pulverdampf lagerte. Solche Kunstungeheuerlichkeiten können eben nur für den – – Orient bestimmt sein.
Vor den Polstern standen kleine niedere Tischchen mit Metallplatte, bereits mit gestopften Pfeifen und kleinen Kaffeetäßchen versehen; in der Mitte des Raumes aber

stand – ich wagte es kaum zu glauben, aber meine Augen konnten mich doch unmöglich täuschen – ein Pianoforte, wirklich und wahrhaftig ein Pianoforte, mit vielfach abgesprungener Fournirung zwar, aber sonst in einem noch ganz leidlichen Zustande, wie es schien. Ich hätte es am liebsten sofort öffnen mögen, mußte jedoch die Würde bewahren, welche ich dem Emir Kara Ben Nemsi schuldete.
Wir waren kaum eingetreten und hatten uns gesetzt, so erschien ein hübscher Knabe mit einem Becken voll glühender Holzkohlen, um die Pfeifen in Brand zu stecken, und nur wenige Minuten darauf ein zweiter mit einem silbernen Kahwetest, aus welchem er uns die Tassen füllte. Bei dem ersten Zuge, welchen der Hausherr aus seiner Pfeife that, hieß er uns von Neuem willkommen, und als er den sehr kleinen Kopf nach wenigen Augenblicken ausgeraucht hatte, bat er uns um die Erlaubniß, sich für kurze Zeit entfernen zu dürfen, um die Seinen zu begrüßen.
Wir rauchten und tranken schweigend fort, bis er zurückkehrte und uns aufforderte, ihm zu folgen. Er führte uns in ein nach morgenländischen Begriffen sehr reich ausgestattetes Zimmer, welches ich bewohnen sollte, während unmittelbar daneben dasjenige lag, welches für Halef bestimmt war. Auch für die Irländer versprach er, zu sorgen. Darauf mußten wir ihm die Treppe hinab in das Parterre folgen. Dort war uns bereits mit unbegreiflicher Schnelligkeit ein Bad bereitet worden, und da fanden wir auch zwei Anzüge liegen, vom rothen Fez bis zum leichten Pabutsch herab, welche wir gegen unsere jetzigen vertauschen sollten. Zwei Diener erwarteten uns, um uns zu bedienen.
Das war eine wirklich morgenländische Gastfreundlichkeit, deren Werth ich dankbar erkennen mußte. Als wir dem Bade entstiegen waren und uns umgekleidet hatten, kehrten wir als vollständig neue Menschen nach dem Selamlik zurück. Der aufmerksame Wirth hatte unsere Rückkehr jedenfalls beobachten lassen, denn kaum daß wir eingetreten waren, so stellte auch er sich wieder bei uns ein.
„Herr, Du hast große Freude gebracht über die Meinen," sagte er, mich, da er arabisch sprach, wieder Du nennend. „Als ich ihnen sagte, wer Du bist, haben sie begehrt, heute vor Dir erscheinen zu dürfen. Wirst Du es ihnen erlauben?"
„Gern, denn es wird mich sehr beglücken, mit ihnen sprechen zu können."
„Sie werden erst am Nachmittag kommen, denn jetzt sind sie beschäftigt, das Mahl zu bereiten, dessen Zurichtung sie heut keiner Dienerin überlassen wollen. Hast Du bereits solche Bilder gesehen?" frug er dann, als er sah, daß mein Auge zufällig den Herkules musterte.
„Sie sind sehr selten," antwortete ich zweideutig.
„Ja. Ich habe sie in Stambul gekauft und einen sehr hohen Preis bezahlt. Kein Mann in Damaskus hat solche kostbare Gemälde. Weißt Du auch, was sie vorstellen?"
„Ich möchte es beinahe bezweifeln!"
„Ich habe es mir erklären lassen. Das erste ist der Sultan el Kebir und das zweite der kluge Emir der Nemsi; dann kommt die Königin von England mit dem Schah der Amerikaner; neben den Blumen ist ein Held aus Diarbekir, der einen Seehund tödtet,

daneben die Schlacht bei Tschesme und dann die Erstürmung von Jerusalem durch die Christen. Ist das nicht schön?"
„Außerordentlich! Aber was steht hier in der Mitte dieses Zimmers?"
„O, das ist das Kostbarste, was ich besitze. Es ist ein Tschalghy, welches ich von einem Engländer kaufte, der hier wohnte und dann weiter zog. Darf ich es Dir zeigen?"
„Ich bitte Dich darum!"
Wir traten hinzu und öffneten. Über den Tasten stand „Edward Southey, Leadenhallstreet, London" zu lesen, und ein Blick in das Innere des Instrumentes zeigte mir, daß zwar einige Saiten gesprungen seien, sonst aber Alles sich noch in leidlichem Zustande befinde.
„Ich werde Dir zeigen, wie man es macht."
Mit diesen Worten begann der Mann ein Faust-Attentat auf die Tasten, welches mir die Haare zu Berge trieb; ich aber zwang mich zu einer bewundernden Miene und erkundigte mich dann, ob sonst weiter nichts zu dem „Tschalghy" vorhanden sei.
„Der Engländer gab mir auch Demir iplik mit und einen Hammer zum Musikmachen, damit die Hände nicht schmerzen. Ich werde Dir ihn zeigen."
Er ging und brachte bald ein Kästchen, welches Saitendraht verschiedener Stärke und einen Stimmschlüssel enthielt. Er nahm den letzteren und hämmerte damit auf den Tasten herum, daß es heulte und krachte. Der liebenswürdige Engländer hatte sich jedenfalls den Spaß gemacht, ihm den Gebrauch des Schlüssels in dieser Weise zu erklären. Übrigens war das Piano schrecklich verstimmt und voller Staub und Schmutz.
„Willst Du auch einmal Musik machen?" fragte er mich. „Es darf mir kein Mensch das Tschalghy öffnen, Du aber bist mein Gast und sollst einmal klopfen dürfen!"
Er reichte mir den Stimmhammer mit einer wichtigen Gönnermiene entgegen.
„Du hast mir gezeigt, wie man in Damaskus Musik macht," meinte ich; „nun will ich Dir auch zeigen, wie man auf diesem Instrumente im Abendlande spielt. Vorher aber erlaube mir, es auszubessern, da es sich nicht mehr in dem richtigen Zustande befindet!"
„Herr, Du wirst es mir doch nicht ruiniren!"
„Nein; Du kannst es mir ruhig anvertrauen."
Ich suchte mir den geeigneten Draht hervor und zog die Saiten auf; dann baute ich mir aus mehreren Polstern einen hohen Sitz und begann zu stimmen. Als der Wirth die Quinten und Oktaven hörte, rief er mit einer Gebärde des Entzückens:
„O, Du kannst es ja noch viel besser als ich!"
„Das ist noch keine Musik; jetzt gebe ich dem Drahte nur erst den rechten Ton. Hat Dir der Engländer denn nicht gezeigt, wie dieses Instrument gespielt werden muß?"
„Sein Weib hatte Musik gemacht, war aber gestorben. Er schlug es mit den Fäusten und das gefiel ihm sehr, denn er lachte dazu."
„So sollst Du baldigst sehen, wie es richtig gemacht wird."

Ich hatte früher als armer Schüler oft Pianos gestimmt, um ein kleines Taschengeld zu erwerben; es fiel mir also nicht sehr schwer, das Klavier in einen spielbaren Zustand zu versetzen.

Während dieser Beschäftigung wurde die Thür geöffnet, und vor derselben erschienen alle die Frauengestalten, welche ich vorher im Hofe gesehen hatte. Ich vernahm ein Flüstern der Bewunderung, und zuweilen entschlüpfte sogar einem Munde ein lauter Ausruf des Entzückens. Wie anspruchslos waren diese Leute!

Endlich war ich fertig und schloß das Instrument, worauf die Lauschenden sofort verschwanden.

„Willst Du nicht länger spielen?“ frug mich der Wirth. „Du bist ein großer Sanatdar, und die Frauen sind so erfreut über diese Musik, daß sie uns das Mahl verderben lassen werden.“

„Ich muß dem Tschalghy jetzt Ruhe gönnen; aber nach dem Mahle, wenn die Glieder Deiner Familie kommen, werde ich ihnen eine Musik zeigen, wie sie noch keine gehört haben.“

„Es sind einige Frauen in meinem Harem zu Besuch. Dürfen diese die Musik auch hören?“

„Allerdings.“

Ich war sehr begierig, zu sehen, welche Wirkung ein flotter Walzer auf diese Damen machen werde, durfte sie aber um meines guten Appetites willen jetzt während ihrer culinarischen Beschäftigung nicht zerstreuen. Diese Vorsicht trug sehr bald gute Früchte. Man hatte sich, wohl in Rücksicht auf den erwarteten Musikgenuß, jedenfalls etwas mehr als gewöhnlich gesputet, und es wurde uns ein reichhaltiges Mahl aufgetragen, welches dem Hause alle Ehre machte. Kaum aber war es vorüber, so erkundigte sich der Wirth, ob die Frauen nun erscheinen dürften. Ich gab meine Zustimmung, und der kleine Kaffeeeinschänker eilte fort, um sie zu holen.

Nun kam die Frau nebst zwei Töchtern und einem Sohne im Alter von vielleicht zwölf Jahren. Die Damen waren verschleiert und wurden mir nur mit dem Namen bezeichnet. Andere vier Frauen waren Freundinnen unserer Wirthin. Sie nahmen still und in bescheidener Stellung auf den Polstern Platz, gaben aber auch hier und da ein Wörtchen zu dem Gespräche, welches sich entwickelte. Da ich nun bemerkte, wie oft sich die verhüllten Köpfe, aus denen nur die Augen und die Nasenspitzen blickten, nach dem Instrumente richteten, so erhob ich mich, um ihre Ungeduld zu befriedigen.

Es war interessant, den Eindruck des ersten, vollgriffigen Accordes, dem ich einen kräftigen Läufer folgen ließ, zu beobachten.

„Maschallah!“ rief Halef ganz erschrocken.

„Bana bak – hört, hört!“ schrie der Wirth, indem er emporsprang und vor Verwunderung die Arme ausstreckte.

Die Frauen zuckten vor Überraschung zusammen, schrien vor Erstaunen laut auf und streckten unbedachter Weise die Hände aus, so daß sich die Schleier öffneten und ich für einen Augenblick sämmtliche Gesichter zu sehen bekam.
Nach einem kurzen Präludiren ließ ich meinen „feschesten“ Walzer los. Mein Publikum saß zunächst ganz starr; bald aber begann der Rhythmus seine unwiderstehliche Wirkung zu äußern. Es kam Bewegung in die steifen Gestalten: die Hände zuckten, die Beine empörten sich gegen ihre orientalisch eingebogene Lage, und die Körper begannen, sich nach dem Takte hin und her zu wiegen. Der Wirth aber erhob sich und trat hinter mich, um mit aufgerissenen Augen meine Finger zu beobachten.
Als ich geendet hatte, faßte er meine Hände und betrachtete sie.
„O Herr, was hast Du für Finger! Das ging ja wie in einem Karingdschalyk! So Etwas habe ich in meinem ganzen Leben noch nicht gesehen!“
„Sihdi,“ meinte Halef, „solche Musik gibt es nur noch in El Dschennet, wo die Geister der Seligen wohnen. Allah il Allah!“
Die Frauen wagten es nicht, ihre Gefühle in Worten laut werden zu lassen; doch ihre lebhafte Bewegung und der anerkennende Ton ihres Geflüsters überzeugten mich, daß sie sich nichts weniger als gelangweilt hatten.
Ich spielte weiter, ein ganzes, stundenlanges Programm herunter, und mein Publikum wurde nicht müde, den noch nie gehörten Klängen zu lauschen.
„Herr, ich habe nie gewußt, daß in diesem Tschalghy solche Stücke stecken,“ meinte der Hausherr, als ich ausruhte.
„O, es stecken noch viel herrlichere darinnen,“ antwortete ich; „man muß es nur verstehen, sie hervor zu locken. Bei uns im Abendlande gibt es Tausende von Männern und Frauen, welche dies noch zehnmal besser können, als ich.“
„Auch Frauen?“ frug er verwundert.
„Ja.“
„So soll auch mein Weib lernen, auf dem Tschalghy Musik zu machen, und sie muß es dann den Töchtern zeigen.“
Der gute Mann hatte keine Ahnung von den Schwierigkeiten, die sich diesem so rasch gefaßten Entschlusse hier in Damaskus entgegen stellten; ich hielt es nicht nothwendig, ihn aufzuklären, und fragte:
„Man kann zu dieser Musik auch tanzen; hast Du einmal einen abendländischen Tanz gesehen?“
„Niemals.“
„So schicke einmal nach unsern beiden Begleitern. Sie sollen sofort kommen.“
„Diese! Sollen etwa sie tanzen?“
„Ja.“
„Sie? Als Männer!“
„Die Sitte des Abendlandes erlaubt es, daß auch Männer tanzen, und Du wirst sehen, wie hübsch das ist.“

Ein allgemeines „Peh peh!“ der Erwartung tönte durch das Zimmer, als einer der Knaben den Raum verließ, um die Irländer zu holen.
„Könnt Ihr tanzen?“ frug ich sie, als sie eintraten.
Auch sie hatten bequeme Hauskleidung angelegt und sahen so neugewaschen aus, daß sie sicher auch im Bade gewesen waren. Sie stießen sich freundschaftlich mit den Ellbogen und machten die Augen weit auf, als sie das Instrument erblickten.
„Heigh-day, a music-chest – heisa, ein Musikkasten!“ lachte Bill mit breitem Gesichte. „Tanzen? Natürlich können wir tanzen! Sollen wir?“
„Ja.“
„In diesen Kleidern?“
„Warum nicht?“
„Well, so ziehen wir die Pantoffel aus und tanzen barfuß.“
„Welche Tänze könnt Ihr?“
„Alle! Reel, Hornpipe, Hochländer, Stamp-man, Polka, Galopp, Walzer, kurz Alles, was verlangt wird. Man hat das ganz gut gelernt!“
„Na, so schiebt die Teppiche zusammen und legt einmal los; einen Hochländer!“
Die beiden kräftigen Söhne Irland's zeigten sich unermüdlich, und das beifällige Lachen der Frauen ermunterte sie zu immer neuen Leistungen. Ich glaube, diese Damaskeserinnen hätten am liebsten sich mitbetheiligt. Aber endlich glaubte ich, daß des Guten jetzt genug geschehen sei. Die Damen entfernten sich mit herzlichem Dank, und auch der Wirth erklärte, daß er nach so langer Abwesenheit sich nun in seinem Geschäfte umsehen müsse. Ich sagte ihm, daß ich unterdessen mit Halef ausgehen werde, um die Stadt einmal in Augenschein zu nehmen, und sofort befahl er, daß man zwei Esel für uns sattele und daß ein Diener uns begleiten solle. Zugleich bat er uns, nicht spät heimzukehren, weil uns am Abend einige seiner Freunde erwarten würden.
Im Hofe fanden wir zwei weiße Bagdader Esel für uns und einen grauen für den Diener, welcher sich mit Tabak und Pfeifen reichlich versehen hatte. Wir brannten an, stiegen auf, verließen das Haus und lenkten durch die Seitengasse nach der „geraden Straße“ ein. Mit bloßen Füßen in Pantoffeln, mit herabhängenden Turbantüchern und dampfenden Tschibuks ritten wir gravitätisch wie türkische Paschas die reich belebte Straße entlang, um in das Christenviertel zu gelangen. Wir durchschlenderten dieses Quartier gemächlich und bemerkten dabei, daß die meisten Passanten ihr Ziel gegen das Thomasthor genommen zu haben schienen.
„Dort muß etwas zu sehen sein,“ wandte ich mich an den Diener.
„Ja, Effendi, sehr viel,“ antwortete er. „Es ist heut das Fest Er-Rimal, wo man mit den Bogen schießt. Wer sich vergnügen will, geht vor die Stadt in die Zelte und Gärten, um zu sehen, welche Freude Allah ihm bereitet hat.“
„Das können wir auch thun, denn es ist noch nicht spät am Tage. Kennst Du den Ort?“
„Ja, Effendi.“
„So führe uns!“

Wir ließen unsere Thiere schärfer traben und gelangten bald durch das Thor hinaus in die Ghuta, wo auf allen Wegen und Plätzen reges Leben herrschte. Ich sah bald, daß Er-Rimal ein Fest sei, an welchem sich die Anhänger aller Religionen betheiligen durften, ein Fest, unserem deutschen Vogelschießen ähnlich; doch konnte ich von unserm Begleiter nicht erfahren, welchen Ursprung es habe.

Auf freien Plätzen waren Zelte errichtet, in denen Blumen, Früchte und allerlei Eßwaren verkauft wurden. Seiltänzer, indische Gaukler, Feuerfresser, Schlangenbeschwörer trieben überall ihr Wesen; bettelnde Derwische machten die Passage unsicher; Kinder lärmten, Lastträger zankten, Kameele schrien, Pferde wieherten, Hunde bellten, und dazu in den Musikzelten ein Blasen, Kratzen, Schlagen und Zerren auf allen möglichen und unmöglichen Instrumenten – es war das wirkliche Vogelschießtreiben, nur auf anderem Schauplatz und mit anderen Gestalten. Von einem regelrechten Pfeilschießen nach dem Ziele sah ich nichts. Ich sah allerdings hier oder da einen Mann oder Knaben einen bunt befiederten Stab vom Bogen schnellen, aber das geschah nur so beliebig, so nebenbei, und wen oder was dieser Pfeil traf, das war sehr gleichgültig.

So ritten wir an einer langen Reihe von Scherbet- und Frucht-Verkäufern hinab, als ich plötzlich meinen Esel anhielt und lauschte. Was war denn das? Hatte ich recht gehört? Vor einem großen Zelte waren sehr viele Leute versammelt; aus demselben ertönten Violinen- und Harfenklänge, und jetzt, richtig, fiel nach beendetem Zwischenspiele eine abgejagte Sopranstimme in der reinsten erzgebirgischen Mundart ein:

„Zum heil'gen Ab'nd um Mitternacht
Da fließt statt Wasser Wein,
Und wenn 'ch mich nur net färchten thät
Da holt 'ch mir 'n Topp voll 'rein.“

„Sihdi, was ist das!“ rief Halef. „Hier singt ein Weib. Ist das möglich?“

Ich nickte bejahend und hörte noch die nächste Strophe:

„Mer hab'n aach neunerlei Gericht,
Aach Wurscht und Sauerkraut;
Das hat mei' Alte vorgericht't,
Die alte, gute Haut.“

Hier konnte ich unmöglich vorüberreiten; hier mußte ich einmal einkehren, um zu sehen, ob ich recht vermuthe. Ich stieg ab und winkte Halef, mir zu folgen, während der Diener bei den Thieren blieb. Wir drängten uns durch die Menge und traten ein. Vor der Thür saß ein grimmiger, schwarzbärtiger Türke und schnauzte uns entgegen:

„Her kischi bir Gurusch – pro Person einen Piaster!“

Ich zahlte das Entrée und blickte mich dann im Zelte um. In die Erde geschlagene Pfähle und darauf genagelte Latten bildeten Bänke und Tische, ganz nach schöner, deutscher Vogelwiesensitte; auf diesen Bänken und an diesen Tischen hockten, eng an einander gedrückt, weit mehr als hundert Araber, Türken, Armenier, Kurden, Juden, Christen, Drusen, Maroniten, Baschi-Bozuks, Arnauten und so weiter; sie tranken Scherbet oder

Kaffee, rauchten oder kauten Gebäck und Früchte; im Hintergrunde war das „Büfett“, und daneben saßen auf einem ächten Podium zwei Violinisten, zwei Harfenistinnen und eine Guitarrespielerin, alle zusammen in Tyroler Tracht.
Ich schritt bis ganz nahe an sie heran, schob ganz einfach, ohne erst zu fragen, die elf Köpfe zählenden Inhaber einer Bank noch enger zusammen und setzte mich mit Halef nieder. Dieses summarische Verfahren mochte uns die Achtung des „Kellners“ erworben haben, denn er eilte sofort herbei und forcirte eine tiefe Reverenz.
„Scherbet für Zwei!“ bestellte ich und hatte für die zwei Gläser fünf Piaster zu bezahlen. Das waren ja wirkliche Hôtelpreise!
Unterdessen war das Lied, von welchem keiner der Anwesenden ein Wort verstand, von der Guitarristin zu Ende gesungen worden, und als sich trotzdem reicher Beifall vernehmen ließ, gab sie noch einen Dacapovers zum Besten und ging dann mit dem bekannten Notenblatte einkassiren. Ich wurde dabei rücksichtsvoll übersehen, da wir eben erst gekommen waren.
Das nächste Musikstück war ein „Lied ohne Worte“, nach welchem der eine Violinist hinter einem Vorhange verschwand. Nach kurzer Zeit begann ein Präludium, und der Violinist kehrte zurück als – deutscher Handwerksbursche mit Ziegenhainer, zerrissenen Stiefeln, eingetriebenem Hute und dem unvermeidlichen „Berliner“ auf dem Rücken. Im rauhesten Bierbasse intonirte er:
„Wenn ich mich nach der Heimat sehn',
Wenn mir im Aug' die Thränen stehn,
Wenn's Herz mich drückt halt gar so sehr,
Dann fühl ich's Alter um so mehr.
Und's wird nur leichter mir um's Herz,
Fühl' weniger den stillen Schmerz,
Wenn ich so off der Straße steh
Und mir mein kleenes Geld beseh.“
Das war der „Stoffel in der Fremde“ wie er leibte und lebte. Und obgleich das Publikum weder einen Begriff von einem deutschen Handwerksburschen hatte, noch ein Wort des Vortrages verstand, wurde der Komiker doch mit einem sehr dankbaren Applaus belohnt.
Das waren jedenfalls Presnitzer Leute, und um die Universalität dieser Leute auf die Probe zu stellen, frug ich die Sängerin:
„Türkü tschaghyr-sen ne schekel- in welcher Sprache singest Du?“
„Türkü tschaghyr-im nemtschedsche – ich singe deutsch,“ antwortete sie.
„You are consequently a german Lady – Sie sind folglich eine deutsche Dame?“
„My native country is german Austria – meine Heimat ist Deutsch-Österreich.“
„Et comme s'appelle votre ville natale – und wie heißt Ihre Vaterstadt?“
„Elle est nommée Presnitz, situé au nord de la Bohème – sie heißt Presnitz, welches in Nord-Böhmen liegt.“

„Ah, nicht weit von der sächsischen Grenze, nahe von Jöhstadt und Annaberg?"
„Richtig!" rief sie. „Hurrjeh, Sie reden auch deutsch?"
„Wie Sie hören!"
„Hier in Damaskus?"
„Überall!"
Da nahmen auch ihre Collegen theil; die Freude, hier einen Deutschen zu treffen, war allgemein, und die Folge davon waren einerseits von mir einige Gläser Scherbet und anderseits von ihnen die Bitte, mein Lieblingslied zu nennen; sie wollten es singen. Ich bezeichnete es ihnen, und sofort begannen sie:
„Wenn sich zwei Herzen scheiden,
Die sich dereinst geliebt,
Das ist ein großes Leiden,
Wie's größer keines gibt."
Ich freute mich, wieder einmal dem Orgelklange dieser prächtigen Melodie lauschen zu können; da gab mir Halef einen Stoß und winkte nach dem Eingange hin. Mein Auge folgte der angegebenen Richtung und erblickte einen Mann, von dem wir während der letzten Tage so oft gesprochen hatten, und den ich hier wohl nicht zu finden geglaubt hätte. Diese schönen, feinen, aber in ihrer Disharmonie so unangenehmen Züge, dieses forschend scharfe, stechende Auge mit dem kalten, durchbohrenden Blick, diese dunklen Schatten, welche Haß, Liebe, Rache und unbefriedigter Ehrgeiz über das Gesicht geworfen hatten, sie waren mir zu bekannt, als daß mich der dichte Vollbart, welchen der Mann jetzt trug, hätte täuschen können. Es war Dawuhd Arafim, welcher sich in seinem Hause am Nile Abrahim Mamur hatte nennen lassen!
Er musterte die Anwesenden, und ich konnte es nicht verhindern, daß sein Blick auch auf mich fiel. Ich sah ihn zusammenzucken, dann drehte er sich schnell um und verließ mit einigen hastigen Schritten das Zelt.
„Halef, ihm nach! Wir müssen wissen, wo er hier wohnt."
Ich sprang auf, und Halef folgte mir. Vor dem Zelte angekommen, sah ich ihn auf einem Esel fortgaloppiren, während der Treiber, sich am Schwanze des Thieres haltend, hinter ihm drein sprang; unser Diener aber war nirgends zu sehen, und als wir ihn nach hastigem Suchen bei einem Märchenerzähler fanden, war es zu spät, den Flüchtigen zu erreichen. Die Ghuta bot ihm mehr als genug Weg und Deckung, uns zu entgehen.
Das machte mich so mißmuthig, daß ich heimzukehren beschloß. Ich hatte beim Erscheinen dieses Menschen sofort das Gefühl gehabt, daß ich auf irgend eine Weise wieder mit ihm zusammengerathen müsse, und nun war mir die Gelegenheit entgangen, etwas Näheres über seinen hiesigen Aufenthalt zu erfahren. Auch Halef murmelte verschiedene Kraftworte in seinen dünnen Bart hinein und meinte dann, daß es am besten sei, nach Hause zu gehen und noch ein wenig Musik zu machen.
Wir ritten denselben Weg zurück, welchen wir gekommen waren. Auf der „geraden Straße" wurden wir angerufen. Es war unser Wirth, welcher mit einem hübschen, jungen

Manne am Eingange eines Schmuck- und Geschmeideladens stand. Auch er hatte einen Diener mit einem Reitesel bei sich.
„Willst Du nicht hier eintreten, Herr?“ frug er. „Wir kehren dann mit einander nach Hause zurück.“
Wir stiegen ab, traten in das Gewölbe und wurden von dem jungen Manne mit größter Herzlichkeit begrüßt.
„Dies ist mein Sohn Schafei Ibn Jacub Afarah.“
Also erst jetzt erfuhr ich den Namen unsers Wirthes, Jacub Afarah. Es ist das im Oriente keine Seltenheit. Er nannte dem Sohne auch unsere Namen und fuhr dann fort:
„Dies ist mein Juwelenladen, welchen Schafei mit einem Gehülfen verwaltet. Verzeihe, daß er uns jetzt nicht begleiten kann! Er muß bleiben, weil der Gehülfe gegangen ist, um sich das Fest Er Rimal anzusehen.“
Er blickte im Laden umher. Er war klein und ziemlich finster, barg aber eine solche Menge von Kostbarkeiten, daß mir armen Teufel angst und bange wurde. Ich ließ einige darauf bezügliche Worte fallen und bekam zu hören, daß Jacub auf anderen Bazars noch mehrere Gewölbe für Spezereisachen, Teppiche und kostbare Rauchutensilien besitze.
Nachdem wir auch hier eine Tasse Kaffee getrunken hatten, brachen wir auf. Die Zeit der Dämmerung nahte, und wir waren nicht lange zu Hause angekommen, so brach der Abend herein.
Man hatte mir während meiner Abwesenheit die Stube geschmückt. Von der Decke hingen Ampeln voll duftender Blumen herab, und auch in jeder Ecke stand eine hohe Vase, mit liebenswürdigen Kindern Flora's angefüllt. Schade, daß ich mich so gar nicht auf Blumensprache verstand, sonst hätte ich vielleicht eine rührende Dankadresse für das Piano-Concert herauslesen können!
Ich legte mich lang auf das Polster, um ein wenig nichts zu thun, aber ich that doch etwas, nämlich ich dachte an diesen Abrahim Mamur, der mir gar nicht wieder aus dem Sinne kommen wollte. Was wollte er hier in Damaskus? Hatte er wieder eine seiner Schändlichkeiten vor? Warum floh er vor mir, da ich doch eigentlich gar nichts mehr mit ihm zu thun hatte? Auf welche Weise war es wohl möglich, seine Wohnung kennen zu lernen?
So sann und grübelte ich, doch dabei immer auf das rege Leben horchend, welches draußen auf dem Corridore zu herrschen begann. Da, nach langer Zeit, wurde an meine Thüre geklopft, und Jacub trat ein.
„Herr, bist Du fertig zum Abendmahle?“
„Wie Du befiehlst.“
„So komm! Halef, Dein Begleiter, ist bereits fort.“
Er führte mich nicht nach dem Selamlik, wie ich erwartet hatte, sondern durch zwei Corridore nach der vorderen Seite des Hauses und öffnete daselbst eine Thür. Es war ein großes, fast saalähnliches Zimmer, welches ich betrat. Von hundert Kerzen hell bestrahlt, glänzten ringsum schwarz eingestickte Kuransprüche von den seidenen

Wänden. Ein Drittel des Raumes wurde durch einen eisernen Stab abgeschnitten, von dem quer über das Zimmer ein schwerer Sammtvorhang niederhing. In ihm befanden sich drei Fuß über dem Boden zahlreiche Gucklöcher, was mich zu der Annahme veranlaßte, daß sich hinter ihm die Frauen niederlassen würden.

Es waren gegen zwanzig Herren anwesend, die sich bei unserem Eintritte erhoben, um mich mit der Hand zu begrüßen, während Jacub mir ihre Namen nannte. Zwei Söhne und drei Gehilfen von ihm waren dabei, auch Halef war bereits zugegen; er schien sich überhaupt mit würdiger Gewandtheit in seine gegenwärtige Lage zu finden.

Während der Anfangs nicht recht fließenden Unterhaltung wurden wohlriechende Liqueurs getrunken, wobei die unvermeidliche Pfeife dampfte; dann aber ward ein Mahl aufgetragen, bei dessen Anblick sich mein guter Halef nicht ganz beherrschen konnte, sondern sich die sechzehn Haare seines Schnurrbartes mit beiden Händen unwillkürlich aus dem Munde strich. Es gab da außer den mir bereits bekannten Gerichten auch noch ein Mus von Tobba und Habb el Aas, Salat von Sübbh el Belad, einer rothen Wurzel, welche unserer Möhre ähnlich ist, gebratene Schürrsch el Mahrut, eine scharf gebratene große Eidechsenart, welche mein Wirth Dobb nannte und deren Fleisch mir recht gut mundete. Auf weiten Reisen lernt man am leichtesten alte Vorurtheile ablegen.

Nach dem Essen wurden die Platten und Gefäße entfernt, und dann – ward das Piano hereingetragen. Ein bittender Blick Jacub's sagte mir, was von mir gewünscht werde, und ich kam meiner Pflicht auch ohne Zögern nach. Nur eine Bedingung machte ich, auf deren Erfüllung ich aber auch streng bestand. Ich bat nämlich, den Vorhang zu entfernen. Jacub sah mich erschrocken an.

„Warum, Herr?“ frug er.

„Weil dieser Sammet den Schall meiner Töne so einsaugen wird, daß Ihr nicht sehr viel Schönes hören werdet.“

„Aber es sitzen Frauen dahinter!“

„Sie haben ihre Schleier!“

Erst nach einer längeren Unterredung mit seinen Gästen wagte er, den Vorhang zu beiden Seiten zurückzuschieben, und nun erblickte ich etliche dreißig weibliche Gestalten, welche auf weichen Matten am Boden hockten. Ich that mein Möglichstes, sie zu unterhalten, und sang ihnen auch eine Anzahl Lieder vor, deren Text ich während des Gesanges, so gut ich es vermochte, in das Arabische extemporirte.

Als ich aufhörte, führte mich Jacub an das kleine Gitterfenster, welches hinaus auf die „gerade Straße“ ging. Da unten stand, so breit die Gasse war, eine Kopf an Kopf gedrängte Zuschauerschaar. Was werden diese Moslemin gedacht haben, als sie mich singen hörten! Die Gäste meines Wirthes aber hielten mich keineswegs für verrückt, daß ich ihnen den „Ton meiner Kehle preis gab“, was kein Altgläubiger thut; sie waren bereits aufgeklärt genug, um sich den Genuß mit zelotischen Skrupeln nicht zu verderben, und verließen gegen Mitternacht das Haus mit dem Vorsatze, es bald wieder zu besuchen. Was die Damen betrifft, so hatte ich etliche dreißig Nasenspitzen und einige sechzig

Augen gesehen, sonst aber nichts – nicht einmal einen Fuß, der im Taktschlagen den Pantoffel verloren hätte, da Beides, Füße und Pantoffel, bei der Art und Weise des orientalischen Sitzens von mir abgewendet war.
Jacub führte mich mit großer Höflichkeit auf mein Zimmer zurück und freute sich, als ich seinem Sohne erlaubte, mitzukommen. Dieser bedauerte, daß sein Gehülfe nicht auch da gewesen sei.
„Du hättest ihm eine große Freude bereitet," bemerkte er mir. „Er liebt die Musik und ist ein sehr kluger Mann. Er kann in der Sprache der Italiener, Franzosen und Engländer mit Dir sprechen."
„Ist er aus Damaskus?" fragte ich, um den hingeworfenen Gesprächsgegenstand höflich aufzunehmen.
„Nein," antwortete Jacub. „Er ist aus Adrianopel und der Enkel meines Oheims. Sein Name ist Afrak Ben Hulam. Wir hatten ihn noch nie gesehen; er kam mit einem Briefe seines Vaters und mit einem Schreiben meines Bruders Maflei in Stambul bei mir an, um sein Geschäft noch weiter kennen zu lernen."
„Warum war er heut Abend nicht zugegen?"
„Er war müd und fühlte sich nicht wohl," antwortete Schafei. „Als er von dem Feste zurückkehrte, sagte ich ihm, daß Kara Ben Nemsi Effendi angekommen sei und heut Abend Musik machen werde; er wollte gern kommen, aber er war krank und sah blaß aus wie der Tod. Aber dennoch hat er die Musik gehört, denn er schläft nahe bei dem Zimmer, in welchem wir uns befanden."
Nach kurzem Aufenthalte bei mir verließen mich die Beiden, und ich legte mich zur Ruhe. Wie anders schlief es sich auf diesen Polstern als da draußen im harten Sande oder auf feuchter, gifthauchender Erde!
Als ich am Morgen erwachte, hörte ich den Bulbul locken, der draußen vor meiner Fensteröffnung auf dem Zweige saß. Auch Halef war bereits munter, als ich in sein Gemach trat, trank Kaffee und aß Zuckergebäck dazu. Ich leistete ihm Gesellschaft, und dann gingen wir hinunter in den Hof, um an dem Bassin eine Pfeife zu rauchen. Vorher aber sah ich nach den Pferden. Sie standen auf Marmor und Weizenstroh und schmausten prächtige Datteln; ich sah, daß sie ebensowenig Veranlassung zur Beschwerde hatten, wie wir selbst.
Am Brunnen trat der junge Schafei zu uns, um sich zu verabschieden und zu einem Besuche im Bazar einzuladen. Er mußte den ganzen Tag dort zubringen, denn das Unwohlsein seines Vetters und Gehilfen hatte sich gesteigert, so daß dieser das Zimmer hüten mußte.
„Herr, ich weiß, daß Du ein Hekim bist – –" sagte er.
„Wer sagte das?" unterbrach ich ihn.
„Du hast damals am Nile vielen Kranken geholfen; Isla hat es uns erzählt. Daher bat ich vorhin den Gehülfen, mit Dir zu sprechen, aber er will es nicht thun; er sagte, daß diese

Krankheit öfters erscheine, aber stets nach zwei Tagen wieder vorübergehe. Willst Du nicht einmal nach ihm sehen?“

„Nein. Er wünscht es nicht, und ich bin auch kein wirklicher Hekim.“

Als der junge Mann sich entfernt hatte, hörte ich einzelne Töne des Klaviers erklingen; es war eine leise forschende Hand, welche die Tasten niederdrückte, und bald darauf kam der Tschibuktschi und bat mich, hinauf zu kommen. Droben stand eine der beiden Töchter; sie kam mir mit bittender Geberde entgegen:

„Effendi, verzeihe mir! Ich sehne mich, das Lied noch einmal zu hören, welches Du gestern zuletzt gespielt hast.“

„Du sollst es hören.“

Sie setzte sich in einem Winkel nieder und lehnte den Kopf an die Wand. Ich aber spielte. Es war das herrliche Kirchenlied: „Hier liegt vor Deiner Majestät im Staub die Christenschar.“ Ich spielte diese Melodie einige Male und sang dann auch mehrere Strophen des Liedes. Das Mädchen hielt die Augen geschlossen und die Lippen leise geöffnet, wie um die frommen, feierlichen Töne leichter in ihr Inneres dringen zu lassen.

„Soll ich noch etwas spielen?“ fragte ich am Schlusse.

Sie erhob sich wieder und trat herbei.

„Nein, Effendi, denn diese Musik soll durch keine andere beeinträchtigt werden. Wer ist es bei Euch, der solche Worte und Töne singen darf?“

„Sie werden von Männern, Frauen und Kindern in jedem Gotteshause der Christen gesungen. Und wer ein frommer Vater ist, singt mit den Seinen auch daheim solche Lieder.“

„Herr, es muß schön bei Euch sein! Ihr gewährt Freiheit Eueren Lieben. Euere Priester, welche Euch erlauben, solche Lieder mit den Euerigen zu singen, müssen besser sein und freundlicher als die unserigen, welche behaupten, daß Allah dem Weibe keine Seele gegeben habe. Allah strafe sie und den Propheten für diese Lüge! Dir aber, Effendi, danke ich!“

Sie ging hinaus, und ich blickte ihr schweigend nach. Ja, der Orient schmachtet nach Erlösung aus schweren, tausendjährigen Banden. Wann wird sie ihm werden? –

Ich schloß das Instrument; ich konnte nicht spielen, denn ein jeder Ton, welcher zu ihr drang, mußte den Eindruck des frommen Liedes verwischen, den sie sich bewahren wollte. Ich ging hinunter und ließ satteln, um mit Halef einige kleine Einkäufe zu machen.

Da wir nichts zu versäumen hatten, so beeilten wir uns nicht, machten einen Ritt der Wißbegierde durch die Gassen und drangen sogar in das enge, schmutzige Judenviertel ein. Da gab es genug Trümmer und Elend. Zwischen den Resten ehemaliger Prachtbauten klebten halbverfallene Butiken; die Männer gingen in abgeschabten, aus den Nähten reißenden Kaftanen, und die Kinder in Fetzen und Lumpen; die Frauen aber trugen über ihren verschossenen Prachtgewändern all ihren ächten oder unächten Schmuck zur Schau. Ich glaube, grad so müssen sich die Frauen und Töchter der Juden auch damals getragen haben, als der Prophet ihnen verkündigte: „Der Herr wird den Scheitel der Töchter Zion's kahl machen und ihnen ihr Geschmeide wegnehmen. In dieser Zeit wird der Herr den Schmuck an den kostbaren Schuhen fortnehmen, die Heftel und die Spangen, die Ketten und Armbänder, den Flitter, die Hauben, das Gebräme, die Schnuren, Bisamäpfel und Ohrenspangen, die Ringe und Haarbänder, die Feierkleider, die Mäntel, die Schleier, die Beutel, die Spiegel, die Koller, die Borten und die Kittel."

Als wir auf dem Rückwege an dem Bazar der Juwelenhändler und Goldarbeiter vorbeiritten, wollte ich bei Schafei absteigen, fand aber zu meinem Erstaunen das Gewölbe verschlossen. Zwei Khawassen hielten Wache dabei. Ich erkundigte mich bei ihnen nach dem Grunde, erhielt aber eine so grobe Antwort, daß ich schleunigst fortritt.

Zu Hause angekommen, fand ich sämmtliche Bewohner in der höchsten Aufregung. Schon unter dem Thore kam mir Schafei entgegen. Er wollte das Haus in größter Eile verlassen, hielt aber an, als er mich erblickte.

„Effendi, weißt Du es schon?" rief er mich an.

„Was?"

„Daß wir bestohlen sind, entsetzlich bestohlen und betrogen!"

„Kein Wort!"

„So laß es Dir von dem Vater erzählen! Ich muß fort."

„Wohin?"

„Allah 'l Allah, ich weiß es noch nicht."

Er wollte an mir vorüber, ich aber streckte die Hand nach ihm aus und hielt ihn fest. Das Ereigniß hatte ihm die grad jetzt so nöthige Ruhe des Urtheils genommen, wie mir schien; einem unvorsichtigen Handeln mußte vorgebeugt werden.

„Bleib jetzt noch," bat ich.

„Laß mich! Ich muß ihm nach!"

„Wem? Dem Diebe? Wer ist es?"

„Frage den Vater!"

Er wollte sich mir entwinden, ich aber rutschte von meinem Esel herunter, nahm den Arm des Widerstrebenden kräftig unter den meinigen und so zwang ich ihn, mit mir zu gehen.

Er fügte sich meinem gewaltsamen Einschreiten und führte mich die Treppe empor in die Wohnung seines Vaters. Dieser stand, zum Ausgehen gerüstet, mitten in dem Raume und war beschäftigt, sich ein paar riesige Pistolen zu laden. Als er seinen Sohn erblickte, fuhr er zornig auf:

„Was willst Du noch? Man darf keine Zeit verlieren, keine Minute! Gehe, eile! Auch ich werde gehen und diesen Menschen erschießen, wo ich ihn nur immer finde!"

Um ihn standen die anderen Glieder seiner Familie, mit ihren Thränen und Klagen die Situation nur noch verschlimmernd. Ich hatte Mühe, sie zu beruhigen und Jacub dazu zu bringen, mir die Sache zu erklären. Afrak Ben Hulam, der kranke Gehülfe und Vetter aus Adrianopel, hatte, nachdem wir fortgeritten waren, das Haus verlassen und war zu

Schafei in den Laden getreten mit der Botschaft, daß dieser augenblicklich eines großen Kaufes wegen zu seinem Vater kommen solle, der sich in dem großen Han Assad Pascha befinde. Schafei war auch wirklich gegangen, hatte aber nach langem Suchen und nach längerem Warten seinen Vater nicht getroffen. Darauf war er doch endlich nach Hause geeilt und hatte dort zu seinem Erstaunen den Gesuchten unter den Arkaden ruhen gefunden. Jacub hatte erklärt, dem Gehülfen die erwähnte Botschaft gar nicht aufgetragen zu haben. In Folge dessen kehrte Schafei zum Bazar zurück und fand ihn verschlossen. Er öffnete mit dem zweiten Schlüssel, welchen er stets bei sich trug, und sah beim ersten Blick, daß eine ganze Menge und unter ihnen just die größten der Kostbarkeiten verschwunden seien, mit ihnen natürlich Afrak Ben Hulam, der Gehülfe. Er eilte, den Vater zu benachrichtigen, hatte aber trotz seines Schreckens noch so viel Besonnenheit, die Thür wieder zu verschließen und zwei Khawassen als Wächter davor zu postiren. Seine Nachricht hatte natürlich das ganze Haus alarmirt, und als ich mit Halef kam, war er im Begriffe gewesen, wieder fort zu eilen; aber wohin zunächst, das wußte er selbst noch nicht. Auch Jacub wollte fort, um den Dieb vor allen Dingen zu erschießen; aber wo er ihn finden werde, das hatte er sich allerdings noch nicht gefragt.
„Ihr werdet Euch mit Euerer unbesonnenen Eile mehr schaden als nützen," meinte ich beschwichtigend. „Setzt Euch nieder, und laßt uns ruhig berathen! Ein hastiger Renner ist nicht immer das schnellste Pferd."
Ich hatte einige Mühe, diese Ansicht durchzubringen, doch gelang es mir endlich.
„Wie groß ist der Werth, welcher entwendet wurde?" erkundigte ich mich.
„Das weiß ich noch nicht genau," antwortete Schafei, „aber es werden viele, viele Beutel sein."
„Und Du glaubst, daß wirklich nur Afrak der Dieb sein kann?"
„Nur er allein. Die Botschaft, welche er mir brachte, war erlogen, und nur er allein hatte die Schlüssel und wußte, wo das Werthvollste zu finden war."
„Gut, so haben wir es nur mit ihm allein zu thun! War er wirklich ein Verwandter von Euch?"
„Ja. Wir hatten ihn zwar niemals gesehen, aber wir wußten, daß er kommen werde, und die Briefe, welche er brachte, waren ächt."
„War er ein Juwelier, ein Goldarbeiter?"
„Ein sehr geschickter sogar."
„Kennt er Euere Familien und alle ihre Verhältnisse?"
„Ja, obgleich er sich öfters irrte."
„Er war gestern auf dem Feste, und Du sagtest, daß er sehr bleich gewesen sei. War er bereits bleich, als er kam, oder wurde er es erst, als er hörte, daß Kara Ben Nemsi Euer Gast sei?"
Schafei blickte überrascht empor.
„Bei Allah, was willst Du damit sagen, Effendi? Ich glaube, er ist erst bleich geworden, als ich ihm von Dir erzählte."

„Das bringt mich vielleicht auf seine Spur."
„Effendi, wenn dies wäre!"
„Er erschrack, als er von mir hörte; er kam nicht, als ich das Piano spielte; er schützte eine Krankheit vor, denn er konnte nicht fort, weil ich im Hofe saß und ihn gesehen hätte, und als ich mich dann entfernt hatte, ging auch er. Halef, weißt Du, wer dieser Afrak Ben Hulam ist?"
„Wie kann ich das wissen!" antwortete der Hadschi, welcher uns bis hierher gefolgt war.
„Es ist kein anderer als Dawuhd Arafim, der sich auch Abrahim Mamur genannt hat. Schon gestern Abend kam mir dieser Gedanke, aber er war so sehr unwahrscheinlich, daß ich es nicht glauben mochte. Jetzt aber bin ich beinahe davon überzeugt, daß es kein Anderer gewesen ist."
Meine Zuhörer waren stumm vor Schreck, und erst nach einer längeren Pause sagte Jacub mit energischem Kopfschütteln:
„Das ist ganz unmöglich, Effendi. Mein Verwandter hat sich niemals Dawuhd Arafim oder Abrahim Mamur genannt und ist auch niemals in Ägypten gewesen. Du hast gestern diesen Mamur hier wiedergesehen?"
„Ja. Ich vergaß, es zu erzählen, weil ich zu viel an die Musik denken mußte. Beschreibe mir Deinen Verwandten und die Kleider, welche er getragen hat, als er gestern zum Feste ritt!"
Dieser Aufforderung wurde mit der größten Genauigkeit nachgekommen; es stimmte, es war Abrahim Mamur und kein Anderer. Aber die beiden Kaufleute wollten dies nicht begreifen.
„Afrak Ben Hulam ist niemals in Ägypten gewesen," behaupteten sie wiederholt, „und wie käme ein Fremder zu den Briefen, welche er brachte!"
„Dies sind die beiden einzigen unklaren Punkte; aber wie nun, wenn dieser Abrahim dem wirklichen Afrak die Briefe abgenommen hätte?"
„Allah kerihm, dann hätte er ihn ja tödten müssen, um sicher zu sein!"
„Das wird vielleicht noch aufzuklären sein: ich traue diesem Menschen Alles zu. Wir müssen ihn finden; wir müssen ihn wieder haben! Aber nun seht Ihr, daß die ruhige Überlegung doch besser ist, als eine unbesonnene Hast. Der Dieb hält sich entweder noch in Damaskus versteckt, oder er hat schleunigst die Stadt verlassen. Ihr müßt für den zweiten Fall gerüstet sein. Was würdest Du thun, Jacub Afarah, wenn er bereits entwichen wäre?"
„Wüßte ich die Richtung, so würde ich ihn verfolgen, bis ich ihn fände, und wenn ich bis an das Ende der Welt gehen müßte!"
„So sende nun schnell Schafei zur Polizei. Er mag Anzeige erstatten, damit sofort die Thore besetzt und außerdem Streifwachen durch die Ghuta gesendet werden. Er mag ferner für Dich einen Paß besorgen, welcher durch das ganze Reich des Großherrn Geltung hat, und eine Begleitung berittener Khawassen, auf deren Hülfe Du Dich verlassen kannst."

„Effendi, Deine Rede ist besser als vorhin mein Zorn. Dein Auge ist schärfer als das meinige; willst Du mir auch ferner beistehen?“
„Ja. Führe mich jetzt in die Stube, welche der Dieb bewohnt hat!“
Schafei eilte fort, und wir Andern suchten die Wohnung des falschen Afrak auf. Da zeigte es sich, daß er mit dem Vorsatze fortgegangen war, nicht wieder zurückzukehren; aber es ließ sich sonst nicht das Geringste entdecken, was irgend einen Fingerzeig geben konnte.
„Das war umsonst. Wir müssen versuchen, andere Spuren zu entdecken. Wir Drei wollen uns theilen, um zu sehen, ob wir an den Thoren der Stadt und bei den Führern und Thierverleihern eine Nachricht erhalten können.“
Dieser Vorschlag wurde von Jacub und Halef mit Freude angenommen, und schon zwei Minuten später ritt ich auf dem Esel nach dem Gottesthore. Mein Pferd hatte ich nicht nehmen wollen, da ich nicht wußte, ob seine Kräfte mir später nöthiger sein würden. Meine Bemühungen waren übrigens ohne Erfolg. Ich fragte und forschte an allen Orten, wo ich eine Auskunft vermuthen konnte; ich durchstreifte die Ghuta und traf da auch auf die bereits ausgesandten Patrouillen, fand aber nicht die mindeste Spur und kehrte drei Stunden nach Mittag schweißtriefend wieder heim. Jacub war bereits einige Male dagewesen, aber wieder fortgeritten; auch Halef hatte nichts Sicheres erfahren, doch brachte er mir wenigstens eine Hoffnung mit. Er hatte die nördliche Seite der Stadt übernommen gehabt und war da an dem Zelte vorüber gekommen, in welchem wir gestern gesessen hatten. Am Eingange des Zeltes stand die Sängerin, die ihn wieder erkannte und ihn zu sich winkte. Sie hatte gestern bemerkt, daß wir Mamur's wegen so plötzlich aufgebrochen waren, und sagte nun Halef, daß ich zu ihr kommen möge, wenn ich etwas über diesen Mann wissen wolle.
„Aber warum hat sie es nicht gleich Dir gesagt, Halef?“ fragte ich.
„Sihdi, sie kann nicht arabisch und ich ganz wenig das Türkische, welches sie redet; sie spricht es so, daß ich es nicht verstehe. Selbst das, was sie mir heute sagte, habe ich mehr errathen müssen.“
„So reiten wir sofort hinaus zu ihr und nehmen unsere Pferde, weil die Esel müde sind.“
Es war der letzte Tag des Festes, das fünf Tage dauerte.
Als wir nach einem schnellen Ritt das Zelt der Presnitzer erreichten, zeigte es sich nicht so sehr überfüllt, wie am Tage vorher. Die Musik machte grad eine Pause, und so kam es, daß ich sogleich mit dem Mädchen sprechen konnte. Vor Zuhörern brauchte ich keine Sorge zu haben, da unsere kurze Unterhaltung in deutscher Sprache geführt wurde.
„Warum rissen Sie gestern so schnell aus?“ fragte mich die Sängerin.
„Weil ich dem Manne folgen wollte, welcher gleich nach seinem Eintritte das Zelt wieder verließ. Ich wollte wissen, wo er wohnt.“
„Das sagt er Niemand.“
„Ah, das wissen Sie?“

„Ja. Er kam gestern bereits zum dritten Male in das Zelt. Dort, dicht neben uns, saß er neben einem Engländer, dem er auch nicht sagte, wo seine Wohnung sei."
„Sprach er englisch, oder redete der Engländer arabisch?"
„Sie sprachen englisch, und ich verstand jedes Wort. Der Gentleman hat ihn als Dolmetscher engagirt."
„Nicht möglich! Für hier oder für die Reise?"
„Für die Reise."
„Wohin?"
„Das weiß ich nicht; ich hörte nur, daß die erste Ortschaft Salehiëh heiße."
„Und wann wollten sie aufbrechen?"
„Sobald der Dolmetscher mit einem Handel fertig ist, wegen dessen er nach Damaskus kam. Ich glaube, er sprach von einem Olivenölgeschäft für Beirut."
Sonst wußte sie nichts. Ich dankte und gab ihr ein Geschenk.
Damit Jacub nicht ohne Nachricht bliebe, sandte ich Halef zu ihm; ich aber umritt die Stadt, um an das Gottesthor zu gelangen, von wo aus der Weg nach Salehiëh führt, welches am westlichsten Rande der Ghuta liegt und eigentlich als eine Vorstadt von Damaskus betrachtet werden muß. Durch diesen Ort führt die Handelsstraße nach Beirut am mittelländischen Meere, nebst allen anderen Wegen, auf denen man die Ortschaften Palästina's erreicht.
Als ich dort anlangte, war bereits der Abend nahe. Es schien mir ungewiß, ob ich eine befriedigende Auskunft erlangen werde, da bei dem nach innen gerichteten Bau der orientalischen Häuser die Straßen nicht so unter Beobachtung stehen, wie bei uns im Abendlande. Da aber erblickte ich einige jener Unglücklichen, welche, von der menschlichen Gesellschaft ausgeschlossen, doch nur von dem Mitleide derselben leben können: Aussätzige. Sie lagen, in Lumpen gehüllt, unweit der Straße und riefen mich schon von Weitem an, ihnen eine Gabe zu reichen.
Ich ritt auf sie zu, sofort aber entflohen sie, da es ihnen verboten ist, einen gesunden Menschen in ihre Nähe zu lassen. Nur auf meine wiederholte Versicherung, daß ich ein Abendländer sei und mich vor ihrer Krankheit nicht fürchte, blieben sie endlich stehen; dennoch aber ließen sie mich nur bis zu einem Abstand von höchstens zwanzig Schritten heran.
„Was willst Du von uns, Herr?" fragte der Eine. „Lege Deine Gabe auf den Boden nieder und entferne Dich schnell!"
„Was für eine Gabe ist Euch die liebste? Wünscht Ihr Geld?"
„Nein. Wir können uns doch nichts kaufen, denn Niemand würde das Geld von uns annehmen. Gib uns Anderes: ein wenig Tabak, Brod, Fleisch oder sonst etwas zu essen."
„Warum seid Ihr hier im Freien? Es gibt ja Hospitäler für Aussätzige in Damask."
„Sie sind gefüllt. Wir müssen warten, bis der Tod Platz für uns macht."

„Ich will mich bei Euch nach etwas erkundigen. Könnt Ihr mir Auskunft geben, so sollt Ihr morgen früh Tabak für mehrere Wochen und auch noch Anderes haben, was Ihr brauchen könnt. Jetzt habe ich nichts bei mir."
„Was sollen wir Dir sagen?"
„Wie lange befindet Ihr Euch hier an diesem Orte?"
„Seit mehreren Tagen."
„So habt Ihr wohl alle Leute gesehen, welche hier vorübergekommen sind. Waren es Viele?"
„Nein. Nach der Stadt kamen Viele, des Festes wegen, dessen letzter Tag heut ist; aus der Stadt aber kam nur ein Maulthierzug nach Ras Heya und Gazein, mehrere Leute, welche nach Hasbeya wollten, einige Arbeiter aus Zebedeni und gleich vor Mittag ein Inglis mit zwei Männern, die ihn begleiteten. „
„Woher wißt Ihr, daß es ein Inglis war?"
„O, einen Inglis erkennt man sofort. Er war ganz grau gekleidet, hatte einen sehr hohen Hut auf, eine große Nase und zwei blaue Gläser auf derselben. Einer seiner Begleiter mußte ihm erklären, was wir von ihm wollten, und dann gab er uns ein wenig Tabak, einige kleine Brode und auch noch viele kleine Hölzchen, mit denen man Feuer machen kann."
„Beschreibt mir den Mann, der ihm als Dolmetscher diente!"
Es geschah, und die Beschreibung stimmte ganz genau auf den Gesuchten.
„Wohin ritten sie?"
„Wir wissen es nicht. Sie ritten auf der Beiruter Straße; aber die Kinder des alten Abu Medschach werden Dir Auskunft geben können, denn dieser war ihr Führer. Er wohnt in dem Hause neben der großen Palme, welche Du dort siehst."
„Ich danke Euch! Ich werde morgen in aller Frühe vorüberkommen und Euch mitbringen, was ich Euch versprochen habe."
„O Herr, Deine Barmherzigkeit wird Gnade finden vor den Augen Allah's. Könntest Du uns nicht einige Pfeifen mitbringen, wie sie für wenige Para zu kaufen sind?"
„Ihr sollt sie haben; ich verspreche es Euch."
Nun ritt ich in Salehiëh ein und erfuhr im Hause des Führers, daß der Inglis nach dem Thale von Sebdani gewollt habe. Der alte Abu Medschach war nur bis dahin gemiethet worden. Dies war jedenfalls eine vorsichtige Manipulation des Dolmetschers, welcher dadurch eine etwaige Nachforschung erschweren wollte. Doch wußte ich nun genug und kehrte nach Damaskus zurück.
Ich fand den Gastfreund in höchster Spannung meiner warten. Zwar waren seine Nachforschungen ohne Resultat geblieben, aber Halef's Bericht hatte ihm Hoffnung gebracht. Er besaß bereits einen Paß nebst einem Schreiben an sämtliche Polizeibehörden des ganzen Ejalet Damaskus, und überdies warteten zehn berittene und wohl bewaffnete Khawassen nur des Wortes, mit ihm aufbrechen zu sollen.

Ich berichtete Alles, was ich in Erfahrung gebracht hatte. Da der Abend bereits hereingebrochen war, hielt ich es für besser, den Morgen abzuwarten; aber dies gab seine Ungeduld nicht zu. Er schickte nach einem Führer, welcher im Stande war, auch während der Nacht den Weg zu finden. In seiner fieberhaften Unruhe konnte ihm nichts schnell genug gethan werden, und ich hatte kaum meines Versprechens an die Aussätzigen gedacht, als er auch schnell selbst für die Erfüllung desselben sorgte.

So vergingen doch seit meiner Rückkehr einige Stunden, ehe wir reisefertig waren. Jacub hatte vorgezogen, Miethpferde zu nehmen, zwei derselben für sich und einen Diener und ein drittes für das nothwendige Gepäck. Da er nicht sagen konnte, wohin der Ritt uns führen und wie lange Zeit er dauern werde, so hatte er sich auch mit einer größeren Summe Geldes versehen.

Unser Abschied nahm nicht viel Zeit in Anspruch. Der Vollmond hatte sich erhoben, als wir die „gerade Straße“ hinabritten, dem „Gottesthore“ zu: voran der Führer neben dem Besitzer der Miethpferde, dann wir, nämlich Jacub und dessen Diener, Halef, ich und die Irländer, und hinter uns die Khawassen.

Die Thorwache wurde gar nicht beachtet, rasch ritten wir an ihr vorüber. Draußen vor Salehiëh bog ich zur Seite, wo ich die Aussätzigen liegen sah. Unser Kommen weckte sie vom Schlafe, und sie waren höchlichst erfreut über das umfangreiche Packet, welches ich für sie auf den Boden niedergleiten ließ. Dann ging es weiter. Salehiëh lag hinter uns, und nun trabten wir an dem Gehänge empor, welches hinauf zum Kubbet en Nassr führt, jenem herrlichen Aussichtspunkt, den ich bereits erwähnt habe.

Dort oben, am Grabe des mohammedanischen Heiligen, wandte ich mich um und warf einen Blick hinab auf Damaskus, den letzten im Leben. Da lag die Stadt, im Monde glänzend wie eine Wohnung von Geistern und Dschinnen, umgeben von dem dunklen Ringe der Ghuta. Rechts kam die Straße von Hauran, die mich herbeigeführt hatte, und ganz draußen führte der Karavanenweg nach Palmyra, welches mir verschlossen blieb. Ich hatte nicht geahnt, daß mein Aufenthalt in Damaskus ein so kurzer sein werde.

Hinter Kubbet en Nassr wendeten wir uns rechts gegen das Gehänge des Dschebel Rebach hin und erreichten den Engpaß Rabuh, von welchem aus es an den Wassern des Barrada nach Dümar ging, einem großen Dorfe, wo wir zum ersten Male Halt machten.

Mit Hülfe der Khawassen wurde der Vorsteher des Ortes geweckt, um Erkundigungen einzuziehen, und seinen Nachforschungen verdankten wir die Nachricht, daß am späten Nachmittag vier Reiter im Galoppe durch das Dorf geritten seien; unter ihnen ein grau gekleideter Inglis mit blauen Gläsern vor den Augen. Sie hatten den Weg nach Es Suk eingeschlagen, den auch wir ohne Verzug verfolgten.

Der Tag brach an, als wir über die Hochebene von El Dschedide ritten; dann kamen wir links von der Stelle vorüber, wo einst die Hauptstadt des alten Abilene lag; auf der anderen Seite erblickten wir den Berg, welcher Abel's Grabstätte trägt. Nun folgten mehrere kleine Dörfer, deren Namen ich vergessen habe, und in einem derselben mußten wir anhalten, um unseren angegriffenen Pferden Ruhe zu gönnen.

Wir hatten jetzt eine Strecke zurückgelegt, welche eigentlich einen vollen Tagmarsch in Anspruch nahm. Wenn wir auch fernerhin den Thieren eine solche Anstrengung zumutheten, so war es sicher, daß sie uns nicht sehr weit tragen würden. Übrigens erfuhren wir von den Leuten, welche herbei kamen, um uns freundschaftlich mit Früchten zu beschenken, daß sie die von uns gesuchten Reiter zwar nicht gesehen hätten, aber am späten Abend habe man hören können, daß ein kleiner Trupp den Ort passirte.
Nachdem die Pferde sich leidlich erholt hatten, brachen wir nach Es Suk auf, welches nicht sehr ferne lag, konnten hier aber nichts Gewisses erfahren. Hinter dem Orte kam uns ein einzelner Reiter entgegen. Es war ein alter, weißbärtiger Araber, den unser Führer freudig begrüßte und uns dann mit den Worten vorstellte:
„Das ist Abu Medschach, der Chabir, welcher den Inglis geleitet hat."
„Das bist Du?" rief Jacub. „Wo hast Du ihn gelassen?"
„In Sebdani, Herr."
„Wie viele Männer waren bei ihm?"
„Zwei, ein Dragoman und ein Diener."
„Wer ist der Dragoman?"
„Er sagt, daß er ein Mann aus Koniëh sei, aber das ist nicht wahr. Seine Sprache ist nicht die Sprache der Leute von Koniëh. Er ist ein Lügner und Betrüger."
„Woraus erkennst Du dies?"
„Er betrügt den Engländer; ich habe das wohl gemerkt, obgleich ich mit dem Inglis nicht reden konnte."
„Hat er viel Gepäck bei sich?"
„Das Gepäck und die Packpferde gehören dem Engländer; der Dragoman hat nur einige große Schachteln dabei, die ihm sehr werth sein mögen."
„In welchem Hause sind sie geblieben?"
„In keinem. Ich wurde in Sebdani bezahlt und konnte umkehren; sie aber ritten weiter, obgleich ihre Pferde fast zusammenbrachen. Ich blieb bei einem Bekannten, um auszuruhen, und reite nun wieder nach Damaskus."
Es war mir darum zu thun, das Äußere des Engländers kennen zu lernen, und da ich in dem Gesangszelte vor Damaskus eine darauf bezügliche Frage unbegreiflicher Weise vergessen hatte, so holte ich sie jetzt nach:
„Hast Du nicht den Namen des Engländers gehört?"
„Der Dragoman sagte immer das Wort „Sörr" zu ihm."
„Das ist kein Name, sondern das heißt „Herr". Besinne Dich!"
„Er sagte zuweilen zu diesem Sörr noch ein Wort, aber ich weiß nicht genau, wie es lautet, Liseh oder Linseh."
Ich horchte auf. Sollte es möglich sein! Nein, das war ja ganz und gar undenkbar, dennoch aber frug ich:
„Lindsay vielleicht?"

„Ja, ja, so lautete das Wort, grad so."
„Beschreibe mir den Mann!"
„Er hatte ganz graue Kleider, welche neu waren, und sein Hut war auch grau und so hoch wie bis herauf zu meinem Knie. Er hatte blaue Gläser vor den Augen und eine Hacke immer in der Hand, auch wenn er zu Pferde saß."
„Ah! Und seine Nase?"
„Die war sehr groß und roth. Er hatte die Aleppo-Beule daran. Auch sein Mund war groß und breit."
„Hast Du nichts an seinen Händen bemerkt?"
„Ja. An seiner linken Hand fehlten zwei Finger."
„Er ist's; Halef, hast Du es gehört? Der Engländer lebt noch!"
„Hamdulillah!" rief der kleine Hadschi. „Allah ist groß und stark und ihm ist Alles möglich. Er macht todt und lebendig, wie es ihm gefällt."
Jacub konnte sich unsere Freude nicht erklären; darum erzählte ich ihm das Nöthige und bat dann, unsern Weg rasch fortzusetzen. Es war mir nicht beruhigend, den so unverhofft von dem Tode Erstandenen in der Gewalt eines Schurken zu wissen.
Der alte Führer ritt weiter, und wir passirten nun einige Dörfer, welche einen sehr freundlichen Anblick boten. Bald jedoch hörte das liebliche Grün der Gartenterrassen auf. Wir ritten über eine Brücke über den Barrada, auf das linke Ufer desselben, und gelangten in einen Engpaß, dessen Sohle nur Raum für unsern Weg und das Bett des Flusses hatte. Die Wände der engen, dunklen Schlucht stiegen steil auf, und besonders in die nördliche Wand derselben waren zahlreiche Felsengräber eingehauen, zu denen wohl früher Stiegen geführt hatten, die jetzt aber eingestürzt waren. Dieser Paß heißt Suk el Barrada und führt zur Ebene von Sebdani, auf welcher die gleichnamige Stadt liegt.
Nachdem wir den Paß hinter uns liegen und damit den südöstlichen Theil der genannten Ebene vor uns hatten, passirten wir noch einige Dörfer und erreichten nach einem beschwerlichen Ritte Sebdani in einem Zustande, welcher uns die Fortsetzung des Rittes unmöglich machte. Mein Rappe und auch Halef's Pferd waren ermüdet, aber die anderen Thiere brachen fast zusammen. Das war es, was ich mir vorher gedacht hatte.
Sebdani ist ein schön gebautes Dorf mit stattlichen Häusern und fruchtbaren Gärten, trotzdem es in einer bedeutenden Höhe liegt. Seine Bewohner sind meist Maroniten. Die Khawassen hatten für sich und uns sehr schnell Quartier gemacht, und wir befanden uns wohl.
Hier erfuhren wir nur, daß der Führer da übernachtet hatte; aber der Vorsteher des Ortes sandte einen Boten nach dem nächsten Dorfe, Namens Schijit, um Erkundigung einzuziehen, und als dieser am Abend zurückkehrte, berichtete er, daß der Inglis in Schijit übernachtet habe und dann mit einem Manne von dort und mit dem Diener und Dolmetscher nach Sorheïr aufgebrochen sei. Ob er dann weiterreiten werde, das wußte Niemand zu sagen.

Kaum graute der Morgen des nächsten Tages, so saßen wir wieder auf. Wir ließen die Weinstöcke und Maulbeerbäume Sebdani's hinter uns, um Schijit zu erreichen. Der Dolmetscher hatte, wie mir die Sängerin berichtete, von einem Olivenölgeschäfte nach Beirut gesprochen. Das Olivenölgeschäft war natürlich nur eine Lüge, aber Beirut mußte doch sein Ziel gewesen sein, da er ja in Beziehung auf das Letztere dem Briten die Wahrheit sagen mußte. Warum er aber diesen Weg hier eingeschlagen und die eigentliche Straße von Damaskus nach Beirut vermieden hatte, das ließ sich leicht erklären. Seine Sicherheit erforderte es.
Mit dem Dorfe Schijit erreichten wir die Quellen des Barrada, welche sehr hoch liegen. In dem Orte fanden wir die Aussage des Sebdanianer Boten bestätigt und ritten Sorheïr entgegen. Der Weg führte abwärts, und dabei zeigte es sich, daß unsere Khawassen schlecht beritten waren. Ihre Pferde hatten zwar die Anstrengung des gestrigen Tages ausgehalten, wären aber zu einem zweiten solchen Ritt durchaus unfähig gewesen. Auch die Miethpferde Jacub's taugten nichts, und so wurde unser Ritt von Viertelstunde zu Viertelstunde langsamer. Das war keine Art und Weise, Leute einzuholen, welche acht bis neun Stunden Vorsprung hatten.
Ich machte Jacub den Vorschlag, mit Halef vorauszureiten, aber er gab dies nicht zu; er behauptete, uns ganz nothwendig zu brauchen, da er sich trotz der Khawassen ohne uns verlassen fühle. Ich mußte also diesen jedenfalls vortheilhaften Gedanken aufgeben und tröstete mich schließlich mit der Überzeugung, daß Lindsay bei seiner Leidenschaft für Ausgrabungen sich nicht sehr schnell aus der Gegend Baalbeck's fortlocken lassen werde. Wie aber war der Engländer eigentlich nach Damaskus gekommen? Wie war es ihm geglückt, da unten am Euphrat dem Tode zu entgehen? Ich war wirklich begierig, dies zu erfahren, und darum ärgerte mich unser jetziges schneckenartiges Fortkommen doppelt.
Sorheïr liegt an einem Bergstrome, welcher sich in den Barrada ergießt, sehr hübsch unter Gruppen von Silber- und italienischen Pappeln und ist trotz seines Namens, welcher „die Kleine“ bedeutet, ein ganz ansehnliches Dorf. Wir hielten Rast, und die Khawassen vertheilten sich, um Erkundigungen einzuziehen. Wir hörten bald, daß die Gesuchten vorübergekommen seien und den Weg nach dem Übergangspasse des Antilibanon eingehalten hätten. Nach nur kurzer Erholung folgten wir ihnen.
Es war zunächst eine weite Ebene zurückzulegen, und dann gelangten wir in ein Thal, in welchem wir über eine Stunde lang zu dem erwähnten Passe emporzuklimmen hatten, links steile Felsen und rechts einen tiefen Abgrund, in welchem die Wasser eines Bergstromes brausten. Oben auf dem Passe angekommen, sahen wir, daß der westliche Abhang des Antilibanon, auf welchem wir uns befanden, weit steiler abfiel, als der östliche. Unser Führer theilte uns mit, daß Baalbeck in gerader Linie fünf Stunden von hier liege, daß wir aber bei den Krümmungen des Weges und bei dem schlechten Zustande der Pferde bedeutend längere Zeit brauchen würden.

Er hatte recht. Wir mußten zahlreiche Quer- und Seitenthäler durchreiten, und als wir endlich die gewaltigen Ruinen der Sonnenstadt zu uns emporschauen sahen, lag immer noch eine mehrere Stunden lange Strecke zwischen uns und ihnen. Einer der Khawassen erklärte sogar, daß sein Pferd nicht weiter könne, und ihr Anführer befahl, in Folge dessen Halt zu machen. Keine Bitte und keine Versprechung half, und da Jacub erklärte, daß die Khawassen ihm anvertraut seien und er sich also nicht von ihnen trennen könne, so blieb uns nichts Anderes übrig, als uns zu fügen.

Glücklicher Weise gelang es mir, den Anführer zu bewegen, nach kurzer Rast wenigstens eines der kleinen, malerisch unter uns liegenden Dörfchen noch zu erreichen, wozu ihn aber auch nur ein Bakschisch bewegen konnte. Als wir dort anlangten, erfuhren wir, daß ein grauer Engländer durchgekommen sei, der sich mit dem Dragoman gezankt habe, und kurze Zeit später ritt ein Mann durch das Dorf, den ich sofort ansprach. Es war der Führer Lindsay's; er kehrte nach Schijit zurück und erzählte, daß er gar nicht mit nach Baalbeck gekommen, sondern im letzten Dorfe verabschiedet und abgelohnt worden sei. Seiner Meinung nach sei eine Art von Zwiespalt zwischen dem Inglis und seinem Dragoman eingetreten, und der Inglis sei ein sehr vorsichtiger Mann, welcher die Hände immer an seinen kleinen Pistolen liegen habe, die zwar nur einen Lauf besäßen, aus denen man aber öfters schießen könne, ohne zu laden.

Die Besorgniß um meinen alten Master Lindsay drängte sich mir immer mehr auf während der Nacht.

Ich hatte keine Ruhe, mich floh der Schlaf. Und als sich das erste Licht des Morgens zeigte, weckte ich die Begleiter und mahnte zum Aufbruche, eine Weisung, welcher sie sich nur nach einem abermaligen Bakschisch fügten. Überhaupt schien es mir, als ob die Khawassen die Absicht hegten, Jacub nur nach dem Maßstabe seiner Freigebigkeit behülflich zu sein; ich machte ihn darauf aufmerksam und bat ihn, diesen Leuten zu zeigen, daß sie wohl ihn zu unterstützen, nicht aber seine Kasse auszubeuten hätten.

Wir passirten zunächst abermals einige kleine Dörfchen, und als sich die Vorhöhen des Antilibanon, hinter denen wir ritten und welche uns immer wieder die Aussicht verdeckten, endlich öffneten, sahen wir das berühmte Thal von Baalbeck vor uns liegen. Die großartigen Massen dieser Ruinen nahmen einen weiten Flächenraum ein, und es gibt wohl kaum eine zweite Ruinenstadt, deren Überreste einen so gewaltigen Eindruck machen, wie diese Mauer- und Gebäudereste.

Gleich beim Eintritte in das Trümmerfeld erblickten wir seitwärts einen Steinbruch, in welchem ein Kalksteinblock von riesenhafter Größe lag. Er hatte gegen dreißig Ellen Länge, sieben Ellen Breite und eine gleiche Dicke. Solche Blöcke bildeten das Material zu den Riesenbauten von Baalbeck. Ein einziger von ihnen hat ein Gewicht von sicher dreißigtausend Centnern. Wie konnten bei der Art der damaligen mechanischen und technischen Hülfsmittel solche Massen dirigirt und bewältigt werden? Das ist ein Räthsel.

Die hiesigen Tempelbauten waren einst dem Baal oder Moloch geweiht; diejenigen, deren Überreste heut noch vorhanden sind, haben ohne allen Zweifel einen römischen Ursprung. Man weiß ja, daß Antonius Pius dem Sonnengotte Zeus hier einen Tempel errichtet habe, der ein Weltwunder gewesen sei. Es scheint, als seien in dem größeren der beiden Tempel die syrischen Götter, in dem kleineren aber nur Baal-Jupiter verehrt worden.
Um diesen Tempel zu errichten, baute man zunächst ein Fundament, welches um fünfzehn Ellen die Erde überragte; darauf kamen drei Schichten jener Riesenblöcke, deren Gewicht soeben angegeben wurde, und dann erst auf ihnen ruhten die kolossalen Säulen, welche die mächtigen Architrave trugen. Die sechs übrig gebliebenen Säulen des einstigen Sonnentempels haben eine Höhe von siebenzig Fuß und am Piedestal einen Durchmesser von sechs Fuß. Der kleine Tempel war 800 Fuß lang und 400 Fuß breit und zählte vierzig Säulen.
Auch die Stadt Baalbeck an und für sich war im Alterthum bedeutend, da sie auf dem Wege von Palmyra nach Sidon lag. Abu Abeïda, der gegen die Christen von Damaskus so menschlich gesinnte Mitkämpe Chalid's, eroberte auch Baalbeck. Man machte aus der Akropolis eine Citadelle, und aus dem Materiale der zerstörten Tempel errichtete man Befestigungsmauern. Später kamen die Mongolen, dann die Tataren, und was diese übrig ließen, wurde im Jahre 1170 durch ein Erdbeben verwüstet. Was noch vorhanden ist, gewährt eine sehr schwache Idee von der einstigen Pracht und Herrlichkeit.
Jetzt liegt auf der Stätte der alten Sonnenstadt ein elendes Dorf, welches von fanatischen und diebischen Mutawileh-Arabern bewohnt wird, und die Soldaten der Garnison, die hier liegt, tragen bestenfalls nur dazu bei, die Gegend noch unsicherer zu machen.
Ich setzte das Fernrohr an das Auge und überblickte die weite Stätte. Kein Mensch war zu sehen. Wie ich später hörte, waren die Soldaten der Garnison aus eigener Machtvollkommenheit auf beliebige Zeit auf Urlaub gegangen, und die Mutawileh hatten keine Zeit und Lust, uns en masse zu empfangen. Der einzelne Mensch verschwand in diesen kolossalen Trümmern wie eine Ameise, und um den Engländer leichter entdecken zu können, bat ich den Anführer der Khawassen, der den Rang eines Tschausch bekleidete, die Ruinenstätte von seinen Leuten umreiten und nöthigenfalls dann durchsuchen zu lassen, wobei wir ihm helfen wollten. Er weigerte sich indessen, das zu thun, da Menschen und Thiere erst ausruhen und essen müßten.
Dies geschah, aber noch immer machten dann die Herren keine Anstalt, an das Werk zu gehen. Jacub bat und wurde grob; auch ich bat und wurde grob, aber ohne Erfolg. Endlich erklärte der Tschausch ganz offen, daß er nur dann bereit sei, seine Leute auszusenden, wenn er ein angemessenes Bakschisch erhalte. Schon wollte Jacub abermals in die Tasche greifen, aber ich hielt seine Hand zurück.
„Nicht wahr, Du hast diese Männer erhalten, daß sie Dir helfen sollen?“ fragte ich ihn.
„Ja,“ antwortete er.
„Was hast Du ihnen dafür zu zahlen?“

„Proviant und Fourage und Jedem drei, dem Tschausch aber fünf Piaster täglich.“
„Schön. Das bekommen sie, weil sie Dir dienen; thun sie das nicht, so erhalten sie nichts. Dabei bleibt es, sonst lasse ich Dich sitzen und gehe meine Wege. Du aber wirst nach Deiner Rückkehr in Damaskus dem Pascha erzählen, welche Faullenzer er Dir mitgegeben hat!“
„Was geht denn Dich diese Sache an?“ fuhr der Tschausch auf.
„Rede manierlicher mit mir! Ich bin kein Nefer oder Khawaß,“ entgegnete ich ihm. „Willst Du jetzt aufbrechen lassen oder nicht? Dort im Westen an der großen Mauer werden wir uns zusammen finden.“
Er erhob sich mürrisch und bestieg sein Pferd; die Andern thaten das Gleiche, und als er mit leiser Stimme seine Befehle ertheilt hatte, ritten sie in Streuung aus einander.
Ein Bach schlängelte sich durch das weite Feld. Ich sagte mir, daß ein Fremder, welcher Pferde bei sich hat, jedenfalls die Nähe des Wassers suchen werde. Darum theilten wir uns, um den Bach abzusuchen. Halef war bei Jacub, und ich nahm die beiden Irländer mit mir.
Wir ritten, nachdem wir ausgemacht hatten, uns durch Schüsse zu benachrichtigen, langsam am Ufer hinauf. Wir hatten Glück. Um einen abgebrochenen Säulenschaft biegend, gewahrte ich eine Mauer, in welcher sich ein Loch befand. Vor demselben lag ein Mann, der eine Flinte in der Hand hielt. Weiter aufwärts, vielleicht fünfhundert Schritte weit entfernt, erblickte ich einen hohen, grauen Cylinderhut, welcher, im Takte auf- und niedernickend, sich über einer aufgeworfenen Grube bewegte.
Ich kehrte schnell hinter die Säule zurück, übergab den beiden Irländern mein Pferd und wies sie an, hier verborgen zu bleiben, bis ich rufen werde. Dann trat ich wieder vor und schritt auf den Liegenden zu. Er lag so, daß er mich nicht sehen konnte; sobald er aber meine Schritte hörte, sprang er auf und hielt mir seine Flinte entgegen. Er hatte Hose und Jacke an und einen Fez auf dem Kopfe, rief mich aber doch in englischer Sprache an:
„Stop! Hierher darf Niemand!“
„Warum?“ antwortete ich ihm englisch.
„Ah, Sie reden englisch! Sind Sie ein Dolmetscher?“
„Nein. Aber thun Sie die Flinte weg; ich bin Ihr Freund. Ist der Mann, welcher sich dort in der Grube befindet, Sir David Lindsay?“
„Yes!“
„Sie sind sein Diener?“
„Yes!“
„Gut! Ich bin ein Bekannter von ihm und möchte ihn gern überraschen.“
„Welch ein Glück! Gehen Sie zu ihm! Zwar soll ich wachen und ihm das Nahen jedes Menschen melden, aber Ihnen will ich nicht hinderlich sein, ihn zu überraschen; denn ich denke, daß Sie die Wahrheit reden.“
Ich ging, und je näher ich dem grauen Hute kam, desto leiser trat ich auf. Es gelang mir, bis an den Rand des Loches zu gelangen, ohne bemerkt zu werden, und eben, als der

Engländer sich wieder einmal aufrichtete, langte ich zu und nahm ihm den Hut vom Kopfe.
„'s death! Wer ist – – –“
Er wandte sich um, brachte aber nichts Weiteres aus dem sperrangelweit sich aufsperrenden Munde, nichts, keine einzige Silbe. Ja, das war die alte, gute Nase mit dem bekannten Karfunkel, welcher sich jetzt sträubte, die herabgleitende Brille vollends zur Erde fallen zu lassen.
„Nun, Sir,“ frug ich, „warum habt Ihr nicht am Kanale Anana auf mich gewartet?“
„Alle guten Geister!“ rief er jetzt. „Wer ist denn das? Ihr seid ja todt!“
„Ja, aber ich erscheine Euch als Gespenst. Ihr fürchtet Euch doch nicht vor dem Geiste eines alten Bekannten?“
„Nein, nein!“
Mit diesen Worten sprang er aus der Grube. Er hatte sich gefaßt und warf die beiden Arme um mich.
„Ihr lebt, Master, Ihr lebt? Und Halef?“
„Ist auch hier. Und noch zwei andere Bekannte.“
„Wer?“
„Bill und Fred, welche ich bei den Haddedihn geholt habe.“
„Ah! Ah! Nicht möglich! Ihr wart bei den Haddedihn?“
„Über zwei Monate.“
„Und ich – well, ich habe sie nicht gefunden!“
„Wer ist der Mann dort an der Mauer?“
„Mein Diener. Habe ihn in Damaskus engagirt. Kommt, Master; wir müssen erzählen!“
Er führte mich zurück zur Maueröffnung, trat hinein und kehrte mit einer Flasche und einem Glase zurück. Es war Sherry, ächter, guter Sherry.
„Halt, da müssen die Beiden auch mit trinken!“
Ich rief die Irländer und hatte nun eine Szene vor mir, die sich nicht beschreiben läßt. Die beiden Burschen weinten vor Entzücken, und Lindsay schnitt die unglaublichsten Pantomimen, um seine Freude und Rührung männlich zu verbergen.
„Und wo ist Euer Dolmetscher?“ fragte ich endlich.
„Dolmetscher? Ah, Ihr wißt, daß ich einen habe?“
„Ja. Ihr habt ihn auf dem Feste Er Rimal in einer Sängerbude engagirt.“
„Wunderbar! Unbegreiflich! Ihr seid allwissend! Trefft Ihr mich aus Zufall oder aus Absicht hier?“
„Aus Absicht. Wir sind Euch aus Damaskus auf dem Fuße gefolgt. Also Euer Dolmetscher?“
„Fort!“
„O weh! Mit seinen Sachen?“
„No! Die sind hier.“
Er deutete dabei mit der Hand nach der Maueröffnung.

„Wirklich? O, das ist prächtig, das ist gut! Erzählt einmal!“ „Was, wovon? Alles?“
„Nur von Eurem Dolmetscher, den wir verfolgen. Zu allem Anderen ist später Zeit.“
„Verfolgen? Ah! Warum?“
„Er ist ein Dieb und außerdem ein alter Feind von mir.“
„Dieb? Hm! Wohl Juwelendieb?“
„Allerdings. Habt Ihr sie gesehen?“
„Yes! Werde es Euch sagen. Traf den Kerl in dem Zelte. Er hatte gesehen, daß ich Englishman bin, und sprach mich englisch an. Hatte einen Handel mit Olivenöl vor und wollte dann nach Beirut. Ich wollte nach Jerusalem und engagirte ihn. Er versprach mir, mit nach Jerusalem zu gehen und dann von Jaffa aus zur See nach Beirut zu fahren. Den Führer wollte er auch besorgen. Ich war fertig in Damaskus und wartete. Da kam er und holte mich ab. Einen Führer nahm er in Salehiëh – – –“
„Ich weiß es; ich habe mit ihm gesprochen.“
„Well! Er muß Euch begegnet sein. Also wir ritten den Antilibanon empor; bereits am Abend wurde ich aufmerksam, und am Morgen bemerkte ich, daß wir nicht auf der Straße nach Jerusalem waren. Ich merkte weiter auf und zankte. Er leugnete erst und gab endlich zu, daß er zunächst nach Baalbeck wolle, um mir Fowling-bulls zu zeigen. Das war mir recht, aber ich hatte einmal Mißtrauen gefaßt. Er hatte solche Eile gehabt, Damaskus zu verlassen, und ritt so unsinnig, als sei er auf der Flucht. Hier schien er bekannt zu sein, denn wir ritten grad auf diese Mauer zu, und er sagte mir, daß das Loch ein sehr gutes Nachtquartier gebe. Wir schliefen; draußen standen die Pferde. Da hörte ich wie im Traume ein Pferd schnauben, und dann griff mir Jemand in die Tasche. Ich wachte auf; es war Morgen, und mein Portefeuille fehlte. Rasch sprang ich auf und ergriff die Büchse. Draußen ritt der Dolmetscher davon. Ich legte an und schoß. Das Pferd stürzte. Der Mann wollte den Sattelpack fortnehmen, aber er war zu fest angebunden, und als ich dann kam, entfloh er. Den Pack nahm ich, und als ich ihn aufmachte, fand ich goldenes Geschmeide und Juwelen.“
„Was war in Eurem Portefeuille?“
„Ah! Oh! Lauter Kostbarkeiten: Heftpflaster, Zwirn, Nähnadeln und solches Zeug. Mein Geld habe ich wo anders. Well!“
„Hört, Sir, das ist eine ebenso ungewöhnliche wie glückliche Fügung. Der Mann, dem diese Juwelen gestohlen sind, ist bei mir.“
„Ruft ihn! Soll sie wieder haben!“
„Wo sind sie?“
„Da, hier.“
Er ging in das Loch und kehrte mit einem Packet zurück, welches er öffnete. Es enthielt außer einem Hemd und einem Turbantuche nur Cartons und Etuis. Ich deckte die Sachen zu und drückte die Büchse zweimal ab. Gleich darauf antwortete ein Schuß, der aus nicht allzu großer Entfernung kam. Jetzt schob ich Lindsay und die drei Andern in

das Loch zurück, um mir die Überraschung nicht zu verderben. Bald kam Halef mit Jacub Afarah herbei. Beide erblickten nur mich mit dem Packet an der Erde.
„Hast Du geschossen, Sihdi?“ fragte Halef.
„Ja.“
„So hast Du Etwas gefunden?“
„Allerdings. Jacub Afarah, willst Du nicht das Turbantuch einmal von diesen Sachen wegnehmen?“
Er bückte sich, that es und fuhr mit einem Schrei des freudigsten Schreckens empor.
„Allah ïa Allah, meine Sachen!“
„Ja, sie sind es. Zähle nach, ob vielleicht Etwas fehlt!“
„O Herr, sage schnell, wo Du sie gefunden hast!“
„Nicht mir hast Du sie zu verdanken, sondern dem Manne, welcher sich hier in der Höhle befindet. Hole ihn heraus, Halef!“
Der kleine Hadschi trat hinein und stieß einen Ruf der Freude aus.
„Allah akbar, der Engländer!“
Jetzt gab es zunächst das Allernothwendigste zu erklären, und dann ging ich in das Loch, um mir dessen Inneres anzusehen. Ich bemerkte einen mächtigen Bogengang, der nach innen zu verschüttet und dessen eine Seite auch so eingefallen war, daß man nach Forträumung der Trümmer einen ziemlich großen, zimmerartigen Raum erhalten hatte. Da standen die vier Pferde Lindsay's, und da lagen auch seine Habseligkeiten. Das erschossene Pferd draußen war mit Schutt bedeckt worden, damit es nicht die ekelhaften Aasgeier in seine Nähe lockte; darum hatte ich es nicht gesehen.
Jacub war ganz glücklich, seine Sachen wieder zu haben; aber es ärgerte ihn gewaltig, daß der Dieb entkommen war.
„Ich gäbe viel darum, wenn ich ihn fangen könnte. Ist das nicht möglich, Herr?“ fragte er mich.
„Ich an Deiner Stelle würde sehr froh sein, die gestohlenen Gegenstände wieder zu besitzen.“
„Aber ebenso froh wäre ich, wenn ich den Dieb hätte!“
„Hm! Möglich wäre es, seiner habhaft zu werden.“
„Wie?“
„Glaubst Du, daß er einen so reichen Raub im Stiche lassen wird, ohne wenigstens den Versuch zu machen, ihn wieder zu holen?“
„Er wird sich hüten, zu uns zu kommen!“
„Weiß er, daß wir anwesend sind? Er hat jedenfalls Baalbeck sofort verlassen und also nicht gesehen, daß wir uns hier befinden. Er wird wahrscheinlich zurückkehren, weil er glaubt, mit Sir David und dem Diener leicht fertig zu werden, falls er sie überraschen kann. Dabei nun könnte er festgehalten werden.“
„Das wollen wir thun. Wir bleiben hier, bis wir ihn haben!“

„So dürfen wir uns und unsere Pferde nicht sehen lassen. Auch die Khawassen müssen verschwinden. Am besten ist es, sie gehen nach dem Dorfe in die Kaserne; es wird sie freuen, nichts zu thun zu brauchen. Auch unsere Pferde, welche uns hier im Wege sind, könnten wir in die Stadt geben und Jemand dazu, der sie bewacht.“
„Ich werde das besorgen. Ich gehe zum Vorsteher oder vielmehr zum Kodscha Pascha, denn Baalbeck ist kein Dorf, sondern eine Stadt, und werde das Nöthige mit ihm verabreden.“
Er stieg auf und ritt davon. Ich hätte das lieber selbst besorgt, aber Jacub befand sich ja im Besitze von Papieren, welche jeder Beamte respektiren mußte.
Als ich jetzt vor das Loch trat und nach der Mauer blickte, welche ich als Stelldichein bezeichnet hatte, war noch kein einziger der Khawassen dort zu sehen. Ich vermuthete sehr richtig, wie sich später zeigte, daß sie gar nicht an das Suchen gedacht hatten, sondern in die Stadt geritten waren, um sich's im Kaffeehause bequem zu machen und dabei zu prahlen, daß sie ausgezogen seien, einen großen Spitzbuben zu fangen.
Jetzt erst war es möglich, über Früheres zu sprechen, und ich begann damit, Lindsay unsere Schicksale zu erzählen.
„Ich hielt Euch für todt,“ sagte er, als ich geendet hatte.
„Die Kerls sagten es, welche mich fingen.“
„Also gefangen seid Ihr gewesen, Sir?“
„Sehr, ganz sehr, well!“
„Von wem denn?“
„Ah! Ich ging mit den Arbeitern fort, um zu graben; den Einen von ihnen konnte ich als Dragoman so leidlich benutzen. Wir fanden nichts, aber Euer Blatt fand ich, als wir zurückkehrten. Wir folgten Euch und suchten den Kanal Anana auf; eine Dummheit, eine sehr große, war das!“
„Weil Ihr gefangen wurdet?“
„Yes! Wir lagen dort und schliefen – – –“
„Ah, es war am Abend?“
„Nein, es war noch am Tage, sonst hätte Einer gewacht, und es wäre uns nicht passirt. Also, wir lagen da und schliefen; da fielen sie über uns her, ehe wir es dachten, ehe wir es wußten. Yes! Und ehe wir uns wehren konnten, waren wir gebunden und unsere Taschen leer.“
„Hattet Ihr viel Geld bei Euch?“
„Nicht sehr, denn wir wollten ja nach Bagdad zurück.“
„Wer waren die Kerls?“
„Araber. Sie sagten, daß sie zum Stamme der Schat gehörten.“
„So waren es wohl dieselben, welche dann später vor unserer Krankheit flohen.“
„Wird wohl so sein. Wir blieben einige Tage in den Ruinen versteckt und mußten hungern; dann schleppten sie uns fort.“
„Wohin?“

„Weiß nicht. Es war lauter Sumpf und Schilf. Sie wollten uns nichts thun, sie wollten nur Geld, und dann sollte ich frei sein. Ich mußte einen Brief schreiben, den wollten sie nach Bagdad tragen und das Geld holen, zwanzigtausend Piaster. Ich schrieb an John Logman, aber so, daß die Kerls nichts bekamen. Er sagte, sie sollten in drei Wochen wieder kommen, denn er hätte nicht so viel Geld da."

„Aber das konnte Euch ja gefährlich werden!"

„Nein, es wurde gut, denn ich entfloh. Man schaffte uns näher an Bagdad, wo sie einem andern, feindlichen Stamm an die Grenze kamen. Ein Trupp derselben gerieth in unsere Nähe, und es entspann sich ein Gefecht. Sie siegten zwar, wie ich denke, denn sie hatten die Übermacht; aber unterdessen gelang es uns, fortzukommen und Bagdad zu erreichen. Werde Euch das einmal ausführlicher erzählen, wenn wir Zeit haben."

„Suchtet Ihr unser Logis auf?"

„Yes. Da hörte ich, daß Ihr zu den Haddedihn gegangen wart. Was konnte ich thun? Ich mußte zu Euch und zu den Irländern. Nun war es mit der Seefahrt nichts mehr; darum verkaufte ich die Jacht, die so lange unthätig vor Anker gelegen hatte. Mit dem Hadramauter hatte ich nichts zu schaffen, da Ihr ihn bereits abgelohnt hattet. Ich nahm also einen Mann, der das Englische verstand, und schloß mich dem Kurier an. Das war ein schneller Ritt! Bei Selamija setzten wir über den Tigris, um Euch aufzusuchen; aber wir fanden keine Haddedihn. Sie waren fortgezogen, und Ihr waret todt."

„Wer sagte das?"

„Es waren von den Abu Salman fremde Reisende geplündert und getödtet worden, und das paßte ganz auf Euch. Ich wollte mich nicht auch todtschlagen lassen und ging nach Damaskus. Da schickte ich den Dolmetscher wieder zurück und blieb drei volle Wochen. Bin von Früh bis Abend auf den Straßen gewesen. Hättet Ihr im Christenviertel gewohnt bei Europäern, so hätten wir uns getroffen. Das Andere habt Ihr bereits gehört. Wollt Ihr es ausführlicher, Master?"

„Ich danke, es genügt. Es war sehr gewagt von Euch, in dieser Weise den Ritt von Bagdad nach Damaskus zu unternehmen – – –"

„Pshaw! Habt Ihr es anders gethan?"

In diesem Augenblick sahen wir durch den Eingang des Loches einen Trupp Männer weit drüben vorüberreiten. Sie hielten nach dem Wege zu, auf welchem wir gekommen waren, und als ich schärfer hinschaute, erkannte ich, daß es – die Khawassen waren.

Was hatten sie vor? Warum kamen sie nicht zu der Cyklopenmauer, an welche ich sie bestellt hatte? Diese Frage sollte mir in kurzer Zeit beantwortet werden, denn der Juwelier kehrte aus der Stadt zurück und brachte den Kodscha Pascha mit. Dieser war ein ehrwürdiger Mann, dessen Äußeres Vertrauen erweckte.

„Sallam!" grüßte er, als er eintrat.

„Aaleïkum!" antworteten wir.

„Ich bin der Kodscha Pascha von Baalbek und komme, um Euch zu sehen und eine Pfeife mit Euch zu rauchen."

Er griff unter sein Gewand und zog den Tschibuk hervor. Lindsay schob ihm augenblicklich Tabak hin und gab ihm dann auch Feuer.
„Du bist uns willkommen, Effendi!“ sagte ich. „Wirst Du uns erlauben, eine kurze Zeit auf dem Gebiete zu verweilen, welches Du regierst?“
„Bleibt hier, so lange es Euch beliebt, und erlaubt, daß ich mich jetzt bei Euch niederlasse! Ich habe gehört, daß Ihr Franken seid; ich habe auch das Schreiben meines Vorgesetzten gelesen, und deßhalb komme ich selbst, um Euch mitzutheilen, daß ich Alles thun werde, um Eure Wünsche zu erfüllen. Ist es Euch recht, daß ich die Khawassen nach Damaskus zurückgeschickt habe?“
„Du hast sie zurückgesandt?“
„Ja. Ich hörte, daß sie im Kaffeehause saßen und Eure Angelegenheiten ausplauderten. Könnt Ihr den Dieb fangen, wenn es so bekannt wird, daß Ihr ihn fangen wollt? Und dann hat mir auch dieser Jacub Afarah aus Damask gesagt, daß sie ihm und Euch ungehorsam gewesen sind und Euch Bakschisch abverlangten bei Allem, was sie thun sollten. Darum habe ich sie fortgejagt und dem Tschausch einen Brief mitgegeben an seinen Kaimakam, damit sie bestraft werden. Der Großherr, den Allah segne, will, daß Ordnung sei in seinem Reiche, und auch wir sollen das wollen.“
Das war denn einmal ein ehrlicher Beamter, eine Seltenheit im Reiche des Großherrn. Im weiteren Verlaufe der Unterhaltung that es ihm förmlich leid, daß er uns nicht einen direkten Nutzen bringen könne, da wir ihn baten, für Verschwiegenheit zu sorgen und uns dann im Übrigen gewähren zu lassen.
„Seid froh, daß Ihr zu keinem andern Kodscha Pascha gekommen seid!“ sagte er. „Wißt Ihr, was ein anderer thäte?“
„Wir bitten Dich, es uns zu sagen!“
„Er würde Euch das Gold und die Steine abverlangen, um zu entscheiden, wem es gehören solle. Es muß doch bewiesen werden, daß wirklich ein Diebstahl vorliegt, daß die Sachen wirklich die gestohlenen seien und daß die beiden Parteien in Wahrheit der Dieb und der Bestohlene sind. Darüber vergeht eine lange Zeit, und während so langer Zeit kann sich Vieles verändern, auch Gold und Steine.“
Er hatte Recht. Jacub konnte sich gratuliren, an einen so ehrlichen Mann gekommen zu sein. Der Kodscha bat uns, ihm unsere Pferde anzuvertrauen, sie aber einzeln zu bringen, damit alles Auffällige vermieden werde, und dann entfernte er sich, nachdem er uns noch vorher vor den unterirdischen Gängen und Gewölben gewarnt hatte, in welchen man leicht verunglücken könne.
Diese Gänge hatten zur Zeit der ägyptischen Invasion verschiedenem Gesindel zum Schlupfwinkel gedient, und wohl heute noch kam es vor, daß sich Einer dort verbarg, welcher Ursache hatte, sich nicht sehen zu lassen.
Jacub hatte sein Pferd bereits bei dem Kodscha Pascha zurückgelassen. Wir sattelten nun auch unsere Pferde ab und schafften sie nach und nach zur Stadt. Die Stadt ist klein und hat ein um so verkommeneres Aussehen, als die Ruinen, bei welchen sie steht, imponiren

müssen. Die Bewohner treiben ein wenig Seidenzucht und sind außerdem durch ihre schönen Pferde und Maulesel bekannt.

Das Haus des Bürgermeisters war eines der besten Gebäude, und der Stall, in welchen er die Pferde führen ließ, befriedigte unsere Ansprüche vollständig. Wir saßen einige Zeit beisammen, und dann kehrte ich zurück, aber nicht auf dem Wege, welchen ich gekommen war. Ein einzelner Mann konnte dem entflohenen Diebe, falls er ja Spähe hielt, nicht auffällig sein, und darum wanderte ich langsam durch die Ruinen, mich ganz dem Eindrucke überlassend, den sie auf mich machten.

Welch ein Unterschied zwischen dem Geschlechte, das solche Massen zu überwältigen verstand, und demjenigen, dessen Hütten da hinter mir an den Trümmern lehnten!

Jetzt sah ich Schlangen zwischen den Säulen dahinhuschen; ein Chamäleon blickte mich neugierig an, und hoch droben in den Lüften schwebte ein Thurmfalke, der sich in einer Schneckenlinie auf einer der aufrechtstehenden Säulen niederließ. Er horstete da.

Halt, war da drüben nicht eine Gestalt vorübergehuscht, schnell und geschmeidig, wie der Schatten einer Wolke? Es war jedenfalls Täuschung, aber ich schritt langsam der Stelle zu, an welcher ich den Schatten erblickt hatte.

Hinter der Doppelsäule öffnete sich da eine tunnelartige Aushöhlung, welche eine gewisse Neugierde in mir erweckte. Wie mochte es in einem dieser Gänge beschaffen sein, in denen beim Glanze düsterer Fackeln die Opfer Baal's dahingeschlachtet wurden? Es konnte nicht schaden, einige Schritte in den Gang zu thun. Wenn ich nur so weit ging, als das Licht des Tages reichte, so konnte mir ja unmöglich ein Unglück geschehen.

Ich trat in die Öffnung und that einige Schritte weiter. Der Gang war so breit, daß vier Personen neben einander Platz hatten; die Decke wurde von mächtigen Bogen getragen, und die Luft war rein und vollständig trocken. Ich schaute und horchte in die mächtige Finsterniß hinein, und meine Phantasie malte sich den Schreck aus, welchen ich empfinden müsse, wenn da hinten plötzlich Lichter auftauchten und Sonnendiener hervorbrächen, um mich zu packen und zu den Opfern Moloch's zu gesellen.

Ich kehrte mich wieder dem Eingange zu. Wie anders da draußen das helle, warme Tageslicht! Im Glanze der Sonne muß – – – halt, knisterte es nicht hinter mir? Ich wollte mich umwenden, erhielt aber in diesem Momente einen fürchterlichen Schlag gegen den Kopf. Ich weiß noch, daß ich taumelte und die Arme nach dem Manne ausstreckte, welcher den Hieb geführt hatte; dann aber wurde es schwarz um mich.

Wie lange ich ohne Besinnung gewesen bin, weiß ich nicht. Sie kehrte zurück, nur langsam und allmälich, denn es bedurfte einiger Zeit, ehe ich mich dessen erinnerte, was mit mir geschehen sei. Ich lag an der Erde; meine Füße waren zusammengebunden und meine Hände auch. Wo befand ich mich? Es herrschte das tiefste Dunkel und Schweigen um mich her; aber da, grad vor mir, erblickte ich zwei kleine, runde Stellen, welche einen eigenthümlichen Schimmer hatten, der von Augenblick zu Augenblick verschwand und wieder erschien. Das waren zwei Augen, zwei scharf auf mich gerichtete Augen, über

welchen sich die Lider öffneten und schlossen. Sie gehörten keinem Thiere, sondern einem Menschen an; das merkte ich.
Wer war der Mann? Jedenfalls doch der, welcher mir den Schlag versetzt hatte. Warum hatte er mich so feindlich behandelt? Eben wollte ich eine Frage aussprechen, als ich daran verhindert wurde; der Mann redete selbst.
„Ah, endlich bist Du wieder wach! Nun kann ich mit Dir sprechen."
Himmel! Diese Stimme kannte ich! Wer sie einmal gehört hatte, der vergaß den kalten, scharfen, spitzen Ton derselben sicher nicht wieder. Der Mensch, welcher mir hier gegenüber saß, war kein Anderer als Abrahim Mamur, den wir fangen wollten. Sollte ich ihm antworten? Warum nicht? Hier im Finstern war es ja gar nicht möglich, ihm durch die Miene zu zeigen, daß ich nicht aus Furcht, sondern aus Verachtung schweige. Daß mich nichts Gutes erwarte, das wußte ich; aber ich verzagte dennoch nicht und beschloß, ihm nicht ein einziges bittendes Wort zu sagen. „Nun kann ich mit Dir sprechen!" hatte er gesagt, und ich ahnte, daß er jetzt Alles aufbieten werde, um mich innerliche Qualen leiden zu lassen. Er sollte sich täuschen.
„Sprich!" sagte ich kurz.
„Kennst Du mich?"
„Ja."
„Das glaube ich nicht. Woher solltest Du wissen, wer ich bin?"
„Meine Ohren sagen es mir, Abrahim Mamur."
„Ah, wirklich, Du kennst mich; aber Du sollst mich noch besser kennen lernen! Denkst Du an Ägypten?"
„Ja."
„An Güzela, die Du mir geraubt hast?"
„Ja."
„Der Schellal hat mich damals nicht verschlungen, als ich in seine tosenden Fluten stürzte; Allah will also, daß ich mich rächen soll."
„Ich war es selbst, der Dir das Leben rettete. Allah will also, daß ich Deine Rache nicht fürchte."
„Meinst Du?" zischte er. „Warum hätte er Dich da in meine Hand gegeben? Ich habe damals in Kahira nach Dir geforscht und habe Dich nicht entdeckt; hier aber in Bagdad, wo ich nicht an Dich dachte, sah ich Dich – – –"
„Und bist vor mir geflohen. Abrahim Mamur, oder vielmehr Dawuhd Arafim, Du bist ein Feigling!"
„Stich nur, Skorpion; ich bin der Löwe, welcher Dich fressen wird! Ich wußte, daß Du mich verrathen würdest; daher ging ich; denn ich wollte mir mein schweres Werk nicht von Dir vernichten lassen. Ihr habt mich verfolgt und mir Alles wieder abgenommen; aber ich werde mir die Steine wieder holen; darauf kannst Du Dich verlassen!"
„Thue es!"

„Ja, ich thue es. Ich werde sie Dir bringen und zeigen; darum habe ich Dich nicht getödtet. Aber sterben wirst Du doch, denn Du bist schuld an tausend Qualen, welche ich erlitten habe. Du nahmst mir Güzela, durch welche ich ein besserer Mann geworden wäre. Du hast mich wieder zurückgeschleudert in die Tiefe, aus welcher ich mich erheben wollte; nun sollst Du Deine Strafe haben. Sterben sollst Du, aber nicht schnell durch das Messer oder die Kugel; nein, langsam und mit Millionen Schmerzen. Der Hunger soll Deine Eingeweide zerreißen, und der Durst Deine Seele auflecken, daß sie vor Qualen zischt wie der Wassertropfen, an dem das Feuer frißt!"
„Das traue ich Dir zu!"
„Spotte nicht und glaube ja nicht, daß Du mir entkommen kannst! Wüßtest Du, wer ich bin, so würdest Du versteinern vor Schreck."
„Ich brauche es nicht zu wissen!"
„Nicht? Oh, Du sollst es doch erfahren, damit Du eine jede Hoffnung aufgibst und damit die Hand der Verzweiflung Dein Herz erfaßt. Ja, Du sollst Alles wissen, damit Du hilflos Deine Zähne zusammenknirschest. Weißt Du, was ein Tschuwaldar ist?"
„Ich weiß es," antwortete ich, denn ich hatte mir viel von den Tschuwaldar erzählen lassen, welche vor gar nicht langer Zeit Constantinopel so fürchterlich unsicher gemacht hatten.
„Weißt Du auch, daß die Tschuwaldar eine Familie bilden, welche von einem Oberhaupte regiert wird?"
„Nein."
„Nun so wisse, daß ich dieses Oberhaupt gewesen bin und daß ich es auch noch jetzt bin."
„Prahler!"
„Zweifle nicht! Hast Du nicht in Ägypten gesehen, wie reich ich bin? Woher sollte ich den Reichthum haben, ich, der ausgepeitschte Beamte? Auch Afrak Ben Hulam aus Adrianopel wurde gesäckt, denn einer meiner Leute hatte viel Geld bei ihm gesehen. Man brachte mir die Briefe, welche er bei sich trug; ich öffnete sie vorsichtig, und als ich den Inhalt sah, beschloß ich, an seiner Stelle nach Damask zu gehen und den Laden auszuplündern, sobald die Zeit dazu gekommen sei. Da aber kamst Du, Giaur, und ich mußte mich mit Wenigem begnügen. Der Scheïtan öffne Dir dafür den heißesten Pfuhl der Dschehennah!"
„Du hast selbst das Wenige wieder verloren!"
„Ich bekomme es wieder; Du wirst es sehen. Aber das soll auch das Letzte sein, was Du auf Erden erblickst. Ich werde Dich dann hier an einen Ort schaffen, von welchem keine Wiederkehr ist. Ich kenne diesen Ort, denn wisse, daß ich in Sorheïr geboren wurde. Mein Vater lebte in diesen Gängen, als der Pascha von Ägypten nach Syrien kam und Männer und Söhne in die Reihen seiner Krieger steckte. Ich war ein Knabe; ich war bei ihm; wir durchschlichen die Finsterniß und durchforschten das Dunkel; wir lernten

jeden Winkel dieser Tiefe kennen, und ich kenne den Ort, wo Deine Leiche faulen wird, wenn Du nach langer Qual verschmachtet bist."
„Allah kennt ihn ebenso!"
„Aber Allah wird Dir nicht helfen, Giaur! So fest, wie Dich jetzt die Fesseln halten, so fest wird Dich das Verderben fassen, dem ich Dich bestimmt habe. Dein Tod ist besiegelt."
„So sage mir zu dem Allen noch, wo sich jener Barud el Amasat befindet, welcher Senitza als Sklavin an Dich verkaufte!"
„Das wirst Du nicht erfahren!"
„Siehst Du, Feigling! Wüßtest Du gewiß, daß ich hier sterben würde, so könntest Du mir dies ruhig sagen!"
„Nicht deßhalb schweige ich; Du sollst keinen Wunsch mehr haben, welcher Erfüllung findet. Jetzt schweige! Ich werde schlafen, weil die Nacht neue Kräfte von mir fordern wird."
„Du wirst nicht schlafen können, denn Dein Gewissen läßt Dich niemals ruhen."
„Ein Giaur mag ein Gewissen haben; ein Gläubiger verachtet es!"
Ich hörte an dem Rascheln seiner Kleider, daß er sich zum Liegen ausstreckte. Wollte er wirklich schlafen? Unmöglich! Oder sollte dies eine neue Qual für mich bedeuten? Wollte er mit mir spielen, wie der Knabe mit dem Käfer an der Schnur?
Ich beobachtete ihn scharf. Nein, er wollte nicht schlafen. Er schloß zwar die Augen, aber wenn er sie öffnete, um nach mir zu sehen, so geschah dies nicht müd und schläfrig, sondern ich sah die runden Stellen mit Anstrengung auf mich gerichtet. Er hätte ja nicht schlafen können, sobald er nur an die Art und Weise dachte, wie er mich gefesselt hatte. Er hatte mir Etwas um die beiden Fußknöchel und Etwas um die Handgelenke gebunden, und da ich die Arme vorn hatte, so konnte ich mit Bequemlichkeit bis zu den Füßen langen.
Hätte ich nur ein Messer gehabt! Aber er hatte mir ja die Taschen ausgeleert. Welch ein Glück übrigens, daß ich nur das Messer und die zwei Revolver bei mir getragen hatte! Mußte ich wirklich hier elend umkommen, so erbte doch wenigstens Halef die Waffen, anstatt daß sie diesem Menschen in die Hände fielen.
Aber umkommen! War es denn wirklich so weit? Vermochte ich mich nicht zu wehren? Da ich die Arme ein wenig rühren konnte, war es ja nicht unmöglich, ihm ein Messer zu entreißen. Wenn ich das fertig brachte und es mir dann gelang, nur fünf Sekunden lang mich von ihm frei zu machen, so war ich gerettet. Und das mußte bald geschehen. Es war seit meinem Eintritte in den Gang gewiß eine sehr lange Zeit vergangen, und wie leicht konnte es ihm einfallen, mich doch noch zu erschießen, um meines Todes gewiß zu sein, was aber nicht der Fall war, wenn er mich, obgleich gebunden, hier zurücklassen mußte.
Ich überlegte. Konnte ich mich sachte zu ihm beugen und mit den Spitzen meiner Finger möglichst leise in seinem Gürtel nach dem Griffe seines Messers suchen? Das war unmöglich. Oder mich auf ihn werfen und ihn mit den Händen erwürgen? Ich konnte ja

meine Hände nicht so weit aus einander bringen, als nöthig ist, einen starken Männerhals zu umfassen. Oder sollte ich meine Füße als Angriffswaffe benützen? Vielleicht mit ihnen seine Schläfe zu treffen suchen? Auch das ging nicht, denn wenn ich die rechte Stelle nicht traf, so war Alles verloren. Gleich der erste Griff mußte mich zu einem Messer bringen, sonst war jede Mühe und jedes Wagen umsonst.

Darum versuchte ich es, mich leise, ganz leise zunächst in sitzende Stellung zu erheben. Kein Fältchen meines Gewandes durfte knittern oder rauschen, und ich mußte meine Augen schließen, damit er aus der Stellung derselben nicht auch die Stellung meines Körpers errathen konnte. Denn grad so, wie ich seine Augen sehen konnte, vermochte er ja auch die meinigen zu erkennen. –

Es gelang, und nach langer, langer Anstrengung kam ich auch auf die Füße zu kauern. Ich schloß die Augen jetzt nur halb, um einen seiner Blicke zu erhaschen. Jetzt sah er nach mir herüber – und kaum hatte er die Lider geschlossen, so stieß er einen Schrei aus: mein rechtes Knie lag auf seiner Kehle, und mein linkes auf seiner Brust. Er fuhr in augenblicklicher Angst mit den beiden Händen nach dem Halse, um diesen frei zu machen, und das gab mir Raum und Gelegenheit, mit den zusammengebundenen Händen an seinen Gürtel zu kommen. Ich tastete den Griff eines Messers und zog es heraus. Er fühlte das und erkannte die Gefahr, in der er sich befand. Mit einem gewaltigen Rucke warf er mich ab und sprang auf.

Unter dem Rufe: „Hund, Du entkommst mir nicht!“ griff er nach mir.

Aber nur sein äußerster Finger streifte mich. Ich wußte jetzt, daß er einen Augenblick später genau dahin greifen werde, wo sein Finger mich gefühlt hatte; ich bückte mich, schnellte mich zur Seite und dann hinter ihm hinum.

„Ah, fort! Giaur, wo bist Du? Mir entkommst Du nicht!“

Jetzt nun, da er mich nach der andern Seite hin vermuthete, konnte ich den Schnitt thun, welcher meine Füße frei machte; sodann schlich ich mich mehrere Schritte weiter fort. Es war gelungen, und ich holte tief, tief Athem. Aber was nun? Zunächst nur aus seiner Nähe, um zu überlegen!

Ich huschte eine ganze Strecke weiter fort und lehnte mich dann an die Mauer. Was sollte ich jetzt thun? Immer tiefer in den Gang hineinlaufen? Der Kodscha Pascha hatte ja von der großen Gefährlichkeit dieser Gänge gesprochen! Oder kurzweg mit dem Menschen ringen, um ihn zu überwältigen und zu zwingen, mir den richtigen Weg zu zeigen? Nein. Er hatte Schußwaffen; ich hätte ihn nicht überwältigen können, ohne ihn zu tödten; und seine Leiche konnte mir ja nicht als Wegweiser dienen.

Es waren höchst unheimliche Minuten. Auch er beobachtete die größte Geräuschlosigkeit. Blieb er stehen? Kam er auf mich zu oder von mir ab? Er konnte jeden Augenblick auf mich stoßen. Ah pah, diese unterirdischen Gänge konnten ja nicht von einer gar so großen Ausdehnung sein! Ich tastete mich also in der bisher eingehaltenen Richtung weiter fort, den Boden stets erst mit dem Zehentheile der Schuhe sondirend, ehe ich den ganzen Fuß aufsetzte. So mochte ich fast gegen zweihundert kleine Schritte vorwärts gekommen sein, als die Luft feuchter und kühler zu werden schien. Jetzt galt es doppelte Vorsicht! Und wirklich, kaum fünf Schritte weiter hörte der Fußboden auf. Ich ließ mich nieder und tastete umher. Der Rand des Bodens bildete ein großes rundes Loch, welches die ganze Breite des Ganges einnahm. Das war jedenfalls ein Brunnen gewesen. Noch zur Stunde befand sich Wasser darinnen, wie die Feuchtigkeit der Luft bewies. Wer weiß, welche Tiefe er besaß! Wer da hinunterstürzte, kam nimmer wieder empor.

Dem Kreisausschnitte nach mußte die Brunnenöffnung einen Durchmesser von etwa drei Ellen haben. Ich hätte sie also wohl überspringen können, aber ich kannte die Beschaffenheit des gegenüber liegenden Randes nicht. Vielleicht befand sich der Brunnen hart am Ende des Ganges, und drüben war Mauer. Dann mußte der Sprung mein letzter werden.

Nach dieser Seite gab es also keine Rettung für mich; ich mußte umkehren. Das war nun freilich ein schlimmer Umstand! Der Feind schwieg. Lag er noch dort, wo ich ihn verlassen hatte, auf der Lauer, weil er wußte, daß ich gezwungen sei, zurückzugehen? Oder glaubte er noch immer, ich sei nach der andern Richtung entflohen? Oder war er einfach, um ganz sicher zu gehen, nach dem Ausgange geeilt, um diesen zu besetzen? Wie dem auch sein mochte, stehen bleiben konnte ich nicht. Ich nahm also das Messer zwischen die Zähne, legte mich nieder und kroch auf den Knieen und Handballen wieder zurück.

Gehen durfte ich nicht, aber beim Kriechen konnte ich mit den langsam und leise vorantastenden Fingerspitzen den Raum vor mir erst vorsichtig abfühlen, ehe ich den Körper folgen ließ.

So schob ich mich weiter, langsam, sehr langsam zwar, aber doch immer weiter und weiter. Ich hatte nun bereits über zweihundertmal gezählt, daß ich die Kniee fortgesetzt hatte, und mußte also schon über die Stelle hinaus sein, auf welcher ich gelegen hatte. Aber zu diesen zweihundert Schritten hatte ich sicher weit über eine Stunde gebraucht. Noch eine halbe Stunde verging, da hörte die Mauer auf, sowohl an der rechten wie auch an der linken Seite von mir; der Fußboden jedoch lief fort.

Was war das? Rechts und links gab es eine Ecke; folglich stieß der Gang, in welchem ich bisher gewesen war, auf einen andern Gang, und zwar in einem rechten Winkel. Setzte er sich drüben wieder fort? In diesem Falle bildeten die beiden Gänge hier einen Kreuzungspunkt, auf welchem sich Abrahim Mamur befand. Ich lauschte mit angestrengtestem Ohre, konnte aber nicht das leiseste Geräusch vernehmen. Zunächst mußte ich wissen, ob mein bisheriger Gang sich drüben fortsetzte; ich schob mich also in dieser Richtung weiter. Mein Athem ging ruhig, und mein Puls klopfte nicht anders als gewöhnlich; hier war die kälteste Ruhe und Besonnenheit nöthig.

Ich gelangte drüben an und überzeugte mich, daß eine Fortsetzung des Ganges vorhanden sei. Welche Richtung sollte ich nun einschlagen? Gerade aus oder nach links? Die Luft war nach allen drei Richtungen hin unbeweglich und von gleicher Temperatur

und Feuchtigkeit; auch die Finsterniß war gleich dicht und undurchdringlich. Ich überlegte. Befand sich Abrahim hier, so stand er gewiß an derjenigen Seite, welche in das Freie führte; stand er aber nicht hier, so hatte er den Ausgang besetzt.
Vor dem neu aufgefundenen Gange war er nicht, denn dort hatte ich die Ecken der Seitenwände in den Händen gehabt. Es blieben also nur noch die beiden Seiten übrig. Ich wandte mich zunächst nach links. Nicht Zoll um Zoll, sondern Linie um Linie rückte ich vor; nach zehn Minuten wußte ich, daß er auch hier nicht war. Nun gab es nur noch die letzte Richtung, rechts, und ich schob mich dort hinüber.
Wohl bis an den Mittelpunkt der Kreuzung mochte ich gekommen sein, als es mir war, als ob ich ein leises, ganz leises, anhaltendes Geräusch vernehme. Ich strengte mein Gehör an und rückte noch einige Zolle weiter. Richtig! Das war das Ticken einer Taschenuhr, jedenfalls der meinigen, die er mir abgenommen hatte. Hier also endlich fand ich ihn, und hier war folglich die Richtung in das Freie. Wie aber hinaus gelangen? Konnte ich an ihm vorüber?
Um dies zu wissen, mußte ich zu erfahren suchen, welche Stellung er eingenommen hatte: ob er lag, saß oder stand. Ich wagte jetzt das Äußerste und näherte mich immer mehr. Ihn packen, um mit ihm zu ringen, konnte ich nicht wagen, denn es verstand sich ganz von selbst, daß er jetzt das Messer nicht für zureichend halten konnte und sich mit einer Schießwaffe versehen hatte. Er hatte wohl gar in jeder Hand einen meiner Revolver, mit denen er ja sicher umzugehen verstand.
Meine Hände schoben sich so vorsichtig und leise vor, wie die Fühlhörner einer Schnecke. Das Ticken wurde vernehmlicher, und jetzt – pst! – jetzt war ich mit der Spitze des Mittelfingers an ein Stück Zeug gestoßen. Er befand sich also unmittelbar vor mir; er durfte nur die Hand ausstrecken, so hatte er mich. Und in dieser gefährlichen Nähe vergingen wohl abermals zehn Minuten, ehe ich wußte, daß er lag, und zwar quer über den Gang herüber.
Sollte ich über ihn hinwegsteigen? Sollte ich ihn durch eine List fortlocken? Ich wählte das Erstere. Es war zwar das Gefährlichere, aber dafür auch das Sichere. Ein sorgfältiges Ausfühlen mit den Fingerspitzen brachte mir das Ergebniß, daß er die Füße über einander geschlagen hatte. Das war mir lieber, als wenn er sie weit aus einander gespreizt gehabt hätte. Ich erhob mich langsam, trat ganz an ihn hinan und hob das eine Bein in die Höhe. Wenn er jetzt seine Stellung veränderte! Es war ein höchst kritischer Augenblick. Aber ich brachte das Bein glücklich hinüber und zog das andere nach.
Nun war das Schwierigste überwunden. Ich brauchte mich nicht mehr nieder zu legen, sondern konnte mich aufrecht fortbewegen. Je mehr ich mich von ihm entfernte, desto sicherer konnte ich auftreten und desto schneller kam ich weiter. Nach kurzer Zeit tappte ich mich bereits im gewöhnlichen Gehschritt vorwärts und merkte auch, daß die Luft sich veränderte. Nach weiterer Zeit fühlte ich Stufen unter den Füßen. Ich stieg empor; es wurde heller und heller; ich kam an eine kleine Öffnung, über welcher ein

dichtes Wacholdergesträuch seinen aromatischen Duft verbreitete, und zwängte mich hinaus.
Gott sei Dank! Ich war befreit! Aber ich stand auf einer ganz anderen Seite des Sonnentempels. Jetzt war Eile nothwendig, wenn wir den Mann fassen wollten, denn die Sonne stand bereits am Horizonte. Ich eilte also um den Tempel herum dem Orte zu, an welchem sich die Freunde befanden.
Als ich dort anlangte, wurde ich mit stürmischen Fragen begrüßt. Man hatte mich vermißt und gesucht, aber nicht gefunden. Jetzt war sogar der Kodscha Pascha gekommen, um seinen Beistand anzubieten, wenn man mich suchen wolle.
Ich erzählte mein seltsames Erlebniß und erregte dadurch ebenso große Bestürzung wie Freude.
„Allah sei Dank! Wir haben ihn!“ rief Jacub. „Auf, laßt uns in den Gang gehen, ihn zu fangen!“
Die Anwesenden griffen alle zu ihren Waffen.
„Halt!“ meinte der Kodscha Pascha. „Wartet, bis ich in die Stadt gegangen bin, um mehr Männer zu holen.“
„Wir sind Männer genug!“ rief Halef.
„Nein,“ antwortete der Kodscha. „Diese tiefen Gänge haben ihre Geheimnisse. Da gibt es Aus- und Eingänge, welche Ihr nicht kennt. Wir brauchen wenigstens fünfzig Mann, um die Ruinen zu umstellen.“
„Wir sind neun Männer; das ist genug!“ behauptete Jacub. „Was sagest Du dazu?“
Diese Frage war an mich gerichtet. Auch ich hielt es für das Beste, schnell zu handeln; ebenso auch Lindsay, als ich ihm die Lage der Dinge erklärte. Und so wurde denn beschlossen, sofort an das Werk zu gehen.
„Aber wie steht es mit der Beleuchtung?“ fragte ich.
„Ich hole Licht,“ sagte der Kodscha Pascha.
„In der Stadt? Das währt zu lange!“
„Nein, ganz in der Nähe. Da drüben in den Ruinen wohnt ein Panbukdschi, der mehrere Lampen hat.“
Er eilte fort, während wir den Feldzugsplan verabredeten.
Sowohl der Eingang, durch welchen ich getreten war, als auch der Ausgang, durch welchen ich den Gang verlassen hatte, mußte besetzt werden. Bei den Sachen mußte auch Jemand bleiben; das erforderte wenigstens drei Personen. Am Ausgange genügte eine Person, da wir dort ja in die Tiefe stiegen und dem Gesuchten nach dieser Richtung die Flucht fast unmöglich machten; aber an der Doppelsäule, bei der ich eingetreten war, hielten wir zwei Personen für nöthig. Dies waren mit dem Einen, der, wo nicht gar Zwei, bei unseren Effecten zu bleiben hatte, vier Personen. Es waren also die übrigen Vier oder Fünf, welche hinabsteigen und den Dieb bewältigen sollten.
Wie nun diese Rollen vertheilen? Ich mußte jedenfalls mit hinab; da Halef ein guter Anschleicher war, so wählte ich diesen zum Begleiter, dazu den Kodscha Pascha, seiner

amtlichen Eigenschaft wegen. Als Vierter bot sich Lindsay an. Ich wies ihn ab, da ich wünschte, daß er bei den Sachen bleiben möge. Es galt ja, die Kostbarkeiten zu bewachen, um deren willen wir das Alles unternommen hatten; aber er gab nicht nach, und die Andern redeten mir zu, so daß ich einwilligen mußte.
Zurückbleiben mußte Jacub, weil die Pretiosen ihm gehörten, nebst Lindsay's Diener. An die Doppelsäule sollten sich die beiden Irländer und an den Ausgang der Diener Jacub's stellen. Den Besitzer von Jacub's Miethpferden konnten wir nicht verwenden, weil er sich in der Stadt bei den Thieren befand.
So war denn die Eintheilung getroffen. Ich steckte meine Pistolen zu mir, als einzige Waffen, welche ich nebst dem Messer mit mir nahm; Bill erhielt den Henrystutzen, und Fred meine Büchse; dann wurde einem Jeden sein Posten übergeben. Es war seit meiner Rückkehr immerhin eine halbe Stunde vergangen, als ich wieder vor dem Wacholdergebüsche stand. Der Kodscha Pascha und Lindsay trugen die Lampen, allerdings noch unangezündet, und ich stieg mit Halef voran. Unten an den Stufen ließen wir Alle unsere Fußbekleidungen zurück; dann schlichen wir vorwärts.
Ich führte Halef an der Hand. Er streifte drüben mit seiner ausgestreckten Rechten, und ich hüben mit meiner Linken die Wand, so daß uns nichts entgehen konnte. Unangenehm war es, daß bei dem Kodscha Pascha hinter uns sich zuweilen ein leises Knacken seiner Zehenknöchel hören ließ.
Wir erreichten die Kreuzung der zwei Gänge. Dort gab ich den zwei uns Nachfolgenden durch einen leisen Stoß das Zeichen, daß sie stehen bleiben sollten, und legte mich dann mit Halef auf den Boden, um zur Stelle zu kriechen, an welcher ich den Gesuchten gelassen hatte. Wir hatten es so ausgemacht, daß ein Jeder von uns eine seiner jedenfalls bewaffneten Hände ergreifen solle, worauf die andern Beiden herbei eilen müßten, um ihn zu binden.
Unter langsamen Bewegungen gelangten wir hin, aber – er war nicht mehr da. Was nun? Hatte er sich vor einen der andern drei Gänge gelegt? Wir untersuchten auch das und fanden, daß er nicht da sei. Er mußte in einem der drei Gänge sein, aber weiter hinten. Wir gingen zu den zwei Begleitern zurück, welche mit Spannung unsern Hilferuf erwartet hatten.
„Er ist nicht mehr hier," flüsterte ich halblaut. „Gehet eine Strecke zurück und brennt die Lampen an. Stellt Euch aber davor, daß ihr Schein ja nicht in die andern Gänge leuchtet."
„Was thut Ihr nun, Master?" fragte Lindsay.
„Wir durchsuchen die drei Gänge."
„Ohne Lampe?"
„Ja. Das Licht würde uns gefährlich sein, da er dann ein sehr leichtes Zielen auf uns bekäme, gar nicht gerechnet, daß er uns schon von Weitem bemerken müßte."
„Aber wenn Ihr ihn trefft, und wir sind nicht da?"
„So werden wir uns behelfen müssen."

Nun ging es vorwärts, zunächst in den Gang hinein, in welchem ich den Brunnen gefunden hatte. Die ganze Breite des Ganges einnehmend, thaten wir etwas über zweihundert Schritte, ohne zuvor zu probiren; dann aber mußten wir vorsichtig sein. Wir erreichten das Loch, ohne Abrahim angetroffen zu haben, und kehrten wieder um. Nun ging es in den zweiten Gang. Hier mußten wir uns in Acht nehmen, um nicht in Gefahr zu gerathen. Wir schlichen also nur ganz langsam vorwärts, und es verging über eine Viertelstunde, ehe wir das Ende des Ganges erreichten. Wir standen vor der Grundmauer des Tempels und mußten abermals unverrichteter Sache umkehren.

Im letzten Gange, der uns übrig blieb, war dieselbe Vorsicht geboten. Er war viel länger als der vorige und endete in einem tiefen Loche, dessen Breite diejenige des Ganges war. Zum dritten Male kehrten wir um.

Die Gefährten vernahmen unsern Bericht mit Verwunderung.

„Er war da, folglich ist er noch da!“ sagte Lindsay. „Yes!“

„Er kann auch den Gang während der Zeit, daß ich nicht da war, verlassen haben. Nehmt die Lampen. Wir wollen zunächst einmal in den Brunnen sehen!“

Wir schritten links hinüber und kamen an das Ende des Ganges. Der Brunnen war sehr tief; in seinem dunklen Schlunde war nichts als Finsterniß zu sehen. Hier hinab konnte Abrahim nicht entwichen sein. Darum suchten wir nun den zuletzt durchforschten Gang auf. Als wir an das Loch kamen, sahen wir, daß es eine Treppenöffnung sei, deren erste Stufe aber so tief war, daß man sie von oben mit der Hand nicht erfassen konnte.

„Wollen wir hinab?“ frug der Kodscha mit einigem Grauen.

„Natürlich. Es ist der einzige Weg, auf welchem er entkommen sein kann.“

„Aber wenn er von unten her auf uns schießt!“

„Du wirst hinter uns gehen. Gib mir Dein Licht!“

Wir stiegen hinab; wohl zwanzig Stufen zählte ich. Dort gab es einen einzigen langen Gang, welcher sehr weit unter der Erde hinführte und dann mit einer ähnlichen Treppe endete, auf welcher wir emporstiegen. Droben standen wir wieder in einem Gange. Wir theilten uns jetzt nicht, sondern blieben beisammen und verfolgten den Gang.

Er führte zu einem eben solchen Kreuzungspunkt, wie die vier vorher durchforschten Bogengewölbe, und nun war guter Rath theuer. Sollten wir uns theilen oder beisammen bleiben? Wir entschieden uns für das Erstere.

Lindsay und der Kodscha bewachten mit dem einen Lichte den Kreuzungspunkt, während ich nebst Halef mit der zweiten Lampe den nächsten Gang hinunter schritt. Auch er war sehr lang und wurde je länger desto breiter, zuletzt auch heller. Wir eilten vorwärts und erreichten das Tageslicht bei den beiden Doppelsäulen, hinter denen ich eingetreten war.

Aber wo waren die beiden Irländer, welche ich hierher postirt hatte?

„Sihdi, er ist hier durchgekommen, und sie haben ihn,“ sagte Halef.

„So wären sie nach dem andern Ausgange geeilt, um es uns zu melden. Komm, wir wollen nachsehen!“

Wir schritten schnell dem angegebenen Orte zu; auch er war unbewacht; der Diener Jacub's hatte seinen Posten ebenfalls verlassen.
„Sie haben ihn nach dem Loche gebracht, in welchem wir lagern, Sihdi," meinte Halef. „Komm, laß auch uns hingehen!"
„Zuvor holen wir den Engländer und den Kodscha Pascha."
Wir rannten zurück, wo wir hinter der Doppelsäule unsere brennende Lampe gelassen hatten, und eilten wieder in den Gang hinein, um die Zurückgebliebenen zu holen. Mit ihnen draußen angekommen, löschten wir die Lampen aus und gingen dem Lagerplatze zu. Vor dem Loche sahen wir bereits von Weitem den englischen Diener unter lebhaften Geberden mit den beiden Irländern sprechen. Der arabische Diener Jacub's aber stand dabei und verstand sie nicht. Als sie uns bemerkten, kamen sie auf uns zugesprungen.
„Sir, er ist fort!" rief Bill schon von Weitem.
„Wer?"
„Master Jacub."
„Wohin denn?"
„Wo der Andere hin ist."
„Welcher Andere?"
„Den wir fangen wollten."
„Ich verstehe Dich nicht. Ich denke, Ihr habt ihn!"
„Wir? Nein. Zu uns ist er nicht gekommen. Aber wir dachten, Master Jacub hätte ihn, weil wir ihn schießen hörten, und darum eilten wir ihm zu Hilfe."
„Warum hat er denn geschossen?"
„Fragt Den da!"
Er deutete auf Lindsay's Diener, welcher bei Jacub Afarah zurückgeblieben war, und dieser berichtete uns ein ganz wunderbares und ebenso sehr ärgerliches Ereigniß. Er hatte mit Jacub am Eingange des Loches gesessen und daran gedacht, daß wir diesen Abrahim Mamur nun bald bringen würden. Da hatte es plötzlich hinter ihnen zu prasseln angefangen, und als sie hinter sich blickten, hatten sie gesehen, daß der ganze zugeschüttete Hintergrund des Raumes im Zusammenstürzen sei. Sie hatten nichts Anderes geglaubt, als daß die ganze riesige Ruine einbrechen werde, und waren schleunigst davongelaufen. Da aber der gefürchtete Zusammensturz nicht erfolgte, so kehrten sie langsam zurück und wollten eben eintreten, um den Schaden anzusehen, als aus dem Loche heraus ihnen ein – – Reiter entgegen kam; es war Abrahim Mamur. Sie wichen entsetzt zurück, und das benutzte er; er sprengte im Galoppe davon. Jacub aber hatte sich rasch wieder gesammelt, raffte die erste beste Flinte auf, zog ein zweites Pferd Lindsay's aus dem Loche und ritt dem Flüchtlinge nach, als er ihm zwei Kugeln ohne Erfolg nachgeschickt hatte.
Das war ja ganz erstaunlich anzuhören! Fast fiel es mir zu schwer, es zu glauben; aber als wir in das Loch traten, ward uns der Beweis, daß der Erzähler die Wahrheit gesprochen hatte. Mein erster Blick fiel auf die Stelle, an welcher das Packet mit den Etuis sich

befunden hatte; es war verschwunden. Zwei Pferde Lindsay's fehlten, und zwar war sein eigenes gutes Reitpferd dabei.

„Ah! Oh! Weg!“ rief Lindsay. „Ihm nach! Schnell! Yes!“

Er griff nach dem dritten Pferde, ich faßte seinen Arm.

„Aber wohin, Sir David?“

„Dem Kerl nach!“

„Wißt Ihr denn, wohin er ist?“

„No!“

„So seid so gut und bleibt hier, bis Jacub zurückkehrt. Von ihm werden wir das Nähere erfahren.“

„Sihdi, was ist das?“ sagte da Halef, indem er mir ein kleines, viereckiges Papierblatt entgegenhielt.

„Wo lag es?“

„Es klebte an dem Pferde.“

Wirklich, das Papier war noch naß. Es war mit Speichel dem Pferde auf die Stirn geklebt worden und enthielt die türkischen Worte: „Dinle-dim, hop ischit-dim.“ Das war stark! Hier in dem Loche selbst hatte Abrahim sicher keine Zeit gefunden, diese Worte zu schreiben; er mußte es bereits früher gethan haben.

Und nun traten wir zur Hinterwand, wo uns denn sofort Alles klar wurde. Dieser Gang war nämlich nicht von selbst eingebrochen gewesen, sondern mit Absicht verschüttet worden. Man hatte über seine ganze Breite Bretter empor gerichtet und an denselben den Schutt so natürlich wie möglich aufgetürmt. Unten am Boden war diese Masse wohl zehn Fuß, oben in der Nähe der Decke aber kaum einen Fuß dick gewesen, und dort mochten sich denn gar wohl einige Lücken befunden haben, durch welche man das ganze Loch überblicken und die darin Befindlichen belauschen konnte.

Von dieser Vorrichtung hatte Abrahim Mamur Kenntniß gehabt, vielleicht von seinem Vater her. Er hatte wohl bald bemerkt, daß ich ihm entkommen sei, und war dann in diesen Gang geeilt, um uns zuzuhören. Sobald sich nun die beiden Wächter der Schätze allein befanden, hatte er die obere dünne Schicht der Verschüttung durchbrochen, und die unüberlegte Flucht der zwei Männer hatte es ihm möglich gemacht, ohne Kampf mit den Kostbarkeiten und dem Pferde zu entkommen. Dieser Mensch war wirklich ein ganz gefährliches Subjekt!

Der Engländer stand bei seinen Pferden und sattelte.

„Diese Arbeit ist überflüssig,“ bemerkte ich ihm.

„O no, sehr nothwendig sogar!“

„Ihr könnt ihm heut ja gar nicht folgen!“

„Werde ihm aber folgen!“

„Bei Nacht? Seht Ihr denn nicht, daß es dunkel wird?“

„Ah! Hm! Yes! Aber er wird entkommen!“

„Das wollen wir abwarten.“

Da trat der Kodscha Pascha näher.
„Effendi, erlaubst Du mir, Euch einen Vorschlag zu machen?“
„Sprich!“
„Dieser Mensch ist sicher in das Gebirge entwischt, wohin Ihr ihm nun nicht folgen könnt. Ich aber habe Leute, welche jeden Pfad kennen zwischen hier und dem Meere. Soll ich Boten senden?“
„Ja, Effendi, thue das; es wird Dir reichlich belohnt werden.“
„Wohin soll ich schicken?“
„In die Hafenstädte, wo er zu Schiffe entfliehen könnte.“
„Also nach Tripoli, Beirut, Saïda, Zor und Akka?“
„Ja, nach diesen fünf Orten, denn der Dieb wird nicht im Lande bleiben. Mußt Du diesen Boten Briefe mitgeben?“
„Ja.“
„So eile, sie zu schreiben, und sende dann die Leute her, damit sie Reisegeld erhalten.“
„Sie werden von mir bekommen, was sie bedürfen; Ihr mögt es mir dann wieder erstatten. Sie würden von Euch zu viel verlangen.“
Der ehrliche Mann ging schleunigst in die Stadt. Wir blieben zurück und konnten nichts Besseres thun, als den Gang besichtigen, durch welchen Abrahim ausgebrochen war. Darum brannten wir die Lampen abermals an, ließen die Diener bei den Sachen zurück und kletterten über das Geröll.
Dieser Gang hatte dieselbe Länge wie derjenige, welchen wir vorhin zuletzt durchforscht hatten, und führte auf dieselbe Kreuzung, von welcher aus ich dann mit Halef nach der Doppelsäule gekommen war. Die Sache war höchst einfach, für uns aber nicht vortheilhaft gewesen.
Nach kaum einer Stunde erschien der Kodscha Pascha wieder und brachte vier Reiter mit. Er hatte sie bereits mit Proviant und Geld versehen; doch erhielt Jeder von Lindsay noch ein Bakschisch, mit dem sie zufrieden sein konnten. Dann ritten sie ab.
Erst am späten Abend hörten wir draußen den Schritt eines müden Pferdes, und als wir vor den Eingang traten, erkannten wir den zurückkehrenden Jacub Afarah. Er stieg vom Pferde, ließ dasselbe laufen, trat ein und ließ sich stumm auf den Boden nieder. Wir richteten keine Frage an ihn, bis er selbst begann:
„Allah hat mich verlassen! Er hat meinen Verstand verwirrt!“
„Allah verläßt keinen braven Mann,“ tröstete ich ihn. „Wir werden den Dieb wieder fangen. Wir haben bereits Boten nach Tripoli, Beirut, Saïda, Zor und Akka geschickt.“
„Ich danke Euch! Aber das wäre nicht nothwendig gewesen, wenn Allah mich nicht verlassen hätte. Ich hatte ihn ja bereits.“
„Wo?“
„Droben, jenseits des Dorfes Dschead. Er hatte hier in der Hast ein schlechtes Pferd genommen; ich aber bestieg dasjenige des englischen Effendi. Das war besser als das seinige, und so kam ich ihm immer näher, obgleich er einen großen Vorsprung hatte.

Wir jagten im Galopp nach Norden zu und brausten durch Dschead. Ich war ihm schon so nahe, daß ich ihn fast mit der Hand erreichen konnte – –"
„Hast Du nicht geschossen?"
„Ich konnte nicht, weil ich die beiden Läufe bereits abgeschossen hatte. Ich fühlte mich doppelt stark in meinem Zorne; ich wollte ihn im Galopp ergreifen und vom Pferde reißen. Da kamen wir an viele Nußbäume, die am Wege standen. Er glitt vom Pferde, warf sich das Packet auf die Schulter und floh unter die Bäume. Zu Pferde konnte ich nicht folgen, darum sprang auch ich ab. Ich jagte ihn weit; aber er war ein schnellerer Läufer als ich. Er lief einen Bogen, und kehrte zu der Stelle zurück, an welcher die Pferde standen. Er erreichte sie eher als ich und stieg auf des Engländers Pferd, mir aber ließ er das schlechte."
„Das ist fatal! Nun konntest Du ihn nicht einholen?"
„Ich versuchte es, aber es gelang nicht mehr, und es wurde Nacht. Ich kehrte also um, fragte im Dorfe nach dem Namen desselben und bin nun hier. Allah lasse einen jeden Stein, den er mir gestohlen hat, zu einem Stein der Trübsal für ihn werden!"
Der brave Mann war wirklich zu beklagen; sein Eigenthum zum zweiten Male zu verlieren, welches er bereits in den Händen gehabt hatte! Ich hielt es für ziemlich sicher, daß Abrahim Mamur nach Tripoli reiten werde, weil er die Richtung über Dschead eingeschlagen hatte. Da wir ihm erst in der Frühe folgen konnten, so war es unmöglich, ihn zu erreichen, ehe er dort anlangte.
Zorniger vielleicht noch als Jacub war Lindsay. Daß dieser Spitzbube just sein bestes Pferd genommen hatte, erboste ihn im höchsten Grade.
„Ich lasse ihn hängen, well!" sagte er.
„Den, der Euer Pferd genommen hat?" fragte ich.
„Yes! Wen sonst?"
„So müßt Ihr unsern guten Jacub Afarah hängen lassen."
„Afarah? Den? Warum?"
„Er hat es genommen gehabt, aber dieser Spitzbube war so klug, es ihm abzujagen."
„Ah! Oh! Wie so? Erzählt!"
Ich berichtete ihm den eigentlichen Sachverhalt. Anstatt aber ihn zu besänftigen, hatte ich Öl in das Feuer gegossen. Er schnitt ein Gesicht, wie ich es noch niemals bei ihm gesehen hatte, und rief im höchsten Zorne:
„So ist es gewesen? Schrecklich! Entsetzlich! Hat das gute Pferd und kriegt ihn nicht! Läßt sich um dieses Pferd betrügen! Yes! Well!"
Jacub bemerkte an Lindsay's Blicken, daß von ihm die Rede sei, und konnte sich denken, wovon wir sprachen.
„Ich werde ihm ein anderes kaufen," erklärte er.
„Was will er?" fragte der Engländer.
„Er will Euch ein anderes Pferd kaufen."

„Er! Mir! David Lindsay? Ein Pferd? Ah, immer besser! Erst ärgerte ich mich, daß der Spitzbube grad das beste hatte; nachher ärgerte ich mich, daß er's nicht gehabt hat, und nun ärgert es mich, daß man David Lindsay ein Pferd schenken will. Armseliges Land! Gehe fort; fahre nach Altengland! Hier gibt es keinen klugen Menschen mehr!"

Das schien mir auch so. Wir konnten nichts Klügeres thun, als uns niederlegen, um morgen in der Frühe zum Aufbruche gerüstet zu sein.

Lindsay bat den Kodscha Pascha, ihm einen Mann mit zwei Miethspferden zu besorgen, was dieser auch zusagte; dann suchten wir die Ruhe.

Es war ganz kurz nach Mitternacht, als wir durch einen Ruf geweckt wurden. Draußen stand der Kodscha mit dem bestellten Manne und mit den Thieren. Wir erhoben uns. Jacub belohnte den braven Beamten für seine Auslagen und Mühen, und dann brachen wir auf, nicht das freundlichste Andenken an Baalbeck mitnehmend.

Es war während unserer kurzen Vorbereitungen doch schon ziemlich licht geworden, so daß wir bereits sehen konnten. Sobald wir die grüne Ebene Baalbeck's hinter uns hatten, mußten wir durch eine weite, unfruchtbare Ebene, in welcher es aber einige hübsche Weinberge gab. Von der Einfriedung dieser Weinberge blickten uns weiße Heckenrosen und Blutstropfen Christi entgegen. Dann erreichten wir das Dorf Dschead.

Hier erkundigten wir uns und hörten, daß gestern kein Fremder übernachtet habe, daß aber ein von Aïn Ata kommender Bewohner des Dorfes einem einsamen Reiter begegnet sei, welcher jedenfalls nach diesem Orte gewollt habe. In Aïn Ata erfuhren wir dann, daß dieser Reiter wirklich dort durchgeritten sei und sich einen Mann gemiethet habe, der genau den kürzesten Weg nach Tripoli wisse.

Wir nahmen uns auch einen solchen Führer und folgten sofort. So ritten wir unter steten Erkundigungen nach dem Verfolgten den Ostabhang des Libanon hinan und den Westabhang wieder hinab, ohne Ruh und Rast, nur des Nachts uns ein wenig erholend. Ich hatte mir diese Reise über das berühmteste Gebirge der christlichen Erde ganz anders gedacht. Nicht einmal den berühmten Cedernwald konnte ich besuchen.

Endlich sahen wir das Mittelmeer in herrlicher Bläue uns entgegenschimmern, und unten am Fuße des Gebirges und am Gestade des Meeres lag Tripoli, welches die Araber Tarablus nennen. Die Stadt liegt etwas in das Land zurück, und nur die Vor- oder Hafenstadt El Mina hat sich an das Meer gelegt; zwischen beiden aber duften die herrlichsten Gärten und befestigen den Eindruck, welchen auch das Innere der Stadt auf den Beschauer macht.

Wir sahen, als wir der Stadt näher kamen, eine zierliche Goëlette den Hafen verlassen. Sollte es schon zu spät sein? Sollte sich Abrahim Mamur dort an Bord befinden? Wir strengten unsere Thiere an und brausten hinab, hinaus nach El Mina. Dort nahm ich mein Fernrohr und richtete es auf das Schiff. Es war noch nahe genug, um die Gesichtszüge der Männer zu erkennen, welche zurück nach dem Lande schauten. Ja, dort stand er an der Reiling; ich sah seine Züge genau und stampfte zornig den Boden mit den Füßen. Neben mir stand ein schmutziger türkischer Matrose.

„Was ist das für ein Schiff?“ fragte ich.
„Maschallah! Ein Segelschiff!“ antwortete er, mir mit seemännischer Verachtung den Rücken zukehrend.
Etwas abseits stand der alte Limandar, den ich an seinem Abzeichen erkannte. Ihm legte ich dieselbe Frage vor und erfuhr, daß es die „Bouteuse“ aus Marseille sei.
„Wohin?“
„Nach Stambul.“
„Geht ein anderes Schiff bald dorthin?“
„Es ist keines da.“
Da hatten wir es! Nun hielten wir am Strande! Was machen? Der Engländer schimpfte englisch, und die Irländer halfen; Jacub schimpfte kurdisch, und ich hätte ihm helfen mögen. Aber das konnte keinen Nutzen bringen.
„Wir müssen nach Beirut. Dort finden wir sicher ein Fahrzeug nach Stambul,“ schlug ich vor.
„Glaubst Du wirklich, Herr?“ frug Jacub Afarah.
„Ich bin überzeugt davon.“
„Aber Du wolltest doch nach Jerusalem!“
„Dazu ist auch später Zeit. Ich habe nicht eher Ruhe, als bis ich weiß, ob die Juwelen für Dich verloren sind, oder nicht.“
Halef, mein kleiner Hadschi, fragte, ob ich ihn mitnehmen wolle. Das verstand sich ganz von selbst. Und daß Lindsay uns nicht allein reisen lassen werde, war ebenso gewiß. Jacub lohnte seinen Führer und den Pferdeverleiher ab; dasselbe that auch der Engländer. Es wurden andere Führer und Thiere genommen, und am andern Morgen setzte sich der Zug in Bewegung.
In der Hafenstadt angekommen, erfuhren wir, daß ein amerikanischer Schooner daliege, welcher nach Stambul fahren wolle. Wir sahen ihn uns an. Er war scharf auf dem Kiele gebaut und hatte Klippertakelage, war also ein guter Segler, dem man sich anvertrauen konnte, wenn man keine Scheu vor ein wenig Sturzsee hatte. Wir sprachen mit dem Capt'n und wurden mit ihm einig. Ade, ade, Du stolzer Libanon! Dieses Mal bin ich achtlos an Dir vorübergegangen. Ade also für ein anderes Mal! – – –

In Stambul

Da saßen Zwei in einem Zimmer des Hôtel de Pest in Pera, tranken den famosen Ruster, den ihnen der Wirth, Herr Totfaluschi, eingeschenkt hatte, rauchten dazu und langweilten sich entsetzlich, wie es schien.
Sie sahen nicht gar sehr „geschniegelt und gebügelt“ aus. Das Äußere des Einen bestand in langen, starken Juchtenstiefeln, einer braunen Hose, braunen Jacke, sonnverbranntem Gesichte und braunen Beduinen-Händen. Das Äußere des Andern war „grau in grau

gemalt", die Nase ausgenommen, welche sich mit einem ausdauernden holden Erröthen präsentirte. Sie tranken und rauchten, und rauchten und tranken in allertiefster Schweigsamkeit. War es wirklich aus Langeweile, oder trugen sie sich mit großen, weltbewegenden Gedanken, für welche die Sprache der Menschen glücklicher Weise keinen passenden Ausdruck fand?

Es schien das Letztere der Fall zu sein, denn plötzlich öffnete der Graue seinen Mund, schüttelte die Nase und schloß die Augen; er konnte es nicht länger verhindern; einer seiner großen Gedanken befreite sich und riß sich los in den siegreich hervorgestoßenen Worten:

„Master, was haltet Ihr von der orientalischen Frage?"

„Daß sie nicht mit einem Frage-, sondern mit einem Ausrufzeichen zu markiren ist," lautete die Antwort des Braunen.

Der Graue that seinen Mund wieder zu, riß die Augen auf und machte ein Gesicht, als habe er soeben einen Band von Keladi's „Sprüche eines Weisen", Großfolio und in Schweinsleder gebunden, verschlingen müssen.

Der Graue war Sir David Lindsay, und der Braune, der war ich. Ich habe mich niemals leidenschaftlich mit Politik beschäftigt, und die orientalische Frage ist mir gar ein Gräuel. Wer sie erst definiren kann, der mag sie darnach lösen. Sie und der sogenannte „kranke Mann" haben mich selbst in der lebhaftesten Gesellschaft stets zum sofortigen Schweigen gebracht. Ich habe nicht politische Medizin studirt und kann also nicht sagen, an welcher Krankheit dieser Mann leidet; aber ich meine sehr, daß grad ganz in seiner Nähe Zustände herrschen, welche ich nicht gesund nennen möchte.

Der Türke ist ein Mensch, und einen Menschen macht man nicht damit gesund, daß die Nachbarn sich um sein Lager stellen und mit Säbeln ein Stück nach dem Andern von seinem Leibe hacken, sie, die sie Christen sind. Einen kranken Mann macht man nicht todt, sondern man macht ihn gesund, denn er hat ein ebenso heiliges Recht, zu leben, wie jeder Andere. Man entzieht seinem Körper die Krankheitsstoffe, welche ihm schädlich sind, und reiche ihm dagegen das Mittel, welches ihn heilt und wieder zu einem leistungsfähigen Menschen macht. Der Türke war einst ein zwar rauher, aber wackerer Nomade, ein ehrlicher, gutmüthiger Gesell, der gern einem Jeden gab, was ihm gehörte, sich aber auch Etwas. Da wurde seine einfache Seele umsponnen von dem gefährlichen Gewebe islamitischer Phantastereien, Lügen und Widersprüche; er verlor die Klarheit seines ja sonst schon ungeübten Urtheiles, wollte sich gern zurecht finden und wickelte sich desto tiefer hinein. Da ward der bärbeißige Gesell zornig, zornig gegen sich und Andere; er wollte sich einmal Gewißheit schaffen, wollte einmal sehen, ob es wahr sei, daß das Wort des Propheten auf der Spitze der Schwerter über den Erdkreis schreiten werde. Er hing sich den Köcher um, griff zu Speer und Bogen, bestieg sein zottiges Roß und nahm den ersten, den besten Nachbar beim Schopfe. Er siegte und siegte wieder; das begann ihm zu gefallen. Er fühlte mit den Siegen seine Kräfte und sein Selbstvertrauen wachsen; darum marschirte er mit kühnen Schritten weiter. Es lagen ihm Tausende zu Füßen; er konnte in Gold und Perlen wühlen, aber er aß seinen trockenen Schafkäse zu dem harten Haferbrode nach wie vor, denn das gab ein festes Knochengerüste und eine eiserne Muskulatur.

Das blieb so, bis er gezwungen wurde, bis an den Leib in dem Sumpfe byzantinischer Heuchelei und griechischer Raffinerie zu waten. Man schmeichelte ihm, man machte ihn zum Halbgott; man zerstreute ihn durch hundert Aufmerksamkeiten; man erfand tausend Sünden, um Einfluß auf ihn zu gewinnen, und lehrte ihn Bedürfnisse, die ihn zu Grunde richten mußten. Seine Natur widerstand lange; aber als er einmal zu siechen begann, nahm die Krankheit Riesenschritte an, und nun liegt er da, umgeben von eigennützigen Rathgebern, welche sich sogar nicht scheuen, noch zu seinen Lebzeiten sein Erbe an sich zu reißen.

Nur ein Einziger steht von ferne, mit christlicher Theilnahme im Herzen. Er war ihm einst ein ehrlicher Feind und möchte ihm nun auch ein ehrlicher Freund sein. Er hat eingesehen, daß der Türke ein ebenso großes Recht hat, sein Land zu behalten, wie Preußen sein Schlesien, Sachsen und Hannover behalten hat. Dem Kranken, um welchen die Geier lauern, ist schon der aufrichtige Blick dieses Einen eine Bürgschaft der Genesung, und darum fühlt er sich bereit, ihm zu Liebe selbst das zu thun, was er sich von Anderen nie erzwingen ließe.

Dieser Einzige ist der Deutsche. Ist dem Germanen wirklich die weltgeschichtliche Rolle zugetheilt, der Träger christlicher Humanität zu sein, so ist er sicher überzeugt, daß Mekka einst veröden wird, wenn die Liebe dem Hasse das Schwert aus der Hand gewunden hat. Oder ist es vielleicht Wahnsinn, zu glauben, daß der Türke ein Christ werden könne? Das hieße nichts Anderes, als die Macht des Evangeliums verleugnen. – – –

Warum aber diese Einleitung? Einfach darum: Ich hasse den Türken nicht, sondern er dauert mich, weil ich ein Christ bin, und es thut mir immer wehe, wenn ich einen Türkenfresser behaupten höre, daß dem Osmanen nicht zu helfen sei. Das ist Pharisäer-Hochmuth, aber kein Christensinn. Die Streiter unserer heiligen Kirche besitzen mächtigere Waffen, als Schwerter und Kanonen es sind. Diese Waffen haben Weltreiche ohne Blut erobert. Warum soll diese Eroberung des Friedens nicht still und kräftig weiter schreiten? Das ist die Lösung der orientalischen Frage, wie der Christ sie sich denkt. – – –

Drunten im goldenen Horn liegt die „Bouteuse“. Sie hat die Flügel eingezogen und sich an die Kette legen lassen. Vorher aber war sie eine gute Seglerin und zeigte sich unserem amerikanischen Klipper gewachsen, denn sie war einen vollen Tag eher als wir in Stambul angekommen.

Als wir an das Land stiegen, war mein erster Ausflug zur „Bouteuse“. Der Kapitän derselben empfing mich mit der liebenswürdigen Freundlichkeit, welche den Franzosen im gesellschaftlichen Leben eigenthümlich ist.

„Sie wünschen, mein Schiff zu besehen?“ fragte er mich.

„Nein, Kapitän; ich wünsche, mich bei Ihnen nach einem Ihrer letzten Passagiere zu erkundigen."

„Ich stehe zu Ihren Diensten!"

„Es ist in Tripoli ein Mann bei Ihnen an Bord gegangen – –"

„Ein einziger, ja."

„Darf ich fragen, unter welchem Namen?"

„Ah, Sie sind Polizist?"

„Nein, ich bin ein einfacher Deutscher; der Mann, nach dem ich frage, hat in Damaskus einem Freunde von mir sehr werthvolle Pretiosen gestohlen. Wir folgten ihm, kamen aber in Tripoli erst an, als Sie im Begriffe standen, die See zu gewinnen. Wir konnten nur in Beirut Gelegenheit finden, Ihrem Curs zu folgen. Das die Gründe meines Besuches auf Ihrem Fahrzeug."

Der Mann strich sich sehr nachdenklich das Kinn.

„Ich bedauere Ihren Freund von Herzen, weiß aber nicht, ob ich Ihnen von Nutzen werde sein können, so gern ich das auch möchte."

„Dieser Mann ist sofort vom Bord gegangen?"

„Sofort. Ah, da fällt mir ein, daß er einen Hammal an Bord winkte, um sich seine Sachen tragen zu lassen; sie waren nicht bedeutend, denn er hatte nur ein Packet. Ich würde diesen Hammal wieder erkennen. Der Mann nannte sich Afrak Ben Hulam."

„Das ist ein falscher Name!"

„Wahrscheinlich. Kommen Sie einmal wieder an Bord. Ich will Ihnen versprechen, diesen Hammal anzureden, wenn er mir begegnen sollte."

Ich ging. Die Anderen erwarteten mich am Ufer. Jacub Afarah stellte sich an unsere Spitze, um uns nach dem Hause seines Bruders zu führen. Weder ich, noch Lindsay hatte die Absicht, die Gastfreundschaft desselben zu benutzen; aber uns ihm vorzustellen, das konnten wir schon wagen.

Maflei, der Großhändler, wohnte in der Nähe der Jeni Dschami, der neuen Moschee, und das Äußere seines Hauses ließ keinen Schluß auf die Größe seines Reichthums machen. Wir wurden, ohne daß wir unsere Namen nannten, in das Selamlik geführt, wo wir nicht lange auf den Eintritt des Hausherrn warten durften.

Er schien über den zahlreichen Besuch erstaunt zu sein; als er jedoch seinen Bruder erkannte, vergaß er ganz die dem Moslem sonst so unveräußerliche Gravität und eilte mit großen Schritten auf ihn zu, um ihn zu umarmen.

„Maschallah, mein Bruder! Begnadigt Allah meine Augen mit wahrem Lichte?"

„Du siehst richtig, mein Bruder!"

„So segne Allah Deinen Eintritt und den Deiner Freunde!"

„Ja, es sind Freunde, welche ich Dir bringe."

„Kommst Du in Geschäften nach Stambul?"

„Nein. Doch davon sprechen wir weiter. Ist Isla, der Sohn Deines Herzens, in Stambul oder auf Reisen?"

„Er ist hier. Seine Seele wird sich freuen, Dein Angesicht zu sehen."
„Er wird auch noch andere Freude empfinden. Rufe ihn!"
Es vergingen einige Minuten, ehe Maflei zurückkehrte. Er brachte Isla Ben Maflei mit, und ich trat bei seinem Anblick ein wenig zur Seite. Der junge Mann umarmte seinen Oheim und sah sich dann im Kreise um. Sein Blick fiel auf Halef, und sofort erkannte er ihn:
„Allahu! Hadschi Halef Omar Agha, Du hier? Du bist in Stambul!" rief er erstaunt. „Sei mir gegrüßt, Du Diener und Beschützer meines Freundes! Hast Du Dich von ihm getrennt?"
„Nein."
„So ist er auch in Stambul?"
„Ja."
„Warum kommt er nicht mit Dir?"
„Sieh Dich um!"
Isla wandte sich um und lag mir im nächsten Augenblick an dem Halse.
„Effendi, Du weißt nicht, welche Freude Du mir bereitest! Vater, sieh Dir diesen Mann an! Das ist Kara Ben Nemsi Effendi, von dem ich Dir erzählt habe, und das ist Hadschi Halef Omar Agha, sein Freund und Diener."
Jetzt gab es eine Scene, bei welcher selbst das Auge des Engländers leuchtete. Diener mußten springen, um Pfeifen und Kaffee zu holen. Maflei und Isla schlossen sofort ihr Geschäft, um sich nur uns zu widmen, und bald saßen wir erzählend auf den Polstern.
„Aber wie kommst Du mit dem Effendi zusammen, Oheim?" frug Isla Ben Maflei.
„Er war mein Gast in Bagdad. Wir trafen uns in der Steppe und sind Freunde geworden."
„Warum bringst Du uns nicht Grüße von Afrak Ben Hulam, dem Enkel meines Oheims?"
„Grüße kann ich Dir nicht bringen, aber Nachricht habe ich für Dich."
„Nachricht, aber keine Grüße? Ich verstehe Dich nicht."
„Es ist ein Afrak Ben Hulam bei mir angekommen, aber es war der richtige nicht."
„Allah 'l Allah! Wie ist das möglich? Wir gaben ihm einen Brief mit. Hat er ihn Dir nicht überbracht?"
„Ja. Ich nahm ihn auf, wie Ihr es begehrtet; ich gab ihm einen Platz in meinem Hause und in meinem Herzen, aber er war nur dankbar, indem er mir für viele Beutel Diamanten stahl."
Die beiden Verwandten vermochten bei dieser Kunde kein Wort zu sagen, so erschracken sie. Dann aber sprang der Vater auf und rief:
„Du irrst! Das thut kein Mensch, der das Blut unserer Väter in seinen Adern hat!"
„Ich stimme Dir bei," antwortete Jacub. „Der, welcher mir Deinen Brief brachte und sich Afrak Ben Hulam nannte, war ein Fremder."
„Glaubst Du, daß ich einem Fremden solche Briefe gebe?"
„Es war ein Fremder. Früher hieß er Dawuhd Arafim, dann nannte er sich Abrahim Mamur, und jetzt – –"

Da sprang Isla auf.
„Abrahim Mamur? Was sagst Du von ihm? Wo ist er? Wo hast Du ihn gesehen?“
„In meinem Hause war er, unter meinem Dache hat er gewohnt und geschlafen; ich habe ihm Schätze anvertraut im Werthe von Millionen, ohne zu ahnen, daß es Abrahim Mamur war, welcher Euer Todfeind ist!“
„Allah Kerihm! Meine Seele wird zu Stein!“ meinte der Alte. „Welch ein Unglück hat da mein Brief angerichtet! Aber wie ist er in seine Hand gekommen?“
„Er hat den ächten Afrak Ben Hulam ermordet und ihm den Brief abgenommen. Nachdem er diesen gelesen hatte, entschloß er sich, als mein Verwandter zu mir zu gehen und meinen ganzen Laden zu leeren. Nur diesem Effendi allein danke ich es, daß es nicht geschehen ist.“
„Was hast Du mit ihm gethan?“
„Er entfloh uns, und wir sind ihm nachgejagt. Er ist gestern mit einem französischen Schiffe hier angekommen, wir aber kamen erst heut.“
„So werde ich mich gleich bei dem Franzosen erkundigen,“ meinte Isla, sich erhebend.
„Du kannst bleiben,“ sagte ich. „Ich war bereits dort; der Dieb hatte das Schiff sofort verlassen, aber der Kapitän versprach, uns behülflich zu sein. Er hat mich eingeladen.“
„So martert unsere Seelen nicht und erzählt diese Begebenheit, wie sie geschah,“ bat Maflei.
Sein Bruder kam dieser Aufforderung nach und erzählte in der ausführlichsten Weise die ganze Begebenheit, welche natürlich die größte Bestürzung hervorbrachte. Maflei wollte sofort zum Kadi und zu allen oberen Richtern gehen; er wollte ganz Stambul nach dem Verbrecher durchsuchen lassen. Er schritt im Selamlik umher, wie ein Löwe, welcher seinen Feind erwartet.
Auch Isla war im höchsten Grade erregt. Als das zornige Blut ruhiger durch die Adern floß, kam auch die Überlegung zurück, welche nothwendig war, über einen solchen Gegenstand einen Beschluß zu fassen.
Ich rieth von jeder Herbeiziehung der Polizei für jetzt ab; ich wollte sehen, ob es mir oder einem Andern von uns nicht gelingen könne, eine Spur des Verbrechers zu entdecken. Diese Ansicht kam zur Geltung.
Als ich mit Halef und dem Engländer aufbrechen wollte, gaben dies Maflei und Isla um keinen Preis zu. Sie verlangten unbedingt, daß wir während unsers Aufenthaltes in Stambul ihre Gäste sein sollten. Damit wir ungestört wohnen könnten, boten sie uns ein abgesondert gelegenes Gartenhaus an, und wir waren gezwungen, zu willfahren, wenn wir sie nicht auf eine unverzeihliche Weise beleidigen wollten.
Dieses Haus stand im hintersten Theile des Gartens; seine Räumlichkeiten waren nach türkischer Weise sehr gut ausgestattet, und wir konnten in unserer Abgeschlossenheit ganz nach unserm Wohlgefallen leben, ohne unsere Freiheit durch die Gebräuche des Orientes beeinträchtigt zu sehen. Wir hatten Zeit, uns vollständig auszuruhen und die Art und Weise zu besprechen, wie wir die Spur unseres Feindes entdecken könnten. Das

war für Constantinopel, in dessen Gedränge der Einzelne so leicht verschwinden kann, eine sehr schwierige Aufgabe. Es blieb uns nicht viel Anderes übrig, als uns auf den Zufall zu verlassen und daneben die Stadt in allen ihren Theilen fleißig zu durchsuchen. Es schien, daß wir Glück haben sollten, denn bereits am dritten Tage nach unserer Ankunft kam zu uns ein Hammal, welcher erklärte, daß er einem Schiffskapitän begegnet sei, der ihn zu uns geschickt habe.

Ich fragte ihn nach dem Passagier, dessen Gepäck er vom Schiffe jenes Kapitäns getragen habe, und hörte, daß derselbe in ein Haus der großen Perastraße gegangen sei. Der Lastträger behauptete, sich dieses Hauses ganz genau erinnern zu können, und erbot sich, mich zu führen. Natürlich machte ich von diesem Anerbieten sofort Gebrauch.

In dem Hause wohnte ein Kitak, welcher sich allerdings genau besinnen konnte, daß zu der angegebenen Zeit ein Mann bei ihm gewesen sei, der ihn nach einer zu vermiethenden Wohnung gefragt habe; er sei darauf mit ihm gegangen, um ihm verschiedene Häuser zu zeigen, doch habe dem Fremden keine von all diesen Wohnungen gepaßt; sie waren nach der Bezahlung des Agenten aus einander gegangen, ohne sich weiter um einander zu kümmern.

Das war Alles, was ich erfahren konnte. Dafür aber hatte ich auf dem Heimwege eine sehr interessante Begegnung, welche mich entschädigen zu wollen schien. Ich trat nämlich in ein Kaffeehaus, um mir eine Tasse Mokka nebst einer Pfeife geben zu lassen, und hatte mich kaum auf mein Polster gesetzt, als ich seitwärts von mir eine Stimme in deutscher Sprache rufen hörte:

„Hurrjeh, is et möglich oder nich? Sind Sie dort wirklich, oder is et een Anderer?"

Ich drehte mich nach dem Sprecher um und erblickte ein dicht bebartetes Gesicht, welches mir allerdings bekannt vorkam, ohne daß ich mich aber sofort zu besinnen vermochte, wo ich es gesehen hatte.

„Meinen Sie mich?" fragte ich den Mann.

„Ja, wem denne sonst! Kennen Sie mir nicht mehr?"

„Freilich müßte ich Sie kennen, doch bitte ich Sie, meinem Gedächtnisse ein wenig zu Hülfe zu kommen!"

„Haben Sie denn Hamsad al Dscherbaja verjessen, der Ihnen da droben am Nil dat schöne Lied von Kutschke vorgesungen hat, und nachher mit – –"

Ich unterbrach ihn schnell:

„Ah, richtig! Ihr großer Bart machte mich irre. Grüß Sie Gott, Landsmann; setzen Sie sich an meine Seite! Sie haben doch Zeit?"

„Mehr als genug, wenn Sie so gut sein wollen, meinen Kaffee zu bezahlen. Ik bin nämlich, so was man sagt, een Bisken abjebrannt."

Er nahm an meiner Seite Platz und wir konnten uns unterhalten, ohne besorgen zu müssen, daß unser Deutsch von den anwesenden Muselmännern verstanden werde.

„Also Sie sind ein Bißchen abgebrannt! Wie kommt das?" frug ich. „Erzählen Sie mir, wie es Ihnen ergangen ist, seit wir uns nicht gesehen haben!"

„Wie soll es mich jegangen sind? Schlecht! Damit is Allens jesagt. Dieser Isla Ben Maflei, dem ich bediente, hat mir fortgejagt, weil er meinte, daß er mir nich mehr brauchte. So kam ik nach Alexandrien und jing mit einem Griechen nach Candia und von da aus als halber Matrose nach Stambul, wo ik mir etablirt habe."
„Als was?"
„Als Vermittler von Vieles, als Führer durch die Stadt, als Jelegenheitsdiener und Aushülfe für Allens, womit ik mich Jeld verdienen kann. Aber es jiebt Keinen, dem ik vermitteln soll; sie laufen Alle ohne mir durch die Stadt; ik finde keine Jelegenheit, Jemand auszuhelfen, und so jehe ik spazieren und hungere, daß der Magen pfeift. Ik hoffe, daß Sie sich meiner annehmen werden, Herr Landsmann, denn Sie wissen ja, wie jut ik Ihnen bei dem damaligen Abenteuer an die Hand jegangen bin!"
„Wir werden ja sehen! Warum haben Sie sich hier nicht einmal an Isla Ben Maflei gewendet? Er ist ja hier in Stambul."
„Danke sehr! Von ihm mag ik nichts wissen. Er hat mir jekränkt; er hat mir bei meiner Ehre anjegriffen und verletzt; er soll nie nicht dat Verjnügen haben, mir bei sich zu sehen!"
„Ich wohne bei ihm," bemerkte ich.
„O, dat is unanjenehm, denn da kann ik Ihnen nicht besuchen!"
„Sie besuchen ja nicht ihn, sondern mich."
„Wenn auch! Ik werde sein Haus unter keinem Umstande betreten; aber lieb wäre es mich, wenn ik Ihnen auf irjend eine Weise dienen könnte."
„Das können Sie. Erinnern Sie sich noch genau jenes Abrahim Mamur, dem wir das Mädchen nahmen?"
„Sehr jenau. Er hieß eijentlich Dawuhd Arafim und ist uns ausjerissen."
„Er ist hier in Constantinopel, und ich suche ihn."
„Daß er hier ist, weiß ik janz jenau, denn ik habe ihm jesehen."
„Ah! Wo?"
„Droben in Dimitri, wo ik ihm bejegnet bin, ohne daß er mir erkannt hat."
Ich wußte, daß Sankt Dimitri nebst Tatavola, Jenimahalle und Ferikjöi zu den verrufensten Stadttheilen gehört, und frug daher:
„Sind Sie oft in St. Dimitri?"
„Sehr. Ik wohne da."
Nun wußte ich genug. Dieser Barbier aus Jüterbogk hatte sich bei dem griechischen Gesindel Dimitri's eingebürgert, welches den verkommensten Theil der Bevölkerung Stambul's bildet. Dort ist das Verbrechen ebenso zu Hause, wie in der berüchtigten Wasserstraße New York's oder in den Blackfriarsgäßchen London's. Des Abends ist es gefährlich, sich dort sehen zu lassen, und selbst am Tage öffnen sich bei jedem Schritte rechts und links die Höhlen, in denen das Laster seine Orgien feiert oder unter den ekelhaftesten Krankheiten sein Dasein verjammert.

„In St. Dimitri wohnen Sie?“ frug ich deßhalb. „Gab es keinen andern Ort, wo Sie eine Wohnung finden konnten?“

„Jenug Orte, aber in Dimitri is et janz schön, besonders wenn man Jeld hat, um diese Schönheit zu jenießen.“

„Haben Sie Abrahim Mamur vielleicht beobachtet, als Sie ihm begegneten? Es kommt mir sehr darauf an, seinen Aufenthaltsort zu erfahren.“

„Ik habe ihm laufen lassen, denn ik war nur froh, daß er mich nicht bemerkte. Aber ik kenne dat Haus, aus welchem er kam, und ich werde mir dort einmal erkundigen.“

„Haben Sie nicht Lust, dieses Haus mir jetzt gleich zu zeigen?“

„Ja; ik bin einverstanden.“

Ich bezahlte für mich und ihn; dann nahmen wir zwei Pferde, welche ganz in der Nähe zu vermiethen waren, und ritten durch Pera und Tepe Baschi hinauf nach Sankt Dimitri. Man sagt, Kopenhagen, Dresden, Neapel und Constantinopel seien die vier schönsten Städte Europa's; ich habe keine Veranlassung, dieser Behauptung entgegenzutreten. Aber in Beziehung auf Constantinopel muß ich doch erwähnen, daß man diese Stadt nur dann schön zu finden vermag, wenn man sie nur von außen, vom goldenen Horn aus, betrachtet; sobald man dagegen ihr Inneres betritt, wird die Enttäuschung nicht ausbleiben. Ich erinnere mich dabei jenes englischen Lords, von welchem man erzählt, daß er zwar mit seiner Dampfjacht Constantinopel besucht, aber dabei nicht sein Fahrzeug verlassen habe. Er fuhr von Rodosto am Nordufer des Marmarameeres hin bis Stambul, lenkte in das goldene Horn ein, in welchem er bis hinauf nach Eyub und Sudludje dampfte, kehrte zurück und ging im Bosporus bis an dessen Mündung in das schwarze Meer und fuhr dann wieder zurück, in dem Bewußtsein, sich den Totaleindruck Constantinopel's nicht durch Eingehen auf die garstigen Einzelnheiten verdorben zu haben.

Betritt man hingegen die Stadt, so kommt man in enge, krumme, winkelige Gäßchen und Gassen, welche unmöglich Straßen zu nennen sind. Pflaster gibt es nur selten. Die Häuser sind meist aus Holz gebaut und kehren der Gasse eine öde, fensterlose Fronte zu. Bei jedem Schritte stößt man auf einen der häßlichen, struppigen Hunde, welche hier die Wohlfahrtspolizei zu versehen haben, und wegen der Enge der Passage muß man jeden Augenblick gewärtig sein, von Lastträgern, Pferden, Eseln und anderen thierischen oder menschlichen Passanten in den Koth gerannt zu werden.

So war es auch auf unserem Wege nach St. Dimitri. Die Gassen waren von den Überresten, welche die Fisch-, Fleisch-, Obst- und Gemüsehändler weggeworfen hatten, verunreinigt; Melonenschalen faulten in ungeheuren Mengen am Boden; neben den Fleischereien stank das Blut in breiten Löchern; Cadaver von Hunden, Katzen und Ratten, abgerissene Stücke von gefallenen Pferden hauchten einen fürchterlichen Geruch aus; Geier und Hunde waren die einzigen Wesen, welche für die Milderung dieses unerträglichen Zustandes sorgten. Wir konnten kaum den Hammals ausweichen, welche große Steine, Bretter und Balken durch die verwahrlosten Gassen schleppten, und begegnete uns einmal ein bepackter Esel, ein dicker, berittener Muselmann oder ein mit Ochsen bespannter Frauenwagen, so war es geradezu eine Kunst, vorüber zu kommen, ohne zerquetscht zu werden.

So gelangten wir endlich nach Dimitri. Hier stiegen wir ab und gaben unseren Atdschis ihre Pferde zurück. Zunächst zeigte mir der Jüterbogker seine Wohnung; sie lag im Hintertheile einer halb verfallenen Hütte und war einem Ziegenstalle ähnlicher als einer menschlichen Behausung. Die Thür wurde von einigen zusammengeklebten Papierbogen gebildet; das Fenster war einfach ein durch die Wand gestoßenes Loch, und an Geschirr und Geräth hatte er nichts aufzuweisen, als einen henkellosen Wasserkrug, über dessen Öffnung eine Kreuzspinne ihr Netz gewoben hatte, und ein Stück von einem zerfetzten Segel, welches als Ottomane und Schlafstelle diente.

Ich sah mir diese traurige Einrichtung wortlos an und folgte ihm dann wieder hinaus auf die Straße. Er führte mich in ein Haus, dessen Äußeres nichts Gutes verhieß, und dessen Inneres diese Weissagung vollständig bestätigte. Es war eines jener griechischen Wein- und Kaffeehäuser, in denen der Werth eines Menschenlebens gleich Null ist, und deren Bevölkerung und Besucher nach ihrem Leben und Treiben unmöglich beschrieben werden können.

Ohne sich in dem vorderen Raume aufzuhalten, führte mich der Barbier in ein hinteres Gemach, wo man Kartenspiele machte und – Opium rauchte. Die Raucher lagen in den verschiedensten Stadien auf einem langen, schmalen Strohpolster, welches sich an zwei Wänden des Zimmers hinzog. Da war ein alter Kerl eben beschäftigt, das Gift in Brand zu setzen. Seine skelettartige Gestalt hatte sich vor Begierde aufgerichtet; seine Augen, sonst erloschen, funkelten vor Verlangen, und seine Hände zitterten. Er machte einen abscheulichen Eindruck auf mich. Daneben lag ein junger, kaum zwanzigjähriger Bursche im Betäubungstraume; er lächelte, als befinde er sich im siebenten Himmel Mahommed's; auch er war bereits dem Teufel des Opiums verfallen, der Keinen wieder aus seinen Krallen läßt. In seiner Nähe wand sich ein langer, hagerer Dalmatiner im Paroxismus des Rausches, und unweit desselben grinste die widerliche Fratze eines verkommenen Derwisches, welcher sein Kloster verlassen und diese Höhle aufgesucht hatte, um seine Lebenskraft den wahnsinnigen Bildern der trügerischen Narkose zu opfern.

„Rauchen Sie etwa auch?“ fragte ich ahnungsvoll meinen Führer.

„Ja,“ antwortete er; „aber et is noch nicht lange her.“

„Um Gottes willen, dann ist es vielleicht noch Zeit, davon zu lassen! Wissen Sie denn noch nicht, wie hinterlistig, wie teuflisch dieses Gift wirkt?“

„Teuflisch? Hm, dat scheinen Sie doch nicht zu verstehen! Es wirkt im Jegentheile ganz himmlisch. Wollen Sie es 'mal versuchen?“

„Fällt mir gar nicht ein. Was kann man hier trinken?“

„Wein. Ik werde bestellen; dat Andere ist Ihnen Ihre Sache!“

Wir erhielten einen dicken, rothen, griechischen Wein, dessen schlechten Geschmack man nicht begreifen kann, wenn man weiß, wie köstlich die großbeerigen griechischen Trauben sind. Das also war das Haus, in welchem Abrahim Mamur verkehrte. Ich erkundigte mich bei dem Wirth nach ihm; da ich aber aus Vorsicht keinen Namen nennen durfte und auch denjenigen nicht wußte, welchen er sich jetzt beigelegt hatte, so war diese Nachforschung vergeblich.
Aus diesem Grunde trug ich dem Barbier auf, die Augen offen zu halten und mir es sofort wissen zu lassen, wenn er den Gesuchten fände. Ich versah ihn mit einer kleinen Summe Geldes und verabschiedete mich, hatte aber das traurige Lokal noch nicht verlassen, so saß er bereits bei den Spielern, um das Geld im Hazardspiele zu verlieren und den Rest dann wohl in Opium zu verrauchen. Ich gab den Mann an Leib und Seele verloren, nahm mir aber vor, ihn womöglich von der eingeschlagenen Bahn wieder abzulenken.
Der andere Tag war ein Freitag, und Isla, welcher in Pera zu thun hatte, lud mich ein, ihn zu begleiten. Wir gelangten auf dem Rückwege an ein moscheeartiges Gebäude, welches in der Nähe des russischen Gesandtschaftshôtel lag und von der Straße durch ein Gitter getrennt wurde. Isla blieb stehen und fragte:
„Effendi, hast Du einmal die Chora-teperler gesehen?“
„Ja, doch nicht hier in Constantinopel.“
„Dies ist ihr Manastyr, und wir haben grad jetzt die Stunde ihrer Exerzitien. Willst Du einmal mit mir eintreten?“
Ich bejahte diese Frage, und wir traten durch den weit geöffneten Thorflügel des Gitters in den mit breiten Marmorplatten gepflasterten Hofraum. Die linke Seite desselben wurde durch einen ebenfalls umgitterten Friedhof begrenzt. Zwischen dem Gitter erblickte man unter dem Schatten hoher, dunkler Cypressen eine Menge weißer Leichensteine, welche oben mit einem turbanähnlichen Aufsatze verziert waren. Die eine Seite dieser Steine enthielt den Namen des Todten und einen Spruch aus dem Kuran. Eine beträchtliche Anzahl türkischer Frauen hatte sich diesen Friedhof zur Nachmittagspromenade ausersehen, und wohin man nur blickte, da schimmerten die weißen Schleier und farbigen Mäntel durch die Bäume. Der Türke liebt es, die Orte zu besuchen, an denen seine Todten ihren ewigen „Kef“ halten.
Den Hintergrund des Hofes nahm ein runder Pavillon ein, welcher mit einer Kuppel bedeckt war, und die rechte Seite wurde von dem Kloster gebildet, einem einstöckigen, auch mit einem Kuppeldache versehenen Gebäude, dessen Rückseite der Straße zugekehrt war.
In der Mitte des Hofes stand eine hohe, bis zur Spitze mit Efeu umrankte Cypresse. Der Hof selbst war voll von Menschen, welche alle nach dem Pavillon drängten; Isla jedoch führte mich zunächst in das Kloster, um mir das Innere eines türkischen Derwischhauses zu zeigen.
Derwisch ist ein persisches Wort und bedeutet: „Armer“; das arabische Wort dafür ist „Fakir“. Derwisch wird jeder Angehörige eines religiösen islamitischen Ordens genannt.

Dieser Orden gibt es sehr viele; doch legen deren Angehörige kein Gelübde ab; das Gelöbniß der Armuth und Keuschheit und des Gehorsams kennen sie nicht. Die Tekkije und Khangah sind oft sehr reich an Grundstücken, Kapitalien und Einkünften, wie überhaupt die ganze türkische Geistlichkeit keineswegs in Dürftigkeit lebt. Die Mönche sind meistentheils verheirathet und beschäftigen sich mit Essen, Trinken, Schlafen, Spielen, Rauchen und Nichtsthun. Früher hatten die Derwische eine nicht gewöhnliche religiöse und politische Bedeutung; jetzt aber ist ihr Ansehen gesunken, und nur von dem Pöbel wird ihnen noch eine Art Achtung gezollt. Darum sind sie auf Künste bedacht, durch welche sie sich den Anstrich von Gottbegeisterten oder Zauberern zu geben vermögen. Sie verrichten allerlei Kunst- und Taschenspielerstückchen und führen Komödien auf, in denen sie sich in eigenthümlichen Tänzen und heulenden Gesängen produziren.

Hinter der Klosterpforte traten wir in einen hohen, kühlen Querraum, welcher die ganze Breite des Gebäudes einnahm. Von hier aus lief zur linken Hand ein Gang rechtwinklig mit der Langseite des Klosters parallel. Auf dieser Galerie öffneten sich die Zellen der Derwische; die Fenster der Zellen gingen nach dem Hofe hinaus. Thüren gab es nicht, und so konnte man von dem Gange aus in jede der offenen Zellen blicken. Ihre Einrichtung war außerordentlich einfach: – sie bestand nur aus einem schmalen Kissen, welches rings an den Wänden sich hinzog. Auf diesen Divans saßen die Derwische mit ihren tutenförmigen, zuckerhutähnlichen Filzmützen auf dem Kopfe, genau so, wie sie in unseren Circusvorstellungen von den Clowns getragen werden. Einige rauchten, Andere machten Toilette zu dem bevorstehenden Tanze, und noch Andere saßen ohne Bewegung und in sich versunken da, wie Statuen.

Von hier aus begaben wir uns nach dem Pavillon, wo wir zunächst einen viereckigen Vorsaal betraten, aus welchem man in den großen, achteckigen Hauptsaal gelangte. Eine von schlanken Säulen getragene Kuppelwölbung bildete das Dach desselben, und die Rückseite des Raumes nahm eine Reihe großer, offen stehender Fenster ein. Der Boden war spiegelglatt parkettirt. Zwei Reihen von Logen – die eine zur ebenen Erde und die andere in halber Saalhöhe – liefen um alle acht Wände des Saales; einige der oberen Logen waren mit vergoldeten Stäben vergittert und für die weiblichen Zuschauer bestimmt. Eine andere, auch in der oberen Reihe befindliche Loge bildete den Aufenthalt des Musikchores. Diese Logen waren alle besetzt, und auch wir nahmen in einer der unteren Platz.

Die Komödie, welche als gottesdienstliche Handlung gelten sollte, nahm ihren Anfang. Es zogen durch die Hauptthüre gegen dreißig Derwische ein; voraus ging ihr Vorsteher. Dieser war ein alter, graubärtiger Mann und trug einen langen, schwarzen Mantel; die Anderen waren in braune Kutten gekleidet, Alle aber hatten die hohe, konische Filzmütze auf dem Kopfe. Sie schritten langsam und in würdevoller Haltung dreimal im Saale herum und dann hockten sie sich nieder: der Anführer dem Eingange gegenüber, und die Übrigen rechts und links von ihm in zwei Halbkreisen. Nun begann eine Musik, deren Disharmonie mir die Ohren zerreißen wollte, und dazu ertönte ein Gesang, welcher, nach dem Worte eines deutschen Dichters, „Steine erweichen und Menschen rasend machen konnte".

Nach diesen Klängen machten die Derwische allerlei Verbeugungen und sonderbare Bewegungen theils gegen sich, theils gegen ihren Vorsteher. Sie wiegten sich mit untergeschlagenen Beinen von rechts nach links, von hinten nach vorn, schraubten den Oberkörper im Kreise auf den Hüften, verdrehten die Köpfe, schwenkten die Arme, rangen die Hände, klatschten sie zusammen, warfen sich platt auf den Boden und schlugen auf denselben mit ihren tutenförmigen Filzmützen, daß man es klatschen hörte.

Dies war der erste Theil der sonderbaren Feierlichkeit und währte wohl eine halbe Stunde. Dann verstummten Musik und Gesang, und die Derwische blieben ruhig auf ihren Plätzen hocken. Auf mich machte das Exercitium den Eindruck, daß ich es mit verrückten Menschen zu thun habe; die Türken jedoch hatten ihm mit außerordentlicher Andacht und mit Staunen zugeschaut und schienen sehr erbaut zu sein.

Jetzt begann die Musik von Neuem, und zwar in einem rascheren Tempo. Die Derwische sprangen auf, warfen ihre braunen Kutten ab und erschienen nun auf einmal in weißen Gewändern. Sie verbeugten sich in verschiedenen Tempi und verschiedener Tiefe von Neuem gegen den Vorsteher und gegen einander und begannen nun den Tanz, von welchem sie den Namen der „Tanzenden" erhalten haben.

Es war eigentlich nicht ein Tanz, sondern nur ein Drehen zu nennen. Jeder blieb an dem Orte stehen, an welchem er sich befand, und drehte sich in langsamem Tempo um seine eigene Achse, und zwar immer nur auf einem Fuße stehend. Dabei hatten sie bisweilen die Arme auf die Brust gekreuzt und zuweilen streckten sie die Hände weit von sich ab, bald nach vorn und bald nach rechts und links. Die Musik ging in einen immer schnelleren Rhythmus über, und somit ward die Kreiselbewegung der Derwische eine immer schnellere; endlich war sie so schnell, daß ich die Augen schloß, um nicht vom bloßen Zuschauen drehend zu werden. Dies dauerte wohl auch gegen eine halbe Stunde, dann sank Einer nach dem Andern um, und die Komödie war zu Ende. Ihre Wirkung auf mich war eine derartige, daß ich sie nicht wieder zu sehen wünschte; die anderen Zuschauer aber, welche durchgängig den niederen Ständen angehörten, gingen höchst befriedigt von dannen.

Isla blickte mich an und sagte: „Wie gefiel es Dir, Effendi?"

„Mir ist beinahe übel geworden," antwortete ich aufrichtig.

„Du hast recht. Ich weiß nicht, ob der Prophet solche Übungen geboten hat; doch weiß ich ebensowenig, ob überhaupt seine ganze Lehre gut ist für das Land und das Volk der Osmanen."

„Das sagst Du, ein Moslem!"

„Effendi," flüsterte er, „Senitza, mein Weib, ist ja eine Christin!"

Damit hatte er mir indirekt gestanden, was er nicht offen in Worte kleiden wollte. Ein braves Weib ist als die „Seele des Hauses“ eine erfolgreiche Trägerin der Kultur und des wahren Gottesbewußtseins.
Als wir über den Hof nach dem Ausgange schritten, fühlte ich eine Hand auf meiner Schulter. Ich blieb stehen und kehrte mich um: ein junger Mann, der mir eiligst nachgesprungen war, stand vor mir, und ich erkannte ihn sofort.
„Omar Ben Sadek! Ist es möglich, Dich hier zu sehen?“
„Preis sei Gott, daß er mir die Freude sendet, die Sonne Deines Angesichtes zu schauen! Meine Seele hat sich nach Dir gesehnt viele hundert Male, seit ich so schnell von Dir scheiden mußte.“
Es war Omar, der Sohn jenes Sadek, welcher mich und Halef über den Schott Dscherid geführt hatte, und dabei von Abu el Nassr erschossen worden war.
„Wie kommst Du nach Stambul, und was thust Du hier?“ frug ich ihn.
„Siehst Du nicht, daß ich Hammal bin? Laß uns in ein Kaffeehaus treten, Sihdi, wo ich Dir Alles erzählen werde!“
Isla Ben Maflei hatte unser tunesisches Abenteuer bereits damals in Ägypten gehört und kannte also schon den Namen Omar's; er freute sich, den jungen Mann zu sehen, und ging gern mit uns in das erste beste Kaffeehaus.
Hier erfuhr ich, daß das Reitkameel, welches damals der Wekil von Kbilli so verrätherisch an Abu el Nassr überlassen hatte, demjenigen, das Omar von seinen Freunden erhielt, überlegen gewesen war. Gleichwohl aber hatte er ihn bis Derna nicht aus den Augen verloren; dort aber hatte sich sein Kameel erst erholen müssen, und als er dann auf der Spur des Verfolgten nach Bomba kam, war es diesem bereits gelungen, sich einer Eilkaravane nach Siwah anzuschließen. Omar mußte bis zur nächsten Gelegenheit warten und überdies sein Kameel gegen ein schlechteres vertauschen, um durch das Sümmchen, welches er herausbekam, sein Leben fristen zu können. Erst drei Wochen später hatte er sich einem Zuge angeschlossen, welcher durch die nördliche Wüste Barka und durch das Wadi Dschegabib nach der Oase Siwah ging. Dort angekommen, hatte er erst nach langem und vielem Suchen und Fragen erfahren, daß Abu el Nassr über Omm Soghir und Mogarrah nach dem Birket el Kherum gegangen sei. Als Omar diesen See erreichte, war all sein Nachforschen vergebens gewesen, und er hatte daraus geschlossen, daß Abu el Nassr einen andern Weg eingeschlagen habe und auf einer der südlicheren Karavanenstraßen vielleicht nach El Wah, Farafer oder Daket gegangen sei. In Folge dessen suchte er diese drei Oasen auf und konnte nichts erfahren; erst in Tafah, wohin er sich nun begab, errieth er aus einigen Andeutungen, welche ihm gemacht wurden, daß der Gesuchte unter einem andern Namen auf einem Nilschiffe stromabwärts gefahren sei. Er suchte nun alle Städte und Dörfer an den Ufern des Niles ab und kam ganz zerrissen und erschöpft in Kairo an.
Dort endlich war es ihm ganz unerwartet geglückt, Abu el Nassr am Platz Mehemed Ali's zu erblicken. Er hatte ihn durch den ganzen Boulevard Mehemed Ali's bis zur Esbekieh

verfolgt, ihn aber dann aus den Augen verloren. Nun war er Tag und Nacht ruhelos in der Stadt herumgestrichen, und es war ihm doch endlich gelungen, Abu el Nassr im Hafen von Bulak wieder zu sehen, doch grad in dem Augenblick, als dieser ein nordwärts fahrendes Schiff betrat, um die Stadt zu verlassen; er selbst war von dem Reïs zurückgewiesen worden, weil er kein Geld hatte, die Passage zu bezahlen, und man ihn auch nicht gegen Schiffsarbeit mitnehmen wollte.

Brennend vor Zorn und Rache, hatte er zusehen müssen, daß ihm der Todfeind abermals entging; doch ein arabischer Scheik, welchem er seine Lage erzählte, hatte ihm ein Pferd geschenkt, um auf dem Landwege dem Schiffe folgen zu können. So war er denn über Terraneh, Giza, Nadir, Negileh und Dahari dem Rosette-Arm des Niles nachgeritten, aber endlich in Ramaniëh zu der Erkenntniß gekommen, daß das gesuchte Schiff den Damiette-Arm benutzt haben müsse. Er ritt nun über Kasr el Madschar und Mehallet el Kebir quer durch das Delta und erfuhr wirklich in Samanud, daß es hier angelegt habe und dann weiter stromabwärts gefahren sei. So folgte er der nun sichern Spur bis Damiette, wo er zu spät in Erfahrung brachte, daß der Gesuchte mit einem Kornschiffe nach Adalia gefahren sei.

Er war ganz mittellos und mußte sich durch Hafenarbeit erst so viel verdienen, um ihm folgen zu können, denn das, was er für sein Pferd löste, reichte nicht hin. Endlich gelang es ihm, unentgeltlich nach Cypern zu kommen, und von hier aus nahm ihn ein Fischer mit an das Festland. Er erreichte dasselbe gegenüber von Cypern in Anamar und kam dann zu Fuße über Selindi und Alaja endlich nach Adalia. Hier aber blieben alle seine Nachforschungen vergebens. Es war bereits eine zu lange Zeit vergangen, und er besaß nicht Mittel und Erfahrung genug, um seine Nachforschungen in der rechten Weise vorzunehmen.

Trotzdem verlor er die Ausdauer nicht, welche ihm von dem Gesetze der Blutrache befohlen war. Er schloß aus der Richtung, die Abu el Nassr eingeschlagen hatte, daß dieser beabsichtige, nach Constantinopel zu gehen, und bettelte sich quer durch Anadolien hindurch. Das ging sehr, sehr langsam, und in Kutahija wurde er krank; die erlittenen Strapazen warfen ihn auf mehrere Monate nieder, und es war ein Glück für ihn, daß er in einem Derwischkloster Pflege fand.

So langte er denn erst nach vielen, vielen Monaten, während welcher Zeit ich eine weit größere Reise gemacht hatte, in Stambul an. Er hatte noch keine sichere Spur gefunden, gab aber die Hoffnung nicht auf. Um leben und sich etwas sparen zu können, war er Lastträger geworden, gewiß eine große Überwindung für einen freien Araber; und als ich ihn fragte, wie lange er noch so aussichtslos in Constantinopel bleiben wolle, antwortete er:

„Sihdi, vielleicht verlasse ich die Stadt sehr bald. Allah hat mir erlaubt, einen sehr wichtigen Namen zu entdecken."

„Welchen?"

„Sagtest Du nicht damals am Schott Dscherid, daß dieser Abu el Nassr eigentlich Hamd el Amasat heiße?“
„Allerdings.“
„Ich habe hier einen Mann entdeckt, welcher sich Ali Manach Ben Barud el Amasat nennt!“
„Ah! Wer ist es?“
„Ein junger Derwisch des Klosters, welches Du soeben besucht hast. Ich war dort, um in seiner Zelle mit ihm zu sprechen und ihn auszuforschen; da aber erblickte ich Dich und hatte also keine Zeit für ihn.“
„Ali Manach Ben Barud el Amasat!“ rief Isla so eifrig, daß ich ihn auf die übrigen Besucher des Kaffeehauses aufmerksam machen mußte. „Er ist also der Sohn jenes Barud el Amasat, welcher mein Weib verkauft hat? Ich werde sofort in das Kloster gehen, um mit ihm zu sprechen!“
„Das wirst Du nicht,“ sagte ich. „Amasat ist kein seltener Name. Vielleicht steht dieser Derwisch in gar keiner Beziehung zu dem Manne, welchen Du meinst. Und wenn es wirklich so ist, wie Du denkst, so muß man vorsichtig sein. Willst Du mir erlauben, hin zu gehen?“
„Ja, gehe, Effendi! Aber gleich! Wir werden Dich hier erwarten.“
Ich forschte weiter:
„Wie hast Du erfahren, daß der Derwisch den Namen Amasat führt?“
„Ich fuhr gestern mit ihm und einem seiner Genossen im Kaik nach Baharive Keui; sie sprachen mit einander, und da hörte ich seinen Namen nennen. Es war bereits dunkel, und ich ging ihnen nach; sie blieben vor einem Hause stehen, welches verschlossen war. Als es geöffnet wurde, fragte eine Stimme, wer eintreten wolle, und sie antworteten: „El Nassr“. Ich mußte mehrere Stunden warten, ehe sie wieder kamen; es gingen viele Männer aus und ein, und Alle sagten, wenn sie gefragt wurden, dieses Wort. Kannst Du dies begreifen, Sihdi?“
„Hatten sie Laternen bei sich?“
„Nein, obgleich des Nachts Niemand ohne Laterne gehen darf; es war kein Khawaß in der Gegend. Ich bin den Beiden dann nachgefahren und ihnen bis zum Kloster der tanzenden Derwische gefolgt.“
„Hast Du das Wort „El Nassr“ richtig verstanden?“
„Ganz genau.“
Omar's Bericht gab mir außerordentlich zu denken. Es fielen mir unwillkürlich die Worte ein, welche Abrahim Mamur zu mir sagte, als er mich in den Ruinen von Palmyra überwältigt hatte. Er hielt mich damals für vollständig unschädlich gemacht und erklärte mir prahlerisch, um mich zu peinigen, daß er das Haupt einer Mörderbande sei. Wenn dies auf Wahrheit beruhte, so mußte diese Bande über einen großen Theil der Türkei verbreitet sein, wie seine Beziehungen zu Ägypten und Damaskus bewiesen. Konstantinopel ist niemals frei von Verbrecherverbindungen gewesen, aber grad jetzt

hatte die Unsicherheit den höchsten Grad erreicht. Man fand vollständig ausgeräumte Wohnungen und den Besitzer derselben ermordet oder verschwunden; man sah im goldenen Horn oder im Bosporus Leichen von Personen schwimmen, die allem Anscheine nach eines gewaltsamen Todes gestorben waren; es entstanden des Nachts in einer und derselben Minute an verschiedenen, weit von einander gelegenen Orten der Stadt Feuer, bei denen geraubt und gestohlen wurde und die in einem Zusammenhange mit einander zu stehen schienen; man begegnete des Nachts verdächtigen Gestalten, welche nicht mit Laternen versehen waren und, wenn sie von der Patrouille angehalten wurden, derselben förmliche Gefechte lieferten. Und unglaublich klingt es, wie die Gerechtigkeit mit solchen Menschen verfuhr. Einst wurde eine ganze Bande der gefährlichsten Menschen aufgehoben, und der Sultan verbannte sie nach Tripolis; nach einiger Zeit kehrte der Kapitän des Transportschiffes zurück und berichtete, daß er an der Küste von Tripolis Schiffbruch gelitten habe; alle Verbrecher, die sich an Bord befanden, seien ertrunken. Damit war die Sache abgemacht. Einige Tage später konnte man den ertrunkenen Spitzbuben in den Straßen der Stadt begegnen, und keinen Menschen schien das zu befremden.

Ich theilte den beiden Andern von meinen Gedanken noch nichts mit und erfuhr von Omar, daß der Derwisch Ali Manach in der fünften Zelle, vom Eingang an gerechnet, wohne. Dann begab ich mich nach dem Kloster zurück. Ohne mich um die Anwesenden zu bekümmern, schritt ich durch den Hof grad auf die Klosterpforte zu und trat in den Vorraum. Die Thür zu dem Gange stand offen. Die Derwische befanden sich wieder in ihren Zellen. Ich schritt langsam den langen Gang hinab und wieder zurück, um mir die Gemächer und deren Insassen zu betrachten, und kein Mensch kümmerte sich um mich. In der fünften Zelle saß ein junger Derwisch, welcher vielleicht zwanzig und einige Jahre zählen mochte; er sah starr zum Fenster empor und ließ die neunundneunzig Kugeln seines Rosenkranzes durch die Finger gleiten.

„Sallam!“ grüßte ich mit tiefer Stimme und würdevoller Haltung.

„Sallam aaleïkum!“ antwortete er. „Was willst Du?“

„Ich komme aus einer fernen Provinz und bin mit den Gebräuchen dieses Hauses unbekannt. Ich habe Eueren Tanz gesehen und möchte Euch für die Erbauung danken, welche Ihr mir bereitet habt. Darfst Du eine Gabe nehmen?“

„Ich darf; gib her!“

„Wie groß muß sie sein?“

„Es wird jeder Para angenommen.“

„So nimm!“

Ich gab ihm nach meinen nicht bedeutenden Mitteln, er aber schien zufrieden zu sein, denn er sagte:

„Ich danke Dir! Soll dies für mich oder für den Orden sein?“

„Habe die Gnade und nimm es für Dich!“

„So sag mir Deinen Namen, damit ich weiß, wem ich zu danken habe.“

„Der Prophet sagt, daß die Gabe aus einer verschwiegenen Hand einst doppelt angerechnet werde; erlaube mir darum, daß ich schweige, und sage mir dagegen Deinen Namen, damit ich weiß, mit welchem frommen Sohne des Islam ich gesprochen habe."
„Mein Name ist Ali Manach Ben Barud el Amasat."
„Und welches ist der Ort, der Deine Geburt gesehen hat?"
„Iskenderiëh ist meine Vaterstadt," antwortete er.
Das stimmte ja! Isla hatte mir schon in Ägypten erzählt, daß Barud el Amasat, welcher Senitza verkauft hatte, in Skutari gewohnt habe. Ich fragte weiter:
„Leben die Angehörigen Deiner frommen Familie noch dort?"
„Nein," antwortete er.
Ich durfte nicht weiter fragen, sonst hätte ich seinen Verdacht erweckt; darum sprach ich noch eine Höflichkeitsformel aus und entfernte mich. Beim Kawehdschi hatten mich Isla und Omar mit Ungeduld erwartet.
„Was hast Du erfahren?" fragte Isla.
„Er ist der Sohn jenes Barud el Amasat; er stammt aus Skutari, und wenn mich nicht Alles trügt, so ist Hamd el Amasat, welcher sich Abu el Nassr nannte, sein Oheim."
„Effendi, so muß er uns sagen, wo sein Vater sich befindet!"
„Er muß? Wie willst Du ihn zwingen?"
„Durch den Kadi."
„So wird er einen falschen Ort nennen, oder, wenn er den richtigen sagt, seinen Vater benachrichtigen. Nein, wir müssen vorsichtig sein. Zunächst will ich mir das Haus ansehen, in welchem er gestern gewesen ist. Ich werde sogleich mit Omar nach Baharive Keui gehen und Dir dann vielleicht sagen können, was zu thun ist."
„Du sollst Deinen Willen haben, Effendi, wir werden uns also jetzt trennen; dann aber bringst Du Omar Ben Saduk mit, denn er soll bei mir wohnen und nicht mehr Hamal sein!"
Isla kehrte nach Hause zurück, und ich begab mich mit Omar an das Wasser, wo wir ein Kaik nahmen und im goldenen Horn aufwärts fuhren, um in Eyub zu landen. Von hier aus gingen wir zu Fuße nach Baharive Keui, welches der nordwestlichste Stadttheil von Konstantinopel ist. Es war ein beschwerlicher Weg durch Schmutz, Unrath und Häusertrümmer, bis wir in eine Art Sackgäßchen gelangten, in welches wir einbogen.
Omar zeigte mir das betreffende Haus nur so im Vorübergehen, damit unser Verhalten nicht auffällig wäre. Es war ein schmales, doch, wie es schien, sehr tiefes Gebäude mit vorspringendem Oberstock; die Thür war mit starkem Eisenblech beschlagen, und die ganze Fronte zeigte außer einem kleinen, viereckigen Loche neben dem Eingange die kahle, fest geschlossene Wand. Diese Bemerkungen machte ich im Vorbeischreiten. Das Nachbargebäude hatte auch ein Oberstockwerk und war ebenso schmal; an seiner Thür klebte ein schmutziger Papierfetzen, auf welchem die Worte: „Arar-im bir Kiradschiji – ich suche einen Miethsmann" geschrieben standen.

Kurz entschlossen, hatte ich sofort den Thürdrücker in der Hand und trat ein; Omar folgte mir ganz erstaunt darüber, was ich hier suchen wolle. Wir befanden uns in einem sehr engen finsteren Flur, in welchem wir forttappten, bis ich an eine dem Eingange gegenüber liegende Thür stieß; ich öffnete sie und trat in einen Hof, welcher, wie das ganze Haus, vielleicht acht Ellen Breite besaß, dafür aber eine wohl zehnfache Länge hatte. Die beiden Langseiten und die hintere Breitseite wurden von drei holzschuppenähnlichen Gebäuden gebildet, welche sich schon im letzten Stadium des Verfalles befanden. Rechts und links von der Hofthür führte je ein Eingang in die zwei Parterreseiten, die aber nur schmale Löcher sein konnten; zum Oberstocke kam man auf einer halbfaulen Holztreppe, welcher von den dreizehn Stufen, die sie ursprünglich besessen hatte, sechs verloren gegangen waren.

Der Hofraum bildete eine einzige große Schlammpfütze, die aber zur Zeit von der Sonne ausgetrocknet und in eine feste, brüchige Masse verwandelt worden war. In derselben klebte ein unförmlicher Holzklotz, dessen Bestimmung unmöglich zu errathen war, und auf diesem räthselhaften Klotz saß ein Ding, welches mir noch viel räthselhafter gewesen wäre, wenn es nicht einen alten, schmierigen Tschibuk geraucht hätte. Das Ding hatte nämlich Kugelform und war in einen viel zerrissenen Kaftan gewickelt; auf dieser Kugel lag ein früher vielleicht blau oder meinetwegen auch roth gewesener Turban, und zwischen Kugel und Turban stahl sich eine, wie es schien, menschliche Nase und der soeben erwähnte Tschibuk hervor. Die Nase war nicht viel kürzer als die Pfeife.

Bei unserm Anblick stieß das igelartig zusammengerollte Wesen ein Grunzen aus, das halb behaglich, halb aber auch feindselig klang, und traf Anstalt, sich aus dem Kaftan zu wickeln.

„Sallam!" grüßte ich.

„Ssssss – – hmmm!" zischte und brummte es als Antwort.

„Dieses Haus ist zu vermiethen?"

In einem Nu kollerte die Gestalt von dem Klotz herunter und richtete sich dann nach menschlicher Weise auf.

„Ja, jawohl, allerdings, sofort zu vermiethen! Schönes Haus, herrliches Haus, prächtige Wohnung, fast für einen Pascha zu gut, Alles beinahe ganz neu! Wollen Sie sich das Haus ansehen, Hoheit?"

Das Alles kam jetzt auf einmal so schnell und hastig heraus wie aus dem Speiteufel einer Schrotmühle. Man sah, als Abmiether waren wir dem Manne ebenso willkommen, wie wir ihm in jeder anderen Beziehung unwillkommen gewesen wären. Es war ein Jude, der jetzt in seiner ganzen patriarchalischen Glorie vor uns stand, denn Alles an ihm schien auf ein paar tausend Jahre zurückzuweisen. Er war klein, sehr klein, aber desto dicker. Man sah an ihm nichts als ein Paar Strohpantoffel, den Kaftan, den Turban, die Nase und die Pfeife, aber das Alles, außer der Nase natürlich, schien bereits zu Methusalem's Zeiten in Gebrauch gewesen zu sein. Aus den Pantoffeln blickten alle zehn Zehen in rührender Eintracht hervor; der Kaftan war kein Zeug mehr, sondern nur noch Schmutz;

der Turban hatte das Aussehen einer ungeheuren, runzeligen Backpflaume, und die Pfeife war nach und nach vorn so abgebissen worden, daß nur noch der Kopf übrig geblieben war, in welchen der glückliche Besitzer anstatt des Rohres einen hohlen Geierknochen gesteckt hatte; der war nicht so leicht durchzubeißen. Übrigens hatte der Kaftan keine Ärmel mehr, und die Ängstlichkeit, mit welcher ihn der Mann zusammengeschlagen und den Kragen emporgezogen hielt, ließ vermuthen, daß er die einzige Bedeckung des Vermiethers bilde.
Der Mann hatte mich „Sie" genannt; ich gab ihm natürlich dasselbe Prädikat:
„Sind Sie der Besitzer dieses Hauses?"
„Nein, aber Hoheit kann versichert sein, daß ich trotzdem nicht zu den armen, verkommenen –"
„Bitte," unterbrach ich ihn, „beantworten Sie mir meine Fragen so kurz wie möglich! Wem gehört das Haus?"
„Dem reichen Furundschi Mohammad in Khassim Pascha; er hat es geerbt."
„Und was thun Sie hier?"
„Ich muß es bewachen und soll warten, ob ein Miether kommt."
„Was bekommen Sie dafür?"
„Täglich einen Piaster und für einen halben Piaster Brod."
„Das Haus ist unbewohnt?"
„Ja; ich wohne hier nebenan."
„Wie viel Miethzins verlangt der Bäcker?"
„Für die Woche zehn Piaster, welche vorausbezahlt werden müssen."
„Zeigen Sie uns die Räume!"
Er öffnete zunächst die beiden Pforten der Parterreseiten; wir erblickten zwei kellerartige Höhlen, in denen sich nichts als Schmutz und Ungeziefer befand. Dann kletterten wir zur Treppe empor und gelangten in drei Stuben, von denen ich die erste einen Taubenschlag, die zweite einen Hühnerstall und die dritte eine Kaninchenhöhle hätte nennen mögen.
„Hier ist das Selamlik, hier die Wohnstube und hier das Harem," erklärte er mit solcher Gravität, als habe er uns ein fürstliches Palais zu zeigen.
„Gut! Was enthalten die Gebäude im Hofe?"
„Nichts. Sie sind für die Pferde und für die Dienerschaft."
„Und wie ist Ihr Name?"
„Ich bin Baruch Schebet Ben Baruch Chereb Ben Rabbi Baruch Mizchah; ich kaufe und verkaufe Brillanten, Schmuck und Alterthümer, und wenn Sie einen Diener brauchen, so bin ich bereit, Ihnen täglich diese Zimmer auszufegen, die Kleider zu reinigen und alle Wege zu gehen."
„Sie haben ja einen recht kriegerischen Namen! Wo ist das Lager Ihrer Brillanten, Schmucksachen und Alterthümer?"
„Hoheit, ich habe grad jetzt Alles verkauft."

„So gehen Sie zu dem reichen Bäcker Mohammad und sagen Sie ihm, daß ich das Haus miethen werde. Hier sind für ihn zehn Piaster, welche er wöchentlich bekommen soll, und hier sind noch zehn für Sie selbst, damit Sie sich Tabak kaufen mögen."
„Hoheit, ich danke Ihnen," rief er erfreut; „Sie verstehen es, mit einem Manne zu verkehren, der nur in Brillanten und Alterthümern Geschäfte macht! Aber Mohammad wird mich fragen, wer Sie sind. Was soll ich ihm antworten?"
„Zunächst nennen Sie mich nicht Hoheit! Mein Kleid ist zwar neu und ganz, doch ist es mein einziges. Ich bin ein sehr armer Jazidschi, der froh ist, wenn er Jemand findet, für den er schreiben darf; und dieser mein Freund ist ein armer Hammal, der auch nur wenig Geld verdient. Wir werden hier zusammen wohnen, und vielleicht findet sich noch Einer, damit der Miethzins dem Einzelnen nicht zu theuer kommt. Ob Sie bei uns Beschäftigung finden, werden wir uns erst überlegen, denn wir müssen sparsam sein."
Ich sagte dies, weil wir wegen unserer gefährlichen Nachbarschaft so arm und gering wie möglich erscheinen mußten. Der Jude antwortete:
„O, Effendi, ich brauche nicht viel. Wenn Du mir täglich zwei Piaster gibst, so werde ich Dir Alles thun und besorgen."
„Ich werde sehen, ob ich mir so viel verdiene, daß ich zwei Piaster geben kann. Wann können wir einziehen?"
„Sogleich, Effendi."
„Wir werden heut noch kommen, und ich hoffe, daß wir das Haus dann nicht verschlossen finden!"
„Ich werde sofort zu dem Bäcker eilen und Sie dann hier erwarten."
Somit war dieses Geschäft abgemacht, und wir verabschiedeten uns von unserem guten Baruch „Wurfspieß", Sohn des Baruch „Säbel", Sohn des Rabbi Baruch „Beinschiene". Bei Isla angekommen, erzählte ich ihm nebst seinem Vater und Oheim unser Erlebniß, und als ich ihnen meine Vermuthungen mitgetheilt hatte, willigten sie ein, daß ich mit Halef und Omar das Logis des Bäckers beziehe. Auch Lindsay wollte mitgehen, aber ich mußte ihn zurückweisen, da er mir nur schaden konnte. Er war darüber so erzürnt, daß er erklärte, allein und ohne mich nicht bei Maflei bleiben zu können, und zog auch wirklich am Nachmittag nach Pera.
Nachdem alles Nöthige besprochen worden war, packten wir unsere Waffen zusammen und fuhren nach Baharive Keui; mein Pferd ließ ich natürlich zurück.
Der Jude erwartete uns in unserer neuen Wohnung. Er hatte sie von seinem Weibe nach Kräften reinigen lassen und freute sich königlich, als ich ihm darüber meine Zufriedenheit äußerte. Ich beauftragte ihn, Brod, Kaffee, Mehl, Eier, Tabak, einiges Geschirr und von einem Trödler drei gebrauchte Decken für uns zu besorgen, und als er sich entfernt hatte, konnten wir unbeobachtet unsere Gewehre auspacken. Sie kamen in dasjenige Zimmer, welches außer uns Niemand betreten sollte.
Baruch kehrte bald zurück; sein Weib hatte ihm geholfen. Die Alte glich einer lebendig gewordenen Mumie und lud mich ein, heut zu ihr zum Abendbrode zu kommen. Ich

nahm diese Einladung an, da mir die beiden Alten nützlich sein konnten und ich mir deßhalb gern ihr Wohlwollen erwerben wollte. Daß mir dies bereits einigermaßen gelungen war, sollte ich schon eher als bei meinem Besuche sehen, denn sie brachten uns freiwillig einige Strohsäcke geschleppt, welche uns als Divan dienen sollten. Diese Säcke schienen zwar aus lauter Rissen und Löchern zusammengesetzt zu sein, aber Baruch war ja arm, und man sah die Liebe; er hielt uns für mittellos und meinte es gut.
Als sich die Beiden entfernt hatten, machten wir Licht und zündeten unsere Pfeifen an, denn es war unterdessen dunkel geworden. Isla hatte uns eine kleine Blendlaterne mitgegeben, welche uns gute Dienste leisten sollte. Wir besprachen, daß während meiner Abwesenheit Omar an der leise geöffneten Hausthür Posto fassen solle, um die Passanten des Nachbarhauses möglichst zu beobachten; Halef sollte in den Hof gehen. Die beiden Häuser waren nur durch eine dünne Bretterwand von einander getrennt, wenigstens auf der Hofseite, und wenn der kleine Hadschi sich in den Schuppen stellte, so war zu vermuthen, daß er doch vielleicht etwas erlauschen könne.
Ich sah Baruch, welcher auf der andern Seite des Hauses wohnte, bereits auf mich warten. Die beiden Leute hatten ganz allein eine Hütte inne, die keinen Besitzer hatte, – ein Fall, der in Stambul nicht selten ist. Man konnte vermuthen, daß unsere Einkäufe ihnen einen kleinen Gewinn abgeworfen hatten; sie befanden sich bei ausgezeichneter Laune und empfingen mich mit unterwürfiger Herzlichkeit. Mit unserem Erscheinen war vielleicht eine kleine Hoffnung über ihrem Elende aufgegangen. Die alte Jüdin zeigte eine größere Sauberkeit, als ich vermuthet hatte, so daß ich das Wenige, welches mir vorgelegt wurde, so ziemlich mit Appetit genießen konnte, und als ich ihr ein Quantum Kaffee und dem Gemahl einen kleinen Vorrath von Tabak schenkte – Beides hatte ich für sie mitgebracht – so waren sie so entzückt, als hätten sie die werthvollste Gabe erhalten.
Leider beobachtete ich, daß der Kaftan allerdings fast die einzige Bedeckung Baruch's sei; die Hose bekam ich gar nicht zu sehen, und der Jackenärmel, welcher heute Abend aus dem Ärmelloche des Kaftans hervorblickte, war auch bereits aus „Rand und Band“ gegangen. Hier konnte mit Wenigem geholfen werden, und ich beschloß, es zu thun. Natürlich hatte Baruch mit seinem Juwelen- und Antiquitätengeschäft nur geflunkert, doch war dies nicht in böser Absicht geschehen; diese armen Menschen hatten von einem Piaster und für acht oder zehn Pfennige Brod täglich leben müssen, und ich machte sie ganz glücklich, als ich ihnen erklärte, daß sie die Aufwartung bei uns übernehmen und dafür täglich fünf Piaster erhalten sollten.
Im Laufe des Gespräches konnte ich mich unauffällig nach meiner andern Nachbarschaft erkundigen.
„Effendi,“ sagte Baruch, „es wohnen lauter arme Leute hier in dieser Gasse. Manche sind gut und ehrlich, manche aber auch böse und schlimm. Sie sind ein Schreiber und werden hier in dieser Gegend keine Arbeit finden; Sie haben also mit diesen Leuten nichts zu

thun, aber dennoch bitte ich Sie, sich ganz besonders vor dem anderen Nachbarhause in Acht zu nehmen."

„Warum?"

„Es ist gefährlich, davon zu sprechen."

„Ich bin verschwiegen!"

„Das glaube ich Ihnen, aber Sie werden vielleicht Ihre neue Wohnung sogleich wieder verlassen, wenn ich plaudere, und das würde mir leid thun."

„Ich verspreche Ihnen, meine Wohnung trotzdem zu behalten. Ich hoffe, daß wir Freunde sind, und da denke ich, daß Sie ehrlich und aufrichtig gegen mich sein müssen. Ich bin nicht reich, aber auch ein armer Mann kann dankbar sein."

„Ich habe Ihre Güte bereits kennen gelernt und will Ihrem Versprechen glauben. Alle Bewohner dieser Gasse wissen, daß in Ihrem Nachbarhause nichts Gutes vorgeht, aber sie bekümmern sich nicht darum; es hat einmal Einer sich in das andere, nebenan liegende Haus, welches unbewohnt ist, geschlichen, um zu lauschen; er war am andern Morgen noch nicht zurückgekehrt, und als die Seinen nach ihm sahen, fanden sie ihn an einem Balken aufgehängt. Er selbst hatte das sicherlich nicht gethan."

„So meinen Sie, daß meine Nachbarn nicht nur verdächtige, sondern sogar gefährliche Leute sind?"

„Ja. Sie müssen sich vor ihnen sehr in Acht nehmen."

„Aber man darf doch wenigstens wissen, wer das Haus bewohnt?"

„Es wohnt ein Grieche da, der ein Weib und einen Sohn hat. Sie haben Wein zu trinken und halten viele schöne Knaben und junge Mädchen, die man aber auf der Gasse niemals zu sehen bekommt. Mehrere Männer gehen von früh bis am Abend durch die Stadt, um Gäste herbei zu bringen. Da kommen vornehme Herren und gewöhnliche Leute, Einwohner von Stambul und Fremde; es wird gespielt und Musik gemacht, und ich glaube nicht, daß Alle wieder fortgehen, die gekommen sind. Man hört manchmal des Nachts einen Hülferuf oder ein Waffengeklirr, und dann sieht man gewöhnlich des Morgens eine Leiche auf dem Wasser schwimmen. Auch kommen oft des Nachts ganze Trupps von Männern, die keine Laternen haben, dafür aber mit allerlei Dingen bepackt sind, die in das Haus geschafft werden. Dann wird getheilt."

„Sie sagen, daß sich Niemand um dieses Haus bekümmern mag, und dennoch wissen Sie das Alles so genau. Haben Sie vielleicht auch einmal gelauscht?"

„Effendi, das darf ich keinem Menschen sagen; ich wäre verloren!"

„Auch mir nicht?"

„Ihnen ganz und gar nicht, denn Sie wären im Stande, dasselbe zu thun, was ich gethan habe, und dabei könnte es Ihnen ganz so gehen wie jenem Manne, der aufgehängt ward."

„Vielleicht sagen Sie bloß, daß Sie etwas gesehen haben, um mich furchtsam zu machen!"

„Effendi, wahrlich, ich lüge nicht!"

„Das denke ich wohl auch, aber vielleicht haben Sie nur geträumt."

Das half. Der Alte wollte weder für einen Lügner noch für einen Träumer gehalten sein und meinte deßhalb:
„Ich will gar nichts sagen, aber ich bitte Sie nur, weder das Brett noch die Stange anzurühren."
„Welches Brett?"
„In der rechten Wand Ihres Selamlik ist ein Brett locker; es hängt nur noch am obersten Nagel, und daher kann man es unten zur Seite schieben. Dann kommt ein kleiner Zwischenraum, hinter welchem sich die Bretterwand des Nachbarhauses befindet; auch da ist ein Nagel los; ich selbst habe ihn herausgemacht. Schiebt man das Brett zur Seite, so blickt man in das Gemach, in welchem die Opiumraucher liegen, und daneben hört man die Gläser klingen und die Knaben und Mädchen lachen."
„Da sind Sie sehr unvorsichtig gewesen! Wenn man nun auch drüben einmal bemerkt, daß die Bretter locker sind!"
„Ich wollte doch sehen, was man drüben treibt, und so mußte ich den Nagel entfernen, anders ging es nicht."
„Es wäre doch anders und besser gegangen. Sie brauchten nur in das Brett des Nachbarhauses ein kleines Loch zu bohren, so klein, daß es drüben nicht bemerkt werden kann."
„Da hätte ich zu wenig sehen können."
„Und was ist es mit der Stange?"
„Sie liegt in dem Schuppen, der an das Nachbarhaus stößt, und ist lang genug, daß man sie als Leiter gebrauchen und an ihr emporklettern kann. Auch die Wand des Hofgebäudes besteht nur aus Brettern, und ich kenne eines derselben, welches ein Astloch und eine große Ritze hat. Wenn man hindurchblickt, so sieht man eine große, lange Kammer, in welcher sich die Männer versammeln, wenn sie ihre Beute vertheilen."
„Welches Brett ist es?"
„Ich habe, um es mir leicht merken zu können, einen Kalkstrich daran gemacht."
„Aber wie kommt es, daß Sie keine Anzeige erstattet haben? Das wäre doch Ihre Pflicht gewesen!"
„Effendi, meine erste Pflicht ist, mir das Leben zu erhalten. Ich will nicht auch aufgehängt werden."
„Sie wären aber von der Polizei ja doch nicht verrathen worden!"
„Herr, Sie wohnen wohl noch nicht lange in Stambul? Als ich durch das Astloch blickte, habe ich vornehme Herren gesehen; ich habe auch Derwische und Khawassen erkannt. Es gibt manchen hohen Mansubli, dem der Großherr kein Gehalt bezahlt und der deßhalb nur von dem Bakschisch lebt, welches er überall herauszupressen sucht. Und was soll ein solcher Mann thun, wenn auch das Bakschisch nicht hinreichend ist? Wer Ihren Nachbar anzeigt, der kommt wohl grad zu einem Karawulder oder Kadi, welcher mit da drüben in der Kammer gesessen hat, und dann ist es ganz sicher um ihn geschehen. Nein, ich weiß nun, was in jenem Hause vorgeht, und werde mich nicht

weiter darum kümmern. Nur Ihnen allein habe ich es mitgetheilt, und ich hoffe, daß Sie sich von mir warnen lassen!“

Ich hatte nun genug erfahren und hütete mich, noch weiter in Baruch zu dringen. Ich hegte jetzt die Überzeugung, daß ich selbst mit meinen Gefährten mich in Gefahr befand. Der Grieche erfuhr jedenfalls, daß er eine neue Nachbarschaft bekommen habe; er erkundigte sich auf alle Fälle nach uns und ließ uns aufmerksam beobachten. Dies Letztere war ihm sehr leicht und konnte geschehen, ohne daß wir es merken mußten, da er nur durch eine Bretterwand von uns getrennt war. Des Tages über durften wir uns nur unter großer Vorsicht in den Hof begeben, denn es war ja möglich, daß uns Jemand sah, der uns von früher kannte. Deßhalb war es gut, daß ich Baruch unsere Bedienung übertragen hatte; auf diese Weise konnten wir ruhig in der Wohnung stecken bleiben.

Meine Gefährten hatten vielleicht das Licht brennen lassen. Das konnte durch irgend eine Ritze hinüber in das Nachbarhaus scheinen, oder sie sprachen an einem Orte zusammen, wo sie von drüben gehört werden konnten. Darum litt es mich nicht länger bei dem Juden, und ich kehrte nach Hause zurück. Vorher aber instruirte ich noch Baruch, wie er sich zu verhalten habe, falls er nach uns gefragt werde. Er hatte zu sagen, ein armer Schreiber, ein Hammal und ein noch ärmerer Araber hätten das Logis inne, also drei Männer, welche genug mit sich selbst zu thun hätten. Da die Wohnungen zusammenstießen, so brauchte ich, wenn ich des Juden bedurfte, nur an die Wand zu pochen; er mußte es hören.

Als ich unsere Vorderthüre erreichte, war sie nur angelehnt, und Omar stand auf der Wache. Er sagte mir, daß bereits mehrere Personen das Nachbarhaus betreten hätten. Dieselben seien durch das Loch neben dem Eingange nach ihrem Begehr gefragt worden und hätten dann mit dem Worte „El Nassr“ geantwortet. Ich bat ihn, das Haus zu verschließen und mir nach der Wohnung zu folgen. Halef befand sich im Hofe; er hatte nichts gesehen und gehört und kam mit uns in die Wohnung. Hier brannte kein Licht, und ich zog es vor, im Dunkeln zu bleiben.

Nachdem ich ihnen meine Unterhaltung mit Baruch erzählt hatte, untersuchte ich die rechte Wand des Selamlik und fand sehr leicht das Brett, welches sich verschieben ließ. Ich zog es bei Seite und langte mit der Hand dahinter. In der Entfernung einer Balkenbreite fühlte ich die Bretterwand des Nebenhauses und zugleich das entsprechende Brett derselben. Ich schob auch dieses leise, ganz leise fort und bemerkte, daß der dahinter liegende Raum vollständig dunkel sei. Ich brachte also die Wand wieder in ihre vorige Ordnung, und dann zogen wir uns die Strohsäcke und Decken herbei, um im Finstern zu warten, ob wir vielleicht etwas erlauschen könnten.

So mochten wir wohl über eine Stunde gesessen haben, indem wir uns nur flüsternd unterhielten, als sich drüben ein Geräusch vernehmen ließ. Ich saß hart vor dem Brett und schob es zur Seite. Ich hörte schwere Schritte von mehreren Männern, und ein Ächzen; dann erklang eine Stimme:

„Hierher! So! Hassan mag sich zum Gehen fertig machen!“ Und nach einer Pause fuhr die Stimme fort: „Kerl, Du kannst doch schreiben?“

„Ja,“ hörte ich antworten.

„Hast Du Geld in Deinem Hause?“

„Du verlangst Geld! Was habe ich Euch gethan, daß Ihr mich hierher lockt und dann bindet?“

„Gethan? Nichts, gar nichts! Deinen Geldbeutel, Uhr und Ringe, auch Deine Waffen haben wir, aber das ist noch nicht genug. Wenn Du nicht geben kannst, was wir verlangen, so findet man Dich morgen früh im Wasser.“

„Allah kerihm! Wie viel verlangt Ihr?“

„Du bist reich; fünftausend Piaster ist nicht zu viel für Dich.“

„Es ist zu viel, denn ich habe sie nicht.“

„Wie viel hast Du daheim?“

„Dreitausend kaum.“

„Wird man sie Dir schicken, wenn Du einen Boten sendest? Belüge uns nicht, denn ich schwöre Dir, daß es Deine letzte Stunde ist, wenn wir das Geld nicht erhalten!“

„Allah 'l Allah! Man wird es Euch senden, wenn ich einen Brief schreibe und mit meinem Ring untersiegle.“

„Den Ring werde ich Dir borgen. Bindet ihm die Hände los; er mag schreiben!“

Von jetzt an war eine Weile kein Geräusch zu vernehmen und auch kein Wort zu hören. Ich legte mich auf den Strohsack nieder und langte in die Wand hinein. So leise und vorsichtig wie möglich schob ich auch das zweite Brett zur Seite, bis ein schmaler Spalt entstand, durch den ich zu blicken vermochte. Grad vor dem Spalte saß ein Mann, mit dem Rücken nach uns gekehrt. Sein Kopf war unbedeckt und die Kleidung zerrissen, als ob sie bei seiner Gegenwehr zu Schaden gekommen sei. Vor ihm standen drei bewaffnete Kerle: der Eine in griechischer Tracht, jedenfalls der Wirth, und die beiden Anderen in gewöhnlicher türkischer Kleidung. Sie sahen zu, wie er jetzt auf seinem Knie das Schreiben versiegelte.

Ich schob das Brett in seine vorige Lage zurück und horchte weiter. Nach ganz kurzer Zeit hörte ich den Griechen sagen:

„So! Bindet ihn wieder, und schafft ihn nebenan. Wenn er sich da nicht ruhig verhält, wird er einfach erstochen. Du hast's gehört, merke es Dir!“

Ich vernahm, daß man eine Thür öffnete und sich dann wieder entfernte.

Es wurde drüben wieder still, und ich sagte den beiden Anderen leise, was ich gesehen und gehört hatte.

„Das sind Diebe,“ meinte Halef. „Was thun wir?“

„Das sind nicht nur Diebe, sondern Mörder,“ flüsterte ich. „Glaubst Du denn, daß sie den Mann wieder frei geben? Sie wären ja sogleich verloren. Sie werden warten, bis sie die dreitausend Piaster erhalten haben, und ihn dann unschädlich machen.“

„So müssen wir ihm helfen!“

„Ohne Zweifel! Aber wie?“
„Wir werden die Bretter zerschlagen und ihn befreien.“
„Das macht Lärm und ist gegen unsern Zweck. Es kann einen Kampf geben, der uns gefährlich ist, und selbst wenn wir Sieger bleiben, werden sie das Haus verlassen, und wir haben das Nachsehen. Besser wäre es, wenn wir Polizei herbei holten; aber wer weiß, wann wir diese finden; bis dahin kann viel geschehen sein. Wer weiß auch, ob die Polizei sogleich bereit ist, sich in das Haus zu wagen? Am besten ist es, wir machen so leise wie möglich je hüben und drüben noch ein Brett los; dann entsteht eine Öffnung, durch welche wir kriechen können. Wir holen den Mann herüber, bringen die Bretter wieder in Ordnung und werden dann wohl erfahren, was weiter gethan werden muß.“
„Wir haben ja keine Zange für die Nägel!“
„Nein, aber ich habe mein Messer. Die Hauptsache ist, daß sie nichts von unserer Arbeit hören. Ich werde sofort anfangen.“
„Weißt Du auch, wo der Mann sich befindet?“
„Ja. Durch das Zimmer, von dem mir Baruch erzählte, daß dort die Knaben und Mädchen sind, haben sie ihn gebracht; es scheint jetzt leer zu sein. Gegenüber von unserer Wand gibt es einen zweiten Raum, dessen Thür ich gesehen habe; in diesem befindet er sich jedenfalls.“
Ich untersuchte unsere Wand durch das Tastgefühl und bemerkte, daß jedes Brett oben und unten nur durch einen Nagel befestigt war. Der Nagel auf unserer Seite schien sehr leicht herauszuziehen zu sein; ich brauchte nur ein Messer zwischen Brett und Balken zu stecken und das Brett vorsichtig loszusprengen. Es gelang, aber leider merkte ich, daß die Öffnung doch für die Gestalt eines Mannes zu schmal war; ich mußte noch ein drittes Brett lockern. Ich wurde auch mit diesem fertig, ohne daß das geringste Geräusch zu hören gewesen war. Die Bretter waren um ihre oberen Nägel leicht zu bewegen; ich schob sie empor, und Omar mußte sie halten. Nun betastete ich die gegenüber liegende Holzwand und fühlte, daß die Nägel derselben an den Spitzen umgeschlagen waren. Das erschwerte meine Arbeit um ein Bedeutendes; ich mußte die Messerklinge als Feile gebrauchen, um die Nägel zu durchschneiden; das konnte nicht ohne ein verrätherisches Geräusch geschehen, und die Hände ermüdeten so, daß ich öfters wechseln mußte.
So verging eine lange, sehr lange Zeit, und eben hatte ich die Arbeit glücklich beendet, als ich Schritte vernahm, die sich näherten. Es war der Grieche mit einem Lichte. Er öffnete die unserer Wand gegenüber liegende Thür, aber ohne einzutreten.
„Habt Ihr das Geld?“ hörte ich den Türken fragen.
„Ja,“ antwortete der Wirth mit einem kurzen Lachen.
„So laßt mich los!“
„Noch nicht; frei wirst Du erst am frühen Morgen sein. Ich will Dir nur sagen, daß bald Leute hier in dieses Zimmer kommen werden; sie dürfen nicht wissen, daß Du Dich hier befindest; hereintreten werden sie allerdings nicht, aber sie sollen Dich auch nicht hören. Darum werde ich Dich jetzt anbinden und Dir einen Knebel geben. Wenn Du Dich ganz

und gar ruhig verhältst, wirst Du frei gelassen; machst Du aber Lärm, so kommst Du nur als Leiche aus diesem Hause!“

Der Türke bat, ihn doch frei zu lassen; er versprach, von dem heutigen Ereignisse zu keinem Menschen zu sprechen; es war vergebens. Er bat dann, ihn wenigstens nicht zu knebeln, da er sich vollständig still verhalten werde; auch dies half nichts. Aus dem ängstlichen Klange seiner Stimme war zu schließen, daß er die eigentliche Absicht des Griechen ahne; er wurde angebunden und geknebelt; dann entfernte sich der Wirth, nachdem er die Thür zugeriegelt hatte.

Jetzt galt es, schnell zu handeln, ehe die Leute kamen, von denen der Wirth gesprochen hatte. Es war ein Glück, daß ich fertig war. Ich steckte die Revolver und das Messer zu mir und kroch hinüber, nachdem die Bretter zur Seite geschoben waren. Die Gefährten folgten mir nicht, aber sie hielten sich bereit, mir beizuspringen, falls ich angegriffen werden sollte.

Ich zog den Riegel zurück und trat ein.

„Gib keinen Laut; ich will Dich befreien!“ sagte ich dem Gefangenen und betastete sogleich seine Fesseln. Es waren Stricke; ich zerschnitt sie und steckte sie zu mir. Der Knebel bestand in einem Tuche, welches – dick zusammen gelegt – ihm vor den Mund und die Nase gebunden war; ich knüpfte es auf und steckte es ebenfalls ein.

„Maschallah,“ meinte der Mann, indem er sich schnell aufrichtete; „wer bist Du, und wie – –“

„Still!“ unterbrach ich ihn; „folge mir!“

Ich zog ihn hinaus, verriegelte die Thür wieder und schob ihn dann durch die von mir gemachte Öffnung in unsere Wohnung hinüber.

„Hamdulillah, Gott sei Dank!“ flüsterte Halef. „Ich hatte große Sorge um Dich; aber es ist schneller gegangen, als ich dachte.“

Ich antwortete nicht, sondern schraubte den an meinem kleinen Taschenmesser befindlichen Korkzieher in das mittlere der drei jenseitigen Bretter, stieß das große Dolchmesser in den Balken und hing die beiden Griffe an einander; auf diese Weise waren die Bretter so befestigt, daß man drüben gar nicht merken konnte, daß sie geöffnet worden seien.

Jetzt hörten wir abermals Schritte. Man brachte einen Betrunkenen, der ganz einfach auf die Diele gelegt wurde, um seinen Rausch auszuschlafen. Nun war ich sicher, daß man die Kammer, in welche ich eingedrungen war, nicht mehr betreten werde, und ging mit den drei Anderen in unsere andere Stube hinüber. Dort machten wir Licht und betrachteten unseren Gast.

Er war von mittlerer Figur, mochte das fünfzigste Jahr noch nicht erreicht haben und besaß recht intelligente Gesichtszüge.

„Sei willkommen!“ begrüßte ich ihn. „Wir waren zufällig Zeuge des Vorfalles im Nachbarhause und hielten es für unsere Pflicht, Dir beizustehen.“

„So gehört Ihr nicht zu jenen Schurken?“ frug er mißtrauisch.

„Nein."
„Ich wußte, daß man mir das Leben nehmen wollte, und dachte, Du holtest mich, weil der Augenblick dazu gekommen sei. Wer seid Ihr?"
„Ich bin ein Deutscher, und dies sind meine zwei Freunde, freie Araber aus der Sahara. Dieser Mann, Omar Ben Sadek, hat eine Blutrache gegen einen Feind, der in diesem Hause zu verkehren scheint; darum haben wir uns nebenan eingemiethet, um es beobachten zu können. Wir wohnen erst seit heut hier, und Allah hat es gewollt, daß wir gleich am ersten Abend Gelegenheit finden, eine böse That zu verhindern. Dürfen wir erfahren, wer Du bist?"
Er blickte finster vor sich nieder; dann schüttelte er den Kopf und antwortete: „Laßt mich schweigen! Ich will nicht meinen Namen, den Viele kennen, in dieser Angelegenheit öffentlich nennen lassen. Du bist ein Fremdling, und ich werde Dir danken können, auch wenn Du meinen Namen nicht erfährst."
„Ich achte Deinen Willen und bitte Dich zugleich, nicht von Dank zu sprechen. Hast Du einen der Männer erkannt, welche da drüben sind?"
„Nein. Es sind viele Gäste da und auch Viele, welche nicht bloß Gäste zu sein scheinen. Ich werde diese Höhle noch in dieser Stunde durchsuchen lassen!"
„Wird Dir dies gelingen? Zwar bin ich überzeugt, daß dieser Grieche vor dem Morgen nicht erfährt, daß Du entkommen bist; er wird also von der Polizei vollständig überrascht werden, wenn er nicht auch für gewöhnlich Wächter ausstellt; aber ich habe erfahren, daß viele Polizisten und Beamte, ja sogar Derwische dieses Haus besuchen, und darum ist es zweifelhaft, ob Du Deinen Zweck in gewünschter Weise erreichst."
„Polizei?" frug er geringschätzig. „Ich habe allerdings in eine Stube geblickt, in welcher Khawassen saßen; ich kannte sie, aber sie bemerkten mich nicht. Nein, zur Polizei werde ich nicht gehen. Wisse, daß ich ein Zabit bin – der Rang ist Nebensache; ich werde meine Dschengdschiler holen und mit dieser Spelunke kurzen Prozeß machen."
Das war mir lieb und unlieb zu gleicher Zeit. Wenn er die Gesellschaft aufhob, so war es sehr wahrscheinlich, daß just die von uns Gesuchten nicht anwesend waren, und dann hatten wir sie von Neuem zu suchen. Aber der Stein war einmal in Bewegung; ich mußte ihn rollen lassen. Darum antwortete ich: „So erfülle mir die Bitte, mir die Gefangenen zu zeigen, welche Du machen wirst. Ich möchte wissen, ob die Männer dabei sind, welche wir suchen."
„Du sollst Alle sehen."
„Erlaube mir eine Bemerkung! Wer dieses Haus betreten will, der wird nach seinem Begehr gefragt und nur auf das Wort „El Nassr" eingelassen. Vielleicht wird Dir dies von Nutzen sein."
„Ah, also dies war das Wort, welches mein Führer in das Loch neben der Thür hineinflüsterte! Aber," fuhr er in mißtrauischem Tone fort, „wie kommst Du dazu, dies Wort zu wissen?"

Da er in diesem Tone zu mir sprach, konnte sein Rang kein geringer sein. Ich antwortete ruhig:
„Omar Ben Sadek hat gelauscht und es vernommen.“ Ich erzählte ihm das, was er zu wissen brauchte, und fuhr dann fort: „Es wird gerathen sein, Deine Truppen zu theilen. Die eine Hälfte kann sich mittels des Wortes Eingang durch die Thür verschaffen, und die andere Hälfte mag durch die Öffnung eindringen, durch welche Du entwichen bist. Das Erstere darf jedoch nicht eher geschehen, als bis Ihr Euch bereits vor der Öffnung befindet, denn es ist sehr zu vermuthen, daß der Wächter, welcher die Thür öffnet, beim Anblicke der Soldaten einen Warnungsruf ausstößt, um seinen Genossen Zeit zur Flucht zu geben.“
„Ich sehe, daß Du es ehrlich meinst, und werde Deinen Rath befolgen. Habt Ihr keinen Fez bei Euch? Diese Schurken haben das Haupt eines Gläubigen entblößt; das soll ihnen vergolten werden!“
„Ich werde Dir den meinigen geben; auch diese Pistolen will ich Dir leihen, damit Du nicht unbewaffnet bist.“
„Ich danke Dir, Franke! Du sollst Alles wieder haben. Seid wachsam; spätestens in einer Stunde kehre ich zurück.“
Ich begleitete ihn bis vor die Thür, und er entfernte sich eilig, indem er sich auf der entgegengesetzten Seite der Gasse hielt.
„Sihdi,“ frug mich Omar, als ich wieder zurückkehrte, „wird man Abu el Nassr, wenn er drüben ist, mir überlassen?“
„Ich weiß es nicht.“
„Meine Rache geht doch vor!“
„Der Offizier wird vielleicht wenig danach fragen.“
„So weiß ich, was ich zu thun habe. Erinnerst Du Dich des Schwures, den ich auf dem Schott Dscherid an der Stelle, in welcher mein Vater verschwunden war, ablegte? Siehe, ich habe das Haar und den Bart wachsen lassen bis zur jetzigen Stunde, und nun soll mir der Feind, den ich heut so nahe habe, nicht entgehen!“
Er ging hinaus in das „Selamlik“ und setzte sich vor das lose Brett. Wehe Abu el Nassr, wenn er heut Abend von dem Rächer gefunden wurde!
Ich löschte das Licht aus und folgte Omar mit Halef. Drüben mußten sich jetzt mehrere Personen befinden. Ich hörte ein vielfaches Schnarchen und ein Stöhnen, wie es beim Beginne der Opiumnarkose ausgestoßen zu werden pflegt. Wir verhielten uns schweigsam, und als drei Viertelstunden vergangen waren, ging ich hinunter zur Hausthür, um den Offizier zu erwarten.
Es war doch weit über eine Stunde vergangen, als ich trotz der Dunkelheit eine lange Reihe von Gestalten auf der jenseitigen Zeile der Gasse lautlos sich nähern sah. Gewiß hatten dieselben schon vorher ihre Instruction erhalten, denn während die hintere Abtheilung drüben stehen blieb, wurde die vordere direkt auf den Eingang unseres

Hauses zu geführt. An ihrer Spitze schritt der Offizier, noch immer in seiner vorigen Kleidung, aber mehr als hinreichend bewaffnet.
„Ah, Du erwartest uns!“ flüsterte er. „Hier hast Du Deine Pistolen und hier auch Deinen Fez.“
Er nahm Beides aus den Händen des ihm Folgenden, der ein Hauptmann war. Während ich die Leute führte, deren gegen Dreißig sein mochten, blieb er an der Thür stehen. Meine drei Stuben waren grad voll, als er als der Hinterste eintrat. Trotz der schlechten Treppe war Alles ohne auffälliges Geräusch abgelaufen.
„Mache Licht!“ sagte er.
„Hast Du die Thür unten verschlossen?“ frug ich ihn.
„Der Riegel ist vorgeschoben.“
„Und eine Wache hingestellt?“
„Eine Wache?“ lachte er. „Wozu?“
„Ich sagte Dir bereits, daß ich erst seit heute hier wohne; ich kenne also das Terrain noch nicht genau und muß also auch den Fall im Auge behalten, daß diejenigen, welche Du fangen willst, hier in den Hof hereinbrechen und sich durch meine Thür entfernen.“
„Das laß nur meine Sorge sein,“ antwortete er überlegen; „ich weiß genau, was ich zu thun habe!“
Als das Licht brannte, setzte er es neben die Bretterwand und befahl, zu beginnen. Die Vordersten der Soldaten erhoben die Gewehre, um die Wand mit den Kolben einzuschlagen. Dies war geradezu eine Dummheit zu nennen, denn ehe der Erste hinübergelangte, waren die Insassen des Hauses gewarnt. Ein Einziger kam auf klügere Weise hinüber; kaum war der erste Schlag gefallen, so schob er die Bretter zur Seite, riß meine beiden Messer aus dem Holze und kroch hindurch. Er war längst verschwunden, als der Offizier an der Spitze der Seinigen durch die Bresche drang.
Ich hatte erst den Gedanken gehabt, nun selbst die Thür zu besetzen, kam aber schnell davon zurück, als ich bedachte, ich sei ja nicht da, um die Fehler ANderer zu verbessern. Ich drang also gleich hinter dem Offizier und neben dem Hauptmanne drüben ein. In dem Gemache lagen sechs oder sieben Betrunkene und vom Opium Berauschte. Wir sprangen über sie hinweg nach dem Nebenzimmer und sahen eben die letzte Gestalt hinter einer andern Thür verschwinden. Wir folgten.
Von unten tönte auch bereits wüster Lärm herauf: die Soldaten waren eingedrungen. Die Stube, in welche wir kamen, hatte noch zwei Thüren. Wir öffneten die eine und sahen ein Gemach vor uns, welches keinen andern Ausgang hatte; es war voll von Knaben und Mädchen, welche alle flehend am Boden knieten.
„Eine Wache an die Thür!“ brüllte der Offizier.
Er sprang nach der andern Thür, und ich ihm nach. Da rannten wir mit Omar zusammen, welcher uns entgegenkam.
„Er ist nicht oben!“ schnaubte er. „Ich muß hinunter!“

Die Blutrache hatte ihn, uns Allen voran, bis an das äußerste Ende des oberen Stockwerkes getrieben.

„Wer ist oben?“ frug ihn der Offizier.

„Mehr als zwanzig Kerle, ganz hinten. Ich kenne Keinen davon.“

Er stieß uns bei Seite und eilte nach unten. Wir aber rannten durch mehrere Räume, welche alle erleuchtet waren. Der Überfall war so plötzlich gekommen, daß man vor Schreck vergessen hatte, die Lichter auszulöschen. Später hörte ich, daß der Thürwächter unten, als er die Soldaten erblickte, sofort ein Pistol abgeschossen hatte und im Dunkel des Hausganges verschwunden war. Wir im Nebenhause hatten unter dem Krachen der Kolbenschläge diesen Schuß nicht gehört, wohl aber war er von den Bewohnern des Hauses vernommen worden, die darauf, da der Schuß jedenfalls als ein Zeichen der höchsten Gefahr verabredet gewesen war, schleunigst die Flucht ergriffen. Dies war der Grund davon, daß wir bei unserer Ankunft bereits die vorderen Zimmer geleert fanden.

Endlich gelangten wir an die Thür des letzten Raumes. Sie war von innen verbarrikadirt. Während die Soldaten sich abmühten, sie mit ihren Kolben zu zertrümmern, vernahm man auch drinnen ein lautes Krachen. Die Thür war stark; sie widerstand zu lange; darum rannte ich durch die Räume alle zurück in unsere Wohnung, um meine Büchse zu holen, denn ich hatte nur die Revolver und Pistolen bei mir; die Messer hatte Omar an sich genommen.

Als ich mit dem Gewehre zurückkehrte, hatte die Thür immer erst nur einen kleinen Riß. Sie war so dauerhaft gearbeitet, jedenfalls weil der dahinter liegende Raum als letzter Zufluchtsort gegolten hatte und in Folge dessen besser verwahrt worden war; auch die Mauer war nicht von Holz, sondern von Ziegeln aufgeführt.

„Hinweg!“ gebot ich den Leuten. „Laßt mich machen!“

Mein Bärentödter war allerdings ein anderer Mauerbrecher als die leichten Täfenks der großherrlichen Vaterlandsvertheidiger. Schon der erste Stoß mit dem stark mit Eisen beschlagenen Kolben gab eine Bresche; noch drei wuchtige Hiebe, und die Thür lag in kleinen Trümmern, uns aber empfing in demselben Augenblick eine Salve von mehr als zehn Schießwaffen. Mehrere Soldaten stürzten nieder, ich aber, der ich wegen der Kolbenhiebe zur Seite an der Mauer gestanden hatte, blieb unversehrt. Eben sah ich, daß der Offizier mit erhobener Waffe in den Raum drang, und wollte ihm folgen, als ich horchend stehen blieb.

„Sihdi, Hülfe, schnell, schnell!“ hörte ich trotz des Lärms die Stimme Halef's vom Hofe herauf tönen.

Dies zeigte, daß der brave Hadschi sich in einer nicht gewöhnlichen Gefahr befinde. Natürlich mußte ich zu ihm. Wieder durch die Zimmerreihe nach unserm Wohnhause, durch dessen Stuben die Treppe hinab in den Hof: dieser Weg war zu lang; da konnten sie mir inzwischen den guten Halef erschlagen. Schon hörte ich seinen Ruf zum zweiten

Male und dringender; ich sprang also an die Holzwand, welche an der Seite unseres Hofes stand, und stieß mit dem Kolben gleich einige Bretter hinaus.
„Halte aus, Halef! Ich komme!“ rief ich hinab.
„Schnell, Sihdi, ich habe ihn!“ tönte es wieder herauf.
Die alten morschen Bretter flogen hinab; drunten herrschte tiefe Finsterniß, aber Schüsse blitzten, und wirre, wilde Flüche erschollen. Da gab es kein Zaudern; ich holte aus und sprang hinab, in das Dunkel hinein. Es war zwar nicht besonders hoch, aber ich kam doch sehr unsanft auf dem Boden an. Hurtig raffte ich mich auf.
„Halef, wo bist Du?“ rief ich.
„Hier an der Thür!“
Wahrhaftig! Der tapfere Hadschi hatte sich meine an den Offizier gerichteten Worte zu Herzen genommen, und statt uns in das Nachbarhaus zu folgen, war er hinunter an unsere Thür geeilt. Die in dem hintersten Zimmer zusammengedrängten Männer hatten auch wirklich die dünne Wand hinausgeschlagen und waren hinunter in unsern Hof gesprungen. Die Hälfte derselben hatte sich bereits unten befunden, als es mir oben gelang, die Thür zu zerschlagen. Sie hatten durch unser Haus fliehen wollen, waren aber auf Halef getroffen, der, anstatt sich hinter die Thür in den Flur zu postiren, sie offen und kühn vor derselben empfangen hatte. Die Schüsse, welche ich gehört hatte, waren auf ihn gerichtet gewesen; ob ihn einer derselben getroffen hatte, konnte ich nicht sehen, aber er stand noch aufrecht da und vertheidigte sich mit seiner langen, umgekehrten Flinte.
Es ist etwas Eigenes um so einen nächtlichen Nahekampf. Die Sinne schärfen sich auf das Doppelte ihres gewöhnlichen Vermögens; man sieht, was man sonst nicht sehen würde, und ein gewisser Instinkt, nach welchem man in solchen Augenblicken der Gefahr handelt, und zwar augenblicklich handelt, besitzt die Überlegenheit eines wohldurchdachten Entschlusses. Mein Kolben brachte den Hadschi schnell aus der Gefahr; ich sah, daß seine Angreifer unter unsern Schlägen stürzten oder zur Seite flohen; aber ich hatte nur an Eins zu denken:
„Wen hast Du denn, Halef?“ frug ich ihn mitten im Kampfe.
„Abrahim Mamur!“
„Ihn? Ah! Wo?“
„Zu meinen Füßen. Ich habe ihn niedergeschlagen.“
„Endlich! Bravo!“
Die wenigen Männer, welche uns noch belästigten, waren bald nach rechts und links aus einander gestoben. Ich bekümmerte mich nicht um sie und bückte mich nieder, um Abrahim Mamur in Augenschein zu nehmen. Es herrschte noch großes Getümmel im Hofe, denn es sprangen noch immer Leute von oben herab, welche vor den Soldaten flohen; ich achtete nicht auf sie, denn Abrahim war mir werthvoller als alle Anderen. Ich zog ein Zündholz hervor, strich es an und leuchtete dem Daliegenden in das Gesicht.
„O weh, Halef; er ist es nicht!“

„Nicht, Sihdi? Unmöglich! Ich habe ihn beim Blitz eines Schusses deutlich erkannt!"
„So ist er entkommen, und Du hast einen Andern niedergestreckt. Wo ist er hin?"
Ich erhob mich und blickte wieder im Hofe umher. Da sah ich die Flüchtigen über die niederen Planken klettern, welche eine zwischen dem Hause und dem Schuppen befindliche Lücke ausfüllten, die nach dem Hofe Baruch's führte. Auch Halef hatte dies sofort bemerkt.
„Ihnen nach, Sihdi!" rief er. „Er ist da hinüber!"
„Sicher! Aber so bekommen wir ihn nicht. Er muß ja an unserer Vorderthür vorbei. Komm!"
Ich sprang durch den Flur nach vorn und öffnete die Thür. Es eilten mehrere Gestalten vorüber, welche aus Baruch's Hause kamen; es waren drei oder vier. Ein Fünfter, der ihnen folgte und uns nicht bemerkte, rief:
„Halt! Bleibt beisammen!"
Das war er! Das war seine Stimme, jene Stimme, mit welcher er in jener Fluchtnacht am Nile seine Diener zusammengerufen hatte. Auch Halef erkannte sie und rief unkluger Weise laut:
„Er ist's, Sihdi! Ihm nach!"
Abrahim hörte es und rannte, ohne sich vorher erst umzublicken, davon; wir hasteten hinter ihm her. Er bog, um uns zu entkommen, um mehrere Ecken und tauchte in verschiedene dunkle, winkelige Gäßchen; aber ich war stets höchstens fünfzehn Schritte hinter ihm, und Halef hielt gleichen Schritt mit mir. Der Sprung in den Hof war doch nicht ohne Einfluß auf mich geblieben, sonst hätte ich den Menschen sicher bald erreicht. Er war ein guter Läufer, und meinem Halef wollte der Athem ausgehen.
„Bleib stehen und schieße ihn nieder, Sihdi!" keuchte er.
Die Befolgung dieses Zurufes wäre mir ein Leichtes gewesen, aber ich that es nicht. Es hatten Andere ein größeres Recht auf den Menschen als ich, und ich wollte ihn lebendig haben. Die Jagd dauerte also fort. Da öffnete sich die Gasse, durch welche wir jetzt gelaufen waren, und das Wasser des goldenen Hornes lag vor uns. Gar nicht weit vom Ufer erkannte man trotz des nächtlichen Dunkels die Inselreihe, welche zwischen Baharive Keui und Sudludje im Wasser liegt.
„Rechts, Halef!" rief ich.
Er gehorchte, und ich sprang links hinüber. So hatten wir den Flüchtling zwischen uns und dem Wasser. Er blieb einen Augenblick stehen, um sich nach uns umzusehen; dann nahm er einen Anlauf gegen das Ufer und sprang in das Wasser, unter dessen Oberfläche er verschwand.
„O waïh!" rief Halef. „Aber er soll uns doch nicht entkommen!"
Er legte seine Flinte an, um zu schießen.
„Schieß nicht," rieth ich ihm. „Du zitterst vom Laufen! Ich werde ihm nachspringen."
„Sihdi, wenn es diesem Bösewicht gilt, so zittere ich nicht!" war die Antwort.

Da tauchte der Kopf des Schwimmenden aus der Fluth empor – der Schuß krachte – ein Schrei erscholl, und der Kopf verschwand unter lautem Gurgeln wieder in den Wellen.
„Ich habe ihn getroffen!“ rief der Hadschi. „Er ist todt. Siehst Du, Sihdi, daß ich nicht gezittert habe!“
Wir warteten noch eine Weile, aber Abrahim Mamur kam nicht wieder empor, und wir beide waren überzeugt, daß der Schuß ein wohl gezielter gewesen sei. Nun kehrten wir wieder nach dem Kampfplatze zurück.
Zwar hatte ich während unseres Dauerlaufes auf die Richtung geachtet und mir auch möglichst die Zahl und Lage der Gäßchen gemerkt, aber es fiel uns dennoch nicht leicht, uns zurecht zu finden, und es dauerte eine geraume Weile, ehe wir unsere Wohnung erreichten.
Dort hatte sich unterdessen Vieles verändert. In der Gasse war es ziemlich hell geworden, denn ihre Bewohner und auch Leute aus den Nachbargassen standen mit Papierlaternen da. Ein Theil der Soldaten bildete Cordon vor den drei Häusern, und der andere Theil suchte entweder noch nach versteckten Flüchtlingen in den Höfen, oder er bewachte die Gefangenen, welche man gemacht hatte. Gefangen aber nannte man eine jede Person, welche heut in dem Hause des Griechen gewesen war. Dieser selbst war todt. Der Hauptmann hatte ihm mit einem Säbelhiebe den Kopf gespalten. Sein Weib aber stand bei den Mädchen und Knaben, welche man zusammengebunden hatte. Auch die Berauschten hatte man herbei geschafft. Im Tumulte des Kampfes war ihnen die Besinnung so ziemlich zurückgekehrt. Einige Soldaten waren todt, mehrere verwundet, und es stellte sich leider heraus, daß auch mein wackerer Halef einen Streifschuß in den Vorderarm und einen, glücklicherweise ungefährlichen, Stich gleich daneben erhalten hatte. Gefangen hatte man nur vier Männer, von denen sicher zu sein schien, daß sie Mitglieder der Gaunergesellschaft wären. Sechs waren getödtet worden, und den Übrigen war es geglückt, zu entkommen. Omar, der sich am meisten vorgewagt hatte, lehnte sehr verdrießlich an der Treppe; er hatte Abu el Nassr nicht gefunden und sich dann um das Weitere nicht gekümmert.
Der alte Baruch war schon schlafen gegangen, als geschossen wurde. Gleich darauf hatte man seine Flurthüren eingeschlagen, und er war vor Angst in seiner Stube eingeschlossen geblieben. Jetzt erst kam er hervor und schlug vor Verwunderung die Hände zusammen, als er hörte, was geschehen sei. Endlich hatte man alle Gefangenen zum Transporte zusammengekoppelt, und nun gab der Offizier seinen Soldaten die Erlaubniß, das Haus des Griechen zu plündern. Dies ließen sie sich nicht zweimal sagen; in Zeit von zehn Minuten war Alles fortgenommen, was sich nicht gar zu schwer transportiren ließ.
Während dieser Zeit suchte ich den Hauptmann auf, den ich nach dem Offizier fragte.
„Er steht draußen vor dem Hause,“ lautete die Antwort.
Das wußte ich bereits; aber es lag mir daran, etwas über diesen Mann zu erfahren. Erst hatte ich sein Schweigen geachtet; dann aber war er mir nicht in der Weise begegnet, die

ich von ihm erwarten konnte; jetzt nach beendigtem Kampfe kümmerte er sich gar nicht um mich, und ich hielt es auch nicht mehr für nöthig, diskret zu sein.
„Welchen Rang bekleidet er?“ fragte ich.
„Frage nicht,“ erklang es ziemlich barsch. „Er hat verboten, es zu sagen!“
Eben deswegen mußte ich es erfahren! Einer der Soldaten war noch im Hofe Baruch's mit Suchen beschäftigt gewesen, als die Anderen plünderten. Er war also schlechter weggekommen als sie und wollte fluchend durch das Haus nach der Gasse gehen. Dort fing ich ihn auf.
„Du hast nichts bekommen können?“ fragte ich ihn.
„Nichts!“ brummte er höchst ärgerlich.
„So sollst Du Dir bei mir etwas verdienen, wenn Du mir eine Frage beantwortest.“
„Welche Frage?“
„Welchen Rang bekleidet der Offizier, welcher Euch heut angeführt hat?“
„Wir sollen von ihm nicht sprechen; aber er hat auch nicht an mich gedacht. Gibst Du mir zwanzig Piaster, wenn ich es Dir sage?“
„Du sollst sie haben.“
„Er ist Mir Alai und heißt – –“
Er nannte mir den Namen eines Mannes, der später eine bedeutende Rolle spielte und noch heut als hoher Würdenträger bekannt ist. Er ist kein geborener Türke und hat sich vom Lieblingsdiener seines einstigen Herrn durch nichts weniger als geistige Verdienste zu seiner jetzigen Stellung emporgearbeitet.
Ich bezahlte die ausbedungene Summe und warf dann einen Blick hinaus auf die Gasse. Der Mir Alai stand grad vor der Thür und konnte mich unmöglich übersehen.
Wie ich es erwartet hatte, trat der Mir Alai herbei und fragte:
„Sind die Franken alle so furchtsam wie Du? Wo warst Du, als wir Andern kämpften?“
War das eine Frage! Ich hätte ihm am liebsten eine Ohrfeige gegeben.
„Auch wir kämpften,“ antwortete ich gleichmüthig; „allerdings nur mit denen, welche Du unnöthiger Weise entschlüpfen ließest. Ein weiser Mann ist stets darauf bedacht, die Fehler Anderer gut zu machen.“
„Wen habe ich entkommen lassen?“ fuhr er auf.
„Alle, welche hier entkommen sind. Da Du auf meinen Rath nicht hörtest, den Ausgang dieses Hauses zu besetzen, war ich mit meinem Diener nicht im Stande, die große Hälfte der Schurken festzuhalten, während Ihr Euch mit der kleineren beschäftigtet. Was wird mit den Gefangenen geschehen?“
„Allah weiß es! Wo wirst Du morgen wohnen?“
„Jedenfalls hier.“
„Du wirst nicht mehr hier wohnen.“
„Warum?“
„Das wirst Du bald merken. Also wo wirst Du morgen zu treffen sein?“
„Bei dem Bazirgian Maflei, welcher in der Nähe der Jeni Dschami wohnt.“

„Ich werde zu Dir senden."
Er wandte sich nach diesen Worten ohne einen Gruß von mir ab und gab ein Zeichen. Die Gefangenen wurden herbeigebracht und eingeschlossen; dann setzte sich der Zug in Bewegung. Ich kehrte, ohne ihm nachzublicken, in den Hof zurück und da bemerkte ich allerdings sogleich, weßhalb ich morgen nicht mehr hier wohnen werde. Dieser freundliche Offizier hatte Feuer an das Haus des Griechen legen lassen, und die Flammen leckten bereits zu den Stubendecken empor. Das war eine ächt muselmännische Art und Weise, mit einer nicht sehr ehrenvollen Erinnerung fertig zu werden.
Ich sprang, ohne Lärm zu schlagen, in unser Logis empor, um unsere Gewehre, die wir nicht gebraucht hatten, und das wenige Andere, mit dem wir eingezogen waren, zusammen zu nehmen. Ich trug es in den Hof herunter, und nun schlug auch die Flamme so hoch empor, daß man sie und ihre Helligkeit auf der Gasse bemerken mußte. Das Geschrei und der Tumult, der sich nun erhob, ist ganz unmöglich zu beschreiben. Man muß Augenzeuge einer Feuersbrunst in Constantinopel gewesen sein, um sich einen Begriff von der unendlichen Panik machen zu können, welche durch einen Brand entsteht. Man denkt gar nicht an das Löschen; man denkt nur an die Flucht, und da die Häuser meist nur hölzerne sind, so legt ein solches Feuer oft ganz beträchtliche Complexe in Asche.
Mein alter Baruch war vor Schreck ganz sprachlos, und seine Frau konnte sich nicht rühren. Wir trösteten Beide so gut wie möglich, packten ihre wenigen Habseligkeiten zusammen und versprachen ihnen eine freundliche Aufnahme bei Maflei. Einige Lastträger waren bald zur Stelle, und so verließen wir ein Logis, welches wir nicht ganz einen Tag bewohnt hatten, während doch die Miethe für eine ganze Woche entrichtet worden war. Der reiche Bäcker hatte an dem alten Hause jedenfalls keine Million verloren.
Wir fanden zu so später Stunde natürlich Maflei's Haus verschlossen, doch wurde uns auf unser Klopfen sehr bald geöffnet. Die Glieder der ganzen Familie versammelten sich; sie waren sehr enttäuscht, als sie hörten, daß unser Unternehmen auf diese Weise geendet hatte. Lieber hätten sie Abrahim Mamur in ihrer Gewalt gehabt, doch befriedigten sie sich schließlich mit der Überzeugung, daß er in den Fluthen seinen Lohn gefunden habe.
Baruch wurde mit seinem Weibe willkommen geheißen, und der Hausherr versicherte ihm, daß er für ihn sorgen werde.
Schließlich, als uns gesagt worden war, daß wir unser Gartenhaus wieder bereit finden würden, bemerkte Isla mit freudigem Angesichte:
„Effendi, wir haben heute, als Du abwesend warst, einen unerwarteten, aber sehr lieben Gast erhalten. Rathe einmal, wer es ist!"
„Wer kann da rathen! Kenne ich ihn?"
„Gesehen hast Du ihn noch nicht, aber erzählt habe ich Dir von ihm. Ich werde ihn rufen, und wenn Du ihn gesehen hast, sollst Du rathen."

Ich war ein wenig gespannt auf diesen Gast, denn er mußte mit unseren Erlebnissen in Beziehung stehen. Nach kurzer Zeit trat Isla mit einem ältlichen Manne ein, den ich allerdings noch nicht gesehen hatte. Er trug die gewöhnliche türkische Kleidung und hatte nichts an sich, was mich auf die richtige Spur hätte bringen können. Seine sonnverbrannten Züge waren kühn und scharf geschnitten, doch die Falten, welche sein Gesicht durchfurchten, und der lange, schneeweiße Bart gaben ihm ein Aussehen, als habe er an einem schweren Kummer zu tragen.

„Dies ist der Mann, Effendi," meinte Isla. „Nun rathe!"

„Ich errathe es nicht."

„Und doch wirst Du es errathen!" Und an den Fremden sich wendend, bat er: „Rede ihn in Deiner Muttersprache an!"

Der Mann machte eine Verbeugung gegen mich und sagte:

„Szluga pokoran, wiszoko pocschtowani – Ihr ergebener Diener, mein hochgeehrter Herr."

Dieser höfliche, serbische Gruß brachte mich sofort auf die rechte Fährte. Ich reichte dem Mann beide Hände entgegen und antwortete:

„Nubo, otatz Osco, dobro, mi docschli – sieh da, Vater Osco! Willkommen!"

Es war wirklich Osco, der Vater von Senitza, und ich richtete große Freude damit an, daß ich ihn an diesem serbisch-montenegrinischen Gruße erkannt hatte. Natürlich war jetzt von Schlaf noch keine Rede, denn ich mußte zunächst wissen, wie es ihm ergangen war. Seit dem Verschwinden seiner Tochter, außer welcher er kein Kind besaß, war er ruhelos umhergewandert. Er hatte hier und da geglaubt, eine Spur von ihr gefunden zu haben, war aber immer bald zu der Einsicht gelangt, daß er sich getäuscht habe. Noth hatte er während dieser Irrfahrten, welche sich meist über Kleinasien und Armenien erstreckt hatten, nicht gelitten, denn er war mit reichlichen Mitteln versehen gewesen. In ächt orientalischer Weise hatte er den Schwur gethan, die Heimat und sein Weib nicht eher wiederzusehen, als bis er sein Kind gefunden habe, war aber durch die Vergeblichkeit seiner Bemühungen gezwungen worden, nach Constantinopel zu gehen. Eine solche Odyssee ist nur im Orient möglich; bei den geordneten Zuständen des Abendlandes würde sie ein Wahnsinn zu nennen sein. Man kann sich vorstellen, welche Freude der Montenegriner gehabt hatte, da er seine Tochter als das Weib des Mannes fand, für den er sie hatte suchen wollen, und nicht nur seine Tochter hatte er gesehen, sondern auch sein Weib, welches der Tochter nach Stambul gefolgt war.

Er hatte den ganzen Zusammenhang erfahren und strebte nun nach Rache. Er war entschlossen, den Derwisch Ali Manach aufzusuchen, um ihn zu zwingen, Auskunft über den Aufenthaltsort seines Vaters zu ertheilen, und ich hatte Mühe, ihn zu bestimmen, diesen Besuch mir zu überlassen.

Nun erst legten wir uns schlafen, und ich kann sagen, daß ich nach der überstandenen Anstrengung sofort in Schlummer fiel, und vielleicht wäre ich am Morgen noch nicht aufgewacht, wenn ich nicht geweckt worden wäre. Maflei schickte nämlich nach dem

Gartenhause und ließ mir sagen, daß ein Mann da sei, der mich sehr nothwendig zu sprechen habe. Da man im Orient gezwungen ist, in den Kleidern zu schlafen, so war ich sofort bereit, dem Rufe Folge zu leisten. Ich traf einen Mann, welcher mich nach meinem Namen fragte und mir dann sagte, daß ich nach dem Hause in Sanct Dimitri kommen solle, wo ich mit dem Jüterbogker Barbier gewesen sei; dieser wolle mit mir sprechen, und es sei außerordentlich eilig.
„Was will er?“ erkundigte ich mich.
„Ich weiß es nicht,“ lautete die Antwort. „Ich wohne in der Nähe, und der Wirth kam zu mir, um mich zu bitten, zu Dir zu gehen.“
„So sage ihm, daß ich sogleich kommen werde!“
Ich bezahlte ihm den Gang, und er ging. Bereits fünf Minuten später war ich mit Omar unterwegs. Bei der Unsicherheit eines solchen Weinhauses hielt ich es für gerathen, nicht allein zu gehen, und Halef wollte ich nicht belästigen, da er verwundet worden war. Auf unseren kleinen Miethpferden, hinter denen die Besitzer hertrabten, indem sie sich am Schwanze festhielten, ging es ziemlich schnell durch die Gassen. Als wir anlangten, kam uns der Wirth bis unter die Thür entgegen. Er grüßte höchst demüthig und fragte:
„Effendi, Du bist der Deutsche, der kürzlich mit einem gewissen Hamsad al Dscherbaja bei mir gewesen ist?“
„Ja.“
„Er will mit Dir sprechen.“
„Wo ist er?“
„Er liegt oben. Dein Begleiter mag einstweilen unten einkehren.“
Die Worte: „Er liegt oben“ – ließen mich auf Krankheit oder gar auf einen Unfall schließen. Während Omar in die untere Stube trat, stieg ich mit dem Wirthe die Stiege empor. Oben blieb er stehen und sagte:
„Erschrick nicht, Herr, wenn Du ihn krank findest!“
„Was ist mit ihm?“
„O, weiter nichts, als daß er einen kleinen Stich erhalten hat.“
„Ah! Wer hat ihn gestochen?“
„Ein Fremder, der noch nie bei mir gewesen ist.“
„Weßhalb?“
„Sie saßen erst beisammen und redeten sehr eifrig mit einander; dann spielten sie, und als Dein Bekannter bezahlen sollte, hatte er kein Geld. Darüber wurden sie uneinig und zogen die Messer; er war betrunken und erhielt den Stich.“
„Ist es gefährlich?“
„Nein, denn er war nicht sogleich todt.“
Also nach der Meinung dieses guten Mannes war ein Stich nur dann gefährlich, wenn sogleich der Tod erfolgte.
„Du hast doch den Andern festgehalten?“

„Wie konnte ich das?“ antwortete er verlegen. „Dein Freund hatte kein Geld und zog das Messer zuerst.“
„Aber Du kennst ihn wenigstens?“
„Nein. Ich sagte Dir bereits, daß er noch gar nicht bei mir gewesen ist.“
„Hast Du nach einem Arzt geschickt?“
„Ja. Ich ließ sogleich einen berühmten Hekim holen, der ihn verbunden hat. Du wirst mir doch bezahlen, was mir der Kranke dafür und für seine Zeche schuldig ist? Ich habe dem Fremden auch das geben müssen, was er von ihm gewonnen hatte.“
„Ich werde mir das zuvor ein wenig überlegen. Führe mich zu ihm!“
„Tritt durch die hintere Thüre. Ich habe unten zu thun.“
Als ich in die bezeichnete Stube trat, welche nichts als eine Art Matratze enthielt, sah ich den Barbier todesbleich und mit eingefallenem Gesichte auf derselben liegen. Ich war sogleich überzeugt, daß der Stich gefährlich sei, und beugte mich zu ihm nieder.
„Ich danke Ihnen, daß Sie kommen!“ sagte er langsam und mit Mühe.
„Dürfen Sie sprechen?“ frug ich ihn.
„Es wird mir nichts mehr schaden! Es ist aus mit mir!“
„Fassen Sie Muth! Hat Ihnen der Arzt keine Hoffnung gelassen?“
„Er ist ein Quacksalber.“
„Ich werde Sie nach Pera bringen lassen. Sind Sie im Besitze eines Schutzscheines vom preußischen Gesandten?“
„Nein. Ich wollte nicht für einen Franken gelten.“
„Woher war der Mann, mit dem Sie sich stritten?“
„Der? Oh, wissen Sie das nicht? Ich soll ihn ja für Sie suchen! Es war Abrahim Mamur!“
Ich fuhr zurück, als ich diesen Namen hörte.
„Das ist unmöglich; er ist ja todt!“
„Todt? Ich wollte, er wäre es!“
Es war eigenthümlich: jetzt auf dem Kranken- oder Sterbelager redete der Barbier auf einmal nicht mehr seinen märkischen Dialekt, sondern das reinste Hochdeutsch! Das mußte mir natürlich auffallen.
„Erzählen Sie!“ bat ich ihn.
„Ich war noch spät hier; da kam er, ganz naß, als ob er durch das Wasser geschwommen sei. Ich erkannte ihn sogleich, er mich aber nicht. Ich machte mich an ihn, und wir zechten; dann spielten wir, und ich verlor. Ich war betrunken und mag wohl verrathen haben, daß ich ihn kenne und aushorchen wolle; ich hatte kein Geld, und deßhalb kamen wir in Streit; ich wollte Ihnen einen Gefallen thun und ihn erstechen, er aber war rascher als ich. Das ist Alles!“
„Ich will Sie nicht tadeln; das führt zu nichts, und Sie sind krank. Haben Sie nicht bemerkt, ob Abrahim Mamur mit dem Wirthe bekannt ist?“
„Sie schienen sich sehr gut zu kennen; der Wirth gab ihm trockene Kleider, ohne daß er darum gebeten wurde.“

„Seien Sie aufrichtig! Sie sind nicht aus Jüterbogk?“
„Sie errathen es. Ich weiß, daß der Stich tödtlich ist, und darum will ich es sagen: ich bin ein Thüringer. Das ist genug; ich habe keine Verwandte und durfte nicht in die Heimat zurück. Lassen Sie das gut sein! Wollen Sie mich wirklich nach Pera schaffen lassen?“
„Ja. Vorher jedoch will ich Ihnen einen verständigen Arzt senden, der untersuchen soll, ob Sie transportfähig sind. Haben Sie einen Wunsch?“
„Lassen Sie mir Scherbet geben und vergessen Sie mich nicht!“
Er hatte mir immer nur mit Mühe und unter vielen Unterbrechungen geantwortet. Jetzt schloß er die Augen; die Besinnung schwand ihm. Ich ging hinunter zum Wirthe, gab ihm die geeigneten Instructionen und versprach ihm, seine berechtigten Auslagen ehrlich zu bezahlen. Dann ritten wir schleunigst nach Pera. Hier begab ich mich zunächst in die preußische Gesandtschaft, deren Kanzler, welcher ein Perote war, meine kurze Darstellung schweigend anhörte und sich sodann in liebenswürdigster Weise bereit erklärte, sich des Verwundeten anzunehmen; auch die Sorge für den Arzt nahm er auf sich und ersuchte mich nur, ihm Omar als Führer da zu lassen. Natürlich fühlte ich mich trotzdem nicht der Theilnahme und Sorge für den Landsmann entbunden, konnte aber ruhig heimkehren, da ich ihn unter guter Obhut wußte.
Sofort nach meiner Ankunft suchte ich zunächst Isla auf, um ihm zu sagen, daß Abrahim Mamur heute Nacht nicht von Halef erschossen worden sei, sondern noch lebe. Er befand sich in einem mit Büchern und allerhand Waarenproben angefüllten Gemache, welches sein Comptoir zu sein schien. Er war sehr wenig erbaut von meiner Botschaft, beruhigte sich aber bald durch den Gedanken, daß es uns nun doch noch gelingen könne, den Menschen lebendig zu fangen. Was den Barbier betraf, so äußerte er kein Mitleid mit demselben und sagte mir, daß er ihn fortgejagt habe, weil er von ihm mehrfach bestohlen worden sei.
Während dieser Unterredung war mein Blick wiederholt auf das aufgeschlagene Buch gefallen, welches er vor sich liegen hatte. Es schien ein Contobuch zu sein, dessen Inhalt mich nichts anging und mich auch gar nicht interessirte. Im Laufe des Gespräches irrten seine Finger wie spielend durch die Blätter, welche von ihnen hin und her gewendet wurden, und jetzt – eben blickte ich ganz zufällig wieder hin – fiel mein Auge auf einen Namen, der mich veranlaßte, meine Hand schnell auf das Blatt zu legen, damit es nicht umgewendet werde. Es war der Name „Henri Galingré, Schkodra“.
„Galingré in Schkodra?“ fragte ich. „Dieser Name interessirt mich ganz außerordentlich. Du stehst mit einem Galingré in Skutari in Verbindung?“
„Ja. Es ist ein Franzose aus Marsilia, einer meiner Lieferanten.“
„Aus Marseille? O, das stimmt ja ganz auffällig! Hast Du ihn vielleicht einmal gesehen und gesprochen?“
„Öfters. Er ist bei mir gewesen, und ich war auch bei ihm!“
„Weißt Du nichts von seinen Schicksalen und von seiner Familie?“

„Ich erkundigte mich nach ihm, ehe ich das erste Geschäft mit ihm machte, und später hat er mir auch Manches erzählt.“
„Was weißt Du von ihm?“
„Er hatte ein kleines Geschäft in Marsilia, und das genügte ihm nicht; darum ging er nach dem Orient, erst nach Stambul, dann nach Adrianopel; dort lernte ich ihn kennen. Seit einem Jahre aber wohnt er in Skutari, wo er einer der wohlhabendsten Männer ist.“
„Und seine Verwandten?“
„Er hatte einen Bruder, dem es auch nicht in Marsilia gefiel. Dieser ging erst nach Algier und dann nach Blidah, wo er solches Glück hatte, daß der Bruder in Adrianopel ihm seinen Sohn sandte, damit derselbe im Geschäft zu Blidah seine Kenntnisse verwerthe. Dieser Sohn nahm sich ein Mädchen aus Marsilia zum Weibe und kehrte dann zu seinem Vater zurück, wo er nach längeren Jahren das Geschäft übernahm. Einst mußte er nach Blidah zu seinem Oheim, um ein größeres Geschäft mit ihm zu besprechen, und grad als er sich dort befand, wurde der Oheim ermordet und seiner ganzen Kasse beraubt. Man hatte einen armenischen Händler in Verdacht, und der jüngere Galingré zog aus, um nach ihm zu forschen, da er meinte, daß die Polizei nicht fleißig genug suche. Er ist niemals zurückgekehrt. Sein Vater ist Erbe des Oheims geworden und hat dadurch sein Vermögen verdoppelt, aber er weint noch heut um den Sohn und würde viel geben, wenn er eine Spur von ihm fände. Das ist es, was ich Dir sagen kann.“
„Nun wohlan, ich kann ihn gleich auf diese Spur bringen.“
„Du?“ fragte Isla erstaunt.
„Ja. Wie konntest Du so lange schweigen! Ich habe Dir ja bereits in Ägypten erzählt, daß Abu el Nassr, welchen Omar sucht, im Wadi Tarfaui einen Franzosen erschlagen hat, dessen Sachen ich zu mir nahm. Habe ich Dir nicht auch mitgetheilt, daß dieser Franzose Paul Galingré geheißen hat?“
„Den Namen hast Du nicht genannt.“
„Ich habe noch heute den Trauring hier an meinem Finger, welcher ihm gehörte; die anderen Gegenstände gingen leider mit der Satteltasche verloren, als mein Pferd im Schott Dscherid versank.“
„Effendi, Du wirst dem alten Manne noch Nachricht geben!“
„Das versteht sich!“
„Schreibst Du ihm?“
„Ich werde sehen. Durch einen Brief kommt die Nachricht zu plötzlich über ihn. Der Weg in meine Heimat führt mich vielleicht in jene Gegend. Man muß sich diese Angelegenheit überlegen.“
Nach diesem Gespräche suchte ich Halef auf, der es zunächst gar nicht glauben wollte, daß sein Schuß fehl gegangen sei; endlich aber gab er dennoch zu:
„Sihdi, so hat mein Arm also doch gezittert!“
„Jedenfalls.“

„Aber dieser Mensch stieß doch einen Schrei aus und versank. Wir haben seinen Kopf nicht wieder gesehen!“
„Das hat er mit kluger Absicht gethan; er muß ein guter Schwimmer sein. Mein lieber Hadschi Halef Omar, wir sind rechte Thoren gewesen. Glaubst Du wirklich, daß ein Mensch, welcher eine Kugel mitten durch den Kopf bekommt, noch schreien kann?“
„Ich weiß das nicht,“ meinte er, „denn ich habe noch keine Kugel durch den Kopf erhalten. Wenn man mich einmal durch den Kopf schießt, was Allah um meiner Hanneh willen verhüten möge, so werde ich versuchen, ob es mir möglich ist, zu schreien. Aber Sihdi, glaubst Du, daß wir seine Spur wiederfinden werden?“
„Ich hoffe es.“
„Durch den Wirth?“
„Entweder durch ihn oder durch den Derwisch, denn ich ahne, daß er diesem bekannt ist. Ich werde noch heut mit ihm sprechen.“
Auch den Juden, welcher mit seinem Weibe ein kleines Gelaß unseres Gartenhauses bewohnte, besuchte ich. Er hatte sich in die Veränderung ergeben und klagte nicht mehr über die kleinen Verluste, die ihm das gestrige Feuer verursacht hatte. Er wußte ja, daß der reiche Maflei sein Versprechen, für ihn zu sorgen, leicht halten könne. Während meiner Abwesenheit in Dimitri und Pera war er bereits in Baharive Keui gewesen und sagte mir, daß sehr viele Häuser von dem Feuer verzehrt worden seien.
Wir sprachen noch mit einander, als ein schwarzer Diener Maflei's kam, um mir zu sagen, daß ein Offizier da sei, der mit mir sprechen wolle.
„Was ist er?“ fragte ich ihn.
„Er ist ein Jüsbaschi.“
„Führe ihn in meine Wohnung.“
Ich hielt es nicht für angezeigt, dieses Mannes wegen einen Schritt zu thun, und begab mich deßhalb, anstatt das Hauptgebäude aufzusuchen, nach meinem Zimmer, wo ich Halef fand, dem ich sagte, welchen Besuch ich zu erwarten habe.
„Sihdi,“ meinte er, „dieser Jüsbaschi ist grob gegen Dich gewesen. Wirst Du höflich sein?“
„Ja.“
„Du meinst, dann muß er sich vor uns schämen? Wohlan, so werde auch ich sehr höflich gegen ihn sein. Erlaube, daß ich ihn als Dein Chizmetkiar empfange!“
Er trat hinaus vor die Thür, und ich setzte mich auf meinen Divan, mir eine Pfeife anbrennend. Nach wenigen Minuten hörte ich die Schritte des Nahenden und gleich darauf die Stimme des kleinen Hadschi, welcher den Schwarzen fragte:
„Wohin willst Du?“
„Ich soll diesen Agha zu dem fremden Effendi bringen.“
„Zu dem Emir aus Dschermanistan meinst Du! Du kannst umkehren, denn Du mußt doch wissen, daß man bei einem Emir nicht so eintreten darf, wie bei einem Paputschi oder Terzi. Der Emir, welchen Allah mir als Herrn gegeben hat, ist gewohnt, daß man nur mit der größten Höflichkeit mit ihm verkehrt.“

„Wo ist Dein Herr?“ hörte ich barsch die Stimme des Hauptmanns fragen.
„Erlaube mir, Hoheit, Dich erst zu fragen, wer Du bist!“
„Das wird Dein Herr wohl sehen!“
„Aber ich weiß ja nicht, ob es ihm beliebt, es zu sehen. Er ist ein sehr strenger Herr, und ich darf es nicht wagen, Jemand zu ihm zu lassen, ohne ihn zuvor um Erlaubniß zu fragen.“
Ich sah im Geiste mit Vergnügen das demüthig-freundliche Gesicht des kleinen Schlaukopfs gegenüber den grimmigen Zügen des barschen Offiziers, der den Befehl seines Vorgesetzten auszuführen hatte und also nicht umkehren durfte, was er jedenfalls am liebsten gethan hätte. Er antwortete:
„Ist Dein Herr wirklich ein so großer und vornehmer Emir? Solche Leute pflegen anders zu wohnen, als wir es gestern bemerkten!“
„Das that er nur zu seinem Vergnügen. Er langweilte sich und beschloß, einmal zu sehen, wie unterhaltend es ist, wenn sechzig tapfere Krieger zwanzig Knaben und Mädchen fangen, die Erwachsenen aber entlaufen lassen. Das hat ihm sehr gefallen, und nun sitzt er auf seinem Divan und hält seinen Kef, wobei ich ihn nicht stören möchte.“
„Du bist verwundet. Warst Du nicht gestern auch dabei?“
„Ja. Ich war es, der unten an der Thür stand, wo eigentlich eine Wache hingehörte. Aber ich sehe, daß Du Dich gern mit mir hier unterhalten willst. Erlaube, Hoheit, Dir einen Sitz zu bringen!“
„Halt, Mensch! Ich glaube gar, Du sprichst im Ernste! Sage Deinem Herrn, daß ich mit ihm reden möchte!“
„Und wenn er mich fragt, wer Du bist?“
„So sage, daß ich der Jüsbaschi von gestern Abend sei.“
„Gut! Ich werde ihn einmal bitten, seine Güte über Dir leuchten und Dich eintreten zu lassen, denn ich weiß, was man um einen Mann von Deiner Würde wagen darf.“
Er trat herein und zog die Thür hinter sich zu. Sein ganzes Gesicht funkelte vor Vergnügen.
„Soll er sich neben Dich setzen?“ frug er leise.
„Nein. Lege ihm das Kissen grad mir gegenüber nahe an die Thür, aber mit der größten Höflichkeit; dann bringst Du ihm eine Pfeife und Kaffee.“
„Dir auch Kaffee?“
„Nein; ich trinke nicht mit ihm.“
Er öffnete jetzt und ließ unter einem demüthigen „der Emir erlaubt es“ den Wartenden eintreten. Dieser grüßte nur mit einer leisen Verneigung seines Hauptes und begann:
„Ich komme, um das Dir gestern gegebene Versprechen zu – –“
Er hielt inne, denn eine rasche Handbewegung meinerseits hatte ihm auf ganz unzweideutige Weise Schweigen geboten. Ein höflicher Gruß einem Franken gegenüber dünkte ihm wohl gar nicht nöthig, und so hatte ich große Lust, ihm zu zeigen, daß auch ein Christ an Achtung gewöhnt sein kann.

Er stand noch an der Thür. Halef brachte das Kissen und legte es ihm grad vor die Füße; dann verließ er den Raum. Es war ein wirkliches Schauspiel, das Gesicht des Jüsbaschi zu beobachten, in welchem Empörung, Erstaunen und Scham um die Herrschaft rangen. Er fügte sich aber doch in das Unvermeidliche und ließ sich nieder. Es mußte den stolzen Moslem eine bedeutende Überwindung kosten, bei einem Christen nur an der Thür Platz zu nehmen.

Bei der orientalischen Art und Weise, stets kochendes Wasser für den Kaffee über dem Feuer zu haben, dauerte es nur sehr kurze Zeit, bis Halef ihm eine Tasse des Getränkes und Feuer brachte. Er nahm beides, trank den Kaffee und ließ sich die Pfeife anbrennen. Halef blieb hinter ihm stehen, und nun konnte die Unterhaltung beginnen.

„Mein Sohn," begann ich in väterlich freundlichem Tone, obgleich das Wort eigenthümlich klingen mußte, da ich auch nicht älter war, als er selbst; „mein Sohn, ich ersuche Dich, Dir Einiges zu merken, was mein Mund Dir zu sagen hat. Wenn man die Wohnung eines Bilidschi betritt, so sagt man ihm einen Gruß, sonst wird man entweder für stumm oder für unwissend gehalten. Auch darf man die Rede nie zuerst beginnen, sondern muß warten, bis man angesprochen wird, denn der Hausherr hat das Recht, das Zeichen zum Beginn zu geben. Wer einen Andern beurtheilt, ohne ihn vorher kennen gelernt zu haben, der wird sich sehr viel irren, und vom Irrthum ist oft nur ein kleiner Schritt zur Demüthigung. Du wirst meine gut gemeinten Worte dankbar beherzigen, denn die Erfahrung hat die Pflicht, die Jugend zu belehren. Und nun magst Du mir sagen, welche Bitte Du auszusprechen hast!"

Der Mann hatte die Pfeife sinken lassen und öffnete den Mund vor Erstaunen über mein Verhalten. Jetzt aber platzte er rasch los:

„Es ist keine Bitte, sondern ein Befehl, welchen ich Dir bringe!"

„Ein Befehl? Mein Sohn, es ist sehr vortheilhaft, langsam zu sprechen, denn nur auf diese Weise vermeidet man es, Dinge zu sagen, welche man nicht überlegt hat! Ich kenne in Stambul keinen Menschen, der mir zu gebieten hätte. Du meinst wohl, daß Du selbst einen Befehl erhalten hast und in Folge dessen zu mir kommst, denn Du bist ein Untergebener, ich aber bin ein freier Mann. Wer sendet Dich zu mir?"

„Der Mann, welcher uns gestern kommandirte."

„Du meinst den Mir Alai – –?"

Ich fügte den Namen hinzu, welchen ich gestern von dem Soldaten erfahren hatte. Der Jüsbaschi machte eine Bewegung der Bestürzung und rief:

„Du kennst ihn und seinen Namen?"

„Wie Du hörst! Hat er einen Wunsch an mich?"

„Ich soll Dir befehlen, nicht nach ihm zu forschen und von der gestrigen Begebenheit zu keinem Menschen zu sprechen."

„Ich habe Dir bereits gesagt, daß mir Niemand etwas zu befehlen hat. Sage dem Mir Alai, daß die Begebenheit in der nächsten Nummer des Bassiret erscheinen wird! Da ich keine Befehle entgegennehmen kann, so ist unsere Unterredung beendet."

Ich erhob mich und ging in das Nebenzimmer. Der Jüsbaschi aber vergaß vor Erstaunen sowohl das Sprechen als auch das Aufstehen, und erst nach einer ganzen Weile kam Halef, um mir zu melden, daß der Besuch mit einigen kräftigen Flüchen verschwunden sei.

Es war für gewiß anzunehmen, daß der Mir Alai sofort wieder schicken werde; ich fühlte aber keine Verpflichtung, auf seinen Boten zu warten, und rüstete mich zum Ausgehen. Mein Weg war nach dem Derwischkloster gerichtet, wo ich mit Ali Manach sprechen wollte. Ich fand ihn, wie gestern, in seiner Zelle, wo er saß und betete. Als er mich grüßen hörte, blickte er auf, und seiner Miene nach schien mein Besuch ihm nicht unangenehm zu sein.

„Sallam!" dankte er. „Bringst Du vielleicht wieder eine Gabe?"

„Ich weiß es noch nicht. Wie soll ich Dich nennen, Ali Manach Ben Barud al Amasat oder el Nassr?"

Mit einem schnellen Sprunge war er vom Divan empor und stand ganz nahe vor mir.

„Pst! Schweige hier!" raunte er mir ängstlich zu. „Gehe hinaus auf den Friedhof; ich werde in kurzer Zeit nachkommen!"

Ich ahnte, daß ich gewonnenes Spiel hatte; freilich mußte ich mir auch eingestehen, daß ich mich auf einige diplomatische Gesprächswendungen einrichten müsse, wenn ich mich nicht verrathen wollte. Ich verließ das Klostergebäude, schritt quer über den Hof und trat durch die Gitterpforte auf den Gottesacker.

Da ruhten sie, die Hunderte von Derwischen. Sie hatten ausgetanzt, und nun lag ein Stein zu ihren Häuptern, auf dem der Turban thronte. Ihre Komödie war ausgespielt. Wie werden sie über die „Brücke der Prüfung" gelangen!

Ich hatte mich noch nicht weit zwischen die Gräber vertieft, als ich den Derwisch kommen sah. Er schritt, scheinbar in fromme Betrachtung versunken, einem abgelegenen Winkel zu, und ich folgte ihm. Wir trafen dort zusammen.

„Was hast Du mir zu sagen?" fragte er.

Ich mußte außerordentlich vorsichtig sein; darum antwortete ich:

„Erst muß ich Dich kennen lernen. Kann man sich auf Dich verlassen?"

„Frage den Usta; er kennt mich genau!"

„Wo ist er zu finden?"

„In Dimitri, bei dem Rum Kolettis. Bis gestern waren wir in Baharive Keui, aber man hat uns entdeckt und vertrieben. Der Usta wäre beinahe erschossen worden. Nur durch Schwimmen konnte er sich retten."

Diese Worte sagten mir allerdings, daß Abrahim Mamur der Anführer dieser Freibeuter sei; er hatte mich also in Baalbeck nicht belogen. Aber der Derwisch hatte einen Mann genannt, der mich an ein früheres Ereigniß erinnerte. Hatte nicht jener Grieche, welcher während des Kampfes im „Thal der Stufen" in meine Hände fiel, Alexander Kolettis geheißen? Ich erkundigte mich weiter:

„Sind wir bei Kolettis sicher?"

„Vollständig. Weißt Du, wo er wohnt?“
„Nein. Ich bin erst seit kurzer Zeit in Stambul.“
„Woher kommst Du?“
„Aus Damask, wo ich den Usta getroffen habe.“
„Ja, er war dort, aber das Werk ist ihm nicht gelungen. Ein fränkischer Hekim hat ihn erkannt, und er mußte fliehen.“
„Ich weiß es; er hat dem reichen Schafei Ibn Jacub Afarah nur einen Theil seiner Geschmeide abnehmen können. Ist es verkauft?“
„Nein.“
„Weißt Du dies genau?“
„Ganz genau, denn ich und mein Vater sind seine Vertrauten.“
„Ich komme, um dieser Sachen wegen mit ihm zu sprechen. Ich weiß einen sichern Mann, der Alles kauft. Hat er es sofort bei der Hand?“
„Es steckt im Thurm von Galata an einem sichern Orte. Vielleicht kommst Du zu spät, denn der Bruder Kolettis' hat auch einen Mann gefunden, welcher heut kommen will.“
Das machte mir Sorge, doch ließ ich mir nichts merken.
„Wo ist Barud el Amasat, Dein Vater? Ich habe eine wichtige Botschaft an ihn.“
„Bist Du treu?“ fragte er nachdenklich.
„Probire es!“
„Er ist in Edreneh bei dem Kaufherrn Hulam zu finden.“
Jetzt erschrack ich förmlich, denn hier war gewiß wieder eine Heimtücke im Spiele, doch faßte ich mich schnell.
„Ich weiß es,“ bemerkte ich zuversichtlich. „Dieser Hulam ist der Verwandte jenes Jacub Afarah in Damask und auch des Händlers Maflei hier in Stambul.“
„Ich sehe, Du weißt Alles. Ich kann Dir vertrauen.“
„So sage mir noch, wo sich Dein Oheim Hamd el Amasat befindet!“
„Auch diesen kennst Du?“ frug er verwundert.
„Sehr genau. Er war in der Sahara und in Ägypten.“
Sein Erstaunen wuchs. Er schien mich für ein ganz bedeutendes Mitglied seiner sauberen Verbrüderung zu halten, denn er frug:
„So bist Du wohl gar der Usta in Damask?“
„Frage jetzt nicht, sondern antworte mir!“
„Hamd el Amasat ist jetzt in Skutari. Er wohnt bei einem fränkischen Kaufmann, welcher Galino oder Galineh heißt.“
„Galingré willst Du sagen.“
„Herr, Du weißt wahrhaftig Alles!“
„Ja; aber Eins weiß ich noch nicht. Wie nennt sich der Usta jetzt?“
„Er ist aus Koniëh und heißt Abd el Myrrhatta.“
„Ich danke Dir. Du wirst bald mehr von mir hören!“

Er antwortete auf meinen Abschiedsgruß mit einer Unterwürfigkeit, welche mir bewies, daß es mir vollständig gelungen war, ihn zu täuschen. Nun aber galt es, keinen Augenblick zu versäumen, sonst konnte meine jetzige Errungenschaft schnell wieder verloren gehen. Ohne mich erst zu Maflei zurück zu begeben, ritt ich nach Dimitri, um mich in dem Weinhause nach Kolettis zu erkundigen. Ich fand den Wirth nicht anwesend, aber sein Weib war da. Meine erste Frage war nach dem Barbier, und ich erfuhr, daß ein Arzt gekommen sei und ihn anders verbunden habe. Später, vor noch nicht langer Zeit, sei er abgeholt worden. Nun fragte ich nach Kolettis. Die Frau blickte mich ganz erstaunt an und sagte:
„Kolettis? So heißt ja mein Mann!"
„Ah! Das wußte ich nicht. Ist hier nicht ein Mann aus Koniëh zu finden, welcher Abd el Myrrhatta heißt?"
„Er wohnt bei uns."
„Wo ist er jetzt?"
„Er ist nach dem Thurme von Galata lustwandeln gegangen."
„Allein?"
„Mit dem Bruder meines Mannes."
Das traf sich ja ganz außerordentlich! Wollten sie die Schmucksachen holen? Ich mußte ihnen nach. Ich erfuhr noch, daß sie erst vor ganz Kurzem fortgegangen seien. Ich erfuhr auch, daß Omar noch dagewesen war, als sie gingen, und er hatte gleich hinter ihnen das Haus verlassen. Der Rächer war also bereits hinter dem Mörder her. Ich stieg zu Pferde und trabte nach Galata hinab. In den finstern Straßen dieses Stadttheiles wimmelt es von Matrosen, Schiffssoldaten, schmutzigen Töpfern, Hammaliks, zudringlichen Schiffern, spanischen Juden und anderen eilfertigen Persönlichkeiten, so daß nicht leicht durch das Gedränge zu kommen ist.
Am größten wurde dieses Gedränge, als ich den Thurm erreichte. Es mußte irgend etwas ganz Außerordentliches geschehen sein, denn ich bemerkte ein Schieben und Stoßen, welches beinahe lebensgefährlich zu werden drohte. Ich bezahlte den Besitzer meines Miethgaules und trat hinzu, um mich zu erkundigen. Ein aus dem Chaos sich wieder heraus arbeitender Kaïkschi gab mir Auskunft:
„Es sind Zwei auf die Galerie des Thurmes gestiegen und über das Geländer gestürzt; sie liegen ganz zerschlagen auf der Erde."
Da wurde mir Angst. Omar war den Beiden nachgegangen; war ihm vielleicht ein Unglück passirt?
Ich drängte mich mit aller Gewalt und Rücksichtslosigkeit vorwärts; ich hatte allerdings manchen Puff und Stoß, manchen Hieb und Tritt hinzunehmen, aber ich kam hindurch und sah nun innerhalb eines engen, von der Menschenmenge umschlossenen Kreises zwei menschliche Körper liegen, deren Anblick ein entsetzlicher war. Die Galerie des Genueserthurmes in Galata hat eine Höhe von ca. 140 Fuß; man kann sich also denken, wie die Leichen aussahen. Omar war nicht dabei, das sah ich an den Kleidern. Das

Gesicht des Einen war unverletzt, und ich erkannte augenblicklich jenen Alexander Kolettis, welcher den Haddedihn wieder entkommen war. Aber wer war der Andere? Er war schlechterdings unmöglich zu erkennen. Er hatte einen fürchterlichen Tod gehabt, wie mir einer der Nahestehenden bemerkte, welcher es mit angesehen hatte. Es war ihm nämlich geglückt, schon während er im Stürzen war, mit der Hand den unteren Theil eines der Gitterstäbe zu erfassen; aber er hatte sich kaum eine Minute lang fest halten können, dann war er herabgestürzt.

Unwillkürlich warf ich einen Blick auf seine Hände. Ah, er hatte quer über die rechte Hand einen Schnitt; dies war jedenfalls diejenige, mit der er sich festgehalten hatte; er war nicht verunglückt, sondern er war herabgestürzt worden. Wo war Omar?

Ich drängte mich nach dem Thurme zu und trat ein. Ein Bakschisch erwarb mir die Erlaubniß, ihn zu besteigen. Ich eilte auf den fünf Steintreppen durch die fünf untersten Stockwerke, dann die nächsten drei Holztreppen bis in den Kaffeeschank empor. Nur der Kawehdschi war zu sehen, aber kein Gast. Bis hier herauf sind 144 Stufen zu steigen. Nun stieg ich noch die 45 Stufen bis zu dem Glockenstuhle empor, der mit Blech gedeckt und sehr abschüssig ist. Von hier aus schwang ich mich hinaus auf die Galerie. Ich suchte den etwa fünfzig Schritt betragenden Umkreis derselben ab und fand auf derjenigen Seite, wo unten die Todten lagen, mehrere Blutflecken. Es hatte ein Kampf Statt gefunden, ehe sie hinabgeworfen worden waren. Ein Kampf in dieser Höhe, auf glattem, abschüssigem Boden, und zwar Einer gegen Zwei, wie ich vermuthete! Es war schrecklich!

Ich stieg, ohne mich in der Kaffeestube zu verweilen, eilig wieder nach unten und lief nach Hause. Der Erste, welcher mir im Selamlik entgegentrat, war Jacub Afarah. Sein Gesicht glänzte vor Freude; er umarmte mich und rief:

„Emir, freue Dich mit mir; ich habe meine Juwelen wieder!“

„Undenkbar!“ antwortete ich.

„Und dennoch ist es wahr!“

„Wie hast Du sie wieder erhalten?“

„Dein Freund Omar hat sie mir gebracht.“

„Woher hat er sie?“

„Ich weiß es nicht. Er gab mir das Packet und ging sofort hinüber in das Gartenhaus, wo er sich in seine Stube eingeschlossen hat. Er will keinem Menschen öffnen.“

„Ich werde sehen, ob er nicht mit mir eine Ausnahme macht.“

An der Thür des Gartenhauses stand Halef. Er trat mir nahe und sagte halblaut:

„Sihdi, was ist geschehen? Omar Ben Sadek kam nach Hause und blutete. Jetzt wäscht er sich die Wunde aus.“

„Er hat Abrahim Mamur getroffen und ihn vom Thurme gestürzt.“

„Maschallah! Ist es wahr?“

„Ich vermuthe es, doch wird es nicht viel anders sein. Natürlich dürfen nur wir davon wissen. Schweige also!“

Ich ging an Omar's Thür, pochte an und nannte meinen Namen. Er öffnete sogleich und ließ auch Halef eintreten. Er erzählte uns ganz unaufgefordert, was geschehen war.
Er war erst mit dem Arzte, den er zurückbegleitete, und dann wieder mit den Trägern, welche den Barbier holen sollten, nach Kolettis' Wohnung gekommen und hatte dort Abrahim Mamur und Alexander Kolettis im leisen Gespräche sitzen sehen, ohne jedoch einen von ihnen zu kennen. Er hatte einige zerstreute Worte ihres Gespräches vernommen und war aufmerksam geworden. Er stand auf und verließ das Zimmer, kehrte aber durch die zweite Thür des Flures in die leere Nebenstube zurück, wo er das Gespräch der Beiden hörte, da sie sich unbeachtet glaubten und also lauter redeten.
Sie hatten von den Kleinodien aus Damaskus gesprochen, welche sie aus dem Thurme holen wollten, wo einer der Wächter zu den Leuten Abrahim's gehörte. Omar kannte die Geschichte von dem Raube in Damaskus; er hatte sie von Halef gehört und glaubte nun, Abrahim Mamur gefunden zu haben. Der weitere Verlauf ihres Gespräches überzeugte ihn, daß seine Vermuthung die richtige sei, denn Abrahim erzählte von seiner gestrigen Flucht über das goldene Horn.
Der Lauscher kehrte nun in die Stube zurück und beschloß, den Beiden nach dem Thurme zu folgen. Er hatte sie so unbeobachtet belauschen können, weil die Wirthin draußen im Hofe beschäftigt gewesen war. Als sie gingen, folgte er ihnen. Sie waren mit einem der Wächter lange Zeit in dem schmutzigen Erdgeschoß des Thurmes geblieben, welches als Hühnerstall benutzt wird, und dann die Treppen emporgestiegen. Er folgte. In der Kaffeestube hatte Jeder eine Tasse getrunken; dann waren sie noch weiter hinauf gegangen, während der Wächter zurückkehrte. Auch hier folgte Omar. Als er die Glockenstube betrat, hatten sie draußen auf der Galerie gestanden und ihm den Rücken zugekehrt, im Glockenstuhle aber lag das Päckchen. Er war ihnen näher getreten und auf die Galerie hinausgestiegen, und da hatten sie ihn nun sehen müssen.
„Was willst Du?“ hatte Abrahim gefragt. „Warst Du nicht soeben auch bei Kolettis?“
„Was geht das Dich an?“ hatte Omar geantwortet.
„Willst Du uns vielleicht belauschen, Hund?“
Da hatte sich Omar erinnert, daß er ein Sohn der freien und tapferen Uëlad Merasig sei, und es war wie der Stolz und Muth eines Löwen über ihn gekommen.
„Ja, ich habe Euch belauscht,“ hatte er freimüthig gestanden. „Du bist Abrahim Mamur, der Mädchenräuber und Juwelendieb, dessen Höhle gestern von uns ausgeräuchert worden ist. Die Rache ist Dir nahe. Ich grüße Dich von dem Emir aus Frankistan, der Dir Güzela wieder nahm und Dich aus Damask vertrieb. Deine Stunde ist gekommen!“
Abrahim hatte wie versteinert dagestanden; das hatte Omar benutzt und ihn blitzschnell ergriffen und über das Geländer hinausgeschwungen. Kolettis hatte einen Schrei ausgestoßen und nach dem Dolche gegriffen. Nur einen Augenblick lang hatten sie gerungen. Omar war im Nacken etwas tief geritzt worden, und das hatte ihm doppelte Kraft verliehen; auch der Zweite war über das Geländer hinausgeflogen. Da aber hatte Omar bemerkt, daß Abrahim sich mit einer Hand festgehalten hatte; er nahm sein

Messer und versetzte dem Todesängstigen einen Schnitt über die Hand, welche nun nachließ.
Dies war so schnell geschehen, wie man es nicht erzählen kann. Er kroch wieder in den Glockenstuhl hinein, nahm das Packet und entfernte sich. Es gelang ihm, unten unbemerkt zu entschlüpfen, trotzdem sich bereits viele Menschen um die beiden Leichen versammelt hatten.
Das Alles erzählte er so gleichmüthig, als habe er etwas ganz Alltägliches gethan. Auch ich machte nicht viele Worte und verband ihm seine ungefährliche Schramme. Dann mußte er uns nach dem Vorderhause folgen, wo sein Bericht allerdings einen ganz anderen Erfolg hatte. Nur einige laute Ausrufe ausstoßend, sprangen Maflei, sein Bruder und Isla auf und rannten, ihre Muselmanns-Gravität ganz verleugnend, fort, um sich die Todten anzusehen. Sie kehrten erst nach längerer Zeit zurück und berichteten, daß man die Leichen einstweilen in das Erdgeschoß des Thurmes geschafft habe. Niemand kenne jene, und auch sie hatten mit keiner Miene verrathen, daß sie eigentlich Auskunft geben könnten.
Ich fragte Halef, ob er seinen alten Bekannten, den griechischen Dolmetscher Kolettis, nicht einmal ansehen wolle, und er antwortete darauf mit verächtlichem Achselzucken:
„Wenn es Kara Ben Nemsi oder Hadschi Halef Omar wäre, so würde ich hingehen:; dieser Grieche aber ist eine Kröte, die ich nicht sehen mag."
Es dauerte lange, ehe Maflei mit seinen Verwandten sich in die Thatsache gefunden hatte und sich in Ruhe über dieselbe äußern konnte.
„Es ist dies keine genügende Strafe für ihn," sagte Isla. „Ein kurzer Augenblick der Todesangst ist nicht genügend für Alles, was er gethan hat. Man hätte ihn lebendig in die Hände bekommen sollen!"
„Nun bleiben noch die beiden Amasat," fügte sein Vater hinzu. „Ob wir wohl je Einen davon zu sehen bekommen werden?"
„Für Euch genügt der Eine: Barud el Amasat; der Andere hat Euch nichts gethan. Wenn Ihr mir versprecht, nicht gewaltthätig gegen ihn zu verfahren, sondern ihn dem Richter zu überliefern, so sollt Ihr ihn haben."
Diese Worte riefen eine neue Aufregung hervor. Ich wurde mit Fragen und Bitten bestürmt, doch ich blieb fest und sagte nichts, bis ich das verlangte Versprechen erhalten hatte. Dann erzählte ich ihnen meine heutige Unterredung mit dem Derwisch.
Ich hatte kaum geendet, so sprang Jacub Afarah empor und rief:
„Allah kerihm! Ich errathe, was diese Menschen wollen. Sie haben es auf unsere ganze Familie abgesehen, weil Isla diesem Abrahim Mamur Senitza abgenommen hat. Erst sollte ich arm werden; das ist nicht gelungen. Nun gehen sie nach Adrianopel, und dann kommt auch Maflei dran; bei seinem Lieferanten beginnen sie bereits. Wir müssen sofort schreiben, damit Hulam und Galingré gewarnt werden!"
„Schreiben?" entgegnete Isla. „Das ist nichts! Wir selbst müssen nach Adrianopel gehen, um diesen Barud el Amasat zu fangen. Effendi, gehst Du mit?"

„Ja," antwortete ich. „Es ist das Beste, was gethan werden kann, und ich begleite Euch, weil Adrianopel auf dem Wege nach meiner Heimat liegt."
„Du willst heimkehren, Effendi?"
„Ja. Ich bin nun viel länger in der Ferne gewesen, als ich eigentlich beabsichtigte."
Ich kann sagen, daß dieser Entschluß nur Gegner fand, doch als ich ihnen meine Gründe des Näheren auseinander setzte, gestanden sie mir ein, daß ich Recht habe. Während dieses ganzen Freundschaftsstreites war's nur Einer, welcher kein Wort sagte, nämlich Halef; aber es war seiner zuckenden Miene anzusehen, daß er eigentlich mehr zu sagen hatte, als alle die Andern.
„Und wann gehen wir?" fragte Isla, der es sehr eilig hatte.
„Sogleich!" antwortete Osco. „Ich mag keinen Augenblick verlieren, bis ich diesen Freund Barud el Amasat in meinen Händen habe."
„Ich glaube, daß wir einiger Vorbereitungen bedürfen," bemerkte ich. „Wenn wir morgen mit dem Frühesten aufbrechen, so ist es nicht zu spät, und wir haben den ganzen Tag vor uns. Fahren oder reiten wir?"
„Wir reiten!" entschied Maflei.
„Und wer geht mit?"
„Ich, ich, ich, ich!" rief es rund im Kreise.
Es stellte sich heraus, daß Alle mitreisen wollten. Nach einer längeren Debatte wurde beschlossen, daß sich Folgende betheiligen sollten: Schafei Ibn Jacub Afarah, welcher mit Barud eigentlich nichts auszugleichen hatte, aber diese seltene Gelegenheit, seinen Verwandten zu besuchen, einmal benützen wollte; Isla, der es sich nicht nehmen ließ, den Verräther seines Weibes fest zu fassen; Osco, der seine Tochter zu rächen hatte; Omar, welcher von Adrianopel nach Skutari wollte, um mit Hamd el Amasat abzurechnen; ich, der ich nach der Heimat wollte. Maflei hatte sich nur mit Mühe bestimmen lassen, zurückzubleiben; allein es war unbedingt nothwendig, daß die Interessen seines Geschäftes gewahrt blieben, und da Isla sich uns anschloß, war er es, der ausgeschlossen bleiben mußte.
Halef hatte kein Wort verloren; als ich ihn fragte, antwortete er:
„Denkst Du etwa, daß ich Dich allein ziehen lasse, Sihdi? Allah hat uns zusammengeführt, und ich werde bei Dir bleiben!"
„Aber denke an Hanneh, die Blume der Frauen! Du entfernst Dich immer weiter von ihr."
„Sei still! Du weißt, daß ich stets thue, was ich mir einmal vorgenommen habe. Ich reite mit!"
„Aber einmal müssen wir uns doch trennen!"
„Herr, diese Zeit wird bald genug kommen, und wer weiß, ob wir uns dann im Leben noch einmal wiedersehen. Ich werde mich jetzt wenigstens nicht eher von Dir trennen, als die Andern, und bis ich weiß, daß Du dies Land verlässest!"
Er stand auf und ging hinaus, um jeden weiteren Einwand abzuschneiden; ich war also gezwungen, seine Begleitung anzunehmen.

Meine Reisevorkehrungen bereiteten mir wenig Mühe; ich brauchte mit Halef nur die Pferde zu satteln, so waren wir fertig. Eine Pflicht aber hatte ich vorher zu erfüllen: ich mußte Lindsay aufsuchen, um ihm das Geschehene und unser Vorhaben mitzutheilen. Als ich in seine Wohnung kam, war er soeben von einem Ausfluge nach Bujukdere zurückgekehrt. Er bewillkommnete mich, halb erfreut und halb schmollend, und meinte:
„Welcome! Schlechter Kerl! Zieht da hinauf nach Baharive Keui, ohne mich mitzunehmen! Was wollt Ihr bei mir, he?"
„Sir, ich muß Euch melden, daß ich nicht mehr in Baharive Keui wohne."
„Nicht mehr? Ah! Schön! Zieht bald her zu mir, Master!"
„Danke! Ich werde morgen früh Constantinopel verlassen. Wollt Ihr mit oder nicht?"
„Verlassen? Ah! Oh! Schlechter Spaß! Yes!"
„Es ist Ernst; das versichere ich Euch!"
„Also wirklich? Warum so schnell? Habt ja dieses Nest kaum erst betreten!"
„Ich kenne es genugsam, und wenn diese Abreise auch schneller kommt, als ich es dachte, so mache ich mir nichts daraus."
Ich erzählte ihm nun umständlich, was geschehen war.
Als ich mit meinem Bericht zu Ende war, nickte Lindsay befriedigt und meinte:
„Schön! Prächtig, daß dieser Kerl seinen Lohn erhalten hat! Werdet auch noch die beiden Andern bekommen. Well! Möchte gern dabei sein, kann aber nicht; bin engagirt."
„Wodurch?"
„War auf dem Consulate und habe einen Vetter getroffen, auch ein Lindsay, aber kein David. Er will nach Jerusalem, versteht aber das Reisen nicht und hat mich gebeten, mitzugehen. Schade, daß Ihr nicht auch mitkönnt! Yes! Werde heut Abend Maflei besuchen, um Abschied zu nehmen."
„Das ist es, was ich von Euch erbitten wollte, Sir. Wir haben im Verlaufe einiger Monate durchgemacht, was Andere während der ganzen Zeit ihres Daseins nicht erleben, und das kettet zusammen. Ich habe Euch sehr lieb gewonnen, und das Scheiden thut mir weh, aber man muß sich in das Unvermeidliche fügen; es bleibt ja doch die Hoffnung auf ein Wiedersehen!"
„Yes! Oh! Ah! Well! Wiedersehen! Miserables Scheiden! Gefällt mir ganz und gar nicht!" meinte er mit unsicherer Stimme, indem er mit der einen Hand seine Nase beruhigte und mit der andern nach dem Auge langte. „Aber da fällt mir ein: Was wird mit dem Pferde?"
„Mit welchem?"
„Mit dem Eurigen – Rih!"
„Was soll da werden? Ich reite es."
„Hm! Immer? Nehmt Ihr es mit nach Deutschland?"
„Das weiß ich noch nicht."

„Verkauft es, Sir! Das macht ein schönes Geld. Überlegt es! Wenn Ihr es auch jetzt noch braucht, so bringt es doch wenigstens später nach Old England. Ich handle nicht, sondern bezahle, was Ihr verlangt. Well!“

Dieses Thema war mir nicht sehr angenehm. Was konnte ich als armer Literat mit einem solchen Pferde thun? In der Heimat trat ich ja in Verhältnisse, welche mir durchaus verboten, ein Reitpferd zu halten. Aber verkaufen? Das Geschenk des Scheik der Haddedihn? Und welch' einen Herrn würde mein wackerer Rappe bekommen! Nein; ich konnte ihn allerdings nicht behalten, aber verkauft wurde er sicherlich auch nicht; ich wußte, was ich zu thun hatte! Ich war dem herrlichen Thiere, welches mich durch so manche Gefahr getragen hatte, schuldig, ihm einen Herrn zu geben, der es zu behandeln verstand. Es sollte nicht im kalten Norden verkommen; es sollte die Weiden des Südens, es sollte sein Geburtsland, die Lagerplätze der Haddedihn wiedersehen.

Da wir uns am Abend treffen wollten, so brauchte ich mich nicht lange bei Lindsay zu verweilen. Ich ging noch einmal nach der Gesandtschaft, wo ich abermals den Kanzler traf. Er erzählte mir, daß der angebliche Barbier aus Jüterbogk uns keine Mühe mehr mache, da er gestorben sei. Man war mit ihm nicht sonderlich rücksichtsvoll verfahren; er hatte gestehen müssen, wer und was er sei, und so hatte man erfahren, daß er aus einer der kleinen Residenzen Thüringen's stamme und ein entwichener Verbrecher sei. Ich bemitleidete den jungen Mann, der bei seinen ungewöhnlichen Fähigkeiten ganz andere Aussichten gehabt hatte, als so elendiglich in dem fernen Lande um das Leben zu kommen.

Der Kanzler begleitete mich bis an die Thür. Noch standen wir daselbst, einige höfliche Worte wechselnd, als zwei Reiter an uns vorüber kamen. Ich beachtete sie nicht, aber der Eine hielt sein Pferd an und dadurch wurde der Andere gezwungen, ein Gleiches zu thun. Der Kanzler trat mit einem Abschiedsgruße in das Haus zurück, und ich schickte mich an, den Platz zu verlassen, als ich den einen Reiter rufen hörte:

„Maschallah, ist es wahr? Emir!“

Galt dies mir? Ich wandte mich um. Die beiden Reiter waren Offiziere. Der Eine von ihnen war – jener Mir Alai, dessen Boten ich heut so höflich empfangen hatte, und der Andere, welcher in dem gleichen Range stand, war jener Adjutant, den ich bei den Dschesidi am Bade erwischt hatte, und der sich mir dann so dankbar erzeigte.

Ich trat hinzu, herzlich erfreut, den Mann wiederzusehen, und reichte ihm die Hand, die er mir freundlich schüttelte.

„Sallam, Effendi!“ grüßte ich. „Erinnerst Du Dich noch der Worte, welche ich sprach, als wir schieden?“

„Was sagtest Du?“

„Ich sagte: „Möge ich Dich als Mir Alai wiedersehen!“ Und Allah hat meinen Wunsch erfüllt. Aus dem Nasir Agassi ist der Commandeur eines Regimentes geworden.“

„Und weißt Du, wem ich dies zu verdanken habe?“

„Nein.“

„Dir, Emir. Die Dschesidi hatten sich bei dem Großherrn beschwert, und der Statthalter von Mossul wurde bestraft nebst vielen Anderen. Der Anadoli Kasi Askeri kam und untersuchte die Angelegenheit; sein Urtheil war gerecht, und da ich mich der Dschesidi um Deinetwillen ein wenig angenommen hatte, wurde ich befördert. Erlaubst Du mir, Dich einmal zu besuchen?“
„Du sollst mir von Herzen willkommen sein! Aber leider ist es heut der letzte Tag, an welchem ich in Stambul bin. Morgen früh reise ich ab.“
„Wohin?“
„Nach dem Abendlande. Ich habe das Morgenland besucht, um die Sitten und Gebräuche desselben kennen zu lernen, und werde den Bewohnern des Abendlandes sehr viel zu erzählen haben, was sie nicht für möglich halten.“
Diese Worte waren mit einer kleinen Malice gegen seinen Begleiter gesprochen; er mochte den Stich fühlen, denn er sagte:
„Ich habe heute abermals nach Dir geschickt, aber Du warst ausgegangen. Erlaubst Du, daß ich zu Dir komme?“
Ah, der Umstand, daß der Andere so freundlich und achtungsvoll mit mir sprach, schien seine Wirkung zu haben! Ich antwortete kalt:
„Ich werde Dich empfangen, obgleich die Zeit mir karg bemessen ist.“
„Wann?“
„In einer Stunde; später nicht.“
„Allah akbar, auch Ihr kennt Euch!“ verwunderte sich Nasir. „Gut, so kommen wir zusammen!“
Er reichte mir die Hand zum Abschiede, worauf wir uns trennten. Ihm hätte ich am allerwenigsten zu begegnen vermuthet. Es war wirklich, als ob mir hier in Constantinopel eine Recapitulation meiner Erlebnisse beschieden sei.
Auf dem Heimwege hatte ich Gelegenheit, mir noch Einiges einzukaufen, was ich für die bevorstehende Reise brauchte. Ich war zwar überzeugt, daß mein Gastfreund alle bei dem Ritte entstehenden Kosten tragen werde, aber ich wollte mich doch nicht ganz und gar von seiner Dankbarkeit abhängig machen.
Als ich meinem Halef erzählte, daß ich Nasir Agassi begegnet sei, und daß derselbe mich besuchen werde, hatte er große Freude. Er begann sofort, die Pfeifen zu reinigen und noch manches Andere vorzubereiten, was gar nicht nothwendig war, und gab mir sogar höchst ernsthaft zu verstehen, daß der Mir Alai, dessen Jüsbaschi wir heute an der Thüre hatten sitzen lassen, nun höflich zu behandeln sei, da er mit einem Freunde und Bekannten von uns komme.
Die Stunde war noch nicht vergangen, so traten die beiden Offiziere bei mir ein. Sie wurden herzlich empfangen und nach Möglichkeit bewirthet. Ich merkte es, daß sie von mir gesprochen hatten, denn das Benehmen des Älteren war ein außerordentlich verbindliches. Das Gespräch drehte sich natürlich meist um unsere Erlebnisse bei den Teufelsanbetern. Ich erzählte auch mein Zusammentreffen mit dem Makretsch von

Mossul und erfuhr, daß ihn die Soldaten wohlbehalten nach Mossul zurückgebracht hätten, worauf er dann verschwunden sei. Der Anadoli Kasi Askeri wußte sicher, in welchem Gefängnisse sich der abgesetzte Richter befand.
Als wir nahe am Scheiden waren, erinnerte sich der Andere daran, daß es nun an der Zeit sei, seine Angelegenheit zu regeln.
„Emir," frug er, „ich habe gehört, daß man morgen etwas im „Bassiret" lesen wird. Kann dies nicht rückgängig gemacht werden?"
Ich zuckte die Achseln und antwortete langsam und nachdrücklich:
„Du bist mein Gast, Effendi, und ich bin gewohnt, allen Menschen, also auch meinen Gästen, die ihnen gebührende Ehre zu erweisen; aber erlaube mir, aufrichtig mit Dir zu sein! Wenn ich nicht gewesen wäre, so lebtest Du heut nicht mehr; was ich that, das that ich als Mensch und Christ, und ich fordere dafür keine Belohnung; doch hättest Du das berücksichtigen sollen. Anstatt dessen aber behandeltest Du mich gestern wie einen Deiner Soldaten, und heut schickst Du mir sogar diesen Jüsbaschi zu, welcher es wagt, mir befehlen zu wollen. Du darfst mir nicht zürnen, daß ich dies gerügt habe. Ich bin nicht gewohnt, behandelt zu werden wie ein Mann, der griechische Weinhäuser besucht, um sich ein Vergnügen zu machen; ich denke, daß ich gestern mehr als meine Schuldigkeit gethan habe, und wenn Du bereit bist, mir einen Wunsch zu erfüllen, so mag die ganze Angelegenheit vergessen sein."
„Sage diesen Wunsch!"
„Deine Rettung hast Du eigentlich einem braven Juden zu verdanken. Er wohnte neben mir und hat mich auf die Öffnung aufmerksam gemacht, durch welche ich Dich aus der Taverne entführte. Du hast diese Spelunke in Brand stecken lassen, und ihm ist durch das Feuer sein ganzes Besitzthum verloren gegangen. Wolltest Du diesem armen Manne eine kleine Entschädigung geben, so würdest Du ihn glücklich machen, und ich würde Dich für einen Mann halten, dem ich ein freundliches Andenken widmen kann."
„Ein Jude ist er? Weißt Du, Effendi, daß ein Moslem einen Juden verachtet, der eines andern Glaubens ist? Ich werde – –"
„Effendi!" unterbrach ich ihn mit stärkerer und sehr ernster Stimme, „bedenke, daß auch ich kein Moslem bin! Du selbst bist ein Inselgrieche und erst vor kurzer Zeit zur Lehre Muhammed's übergetreten. Wenn Du den Christen verachtest, so bedauert er Dich dafür, und was mich betrifft, so würde ich niemals das verachten und verleugnen, was ich so lange gewesen bin!"
„Emir, ich meinte ja nicht Dich! Wo befindet sich der Jude?"
„Der Arme genießt die Gastfreundschaft dieses Hauses."
„Willst Du ihn einmal rufen lassen?"
„Sogleich!"
Ich schickte Halef, und gleich darauf trat Baruch ein. Der Mir Alai maß ihn mit kaltem Auge und frug, nur halb zu ihm gewendet:
„Deine Sachen sind Dir gestern verbrannt?"

„Ja, Herr," antwortete Baruch demüthig.
„Hier, nimm dafür. Kaufe Dir andere!"
Er griff in seine Börse und reichte ihm etwas dar, was ich nicht erkennen konnte; aber an der Stellung seiner Finger bemerkte ich, daß es nicht sehr viel sein konnte. Der Jude bedankte sich und wollte sich entfernen; ich aber hielt ihn zurück.
„Halt, Baruch Schebet Ben Baruch Chereb. Zeige mir, was Du empfangen hast! Der Effendi wird mir meine Neugierde verzeihen, denn ich will es ja nur sehen, um ihm mit Dir danken zu können;"
Es waren zwei Goldstücke zu fünfzig und zwanzig Piaster, in Summa also siebzig Piaster oder zwölf bis vierzehn Mark nach deutschem Gelde. Das war mehr als sparsam und auch mehr als geizig; das war lumpig. Ich konnte mir denken, daß der Mir Alai gestern, bevor er die Erlaubniß zum Plündern gab, alles im Hause vorgefundene Geld an sich genommen und jedenfalls auch die Taschen der Todten und Gefangenen durchsucht hatte. Zwar war es mir nicht eingefallen, aber ich kannte die Art und Weise dieser Herren zur Genüge.
Deßhalb frug ich ihn jetzt:
„Du hast Deine dreitausend Piaster wieder erlangt, Effendi?"
„Ja."
„Und diesem Manne, dem Du sie verdankst und das Leben dazu, gibst Du fünfundsiebenzig für sein verbranntes Eigenthum? Schenke ihm tausend, so scheiden wir als gute Freunde, und im „Bassiret" wird Dein Name nicht genannt!"
„Tausend, Emir? Wo denkst Du hin? Er ist ein Jude!"
„Ganz wie Du willst! Baruch, gib ihm die fünfundsiebzig wieder! Wir werden nachher zum Kadi gehen, Du als Kläger und ich als Zeuge. Wer Dir Dein Eigenthum verbrannt hat, der muß es Dir ersetzen, selbst wenn er ein Regiment kommandirt und mein Gast gewesen ist. Ich werde mich durch den Gesandten meines Herrschers beim Divan erkundigen lassen, ob der Sultan seinen Offizieren erlaubt, die Straßen Stambul's niederzubrennen! „
Ich stand auf und gab das Verabschiedungszeichen, auch die beiden Gäste erhoben sich, und der Jude näherte sich dem Mir Alai, um ihm sein Geld zurückzugeben; dieser aber winkte ihn von sich ab und sagte mit unterdrücktem Grimme:
„Behalte es! Ich werde Dir das Fehlende senden!"
„Thue dies bald, Effendi," bemerkte ich, „denn in einer Stunde gehen wir zum Richter!"
Das war eine keineswegs angenehme Scene, aber ich mache mir noch heut keine Vorwürfe darüber, daß ich den Weg der Nöthigung betrat, um den Offizier für seine Arroganz zu bestrafen und dem armen Juden zu einer Entschädigung zu verhelfen. Tausend Piaster klingt allerdings wie eine große Summe, aber es sind doch nur im höchsten Falle zweihundert Mark; damit war dem braven Baruch geholfen, wenn es auch zu wenig war, um einen Handel mit „Juwelen und Alterthümern" damit zu begründen.

Der Mir Alai verließ mit einem stolzen Kopfnicken das Zimmer; Nasir aber nahm den freundlichsten Abschied von mir.
„Emir," sagte er, „ich weiß, wie schwer es Dir wird, mit einem Gaste so scharf zu sprechen; aber ich hätte es an Deiner Stelle wenigstens ebenso gemacht. Er ist ein Günstling des Ferik-Pascha, weiter nichts. Lebe wohl, und gedenke meiner, wie ich auch Dein gedenken werde!"
Noch vor dem Verlaufe einer Stunde brachte ein Onbaschi einen Beutel, welcher die an den tausend Piastern fehlende Summe enthielt. Baruch tanzte vor Freude, und seine Frau nannte mich den gütigsten Effendi der Welt und versprach, mich täglich in ihr Gebet einzuschließen. Das Glück der alten Leute söhnte mich mit meinem Bruch der Gastfreundschaft vollständig aus.
Am Abend waren wir alle vereint; es gab ein Abschiedsmahl, bei dem sich auch Senitza einfand. Sie als Christin durfte uns ihr Gesicht sehen lassen, wenn Isla ihr auch nicht erlaubte, unverschleiert auf die Straße zu gehen. Sie ging mit uns noch einmal ihre Erlebnisse durch: die Trauer, in welcher sie bei ihrer Gefangenschaft befangen gewesen war, und das Glück, als sie sich aus Abrahim Mamur's Gewalt gerettet sah.
Am Schlusse nahm Lindsay Abschied. Seine Nase war so ziemlich von ihrer Beule befreit, so daß er sich auch wieder in London zeigen konnte. Als er ging, begleitete ich ihn nach seiner Wohnung. Dort entkorkte er noch eine Flasche Wein und gab mir die Versicherung, daß er mich wie einen Bruder liebe.
„Bin mit Euch vollständig zufrieden," meinte er. „Nur Eins ärgert mich."
„Was wäre das?"
„Habe mich von Euch herumschleppen lassen, ohne einen einzigen Fowling-Bull zu finden. Verdrießliche Geschichte! Yes!"
„Ich glaube, es gibt in England auch welche zu finden, die man gar nicht auszugraben braucht. Da laufen vielleicht genug John-Fowling-Bulls herum!"
„Soll das mir gelten?"
„Fällt mir gar nicht ein, Sir!"
„Habt Ihr Euch das mit dem Pferde überlegt?"
„Ja, ich verkaufe es nicht."
„So behaltet es. Aber Ihr müßt trotzdem einmal nach England kommen; in zwei Monaten bin ich daheim. Verstanden? Und nun noch Eins! Ihr seid mein Führer gewesen, und ich habe Euch Euer Salair noch nicht bezahlt. Hier, nehmt!"
Er schob mir ein kleines Portefeuille zu.
„Macht keinen dummen Spaß, Sir!" sagte ich, es zurückschiebend. „Ich bin als Freund und Genosse mit Euch geritten, nicht aber als Euer Diener, den Ihr zu bezahlen habt."
„Aber Master, ich denke, daß –"
„Denkt, was Ihr wollt, aber nicht, daß ich Geld von Euch nehmen werde," unterbrach ich ihn. „Lebt wohl!"
„Werdet Ihr wohl gleich diese Brieftasche nehmen?"

„Adieu, farewell, Sir!“
Ich umarmte ihn schnell und eilte zur Thüre hinaus, ohne auf sein Rufen zu achten, welches hinter mir erscholl.
Den Abschied am andern Morgen von Maflei und Senitza kann ich übergehen. Als die Sonne sich im Osten erhob, hatten wir beinahe schon Tschatalsche erreicht, durch welches die Straße über Indschigis und Wisa nach Adrianopel führt. – – –

In Edreneh

Adrianopel, welches die Türken Edreneh nennen, ist nach Konstantinopel die bedeutendste Stadt des osmanischen Reiches. Hier residirten die Sultane von Murad dem Ersten an bis zu Mohammed dem Zweiten, welcher im Jahre 1453 Konstantinopel eroberte und seine Residenz dorthin verlegte. Auch später war es ein Lieblingsaufenthalt vieler Sultane, von denen besonders Mohammed der Vierte gern hier verweilte.
Unter den mehr als vierzig Moschee'n, welche die Stadt besitzt, ist die „Selimje“, die Selim der Zweite erbaute, berühmt. Sie ist noch größer als die Aja Sophia in Konstantinopel und verdankt ihre Entstehung dem berühmten Moshia-Architekten Sinan. Wie eine Oase in der Wüste liegt sie in Mitten einer kläglichen Anhäufung von Holzhäusern, deren bunt bemalte Mauern und Wände aus tiefem Schmutz und Straßenkot auftauchen. Der imposante Kuppelbau dieser Moschee wird im Innern von acht gigantischen Pfeilern getragen und äußerlich von vier wunderbar schlanken Minarehs belebt, von denen ein jedes drei Balkone für die Muezzins besitzt. Im Innern erblickt man zwei Reihen Galerien, welche aus den kostbarsten Marmorarten zusammengesetzt sind und von 250 Fenstern erleuchtet werden. Zur Zeit des Ramasans brennen hier 12000 Lichter.
Wir kamen von Kirkilissar und hatten die schlanken Minarehs der Selimje schon längst vor uns leuchten sehen. Von Weitem bot uns Adrianopel einen prächtigen Anblick dar; als wir es aber erreicht hatten und durch seine Straßen ritten, ging es wie mit allen andern Städten des Orientes: sie verlieren in der Nähe ihre Schönheit und erfüllen niemals das, was sie aus der Ferne versprechen.
Hulam, den wir aufsuchen wollten, wohnte in der Nähe des Utsch Scherifeli, der Moschee Murad's des Ersten, an deren terrassenförmigem, mit prächtigem Marmor gepflastertem Vorhofe wir vorüberritten. Die vier und zwanzig von 70 Säulen getragenen Kuppeln wurden aus dem Schatz der Johanniter erbaut, welcher bei der Eroberung von Smyrna erbeutet wurde. Wir tauchten in eine sehr stark belebte Gasse und hielten vor einer mehrere Stockwerke hohen Mauer, durch welche ein jetzt verschlossenes Thor führte. Wir hatten in dieser Mauer die Straßenfronte des Hauses zu erblicken, welches uns gastlich aufnehmen sollte.

Das Thor hatte in Kopfeshöhe ein rundes Loch, vor welchem auf das Klopfen Isla's ein bärtiges Gesicht erschien.

„Kennst Du mich noch, Malhem?“ frug der junge Konstantinopolitaner. „Öffne uns!“

„Maschallah, Gott thut Wunder!“ erklang es von innen. „Du bist es wirklich, Herr? Komm eilends herein!“

Das Thor wurde geöffnet, und wir ritten durch eine Art Durchfahrt nach einem ziemlich großen Hofe, welcher rings von den Innengalerien des Hauses umgeben war. Alles zeigte einen ungewöhnlichen Reichthum. Auch die Zahl der herbei eilenden Diener ließ ebenso auf denselben schließen.

„Wo ist der Herr?“ frug Isla einen Mann, welcher ihn mit tiefer Ehrerbietung begrüßte und, wie ich später erfuhr, der Hausmeister war.

„Im Ischlik bei seinen Büchern.“

„Führe diese Männer in das Selamlik, und sorge dafür, daß sie gut bedient werden. Auch die Pferde müssen gut untergebracht werden!“

Er nahm Jacub Afarah bei der Hand und begab sich nach der Arbeitsstube des Hausherrn. Wir Andern wurden nach einem Raume geführt, welcher die Größe eines kleinen Saales hatte. Die vordere Seite bildete eine offene, von Säulen getragene Verandah, und die Wände der drei übrigen Seiten waren, golden auf blauem Grunde, mit Kuransprüchen verziert.

Wir ließen uns trotz des Staubes, welcher an unseren Kleidern haftete, auf grünsamtne Divans nieder, und ein Jeder erhielt eine Wasserpfeife und den Kaffee in Täßchen, welche anstatt der Fingans in einem silbernen Dreifuße stacken. Das Alles hatte den Anschein eines gediegenen Luxus, von welchem sich abermals auf den Reichthum des Besitzers schließen ließ.

Wir hatten kaum den Kaffee gekostet, so erschienen Afarah und Isla mit dem Hausherrn. Dieser war eine höchst ehrwürdige, imposante Erscheinung, mit einem Barte, welcher an Länge und Fülle demjenigen von Mohammed Emin glich. Der Eindruck, welchen er machte, nöthigte unwillkürlich zum Aufstehen, auch wenn dies nicht von der Sitte gefordert worden wäre. Wir erhoben uns.

„Sallam aaleïkum!“ grüßte er, indem er die Hände wie zum Segen erhob. „Seid willkommen in meinem Hause und denkt, daß es das Euere sei!“

Er ging von Einem zum Andern, um uns die Hand zu reichen, dann ließ er sich mit seinen beiden Verwandten bei uns nieder. Auch ihnen wurden Pfeifen und Kaffee gebracht, und dann gab er einen Wink, auf welchen sich die Diener zurückzogen. Darauf wurden wir ihm von Isla vorgestellt. Er betrachtete mich eine längere Zeit und reichte mir dann abermals die Hand, die er eine Minute lang in der seinigen behielt.

„Du weißt vielleicht noch nicht, daß Du mir bekannt bist, Effendi,“ sagte er. „Isla hat mir viel von Dir erzählt. Er hat Dich lieb, und so hast Du auch mein Herz besessen, obgleich wir uns noch nicht gesehen haben.“

„Herr, Deine Worte machen meine Seele leicht," antwortete ich. „Wir befinden uns nicht in der Wüste oder bei den Weideplätzen eines Beduinenvolkes, und es ist daher nicht überall gewiß, daß man willkommen geheißen wird."
„Ja, die schöne Sitte unserer Väter verliert sich von Jahr zu Jahr immer mehr; sie verschwindet in den Städten und zieht sich klagend in die Wüste zurück. Die Wüste ist der Geburtsort der Hülfsbedürftigkeit, aber Allah läßt auch gerade in ihr die Palme der Bruderliebe wachsen. In der großen Stadt fühlt sich der Fremdling verlassener als in der Sahara, wo kein Dach ihm den Anblick von Allah's Himmel raubt. Du warst in der Sahara, wie ich vernommen habe; hast Du nicht gefühlt, daß ich die Wahrheit sage?"
„Allah ist überall, wo der Mensch den Glauben an ihn im Herzen trägt. Er wohnt in den Städten, und er blickt auf die Hammada; er wacht über den Wassern, und er rauscht durch das Dunkel des Urwaldes; er schafft im Innern der Erden und in den hohen Lüften; er regiert den leuchtenden Käfer und die blitzenden Sonnen; Du hörst ihn im Jubel der Luft und in dem Rufe des Schmerzes; sein Auge glänzt aus der Thräne der Freude und schimmert aus dem Tropfen, mit welchem das Leid die Wange befeuchtet. Ich war in Städten, wo Millionen wohnen, und ich war in der Wüste, von jeder Wohnung weit entfernt, aber niemals habe ich gefürchtet, allein zu sein, denn ich wußte, daß Gottes Hand mich hielt."
„Effendi, Du bist ein Christ, aber ein frommer Mann; Du bist werth, ein Moslem zu sein, und ich ehre Dich, als ob die Lehre des Propheten die Deinige sei. Isla sagte mir, daß Ihr kommt, um mich vor einem schweren Verluste zu bewahren. Sprich Du für die Andern!"
„Hat er Dir nichts Näheres gesagt?"
„Nein, denn ich mußte eilen, Euch willkommen zu heißen."
„So sage mir, ob ein Fremdling seit einiger Zeit in Deinem Hause wohnt?"
„Es wohnt ein Fremder hier, ein frommer Mann aus Koniëh, der aber heute nicht in Adrianopel ist. Er ist nach Hadschi Bergas geritten."
„Aus Koniëh? Wie nennt er sich?"
„Abd el Myrhatta ist sein Name. Er hat das Grabmal des berühmten Heiligen Myrhatta besucht, um ein Gelübde zu erfüllen; daher nennt er sich den Diener Myrhatta's."
„Warum wohnt er bei Dir?"
„Ich selbst habe ihn eingeladen, bei mir zu bleiben. Er will in Brussa einen großen Bazar errichten und wird hier bedeutende Einkäufe machen."
„Wohnt noch ein anderer Fremder bei Dir?"
„Nein."
„Wann kehrt er zurück?"
„Heute Abend."
„So wird er heute Abend unser Gefangener sein!"
„Allah kerihm! Wie meinst Du das? Dieser fromme Moslem ist ein Mann nach Allah's Wohlgefallen. Warum wollt Ihr ihn gefangen nehmen?"

„Weil er ein Betrüger und noch etwas viel Schlimmeres ist. Er hat bemerkt, daß Du ein frommer Diener Allah's bist, und hat, um Dir wohlzugefallen, die Maske der Frömmigkeit vor sein Angesicht gelegt. Er ist kein Anderer, als der Mann, welcher Senitza, das Weib Isla's, aus ihrer Heimat entführte. Laß Dir Alles von Isla erzählen!"
Hulam erschrack, und Isla erzählte. Auch als er geendet hatte, wollte der alte Handelsherr es noch nicht glauben, daß er es mit einem Verbrecher zu thun habe. Er konnte nicht glauben, daß eine Maske so geschickt getragen werden könne.
„Seht ihn Euch erst an und sprecht mit ihm," sagte er, „so werdet Ihr sehen, daß Ihr Euch täuscht!"
„Wir brauchen gar nicht mit ihm zu sprechen," warf Osco ein; „wir brauchen ihn nur zu sehen, denn ich kenne ihn, und Isla kennt ihn auch."
„Ihr braucht ihn weder zu sehen, noch zu sprechen," fügte ich hinzu. „Ich bin gewiß, daß es Barud el Amasat ist. Abd el Myrhatta ließ sich auch Abrahim Mamur in Konstantinopel nennen, und ich vermuthe fast, daß auch Hamd el Amasat in Skutari den gleichen Namen angenommen hat."
„Aber mein Gast kann doch der richtige Abd el Myrhatta sein!" warf Hulam ein.
„Das ist allerdings eine Möglichkeit, aber nicht wahrscheinlich. Wir werden also bis heute Abend warten müssen."
Weiter war nichts zu sagen und auch nichts zu thun. Wir erhielten nach alter, patriarchalischer Sitte ein Jeder ein Zimmer und reine Kleider, welche wir anlegten, nachdem wir ein Bad genommen hatten. Dann versammelten wir uns zum Mahle, welches ein dem Reichthum des Hauses angemessenes war. Mit Ungeduld erwarteten wir dann den Abend, indem wir uns die Zeit bis dahin mit Gespräch und Schachspiel zu verkürzen suchten; denn auszugehen war nicht gerathen, da ich es für sehr wahrscheinlich hielt, daß Barud el Amasat nur vorgegeben habe, nach Hadschi Bergas zu reiten. Jedenfalls hatte er Genossen in der Stadt, bei denen seine Gegenwart wohl etwas nöthiger war, als in dem kleinen Orte, wo er gar nichts zu suchen hatte.
Endlich wurde es dunkel, und wir zogen uns, um beisammen zu sein, in das Zimmer zurück, welches Isla bewohnte. Hulam hatte uns gesagt, daß er mit seinem Gaste im Selamlik zu Abend speisen werde, und so beschlossen wir, daß er dann während des Essens von Isla und Osco überrascht werden solle, während wir drei Anderen dafür sorgen wollten, daß er nicht entfliehen könne.
Wohl noch an die zwei Stunden vergingen, ehe wir den Schritt eines Pferdes vom Hofe herauf erklingen hörten, und eine Viertelstunde später benachrichtigte uns einer der Diener, daß der Herr mit seinem Gaste sich zum Abendmahle gesetzt habe. Wir gingen hinab.
Das Thor war verschlossen, und der Wächter desselben hatte die Anweisung erhalten, keinen Menschen hinaus zu lassen. Wir näherten uns mit leisen Schritten dem Selamlik, welches jetzt durch eine Ampel hell erleuchtet wurde, und nahmen zu beiden Seiten hinter den Pfeilern Platz. Wir konnten jedes Wort hören, welches von den beiden

Essenden gesprochen wurde. Hulam, der scharf aufmerkte, hatte doch unsere Annäherung wahrgenommen und gab nun dem Gespräche eine auf unser Vorhaben bezügliche Wendung. Er brachte die Rede auf Konstantinopel und fragte bei dieser Gelegenheit:
„Bist Du oft in Stambul gewesen?"
„Einige Male."
„So kennst Du die Stadt ein wenig?"
„Ja."
„Ist Dir der Stadttheil bekannt, welchen man Maharive Keui nennt?"
„Ich glaube, von ihm gehört zu haben. Liegt er nicht oberhalb Eyub an der linken Seite des goldenen Hornes?"
„Ja. Dort hat sich jüngst etwas ganz Merkwürdiges zugetragen. Man hat nämlich eine ganze Gauner- und Mörderbande gefangen genommen."
„Allah 'l Allah!" rief der Mann erschrocken. „Wie ist das zugegangen?"
„Diese Menschen hatten ein Haus, in welches nur Diejenigen Zutritt fanden, welche das Wort „el Nassr" sagten, und – –"
„Ist's möglich!" unterbrach ihn der Gast.
Aus dem Tone, mit welchem diese zwei Worte ausgestoßen wurden, klang nicht der objektive Abscheu des unbefangenen Zuhörers, sondern der subjektive Schreck des Betheiligten. Ich war jetzt überzeugt, daß dieser Mann der Gesuchte sei, und zum Überfluß flüsterte mir Osco, welcher neben mir stand, leise zu:
„Er ist es! Ich kann sein Gesicht deutlich sehen."
„Dieses Wort aber hat man belauscht," fuhr Hulam fort, „und ist mit Hülfe desselben in das Haus eingedrungen."
Er erzählte nun die Begebenheit, und der Gast hörte ihm mit außerordentlicher Spannung zu. Der Letztere frug, als der Bericht beendet war, mit deutlich vibrirender Stimme:
„Und war der Usta wirklich erschossen?"
„Der Usta? Wer ist das? Wer wird so genannt? Ich habe das Wort ja gar nicht ausgesprochen!"
„Ich meine den Anführer, den Du Abrahim Mamur nanntest."
Durch die Anwendung des Wortes „Usta" hatte er sich verrathen. Auch Hulam mußte nun wissen, woran er war; doch ließ er sich nichts merken, sondern antwortete ruhig:
„Nein, er war nicht todt; er hatte sich nur gestellt, als ob er von der Kugel getroffen worden sei. Aber am andern Tage fand er dennoch seinen Lohn. Er wurde von der Galerie des Thurmes zu Galata herabgestürzt."
„Wirklich? Schrecklich! Da war er todt?"
„Ja, er und ein Grieche Namens Kolettis, welcher auch mit herabgestürzt wurde."
„Kolettis? ïa waïh! Wer hat sie herabgestürzt?"

„Ein Araber aus Tunis, aus der Gegend des Schott el Dscherid, der eine Blutrache gegen einen gewissen Hamd el Amasat hat. Dieser Amasat hat einen fränkischen Kaufmann in Blidah ermordet, den Neffen desselben erschossen und dann auch den Vater jenes Arabers auf dem Schott umgebracht. Der Sohn sucht ihn nun."
„Allah kerihm! Was es für böse Menschen gibt! Das kommt aber daher, daß Niemand mehr an die Lehre des Propheten glaubt! Wird der Araber diesen Hamd el Amasat finden?"
„Er ist ihm bereits auf der Spur. Dieser Mörder hat einen Bruder, welcher Barud el Amasat heißt und ein ebenso großer Schurke ist. Er hat die Tochter eines Freundes entführt und als Sklavin verkauft. Sie ist dem Käufer wieder entrissen worden, welcher kein Anderer als jener Abrahim Mamur war, und Isla Ben Maflei, ein Verwandter von mir, hat sie zum Weibe genommen. Er hat sich aufgemacht, diesen Barud el Amasat aufzusuchen und zu bestrafen."
Während dieser Rede war der Gast immer ängstlicher geworden; das Essen war ihm vergangen, und sein Blick hing mit wachsender Aufregung an den Lippen des Erzählers.
„Wird er ihn finden?" fragte er.
„Sicher! Er ist nicht allein. Osco, der Vater der Geraubten, ist bei ihm, sodann der fränkische Arzt, welcher Senitza befreite, sein Diener und endlich auch jener Araber, welcher Abrahim Mamur vom Thurme gestürzt hat."
„So haben Sie wohl bereits seine Spur gefunden?"
„Sie kennen seinen Namen, den er jetzt trägt."
„Wirklich? Wie nennt er sich?"
„Abd el Myrhatta. Auch der Usta ließ sich in Stambul so nennen."
„Das ist ja mein Name!" rief er entsetzt.
„Allerdings. Allah weiß es, wie sie gerade auf den Namen eines so frommen Mannes gekommen sind! Ihre Strafe möge darum eine doppelte sein!"
„Aber wie hat man diesen Namen erfahren können?"
„Das will ich Dir sagen. Barud el Amasat hat einen Sohn im Kloster der tanzenden Derwische in Pera. Zu ihm ist der fränkische Arzt gegangen und hat gethan, als ob er auch ein „Nassr" sei. Der junge Mensch hat sich bethören lassen und ihm den Namen genannt und auch gesagt, daß Barud el Amasat in Adrianopel bei mir, und Hamd el Amasat in Skutari bei einem fränkischen Händler sei, welcher Galingré heißt."
Jetzt hielt es der Zuhörer nicht länger aus. Er stand auf und entschuldigte sich:
„Herr, das klingt so entsetzlich, daß ich nicht essen kann. Ich bin vom Reiten sehr ermüdet. Erlaube, daß ich schlafen gehe!"
Auch Hulam erhob sich.
„Ich glaube, daß Du nicht zu essen vermagst. Wer eine solche Rede von sich hören muß, dem schließt die Angst die Gurgel zu."
„Von sich hören muß? Ich verstehe Dich nicht! Du glaubst doch nicht etwa, daß ich, weil er gerade meinen Namen angenommen hat, jener Barud bin!"

„Ich glaube es nicht, sondern ich bin überzeugt davon, Schurke!"
Da raffte sich der Mensch empor und rief:
„Schurke nennst Du mich! Thue das nicht noch einmal, sonst – –!"
„Sonst – was wird sonst geschehen?" erklang es da neben ihm.
Isla war hinzu gesprungen und an seine Seite getreten.
„Isla Ben Maflei!" erklang es ganz bestürzt.
„Ja, Isla Ben Maflei, der Dich kennt, und den Du nicht zu täuschen vermagst. Und blicke Dich um; da steht noch ein Anderer, der mit Dir zu reden hat!"
Er wandte sich zur anderen Seite, da stand Osco vor ihm. Er sah, daß er verloren sei, wenn ihm nicht eine schnelle Flucht gelang.
„Euch führt der Scheïtan herbei. Geht zur Dschehenna!"
Mit diesem Rufe stieß er Isla zurück und wollte entspringen. Er hatte bereits die Säulen erreicht; da trat Halef vor und stellte ihm ein Bein; er fiel über dasselbe hinweg und stürzte zur Erde nieder. Natürlich wurde er sogleich gepackt und in das Selamlik zurückgebracht.
Dieser Mann war ein Feigling. Als er sich von so Vielen ergriffen sah, machte er nicht den geringsten Versuch der Gegenwehr; er ließ sich ruhig binden und auf den Boden niedersetzen.
„Herr, glaubst Du nun noch an die Frömmigkeit dieses Mannes?" fragte der kleine Hadschi den Wirth. „Er wollte Dich bestehlen und dann fliehen."
„Ihr hattet Recht," antwortete der Wirth. „Was geschieht mit ihm?"
Da streckte Osco die Hand gegen den Gefangenen aus und sagte:
„Er hat mir die Tochter geraubt und mich hinausgetrieben, sie unter Gram und Herzeleid zu suchen. Er gehört mir, so wollen es die Gesetze der schwarzen Berge."
Da trat ich ihm entgegen.
„Diese Gesetze gelten nur auf den schwarzen Bergen, nicht aber hier. Übrigens hat der Fürst Deines Landes diese Gesetze aufgehoben. Ihr habt mir versprochen, diesen Mann dem Richter zu übergeben, und ich hoffe, daß Ihr Wort halten werdet."
„Effendi, die Richter dieses Landes sind bekannt," antwortete der Montenegriner. „Sie werden sich bestechen lassen und ihm Gelegenheit geben, zu entfliehen. Ich verlange ihn für mich!"
„Was wirst Du mit ihm thun, wenn wir ihn in Deine Hand geben?" erkundigte sich unser Wirth.
Der Gefragte zog seinen Dolch hervor und antwortete:
„Er wird an diesem Stahle sterben."
„Das kann ich nicht zugeben, denn er hat kein Blut vergossen!"
„Er hat in Stambul zu den Mördern gehört!"
„Grad darum darfst Du ihn nicht tödten. Soll sein Sohn straflos bleiben? Sollen auch Alle entkommen, die man nicht fangen konnte, obgleich sie zu Denen gehörten, welche das Wort „el Nassr" kannten? Er muß leben bleiben, damit man ihre Namen erfährt."

„Wer aber macht mich glauben, daß er auch wirklich seine Strafe findet?"
„Ich! Der Mann, welcher Hulam heißt, ist nicht der Geringste unter den Bewohnern dieser Stadt. Ich werde noch jetzt zu dem Richter gehen, damit er diesen Menschen abholen und gefangen nehmen läßt, und ich schwöre Dir bei Allah und dem Propheten, daß er seine Pflicht erfüllen wird!"
„So thue es!" sagte Osco finster. „Aber ich sage Dir, daß ich Dich bei Deinem Schwure festhalten werde so lange, bis ich gerächt worden bin!"
Barud el Amasat wurde eingeschlossen, und der grimmige Osco that es nicht anders, er mußte mit ihm zusammengesteckt werden. Hulam begab sich zu dem Beamten, und wir warteten des Bescheides, den er bringen werde. Als er zurückkehrte, folgten ihm mehrere Khawassen, welche den Gefangenen abzuholen hatten. Er wurde ihnen übergeben, und als sie mit ihm verschwunden waren, konnten wir mit dem Bewußtsein zur Ruhe gehen, unseren Wirth vor Nachtheil bewahrt und einen bösen Menschen unschädlich gemacht zu haben.
Der Richterspruch eines Kadi läßt nicht lange auf sich warten, und so beschlossen wir, zu bleiben, bis das Urtheil gesprochen werde. Wir hatten nun Zeit, uns Adrianopel anzusehen.
Wir besuchten die Moschee Selim's und Murad's, ebenso eine türkische Medresse; dann durchwanderten wir den berühmten Bazar Ali Pascha's und machten endlich eine Kahnfahrt auf der Maritza, an welcher die Stadt liegt. Zur Mittagszeit kehrten wir heim und fanden eine Vorladung vor, bei dem Kadi zu erscheinen. Um 9 Uhr türkischer Zeit, was nach unserer Uhr nachmittags 3 Uhr war, erschienen wir vor dem Richter.
Das Verhör war ein öffentliches, und es hatte sich ein zahlreiches Publikum eingefunden. Ein jeder Einzelne von uns mußte seine Aussage thun, und der Gefangene saß dabei, um es zu hören. Als wir Alle gesprochen hatten, fragte der Kadi den Angeklagten:
„Du hast gehört, was diese Männer sagen. Ist es wahr oder nicht?"
Der Gefragte antwortete nicht; der Kadi wartete eine Minute und fuhr dann fort:
„Du kannst also nichts sagen, um die Anklage dieser Männer zurückzuweisen, und bist also alles Dessen schuldig, wessen sie Dich bezüchtigt haben. Da Du ein Glied der Bande bist, welche in Stambul sündigte, so muß ich Dich dorthin schaffen; dort wirst Du auch die Strafe für den Raub des Mädchens erfahren; aber dafür, daß Du es gewagt hast, hier in Edreneh ein Verbrechen begehen zu wollen, werde ich Dir hundert Streiche auf die Füße geben lassen. Das wird sogleich geschehen!"
Er winkte den Khawassen, welche in seiner Nähe standen, und gebot ihnen: „Holt das Brett und die Stöcke!"
Zwei von ihnen entfernten sich, um die angegebenen Gegenstände herbeizuschaffen.
Außer den Beamten und den Parteien war auch ein zahlreiches Publikum anwesend, welches sich eingestellt hatte, um das Schauspiel dieser Verurtheilung zu genießen. In diesem Augenblick machte sich im Publikum eine Bewegung geltend, welche an sich zwar unbedeutend war, einem aufmerksamen Beobachter aber nicht entgehen konnte.

Es drängte sich nämlich ein Mann langsam, doch nachhaltig von hinten nach vorn. Mein Blick fiel auf ihn. Er war lang und hager gebaut, hatte sich in die Tracht der gewöhnlichen Bulgaren gekleidet, schien mir aber keiner zu sein. Sein langer Hals, die Habichtsnase, das lange, schmale Gesicht mit dem herabhängenden Schnurrbart, die außerordentlich gewölbte Brust, das Alles ließ in ihm eher einen Armenier als einen Bulgaren vermuthen. Weßhalb drängte dieser Mann sich nach vorn? That er es nur aus einfacher Neugierde, oder hatte er vielleicht einen besonderen Zweck? Ich beschloß, ihn genau zu beobachten, es aber nicht merken zu lassen.

Die Khawassen kamen zurück. Der Eine von ihnen trug einige jener ominösen Stöcke, welche bei der Bastonnade unumgänglich nothwendig sind; der Andere ein Bret, an welchem sich vorn und in der Mitte hänfene Schlingen befanden, um Arme und Leib des Delinquenten fest zu halten. Am hinteren Theile war eine einfache Vorrichtung angebracht, um die Beine des Verurtheilten emporzuhalten, damit die entblößten Fußsohlen in eine horizontale Lage kamen.

„Zieht ihm das Gewand und die Schuhe aus!" befahl der Kadi.

Die Khawassen traten zu ihm heran, um den Befehl zu vollführen. Da endlich zeigte er, daß er sprechen könne.

„Halt!" rief er. „Ich lasse mich nicht schlagen!"

Die Augenbrauen des Kadi zogen sich zusammen.

„Nicht?" fragte er. „Wer will es mir verbieten, Dir die Bastonnade geben zu lassen?"

„Ich!"

„Hund! Wagst Du, so mit mir zu sprechen! Soll ich Dir zwei Hundert geben lassen, anstatt nur ein Hundert?"

„Nicht einen einzigen Schlag darfst Du mir geben lassen! Du hast wohl Verschiedenes gesagt und gefragt; aber das Nothwendigste hast Du doch vergessen. Oder hast Du Dich etwa erkundigt, wer und was ich bin?"

„Das ist nicht nöthig! Du bist ein Mörder, ein Dieb. Das ist genug."

„Ich habe bis jetzt noch nicht das Geringste zugegeben. Aber schlagen lassen darfst Du mich auf keinen Fall."

„Warum?"

„Weil ich kein Moslem bin, sondern ein Christ."

Während dieser Worte hatte er den Fremden bemerkt, der sich herbeigedrängt hatte. Dieser hütete sich wohl, eine verrätherische Bewegung zu machen, welche ihn in den Verdacht der Bekanntschaft oder gar des Einvernehmens mit dem Anderen hätte bringen können. Aber seine Miene, sein Blick, seine ganze Haltung war darauf berechnet, sich ihm zu zeigen und ihm Muth einzuflößen.

Man sah es dem Kadi an, daß die soeben vernommenen Worte doch einigen Eindruck auf ihn machten.

„Ein Giaur bist Du?" fragte er. „Wohl gar ein Franke?"

„Nein; ich bin ein Armenier."

„Also doch ein Unterthan des Padischah, dem Allah tausend Leben schenken möge! Da darf ich Dich also auch schlagen lassen."
„Du irrst," antwortete der Armenier, indem er sich bemühte, eine möglichst sichere Haltung anzunehmen und seinem Tone einen stolzen Ausdruck zu geben. „Ich stehe nicht unter dem Sultan, auch nicht unter dem Patriarchen. Ich bin der Geburt nach ein Armenier; aber ich bin ein evangelischer Christ geworden und als Dolmetscher bei der englischen Gesandtschaft angestellt. Ich bin in diesem Augenblick englischer Unterthan und mache Dich auf die Verantwortung aufmerksam, welche Du auf Dich ladest, wenn Du mich als Unterthan des Großherrn behandeln und nun gar schlagen lassen willst!"
Der Kadi machte ein sehr enttäuschtes Gesicht. Er hatte es sich vorgenommen gehabt, dem in Adrianopel so hoch angesehenen Hulam nach allen Kräften zu Diensten zu sein, und nun kam ihm diese Aussage des Armeniers dazwischen.
„Kannst Du es beweisen?" fragte er ihn.
„Ja."
„So beweise es!"
„Frage bei der englischen Gesandtschaft in Stambul an!"
„Nicht ich bin es, sondern Du bist es, der den Beweis zu führen hat!"
„Ich kann ihn nicht führen, da ich ja Gefangener bin."
„So werde ich einen Boten nach Stambul senden. Aber die hundert Streiche werden sich in das Doppelte verwandeln, wenn Du mich belogen hast!"
„Ich sage die Wahrheit. Aber selbst dann, wenn dies nicht der Fall wäre, dürftest Du mich nicht schlagen lassen oder ein Urtheil über mich fällen. Du bist Kadi; ich aber verlange, vor ein ordentliches Mewlewit gestellt zu werden."
„Ich bin Dein Mewlewit!"
„Das ist nicht wahr. Ich verlange, von den Bilad i Kamse Mollatari gerichtet zu werden. Und selbst wenn ich von einem der Kasi vernommen werden soll, darf dies nicht aus einem einzigen Manne bestehen, sondern aus einem Kadi, einem Mufti, einem Naib, einem Ajak Naib und einem Basch Kiatib!"
Die von dem Armenier angeführten Behörden bedeuten der Reihe nach: Richter, Kron- oder Staatsanwalt, dessen Stellvertreter, einen Zivillieutenant und einen Gerichtsschreiber.
Jetzt machte der Kadi ein wirklich sehr verdrießliches Gesicht. Der Grimm blitzte aus seinen Augen.
„Mensch!" rief er. „Du kennst die Gesetze und die Ordnung der Prozesse so gut und hast die Gesetze doch übertreten. Ich werde dafür sorgen, daß Deine Strafe eine dreifache wird!"
„Thue, was Du willst, aber sieh zu, ob es Dir auch gelingt. Ich protestiere im Namen des Gesandten von Großbritanien gegen die Schläge, welche Du mir zugedacht hast!"
Der Kadi blickte uns verlegen der Reihe nach an und sagte dann:

„Das Gesetz zwingt mich, auf Deine Worte zu hören. Glaube aber nicht, daß Deine Sache dadurch eine für Dich bessere Wendung bekommt. Du bist ein Mörder und wirst Deinen Kopf lassen müssen! Führt ihn in das Gefängniß zurück, und bewacht ihn zehnfach strenger als alle anderen Gefangenen!"
Der Armenier wurde abgeführt und warf vorher einen Blick des Triumphes und Einverständnisses auf den Fremden, welcher diesen Blick erwiederte, ohne daß dies – außer von mir – bemerkt worden wäre.
Sollte ich den Kadi auf diesen Mann aufmerksam machen? Was konnte es nützen? Selbst wenn der Fremde dem Gefangenen näher als gewöhnlich bekannt war, lagen keine Gründe vor, sich amtlich seiner zu bemächtigen. Und falls dies auch geschehen konnte, so war zu erwarten, daß diese Beiden sich sicherlich nicht verrathen würden. Ich traute überdies dem Kadi gar nicht zu, der rechte Mann für so verschlagene Leute zu sein. Darum beschloß ich, diesen Fremden ganz im Stillen auf mich zu nehmen.
Die Sitzung war beendet, und die Zuschauer entfernten sich. Der Kadi trat zu Hulam, um sich zu entschuldigen, und Osco, der Montenegriner, wendete sich ärgerlich an mich:
„Habe ich es nicht gesagt, Effendi, daß es so kommen werde?"
„Diese Wendung hatte ich nicht erwartet," antwortete ich. „Ich bin zwar kein Kadi und Mufti, aber ich denke, daß der Richter allerdings nicht anders handeln kann."
„Er muß in Stambul anfragen, ob dieser Mensch die Wahrheit gesagt hat oder nicht?"
„Ja."
„Aber wie lange das dauern wird?"
„Man muß sich darein fügen!"
„Und wenn er wirklich ein englischer Unterthan ist?"
„So wird er dennoch seine Strafe erhalten."
„Und ist er es nicht?"
„So hat er den Kadi belogen, und dieser wird das Seinige thun, daß der Richterspruch so streng wie möglich ausfällt. Übrigens glaube ich kein Wort von dieser englischen Unterthanenschaft."
„Oh, es ist doch vielleicht möglich. Weßhalb hätte er sich eine solche Lüge aussinnen sollen?"
„Zunächst, um der Bastonnade zu entgehen, und sodann, um Zeit zu gewinnen. Man muß dem Kadi begreiflich machen, daß er den Gefangenen auf das Strengste bewachen soll. Ich bin überzeugt, daß dieser Alles thun wird, um zu entkommen."
„Effendi, willst Du nicht mit dem Kadi sprechen?"
„Thut Ihr es; mir fehlt die Zeit. Ich habe einen eiligen Weg, von dem ich Euch vielleicht nachher berichten werde. Wir sehen uns dann bei Hulam wieder."
Der Fremde, welchen ich für einen Armenier hielt, hatte nämlich jetzt auch den Ort verlassen. Ich wollte irgend Etwas über ihn erfahren, und so ging ich ihm nach. Er schritt langsam und nachdenklich dahin, und ich folgte ihm wohl zehn Minuten lang.

Da wendete er sich ganz plötzlich und rasch um und erblickte mich. Ich war während der Verhandlung natürlich hervorragend betheiligt gewesen; er hatte mich dort gesehen und beobachtet und erkannte mich sofort wieder. Er ging weiter, bog aber dann in eine sehr enge Nebengasse ein.
Ich beschloß dennoch, ihn nicht aus den Augen zu lassen, und nahm den Gang und die Haltung eines Mannes an, der nur mit sich selbst beschäftigt ist und keine große Acht auf Andere hat.
Er mochte das Gäßchen halb durchschritten haben, da drehte er sich zum zweiten Male um. Er mußte mich abermals erblicken, und das fiel ihm sicherlich auf. So ging es durch mehrere Gassen und Gäßchen, er sich zuweilen nach mir umsehend, und ich ihn nicht aus dem Auge lassend. Im Eifer der Verfolgung war es mir schließlich ganz gleich geworden, ob er es bemerkte, daß ich es auf ihn abgesehen hatte. Der Umstand, daß er sich vor mir scheute, bestärkte mich nur in meiner Überzeugung, er könne sich nicht eines guten Gewissens rühmen.
Das mochte er auch einsehen. Denn als er abermals in eine kleine Gasse eingebogen war und ich dann eine halbe Minute später um die Ecke kam, stand er hinter derselben. Er blickte mich mit flammendem Auge an und fragte:
„Folgst Du etwa mir?“
Ich blieb vor ihm stehen, betrachtete ihn genau und antwortete:
„Was geht Dich mein Weg an?“
„Sehr viel! Er scheint der meinige zu sein.“
„Wohl Dir, wenn es so ist; denn der Weg, den ich gehe, ist ein sehr ehrlicher und offener.“
„Willst Du etwa damit sagen, daß der meinige dies nicht sei?“
„Ich kenne Deine Wege nicht und habe nichts mit Dir zu schaffen!“
„Das hoffe ich,“ meinte er höhnisch; „darum sollst jetzt Du einmal vorangehen!“
„Mir gleich,“ antwortete ich.
Ich schritt weiter, ohne mich nach ihm umzusehen; aber mein Ohr war geübt genug, sich von ihm nicht täuschen zu lassen. Ich hörte seine Schritte hinter mir; dann entfernten sie sich. Sie sollten leise sein, aber ich vernahm sie doch.
Als ich sie nicht mehr hörte, drehte ich mich rasch um und lief zurück. Richtig! Dort eilte er hinab und bog in eine andere Gasse ein. Ich folgte ihm nun, wo er mich nicht sehen konnte, und kam just zur rechten Zeit an die nächste Ecke, um zu sehen, daß er abermals um eine andere Ecke bog.
Natürlich stand ich einige Augenblicke später an derselben und bemerkte, daß er nach der Tscharschia Ali Pascha's einlenkte.
Tscharschia bedeutet Bazar und ist von dem slavonischen Worte tscharschit abzuleiten, welches „bezaubern“ bedeutet. Es soll damit auf den Eindruck hingedeutet werden, welchen die Waaren auf den Beschauer machen.
Der Mann dachte natürlich, daß ich im Gedränge des Bazars seine Spur sicher verlieren würde, wenn ich derselben noch immer folgen sollte. Mir aber war diese Wendung lieb;

denn eben dieses Gedränge machte es mir möglich, ganz nahe an ihn heran zu kommen, ohne von ihm bemerkt zu werden.

Das geschah denn auch. Ich blieb hart hinter ihm, obgleich er seine Richtung wohl noch mehr als zehn Mal änderte. Endlich – wir waren grad durch den Kleiderbazar gekommen – schritt er auf ein ganz in der Nähe befindliches Karawanserai zu, in dessen Thor er trat. Hier konnte er mir nicht entgehen, da ich annehmen mußte, daß das Serai keinen zweiten Ausgang habe.

Nun fragte es sich nur, ob er dort wohne oder durch seinen Eintritt einen anderen Zweck verfolge. Ich wurde, als ich stehen blieb, um ihn zu beobachten, von dem Letzteren überzeugt. Er blieb nämlich hinter dem Thore stehen und recognoscirte den vor ihm liegenden Platz sehr sorgfältig, jedenfalls nach mir.

Da kam mir ein Gedanke. Ich trat zu dem nächsten Händler.

„Sallam aaleïkum!“

„Aaleïkum!“ antwortete der Mann höflich.

„Hast Du ein blaues Turbantuch?“ fragte ich.

„Ja, Effendi.“

„Und einen Mahluta?“

„So viele Du willst!“

„Ich habe Eile. Ich will mir Beides nur leihen, aber nicht kaufen. Mache schnell und gib mir den Mantel und das Tuch! Hier ist meine Uhr; hier sind meine Waffen; dazu gebe ich Dir meinen Kaftan und auch noch fünfhundert Piaster. Das Alles wird genug sein, Dir Sicherheit zu geben, daß ich wiederkomme.“

Er blickte mich erstaunt an. So Etwas war ihm wohl noch gar nicht begegnet.

„Effendi, warum thust Du das?“ fragte er.

Um nicht aufgehalten zu werden, mußte ich es ihm sagen.

„Ich verfolge einen Mann, der mich kennt, mich aber nicht mehr erkennen soll,“ antwortete ich. „Schnell, sonst entgeht er mir!“

„Allah 'l Allah! Du bist ein gizli Aramdschi?“ fragte er.

„Frage nicht, sondern eile!“ gebot ich ihm. „Oder weißt Du nicht, daß der Großherr Hülfe von Dir fordert, wenn es gilt, einen flüchtigen Verbrecher zu ergreifen?“

Jetzt glaubte er fest, daß ich ein verkleideter Khawasse sei. Ich legte meinen Kaftan ab; er warf mir den Mantel über und wand mir das Tuch als Turban um den Kopf. Als ich ihm die erwähnten Gegenstände zum Pfand gegeben hatte und nun fertig war, trat ich an den Eingang, um dort zu warten.

Ich hatte den Armenier nicht aus den Augen gelassen. Er stand noch hinter dem Thore, um zu spähen. Der Gejindschi folgte mit seinem Auge der Richtung meines Blickes. Er bemerkte, auf wen meine Aufmerksamkeit gerichtet war, und fragte:

„Effendi, meinst Du den Mann, der da drüben im Thore steht?“

„Ja.“

„Er ist soeben hier vorüber gekommen?“

„Allerdings."
„Und hat mich gegrüßt?"
„Das habe ich nicht bemerkt. Du bist also ein Bekannter von ihm?"
„Ja. Ich habe Kleider von ihm gekauft. Du denkst, daß er ein Verbrecher sei?"
„Ich werde es erfahren. Wie heißt er?"
„Du bist ein Diener des Padischah, und darum will ich ehrlich mit Dir sein. Sage, was Du wissen willst!"
„Waren die Kleider, welche Du von ihm gekauft hast, neu?"
„Nein."
„Er ist also kein Tarzi?"
„O nein. Ich habe großen Schaden gehabt. Die Kleider waren sehr billig, aber der größte Theil wurde mir wieder abgenommen, denn sie waren Männern, die man auf der Straße angefallen hatte, abgenommen worden."
„Bestrafte man diesen Menschen nicht?"
„Er ist hier fremd und war nicht zu finden. Und dann, als er wieder kam und man ihn ergriff, ließ man ihn um seines Geldes willen unbestraft gehen."
„Wer ist er?"
„Er kleidet sich wie ein Bulgare, aber er ist ein Armenier und heißt Manach el Barscha."
„Weißt Du, wo er wohnt?"
„Er ist Einnehmer des Charadsch in Uskub. Viele Armenier haben die Steuern gepachtet."
„Und wo befindet er sich hier?"
„Wenn er in Edreneh ist, so wohnt er bald hier und bald dort, am meisten aber in dem Mehan des Handschia Doxati."
„Wie finde ich diesen?"
„Er bewohnt das Haus gleich neben dem griechischen Metropoliten."
Auch diesen wußte ich nicht, aber ich durfte doch nicht zeigen, daß ich hier so sehr unbekannt sei. Übrigens verließ grad jetzt der Armenier das Serai, und ich folgte ihm, nachdem ich dem Händler einen kurzen Gruß zugeworfen hatte.
Es war sicher ein sehr glücklicher Umstand, daß ich hier Jemand gefunden hatte, der diesen Manach el Barscha so genau kannte. Wer weiß, wie lange ich sonst hätte suchen und fragen müssen, ehe ich mit meiner Erkundigung an die richtige und zuverlässige Quelle gekommen wäre!
Der Armenier wendete sich zwar noch einigemal um, aber es fiel ihm nicht ein, in mir den Mann zu vermuthen, der ihn verfolgt und mit dem er sogar gesprochen hatte. Ich brauchte mich also nicht mehr so sehr in Acht zu nehmen, wie vorher, und sah endlich, daß er in ein Haus trat, welches allerdings ein Gasthaus zu sein schien.
In der Nähe hatte ein Kastanienhändler seinen Platz. Ich kaufte ihm eine Handvoll seiner Früchte ab und erkundigte mich bei ihm:
„Weißt Du, wer in dem großen Hause wohnt, hier zur Linken?"

„Der griechische Metropolit, Effendi.“
„Und wer hier daneben?“
„Ein bulgarischer Gastwirth. Er heißt Doxati. Willst Du vielleicht bei ihm wohnen? Es ist billig und bequem bei ihm.“
„Nein. Ich suche den Gastwirth Marato.“
„Den kenne ich nicht.“
Damit meine Erkundigung nicht auffallen sollte, hatte ich den ersten besten Namen, der mir einfiel, genannt. Ich ging fort; denn für jetzt wußte ich genug. Was nun zu thun war, mußte sich ja finden. Es galt, dafür zu sorgen, daß der Gefangene nicht entfliehen könne. Zu erfahren, in welcher Beziehung dieser Manach el Barscha zu ihm stehe, war jedenfalls nicht leicht; aber es mußte doch auf irgend eine Weise versucht werden.
Ich merkte mir das Gasthaus des bulgarischen Wirthes genau, um es, falls dies nothwendig werden sollte, selbst am Abend finden zu können, und kehrte zu Hulam zurück, dessen Wohnung zu verfehlen gar nicht schwer gewesen wäre.
Man hatte längst auf mich gewartet. Der Ausgang der Gerichtsverhandlung war Allen unlieb, und sodann hatten sie sich meine so schnelle Entfernung nicht erklären können.
„Sihdi,“ meinte mein kleiner Hadschi Halef Omar, „ich sage Dir, daß ich große Sorge um Dich gehabt habe!“
„Sorge um mich? Warum?“
„Warum? So fragst Du?“ sagte er ganz erstaunt. „Weißt Du denn noch immer nicht, daß ich Dein Freund und Beschützer bin?“
„Das weiß ich allerdings, mein guter Halef.“
„Nun, als Freund hast Du mir zu sagen, wohin Du gehst, und als Beschützer hast Du mich sogar mitzunehmen.“
„Ich konnte Dich nicht gebrauchen.“
„Mich nicht gebrauchen?“ sagte Halef, indem er ganz energisch an seinen dreizehn Schnurrbarthaaren herumzupfte. „Du hast mich gebrauchen können in der Sahar, in Egypt, am Tigris, bei den Teufelsanbetern, in Kurdistan, in den Ruinen, deren Name mir nicht sogleich einfällt, in Stambul und überall; hier aber willst Du mich nicht gebrauchen können? Das glaube ich nicht! Weißt Du, daß es hier ebenso gefährlich ist, als in der Sahar oder im Thal der Stufen, wo wir die vielen Feinde gefangen nahmen?“
„Warum?“
„Weil man hier seine Feinde vor lauter Menschen nicht sehen kann. Oder glaubst Du etwa, ich wisse nicht, daß Du Dich eines neuen Feindes wegen entfernt hast?“
„Woher kommt Dir dieser Gedanke?“
„Ich folge stets Deinen Augen und sehe, was sie thun.“
„Nun, was haben sie gethan?“
„Sie haben beim Kadi einen Bulgaren beobachtet, der aber kein Bulgare war. Als dieser ging, bist Du schleunigst aufgebrochen.“
„Wahrhaftig, Halef, Du hast ganz recht beobachtet!“ sagte ich.

„O, Sihdi," meinte er stolz, „weißt Du noch, als wir durch das Wadi Tarfaui ritten und Du die Darb der Mörder beobachtetest?"
„Ja, das weiß ich noch."
„Da lachte ich Dich aus, daß Du im Sande lesen wolltest. Ich war damals das, was der Türke ahmak nennt; aber ich hielt mich dennoch für außerordentlich klug."
„Ah, Du hast unterdessen von mir gelernt! Nicht wahr?"
Er wurde einigermaßen verlegen. Er wollte doch nicht so geradezu gestehen, daß ein „Beschützer" von dem Beschützten gelernt habe, und konnte es auch nicht ganz und gar verneinen. Darum antwortete er, um sich wenigstens nicht zu auffällig eine Blöße zu geben:
„Wir haben uns gegenseitig unterrichtet, Sihdi. Was Du konntest, das habe ich von Dir gelernt, und was ich wußte, das hast Du von mir angenommen. Auf diese Weise sind wir klüger geworden, so klug, daß beide, Allah und der Prophet, ihre Freude an uns haben. Wärest Du nicht ein Christ, sondern ein Gläubiger, so würde diese Freude tausendfach größer sein."
„Was Du da sagst, muß einer sorgfältigen Prüfung unterworfen werden. Wir wollen gleich heute einmal sehen, ob Du wirklich so klug bist, wie Du denkst!"
Seine kleinen Augen blitzten beinahe zornig auf.
„Sihdi," sagte er, „willst Du mich etwa beleidigen? Ich bin Dir ein treuer Diener gewesen, seit ich Dich kenne. Ich habe Dich beschützt in allen Gefahren des Leibes und der Seele. Ich bin Dein Freund und Dein Gönner, denn ich habe Dich so lieb, daß ich gar nicht weiß, wem mein Herz mehr gehöre, Dir oder meiner Hanneh, der Blume der Frauen. Ich habe mit Dir gehungert und gedürstet, geschwitzt und gefroren; ich habe mit Dir und für Dich gekämpft; kein Feind hat meinen Rücken zu sehen bekommen, denn es wäre mir eine Schande gewesen, Dich zu verlassen. Und nun willst Du sehen, ob ich klug bin! Für dies Alles hast Du nichts als eine Beleidigung? Sihdi, ein Fußtritt hätte mir nicht weher gethan, als dieses Wort!"
Der brave Mensch meinte es ernst. In seinen Augen bemerkte ich einen feuchten Schimmer. Es war natürlich weder meine Absicht gewesen, ihn zu kränken, noch ihn zu beleidigen; darum legte ich ihm beruhigend die Hand auf die Schulter und antwortete:
„So habe ich es nicht gemeint, mein guter Halef. Ich wollte nur sagen, daß es eben jetzt eine Gelegenheit gibt, Deine Klugheit zu bethätigen."
Das stimmte ihn sofort um.
„Sage mir diese Gelegenheit, Sihdi," meinte er, „und Du wirst sehen, daß ich Deines Vertrauens würdig bin!"
„Es handelt sich um den Mann, welchen ich während des Verhörs beobachtet hatte. Er scheint mir ein – –"
„Ein Bekannter des Gefangenen zu sein!" fiel Halef ein, um mir zu beweisen, daß er nicht nur meine Gedanken errathen, sondern auch scharf nachgedacht habe.
„Allerdings," antwortete ich.

„Vielleicht hat er die Absicht, ihm von Nutzen zu sein!"
„Daran zweifle ich gar nicht. Dieser Barud el Amasat kann sein Heil nur in der Flucht finden. Wer ihn retten will, muß es ihm ermöglichen, zu entkommen. Der Fremde warf ihm beruhigende und ermunternde Blicke zu, und das hat er sicherlich nicht ohne eine ganz besondere Absicht gethan."
„Du bist ihm nachgegangen, um seine Wohnung zu erfahren?"
„Ja. Auch seinen Stand und Namen weiß ich bereits."
„Was ist er?"
„Er heißt Manach el Barscha, ist Steuereinnehmer in Uskub und logirt bei dem Handschia Doxati hier."
„W'Allah! Ich ahne, in welcher Weise ich meine Klugheit bethätigen soll!"
„Hättest Du das wirklich errathen?"
„Ja. Ich soll diesen Manach el Barscha bewachen."
„Ganz recht!"
„Das kann ich aber nur dann, wenn ich auch bei Doxati wohne."
„Du wirst hinreiten, sobald es dunkel ist. Ich werde mitgehen, um Dir das Haus zu zeigen."
Da trat Osco, der Montenegriner, vor und sagte:
„Auch ich werde wachen, Sihdi!"
„Ah! Wo?"
„Vor dem Zindan, in welchem sich der Gefangene befindet."
„Denkst Du, daß dies nöthig sein wird?"
„Es ist mir ganz gleich, ob es nöthig ist oder nicht. Er hat meine Tochter als Sklavin verkauft und mir vieles und großes Herzeleid bereitet. Er ist meiner Rache verfallen. Du bist ein Christ. Du sagst, die Rache sei Gottes, und ich habe Dir Deinen Willen gethan, indem ich Barud el Amasat den Händen des Kadi überlassen habe. Will er sich denselben entziehen, so habe ich darüber zu wachen, daß er nicht auch mir entgehe. Ich verlasse Euch und werde es Euch sofort melden, wenn ich etwas Wichtiges beobachte."
Nach diesen Worten verließ er uns, ohne im Mindesten auf unsere Bemerkungen zu hören.
Jetzt packte Halef seine Habseligkeiten zusammen und setzte sich auf sein Pferd. Er wollte sich den Anschein geben, als ob er erst jetzt in Adrianopel ankomme. Ich geleitete ihn zu Fuß bis in die Nähe der Hadschia und wartete, bis er in das Thor derselben eingeritten war. Dann begab ich mich nach dem Bazar zurück, um meine Kleidung wieder einzutauschen.
Als ich Hulam's Haus wieder erreichte, war es unterdessen dunkel geworden. Er machte uns den Vorschlag, ein Bad zu besuchen, wo es guten Kaffee, Karaschekler und ausgezeichnetes Aïswasperwerdesi gäbe. Wir erfüllten seinen Wunsch.
Über die türkischen Bäder wird so viel geschrieben, daß eine Bemerkung hier überflüssig wäre. Die Schattenspiele, welche wir nach dem Bade in Augenschein nahmen, konnten

nicht Anspruch auf Lob machen. Die Gelées mochten wirklich ausgezeichnet sein, sie waren aber nicht nach meinem Geschmack.

Als wir das Hamam verließen, fanden wir den Abend so köstlich, daß wir uns entschlossen, noch einen kleinen Spaziergang zu machen. Wir verließen die Stadt auf der Westseite derselben und promenirten am Ufer des Arda dahin, welcher sich hier in die Maritza ergießt.

Es war spät geworden, als wir umkehrten. Es mochte noch eine Stunde an Mitternacht fehlen; aber es war ziemlich hell. Noch hatten wir die Stadt nicht erreicht, als uns drei Reiter entgegen kamen. Zwei ritten auf Schimmeln; der Dritte hatte ein dunkles Pferd. Sie trabten an uns vorüber, ohne uns zu beachten. Dabei machte der Eine der Ersteren gegen den Anderen eine an sich gleichgültige Bemerkung. Ich hörte dies und blieb unwillkürlich stehen.

„Was ist's?“ fragte Isla. „Kanntest Du sie?“

„Nein; aber diese Stimme kam mir bekannt vor.“

„Du wirst Dich täuschen, Sihdi. Stimmen sind sich oft sehr ähnlich.“

„Das ist wahr, und das beruhigt mich. Ich hätte sonst gedacht, daß es die Stimme dieses Barud el Amasat sei.“

„Dann müßte er ja entflohen sein!“

„Allerdings! Aber das ist ja gar keine Unmöglichkeit.“

„Wäre es der Fall, so würde er die breite Straße nach Filibe eingeschlagen und nicht diesen einsamen, unsicheren Weg gewählt haben.“

„Grad dieser Weg ist für einen Flüchtling sicherer als die belebte Straße nach Filibe. Die Stimme war ganz die seinige.“

Es war, als ob mir eine geheime Stimme sage, daß ich mich nicht geirrt habe. Ich beschleunigte meine Schritte, und die Anderen mußten mir mit derselben Schnelligkeit folgen. Als wir nach Hause kamen, wurden wir schon seit längerer Zeit erwartet, und zwar von Osco, welcher unter dem Thore stand.

„Endlich, endlich!“ rief er. „Ich habe Euch mit Schmerzen erwartet. Mir scheint, es ist Etwas geschehen.“

„Was?“ fragte ich gespannt.

„Ich lag, als es dunkel war, am Thore des Gefängnisses. Da kam Einer, welcher sich öffnen ließ. Er trat ein und kam nach einiger Zeit mit noch zwei Anderen aus dem Hause.“

„Hast Du Einen erkannt?“

„Nein; aber als sie gingen, hörte ich den Einen sagen: „Das ist schneller geglückt, als ich dachte!“ Ich schöpfte Verdacht und schlich ihnen nach, aber an der Ecke einer Straße verlor ich sie.“

„Und dann?“

„Dann ging ich hierher, um Euch den Vorfall zu melden. Ich fand Euch nicht daheim und habe vergeblich gewartet.“

„Gut! Wir werden uns sofort überzeugen. Hulam mag mitkommen; die Anderen können bleiben.“

Ich eilte mit dem Genannten nach der Straße, in welcher Doxati sein Fremdenhaus hatte. Das Thor war noch geöffnet, und wir traten ein. Es gab ein gemeinschaftliches Zimmer, welches nach dem Hofe zu geöffnet war, aber nach der Straße kein Fenster hatte. Ohne da hineinzugehen, gebot ich einem der anwesenden dienstbaren Geister, mir den Wirth zu bringen.

Doxati war ein kleines, altes Männchen mit einem sehr verschlagenen griechischen Gesichte. Er machte mir eine tiefe Reverenz und fragte nach meinem Begehr.

„Ist heute Abend ein Gast hier eingekehrt?“ fragte ich ihn.

„Mehrere, Herr,“ antwortete er.

„Ich meine einen kleinen Mann, welcher zu Pferde kam.“

„Der ist da. Er hatte einen Bart, welcher so dünn ist, wie der Schwanz einer alten Henne.“

„Du sprichst sehr unehrerbietig; aber es wird Derjenige sein, welchen ich suche. Wo ist er?“

„In seinem Oda.“

„Führe mich zu ihm!“

„Komm, Herr!“

Er schritt voran, in den Hof hinaus und eine Art Stiege empor. Dort oben sah man beim Scheine einer Lampe mehrere Thüren. Er öffnete eine derselben. Auch hier brannte eine Lampe; aber das mit einer einzigen, alten Matte versehene Gemach war leer.

„Wohnt er hier?“ fragte ich.

„Ja.“

„Aber er ist ja nicht da!“

„Allah weiß es, wo er ist!“

„Wo hat er sein Pferd?“

„Im Stalle, welcher sich im zweiten Awlu befindet.“

„War er heute Abend unten bei den andern Gästen?“

„Ja. Dann aber stand er lange Zeit unter dem Thore.“

„Ich suche außer ihm noch einen andern Mann, welcher Manach el Barscha heißt. Kennst Du ihn?“

„Warum soll ich ihn nicht kennen? Er hat ja heute bei mir gewohnt!“

„Hat! Er wohnt also nicht mehr hier?“

„Nein, er ist abgereist.“

„Allein?“

„Nein, sondern mit zwei Freunden.“

„Sie ritten?“

„Ja.“

„Was für Pferde?“

„Zwei Schimmel und einen Braunen.“

„Wohin sind sie?“
„Sie wollen nach Filibe und dann weiter nach Sofia.“
„Kanntest Du die beiden Freunde?“
„Nein. Er ging aus und brachte sie mit.“
„Hatte er drei Pferde mitgebracht?“
„Nein, sondern nur den Braunen. Die Schimmel hat er heute gekauft, als es beinahe Abend war.“
Jetzt wußte ich genau, daß mein Gehör mich nicht getäuscht hatte. Barud el Amasat war mit Hülfe dieses Manach el Barscha entkommen. Wer aber war der Dritte gewesen? Vielleicht ein Schließer des Gefängnisses, welcher den Gefangenen heraus gelassen hatte und in Folge dessen gezwungen gewesen war, sich ihnen anzuschließen? Ich fragte weiter:
„Der Mann, nach welchem ich Dich zuerst fragte, ist ihnen nicht nachgefolgt?“
„Nein.“
„Weißt Du das genau?“
„Sehr genau; ich stand am Thore, als sie fortritten.“
„Führe uns zu seinem Pferde!“
Er führte uns über den vordern Hof und durch einen gewölbten Durchgang nach einem niedrigen Gebäude. Der Geruchssinn sagte mir schon von Weitem, daß es ein Stall sei. Er öffnete die Thüre desselben. Es war dunkel; aber ein leises Schnaufen sagte mir, daß ein Pferd vorhanden sei.
„Man hat das Licht gelöscht,“ sagte er.
„Brannte eins?“ fragte ich.
„Ja.“
„Standen die Pferde dieses Manach el Barscha auch hier?“
„Ja. Ich war nicht dabei, als er sie holte.“
„So wollen wir anzünden.“
Ich zog ein Zündhölzchen heraus, und bald hatten wir Licht in der alten Laterne, welche an der Mauer hing. Jetzt erkannte ich Halef's Pferd und daneben auf dem Boden einen formlosen Klumpen, welcher in einen Kaftan gewickelt und mit Stricken umwunden war. Ich riß die Stricke auf und entfernte den Kaftan. Es war – – mein kleiner Hadschi Halef Omar.
Es dauerte einige Zeit, ehe er vollständig bei Athem war. Dann sprang er auf, ballte beide Fäuste und rief:
„Allah l' Allah! Sihdi, wo sind die Hunde, die mich überfallen haben, die Söhne von Hunden und Enkel von Hundesöhnen, welche mich dann einwickelten und banden?“
„Das mußt Du doch wissen!“ antwortete ich.
„Ich? Ich soll es wissen? Wie kann ich es wissen, da ich doch gefesselt war, wie der heilige Kuran, welcher in Damask an eisernen Ketten hängt!“
„Warum hast Du Dich fesseln lassen?“

Er blickte mich ganz erstaunt an.
„Das fragst Du mich? Du, der mich hierher beordert hat, damit ich – –"
„Damit Du eine Probe Deiner Klugheit geben sollst," unterbrach ich ihn. „Sie ist nicht sehr rühmlich für Dich ausgefallen!"
„Sihdi, kränke mich nicht! Wenn Du dabei gewesen wärest, so würdest Du mich entschuldigen!"
„Das ist möglich, aber nicht sehr wahrscheinlich. Weißt Du, daß Manach el Barscha entkommen ist?"
„Ja. Der Scheïtan mag ihn fressen!"
„Und Barud el Amasat mit ihm?"
„Ja. Die Dschehenna mag ihn verschlingen!"
„Und daß Du Schuld bist an Allem?"
„Nein; das weiß ich nicht; das ist nicht wahr!"
„So erzähle!"
„Das werde ich thun! Als ich zu diesem Handschia Doxati kam, der hier steht und den Mund aufsperrt, als ob er der Scheïtan sei, welcher Manach el Barscha verschlingen soll, da hörte ich, daß der Letztere drei Pferde besitze, weil er in der Dämmerung zwei Schimmel gekauft habe. Ich beobachtete ihn und sah, daß er das Haus verließ."
„Ahntest Du, was er vorhatte?"
„Ja, Sihdi."
„Warum folgtest Du ihm nicht?"
„Ich dachte, daß er nach dem Gefängnisse gehen werde. Dort aber stand ja Osco auf der Lauer."
„Hm, das ist allerdings nicht unrichtig!"
„Siehst Du, daß Du mir Recht geben mußt, Sihdi!"
Man hörte es der Stimme des kleinen Mannes an, daß er sich jetzt bedeutend erleichtert fühlte. Er fuhr fort:
„Ich ahnte, daß er den Gefangenen befreien wolle; aber ich wußte auch, daß er seine Pferde brauche. Jedenfalls mußte er nach dem Stalle zurückkommen, und darum versteckte ich mich dort, um ihn zu überraschen."
„Verstecken? Das war nun nicht grad nöthig. Du hättest nach einigen Khawassen schicken oder sie selbst herbei holen sollen. Das wäre das Sicherste gewesen."
„O, Sihdi, das Sicherste ist nicht allemal auch das Schönste, und ich dachte es mir so schön, die Schurken allein zu fangen."
„Das müssen wir jetzt büßen!"
„Allah wird sie uns wieder in die Hand geben! Also ich wartete. Als sie kamen, waren es Drei. Sie fragten mich, was ich da wolle; aber kaum hatte mich Barud el Amasat angesehen, so erkannte er mich. Ich war ja beim Verhöre als Zeuge gegen ihn aufgetreten. Es entspann sich eine Prügelei. Ich wehrte mich nach Kräften. Ich zerriß sogar diesem Barud die Kleider; aber die Prügel bekam ich."

„Warum gebrauchtest Du Deine Waffen nicht?“
„Sihdi, sechs Arme hielten mich umschlungen, und ich habe ja nur zwei. Hätte mir Allah zehn Arme verliehen, so wären mir vier davon für die Waffen übrig geblieben. Ich wurde endlich auf den Boden gerungen; man wickelte mich in meinen Kaftan und umwand mich mit Stricken. Da habe ich gelegen, bis Du kamst, mich zu befreien. So ist es geschehen!“
„O weh, Hadschi Halef Omar! O weh!“
„Sihdi, auch ich möchte rufen: Wai, wai! Aber das hilft uns nun doch nichts. Sie sind fort! Befänden wir uns in der Wüste, so wäre es leicht, ihre Spuren zu finden; aber hier in dem großen Edreneh wird das unmöglich sein.“
„Ich habe ihre Spur. Ich weiß, wohin sie sind.“
„Hamdulillah! Preis sei Allah, welcher Dir den Verstand gegeben hat, den – –“
„Den Du heute nicht besessen hast!“ unterbrach ich ihn. „Die Spur eines Mannes ist nicht der Mann selbst. Aber leuchte einmal nieder! Was liegt hier?“
Halef bückte sich nieder und hob einen ziemlich großen Fetzen Tuches auf. Er betrachtete ihn und sagte:
„Das ist das Stück, welches ich Barud el Amasat aus seinem Kaftan gerissen habe. Da hängt noch die Tasche daran.“
„Ist etwas darin?“
Er griff hinein und sagte:
„Ein Stück Papier. Hier ist es.“
Ich betrachtete es beim Scheine der Laterne und öffnete es. Es war ein winzig kleines, aber mit einem großen Siegel versehenes Briefchen gewesen. Drei kurze Zeilen standen darin. Sie waren in arabischer Schrift geschrieben, und zwar so klein, daß ich sie hier unmöglich lesen konnte. Ich steckte also das Briefchen zu mir und suchte nach anderen Überresten des ungleichen Kampfes; es fanden sich keine mehr.
Unbegreiflich war es, daß die drei Männer meinem Halef sein Messer und die beiden Pistolen gelassen hatten, welche in seinem Gürtel steckten. Sein Gewehr hatte ich in einem Winkel seiner Stube lehnen sehen.
„Hatte auch Manach el Barscha ein Zimmer bei Dir?“ fragte ich den Wirth, welcher ganz verwundert zugesehen und zugehört hatte.
„Ja,“ antwortete er.
„Er ist oft bei Dir eingekehrt?“
„Ja.“
„So kennst Du ihn genau?“
„Ja. Er heißt so, wie Du ihn nennst, und ist Steueraufseher.“
„Wo wohnt er?“
„In Uskub. Aber er ist nicht oft zu Hause. Er hat viele Orte gepachtet und muß also viel reisen, um die Steuern zu holen.“
„Führe uns auf das Zimmer, welches er bewohnt hat!“

Dies geschah. Ich hatte gehofft, irgend einen Fingerzeig zu entdecken; aber es zeigte sich nicht das Mindeste, welches geeignet gewesen wäre, noch einen weiteren Aufschluß zu geben. Der Auftrag, den ich Halef gegeben hatte, war erfüllt, aber leider mit dem unglücklichsten Ausgange; ich schickte den kleinen Hadschi mit seinem Pferde nach Hause. Er trabte höchst niedergeschlagen von dannen und murmelte tausend Verwünschungen in die Haarfäden, welche er Bart nannte. Hulam aber wurde von mir veranlaßt, sich sofort mit mir zum Kadi zu begeben. Er hatte bisher kein Wort gesprochen; jetzt aber meinte er:
„Ketir, ketir – das ist zu viel, viel zu viel! Wer hätte das für möglich gehalten! Wären wir nicht in das Bad gegangen, sondern daheim geblieben, so hätte uns Osco zur rechten Zeit getroffen, und die Flucht wäre nicht geglückt!"
„Wir müssen denken, daß es so hat sein sollen!"
„Aber was wollen wir da beim Kadi? Kann er es anders machen?"
„Wir müssen ihm das Geschehene anzeigen und nur mit seiner Hilfe können wir uns den Beweis holen, daß der Gefangene sich wirklich nicht mehr in Haft befindet."
„Der Kadi wird bereits schlafen!"
„So wecken wir ihn."
„Wird er das dulden?"
„Er muß!"
Der Beamte hatte sich, wie wir erfuhren, allerdings zur Ruhe begeben, und es kostete mich einige Kraftworte, ehe man es wagte, ihn zu wecken. Dann wurden wir vorgelassen. Er empfing uns mit nicht sehr freundlicher Miene und fragte nach unserm Begehr.
„Wir haben Barud el Amasat in Deine Hand gegeben," antwortete ich, allerdings auch nicht in übermäßig höflichem Tone. „Hast Du dafür gesorgt, daß er gut bewacht wird?"
„Bist Du nur gekommen, um mir diese Frage vorzulegen?"
„Ich werde Deine Antwort hören!"
„Der Gefangene wird gut bewacht. Ihr könnt gehen."
„Nein, nicht wir können gehen, sondern er ist gegangen!"
„Er? Wer?"
„Der Gefangene."
„Allah akbar! Gott ist groß, er kann Dich verstehen; ich aber begreife Deine Worte nicht."
„So muß ich deutlicher sein: Barud el Amasat ist entflohen."
Der Kadi sprang von dem Polster auf, auf welchem er bei unserem Eintritte gesessen und vor demselben vielleicht auch geschlafen hatte.
„Was sagst Du?" fragte er. „Entflohen ist er?"
„Ja."
„Entsprungen? Aus dem Zindan entsprungen?"
„Ja."
„Woher weißt Du es?"
„Wir sind ihm begegnet."

„ïa Allah! Warum habt Ihr ihn nicht festgehalten?“
„Wir kannten ihn nicht.“
„Woher wißt Ihr es dann, daß er es gewesen ist?“
„Wir haben es erst nachher erfahren. Ein Steuerpächter hat ihn befreit, welcher Manach el Barscha heißt.“
„Manach el Barscha? O, den kenne ich! Er war früher Pächter der Steuern und wohnte in Uskub; aber jetzt ist er es nicht mehr. Er wohnt in den Bergen.“
Er wohnt in den Bergen, das heißt, er hat in die Berge fliehen müssen. Daher fragte ich:
„Hast Du ihn heute während des Verhöres nicht gesehen?“
„Nein. Woher kennst Du ihn?“
„Ich erfuhr seinen Namen und seinen Aufenthalt hier von einem Kleiderhändler. Er wohnte bei dem Handschia Doxati, hat Pferde gekauft und ist heute Abend mit Barud el Amasat und einem Dritten aus der Stadt geritten.“
„Wer war dieser Dritte?“
„Ich weiß es nicht, vermuthe aber, daß es ein Aufseher, ein Schließer des Gefängnisses ist.“
Wir erzählten ihm nun in Kürze, was geschehen war. Da ließ er sich seinen Degen kommen, befahl zehn Khawassen, uns zu begleiten, und machte sich auf den Weg nach dem Gefängnisse.
Der Nazar-Baschi war nicht wenig erstaunt, zu so später Stunde solchen Besuch zu erhalten.
„Führe uns zu dem Gefangenen, welcher Barud el Amasat heißt!“ befahl der Kadi.
Der Beamte gehorchte, war aber nicht wenig erschrocken, als die Zelle, in welcher Barud gesteckt hatte, leer war. Derjenige Schließer aber, welchem der Gefangene speziell anvertraut worden war, konnte nicht gefunden werden; er war mit ihm verschwunden.
Der Zorn des Kadi läßt sich gar nicht beschreiben. Dieser würdige Richter erging sich in Ausrufen, für welche die deutsche Sprache keine Worte hat, und ließ schließlich den Oberaufseher selbst einsperren.
Endlich fragte der Kadi: „Was ist da zu thun? Wir müssen ihm sofort nachjagen.“
„Sofort?“ fragte ich. „Ich glaube nicht, daß Ihr ihn da fangen werdet.“
„Warum nicht?“
„In finsterer Nacht hat das seine Schwierigkeiten.“
„So meinst Du, daß wir bis zum Tagesanbruch warten sollen?“
„Ja.“
„Bis dahin ist er in Sicherheit.“
„Das glaube ich nicht. Seine Spur wird nicht sehr schwer aufzufinden sein.“
Er blickte mich verwundert an und fragte:
„Sagtest Du nicht heute, Du seiest ein Christ aus Nemtschistan?“
„Ja.“
„Gibt es dort auch Verbrecher?“

„Ja, wie überall."
„Lassen Euere Verbrecher Spuren zurück, wenn sie fliehen?"
„Ja, ebenso wie die Eurigen. Nur darfst Du unter dem Worte Spur nicht geradezu Fußtapfen verstehen. Ich bin überzeugt, daß ich die drei Flüchtlinge finden würde, wenn ich sie suchte."
„Du? Bist Du daheim ein Khawasse?"
„Nein; das ist auch gar nicht nöthig. Die Entflohenen haben sich längs des Flusses Arda entfernt. Diese Gegend ist nicht sehr belebt; man wird nach ihnen fragen können."
„Du magst Recht haben. Ich werde mit Tagesanbruch Khawassen aussenden, um nach ihnen zu fragen."
„Auch ich werde forschen."
„Du? Das ist nicht nöthig! Meine Diener werden die Entwichenen ganz sicher einfangen."
„Erlaube mir, daran zu zweifeln."
„Effendi, willst Du mich beleidigen?"
„Nein. Aber Du versprachst uns, den Gefangenen gut bewachen zu lassen. Ist das geschehen?"
„Kann ich dafür, daß mein Befehl nicht befolgt wurde?"
„Ebenso wirst Du gebieten, die Entflohenen zu ergreifen, und Dein Befehl wird nicht befolgt werden. Wir haben Dir unser Recht an dem Gefangenen abgetreten; Du hast ihn entfliehen lassen. Wir fordern unser Recht zurück und werden ihn zu finden wissen. Ich sage Dir, daß ich diesen Barud el Amasat so sicher ergreifen werde, wie ich hier Deine Hand erfassen könnte!"
„Meine Khawassen werden ihn ebenso sicher fangen, vielleicht noch sicherer. Am besten wird es sein, Du schließt Dich ihnen an."
„Das werde ich nicht thun, denn sie würden glauben, daß ich unter ihrem Befehle stehe. Laß sie in ihrer Weise nach dem Entflohenen suchen. Ich werde das in meiner Weise thun und bitte Dich, mir ein Tutemr auszufertigen."
„Wozu brauchst Du eine solche Schrift?"
„Ich habe kein Recht, mich des Entflohenen zu bemächtigen, wenn ich ihn finde. Zeige ich aber ein Tutemr vor, so ist eine jede Behörde gezwungen, ihn in Haft zu nehmen und an Dich abzuliefern."
Er nickte zustimmend vor sich hin, machte aber doch ein nachdenkliches Gesicht und fragte:
„Du bist ein Christ?"
„Ja."
„Und kein Unterthan des Großherrn, den Allah segnen möge?"
„Ich habe ein Budscheruldu und stehe unter dem Schutze des Padischah; aber sein Unterthan bin ich nicht."
„So darf ich Dir auch kein Tutemr geben!"

„Das weiß ich. Du darfst überhaupt einen Verhaftsbefehl nicht jedem Unterthan des Großherrn anvertrauen. Nur ein Gerichts- oder Polizeibeamter hat das Recht, ein Tutemr vorzuzeigen. Darum werde ich Dich bitten, mir einen oder einige Khawassen mitzugeben.“
„Das geht nicht.“
„Warum nicht?“
„Erstens sende ich selbst Khawassen nach dem Flüchtlinge aus, und zweitens will ein Polizist essen und trinken.“
„Was er braucht, wird er von mir erhalten.“
„Auch seine Löhnung, seine Tagegelder?“
„Ja. Du wirst sehr wohl thun, meine Bitte zu erfüllen. Wenn wir den Flüchtling nicht fangen, wird es heißen, Du habest ihn mit Absicht entfliehen lassen, um es mit den Engländern nicht zu verderben, unter deren Schutz er angeblich steht.“
Das half. Er fuhr betroffen empor und sagte:
„Effendi, denkst Du das vielleicht?“
„Was ich denke, das ist Nebensache. Du hast ihm die Bastonnade versprochen, und er bekam keinen einzigen Streich; Du hast ihn einschließen lassen, und er ist entkommen. Wir werden beweisen, daß er nicht unter dem Schutze der Inglesi steht, und dann wirst Du Dich zu verantworten haben!“
„Hätte ich ihm die Bastonnade gegeben, und er ist wirklich ein Unterthan der Inglesi, so hätte man eine große Genugthuung von mir gefordert. Ich wäre bestraft worden.“
„Hat er Dir ein Imza oder ein Isbat rajanün vorgezeigt?“
„Nein.“
„War er hiesiger Einwohner?“
„Du weißt ja selbst, daß er in Edreneh fremd ist!“
„Also mußte er sich legitimiren. Er konnte es nicht; er befindet sich im Lande des Großherrn und mußte also nach großherrlichem Gesetze behandelt werden. Erhielt er da die Bastonnade, trotzdem er unter dem Schilde des Gesandten der Engländer steht, so war es ganz nur seine Schuld, da er keinen Paß bei sich hatte. Du siehst also, welche Absicht man Dir unterschieben kann. Es liegt sehr in Deinem eigenen, persönlichen Interesse, daß er wieder ergriffen wird, und dazu ist die beste Aussicht, wenn Du mir einige Khawassen mit dem Tutemr gibst.“
Ich sah es ihm an, daß er unruhig geworden war. Vielleicht, ja höchst wahrscheinlich, hatte noch kein Christ gewagt, eine solche Sprache ihm gegenüber zu führen. Aber grad, daß ich mich nicht furchtsam zeigte, das schien mehr zu wirken, als der ganze Aufwand von Worten, den ich machte, um meinen Zweck zu erreichen. Zwar bemerkte er:
„Effendi, Du redest in ganz anderer Weise, als ich gewohnt bin, anzuhören!“
Aber als ich dann mit einer wegwerfenden Handbewegung antwortete:
„So hast Du noch nicht mit einem Manne gesprochen, welcher des allerhöchsten Schutzes sicher ist und sich Gerechtigkeit zu verschaffen weiß!“

Da lenkte er ein, indem er nachdenklich meinte:
„So werde ich mit dem Mollah sprechen!"
„Mit dem Mollah? Gut! Sprich mit ihm! Bis dahin wird der Verbrecher einen solchen Vorsprung haben, daß man ihn nicht erreichen kann. Ich werde mich dann an den Arz Odassi wenden, um zu erfahren, wer Barud el Amasat zu suchen hat."
„Effendi, bist Du mit den Oberrichtern bekannt?"
„Frage sie selbst, so wie Du jetzt den Mollah fragen willst!"
„Du führst wirklich eine hohe Sprache. Aber das gefällt mir. Ich liebe die Männer, welche furchtlos sind, und darum will ich Dir Deine Bitte erfüllen!"
„Und ich liebe die Männer, welche schnell entschlossen handeln. Wann wirst Du das Tutemr ausfertigen?"
„Wann brauchst Du es?"
„ich werde mit Tages Anbruch aufbrechen."
„So sollen um diese Zeit drei Khawassen zu Pferde vor der Wohnung Hulam's halten und das Tutemr bei sich haben."
„ich danke Dir! Schreibe ihnen zugleich auf, was sie an Geld und Verpflegung von mir zu fordern haben, damit ich nicht zu viel gebe oder sie zu wenig fordern."
Er fühlte die Ironie, welche in diesen Worten lag, und antwortete unter einem Lächeln, welches mir einigermaßen verlegen erschien:
„Glaubst Du, daß sie Dich übervortheilen werden?"
„Nein. Ich bin ein Saksonjali, und es gibt keinen solchen, der sich jemals von einem Osmanli hat täuschen oder übervortheilen lassen; dessen versichere ich Dich!"
„Ein Saksonjali? Liegt Saksonja in Nemtschistan oder in Prusistan oder in Ljubljana?"
„Saksonja ist ein Kyralik. Du kennst es nicht?"
„Nein."
„So hast Du, als Du die Medresse besuchtest, sehr unwissende Professoren und Lehrer gehabt!"
„Vielleicht sind sie niemals dort gewesen!"
„Wo Saksonja liegt, das muß in jedem Kitab öjretmekün zu lesen sein, und man erfährt es also, ohne eine Reise dorthin machen zu müssen. Es liegt am Balkan madenün zwischen dem Derja iladschün und der Doniza buzenün. Man trinkt dort den berühmten Kaffee, der Kahwe tschitschetschykün heißt, und dort liegt auch die große Stadt Böjük-Lypsa, wo Euere Händler ihre Waaren kaufen, die nicht in Stambul zu finden sind, und wo der Sultan el Kebir so gewaltig auf das Haupt geschlagen wurde, daß er sogar vergaß, die achte Sure des Kurans, welche die Sure der Beute ist, zu beten."
Er hatte mir aufmerksam zugehört. Besonders schien ihm das Erzgebirge und der Blümchenkaffee zu imponiren. Unter dem Erzgebirge dachte er sich jedenfalls himmelstrebende Berge, aus lauter Erz gebildet. Nach dem Blümchenkaffee wagte er mich nicht zu fragen. Es wäre für einen Türken eine unendliche Blamage gewesen,

einzugestehen, daß es irgendwo eine Sorte von Kaffee gebe, die ihm unbekannt sei. Darum sagte er:
„Wenn Dein Vaterland solche Berge hat, so muß es reich, sehr reich sein, und von dem berühmten Kahwe tschitschetschykün habe ich bereits einige Male getrunken. Er ist sehr kostbar und so theuer, daß ihn nur der Großsultan und Großvezier, höchstens noch der Kapudan-Pascha trinken kann. Ich besuchte zuweilen den Letzteren, und da habe ich einige Tassen gekostet. Dieser Kaffee ist ein Itschki tanrynün! Gibt es eine Post in diesem Lande?"
„Sehr viele Posten, Eisenbahnen und Dampfschiffe, welche auf dem Strome fahren."
„Gehen die Posten auch nach Stambul?"
Ich errieth, was jetzt kommen werde, und antwortete daher:
„Man kann aus Saksonja Alles, was man will, nach Stambul oder Edreneh senden. Es kommt ganz sicher an."
„Auch Kahwe tschitschetschykün?"
„Ja, auch Blümchenkaffee."
„Wann wirst Du in Dein Vaterland zurückkehren?"
„Ich werde bereits in einigen Wochen die Heimath begrüßen."
„Könntest Du mir nicht einen Sepet oder Tschuwal voll Blümchenkaffee schicken? Ich würde Alles bezahlen, den Sack, den Korb, den Kaffee und die Fracht. Nur fragt es sich, ob Du selbst reich genug bist, diesen Göttertrank zu besitzen."
„Habe keine Sorge! Unser guter König liebt seine Unterthanen sehr, und er sorgt dafür, daß auch der Ärmste von diesem Tranke genießen kann, so viel er will."
„Allah 'l Allah! Was für ein guter König ist das! In dem Lande des Padischah wird der Kaffee von Tag zu Tag schlechter! Also Du wirst mir solchen Kaffee senden?"
„Ja; aber ich weiß nicht, ob Du Blümchenkaffee zuzubereiten verstehst!"
Bei dieser Ehrenkränkung fuhr er mit beiden Händen in die Luft und rief:
„Was denkst Du von mir! Ich weiß alle Arten von Kaffee zu bereiten! Schicke ihn nur. Er soll mir und den Meinigen ein Jortu schaschmanün bereiten. Wie viele Khawassen wollte ich Dir bei Tages Anbruch senden?"
„Drei."
„Es werden ihrer sechs vor Eurer Thüre halten, sechs kluge und tapfere Männer, welche selbst den ärgsten Verbrecher fangen würden und sich vor dem Teufel nicht fürchten. Und Du sollst ihnen zu zahlen haben für den Tag einen Piaster pro Mann, wofür sie sich selbst beköstigen werden. Ist Dir dies zu viel?"
„Nein. Du bist ein braver und gerechter Richter, und ich werde Jedem zwei Piaster geben."
„So geleite Dich Allah! Allaha ismarladik!"
„Allah billindsche olsun!"
Wir gingen, und der „Blümchenkaffee" wirkte so vortheilhaft auf seine Gesinnung, daß er uns bis an die Thüre begleitete. Er wartete dort sogar so lange, bis wir uns unsere

Laterne angebrannt. Ohne eine solche durfte man sich damals, wenigstens im Innern der Stadt nicht antreffen lassen, wenn man nicht riskiren wollte, zur Polizei transportirt zu werden und dort eine Nacht in sehr „gemischter Gesellschaft" zuzubringen.

Wir waren noch nicht sehr weit gegangen, als wir, um die Ecke eines Hauses biegend, mit einem Manne zusammen stießen, welcher, wie ich damals wirklich glaubte, in großer Eile von der anderen Seite gekommen war. Er rannte an mich an, sprang zurück und rief:

„Atsch gözünü – nimm Dich in Acht!"

„Das hättest Du eher sagen sollen!" antwortete ich.

„Aman, aman – verzeihe, verzeihe! Ich hatte so große Eile, und dabei ist mir meine Laterne verlöscht. Willst Du nicht die Güte haben und mir erlauben, sie an der Deinigen wieder anzuzünden?"

„Gern! Hier!"

Er nahm das Licht aus seiner Leuchte, welche aus geöltem Papier gefertigt war, und steckte es an dem unsrigen an. Dabei erklärte er, wie zu seiner weiteren Entschuldigung:

„Ich muß schnell einen Hekim, Berber oder Edschzadschy holen. Es ist uns plötzlich ein Gast krank geworden, welcher fast nur nemtschedsche redet, weil er aus Nemtschistan ist."

Das erregte natürlich sofort mein Interesse. Ein Landsmann, hier plötzlich erkrankt und der Sprache des Landes so gut wie unkundig! War es da nicht meine Pflicht, mich wenigstens zu erkundigen? Ich fragte daher:

„Aus welchem deutschen Lande ist er?"

„Aus Bavaristan."

Also ein Bayer! An eine Lüge, eine Täuschung dachte ich nicht im Mindesten. Was wußte man hier von Bayern! Der Name dieses Landes konnte, hundert gegen eins gewettet, nur aus dem Munde eines Mannes gehört worden sein, dessen Vaterland es wirklich war. Ich erkundigte mich also weiter:

„Welche Krankheit hat ihn überfallen?"

„Das Sytma sinirün."

In diesem Augenblick fiel mir die Unwahrscheinlichkeit, welche in dieser Antwort lag, gar nicht auf. Ich dachte nur daran, daß ein Deutscher hilfsbedürftig am Fieber niederliege.

„Was ist er?" fuhr ich fort.

„Ich weiß es nicht. Er kam zu meinem Herrn, welcher Tütündschi ist, um Tabak zu kaufen."

„Wohnt Ihr weit von hier?"

„Nein."

„So führe mich hin!"

„Bist Du denn ein Arzt oder ein Apotheker?"

„Nein; aber ich bin ein Deutscher und will sehen, ob ich meinem Landsmanne von Nutzen sein kann.“
„Inisch Allah – geb's Gott! Komm, folge mir!“
Mein Begleiter wollte auch mitgehen; ich bat ihn aber, seinen Weg fortzusetzen, da ich ihn ja nicht brauchte. Ich gab ihm die Laterne und folgte dem Fremden.
Wir hatten in Wirklichkeit nicht weit zu gehen. Er hielt bereits nach einigen Minuten vor einer Thüre, an welche er klopfte. Es wurde geöffnet, und ich, da ich noch auf der Straße hinter meinem Führer stand, hörte die Frage:
„Hekim buldun my – hast Du einen Arzt gefunden?“
„Nein, aber einen Hamscheri des Kranken.“
„Was kann der uns und ihm nützen!“
„Er kann den Terdschiman machen, da wir den Gast nicht gut verstehen.“
„So mag er eintreten!“
Ich trat in einen engen Flur, welcher in einen kleinen Hof mündete. Das Licht der Papierlaterne erlaubte mir kaum, drei Schritte weit zu sehen. Ich hatte nicht die mindeste Ahnung, daß mir eine Gefahr drohe, und horchte daher ganz erstaunt auf, als ich eine Stimme befehlen hörte:
„Onu tutyn! Gertsche dir – ergreift ihn! Es ist der Richtige!“
In demselben Augenblick erlosch die Laterne, und ich fühlte mich von allen Seiten von Fäusten gepackt. Natürlich dachte ich keinen Moment darüber nach, ob hier eine Verwechslung vorliege oder nicht. Laut um Hülfe rufen, konnte mir keinen Nutzen bringen, denn der kleine Hof war an seinen vier Seiten von Gebäudetheilen umschlossen. Es galt, die Angreifer abzuwerfen und durch den Gang zurück zur Thüre und wieder auf die Straße zu gelangen. Ich stieß also, mich breitbeinig fest stellend, die Arme so weit aus, als ich es bei dem Widerstand, welchen ich fand, vermochte, und zog sie dann plötzlich und kräftig wieder ein. Das gab einen Ruck, durch den wirklich Zwei abgeschüttelt wurden; aber vorn und hinten hielten mich die Anderen doch gefaßt, und die Beiden hingen sich rasch wieder an mich.
Der Angriff galt wirklich mir, keinem Anderen; davon war ich überzeugt. Man hatte mir beim Kadi aufgelauert und mich in diese Falle gelockt. Worte konnten mir keine Hülfe bringen, und so begann jetzt ein lautloses Ringen, bei dem ich meine Kräfte so anzustrengen hatte, daß mir die Brust zu platzen drohte – vergeblich! Es waren ihrer zu Viele. Ich wurde niedergerissen, und trotzdem ich nach Möglichkeit auch da mich noch wehrte und mit Händen und Füßen um mich schlug, fühlte ich doch bald, daß ich mich in Stricken verfing, welche man um mich schlug.
Ich war gefangen und gefesselt!
Warum hatte ich nicht um Hilfe geschrieen? Warum hatte ich keinen Laut von mir gegeben? Um wenigstens das Leben zu retten, wenn auch die Freiheit verloren war. Auf das Erstere schien man es, wenigstens in diesem Augenblick, nicht abgesehen zu haben, sonst hätte man mich ja sofort durch einen Schuß oder Stich niederstrecken können.

Machte ich aber Lärm, so daß man die Entdeckung des Anschlages zu befürchten hatte, so konnte ich leicht den Tod für mich herauf beschwören.
Auch ein nicht übermäßig kräftiger Mann entfaltet in einer solchen Lage einen ungewöhnlichen Widerstand. Ich hatte keinen Athem mehr, doch meine Angreifer keuchten ebenso wie ich. Ich hatte ein Messer und eine Pistole im Gürtel gehabt; sie waren mir aber gleich im ersten Momente aus demselben gerissen worden. An ein Zuschlagen war ich gar nicht gekommen, da ich von zehn bis vierzehn Armen eingeschnürt gewesen war.
Jetzt fluchten die Kerls in allen Tonarten um mich herum, und dabei war es so finster, hier zwischen den engen Mauern, daß man die Hand vor dem Auge nicht zu erkennen vermochte.
„Hazyr – fertig?“ fragte eine Stimme.
„Ewet – ja!“
„Schafft ihn hinein!“
Man faßte mich an und schleppte mich fort. Ich konnte zwar den Körper und die Knie bewegen und hätte noch jetzt einigen Widerstand zu leisten vermocht, doch verzichtete ich darauf, da es mir meine Lage nur zu verschlimmern, nicht aber zu verbessern vermochte.
Ich bemerkte, daß man mich durch zwei finstere Räume in einen dritten schaffte, wo man mich einfach zu Boden warf. Die Träger entfernten sich. Nach einiger Zeit traten zwei Männer ein. Der Eine trug eine Lampe.
Diesen Menschen hatte ich bereits gesehen, und zwar bei unserer Ankunft in Hulam's Hofe. Jetzt lachte er mir höhnisch zu.
„Kennst Du mich noch?“ fragte er nun.
Er stellte sich so, daß der Schein des Lichtes auf sein Gesicht fiel. Man denke sich mein nicht eben sehr freudiges Erstaunen, als ich in ihm – – Ali Manach Ben Barud el Amasat erkannte, den Sohn des Entflohenen, den Derwisch, mit welchem ich in Konstantinopel im Kloster gesprochen hatte.
Ich antwortete nicht. Er versetzte mir einen Fußtritt und wiederholte:
„Ich frage, ob Du mich noch kennst?“
Das Schweigen konnte mir keinen Nutzen bringen. Wollte ich wissen, was man mit mir vorhabe – und das war für mich jetzt ja die Hauptsache – so mußte ich sprechen.
„Ja,“ antwortete ich.
„Lügner! Du warst kein el Nassr!“
„Habe ich mich für einen ausgegeben?“
„Ja!“
„Nein. Ich hatte nur keine Veranlassung, Dir Deinen Irrthum zu benehmen. Was wollt Ihr von mir?“
„Wir werden Dich tödten!“
„Meinetwegen!“ antwortete ich möglichst gleichgültig.

„Thue nicht so, als ob Du das Leben nicht liebtest! Du bist ein Giaur, ein Christ, und diese Hunde wissen nicht zu sterben, weil sie keinen Kuran, keinen Propheten und kein Paradies haben!“
Bei diesen Worten versetzte er mir einen zweiten Fußtritt in die Seite. Hätte ich nur eine einzige Hand frei gehabt! Dieser Derwisch hätte noch ganz anders tanzen sollen, als vor Kurzem in Stambul!
„Was kann ich dagegen thun, wenn Ihr mich tödten wollt?“ meinte ich. „Ich werde ebenso ruhig sterben, wie ich jetzt so kaltblütig Deine Fußtritte ertrage. Ein Christ würde nicht so feig sein, einen Gefesselten zu quälen. Nimm mir die Stricke ab, und dann wollen wir sehen, wessen Prophet größer und wessen Paradies herrlicher ist!“
„Hund! Drohe nicht, sonst lernst Du den Mezardschy noch vor dem Morgen kennen!“
„So laß mich in Ruhe, und packe Dich!“
„Nein; ich habe mit Dir zu sprechen. Willst Du vielleicht die Güte haben, einen Tschibuk dabei zu rauchen?“
Das war eine prächtige Ironie von diesem Knaben, über welche ich mich hätte ärgern können, wenn ich mich nicht über sie gefreut hätte.
„Daß Du ein guter Choradschi bist, habe ich gesehen,“ antwortete ich; „daß Du aber ein noch viel besserer Schakadschi sein kannst, das habe ich nicht geglaubt, da den „Tanzenden“ doch das Anlama zum Witze zu fehlen pflegt. Wenn Du wirklich mit mir zu sprechen hast, so bedenke, mit wem Du redest. Ich sage Dir, daß Du nur dann meine Stimme hören wirst, wenn Du die Achtung vor meinem Barte zeigst, welche Dir der Prophet gebietet!“
Das war mit Absicht eine Beleidigung. Unter dem Worte Chora, der Tanz, versteht der Türke jene sinnlichen Bewegungen, welche nur Frauenzimmern gestattet sind, deren sich aber jeder Mann streng enthält. Der Tanz der Derwische ist ein anderer, er gilt für heilig. Es gab keine größere Beleidigung für ihn, als daß ich ihn einen Choradschi nannte und noch dazu den Angehörigen seines Ordens den Verstand absprach. Ich machte mich in Folge dessen auf erneute Fußtritte gefaßt und war daher im Stillen erstaunt, daß er mir zwar einen vor Zorn flammenden Blick zuwarf, dann aber sich ruhig auf den Boden niedersetzte. Der Andere blieb stehen.
„Wärest Du ein Moslim, so würde ich Dich zu züchtigen wissen,“ begann der Sitzende nach einer Pause; „ein Christ aber kann einen wahren Gläubigen niemals beleidigen. Wie sollte eine Kröte die Sonne beschmutzen können! Ich will Einiges von Dir wissen. Ich werde Dich fragen, und Du wirst antworten!“
„Ich bin bereit zur Antwort, wenn Deine Fragen so höflich sind, wie ich es zu fordern habe!“
„Du bist derselbe fränkische Arzt, welcher in Damaskus die Absicht des Usta zu Schanden machte?“
„Ja.“
„Du hast den Usta dann später in Stambul getroffen?“

„Ja."
„Du hast auf ihn geschossen, als er in das Wasser sprang?"
„Nicht ich, sondern mein Diener."
„Hast Du den Usta später wieder gesehen?"
„Ja."
„Wo?"
„Vor dem Thurme von Galata, wo er als Leiche lag."
„So ist es also doch wahr, was mir hier dieser Mann sagt!"
Er deutete dabei auf den Menschen, welcher die Lampe hielt.
„Du hast nicht gewußt, daß der Usta todt ist?" fragte ich.
„Nein. Er war verschwunden. Man fand Kolettis todt und neben ihm eine Leiche, die Niemand kannte."
„Es war der Usta!"
„Ihr habt ihn vom Thurme gestürzt?"
„Wer hat Dir das gesagt?"
„Dieser Mann hier. Ich kam nach Edreneh, ohne irgend Etwas zu wissen. Ich war zu meinem Vater gerufen. Ich suchte ihn bei Hulam, ohne zu sagen, wer ich sei, und hörte da, daß er sich in Gefangenschaft befinde. Er ist gerettet worden ohne mein Zuthun. Dieser Mann hier ist sein Diener und hat mit ihm bei Hulam gewohnt. Dein Freund und Beschützer Hadschi Halef Omar hat ihm Alles erzählt, und so erfuhr ich es wieder. Ich suchte meinen Vater beim Handschia Doxati. Er war bereits fort, aber Ihr befandet Euch im Stalle. Wir beobachteten Euch. Ich hatte erfahren, daß Du ein Nemtsche bist, und darum mußte Einer von uns an der Ecke auf Euch warten und Dir dann sagen, daß ein Nemtsche krank geworden sei. Jetzt nun bist Du in unserer Gewalt. Was glaubst Du wohl, was wir mit Dir thun werden?"
Diese Erklärung gab eigentlich viel Stoff zum Nachdenken; ich nahm mir jedoch keine Zeit dazu und antwortete rasch:
„Um mein Leben habe ich keine Sorge. Tödten werdet Ihr mich nicht."
„Warum sollten wir das nicht thun? Du bist in unserer Gewalt!"
„Dann würde Euch das Lösegeld entgehen, welches ich bezahlen kann."
Seine Augen blitzten auf. Ich hatte das Richtige getroffen. War das Geld bezahlt, so konnten sie mich ja noch auf die Seite schaffen. Er fragte:
„Wie viel willst Du geben?"
„Wie hoch schätzest Du meinen Werth?"
„Dein Werth ist nicht größer als der Preis eines Agreb oder Jylon. Beide sind giftig, und man tödtet sie, sobald man sie erwischt. Dein Leben ist nicht den zehnten Theil eines Para werth. Aber das, was Du uns gethan hast, erfordert eine große Strafe, und darum sollst Du ein Lösegeld zahlen müssen!"

Ah, da sagte er es ja ganz deutlich: die Zahlung des Lösegeldes sei nur zur Strafe, und dann sei mein Leben doch noch keinen Pfennig werth! Aber ich konnte wenigstens Zeit gewinnen und meinte daher in ernstem Tone:
„Du vergleichst mich mit dem giftigsten Gewürme! Ist das die Höflichkeit, welche ich zur Bedingung gemacht habe? Tödtet mich; ich habe nichts dagegen! Ich zahle keinen einzigen Piaster, wenn Du nicht in anderer Weise mit mir sprichst!"
„Du sollst Deinen Willen haben; aber je mehr Höflichkeit Du forderst, desto größer wird die Summe sein, welche wir verlangen."
„Nenne sie!"
„Bist Du reich?"
„Ich tausche nicht mit Dir!"
„So warte!"
Er erhob und entfernte sich. Der Andere blieb zurück, beobachtete aber das tiefste Schweigen. Ich hörte Stimmen in dem vordersten Raume, konnte aber kein Wort unterscheiden, doch merkte ich, daß man verschiedener Meinung war. Es verging wohl über eine halbe Stunde, ehe er zurückkehrte. Er setzte sich nicht nieder, sondern fragte im Stehen:
„Zahlst Du fünfzigtausend Piaster?"
„Das ist viel, sehr viel!"
Ich mußte mich doch ein wenig sträuben. Er machte eine Gebärde der Ungeduld und sagte:
„Keinen Para weniger! Willst Du? Antworte sogleich, denn wir haben keine Zeit!"
„Gut, ich zahle sie!"
„Wo hast Du das Geld?"
„Natürlich nicht bei mir. Ihr habt mir ja Alles genommen, was ich in den Taschen trug. Auch nicht hier in Edreneh."
„Wie willst Du uns da bezahlen?"
„Ich gebe Euch eine Anweisung auf Konstantinopel."
„An wen?"
„An den Eltschi von Farsistan."
„An den Gesandten von Persien?" fragte er erstaunt. „Ihm soll der Brief vorgezeigt werden?"
„Ja."
„Wird er bezahlen?"
„Glaubst Du, daß der Vertreter des Schah-in-Schah kein Geld habe?"
„Er hat sogar sehr viel Geld; aber wird er bereit sein, es für Dich auszugeben?"
„Er weiß sehr genau, daß er Alles, was er für mich bezahlt, wiederbekommen wird."
Ich machte keine Lüge, denn ich war fest überzeugt, daß der Perser den Überbringer meiner Anweisung ebenso wie mich selbst für wahnsinnig halten werde. Der Sohn der

Zoroasterlehre hatte gar keine Ahnung von der irdischen Existenz eines deutschen Federfüchserleins meines Namens.
„Wenn Du dessen sicher bist, so schreibe die Anweisung!"
„Worauf? Wohin? Etwa auf diese Wand?"
„Wir werden Dir bringen, was Du brauchst, und Dir auch die Hände frei geben."
Diese Zusicherung elektrisirte mich. Die Hände frei! Da gab es vielleicht Gelegenheit, mir meine Befreiung zu erzwingen. Ich konnte den Derwisch fassen und ihm mit Erwürgung drohen. Ich konnte ihn so lange bei der Gurgel halten, bis er mich freigab. Aber diese mehr als romantische, diese überspannte Idee gelangte nicht einmal zu einem Versuche der Ausführung. Der Derwisch, welcher übrigens heute nicht die Kleidung seines Ordens trug, war vorsichtig. Er traute mir nicht und kam mit vier Kerls zurück, welche sich, mit den Waffen in den Händen, zur Rechten und zur Linken von mir niederließen. Ihre Gesichter glänzten dabei gar nicht etwa in vertraulicher Holdseligkeit. Die geringste verdächtige Bewegung wäre mein Verderben gewesen.
Ich erhielt ein Blatt Pergament nebst Papier zum Umschlage und schrieb, das Knie als Unterlage benutzend, nachdem man mir den Strick von den Händen gelöst hatte:
„Meinem Bruder Abbas Jesub Haman Mirza, dem Strahle der Sonne Farsistan's, welcher jetzt leuchtet in Stambul.
Gib für mich, dem unwürdigen Abglanz Deiner Freundlichkeit, dem Überbringer dieses Mektub sogleich fünfzigtausend Piaster. Mein Sandykdschi wird sie Dir zurückzahlen, sobald Du es von ihm verlangst! Frage den Boten nicht, wer er ist, woher er kommt und wohin er geht! Ich bin der Schatten Deines Lichtes.
Hadschi Kara Ben Nemsi."
Diesen Namen unterschrieb ich, da ich annehmen konnte, daß er dem Derwisch von dem Diener seines Vaters als der meinige genannt worden sei. Nachdem ich den Umschlag adressirt hatte, reichte ich Ali Manach Beides hin. Er las es laut vor, und es war mir ein nicht ganz unangenehmes Gefühl, die Genugthuung in den Gesichtern der ehrenwerthen Gesellschaft zu lesen. Im Stillen dachte ich dabei an das Gesicht, welches der Gesandte, der übrigens jedenfalls ganz anders hieß, denn seinen Namen kannte ich nicht, bei der Lektüre des Briefes machen werde. Wehe dem Überbringer!
Der Derwisch nickte mir befriedigt zu und sagte:
„Das ist gut! Und Du hast klug gethan, ihm zu schreiben, daß er nicht fragen solle. Er würde doch nichts erfahren haben. Jetzt bindet ihm die Hände wieder. Der Kiradschi wartet bereits!"
Ich mußte mir die Erneuerung der unangenehmen „Bandage" gefallen lassen; dann gingen sie und ließen mich in der Finsterniß allein zurück.
Zunächst begann ich, die Festigkeit meiner Fesseln zu probiren. Ich bemerkte bald, daß es mir nicht gelingen werde, mich von ihnen zu befreien. Ich begann also, anstatt mit den Händen, mit dem Geiste zu arbeiten.

Wie kam der Derwisch nach Adrianopel? Jedenfalls nicht, um uns zu verfolgen, denn er hatte gar nichts von uns gewußt. Er hatte einen Boten seines Vaters erhalten. Dieser also hatte ihn herbeigerufen. Wozu? War seine Anwesenheit zu dem Streiche, welcher beabsichtigt worden war, nothwendig gewesen? Oder handelte es sich um ein neues Unternehmen, von dem ich gar nichts ahnte und wußte?

Wo befand ich mich überhaupt? Wer waren diese Menschen? Gehörten sie zu der weit verbreiteten Bande des Usta? Oder standen sie in anderer Beziehung zu dem entkommenen Barud el Amasat und dessen Befreier? Ich hatte Lust, das Letztere anzunehmen. Die vier Kerls, welche neben mir gesessen hatten, waren im Besitze von ausgesprochen skipetarischen Physiognomien gewesen. Ich hielt sie für Arnauten.

Und sodann hatte der Derwisch gesagt, daß der Kiradschi bereits warte. Die Kiradschia sind Fuhrleute, welche Gelegenheitsfuhren über die ganze Balkanhalbinsel unternehmen, ungefähr in derselben Weise, wie früher die „Harzer" Landfuhrleute mit ihren schweren Lastwagen und messingbehangenen Pferden die verschiedensten Kaufmannsgüter durch Deutschland und durch die angrenzenden Gebiete schleppten. Der Kiradschi ist der Spediteur des Balkans; er ist überall und nirgends; er kennt Alles und Alle; er weiß auf jede Frage Antwort. Wo er anhält, da ist er willkommen, denn er weiß zu erzählen, und in den wilden, zerrissenen Schluchten des Balkans gibt es Gegenden, in welche während des ganzen Jahres keine Kunde von außen dringen würde, wenn nicht einmal der Kiradschi käme, um nachzufragen, ob der einsame Hirt Käse genug für eine Wagenladung angesammelt habe.

Diese Fuhrleute bekommen Güter von hohem Werthe anvertraut, ohne daß man von ihnen irgend eine Caution verlangt. Die einzige Garantie besteht in ihrer Ehrlichkeit. Sie kommen nach Monaten, ja oft nach Jahren erst zurück; aber sie kommen und bringen das Geld. Ist der Vater unterdeß gestorben, so bringt es der Sohn oder der Schwiegersohn; aber gebracht wird es.

Diese Ehrlichkeit der Kiradschia ist seit alter Zeit ein bewährtes Sprüchwort; leider aber scheint es jetzt anders werden zu wollen. Zwischen die altbekannten Fuhrmannsfamilien haben sich Neulinge eingedrängt, welche sich das gewohnte Vertrauen zu Nutze machen und da ernten, wo ehrliche Leute säeten. Sie bringen den Kiradschi, dessen Namen auch sie natürlich angenommen haben, um seinen sauer erworbenen guten Ruf.

Ein solcher Fuhrmann wartete also bereits! Doch nicht vielleicht gar auf mich? Sollte ich transportirt werden? Hier inmitten der Stadt durfte ich Hoffnung auf Befreiung haben. War ich bis am nächsten Morgen nicht bei Hulam, so wurde von Seiten meiner Freunde und besonders meines kleinen Hadschi sicherlich Nichts unterlassen, um mich ausfindig zu machen.

Wenn ich an diese dachte und an die sechs Khawassen, welche mit dem Tutemr bei Tagesanbruch vor dem Thore halten sollten, so hätte ich vor Grimm die Fesseln zerreißen mögen; leider aber waren sie zu fest!

Ich hatte Halef wegen seiner Unvorsichtigkeit ausgezankt; jetzt war ich selbst viel dümmer gewesen; ich war in eine außerordentlich plumpe Falle gerannt. Daß meine Gutherzigkeit daran die Schuld trug, konnte mir weder zur Entschuldigung noch zum Troste gereichen. Es galt jetzt, Geduld zu haben, das Kommende kaltblütig abzuwarten und jede Gelegenheit des Entkommens energisch beim Schopfe zu ergreifen.

Da, jetzt kamen die vier Menschen wieder. Ohne ein Wort zu sagen, banden sie mir ein dick zusammen gelegtes Tuch um den Mund; man wickelte mich in einen alten Teppich und schleppte mich fort. Wohin, das konnte ich natürlich nicht sehen.

Der Athem wollte mir vergehen. Das Tuch stank nach Knoblauch und nach allen möglichen Hexenkesselingredienzien. Ich schnappte nach Luft und fand doch keine. So muß es einem lebendig Begrabenen zu Muthe sein, wenn er die ersten Schaufeln Erde auf den Sarg fallen hört. Diese Menschen schienen gar nicht an die Möglichkeit gedacht zu haben, daß ich unter dem Tuche und unter dem fauligen Teppich vielleicht gar ersticken könne!

Die Bewegung, welche ich bisher gespürt hatte, hörte auf. Ich fühlte festen Halt unter mir. Man hatte mich irgend wohin gelegt; aber wohin, das wußte ich nicht. Dann war es mir, als ob ich das Knarren von Rädern vernähme; ich wurde auf und ab, herüber und hinüber geschüttelt. Ja, ich lag in einem Wagen; man schaffte mich aus Adrianopel fort! Die einzelnen Glieder konnte ich nicht bewegen; aber die Beine anzuziehen und auszustrecken, das vermochte ich. Ich that dies und wiederholte es so oft, bis der Teppich sich ein wenig gelockert hatte. Nun spürte ich durch die Nase doch wenigstens eine Ahnung besserer Luft; der fürchterliche Alp wich von der Brust, und ich fragte mich, ob meine Lage denn gar so hilf- und hoffnungslos sei, daß es nichts als Ergebung gebe.

So sehr und angestrengt ich lauschte, ich hörte Niemand sprechen. Ich konnte also nicht erfahren, ob ich der Obhut eines oder mehrerer Menschen übergeben sei. Ich rollte mich nach rechts und dann nach links. Der Spielraum war nicht groß, der Wagen also sehr schmal, und übrigens stieß ich hüben und drüben so weich an, daß ich vermuthete, man habe mich mit Stroh oder Heu bedeckt.

An der Bewegung bemerkte ich, daß ich mit dem Kopfe nach hinten liege. Könnte es mir doch gelingen, da hinten vom Wagen zu stürzen! Es war Nacht und Dunkel. Ich hätte mich weit, weit fortwälzen können, um nicht gefunden zu werden, und dann wäre ich gerettet gewesen.

Ich machte die Beine krumm, stemmte die Absätze ein und schob mich nach hinten. Da fand ich aber festen Widerstand gegen den alle Anstrengung nutzlos war. Ich mußte auf diese Hoffnung verzichten.

Nun verging eine Zeit, welche mir aus mehreren Ewigkeiten zusammengesetzt zu sein schien. Da endlich, endlich merkte ich, daß menschliche Hände sich mit dem Teppich zu beschäftigen schienen. Ich wurde um und um gerollt, bis das Packet aufgewickelt war. Ich lag in tiefem Stroh, sah, daß der Tag angebrochen war, und über mir erschien das Gesicht des Dieners Barud el Amasat's.

„Wenn Du mir versprichst, zu schweigen, so nehme ich Dir das Tuch vom Munde," sagte er.
Ich nickte natürlich schleunigst und mit großem Eifer. Er band mir den Knebel herab, und nun strömte – Gott sei Dank! – die reine, frische Luft in meine Lungen ein. Es war mir, als ob ich aus der Hölle in den Himmel gekommen sei.
„Hast Du Hunger?" fragte er mich.
„Nein."
„Durst?"
„Auch nicht."
„Du wirst Speise und Trank bekommen, und wir werden Dich nicht quälen, solange Du Dich schweigsam verhältst und keinen Versuch machst, die Stricke zu lösen. Bist Du aber ungehorsam, so habe ich den Befehl, Dich zu tödten."
Das Gesicht verschwand über mir. Ich hatte freiere Bewegung, da der Teppich mich nicht mehr umhüllte, und konnte mich in sitzende Stellung bringen. Ich befand mich im hinteren Theile eines schmalen, ewig langen Wagens, welcher mit einer Plane oder Plahe versehen war; hart vor mir hockte der Diener als mein Wächter, und vorn saßen Zwei neben einander. Den Einen von ihnen mußte ich auch gesehen haben; er gehörte zu Jenen, in deren Hände ich gerathen war. Der Andere aber war auf alle Fälle der Fuhrmann, der Kiradschi, von welchem der Derwisch gesprochen hatte. Ich sah von ihm nichts als den Pelz, welchen der Kiradschi auch im Sommer trägt, einen ungeheuer gekrämpten Hut und die Peitsche; aber der Mann, welcher unter diesem monströsen Hute und in diesem schmierigen Pelze steckte, war mir jetzt von unsagbarer Wichtigkeit. Ich konnte mir nicht denken, daß ein Kiradschi der alten, ehrlichen „Schule" ein Verbündeter von Verbrechern sein könne, und doch konnte ich mich auch nicht zu der Annahme entschließen, daß der vorsündfluthliche Pelz einen Fuhrmann neuerer Schule beherbergen könne. Man mußte das abwarten. Ich lehnte mich also an die Hinterwand zurück und behielt den Mann im Auge.
Da endlich, nach langer Zeit, drehte er sich einmal um. Sein Blick fiel auf mich. Die großen, blauen Augen blieben einige Augenblicke starr auf mein Gesicht gerichtet, dann wendete er den Kopf wieder ab. Vorher aber hatte er Zeit gefunden, die Brauen hoch empor zu ziehen und das linke Auge zuzukneifen.
Ich verstand diese Pantomime sofort. Die Bewegung der Brauen deutete mir an, daß ich aufmerksam sein solle, und der Wink des Auges wies mich auf die linke Seite des Wagens hin. Gab es dort irgend Etwas für mich Vortheilhaftes?
Ich musterte die innere Seite des Wagens, konnte aber nur eine Schnur entdecken, welche an dem oberen Theile der Wagenleiter befestigt war und, von da herniedergehend, sich unter dem Heu verlief. Sie war straff angespannt, es schien also Etwas daran zu hängen. War es diese Schnur, auf welche mich der Mann aufmerksam machen wollte?

Ich that so, als ob mir meine gegenwärtige Lage unbequem wäre, und rutschte weiter vor. Ich lehnte mich so an die linke Seite an, daß ich mit den Händen, trotzdem dieselben gebunden waren, die betreffende Stelle untersuchen konnte. Ich mußte mir Mühe geben, einen Laut der Freude zu unterdrücken, denn an der Schnur hing – – ein Messer. Der brave Kiradschi hatte es für mich bestimmt und war glücklicherweise so klug gewesen, es nicht fest anzuknoten, sondern es nur mittelst einer Schlinge, welche ich leicht aufziehen konnte, zu befestigen.
Im nächsten Augenblick war es von der Schnur gelöst und steckte im Schafte meines Stiefels, so daß die Klinge, mit der Schneide nach auswärts gerichtet, aus demselben hervorragte. Ich bog die Knie und zog sie so weit an den Leib, daß ich mit den Händen die Klinge erreichen konnte. Sie war sehr scharf; ein vier- oder fünfmaliges Hin- und Hersägen genügte, die Fessel zu zerschneiden, und die Befreiung meiner Füße war nun eine Leichtigkeit.
Ich athmete tief auf. Jetzt war ich kein Gefangener mehr und hatte in dem Messer eine Waffe, auf welche ich mich verlassen konnte. Alle diese Bewegungen waren unter dem Heu vor sich gegangen. Niemand konnte sehen, daß ich frei war.
Ich wagte es, den einen Arm zu erheben und die untere Kante der Plahe ein wenig zu lüften, um hinausblicken zu können. Da draußen ritt – – Ali Manach Ben Barud el Amasat, der Derwisch. Es war anzunehmen, daß auf der andern Seite sich noch ein zweiter Wächter befand.
Mein Plan war schnell gemacht. Die Begleiter des Wagens waren mit Schießwaffen versehen; ich mußte also vorerst jeden Kampf vermeiden und mich mehr auf die List als auf Körperkraft verlassen. Ich rückte also wieder ganz nach hinten und hielt die Hände immer unter dem Heu. Unter dessen Schutz begann ich, den unteren Theil der alten, morschen Korbwand auszuschneiden, und hatte nach Verlauf einer Viertelstunde eine Öffnung fertig, welche groß genug war, um hinten aus dem Wagen zu schlüpfen.
Das Alles aber war nicht so leicht gewesen, als man glauben sollte, denn der alte Teppich genirte mich ungeheuer, und der Wächter warf zuweilen einen forschenden Blick auf mich. Zum Glück war das Geräusch, welches mein Messer in dem Korb hervorbrachte, bei dem Stampfen der Hufe, dem Gekreische der Räder und dem Gerumpel des Wagens nicht zu hören gewesen.
Ich wartete, bis abermals einer jener Blicke auf mich gefallen war, wühlte mich unter das Heu und kroch – mit den Beinen voran – zu der Öffnung hinaus. Ich berührte mit den Füßen den Boden und zog den Kopf in das Freie nach.
Jetzt erst war ich meiner Freiheit völlig sicher, und es galt, zu einem Pferde zu kommen. Wir befanden uns in einer ebenen Gegend und auf einem, wie es schien, wenig befahrenen Wege; auf beiden Seiten war Wald. Links ritt der Derwisch und rechts ein Zweiter, ganz so, wie ich vermuthet hatte. Das Pferd des Ersteren war nicht groß, schien mir aber besser als dasjenige des Anderen zu sein. Es hatte ein wolliges Fell, eine

prächtige Mähne und einen Schweif, welcher fast die Erde berührte. Sein Gang war kräftig und doch elastisch leicht. Ah, wenn es zwei Personen tragen könnte!
Dieser Gedanke elektrisirte mich. Erst ich der Gefangene des Derwisches, und dann er der meinige!
Ich nahm das Messer zwischen die Zähne. Der Reiter hatte keine Ahnung von dem Vorgang hinter ihm. Er trabte wohlgemuth neben dem Wagen her und konnte also von den Anderen nicht gesehen werden. Er hatte nur die Spitzen seiner Füße in den Bügelschuhen. Zwar war sein Sitz ein fester, da das Pferd türkisch gesattelt war; aber ein Hieb in das Genick mußte seinen Oberkörper nach vorn stoßen, so daß er voraussichtlich bügellos wurde. Dann mußte er seitwärts aus dem Sattel gebracht werden. Für mich war dabei die Hauptsache, mich fest auf dem Pferde zu halten, um nicht abgeworfen zu werden.
Einige rasche Schritte brachten mich hinter den Gaul. Ich holte aus und kniete im nächsten Augenblick auf der Croupe hinter dem Reiter. Das Pferd war über diesen plötzlichen Überfall einige Sekunden ganz verdutzt. Es blieb stehen. Das genügte. Ein Faustst0ß in das Genick brachte die Füße des Reiters aus den Bügelschuhen. Ich packte ihn bei der Gurgel, erhob mich aus der knieenden Stellung, riß ihn dadurch aus dem Sattel und ließ mich in denselben fallen, ohne ihn los zu lassen. Das geschah grad noch zur richtigen Sekunde, denn jetzt stieg das Pferd vorn empor. Ich fand noch Zeit, mit der freien Hand die Zügel zu erfassen, drückte das Thier herum und ritt langsam und so leise als möglich davon – natürlich den Weg zurück, welchen wir gekommen waren.
Dieser machte sehr bald eine Biegung. Vor derselben blickte ich mich um. Der Wagen war ruhig weiter gerollt: man hatte also noch gar nichts bemerkt. Das war nur dadurch möglich, daß die durchweg hölzernen Räder auf den ebenso hölzernen Achsen ein wahrhaft höllisches Gekreisch hervorbrachten; daß ferner der Wagen zwischen mir und dem zweiten Reiter gewesen war, und daß es endlich demselben auch nicht ein einziges Mal eingefallen war, sich umzusehen.
Ich wäre gar zu gern Zeuge der Verblüffung gewesen, welche sich dieser Leute bemächtigen mußte, wenn sie merkten, daß ihr Anführer und ihr Gefangener zugleich verschwunden seien. Es wäre mir auch gar nicht schwer gefallen, mich zu verstecken und – ohne Gefahr für mich selbst – diesen Augenblick abzuwarten; aber ich wollte das Glück denn doch nicht in Versuchung führen und dachte auch an die Freunde, welche jedenfalls in nicht gewöhnlicher Sorge um mich waren.
Darum nahm ich den Derwisch quer über meine Beine herüber und spornte das Pferd zu einem gestreckten Galopp an.
Ali Manach war von meinem Angriff so überrascht worden, daß er sogar vergessen hatte, einen Schrei auszustoßen. Dann hatte ich ihm die Gurgel so zusammengedrückt, daß es ihm gar nicht möglich gewesen war, einen lauten Ruf hervor zu bringen. Ein gurgelndes Röcheln war Alles gewesen, was er hatte hören lassen. Jetzt aber lag er vor mir, still und bewegungslos, und ich glaubte, ihn erdrosselt zu haben.

Das Pferd galoppirte so weich, eben und ausdauernd, daß ich nicht zu befürchten brauchte, eingeholt zu werden. Übrigens hatte ich jetzt nicht mehr Veranlassung, einen Kampf zu scheuen, denn ich war nun auch mit Schießwaffen versehen. Ali Manach hatte nämlich zwei geladene Pistolen im Gürtel stecken, welche ich natürlich mir aneignete.
Während des Reitens untersuchte ich seine Taschen. Da fand ich denn meine Uhr und meinen Geldbeutel, und das Gewicht desselben überzeugte mich, daß sich mehr in demselben befand, als ich gestern Abend darin gehabt hatte. An der Seite des Pferdes hing ein Leinwandsack als Satteltasche. Ich langte mit der einen Hand hinein und fühlte Munition und Lebensmittel. Man hatte es also wohl auf eine längere Reise abgesehen gehabt.
Der Wald ging zu Ende, und ich sah eine offene Ebene vor mir, auf welcher es große Maisfelder und Rosengärten gab. Als ich mich nach einiger Zeit umblickte, gewahrte ich einen Reiter, welcher mir im Galopp nachgesprengt kam. Jedenfalls war es derjenige, welcher zur rechten Seite des Wagens geritten war. Man hatte also jetzt die Flucht bemerkt, und er war zurückgekehrt, um sich zu informiren.
Mein Pferd war, obgleich es Zwei zu tragen hatte, ebenso schnell wie das seinige. Ich hatte nichts zu fürchten. Und als ich nach einiger Zeit eine belebte Straße gewahrte, in welche mein Weg mündete, fühlte ich mich völlig sicher. Ich sah auch wirklich bald, daß der Mann sein Pferd zu zügeln begann, und nach kurzer Zeit war er meinen Augen entschwunden.
Jetzt hielt ich an und stieg ab, sowohl um das Pferd ausruhen zu lassen, als auch um des Derwisches willen. Ich legte ihn auf die Erde und untersuchte ihn. Das Herz schlug ganz regelrecht, und ebenso athmete er normal.
„Ali Manach, verstelle Dich nicht!" sagte ich. „Ich weiß, daß Du vollständig bei Sinnen bist. Öffne die Augen!"
Er war erst allerdings besinnungslos gewesen, hatte sich dann später aber ohnmächtig gestellt, wohl um meinen Fragen auszuweichen und sich sein Verhalten zu überlegen; vielleicht auch, um eine Gelegenheit zur Flucht zu ergreifen. Er machte trotz meiner Worte die Augen nicht auf.
„Gut!" sagte ich. „Bist Du wirklich todt, so will ich mich wenigstens davon überzeugen. Ich werde Dir also dieses Messer in das Herz stoßen!"
Ich zog das Messer. Kaum aber fühlte er die Spitze desselben auf seiner Brust, so riß er vor Entsetzen die Augen so weit wie möglich auf und rief:
„Ah waï! Halt! Willst Du mich wirklich erstechen!"
„Einen Lebenden tödtet man nicht gern. Einem Todten aber kann ein Messerstich ja nichts mehr schaden. Willst Du diese Klinge von Dir fern halten, so laß mich ja nicht wieder vermuthen, daß Du gestorben seist!"
Er hatte lang ausgestreckt am Boden gelegen; jetzt richtete er sich zum Sitzen auf. Ich sprach:
„Sage einmal, Ali Manach, wohin Du mich bringen wolltest!"

„In Sicherheit," antwortete er.
„Das ist sehr zweideutig gesprochen. Wer sollte sicher sein? Ich vor Euch oder Ihr vor mir?"
„Beides."
„Das mußt Du mir erklären, damit ich es begreifen kann."
„Es sollte Dir nichts geschehen, Effendi. Wir wollten Dich nach einem Orte bringen, von wo Du nicht hättest entfliehen können. Mein Vater sollte Zeit gewinnen, um zu entkommen. Dann hätten wir Dich gegen das Lösegeld wieder frei gelassen."
„Das ist sehr liebenswürdig von Euch. Welches ist der Ort, nach dem ich gebracht werden sollte?"
„Es ist ein Karaul in den Bergen."
„Ah, ein Wachtthurm! Ihr habt also geglaubt, daß Dein Vater sicherer entkommen werde, wenn ich mich in Eurer Gewalt befinde?"
„Ja, Effendi."
„Warum?"
„Weil Du vielleicht entdeckt hättest, wohin er sich gewendet hat."
„Wie könnte ich das entdecken! Ich bin nicht allwissend."
„Dein Hadschi hat erzählt, daß Du alle Spuren aufzufinden verstehest."
„Hm! Wie soll ich in Edreneh die Spur Deines Vaters finden?"
„Ich weiß es nicht."
„Nun, Ali Manach, ich will Dir sagen, daß ich diese Spur bereits habe. Dein Vater ist mit dem Gefängnißwärter und mit Manach el Barscha längs der Arda nach Westen geritten. Sie hatten zwei Schimmel und ein dunkles Pferd."
Ich sah, wie sehr er erschrack.
„Du irrst! Du irrst sehr!" beeilte er sich zu sagen.
„Ich irre nicht. Ich werde hoffentlich bald noch mehr erfahren. Wo ist der Zettel, welchen Ihr mir abgenommen habt?"
„Welcher Zettel?"
„Du selbst hast ihn mir aus der Tasche meiner Weste genommen. Ich hoffe, daß er noch vorhanden ist."
„Ich habe ihn weggeworfen. Es stand ja nichts Wichtiges darauf."
„Mir scheint im Gegentheile, daß er sehr Wichtiges enthalten habe. Ich werde einmal suchen. Zeige Deine Taschen her!"
Er erhob sich, damit ich, wie er sich den Anschein gab, seine Taschen bequemer untersuchen könne; kaum jedoch streckte ich die Hand nach ihm aus, so trat er zurück und sprang auf das Pferd zu. Ich hatte so Etwas vorausgesehen. Er hatte den Fuß noch nicht im Bügel, so erfaßte ich ihn und warf ihn zu Boden.
„Bleibe liegen, sonst jage ich Dir eine Kugel durch den Kopf!" drohte ich. „Deine Geschicklichkeit mag hinreichend sein für das Kloster der Tanzenden in Stambul; aber mir zu entwischen, reicht sie nicht aus!"

Ich durchsuchte seine Taschen, ohne daß er mir Widerstand leistete; aber ich fand nichts. Auch in der Satteltasche suchte ich vergeblich. Da fiel mir mein Geldbeutel ein. Ich zog ihn hervor. Er enthielt eine Anzahl von Goldstücken, welche ich nicht besessen hatte, und richtig, da steckte auch der Zettel mit den drei Zeilen, welche im Nestaalik geschrieben waren, in jener nach links halb schiefen Schrift, welche zwischen der flüchtigen arabischen Currentschrift (Neskhi) und dem sehr schiefen Taalik mitten inne liegt.

Jetzt war ich befriedigt. Ich hatte keine Zeit, den Zettel zu entziffern; ich steckte ihn also wieder ein und sagte:

„Ich hoffe, daß diese Zeilen denn doch etwas Wichtiges enthalten werden. Du weißt natürlich, wohin Dein Vater sich gewendet hat?"

„Ich weiß es nicht, Effendi."

„Das darfst Du mich nicht glauben machen wollen!"

„Er war bereits fort, als ich gestern in Edreneh ankam!"

„Aber Du hast doch erfahren, wohin er geht. Jedenfalls reitet er nach Iskenderiëh, wo Hamd el Amasat, sein Bruder, der Dein Oheim ist, auf ihn wartet."

Bei diesen Worten that ich nicht, als ob ich ihn scharf beobachtete. Es glitt Etwas wie Befriedigung über sein Gesicht. Nach Iskenderiëh war sein Vater also nicht.

„Es ist möglich," antwortete er; „aber ich weiß es nicht. Nun jedoch sage mir, Effendi, was Du mit mir beabsichtigst!"

„Was denkst Du wohl?"

„Du wirst mich fortreiten lassen."

„Ah! Nicht übel! Also nicht gehen, sondern reiten willst Du!"

„Das Pferd ist ja mein Eigenthum!"

„Und Du bist mein Eigenthum, folglich gehört auch das Pferd mir. Ich werde mich sehr hüten, Dich laufen zu lassen!"

„Aber Du bist ja frei, und ich habe Dir nichts zu Leid gethan!"

„Das nennst Du Nichts? Du wirst mich nach Edreneh begleiten, und zwar nach dem Hause, in welches Ihr mich gestern Abend gelockt habt. Ich bin doch neugierig, zu erfahren, wer da wohnt. Natürlich geht der Kadi mit."

„Effendi, das wirst Du nicht thun! Ich habe vernommen, daß Du ein Christ bist, und daß Isa Ben Marryam, Euer Heiland, Euch geboten hat: Liebet Eure Feinde!"

„So gibst Du also zu, mein Feind zu sein?"

„Ich war nicht der Deinige, sondern Du warst der meinige geworden. Ich hoffe, daß Du ein guter Christ bist und dem Gebote Deines Gottes Gehorsam leistest!"

„Das werde ich gern thun!"

„Nun, warum lässest Du mich da nicht frei, Effendi?"

„Eben weil ich dem Gebote gehorsam bin, Ali Manach. Ich liebe Dich so sehr, daß ich gar nicht von Dir lassen kann!"

„Du spottest meiner! Ich zahle Dir ein Lösegeld!"

„Bist Du reich?“
„Ich nicht, aber mein Vater wird es bald sein.“
„Er wird seinen Reichthum gestohlen und geraubt haben. Solches Geld möchte ich gar nicht berühren!“
„So gebe ich Dir anderes. Du sollst das Deinige zurückerhalten!“
„Das meinige? Hast Du Geld von mir?“
„Nein; aber der Bote ist bereits fort, um in Stambul das Geld zu holen, welches Du uns für Deine Freiheit bezahlen solltest. Lässest Du mich frei, so erhältst Du es zurück, sobald er es bringt.“
„Oh, Ali Manach Ben Barud el Amasat, Du hast Dir in Stambul den Verstand vertanzt! Euer Bote wird nicht einen einzigen Piaster erhalten. Den Namen, welchen ich Euch nannte, gibt es gar nicht. Und der Perser, den der Bote vielleicht aufsucht, kennt mich gar nicht!“
„Effendi, so hast Du uns getäuscht? Wir hätten also kein Geld empfangen?“
„Nein.“
„So wärest Du ja verloren gewesen!“
„Das wußte ich. Ich wäre aber wohl auch verloren gewesen, wenn man das Geld bezahlt hätte. Übrigens habe ich mich nicht gar sehr vor Euch gefürchtet, und daß ich daran Recht that, habe ich Dir bewiesen: – ich bin frei.“
„So willst Du mich also wirklich als Gefangener nach Edreneh bringen?“
„Ja.“
„So gib mir das Geld zurück, welches ich in Deinen Beutel gethan habe!“
„Warum?“
„Es gehört mir. Ich brauche es. Ich muß essen und trinken, auch wenn ich im Gefängnisse bin.“
„Man muß Dir geben, was Du brauchst; Leckereien werden es allerdings nicht sein. Übrigens schadet es einem Tanzenden nichts, wenn er einmal ein wenig hungert!“
„So willst Du mich also bestehlen?“
„Nein. Siehe mich an! Ihr habt mir während meiner Gegenwehr die Kleider zerrissen; ich muß mir andere kaufen. Du bist Schuld daran, und so kann ich, ohne einen Diebstahl zu begehen, mich Deines Geldes bemächtigen. Aber ich werde es dennoch nicht thun, sondern es dem Kadi übergeben. Darf denn ein Tanzender Geld besitzen? Ich denke, daß Alles, was er einnimmt, dem Orden gehört!“
„Ich bin kein Tanzender mehr. Ich war nur für kurze Zeit im Kloster!“
„Jedenfalls aus Geschäftsrücksichten! Nun, das geht mich nichts an. Wir wollen aufbrechen. Gib Deine Hände her!“
Ich zog bei diesen Worten eine Leine hervor, welche ich vorhin in der Satteltasche bemerkt hatte.
„Effendi, was willst Du thun?“ fragte er erschrocken.
„Ich werde Dich mit den Händen an den Steigbügel binden.“

„Das darfst Du nicht! Du bist ein Christ, und ich bin ein Anhänger des Propheten. Du bist kein Khawasse. Du hast kein Recht, einen Andern als Gefangenen zu behandeln!“
„Weigere Dich nicht, Ali Manach! Hier ist der Strick. Gibst Du nicht augenblicklich die Hände her, so schlage ich Dich an den Kopf, daß Du wieder ohnmächtig wirst. Ich erlaube Dir keineswegs, mir vorzuschreiben, wie ich Dich zu behandeln habe!“
Das wirkte. Dieser Pseudoderwisch schien überhaupt ganz ohne Muth und Energie zu sein. Er hielt mir die beiden Hände hin, welche ich ihm zusammenband. Dann befestigte ich ihn an den Steigbügel und stieg auf's Pferd.
„Was wirst Du mit dem Pferde thun?“ fragte er.
„Ich übergebe es dem Kadi. Vorwärts!“
Wir setzten uns in Bewegung. Ich hätte nicht geglaubt, so bald wieder nach Edreneh zurückkehren zu können, und noch dazu auf diese Art und Weise.
Wir erreichten bald die Hauptstraße. Es war diejenige, welche nach dem berühmten Karawanserai Mustafa Pascha führt. Wir begegneten vielen Reisenden. Man betrachtete uns erstaunt; man wunderte sich über uns Beide; aber Niemand hielt es der Mühe werth, ein Wort zu uns zu sprechen.
Je mehr wir uns der Stadt näherten, desto belebter wurde die Straße. Gleich in einer der ersten Gassen erblickte ich zwei Khawassen. Nachdem ich ihnen eine kurze Erklärung gegeben hatte, forderte ich sie auf, mich zu begleiten, und sie thaten es. Es war meine Absicht, zunächst zu Hulam zu reiten, um vor allen Dingen die Freunde zu beruhigen. Mit Hülfe der Polizisten fand ich mich zurecht.
In einer der Straßen, durch welche wir kamen, bemerkte ich unter den vielen Passanten einen Mann, welcher, als er Ali Manach erblickte, mit allen Zeichen des Schreckens stehen blieb, dann aber mit raschen Schritten weiter eilte.
Kannte er meinen Gefangenen? Am liebsten hätte ich ihm einen der Polizisten nachgeschickt, um ihn festnehmen zu lassen. Wie nun, wenn dieser Mensch die Andern warnte! Aber auf einen bloßen Verdacht, ja auf eine reine Vermuthung hin konnte ich es doch nicht gut wagen, einen vielleicht ganz und gar Unschuldigen seiner Freiheit berauben zu lassen, wenn auch vielleicht nur auf eine einzige Stunde. Ich – ein Christ – befand mich ja in einem muhammedanischen Lande.
Bei dem Hause Hulam's angekommen, klopfte ich an das Thor. Der Schließer blickte durch das Loch und stieß einen Ruf der Freude aus, als er mich erblickte.
„Hamdulillah! Bist Du es wirklich, Effendi?“
„Ja. Öffne, Malhem!“
„Sogleich, sogleich! Wir sind in großer Angst um Dich gewesen, denn wir dachten, daß Dir ein Unglück zugestoßen sei. Nun aber ist Alles gut!“
„Wo ist Hadschi Halef Omar?“
„Im Selamlik. Alle sind dort versammelt und trauern über Dein Verschwinden.“
„Alargha – aufgeschaut!“ rief da einer der beiden Khawassen. „Bist Du denn vielleicht Kara Ben Nemsi, Effendi?“

„Ja, so heiße ich."
„Peh ne güzel – wie schön, wie schön! So haben wir also die dreihundert Piaster verdient!"
„Welche dreihundert Piaster?"
„Wir sind ausgesendet worden, nach Dir zu suchen. Wer eine Spur von Dir findet, soll diese Summe erhalten."
„Hm! Eigentlich habe ich Euch gefunden! Aber Ihr sollt das Geld empfangen. Kommt mit herein!"
Dreihundert Piaster sind ungefähr sechzig Mark. Also so sehr hoch hatte man mich taxirt! Ich konnte stolz darauf sein. Der Wärter hatte das Thor weit aufgerissen. Er machte ein sehr erstauntes Gesicht, als er den Derwisch erblickte, den er bisher nicht hatte sehen können. Kaum wurden im Hofe die Tritte des Pferdes hörbar, so kam man herbei geeilt.
Der Erste war mein kleiner Hadschi Halef Omar. Er machte einen gewaltigen Satz über sämtliche Stufen herab, ganz gegen die orientalische Würde, schnellte sich auf mich zu, ergriff meine Hand und jauchzte:
„Allah l'Allah! Bist Du es? Bist Du es wirklich, Sihdi?"
„Ich bin es, mein lieber Halef. Laß mich nur aus dem Sattel steigen!"
„Du kommst geritten? Du bist außerhalb der Stadt gewesen?"
„Ja. Ich habe viel Unglück gehabt, aber auch viel Glück."
Auch die Andern streckten ihre Hände nach mir aus. Mitten unter den Freudenrufen ertönte einer des Erstaunens. Isla hatte ihn ausgestoßen.
„Effendi, was ist das?" fragte er. „Wen bringst Du hier? Das ist ja Ali Manach, der Tanzende!"
Man hatte bisher nur auf mich, weniger auf den Derwisch geachtet. Isla's Rede lenkte die Aufmerksamkeit auf denselben. Man sah, daß er angebunden war.
„Ali Manach? Der Sohn des Entflohenen?" fragte Hulam.
„Ja," antwortete ich. „Er ist mein Gefangener. Kommt herein! Ich habe Euch zu erzählen."
Wir begaben uns nach dem Selamlik und nahmen auch den Derwisch mit, hatten uns aber noch nicht gesetzt, als das Thor abermals geöffnet wurde. Es war der Kadi, welcher kam. Er war ebenso erstaunt wie erfreut, mich zu sehen.
„Effendi, Du lebst? Du bist hier?" fragte er. „Allah sei Dank! Wir gaben Dich verloren, obgleich ich nach Dir suchen ließ. Wo bist Du gewesen?"
„Nimm bei uns Platz, so sollst Du es erfahren!"
„Ich werde hören, was Du zu erzählen hast. Wie freue ich mich, daß Dir nichts Böses widerfahren ist! Ich hätte mich vergebens auf den köstlichen Kaffee der Blümlein gefreut gehabt!"
Also das war der Hauptgrund seiner Freude, mich unverletzt wiederzusehen! Der brave, liebenswürdige Kadi!

Der Gefangene hatte sich in einer Ecke niedergekauert, und Halef hatte neben ihm Platz genommen. Der kleine Hadschi wußte, was er zu thun hatte, bevor ich zu sprechen begann.
Ich erzählte und wurde viele, viele Male unterbrochen, ehe ich zu Ende kam. Dann gab es eine Menge von Fragen und Ausrufungen der verschiedensten Art. Halef allein war es, der seine Ruhe bewahrte. Er rief laut:
„Still, Ihr Männer! Man darf jetzt nicht reden, sondern man muß handeln!"
Der Kadi warf dem Kleinen einen Blick zu, welcher zurechtweisend sein sollte, fragte ihn aber doch:
„Was meinst Du denn, was gethan werden soll?"
„Man muß sofort diesen Ali Manach verhören, dann aber das Haus aufsuchen, in welchem man meinen Sihdi überwältigt hat, und auch den Wagen verfolgen lassen, in welchem er nach dem Karaul geschafft werden sollte."
„Du hast Recht! Ich werde diesen Sohn des Entflohenen sogleich in das Gefängniß bringen lassen und ihn dann vernehmen."
„Warum nicht hier, nicht jetzt?" fragte ich. „Ich möchte am liebsten noch in dieser Stunde zur Verfolgung seines Vaters aufbrechen, da bereits eine kostbare Zeit vergangen ist. Da ist es gut, vorher zu wissen, was er antwortet."
„Du wünschest es, und so soll es geschehen!"
Er nahm seine ernsteste, würdevollste Miene an und fragte den Gefangenen:
„Dein Name ist Ali Manach Ben Barud el Amasat?"
„Ja," antwortete der Gefragte.
„So heißt also Dein Vater Barud el Amasat?"
„Ja."
„Es ist derjenige Mann, welcher uns entflohen ist?"
„Davon weiß ich nichts!"
„Du versuchst, zu leugnen? Ich werde Dir die Bastonnade geben lassen! Kennst Du den früheren Steuereinnehmer Manach el Barscha?"
„Nein."
„Du hast gestern abend diesen Effendi in ein Haus locken lassen, um ihn gefangen zu nehmen?"
„Nein."
„Hund, lüge nicht! Der Effendi hat es ja selbst erzählt!"
„Er irrt."
„Aber Du hast ihn ja gefesselt und heut in einem Wagen fortgeschafft!"
„Auch das ist nicht wahr! Ich ritt auf der Straße und erreichte den Wagen. Ich sprach mit dem Kiradschi, welchem der Wagen gehörte. Da erhielt ich plötzlich einen Hieb. Ich verlor das Bewußtsein, und als ich wieder zu mir kam, war ich der Gefangene dieses Mannes, dem ich gar nichts gethan habe."

„Deine Zunge trieft von Unwahrheit; aber die Lüge wird Deine Sache nicht verbessern, sondern verschlimmern! Wir wissen, daß Du ein Nassr bist!“
„Ich weiß nicht, was das ist!“
„Du hast ja im Kloster der Tanzenden mit dem Effendi darüber gesprochen!“
„Ich bin niemals in einem Kloster der Tanzenden gewesen!“
Der Mann glaubte, sich retten zu können, wenn er Alles in Abrede stellte. Der Kadi antwortete zornig:
„Bei Allah! Du wirst die Bastonnade erhalten, wenn Du fortfährst, die Wahrheit zu verheimlichen! Oder bist Du etwa ein Unterthan der Inglis, wie Dein Vater?“
„Ich habe keinen Vater, welcher Unterthan der Inglis ist. Ich bemerke, daß der Barud el Amasat, von welchem Ihr redet, ein ganz Anderer ist, als mein Vater, dessen Namen er unrechtmäßiger Weise angenommen hat.“
„Was bist Du denn, wenn Du kein Derwisch bist?“
„Ich bin ein Schaijad es semek und mache eine Reise.“
„Woher?“
„Aus Inada am Meere.“
„Wohin willst Du?“
„Ich will nach Sofia, um Verwandte zu besuchen. Ich bin keine Stunde lang in Edreneh gewesen. Ich kam während der Nacht hier an und bin durch die Stadt zur andern Seite hinausgeritten. Später dann traf ich auf den Wagen.“
„Du bist kein Fischer, sondern ein Lügner. Kannst Du beweisen, daß Du in Inada wohnst?“
„Sende hin, so wird man Dir sagen, daß ich die Wahrheit gesprochen habe.“
Diese Frechheit brachte den Kadi beinahe aus der Fassung. Er wendete sich an Isla und fragte ihn:
„Isla Ben Maflei, hast Du diesen Menschen wirklich im Kloster der Tanzenden zu Stambul gesehen?“
„Ja,“ antwortete der Gefragte. „Er ist es. Ich beschwöre es beim Barte des Propheten und bei den Bärten meiner Väter!“
„Und Du, Kara Ben Nemsi Effendi, Du hast ihn auch dort im Kloster gesehen?“
„Ja,“ antwortete ich. „Ich habe sogar mit ihm gesprochen.“
„Und Du behauptest, daß er dieser Derwisch ist?“
„Er ist es. Er hat es mir sogar gestern Abend und dann auch heut eingestanden. Er glaubt, sich nun durch Leugnen retten zu können.“
„Er wird sich nur um so unglücklicher machen. Wie aber wollen wir ihm beweisen, daß Ihr Recht habt?“
Das war eine wunderbare Frage, ganz unwürdig eines Kadi, dem ich den köstlichen Kaffee der Blümchen senden sollte.
„Ist er es nicht, welcher zu beweisen hat, daß wir Unrecht haben?“ antwortete ich.
„Das ist richtig! Aber da muß ich nach Inada senden!“

„Erlaubst Du mir, eine Frage auszusprechen?“
„Rede!“
„Du hast den Zettel gesehen, welchen wir gestern im Stalle des Handschia gefunden haben?“
„Ja, Effendi.“
„Würdest Du ihn wieder erkennen?“
„Ganz gewiß.“
„Ist es dieser?“
Ich nahm den Zettel aus dem Beutel und reichte ihn dem Kadi hin. Dieser betrachtete ihn genau und sagte dann:
„Er ist es. Warum fragst Du?“
„Das wirst Du gleich erfahren! Hadschi Halef Omar, kennst Du meinen Geldbeutel?“
„So gut wie meinen eigenen,“ antwortete der Kleine.
„Ist es dieser?“
„Ja, er ist es.“
Jetzt war ich sicher, den Derwisch zu fangen. Ich wendete mich mit der Frage an ihn:
„Ali Manach, sage mir, wem die Goldstücke gehören, welche sich hier in dem Beutel befinden?“
„Sie gehören mi – – sie gehören doch jedenfalls Dir, wenn der Beutel wirklich Dein Eigenthum ist,“ antwortete er.
Er hätte sich doch beinahe überrumpeln lassen; aber noch während der Rede hatte er die Falle erkannt.
„Du machst also keine Ansprüche an das Geld?“
„Was habe ich mit Deinem Gelde zu schaffen!“
Der Kadi schüttelte den Kopf.
„Effendi,“ sagte er, „wenn ich ihn nicht fange, Dir gelingt es erst recht nicht. Ich werde den Kerl einschließen lassen und ihn schon zum Geständniß bringen!“
„So lang können wir aber nicht warten. Bringen wir ihn in das Haus, in welchem ich überfallen wurde! Die Bewohner desselben werden eingestehen müssen, daß er der Mann ist, für den wir ihn halten!“
„Du hast Recht. Wir werden sie alle gefangen nehmen! Ali Manach, in welcher Gasse liegt dieses Haus?“
„Ich kenne es nicht,“ antwortete der Gefragte. „Ich bin noch nie in Edreneh gewesen!“
„Seine Lügen werden immer größer! Effendi, würdest Du das Haus selbst finden?“
„Ganz gewiß. Ich habe es mir gemerkt.“
„So wollen wir aufbrechen. Ich werde nach Khawassen senden, welche uns folgen und alle Personen, die sich in dem Hause befinden, gefangen nehmen sollen. Aber Dein Freund Hulam hat dreihundert Piaster geboten. Diese beiden Männer nun haben Dich gefunden. Werden sie das Geld erhalten, Effendi?“
„Ja, ich werde es ihnen sofort geben.“

Ich zog den Beutel; aber Hulam hielt mir den Arm fest und sagte im Tone eines Beleidigten:
„Halt, Effendi! Du bist der Gast meines Hauses. Willst Du meine Ehre zu Schanden machen, indem Du mir nicht erlaubst, zu halten, was ich versprochen habe?“
Ich sah ein, daß ich ihm den Vorrang lassen mußte. Er zog seine Börse und stand bereits im Begriff, den beiden Khawassen, welche mit freudeglänzenden Blicken am Eingange auf der Lauer standen, das Geld zu geben, als der Kadi die Hand ausstreckte.
„Halt!“ sagte er. „Ich bin der Vorgesetzte dieser Beamten der Polizei von Edreneh. Sage selbst, Effendi, ob sie Dich gefunden haben!“
Ich wollte die armen Teufel nicht um ihre Gratifikation bringen und antwortete darum:
„Ja; sie haben mich entdeckt.“
„Deine Worte sind sehr weise. Aber sage nun auch, ob sie Dich entdeckt hätten, wenn ich sie daheim behalten hätte, anstatt sie auszusenden?“
„Hm! Dann hätten sie mich allerdings nicht angetroffen.“
„Wem also hast Du es eigentlich zu verdanken, daß Du von ihnen gesehen worden bist?“
Ich war gezwungen, seiner Logik zu folgen. Übrigens konnte es nicht zu unserem Vortheile sein, bei ihm anzustoßen; darum antwortete ich so, wie er es erwartete:
„Dir, im Grunde genommen.“
Er nickte mir freundlich zu und fragte weiter:
„Wem also gehören diese dreihundert Piaster, Effendi?“
„Dir allein.“
„So mag Hulam sie an mich bezahlen! Es soll keinem Menschen Unrecht geschehen. Auch ein Kadi hat darauf zu sehen, daß er zu seinem Rechte kommt!“
Er erhielt das Geld und steckte es ein. Die beiden Polizisten machten sehr enttäuschte Gesichter. Ich suchte daher unbemerkt an sie zu kommen, nahm zwei Goldstücke aus dem Beutel und steckte einem Jeden von ihnen eins zu. Das mußte heimlich geschehen, sonst wäre zu erwarten gewesen, daß der Kadi abermals Gerechtigkeit hätte walten lassen.
Die beiden Männer waren ganz glücklich über dieses Geschenk, und mir machte die Ausgabe keinen Schaden, da ich sie von dem Gelde Ali Manach's bestritten hatte.
Jetzt wurde nach Polizisten geschickt, welche bald eintrafen. Ehe wir aber den Gang antraten, gab der Kadi mir einen Wink, mit ihm zur Seite zu treten. Ich war neugierig auf die vertrauliche Mittheilung, welche er mir zu machen hatte.
„Effendi,“ sagte er, „bist Du wirklich Deiner Sache sicher, daß er der Derwisch aus Stambul ist?“
„Vollständig!“ antwortete ich.
„Er war dabei, als Du gefangen wurdest?“
„Ja. Er bestimmte sogar die Höhe des Lösegeldes, welches ich bezahlen sollte.“
„Und er hat Dir abgenommen, was Du in Deinen Taschen hattest?“
„Ja.“

„Auch Deinen Geldbeutel?“
„Ja,“ antwortete ich.
Jetzt begann ich zu ahnen, was er beabsichtigte. Ich hatte, als ich mein Erlebniß erzählte, aufrichtig erwähnt, daß ich in der Börse mehr Geld gefunden habe, als erst darin gewesen war. Auf diesen Betrag war es abgesehen; der Kadi wollte ihn confisciren! Er erkundigte sich im freundlichsten, vertraulichsten Tone weiter:
„Heute hatte er ihn in seiner Tasche?“
„Ja. Ich habe ihn herausgenommen.“
„Und es war mehr Geld darin als vorher?“
„Es waren Goldstücke darin, welche ich nicht hinein gethan habe. Das ist wahr.“
„So wirst Du wohl zugeben, daß sie nicht Dir gehören!“
„Ah! Wem sonst?“
„Ihm natürlich, Effendi!“
„Das will mir nicht einleuchten. Aus welchem Grunde soll er sein Geld in meine Börse gethan haben?“
„Weil Dein Beutel ihm besser gefallen hat, als der seinige. Kein Mensch aber darf das behalten, was ihm nicht gehört!“
„Da hast Du ganz Recht. Aber meinst Du denn, daß ich Etwas behalten habe, was mir nicht gehörte?“
„Natürlich! Die Goldstücke, welche er hineingethan hat.“
„Wallahi! Hast Du nicht aus seinem eigenen Munde gehört, daß er leugnet, Geld in meinen Beutel gethan zu haben?“
„Es sind Lügen!“
„Das muß bewiesen werden. Er weiß nichts von dem Geld.“
„Aber Du sagst ja selbst, daß es sich vorher nicht in dem Beutel befunden habe!“
„Das gestehe ich ein. Niemand kann es sagen, wie es hineingekommen ist; nun es sich aber darin befindet, ist es mein Eigenthum.“
„Das darf ich nicht zugeben. Die Obrigkeit muß es an sich nehmen, um es dem richtigen Eigenthümer zurückzugeben.“
„Sage mir vorher, wem das Wasser gehört, welches es über Nacht in Deinen Hof regnet!“
„Wozu diese Frage?“
„Holt die Obrigkeit das Wasser, um es dem richtigen Eigenthümer zurückzugeben? Es hat über Nacht in meinen Beutel geregnet. Das Wasser gehört mir, denn der Einzige, welchem es außer mir gehören konnte, hat darauf verzichtet.“
„Ich höre, daß Du ein Franke bist, der die Gesetze dieses Landes nicht kennt.“
„Das mag sein; aber darum befolge ich meine eigenen Gesetze. Kadi, das Geld behalte ich! Du bekommst es nicht!“
Bei diesen Worten wendete ich mich von ihm ab, und er machte keinen Versuch, mich zu einer Änderung zu bewegen. Es war gar nicht meine Absicht, das Geld für mich zu

verwenden; aber ich konnte damit größeren Nutzen schaffen, als wenn ich es in die bodenlose Tasche des Beamten gelangen ließ.

Jetzt setzten wir uns in Bewegung, Alle, die wir betheiligt waren. Die Khawassen erhielten den Befehl, uns von Weitem zu folgen, damit ein allzu großes Aufsehen vermieden werde.

Wir erreichten die Ecke, an welcher wir gestern Abend mit dem Manne zusammen getroffen waren. Auch Hulam erinnerte sich ihrer genau. Von hier an aber mußte ich allein als Führer dienen. Es wurde mir nicht schwer, das Haus zu finden. Die Thüre war verschlossen. Wir klopften; aber es erschien kein Mensch, um uns zu öffnen.

„Sie fürchten sich," meinte der Kadi. „Sie haben uns kommen sehen und verstecken sich!"

„Das glaube ich nicht," antwortete ich. „Es wird mir einer dieser Leute, als ich mit Ali Manach durch die Straßen ritt, begegnet sein. Er hat gesehen, daß der Derwisch gefangen und daß der Anschlag verunglückt ist. Daher hat er die Anderen sogleich benachrichtigt, und nun haben sie die Flucht ergriffen."

„So müssen wir mit Gewalt eindringen!"

Jetzt blieben die Passanten stehen, um zu sehen, was sich hier ereignen würde. Der Kadi ließ sie durch seine Khawassen fortweisen, und dann wurde die Thüre, welche keinen großen Widerstand bot, einfach eingestoßen.

Ich erkannte den langen schmalen Gang sogleich wieder. Die Polizisten hatten sich im Nu über alle vorhandenen Räume vertheilt, vermochten aber nicht, ein menschliches Wesen aufzufinden. Verschiedene Anzeichen ließen darauf schließen, daß die Bewohner eine sehr eilige Flucht ergriffen hatten.

Ich suchte auch den Raum auf, in welchem ich gelegen hatte. Als ich in den kleinen, engen Hof zurückkehrte, hatte der Kadi dort ein abermaliges Verhör mit Ali Manach begonnen. Dieser trat jetzt mit noch größerer Sicherheit auf, als vorher. Er mochte Angst gehabt haben, von den Bewohnern des Hauses verrathen zu werden. Diese Angst war jetzt ebenso verschwunden, wie die Leute, welche hier zu finden wir erwartet hatten. Ich mußte meine Aussagen wiederholen; ich mußte die Stelle zeigen, an welcher er neben mir gesessen hatte; ich zeigte auch diejenige, an welcher ich im Hofe mich gegen die Übermacht der Angreifer gewehrt hatte.

„Und Du willst dieses Haus wirklich nicht kennen?" fragte ihn der Kadi.

„Ich kenne es nicht," antwortete er.

„Du warst noch niemals hier?"

„Nie in meinem Leben!"

Da wendete sich der Beamte an mich:

„So kann doch kein Mensch leugnen, Effendi! Ich beginne zu glauben, daß Du Dich wirklich irrst!"

„Dann müßte auch Isla sich irren, der ihn in Stambul gesehen hat."

„Ist das nicht möglich? Viele Menschen sehen sich ähnlich. Dieser Fischer aus Inada kann sehr unschuldig sein!"

„Willst Du einmal mit mir auf die Seite kommen, o Kadi?“
„Warum?“
„Ich möchte Dir etwas sagen, was diese Anderen nicht zu hören brauchen.“
Er zuckte die Achsel und antwortete:
„Diese Leute können Alles hören, was Du mir zu sagen hast, Effendi!“
„Willst Du, daß sie Worte hören, welche in Deinen Ohren nicht angenehm klingen können?“
Er besann sich doch und sagte dann in fast strengem Tone:
„Du wirst nicht wagen, ein einziges Wort auszusprechen, das ich nicht gern hören möchte. Aber ich werde gnädig sein und Dir Deine Bitte erfüllen. Komm und sprich!“
Er entfernte sich einige Schritte und ich folgte ihm.
„Wie kommt es, daß Du jetzt plötzlich in ganz anderer Weise als vorher mit mir redest, Kadi?“ fragte ich. „Wie kommt es, daß Du jetzt plötzlich an die Schuldlosigkeit dieses Menschen glaubst, von dessen Schuld Du doch vorher so überzeugt zu sein schienst?“
„Ich habe eingesehen, daß Du Dich irrst.“
„Nein,“ entgegnete ich mit gedämpfter Stimme. „Nicht, daß ich mich irre, hast Du eingesehen, sondern daß Du selbst Dich geirrt hast!“
„In wem soll ich mich geirrt haben? In diesem Fischer?“
„Nein, sondern in mir. Du glaubtest, in den Besitz meines Beutels kommen zu können. Das ist Dir nicht geglückt, und nun ist der Verbrecher unschuldig.“
„Effendi!“
„Kadi!“
Er schnitt ein sehr ergrimmtes Gesicht und sagte:
„Weißt Du, daß ich Dich wegen dieser Beleidigung festnehmen lassen kann?“
„Das wirst Du bleiben lassen! Ich bin ein Gast dieses Landes und seines Beherrschers; Du hast keine Macht über mich. Ich sage Dir, daß Ali Manach Alles gestehen wird, wenn Du so thust, als ob er die Bastonnade erhalten soll. Ich habe Dir keine Vorschriften zu machen; aber ich möchte daheim in Dschermanistan erzählen, daß die Richter des Großsultans gerechte Beamte sind.“
„Das sind wir auch; ich werde es Dir sofort beweisen!“
Er trat wieder zu den Anderen und fragte den Gefangenen:
„Kennst Du den Handschia Doxati hier?“
Der Gefragte entfärbte sich. Er antwortete in einem sehr unsicheren Tone:
„Nein. Ich bin ja noch nie in Edreneh gewesen!“
„Und er kennt auch Dich nicht?“
„Wo sollte er mich gesehen haben?“
„Er lügt,“ fiel ich ein. „Du mußt es ihm ansehen, daß er die Unwahrheit redet, Kadi! Ich verlange, daß Doxati ihn zu sehen bekommt, um – – halt! Um Gottes willen zurück!“
Ganz zufälliger Weise hatte ich, während ich sprach, den Blick empor gerichtet. Wir befanden uns in dem kleinen Hofe, welcher ringsum von Gebäuden umgeben war. Da,

wohin mein Blick jetzt fiel, gab es eine Art Söller, ein hölzernes Gitterwerk, durch dessen Lücken ich zwei Gewehrläufe auf uns gerichtet sah: den einen grad auf mich und den anderen auf den Gefangenen, wie es mir schien. Ich warf mich sofort zur Seite und schnellte nach dem Eingange hinüber, um dort Schutz zu suchen. In demselben Augenblick krachten die zwei Schüsse. Ein lauter Schrei erscholl.

„Allah ïa Allah! Ma una! Gott, o Gott, zu Hülfe!“

Diesen Ruf hatte einer der Khawassen ausgestoßen, indem er sich neben einen anderen niederwarf, der sich am Boden in seinem Blute wälzte.

Die eine Kugel hatte mir gegolten; das war sicher. Nur einen Augenblick später, und ich wäre eine Leiche gewesen. Der Schütze war bereits im Abdrücken gewesen, als ich zur Seite sprang; er hatte die Kugel nicht zu halten vermocht, und sie war dem Khawassen, welcher dicht hinter mir gestanden hatte, in den Kopf gedrungen.

Die zweite Kugel hatte ihr Ziel erreicht. Ali Manach lag todt an der Erde.

Mehr sah ich nicht. Einen Augenblick später war ich wieder über den Hof hinüber. Eine schmale, hölzerne Treppe führte da nach oben, wo sich das Gitterwerk befand. Ich folgte einem augenblicklichen Impulse.

„Hinauf, Sihdi! Ich komme auch!“

Das war die Stimme meines kleinen, tapfern Hadschi, welcher mir sofort nacheilte. Ich gelangte hinauf in einen schmalen Gang, an welchen einige Stuben stießen, die allerdings viel eher Löcher hätten genannt werden können. Der Gang mündete auf das Gitterwerk. Der Geruch des Pulvers war noch vorhanden, ein Mensch aber nicht. Ich durchsuchte mit Halef die Stuben. Auch hier fand sich Niemand. Es war geradezu unerklärlich, wie die zwei Mörder hatten verschwinden können. Zwei waren es gewesen, denn ich hatte ganz deutlich die Flintenläufe gesehen.

Da hörte ich jenseits des Gebäudes eilige Schritte. Das mußten zwei Menschen sein. Die Wand war nur von Brettern gebildet. Ich bemerkte ein Astloch, trat hinzu und blickte hindurch! Richtig! Über den Nachbarhof eilten zwei Männer, von denen jeder eine lange, türkische Flinte in der Hand trug.

Ich sprang hinaus auf den Gang und rief in den Hof hinab:

„Rasch hinaus auf die Gasse, Kadi! Die Mörder fliehen durch das Nebenhaus!“

„Das ist nicht möglich!“ antwortete er herauf.

„Ich habe sie ja gesehen! Schnell, schnell!“

Er wendete sich zu seinen Leuten und gebot ihnen in aller Gemächlichkeit:

„Seht einmal nach, ob er Recht hat!“

Zwei von ihnen entfernten sich langsamen Schrittes. Nun, mir konnte es schließlich sehr gleichgültig sein, ob die Beiden ergriffen wurden oder nicht. Ich stieg also wieder in den Hof hinab. Als ich da ankam, fragte der Kadi:

„Effendi bist Du ein Hekim?“

Der Orientale erblickt in jedem Franken einen Arzt oder einen Gärtner. Der weise Kadi war derselben Ansicht.

„Ja,“ antwortete ich, um die Sache kurz zu machen.
„So sieh einmal nach, ob diese Beiden vollständig todt geschossen sind!“
Bei Ali Manach konnte kein Zweifel herrschen. Die Kugel war ihm zu der einen Schläfe hinein gedrungen und zu der anderen wieder heraus. Der Polizist war in die Stirne getroffen, lebte aber noch; doch stand mit Gewißheit zu erwarten, daß auch er in einigen Minuten todt sein werde.
„Mein Vater, mein Vater!“ klagte der andere Khawasse, welcher sich neben ihm niedergeworfen hatte.
„Was jammerst Du!“ sagte der Kadi. „Es ist sein Kismet. Es hat im Buche gestanden, daß er auf diese Weise sterben solle. Allah weiß, was er thut!“
Da kamen die Beiden zurück, welche mit Gemächlichkeit zur Verfolgung aufgebrochen waren.
„Nun, hatte dieser Effendi Recht?“ fragte der Kadi.
„Ja.“
„Ihr habt die Mörder gesehen?“
„Wir sahen sie.“
„Warum habt Ihr sie denn nicht gefangen?“
„Sie waren bereits eine Strecke in die Gasse hinein.“
„Warum seid Ihr ihnen denn nicht nachgeeilt?“
„Wir durften nicht. Du hattest es uns nicht befohlen. Du gebotest uns nur, nachzusehen, ob dieser Effendi Recht habe.“
„Ihr seid faule Hunde! Springt ihnen sofort Alle nach, und seht, ob Ihr sie ergreifen könnt!“
Jetzt sprangen Alle in größter Eile von dannen. Ich war doch überzeugt, daß sie, sobald sie außer Hörweite seien, diese Schnelligkeit sehr mäßigen würden.
„Allah akbar – Gott ist groß!“ murmelte Halef grimmig vor sich hin. „Diese beiden Hunde wollten Dich erschießen, Sihdi, und nun dürfen sie entkommen!“
„Laß sie laufen, mein guter Halef! Es ist der Mühe nicht werth, hier nur einen Schritt zu thun.“
„Aber wenn die Kugel Dich getroffen hätte?“
„So wären sie verloren gewesen. Du hättest sie nicht entkommen lassen!“
Der Kadi hatte sich mit der Leiche des Gefangenen beschäftigt. Jetzt sagte er:
„Kannst Du Dir denken, Effendi, warum sie ihn erschossen haben?“
„Natürlich! Sie glaubten, daß er sie verrathen werde. Er war kein starker, muthiger Charakter. Wir hätten von ihm Alles erfahren können.“
„Er hat seinen Lohn dahin! Aber warum haben sie auch auf diesen Andern geschossen?“
„Nicht er war gemeint, sondern die Kugel galt mir. Nur weil ich noch im letzten Moment zur Seite sprang, traf sie ihn, da er hinter mir stand.“
„So haben sie sich an Dir rächen wollen?“
„Jedenfalls. Was wird mit der Leiche geschehen?“

„Ich verunreinige mich nicht mit ihr. Dieser Mensch hat seinen Lohn; ich werde ihn einscharren lassen. Das ist Alles, was man thun kann. Sein Pferd steht noch bei Hulam. Ich werde es holen lassen."
„Und sein Vater? Soll dieser entkommen?"
„Willst Du ihm noch nachjagen, Effendi?"
„Natürlich!"
„Wann?"
„Du wirst unserer nicht mehr bedürfen?"
„Nein. Du kannst abreisen."
„So sind wir in zwei Stunden bereits unterwegs."
„Allah sei mit Euch und lasse Euch den Fang gelingen!"
„Ja, Allah mag helfen; doch verzichte ich trotzdem nicht auf Deine Hülfe."
„Ich soll Euch helfen? Wie meinst Du das?"
„Hast Du mir nicht einen Verhaftsbefehl und sechs Khawassen versprochen?"
„Ja. Sie sollten bei Tagesanbruch vor der Thüre Hulam's halten. Aber noch vorher erfuhr ich, daß Du verunglückt seist. Brauchst Du alle Sechs?"
„Nein; drei genügen."
„Sie sollen in zwei Stunden bei Dir sein. Aber, wirst auch Du das Wort halten, welches Du mir gegeben hast?"
„Ich halte es so, wie Du das Deinige."
„So lebe wohl! Allah lasse Dich gesund und lebendig das Land Deiner Väter erreichen!"
Er ging. Seit ich mich geweigert hatte, ihm das Geld zu geben, war er ein ganz Anderer geworden. Seine Untergebenen waren auch verschwunden. Nur der Sohn kniete neben seinem Vater und klagte laut um ihn. Letzterer lag in den letzten Zügen. Ich zog meinen Beutel heraus, zählte das Geld ab, welches Ali Manach gehört hatte, und gab es dem Khawassen. Er warf mir trotz seiner augenblicklichen Trauer einen ganz erstaunten Blick zu und fragte mich:
„Das soll mir gehören, Effendi?"
„Ja, es ist Dein. Laß Deinen Vater damit begraben. Sage aber dem Kadi nichts!"
„Herr, ich danke Dir! Deine Güte träufelt Balsam in die Wunde, welche Allah mir geschlagen hat. Mein Vater hat seinem Rufe gehorchen müssen. Ich bin arm. Nun aber kann ich ihm an seinem Grabe einen Stein mit dem Turban setzen lassen, damit die Besucher des Mezarchane sehen, daß da ein gläubiger Sohn des Propheten begraben liegt."
So hatte ich, der Christ, ohne es zu beabsichtigen, dem todten Moslem zu einem Denksteine verholfen. Ob das Geld des „Tanzenden" wohl besser angewendet gewesen wäre, wenn ich es dem Kadi aufgezählt hätte? –
Wir hatten Hulam's Wohnung noch nicht erreicht, so begegneten uns zwei Khawassen, welche Ali Manach's Pferd abgeholt hatten. Ich konnte mir denken, daß diese Aquisition einen rein persönlichen Charakter haben werde.

So war also geschehen, was wir gestern Abend für unmöglich gehalten hätten. Ich hatte gefragt: „Soll Ali Manach denn nicht bestraft werden?“ Die Gerechtigkeit hatte nicht nöthig gehabt, ihn in Stambul aufzusuchen; er selbst war ihr in die Hände gelaufen. Wir freilich hatten durch dieses Ereigniß den ganzen Vormittag eingebüßt. Es galt, dieses Versäumniß, wo möglich, nachzuholen.
Es wurde Kriegsrath gehalten. Zunächst warf Hulam die Frage auf, welcher Art wohl die Leute gewesen sein mochten, die in dem Hause, in welchem der Derwisch den Tod gefunden hatte, verkehrt hatten. Er glaubte, daß sie mit den Nassrs in Konstantinopel in Verbindung gestanden hätten. Dies war allerdings nicht unwahrscheinlich; doch hielt ich sie zugleich für solche Leute, von denen der Bewohner der Halbinsel sagt, daß sie „in die Berge gegangen seien“.
Jetzt hatte ich erst Zeit, den Zettel vorzunehmen, den ich bis jetzt noch nicht entziffert hatte.
„Kannst Du die Zeilen lesen, Effendi?“ fragte Isla.
Ich gab mir alle Mühe, mußte jedoch mit „Nein“ antworten. Der Zettel ging aus einer Hand in die andere, vergeblich. Niemand vermochte ihn zu lesen. Die einzelnen Buchstaben waren ziemlich deutlich geschrieben; aber sie bildeten Wörter, welche mir und den Anderen vollständig fremd und unverständlich waren.
Ich buchstabirte die kürzesten dieser Wörter zusammen – sie hatten keinen Sinn. Da zeigte sich mein guter Halef als der Klügste von uns Allen.
„Effendi,“ sagte er; „von wem wird der Zettel sein?“
„Wohl jedenfalls von Hamd el Amasat.“
„Nun, dieser Mann hat alle Ursache, das, was er schreibt, geheim zu halten. Denkst Du nicht, daß die Schrift eine geheime ist?“
„Hm! Du kannst Recht haben. Hamd el Amasat mußte den Umstand mitberechnen, daß der Zettel möglicher Weise in falsche Hände gelangen konnte. Die Schrift ist nicht geheim; aber wie es scheint, ist die Zusammenstellung der Buchstaben eine ungewöhnliche. „Sa ila ni“; das verstehe ich nicht. „Al“, das ist ein Wort; „nach“ aber ist kein orientalisches – – ah, wenn man es umdreht, wird „Chan“ daraus!“
„Vielleicht ist Alles verkehrt geschrieben!“ sagte Hulam. „Du hast „ila“ gelesen. Umgedreht würde es „Ali“ lauten.“
„Richtig!“ antwortete ich. „Das ist ein Name und zugleich ein serbisches Wort, welches „aber“ bedeutet. „Ni“ heißt umgekehrt „in“; das ist rumänisch und bedeutet „sehr“.“
„Lies einmal alle drei Zeilen von links nach rechts, anstatt von rechts nach links!“ sagte Isla.
Ich that es; aber es erforderte dennoch große Mühe, ehe es mir gelang, die Buchstaben anders zu gruppieren, so daß zusammenhängende Worte entstanden. Das Resultat bestand in dem Satze:
„In pripeh beste la karanorman chan ali sa panajir menelikde.“

Das war jedenfalls ein mit Absicht gebrauchtes Gemisch von Rumänisch, Serbisch und Türkisch und lautete:
„Sehr schnell Nachricht in Karanorman-Chan; aber nach dem Jahrmarkt in Menelik."
„Das ist richtig; das muß richtig sein!" rief Hulam aus. „In einigen Tagen ist Markt in Menelik."
„Und Karanorman-Chan?" fragte ich. „Wer kennt diesen Ort? Wo mag er liegen?"
Niemand kannte ihn. Das Wort bedeutet zu Deutsch „Finsterwaldhaus" oder „Schwarzwaldhaus". Der Ort war also jedenfalls klein und lag im Walde, im tiefen Forste. Aber in welcher Gegend?
Es wurden zehnerlei Vorschläge gemacht, um eine Art und Weise zu entdecken, sich über die Lage dieses geheimnißvollen Ortes zu unterrichten; aber keiner schien zum Ziele zu führen.
„Strengen wir uns jetzt nicht zu sehr an," sagte ich. „Die Hauptsache ist, daß die Nachricht erst nach dem Jahrmarkt von Menelik nach Karanorman-Chan gebracht werden soll. Das Wort „sa" bedeutet „nach" und „hinter"; ich schließe daraus, daß der Empfänger des Briefes erst den Jahrmarkt besuchen soll, bevor er nach Karanorman-Chan geht. Und nach Menelik geht ja wohl der Weg, welchen die drei Reiter gestern Abend eingeschlagen haben. Nicht?"
„Ja," antwortete Hulam, „Du hast Recht, Effendi. Dieser Barud el Amasat ist nach Menelik. Dort wird man ihn sicher treffen. „
„So wollen wir keine Zeit verlieren und möglichst schnell aufbrechen. Zugleich aber wird es nöthig sein, einen Boten nach Iskenderiëh zu Henri Galingré zu senden, um ihn zu warnen."
„Das werde ich besorgen. Aber ehe Ihr aufbrecht, nehmt Ihr ein Mahl bei mir ein, und ferner muß ich die Erlaubniß haben, für Euch zu sorgen!"
Es läßt sich in kurzen Worten sagen, daß wir in zwei Stunden reisefertig im Hofe hielten. Wir waren vier Personen: Osco, Omar, Halef und ich. Die Anderen mußten zurückbleiben.
„Effendi," fragte Isla, „für wie lange Zeit wirst Du Abschied nehmen?"
„Ich weiß es nicht. Erreichen wir die Gesuchten bald, so kehre ich zurück, um Barud el Amasat nach Edreneh zu bringen. Entgehen sie uns längere Zeit, so ist es möglich, daß wir uns niemals wiedersehen."
„Das wolle Allah nicht! Und wenn Du jetzt in Deine Heimat gehst, so mußt Du einmal wieder nach Stambul kommen, damit wir Dein Angesicht wiedersehen. Deinen Hadschi Halef Omar aber sendest Du uns jetzt schon zurück!"
„Ich gehe dahin, wohin mein Effendi geht!" meinte Halef. „Ich scheide nur dann von ihm, wenn er mich von sich jagt."
Da wurden die drei Khawassen eingelassen, welche der Kadi schickte. Ich hätte beinahe laut aufgelacht, als ich sie erblickte. Sie saßen auf Kleppern, von denen keiner hundert

Piaster werth war, stacken bis über die Ohren in Waffen, hatten dabei aber das friedfertigste Aussehen von der Welt.

Der Eine kam herbeigeritten, blickte mich forschend an und erkundigte sich:

„Effendi, bist Du es, der Kara Ben Nemsi heißt?"

„Ja," antwortete ich.

„Ich habe den Befehl erhalten, uns bei Dir zu melden. Ich bin nämlich der Khawass-baschi."

Er war also der Oberste von den Dreien.

„Hast Du den Verhaftsbefehl bei Dir?" fragte ich.

„Ja, Effendi."

„Könnt Ihr gut reiten?"

„Wir reiten wie der Teufel. Du wirst Mühe haben, Schritt mit uns zu halten."

„Das freut mich. Hat Euch der Kadi aufgeschrieben, wie viel Ihr täglich zu bekommen habt?"

„Ja. Du hast für die Person täglich zehn Piaster zu bezahlen. Hier ist das Schreiben."

Die Notiz lautete wirklich auf zehn Piaster pro Tag und Person. Das war ja ganz anders, als es der Kadi mit mir vereinbart hatte! Eigentlich hätte ich ihm die drei Helden, welche wie der Teufel ritten, zurückschicken sollen; aber ein Blick auf sie belehrte mich, daß ich sie wohl gar nicht ewig zu besolden haben werde. Der Khawass-baschi hing auf dem Pferde wie eine Fledermaus an der Dachrinne, und die beiden Anderen schienen ganz nach demselben Muster gebildet zu sein.

„Wißt Ihr denn, um was es sich handelt?" fragte ich sie.

„Natürlich!" antwortete der Anführer unserer Trabanten. „Wir sollen drei Kerls ergreifen, die Ihr nicht zu fangen vermögt, und Euch dann mit ihnen nach Edreneh transportiren."

Das war eine höchst wunderbare Art und Weise, sich auszudrücken; aber doch gestehe ich, daß die Drei ganz nach meinem Geschmack waren. Ich ahnte Spaßhaftes. Halef aber schien sich gewaltig zu ärgern, daß der Kadi es gewagt hatte, uns diese Art Begleiter zu schicken.

Nun ging es an's Abschiednehmen. Es geschah das in der bilderreichen morgenländischen Weise, aber in vollster, aufrichtigster Herzlichkeit. Wir wußten nicht, ob wir uns wiedersehen würden oder nicht; daher war es ein Scheiden auf's Ungewisse, kein schweres Ade für's ganze Leben, doch auch kein leichtes, oberflächliches Valet für nur kurze Zeit.

Es ist wahr, ich ließ liebe Freunde zurück; aber der Liebste, mein Hadschi, blieb doch bei mir; das milderte den Trübsinn jener Stimmung, welcher sich kein Scheidender erwehren kann.

Ich hatte geglaubt, Edreneh in der Richtung nach Filibe verlassen zu können; nun aber ging es anders, nach Westen zu, an der Arda hin, an deren Ufer wir gestern Abend spazieren gegangen waren.